TOM CLANCY

DIE MACHT DES PRÄSIDENTEN

TOM CLANCY

UND

MARK GREANEY

DIE MACHT DES PRÄSIDENTEN

THRILLER

Aus dem Amerikanischen von Karlheinz Dürr
und Reiner Pfleiderer

HEYNE

Die Originalausgabe erschien unter dem Titel *Commander In Chief*
bei G.P. Putnam's Sons, New York.

MIX
Papier aus verantwortungsvollen Quellen
FSC® C014496

Verlagsgruppe Random House FSC®N001967

2. Auflage

Redaktion: Werner Wahls
Umschlaggestaltung: © Nele Schütz Design unter Verwendung von
Shutterstock (Ivan Cholakov, freelanceartist, Bestpix)
Satz: Christine Roithner Verlagsservice, Breitenaich
Druck und Bindung: GGP Media GmbH, Pößneck
Printed in Germany

ISBN: 978-3-453-27114-2

www.heyne.de

Hauptpersonen

Regierung der Vereinigten Staaten

JACK RYAN: Präsident der Vereinigten Staaten
SCOTT ADLER: Außenminister
MARY PAT FOLEY: Direktorin der Nationalen Nachrichtendienste
ROBERT »BOB« BURGESS: Verteidigungsminister
JAY CANFIELD: Direktor der Central Intelligence Agency (CIA)
DAN MURRAY: Justizminister
ARNOLD VAN DAMM: Stabschef des Präsidenten
PETER BRANYON: CIA-Stationschef in Vilnius, Litauen
GREG DONLIN: CIA-Personenschützer

Militär der Vereinigten Staaten

ADMIRAL ROLAND HAZELTON: United States Navy, Admiralstabschef der Navy
COMMANDER SCOTT HAGEN: United States Navy, Kapitän der USS *James Greer*
LIEUTENANT COMMANDER PHIL KINCAID: United States Navy, Erster Offizier der USS *James Greer*
LIEUTENANT DAMON HART: United States Navy, Waffenoffizier der USS *James Greer* (DDG-102)

LIEUTENANT COLONEL RICHARD »RICH« BELANGER: United States Marine Corps; Bataillonskommandeur der Rotationstruppe Schwarzes Meer

Der Campus

GERRY HENDLEY: Direktor von Hendley Associates/ Direktor des Campus
JOHN CLARK: Operationsleiter
DOMINGO »DING« CHAVEZ: Leitender Außenagent
DOMINIC »DOM« CARUSO: Außenagent
JACK RYAN JR.: Außenagent/Analyst
GAVIN BIERY: Leiter der IT-Abteilung
ADARA SHERMAN: Logistik- und Transportleiterin

Die Russen

WALERIJ WOLODIN: Präsident der Russischen Föderation
MICHAIL »MISCHA« GRANKIN: Sekretär des Sicherheitsrats im Kreml (russischer Geheimdienst)
ARKADIJ DIBUROW: Aufsichtsratsvorsitzender des russischen Erdgasunternehmens Gazprom
ANDREJ LIMONOW (IWANOW): russischer Private-Equity-Manager
WLAD KOSLOW (POPOW): Geheimagent des Sicherheitsrats im Kreml.
JEGOR MOROSOW: Geheimagent des Sicherheitsrats im Kreml
TATJANA MOLCHANOWA: Nachrichtenmoderatorin des Senders Nowaja Russia (Kanal sieben)

Weitere Personen

MARTINA JAEGER: niederländische Auftragskillerin
BRAAM JAEGER: niederländischer Auftragskiller
TERRY WALKER: Präsident und Geschäftsführer von BlackHole Bitcoin Exchange, Kryptowährungshändler
KATE WALKER: Ehefrau von Terry Walker
NOAH WALKER: Sohn von Terry und Kate Walker
EGLĖ BANYTĖ: Präsidentin Litauens
MARION SCHÖNGARTH: Bundeskanzlerin der Bundesrepublik Deutschland
SALVATORE: italienischer Paparazzo
CHRISTINE VON LANGER: ehemalige CIA-Mitarbeiterin
HERKUS ZARKUS: litauischer Glasfasertechniker; Milizsoldat
LINUS SABONIS: Direktor des Litauischen Departement für Staatssicherheit

Akronyme und Abkürzungen

ARAS: Litauische Anti-Terror-Polizei
ASROC: Rakete zur U-Boot-Bekämpfung
ASW: Anti-Submarine Warfare, U-Boot-Abwehr
CIA: Central Intelligence Agency
CIWS: Nahbereichsverteidigungssystem
CNO: Chief of Naval Operations, Admiralstabschef der Navy
DIA: Defense Intelligence Agency, militärischer US-Nachrichtendienst
FSB: Federalnaja Sluschba Besopasnosti, russischer Inlandsgeheimdienst
JSOC: Joint Special Operations Command, teilstreitkräfteübergreifende Kommandoeinrichtung der US-Streitkräfte

NATO: North Atlantic Treaty Organisation, Nordatlantikpakt-Organisation
NGA: National Geospatial-Intelligence Agency, Nationale Agentur für Geografische Aufklärung
NSA: National Security Agency, Nationale Sicherheitsbehörde
ODNI: Office of the Director of National Intelligence, Büro des Direktors der nationalen Nachrichtendienste
ONI: Office of Naval Intelligence, Nachrichtendienst der US Navy
RAT: Remote Administration Tool, Fernwartungssoftware
SAU: Search and Attack Unit, Such- und Angriffseinheit
SIPRNet: Secret Internet Protocol Router Network, geheimes Computernetzwerk der amerikanischen Nachrichtendienste
TAC: Tactical Air Controller, Fliegerleitoffizier
TAO: Tactical Action Officer, Taktischer Einsatzoffizier
USWE: Undersea Warfare Evaluator, Controler für Unterwasser-Gefechtsführung
VJTF: Very High Readiness Joint Task Force, Einsatzgruppe mit sehr hoher Einsatzbereitschaft der Nato

NORDEUROPA

Marinestützpunkt Olavsvern,
Tromsø
Kola-Bucht
N
Europäisches Nordmeer
SCHWEDEN
FINNLAND
NORWEGEN
RUSSLAND
Moskau
ESTLAND
Nordsee
LETTLAND
DÄNEMARK
Ostsee
LITAUEN
Minsk
GROSSBRITANNIEN
WEISSRUSSLAND
NLD.
POLEN
DEUTSCHLAND
BELG.
UKRAINE
FRANKREICH
LUX.
CZE.
© 2015 Jeffrey L. Ward

Prolog

Die Norweger verkauften ihren geheimen U-Boot-Stützpunkt an die Russen, und zwar über eBay.

Kein Scherz.

Tatsächlich wurde die Transaktion über Finn.no, das regionale Pendant zu der Online-Handelsplattform, abgewickelt, und der Käufer war nicht der Kreml, sondern ein Privatmann, der die Anlage umgehend an einen russischen Staatskonzern verpachtete. Gleichwohl war der Stützpunkt die *einzige* nichtrussische militärische Dauereinrichtung an der strategisch wichtigen Barentssee, und allein die Tatsache, dass die Nato den Kauf überhaupt duldete, sagte alles über die Kriegsbereitschaft des Bündnisses.

Und der Vorgang verriet auch einiges über die russischen Absichten. Als der Käufer auf »kaufen« klickte, trat Norwegen den Stützpunkt der Königlich Norwegischen Marine Olavsvern für rund fünf Millionen Dollar ab, also für ein Drittel des Preises, den das Land eigentlich verlangt hatte, und für ein mickriges Prozent dessen, was die Nato einst in seinen Bau gesteckt hatte.

Mit diesem Geschäft schlugen die Russen zwei Fliegen mit einer Klappe: Sie erwarben eine strategisch günstig gelegene Anlage, die sie nach Belieben nutzen konnten, und entzogen sie gleichzeitig dem Zugriff des Westens.

Olavsvern ist ein imposanter Komplex wie aus einem James-Bond-Film. Nördlich des Polarkreises nahe der Stadt Tromsø in eine Bergflanke gehauen, bietet er direkten

Zugang zum Meer und verfügt über ein unterirdisches Tunnelsystem, massive U-Boot-Bunker mit sprengsicheren Toren, ein Trockendock, das große Kriegsschiffe aufnehmen kann, einen 3000 Quadratmeter großen Tiefwasserkai, Mannschaftsquartiere mit Notstromversorgung und 15 000 Quadratmeter Landfläche, die, da tief in den Fels getrieben, gegen einen direkten Atomangriff geschützt sind.

Zum Zeitpunkt des Verkaufs verdrehten die Befürworter – darunter auch der norwegische Ministerpräsident – jedes Mal die Augen, wenn jemand das Geschäft als unklug kritisierte: Der Käufer habe versprochen, dass die Russen die Einrichtung zur Versorgung ihrer Ölplattformen nutzen würden – schließlich bohrten sie überall in der Barentssee, sodass daran nichts Verwerfliches sei. Doch die Tinte unter dem Vertrag war kaum trocken, da war die Ölindustrie auch schon vergessen, und die gewaltige U-Boot-Höhle nahm eine Flotte von Forschungsschiffen auf, die im Auftrag eines von Kreml-Insidern geführten Staatskonzerns unterwegs waren. Und Kenner der russischen Kriegsmarine und der nachrichtendienstlichen Infrastruktur in der Arktis wussten, dass Forschungsschiffe häufig Hand in Hand mit Kreml und Staatskonzernen arbeiteten, Überwachungsmaßnahmen durchführten und sogar Mini-Kampf-U-Boote in internationalen Gewässern manövrieren ließen.

Der norwegische Ministerpräsident, der den Handel gebilligt hatte, schied bald darauf aus dem Amt und wurde neuer Nato-Generalsekretär. Wenig später versetzten die Russen ihre Nordflotte in volle Gefechtsbereitschaft und verstärkten ihre Aktivitäten in der Barentssee um das Fünffache gegenüber den letzten Tagen, als Olavsvern noch ein wachsames Auge auf sie gehabt hatte.

Der russische Präsident Walerij Wolodin stand mit zufriedener Miene in der arktischen Kälte, denn er dachte gerade an Olavsvern, obwohl er sich rund 400 Kilometer weiter östlich befand.

Es war ein verheißungsvoller Morgen hier in der Sajda-Bucht, der Heimat der 31. U-Boot-Division, und Wolodin dachte deshalb an den großen Stützpunkt in Norwegen, weil er sich völlig darüber im Klaren war, dass die heutige Operation nicht die geringsten Erfolgsaussichten gehabt hätte, wäre Olavsvern noch von der Nato betrieben worden.

Der russische Präsident stand im Bug der *Pjotr Weliki,* eines atomgetriebenen Raketenkreuzers der Kirow-Klasse, der das Flaggschiff der Nordflotte bildete. Er trug einen Burberry-Mantel, der bis oben hin zugeknöpft war, und eine Wollmütze, die dafür sorgte, dass ein Großteil der Körperwärme dort blieb, wo sie hingehörte, nämlich im Körper. Direkt hinter ihm stand der Kommandeur der 31. U-Boot-Division und deutete in den Nebel vor ihnen. Wolodin sah zunächst nichts, doch als er angestrengter spähte, bemerkte er einen riesigen Schatten, der sich aus den morgendlichen Dunstschleiern schälte.

Etwas Großes glitt gemächlich und geräuschlos in ihre Richtung.

Wolodin musste an einen bestimmten Augenblick beim Kauf von Olavsvern denken. Norwegische Medienvertreter hatten die für die Genehmigung des Deals zuständigen Minister in Erklärungsnot gebracht, als sie auf die Gefahr hinwiesen, die vom Nachbarn Russland ausgehe. Ein freimütigerer Minister hatte schulterzuckend geantwortet: »Wir sind Mitglied der Nato, aber wir sind auch ein kleines und friedliches Land. Amerika hingegen ist groß und kriegerisch. Jack Ryan wird Norwegens Sicherheit gewährleisten, falls es eines Tages nötig sein sollte. Was spricht dagegen, dass wir unser Geld für die wirklich wichtigen Dinge ausgeben und es Amerika überlassen, für uns zu kämpfen, wo es das doch so gerne tut?«

Wolodin schmunzelte jetzt, während er in den Nebel über dem grauen Wasser blickte. Jack Ryan würde keine Zeit für Norwegen haben. Schon wahr, der amerikanische Präsident liebte den Krieg, und eine Bedrohung Skandinaviens wäre ihm Vorwand genug, doch Wolodin wusste etwas, was nur wenige auf der Welt wussten, am wenigsten Jack Ryan.

Auf Amerika kam jede Menge Arbeit zu. Nicht hier in der Arktis, aber sonst fast überall.

Der lautlos nahende Schatten nahm langsam Gestalt an, und bald war er für alle an Deck der *Pjotr Weliki* zu erkennen. Es handelte sich um den Stolz der neuen russischen Kriegsmarine. Ein großes, neues, mit ballistischen Raketen bewaffnetes Atom-U-Boot der Borei-Klasse.

Hätte die Nato hier in der Arktis noch einen Stützpunkt unterhalten, so wäre das Boot möglicherweise bemerkt und von westlichen Schiffen über und unter Wasser verfolgt worden, bevor es sichere tiefere Gewässer erreicht hätte. Und das wäre aus Sicht des russischen Präsidenten jammerschade gewesen. Umso schöner, dass die Norweger ihre strategisch bedeutsame Basis für einen Appel und ein Ei verscherbelt hatten.

Wolodin strahlte vor Zufriedenheit. Fünf Millionen Dollar waren ein Schnäppchenpreis für die russische Seeherrschaft in der Arktis.

Das neue U-Boot hatte natürlich einen Namen, es hieß *Knjas Oleg*. Aber Wolodin bevorzugte für dieses wie auch für die vier anderen, die bereits im Dienst der Flotte standen, den ursprünglichen Code-Namen. »Projekt 955A« klang irgendwie gut und war für seinen Geschmack eine passende Bezeichnung für Russlands mächtigste und geheimste Waffe.

Dieses Boot der Borei-Klasse stand für die vierte Generation von strategischen, atomgetriebenen Unterwasserkreuzern, die von den Amerikanern SSBN genannt wurden *(Ship Submersible Ballistic Nuclear)*. Mit seinen 170 Metern Länge und 13 Metern Breite war es sehr groß, wenn auch nicht das größte U-Boot, das Wolodin je gesehen hatte. An Größe wurde es von Booten der Typhoon-Klasse, einer der Vorgängerinnen der Borei, noch übertroffen. Dafür war die *Knjas Oleg* weitaus moderner. Sie konnte bis zu 480 Meter tief tauchen und unter Wasser bis auf 30 Knoten beschleunigen. Außerdem ermöglichte ihr der Wasserstrahlantrieb eine, wie U-Boot-Fahrer sagen, hohe Schleichfahrtgeschwindigkeit, was bedeutete, dass sie bei sehr geringer Geräuschentwicklung schnelle Fahrt machen konnte und deshalb verdammt schwer aufzuspüren war.

Die meisten ihrer neunzig Besatzungsmitglieder einschließlich Kapitän Anatolij Kudinow standen jetzt an Deck und salutierten ihrem Präsidenten, als sie an der *Pjotr Weliki* vorbeifuhren.

Projekt 955A war den Amerikanern kein Geheimnis, allerdings kannten sie weder die genaue Anzahl noch die Leistungsfähigkeit dieser Boote, noch wussten sie, dass die *Knjas Oleg* bereits in Dienst gestellt war. Wolodin war sich sicher, dass schon bald, und zwar etwas weiter nördlich in den eisigen Gewässern der Kola-Bucht, ein amerikanischer Satellit registrieren würde, dass ein Boot der Borei-Klasse den schützenden Hangar verlassen hatte und aus der Sajda-Bucht auf die Barentssee hinaussteuerte.

Aber das spielte keine Rolle. Es dürfte ein paar Stunden dauern, bis die Amerikaner realisierten, dass sie die *Knjas Oleg* vor sich hatten, dann aber würden sie das Interesse verlieren, da sie nicht ahnten, dass das neueste Boot der Borei-Klasse bereits im operativen Einsatz für die Flotte war. Tagelang würden sie glauben, es unternehme lediglich eine weitere Probefahrt, aber dabei würde es nicht bleiben, denn Wolodin hatte nicht die Absicht, diese Mission zu verheimlichen.

Nein … Wolodin schickte dieses U-Boot auf eine Einschüchterungsmission, und deren Erfolg hing davon ab, dass alle Welt erfuhr, worum es dabei ging und wo sich das Geschehen in etwa abspielte.

Ebenfalls hinter Wolodin an Deck des schweren Raketenkreuzers stand, umringt von seinen Stellvertretern, der kommandierende Admiral der 12. Hauptverwaltung des Verteidigungsministeriums der Russischen Föderation. Als Verantwortlicher für alle seegestützten Kernwaffenkräfte war er heute hierhergekommen, um nicht nur der *Knjas Oleg* eine gute Fahrt zu wünschen, sondern auch den Kampfmitteln, die in den Waffenkammern des U-Boots geladen waren.

An Bord des schwimmenden Titans, der jetzt in nur 100 Meter Entfernung an Präsident Wolodin vorüberglitt, befanden sich ein Dutzend ballistische Bulawa-Raketen, die mit jeweils zehn nuklearen Gefechtsköpfen bestückt waren. Sie befähigten die *Knjas Oleg*, 120 Atomexplosionen auszulösen, sodass sich ohne allzu große Übertreibung sagen ließ, dass das U-Boot in der Lage war, die Vereinigten Staaten von Amerika in ein rauchendes Trümmerfeld von der Größe eines Kontinents zu verwandeln.

Allerdings nur wenn es nahe genug an die Ostküste der USA herankam, um das amerikanische Raketenabwehrsystem zu unterlaufen. Wolodin sprach leise in die kalte Morgenluft, in der sich seine Worte in Dampf verwandelten. »Amerika. Washington, D. C.«

Die Männer, die hinter ihm im Bug standen, sahen einander an. Falls dies ein Befehl war, so erübrigte er sich. Jeder wusste, dass die *Knjas Oleg* das Ziel hatte, bis auf mindestens 45 Meilen an die Hauptstadt des Gegners heranzukommen.

Nun hatte Wolodin keineswegs die Absicht, die Vereinigten Staaten in Schutt und Asche zu legen, auch wenn er 120 Atomsprengköpfe in ihre Hoheitsgewässer schickte.

Doch er war fest entschlossen, die amerikanische Bevölkerung – Männer, Frauen und Kinder – in Angst und Schrecken zu versetzen und ihr auf diese Weise klarzumachen, dass Russlands territoriale Integrität viele Tausend Kilometer von ihrer Heimat entfernt sie einen feuchten Kehricht anging.

Wolodins Plan, der in den folgenden Wochen in die Tat umgesetzt werden sollte, war umfangreich, doch die Entsendung der *Knjas Oleg* war sein Eröffnungszug auf dem Schachbrett, und aus diesem Grund war er den weiten Weg hierher in die Arktis geflogen, um Kapitän Kudinow seinen Respekt zu zollen und den Männern durch seine Anwesenheit die Bedeutung der Mission vor Augen zu führen.

Das Boot, das Wolodin gerne »Projekt 955A« nannte, verschwand nun wieder lautlos im Nebel, kurz nachdem es, aus der Sajda-Bucht kommend, in die Kola-Bucht gesteuert war. Walerij Wolodin starrte weiter in die wabernden Nebelschwaden, und seine Militärführer sahen ihm dabei zu.

Die Empfindungen, die sein Gesicht ausdrückte – Stolz und Erregung –, waren echt, doch in seinem Innern regte sich auch ein anderes Gefühl, das er sich keinesfalls anmerken lassen wollte.

Besorgnis. An Angst grenzende Besorgnis.

Der heutige Tag stellte nur eine einzelne Facette dar, das Boot nur ein einzelnes bewegliches Teil eines komplizierten Mechanismus, einer facettenreichen Operation, die den gesamten Globus umspannen sollte.

Walerij Wolodin blickte stolz und hoffnungsfroh in die Zukunft, doch gleichzeitig war er sich darüber im Klaren, dass diese Sache klappen musste.

Sie musste klappen, sonst war er ein toter Mann.

1

Die *Independence* war ein Schiff, doch ihre Aufgabe bestand nicht darin, von hier nach da zu fahren. Stattdessen lag sie im Hafen von Klaipėda an der litauischen Küste vor Anker, und dort blieb sie auch, durch Befestigungs- und Verankerungsvorrichtungen, stählerne Verbindungsbrücken und eine massive Pipeline mit einer langen Pier verbunden.

Ein Jahr zuvor war der Supertanker unter großem Trara in den Hafen eingelaufen, denn jeder wusste, dass er für die Litauer eine Wende einläuten würde. Und obwohl er jetzt ortsfest im Wasser dümpelte und nicht mehr viel von einem Schiff hatte, hatte er seine Aufgabe erfüllt.

Independence war nicht nur ein Name, dieser Name war auch Programm. Die *»Unabhängigkeit«* war eine schwimmende Anlage zur Lagerung und Wiederverdampfung von verflüssigtem Erdgas *(Liquified Natural Gas, LNG)*, die erste ihrer Art.

Jahrzehntelang war Litauen von russischem Gas und Strom abhängig gewesen. Nach Lust und Laune und je nach politischer Wetterlage hatte Russland den Gaspreis erhöhen oder die Liefermenge drosseln können. Dies hatte es in den letzten Jahren mehrmals getan, und mit den zunehmenden Spannungen zwischen den baltischen Staaten und Russland war offenkundig geworden, dass Litauens Abhängigkeit vom Wohlwollen des Nachbarn eine Gefahr für die Sicherheit des Landes darstellte.

Eine LNG-Importanlage sollte das ändern. Dank der *Independence* und der Hafen-Pipeline konnte verflüssigtes Erdgas aus Norwegen per Tanker angeliefert, in die Wiederverdampfungsanlage gepumpt und dort in das im Land benötigte Gas umgewandelt werden. Sollten die Russen also wieder einmal den Hahn ihrer Gas-Pipelines zudrehen oder den Preis in horrende Höhen treiben, brauchten Litauen und seine verbündeten Nachbarn nur auf die Ausweichmöglichkeit zurückzugreifen, die ihnen die *Independence* bot.

Die Wiederverdampfung von Flüssigerdgas ist ein komplexer und technisch anspruchsvoller Prozess, aber überraschend leicht zu verstehen. Damit eine größere Gasmenge transportiert werden kann, muss sie verflüssigt, sprich um den Faktor 600 verdichtet werden. Zu diesem Zweck wird das Erdgas auf minus 160 °C heruntergekühlt. Bei dieser Temperatur wird die verflüssigte Form des Rohstoffs in speziell dafür ausgelegten Tankschiffen transportiert, im vorliegenden Fall von Norwegen nach Litauen. Dort wird das LNG in die Speichertanks der *Independence* gepumpt, wo das Wiederverdampfungssystem die Flüssigkeit mittels Propan und Meerwasser erwärmt und in den Gaszustand zurückverwandelt. Über Rohre wird das Gas durch den Hafen von Klaipėda und dann durch eine 18 Kilometer lange Pipeline zur Messanlage geleitet. Von dort geht es direkt an die litauischen Haushalte und versorgt sie mit der in den langen baltischen Wintern dringend benötigten Heizenergie.

Das 330-Millionen-Dollar-Projekt erfüllte schon aus rein ökonomischer Sicht seinen Zweck. Am selben Tag, als die *Independence* den Betrieb aufnahm, senkte Russland seinen Gaspreis, um mit dem norwegischen Gas konkurrieren zu können.

Aber zu sagen, dass die Russen darüber nicht glücklich waren, wäre eine starke Untertreibung gewesen.

Konkurrenz bei Energieexporten in Europa war Moskau ein besonderer Dorn im Auge. Es hatte sich an sein Monopol gewöhnt und es dazu benutzt, seine Nachbarn unter Druck zu setzen, das Land reich zu machen und, am wichtigsten von allem, die zahlreichen wirtschaftlichen Probleme Russlands zu übertünchen. In typischer Übertreibung hatte sich der russische Präsident Walerij Wolodin sogar zu der Behauptung verstiegen, dass die Inbetriebnahme der LNG-Anlage einem kriegerischen Akt gleichkäme.

Litauen war, wie viele andere ehemalige sowjetische Satellitenstaaten, harsche Töne aus Moskau gewohnt, sodass die Regierung in Vilnius Wolodins Drohungen einfach ignorierte und große Mengen Erdgas über russische Pipelines und kleinere Mengen norwegisches LNG per Schiff über die Ostsee importierte, und die *Independence* diente den anderen Staaten der Region gewissermaßen als Vorbild bei der Entwicklung von Alternativen in der Energieversorgung.

Das übrige Europa hatte beim Bau und bei der Lieferung der *Independence* an Litauen die Hand im Spiel gehabt. Stabilität in der Region lag schließlich in allseitigem Interesse, und Nato-Staaten, die von Russland mithilfe von Energieexporten unter Druck gesetzt oder regelrecht erpresst werden konnten, bildeten ein schwaches Glied in der Kette.

Daher galt die Formel: Solange Litauen in puncto Energie auf die *Independence* setzte, setzte Europa als Ganzes in puncto Sicherheit auf die *Independence*.

Ein deutscher Elektroinstallateur mittleren Alters entdeckte beim Gang über die Pier eine im Wasser treibende Leiche, und das rettete ihm das Leben.

Er war am frühen Morgen zur Arbeit gekommen, um fehlerhafte Schaltkreise in der Entladepumpstation zu reparieren, stand dann aber mit seinem Kleinlaster vor einem verschlossenen Tor. Überzeugt, dass er schneller in der Pumpstation war, wenn er zu Fuß weiterging, statt zu warten, bis jemand mit einem Schlüssel kam, machte er sich auf den Weg über die 420 Meter lange Pier, wobei der Ärger darüber, dass sich der Morgen alles andere als gut anließ, seine Schritte beschleunigte. Er hatte erst ein Viertel der Strecke zurückgelegt, als er nach links blickte und dort, wo der Schein der Pierbeleuchtung endete, etwas im Wasser dümpeln sah.

Zunächst hielt er es für ein größeres Stück Treibgut, doch er blieb stehen, um sich zu vergewissern. Er trat an das Geländer, zog eine Stirnlampe aus seinem Rucksack, knipste sie an und leuchtete, sie mit beiden Händen haltend, aufs Wasser hinaus.

Ein Taucher im Neoprenanzug und mit silberner Sauerstoffflasche auf dem Rücken trieb, Arme und Beine von sich gestreckt, mit dem Gesicht nach unten im Wasser.

Der deutsche Elektriker sprach wenig Litauisch, rief aber trotzdem: *»Labas! He! Labas?«*

Der Taucher, gut 20 Meter von der Pier entfernt, reagierte nicht. Beim genaueren Hinsehen bemerkte der Elektriker, dass lange blonde Haare den Kopf umschlingerten und die Gestalt eher klein und schmal war. Wahrscheinlich eine Frau, und eine ziemlich junge.

Er kramte umständlich nach seinem Walkie-Talkie, doch als er es endlich heraushatte, fiel ihm ein, dass noch gar niemand auf seinem Kanal sein würde, da die Kollegen erst in etwa einer Stunde auftauchen würden. Und da er obendrein vergessen hatte, welcher Kanal für Notrufe genutzt wurde, rannte er über die Pier zurück in Richtung Hafenpolizeirevier.

Diese in Panik getroffene Entscheidung machte den deutschen Elektriker zum Glückspilz des Jahres in Litauen.

Mehrere Hundert Meter von dem aufgeregten Elektriker entfernt lag die *Independence* an diesem kalten Oktobermorgen im ruhigen, dunklen Wasser, ins Licht der Deckbeleuchtung getaucht und an den Schiffsanleger mit der Pumpstation angedockt.

Schiff und Anleger waren nicht etwa mit dem litauischen Festland verbunden, sondern mit der Insel Kiaulės Nugara im Kurischen Haff an der Hafeneinfahrt von Klaipėda. Im Wasser darum herum herrschte tagsüber starker Hafenverkehr, doch jetzt, acht Minuten nach vier in der Frühe, war der Bereich zwischen der LNG-Anlage und dem Seetor an der Haffmündung leer bis auf zwei kleine Festrumpfschlauchboote, die langsam und nahezu geräuschlos das Wasser durchkreuzten. Die Sicherheitsleute in den Booten hatten keine Ahnung, dass der Elektriker über die Pier rannte, denn der riesige Supertanker versperrte ihnen die Sicht auf den Mann.

Die Boote fuhren bei ihrer Patrouille im Abstand von 20 Metern aneinander vorbei. Die Männer an Bord tauschten übers Wasser hinweg Blicke, doch im Lauf einer Schicht kamen sie so häufig dicht aneinander vorbei, dass sie nicht jedes Mal Grüße riefen oder winkten.

Hier im Hafen galten relativ strenge Sicherheitsvorschriften, und man hatte alle möglichen Vorkehrungen gegen Terroranschläge vom Meer oder vom Land her ergriffen. Doch wenn die Wachleute in der Pumpanlage, auf der Insel, auf der *Independence* und in den Patrouillenbooten auch einigermaßen wachsam waren, so glaubte doch keiner, dass etwas Ernstes passieren könnte.

Nun ja, letzten Monat waren Demonstranten in kleinen Holzkähnen aufgekreuzt und durch das Seetor auf die Anlage zugefahren. Sie schwenkten bunte Protestschilder, auf denen ein Ende der Globalisierung gefordert wurde, und einer rief den Hafenarbeitern durch ein Megafon Schmähungen zu. Außerdem führten sie mit Öl gefüllte Milchkannen mit, die sie auf den Supertanker zu schleudern gedachten, um die Dringlichkeit ihres Anliegens zu veranschaulichen.

Den Demonstranten war offenbar nicht ganz klar gewesen, womit sie es zu tun hatten. Es war ihnen gleichgültig, dass die Anlage Erdgas und nicht Öl aufbereitete und dass ihr mitgebrachtes Öl unweigerlich im Wasser landen würde.

Natürlich hatten die beiden Patrouillenboote die Holzkähne aufgebracht und die Demonstranten festgenommen, bevor sie nahe genug an den Supertanker herankamen, um ihm in irgendeiner Weise gefährlich werden zu können.

Solche Aktionen waren die größte Bedrohung, die sich die Sicherheitsleute vorstellen konnten, denn die *Independence* war ein unglaublich robustes Schiff. Sie besaß eine doppelte Außenhaut aus Stahl, und das tiefgekühlte LNG im Innern wurde von wärmeisolierten Membrantanks geschützt. Eine vom Ufer aus von Hand abgefeuerte Panzerabwehrgranate, Molotow-Cocktails oder unkonventionelle Spreng- und Brandsätze konnten dem Kasten wenig anhaben.

Voll beladen mit 170 000 Kubikmetern Flüssiggas, barg die *Independence* die Energie von 55 Atombomben, doch ihre Tanks enthielten nur ein Achtel des maximalen Fassungsvermögens, und noch einmal: Es bedurfte schon einer Bombe von enormer Sprengkraft, um die Bordwand zu durchbrechen und das Gas zu entzünden.

Die Patrouillenboote fuhren im Abstand von nur etwa 200 Metern östlich an dem LNG-Tanker vorbei, doch es herrschte ungewöhnliche Dunkelheit. Die Männer in den Booten hätten übermenschlich scharfe Augen besitzen müssen, um zu sehen, dass vor ihnen etwas Ungewöhnliches geschah. Und so fuhren beide Boote weiter. Das eine nach Norden, das andere nach Süden.

In ihrem Kielwasser stiegen mehrere Reihen kleiner Luftblasen an die dunkle Wasseroberfläche, wo sie sich rasch verflüchtigten. Die Wachboote hatten nichts bemerkt und setzten ihre Patrouille einfach fort.

Am Ende der Pier hielt der Elektriker einen Sicherheitsbeamten in einem Pick-up an und erklärte ihm in gebrochenem Englisch, dass er im Haff eine Frauenleiche entdeckt habe. Der Beamte reagierte skeptisch, aber respektvoll. Er forderte den Deutschen auf, in den Wagen zu steigen und ihn zu der Stelle auf der Pier zu dirigieren.

Der Elektriker hatte gerade die Tür geschlossen, da veranlasste ein Lichtblitz die beiden Männer, durch die Windschutzscheibe nach vorn zu dem riesigen Schiff zu blicken. Ein Leuchten stieg von der Rückseite des Tankers empor, sodass er sich als dunkle Silhouette dagegen abhob, dann schoss eine Stichflamme in den Himmel, zerriss die Dunkelheit, und ein Feuerball machte die Nacht zum Tag.

Der Sicherheitsbeamte am Steuer des Pick-ups wusste ganz genau, dass die *Independence* trotz ihrer robusten Bauweise im Grunde genommen eine riesige Bombe war. Er warf den Rückwärtsgang ein, trat aufs Gaspedal und raste 200 Meter zurück, buchstäblich verfolgt von einer Serie donnernder Explosionen, die die Pier erschütterten und Trümmerteile und Druckwellen in alle Richtungen sandten.

Schließlich rutschte der Pick-up rückwärts in den Straßengraben neben der Zufahrt zur Anlage. Wachmann und Elektriker sprangen aus dem Wagen und warfen sich in den Schlamm.

Sie spürten die Hitze über sich, hörten einen Splitterregen ringsum niederprasseln, hörten die Sirenen von der Pier, vor allem aber hörten sie das donnernde Ende von Litauens neuem Hoffnungsträger.

Das Bekennerschreiben der Täter gelangte auf dem heute üblichen Weg an die Öffentlichkeit: Ein Twitter-Account wurde angemeldet und nur ein einziger Tweet gepostet. Dieser war mit einem neunminütigen Video verlinkt, das mit der Nachtaufnahme einer Gruppe von vier maskierten Männern und einer Frau begann, die offenbar irgendwo an einer dunklen Landstraße standen.

Das minderwertige Nachtsicht-Objektiv der Kamera verlieh den Bildern eine gespenstische Wirkung, als die fünf Personen durch einen Wald schlichen, doch für Militärexperten bewegten sie sich weniger wie ausgebildete Spezialkräfte als wie spielende Kinder. Ein Mann durchschnitt mit einem Bolzenschneider einen Stacheldrahtzaun, dann schlüpfte er mit den anderen durch das Loch, direkt neben einem Schild mit der Aufschrift:

ZONE PROTÉGÉ

Weiteres Umschleichen von Asphaltstraßen und Betongebäuden, ein wackeliger Zoom auf einen Wachposten, der in der Ferne auf einem Turm saß. Dann wurde mit dem Bolzenschneider eine Kette an einem Frachtcontainer durchtrennt, und bald schleppten die fünf Vermummten Kisten durch das Loch im Stacheldrahtzaun.

Schließlich ein hell erleuchteter Raum, in dem die fünf Kisten nebeneinander aufgereiht auf dem Boden standen, mit geöffneten Deckeln. Jede Kiste enthielt ein halbes Dutzend brotlaibgroße Pakete. Die einzig erkennbare Beschriftung auf den Paketen lautete *Composition Four*.

Wieder hätte jeder Militär ohne Mühe erkannt, dass es sich um C4 handelte, einen militärischen Plastiksprengstoff.

Und um eine beträchtliche Menge.

Eine Frau sprach Englisch mit französischem Akzent. Sie hielt etwas in die Höhe, das sie als Sprengkapsel bezeichnete, und behauptete, dass sämtliche Utensilien amerikanischer Herkunft und aus einem Nato-Lager in Frankreich entwendet worden seien.

Dann erneuter Szenenwechsel. Die Kamera war wieder draußen im Dunkeln und lieferte grieselig grüne Nachtaufnahmen. Fünf Menschen in Taucheranzügen mit Schnorchelmasken knieten am Rand eines Gewässers, neben ihnen stapelten sich Sauerstoffflaschen und Westen. Durch ein Teleobjektiv nahm die Kamera wackelige Bilder der *Independence,* der LNG-Anlage und des Hafens dahinter auf.

Eine Nahaufnahme des Ufers zeigte neben den Tauchern ein couchtischgroßes, vollständig in schwarzen Kunststoff gehülltes Objekt. Mit Gurten seitlich daran festgeschnallt waren mehrere Taucherwesten und oben eine Tauchflasche. Eine andere Frauenstimme sprach jetzt aus dem Off und erläuterte die Szene. Wie Behörden später feststellten, wies ihr Akzent darauf hin, dass sie aus Barcelona stammte.

»Der Sprengkörper wurde durch die daran befestigte Tauchausrüstung schwimmfähig gemacht. Die Revolutionäre ließen ihn zu Wasser und tauchten ihn so tief ein, dass er unter der Oberfläche verschwand. Dann brachten sie ihn in das über einen Kilometer entfernte Ziel.«

Die fünf verschwanden in der Dunkelheit, wobei sie den Sprengkörper im Wasser vor sich herschoben.

Die Kamera blieb am Ufer zurück, dann erneuter Schnitt. Jetzt nahm die riesige *Independence* die Bildmitte ein, von Scheinwerfern hell erleuchtet. Mehrere Sekunden lang geschah nichts, dann blitzte an der diesseitigen Bordwand des Schiffes eine Explosion auf, Flammen schlugen empor, sekundäre und tertiäre Detonationen folgten, von denen einige die Person an der Kamera, die aus sehr großer Entfernung gefilmt haben musste, merklich zusammenzucken ließen.

Am Ende des Videos wurden die Fernaufnahmen von

der Zerstörung der litauischen Flüssiggasanlage abrupt durch das Bild einer Person ersetzt, die an einem kleinen Tisch saß. Ihr Gesicht war mit einer Skimaske vermummt, doch die sichtbaren Hautpartien um den Mund und die zierliche Statur ließen vermuten, dass es sich um eine weiße und wohl auch junge Frau handelte.

An der Wand hinter ihr hing eine weiße Flagge. In der Mitte der Flagge prangte ein Kreis, der offensichtlich den Planeten Erde darstellte und von einem Gewirr von Pipelines durchzogen war. Oben ragte ein Ölbohrturm aus dem Kreis, unten hing ein roter Tropfen, der vermutlich Blut symbolisierte.

Am unteren Flaggenrand stand *Le Mouvement pour la Terre.*

Die Bewegung für die Erde.

Die Frau sprach englisch. Ermittler sollten später herausfinden, dass es sich um die Frau mit dem katalanischen Akzent handelte, die einen Teil des Videos kommentiert hatte.

»Sie sind soeben Zeuge der Eröffnungssalve eines Krieges geworden. Zu lange sind gewaltsame und zerstörerische Akte der Energieindustrie gegen unseren Planeten unerwidert geblieben.

Diese Tage sind nun vorbei. Wir werden im Namen von Mutter Erde zurückschlagen.

Es wird keinen Frieden geben, bis unsere Forderungen erfüllt werden. Die Bewegung für die Erde wird für alle Beispiele von Habgier und Materialismus zulasten von Mutter Erde, die wir finden, Vergeltung üben. Wir fordern andere auf, sich unserem Kampf anzuschließen und gemeinsam mit uns dem Planeten wieder sein natürliches Gleichgewicht zurückzugeben.

Wir ehren unsere Schwester Avril, die bei der Schlacht in Litauen auf tragische Weise ums Leben gekommen ist. Die Öl- und Gasindustrie soll wissen: Ihr Geist leuchtet uns als eine Fackel in dem Kampf, den wir in ihrem Namen weiterführen.«

In den letzten Sekunden des Videos schwenkte die Kamera zur anderen Seite des Zimmers. Dort standen vier Männer und Frauen, alle schwarz gekleidet und maskiert, und grüßten mit erhobenen Fäusten. Mehrere trugen automatische Waffen.

Acht Stunden nach der Explosion wurde die Leiche der 24-jährigen Avril Auclair, einer französischen Staatsbürgerin und ehemaligen Studentin, aus dem dichten Ried im Haff gezogen. Sie wurde schnell identifiziert, da in dem YouTube-Video von einer »Schwester Avril« die Rede gewesen war und eine Frau dieses Namens den Behörden, die die bisweilen gewalttätige ökoterroristische Bewegung in Europa beobachteten, wohlbekannt war.

Auclair hatte auf sich aufmerksam gemacht, als sie zwei Jahre zuvor von Greenpeace ausgeschlossen worden war und daraufhin die Pariser Büroleiterin der Organisation mit Faustschlägen traktiert hatte. Laut Polizeibericht waren Meinungsverschiedenheiten in taktischen Fragen der Grund. Auclair war für Greenpeace zu radikal gewesen und hatte sich für ihren Rauswurf dadurch bedankt, dass sie die 60-jährige Büroleiterin verprügelte. Das Opfer hatte am Ende auf eine Anzeige verzichtet, und Auclair war komplett von der Bildfläche verschwunden und sechs Monate lang nicht mehr aufgetaucht.

Eine gerichtliche Untersuchung ihres Todes ergab später, dass der Manometer ihrer Tauchflasche defekt war und eine volle Flasche angezeigt hatte, obwohl sie in Wirklichkeit leer war. Man kam zu dem Schluss, dass sie bei der Aktion unter Wasser das Bewusstsein verloren haben und dann ertrunken sein musste. Unklar hingegen blieb, warum sie so weit entfernt vom Explosionsort gefunden worden war, genau in der entgegengesetzten Richtung von der Stelle, wo die Taucher im Video ins Wasser gestiegen waren.

Niemand hatte eine Erklärung dafür, wie sie an die Pier hatte getrieben werden können, es sei denn, sie war einer ganz anderen Aufgabe nachgegangen als die Gruppe, die den Sprengsatz am Rumpf des Schiffes angebracht hatte.

Doch es war ein vergleichsweise unwichtiges Rätsel, denn anhand des Videos war sie von ihrer Mutter als die erste Sprecherin identifiziert worden, und in Anbetracht des Lebens, das sie geführt hatte, überraschte es niemanden sonderlich, dass sie bei einem ökoterroristischen Anschlag den Tod gefunden hatte.

Auch die Videoaufnahmen vom Sprengstoffdiebstahl wurden kurze Zeit nach der Explosion der *Independence* als echt bestätigt, als französische Behörden einen bislang geheim gehaltenen Diebstahl von mehreren Hundert Pfund C4 und Zündern aus einem Militärdepot westlich von Montpellier bekannt gaben.

Europäische Polizisten und Geheimdienstbeamte eröffneten umgehend die Jagd auf eine Ökoterror-Gruppe, von der bis dato noch niemand gehört hatte.

2

Das gut aussehende holländische Paar fiel hier in Caracas auf. Beide waren groß, der Mann gut eins fünfundneunzig, die Frau fast eins achtzig. Beide hatten rotbraunes Haar in einem identischen Ton, doch während seines kurz gestylt war, wehte ihres in schulterlangen Locken im warmen Herbstwind.

Selbst hier im gehobenen und exklusiven Viertel Los Palos Grandes, in dem Touristen und betuchte ausländische Geschäftsleute zum Straßenbild gehörten, drehten sich Köpfe nach ihnen, denn sie waren besonders attraktiv und elegant. Sie trugen schicke Business-Kleidung mit einem Hauch von Extravaganz: Sie schlenkerte eine große, orangerote Hermès-Tasche, die mehr als das durchschnittliche Jahreseinkommen eines venezolanischen Arbeiters kostete, er trug eine Piaget-Uhr aus Weißgold, für die man doppelt so viel hinblättern musste, wie sie für die Tasche bezahlt hatte.

Sie waren Ende dreißig, vielleicht auch Anfang vierzig. Er wirkte etwas älter, und nach dem Ring an seiner Hand und dem mächtigen Klunker an ihrer zu urteilen, waren sie wohl verheiratet.

Sie schlenderten Arm in Arm durch den Parque del Este an der Avenida Francisco de Miranda, und sie kicherte von Zeit zu Zeit über etwas, was er sagte. Dann bogen sie ab, erklommen die Treppe zum Parque Cristal, einem 18-stöckigen, würfelförmigen Gebäude mit Blick nach Süden über die Avenida auf den Park, und steuerten auf die Eingangslobby zu, wobei sie den Blick hoben, um die bemerkenswerte Architektur zu bewundern.

Direkt hinter ihnen hielt ein Lincoln Navigator am Straßenrand, und zwei Männer stiegen aus. Einer öffnete die Tür für einen Mitfahrer auf dem Rücksitz, einen Fünfzigjährigen mit teurem Anzug und schütterem Haar. Der wuchtete erst seinen Aktenkoffer durch die Tür, dann sich selbst, und während der Lincoln sich wieder in den Verkehr nach Westen einfädelte, stiegen die drei Männer die Stufen zum Parque Cristal hinauf, nur wenige Meter hinter dem Paar aus Holland.

Der mittlere der drei Latinos hieß Lucio Vilar de Allende und mochte auf einen zufälligen Beobachter zunächst wie ein ganz normaler Geschäftsmann wirken, der in dem großen Bürogebäude zu tun hatte. Bis ihm vielleicht auffiel, dass er von zwei ernsten Männern mit offenen Jacketts und aufmerksam schweifenden Blicken flankiert wurde, und er begriff, dass der Mann in der Mitte nicht irgendwer war, denn die meisten Menschen in Caracas erkannten Leibwächter, wenn sie welche vor sich hatten. So eine Stadt war das.

Lucio Vilar hatte Personenschutz, weil er einer von Venezuelas obersten Bundesanwälten war. Heute reiste er sozusagen mit leichtem Gepäck – nur mit zwei Bodyguards, dem gepanzerten SUV und einem Fahrer mit Uzi in der Mittelkonsole –, denn er war nicht in amtlichen Geschäften unterwegs. Er hatte sich den Nachmittag freigenommen, um seinen Sohn in der Schule zu besuchen, und nun war er auf dem Weg zur Mutter seines Kindes, um mit ihr über die Schulnoten des Jungen zu sprechen.

Seine Exfrau arbeitete hier im Parque Cristal in einem Immobilienbüro und hatte eingewilligt, sich mit ihm in dem Café im Dachgeschoss zu treffen.

Vilar blickte auf seine Uhr und beschleunigte seine Schritte, und die Leibwächter blieben an seiner Seite.

Vilar dachte an Familienangelegenheiten, als er die Lobby betrat, doch das hinderte ihn nicht daran, die attraktive Frau direkt vor ihm zu bemerken. Mit ihren hohen Absätzen war sie einen Kopf größer als er und daher kaum zu übersehen. Er kam dicht hinter dem weißen Paar, das sich, wie er deutlich hören konnte, auf holländisch unterhielt, bei den Aufzügen an. Als ein Fahrstuhl kam, die Tür aufging und die beiden einstiegen, legte Vilars Chefleibwächter seinem Schützling sanft eine Hand auf den Arm. Es war ein Hinweis, lieber auf einen leeren Aufzug zu warten, doch Lucio Vilar ignorierte die Hand und folgte den Holländern, sodass sich seine Leibwächter gehorsam anschlossen.

Vilar nickte dem Paar zu, als es sich umdrehte.

»Guten Tag«, grüßte die Frau auf englisch.

»Guten Tag«, erwiderte Vilar. Sein Englisch war nicht so gut wie ihres, aber brauchbar. »Sie sind aus Holland, wie ich höre. Ich habe Amsterdam besucht. Sehr schön.«

»Genau wie Ihr Land, *Señor*«, sagte die Frau mit einem sympathischen Lächeln.

Einer der beiden Leibwächter drückte den Knopf für den 18. Stock und der Holländer den für den 17. Als sich der Aufzug in Bewegung setzte, trat die Frau in die vordere Ecke. Ihr Mann stellte sich rechts neben sie, direkt vor die Tür, mit dem Gesicht nach vorn.

»Es ist immer schön, ausländische Gäste hier zu sehen«, fügte Vilar hinzu. »Machen Sie Urlaub?«

Die Frau schüttelte den Kopf. »Leider nicht. Wir sind geschäftlich hier.«

»Ich verstehe«, sagte Lucio Vilar und sah erneut auf die Uhr.

Aber Lucio Vilar verstand überhaupt nicht.

Martina Jaeger hob den Blick zu der digitalen Stockwerkanzeige über der Tür. Sie hatten das Restaurant im vierten Stock passiert, ohne dass der Aufzug angehalten hatte und jemand zugestiegen war. Damit standen die Chancen gut, dass sie ohne Unterbrechung bis in den siebzehnten Stock hinauffahren würden.

Lucio Vilar lächelte sie an und schien die kurze Fahrt dazu nutzen zu wollen, sein Englisch zu üben. »Darf ich fragen, was für Geschäfte Sie nach Caracas führen?«

Aber Martina hörte nicht hin. Auf holländisch sagte sie: »Im achten.«

Braam Jaeger, immer noch mit dem Gesicht zur Tür, antwortete ruhig in derselben Sprache: »In Ordnung.«

Lucio Vilar runzelte, von der Frau ignoriert, die Stirn, sagte aber nichts mehr.

Als der Aufzug den achten Stock erreichte, ließ Martina Jaeger die Hermès-Handtasche von der Schulter gleiten, hob sie hoch und hielt sie in die obere Ecke der Kabine.

Die beiden Leibwächter brauchten weniger als eine Sekunde, um zu begreifen, was sie tat. Die große Holländerin deckte die Überwachungskamera ab.

Braam Jaeger blickte weiter zur Aufzugtür und drehte sich nicht um, doch gerade als die beiden jüngeren Männer an Vilars Seite auf das Tun der Frau reagierten, tauchten zwei Pistolen mit Schalldämpfern hinter den Seiten seiner Anzugjacke auf und richteten sich nach hinten auf die Leibwächter. Er hatte sie über Kreuz unter der Jacke aus der Hüfte gezogen, und jetzt führte seine linke Hand die eine Pistole rechts und seine rechte Hand die andere links um seinen Körper herum. Er blickte nach oben zu dem Spiegelbild in der glänzenden Metalltür.

Beide Waffen feuerten gleichzeitig. Obwohl gedämpft, ließ das Bellen zweier automatischer Pistolen die enge Kabine erdröhnen.

Die beiden Leibwächter wurden nach hinten gegen die Wand geworfen und sackten dann in die Knie, beide mit einem Loch mitten in der Stirn. Sie hatten ihre Waffen gezückt, die jetzt ihren Händen entglitten. Der Mann links fiel eine Sekunde langsamer als der Mann rechts, aber beide stürzten mit dem Gesicht voraus auf den Boden des Aufzugs.

Lucio Vilar de Allende stand reglos da, den Aktenkoffer in der rechten Hand, die toten Personenschützer beiderseits zu seinen Füßen.

Braam Jaeger drehte sich um, steckte die Waffe in seiner Rechten geübt in das Holster unter der Jacke zurück und hob die andere hoch.

Vilars Stimme war ein heiseres Flüstern. »Ich … ich verstehe nicht.«

Die Worte waren begreiflicherweise an den Mann mit der Pistole gerichtet, doch die Antwort kam von Martina Jaeger, die mit der Handtasche immer noch die Kamera abdeckte. »Nein? Ich finde, das ist doch offensichtlich. Jemand da draußen mag Sie nicht besonders.«

Und damit schoss Braam dem obersten Strafverfolger Venezuelas ins rechte Auge. Vilars Kopf schlug gegen die Rückwand der Kabine, dann sackte er zu Boden, genau zwischen seine Leibwächter.

Braam feuerte noch zweimal in den bereits reglosen Körper. Nur um ganz sicherzugehen, dass die Zielperson auch tot war. Beim zweiten Bellen der schallgedämpften Pistole spritzten ein paar Blutstropfen auf Martinas fliederfarbene Pumps von Louboutin.

»Verdomme!«, rief sie.

»Het spijt me« – Tut mir leid –, erwiderte Braam, ging in die Knie und fühlte dem Staatsanwalt den Puls. Er war zweifelsfrei tot.

Er las die Patronenhülsen auf – die alle noch heiß waren –, während Martina Jaeger mit der freien Hand ihre

Bluse aufknöpfte. Sie öffnete nur zwei Knöpfe unter ihren Brüsten und schälte ein schwarzes Stoffquadrat ab, das mit Isolierband an ihre Haut geklebt war. Sie hob es in die Höhe und drückte es hinter der Handtasche auf das Kameraobjektiv.

Dann ließ sie die Handtasche sinken und blickte zur Stockwerkanzeige. *»Vijftien«,* sagte sie. Sie drehte sich um und sah zu, wie Braam sich mit den aufgelesenen Patronenhülsen aufrichtete.

Sie sagte: »Eine pro Leibwächter und drei für die Zielperson.«

Weiter sagte sie nichts. Aber Braam begriff sofort, was sie meinte. Er hatte nur vier Patronenhülsen eingesammelt. Er kniete sich wieder hin und suchte die fünfte. Sie war unter den rechten Unterarm der Hauptzielperson gerollt. Er steckte sie ein, während Martina vor ihn hintrat, um ihn vor Blicken zu schützen, falls jemand vor dem Aufzug wartete, wenn er ihr Stockwerk erreichte.

Im 17. ging die Tür auf. Der Stock wurde gerade renoviert und war deshalb leer. Braam zog einen kleinen Keil aus der Jackentasche und klemmte die offene Tür damit fest, dann stiegen sie aus und eilten zur Treppe, wobei Martina unterwegs aus ihren Pumps schlüpfte.

Sie verließen die Tiefgarage des Parque Cristal in einem Audi A8 eine Minute und vier Sekunden, bevor die ersten Alarmglocken schrillten, und fuhren auf der Autobahn Caracas – La Guaira nach Norden in Richtung Flughafen. Sie legten den größten Teil der Strecke schweigend zurück. Sie hatte so etwas schon öfter getan, und obwohl die Stresssubstanzen, die ihr zentrales Nervensystem überschwemmten, Puls und Blutdruck nach oben trieben, blieben sie äußerlich ruhig und gelassen.

Braam parkte den Wagen auf dem Parkplatz des Playa Grande Caribe Hotel & Marina an der karibischen Küste, jeder nahm einen Reisetrolley aus dem Kofferraum und betrat, ihn hinter sich herziehend, das Hotel. Sie schlenderten am Empfangstresen vorbei durch die große Anlage und hinten wieder hinaus, dann einen gewundenen Fußweg entlang, der zum Jachthafen führte. Dort stiegen sie in eine kleine graue Jolle. Braam warf den Motor an, und sie fuhren zu einer 13 Meter langen Jacht hinaus, die im Hafen ankerte.

Braam ließ den Motor an, während Martina die Leinen losmachte, und Augenblicke später jagten sie aus dem Hafen hinaus auf die offene See.

Mit einem Auge das Meer im Blick behaltend, konsultierte Braam seinen Laptop. Im Browser war eine Wettervorhersage für die Karibik geöffnet. Die Aussichten für die nächsten vierundzwanzig Stunden waren günstig, und das war wichtig, denn sie wollten bis drei Uhr in der Frühe in Curaçao sein. Um halb sieben am nächsten Morgen ging ein Direktflug nach Amsterdam, und die Jaegers hatten Tickets und die feste Absicht, am nächsten Abend zu Hause zu sein.

Zwanzig Minuten nachdem sie in See gestochen waren, trat Martina mit zwei Champagner-Gläsern in den Händen auf die Brücke. Sie reichte eines Braam, der am Ruder saß, und sie prosteten sich zu.

Ein Paar würde sich jetzt vielleicht küssen, aber sie waren keines. In Wirklichkeit waren Braam und Martina Jaeger Geschwister, und sie arbeiteten als Auftragskiller für den russischen Geheimdienst.

3

Drei Tage nach der Explosion der Flüssiggas-Anlage in Litauen saßen zwei gut gekleidete Geschäftsmänner an einem Tisch in einem kleinen Restaurant neben der Haupthalle des Warschauer Zentralbahnhofs. Der ältere der beiden war annähernd fünfzig, kräftig gebaut und hatte dunkles, lockiges Haar, das einen erheblichen Grauanteil aufwies. Der Jüngere war Mitte dreißig, hatte kurzes braunes Haar und einen gestutzten Vollbart.

Die Männer tranken Kaffee und blickten von Zeit zu Zeit auf ihre Uhren. Der Ältere las in einer englischsprachigen Zeitung, der Jüngere hielt ein Smartphone in der Hand, saß aber die meiste Zeit nur mit übereinandergeschlagenen Beinen da und ließ gelangweilt den Blick durch den Bahnhof wandern. Äußerlich unterschieden sich die beiden überhaupt nicht von gut zwei Dutzend anderen Geschäftsleuten in der Haupthalle, die paarweise unterwegs waren, und nur unwesentlich von rund dreihundert anderen, die im Bahnhof standen oder saßen.

Wenn die Männer miteinander sprachen, dann auf englisch, doch nicht einmal das war in einer so kosmopolitischen Stadt wie Warschau ungewöhnlich.

Eine Durchsage zur bevorstehenden Abfahrt des Eurocitys nach Berlin um 9.55 Uhr hallte auf polnisch, deutsch und schließlich englisch aus den Lautsprechern, und die Männer standen auf, schulterten Umhängetaschen, ergriffen Aktenkoffer und steuerten auf die Treppe zu, die zu den Bahnsteigen hinabführte.

Auf dem Weg durch die von Menschen wimmelnde Halle sagte der Jüngere leise etwas. Sein Partner hätte ihn unmöglich verstehen können, hätte er nicht – wie auch der andere – einen Minisender von der Größe eines Hörgeräts im Ohr gehabt.

»Was ist, wenn er nicht aufkreuzt? Steigen wir dann trotzdem in den Zug?«

»Es bringt doch nichts, in Warschau herumzusitzen, wenn wir keinen Hinweis auf seinen Aufenthaltsort haben«, antwortete der Ältere. »Seine Platzreservierung ist alles, was wir haben. Wir nehmen den Zug und sehen dann weiter. Vielleicht haben wir ihn im Bahnhof nur übersehen, und er ist schon eingestiegen.«

Dominic Caruso nickte, ohne etwas zu erwidern, aber eigentlich wäre er lieber noch etwas länger in Polen geblieben. Sie waren erst am Vorabend angekommen, aber er spürte, dass die Stadt nach seinem Geschmack war. Ihre Geschichte war faszinierend, das Bier und das Essen gut, und die wenigen Menschen, denen er begegnet war, hatten einen netten, unverkrampften Eindruck gemacht. Außerdem war ihm aufgefallen, dass die Frauen umwerfend aussahen, wenngleich das für ihn kein Grund war, zu bleiben. Er hatte zurzeit eine feste Beziehung, und so sagte er sich, dass es wahrscheinlich ganz gut war, wenn er gleich in den nächsten Zug stieg.

Auf dem Bahnsteig verharrten die beiden Männer noch einen Augenblick und sahen sich um. Scharen von Reisenden strebten in alle Richtungen, zu viele, als dass die beiden Amerikaner in dem Meer von Gesichtern ihre Zielperson hätten ausmachen können. Trotzdem nahmen sie sich Zeit und hielten nach etwaigen Agenten Ausschau, die für die Zielperson den Bahnsteig beobachteten und nach möglichen Beschattern absuchten.

Weder Domingo Chavez noch Dominic Caruso bemerkte etwas Verdächtiges, und so stiegen sie in ihren Erste-Klasse-Wagen am Ende des Eurocitys nach Berlin und setzten sich in ein Sechser-Abteil mit Glasschiebetür zum schmalen Gang. Sie nahmen die Fensterplätze, damit sie den Bahnsteig weiter im Auge behalten konnten.

»Viel mehr Polizei, als ich erwartet hätte«, bemerkte Chavez.

Caruso nickte, während er mit den Augen den gesamten Bahnsteig bis zur Treppe am anderen Ende absuchte. »Das ist wegen der Geschichte oben in Litauen. Ein neuer Terrorakteur, der in der Lage ist, so was durchzuziehen, macht alle europäischen Regierungen nervös.«

»Ja, aber für wie lange?«

»Schwer zu sagen«, räumte Caruso ein und fragte sich ebenfalls, ob die verstärkte Polizeipräsenz hier in Europa, obwohl ganz anderen Gründen geschuldet, die unliebsame Folge haben würde, sie bei ihrem Observationsauftrag zu behindern.

Er schob die Bedenken beiseite und setzte die Beobachtung fort.

Ihre Zielperson hier in Polen hieß Jegor Morosow und galt als hoher Offizier des russischen Inlandsgeheimdienstes FSB *(Federalnaja Sluschba Besopasnosti)*. Er war Ende vierzig und sah, was die Aufgabe der beiden Amerikaner zusätzlich erschwerte, so unscheinbar aus wie die meisten Vertreter seines Metiers.

Chavez und Caruso arbeiteten für einen privaten amerikanischen Nachrichtendienst, der sich selbst »der Campus« nannte, und waren mithilfe der Recherche- und Analyseabteilung ihrer Organisation einer auf Zypern registrierten Briefkastenfirma auf die Spur gekommen, die Beziehungen zum Kreml und dem russischen Geheimdienst unterhielt. Die CIA hatte Morosow bereits als Geheimagent identifiziert, aber der Campus hatte ihn hier in

Warschau aufgespürt, nachdem er eine mit der zyprischen Briefkastenfirma verknüpfte Kreditkarte benutzt hatte, die auf einen seiner bekannten Tarnnamen lautete. Als die beiden Amerikaner in Warschau eintrafen, hatte Morosow bereits aus seinem Hotel ausgecheckt, aber es stellte sich heraus, dass mit seiner Karte zwei Erste-Klasse-Tickets für den Eurocity nach Berlin an diesem Morgen reserviert worden waren.

Die Männer besaßen zwar ein Foto Morosows aus dessen polnischem Visumsantrag, aber sie hatten keine Ahnung, mit wem er zu reisen gedachte, warum er nach Berlin fuhr und was er hier im Westen trieb.

Trotzdem waren sie hier. Schließlich hatten sie sich in den letzten Monaten mit russischen Finanznetzwerken beschäftigt, und Morosow war ein Name mit einem Gesicht, der mit einer Firma in einem dieser Netzwerke in Verbindung stand. Sie wussten nicht sonderlich viel über ihn, aber er war alles, was sie hatten, und so waren sie auf ihn angesetzt worden.

Doch jetzt sah es ganz so aus, als würde er gar nicht kommen.

»Das könnte ein dröger Tag werden«, sagte Dom Caruso.

»Na ja, diese ganze Ermittlung ist mehr Kopf- als Fußarbeit. Jack junior und die anderen Analytiker sind die Köpfe und wir beide nur die Füße und Augen, deshalb haben wir diesen aufregenden Job bekommen.«

Caruso nickte, während er den Blick schweifen ließ. Dann blinzelte er heftig vor Überraschung, als traute er seinen Augen nicht. »Ich fass es nicht. Da ist er.«

Die Zielperson ging in Lederblouson und Jeans draußen vor dem Fenster den Bahnsteig entlang, in der Hand eine große Ledertasche. Ein, zwei Meter dahinter – und im Gleichschritt mit ihm – zog eine Frau einen Rollkoffer hinter sich her. Sie war viel jünger als er, hatte dunkles Haar und helle Haut. Für Dom sah sie nicht wie eine Polin aus, auch nicht wie eine Russin, doch andererseits, so sagte er sich, war er mit den Frauen hier drüben noch nicht so vertraut, dass er sich ein Urteil erlauben konnte.

Aber Chavez dachte dasselbe. »Ich würde sagen, die Unbekannte ist Nordafrikanerin. Marokko. Algerien. Vielleicht auch Spanierin oder Portugiesin.«

Caruso nickte. Der ältere Domingo Chavez war schon viel länger dabei als er und traf mit seinen ersten Vermutungen gewöhnlich ins Schwarze.

»Sie könnte was viel Besseres kriegen als einen Typ wie Morosow«, fügte Caruso hinzu.

»Frankensteins Braut könnte was viel Besseres kriegen als einen Typ wie Morosow.«

Der Russe und seine Reisegefährtin stiegen in denselben Wagen wie Chavez und Caruso, was keineswegs nur reines Glück war. Von den sechs Wagen des Zugs war nur einer erster Klasse.

Dom stemmte sich aus seinem Sitz, trat an die Glasschiebetür und spähte den Gang hinunter. Er sah, wie die Frau Morosow in das Abteil zwei Türen weiter folgte.

Augenblicke später sprang der Schaffner auf den Bahnsteig hinaus, stieß in seine Pfeife und stieg wieder ein, worauf die mächtige E-Lok die sechs Wagen aus dem Bahnhof zu ziehen begann.

Sie waren kaum ein paar Minuten unterwegs, da beschlossen Chavez und Caruso, zunächst einmal den gesamten Zug nach möglichen Gegenobservanten abzusuchen, bevor sie sich der Frage zuwandten, wie sie an ihre Zielperson und die junge Frau näher herankommen konnten. Sie verließen ihr Abteil, schlenderten an Morosows Abteil vorbei, ohne hineinzusehen, und durchquerten den Speisewagen. Dahinter ging es in den ersten Wagen der zweiten Klasse. Darin saßen rund ein Dutzend Männer, alle in schwarzen Sportanzügen mit roten Zierstreifen. Chavez und Caruso hatten sie kurz vor dem Einsteigen im Bahnhof gesehen und nahmen an, dass sie eine Fußballmannschaft waren. Die meisten von ihnen trugen Kopfhörer, nur ein paar unterhielten sich. Zwei hätten dem Aussehen nach Trainer sein können, doch der Rest hatte das richtige Sportleralter und die entsprechende Figur.

Chavez und Caruso gingen weiter in den nächsten Wagen, wo sie nur Touristen, ein paar Männer und Frauen in Geschäftskleidung und mehrere Senioren vorfanden.

Im zweitletzten Wagen fielen ihnen drei Männer zwischen dreißig und vierzig auf, die, zwei Weiße und ein Schwarzer, beieinander saßen. Sie trugen Jeans und North-Face-Jacken. Einer der Weißen hatte einen hochwertigen Rucksack mit Außennetz im Militärstil auf dem Schoß. Der Schwarze trug eine Taucheruhr, und der zweite Weiße hatte ein Panasonic Toughbook, einen Laptop mit robustem Gehäuse, der häufig beim Militär und bei privaten Sicherheitsdiensten Verwendung fand.

Der letzte Wagen war voller Touristen, Familien mit kleinen Kindern und Rentnern.

Zurück in ihrem Abteil, sprachen die Männer über die Eindrücke, die sie bei ihrem Erkundungsgang gewonnen hatten. »Die drei Typen im fünften Wagen sind eindeutig aus der Branche«, sagte Dom.

»Schon«, erwiderte Chavez. »Aber unser Mann ist vom FSB. Ein Begleitteam für Morosow würde sich niemals so ausstaffieren. Viel zu auffällig.«

Caruso sann darüber nach und nickte zustimmend. »Was ist mit der Fußballmannschaft? Im Unterschied zu dir kann ich Kyrillisch nicht lesen.«

»Tja«, sagte Chavez. »Auf ihren Anzügen stand FC Luschany. Keine Ahnung, wer oder was das ist.«

Dom konsultierte sein Smartphone. Nach einer Minute sagte er: »Da hätten wir sie. Eine Amateur-Fußballmannschaft aus der Ukraine.«

»Kannst du herausfinden, was sie hier treiben?«

Ein wenig Tipperei auf dem Smartphone lieferte Dom weitere Informationen. »Kommende Woche findet in Leipzig ein Amateur-Turnier statt.«

»Okay«, sagte Chavez. Er nahm nicht ernstlich an, dass zwölf als Fußballer verkleidete Schurken im Zug saßen, wollte sie aber trotzdem überprüfen. »Wenn wir die Fußballer und die drei Superagenten ausschließen, befindet sich meines Erachtens niemand mehr im Zug, der einen genaueren Blick wert wäre. Abgesehen von Morosow und seiner Freundin, versteht sich.«

»Gut«, sagte Caruso. »Willst du näher ran?«

Chavez nickte. »Wir können uns im Speisewagen an einen Tisch setzen und zu Mittag essen. Von dort können wir durch die Fenster der Verbindungstüren ihr Abteil im Auge behalten. Die Sicht ist nicht ideal, aber wenigstens kriegen wir so mit, wenn jemand kommt oder geht. Wenn die Frau aufs Klo geht, versuche ich, ein Foto von ihr zu machen. Sehr viel mehr können wir nicht tun.«

»Ich könnte ihr oder Morosow eine Wanze verpassen.«

Chavez schüttelte den Kopf. »Das wäre zu riskant. Als wir noch mehr waren, wäre das vielleicht eine Option gewesen, aber jetzt, wo wir nur noch zu zweit sind, müssen wir es auf die dezente, clevere Tour angehen.«

Caruso sah ein, dass Chavez recht hatte. Das Team war jetzt kleiner als früher, und jeder Tag im Außeneinsatz erinnerte sie daran.

4

John Clark spürte die ungeheure Wirkung, die vom Nationalfriedhof Arlington ausging – die Würde der über 250 Hektar großen Anlage und das Schicksal der 400 000 dort Begrabenen ließen ihn nicht unbeeindruckt. Tatsache aber war, dass John Clark nicht viel von Friedhofsbesuchen hielt.

Das war kein Zeichen für mangelnden Respekt vor den Toten. Ganz im Gegenteil. Wer Grabsteine verehrte, versäumte es in seinen Augen, die Toten so in Erinnerung zu behalten, wie sie in Erinnerung behalten werden wollten. Im Lauf der Jahre hatte er viele Freunde verloren, und ihm war es wichtig, sie alle in Erinnerung zu behalten, aber dazu, so sagte er sich, brauchte er nicht ihre letzte Ruhestätte aufzusuchen.

Doch trotz aller Vorbehalte war er heute hier und stand ohne Schirm, den er im Auto vergessen hatte, im kalten Regen am Grab eines Freundes.

Auf dem Grabstein stand sehr wenig, und das wenige entsprach nur teilweise der Wahrheit.

SAMUEL REID DRISCOLL
FIRST SERGEANT
U.S. ARMY
26. 7. 1976 – 5. 5. 2016
PURPLE HEART
AFGHANISTAN

Der Name stimmte, obwohl er sich Sam genannt hatte. Auch Rang und Teilstreitkraft stimmten, nur hatte Sam die Army Rangers schon Jahre vor seinem Tod verlassen. Das Geburtsdatum war korrekt, doch zwischen dem tatsächlichen Todestag und dem, der in den weißen Marmor gemeißelt war, lagen mehrere Wochen. Clark wusste das mit absoluter Gewissheit, denn er war nur zwanzig Meter von Sam entfernt gewesen, als er starb.

Und wenn Afghanistan nicht irgendwie in die Höhe gehoben und an die Südgrenze der Vereinigten Staaten verfrachtet worden war, dann war auch sein Sterbeort nicht korrekt.

Sam Driscoll war nämlich in einem dunklen Flur einer Luxusvilla eine Autostunde von Mexico City entfernt von einem nordkoreanischen Geheimagenten erschossen worden.

Nein, in der Grabinschrift wurde das nicht erwähnt.

Und ja, die falschen Angaben und Halbwahrheiten auf Sam Driscolls Grabstein ärgerten Clark ein wenig, doch er sah ein, dass es so besser war. Man hätte schlecht auf den Grabstein schreiben können, dass Sam als Agent für einen inoffiziellen Spionagedienst namens Campus gearbeitet hatte, und schon gar nicht, dass er in Mexiko die Leute gejagt hatte, die hinter dem nur knapp gescheiterten Mordanschlag auf den Präsidenten der Vereinigten Staaten steckten.

Sam war gut gewesen, ohne Zweifel verdammt viel besser als der Nordkoreaner, der ihn getötet hatte – und der im selben Augenblick durch Sams Hand gestorben war. Aber Sam hatte es mit zwei Angreifern zu tun gehabt, und obwohl er sie beide erledigte, hatte der eine mit dem letzten Atemzug noch einen Glückstreffer gelandet.

Im Kampf gibt es keine Garantien. Wenn Männer erbittert um ihr Leben kämpfen, Mann gegen Mann, und mit einer Mündungsgeschwindigkeit von 300 Metern pro Sekunde heißes Blei aufeinander abfeuern, passiert zwangsläufig Scheiße, und Sam war sie passiert.

John Clark stand im Regen und dachte noch einmal kurz an jene Nacht in Cuernavaca, aber dann kehrten seine Gedanken zu seinem eigenen Leben, seiner eigenen Sterblichkeit zurück. Das ließ sich kaum vermeiden, wenn man in diesem riesigen Steingarten stand, in dem jede weiße Gedenktafel an einen weiteren Mann oder eine weitere Frau erinnerte, alle mit ihrer ganz eigenen Geschichte, ihrem ganz eigenen Ende.

Es gab hunderttausend Arten zu sterben. Das einzige Gemeinsame all dieser Gedenksteine war, dass praktisch jeder, der unter ihnen begraben lag, in irgendeiner Weise den Vereinigten Staaten von Amerika gedient hatte und dass viele von ihnen, sehr viele, ihr Leben in Ausübung dieses Dienstes verloren hatten.

Genau wie Sam.

Es war nicht fair.

John Clark war siebenundsechzig Jahre alt. Sam Driscoll war 27 Jahre jünger als er gewesen, und viele andere Männer und Frauen, die hier begraben lagen, waren halb so alt wie Sam gewesen, als sie vor ihren Schöpfer traten.

Nein, alles andere als fair.

Hätte Clark gekonnt, dann hätte er die Kugel, die Sam Driscoll niedergestreckt hatte, mit seinem Herzen aufgefangen, aber er hatte sich die meiste Zeit seines Lebens in Gefahr begeben, und wenn er etwas gelernt hatte, dann dass das alles nicht den geringsten Sinn ergab und dass bei einem Feuergefecht der Zufall immer eine beherrschende Rolle spielte, egal wie gut man war.

Sein Blick wanderte über die vielen Tausend weißen Grabsteine.

Alles kann passieren, auch die Guten können sterben.

Langsam, ganz langsam erinnerte er sich an die Blumen in seiner Hand.

Wenn Clark nicht der Typ war, der an Gräbern stand, so gehörte er erst recht nicht zu der Sorte, die mit Blumen durch die Gegend lief. Aber das war nicht seine Idee gewesen. Nein, er löste nur ein Versprechen ein.

Bei Sams Beerdigung hatte er Edna Driscoll, die Mutter des Toten, kennengelernt. Sie wusste nicht, wie ihr Sohn gestorben war. Sie wusste nur, dass ihr Sohn den Dienst bei der Army quittiert hatte und zu einem Privatunternehmen gewechselt war, das Aufgaben im Bereich der inneren Sicherheit wahrnahm. Sie begriff, dass seine Arbeit streng geheim war und dass er nicht darüber sprechen durfte, aber sie ahnte nicht, dass sie sich als noch gefährlicher erweisen sollte als sein Dienst beim 75. Ranger-Regiment.

Bei der Beerdigung drückte er der hageren und verhärmten Frau sein tief empfundenes Beileid aus, doch als sie ihn nach den näheren Umständen des Todes ihres Sohns fragte, konnte er ihr nur sagen, dass er für sein Land gestorben war.

Das war die reine Wahrheit, und er hoffte, sie würde genügen, aber er erlebte das nicht zum ersten Mal, und er wusste Bescheid.

Es genügt nie.

Seine Frau Sandy war ihm zu Hilfe gekommen, wie schon bei vielen Beerdigungen zuvor. Sie mischte sich in das Gespräch ein, stellte sich vor und brachte Edna Driscoll auf andere Gedanken. Sie hatte Mitleid mit ihr, und nach der Beerdigung schlug sie der Frau vor, miteinander in Kontakt zu bleiben.

Es war ein Akt der Freundlichkeit, der einer Witwe aus Nebraska, die ihren Sohn verloren hatte, Gelegenheit gab, eine Beziehung zu den Menschen zu knüpfen, mit denen er gedient hatte, auch wenn sie nicht begriff, wer oder was sie waren.

Sandy kontaktierte Edna ein paar Tage später und berichtete ihr, dass die private Sicherheitsfirma im Rahmen des Vergütungspakets für ihren Sohn ein Pensionskonto eingerichtet habe, das nun ihr gehöre, und als Sandy ihr den Betrag nannte, der sich auf dem Konto befand, war Edna Driscoll noch verwirrter, was den Arbeitgeber ihres Sohnes anging.

Drei Millionen Dollar waren für sie eine schockierend hohe Summe, und doch kein Ausgleich für ihren Verlust.

Und dann, ein paar Wochen nach Sams Beisetzung und der Freigabe des Kontos, schickte seine Mutter Sandy Clark eine E-Mail mit einer Bitte. Sie schrieb, dass sie tiefe Traurigkeit überkomme bei dem Gedanken, dass die Blumen, die sie auf das Grab ihres Sohnes gelegt habe, mittlerweile verwelkt und vertrocknet seien, und dass sie sich frage, ob es Sandy etwas ausmachen würde, von Zeit zu Zeit einen frischen Strauß zum Grab zu bringen.

Sandy und John wohnten in Emmitsburg, Maryland, das nicht gerade um die Ecke vom Nationalfriedhof Arlington lag, doch das war der Frau aus einer Kleinstadt bei Omaha nicht klar, und so willigte Sandy ein und versprach Edna, sich darum zu kümmern.

John Clark wäre es lieb gewesen, wenn seine Frau genau dies getan und sich selbst darum gekümmert hätte – Friedhöfe waren nicht seine Sache –, doch Arlington lag auf dem Weg in sein Büro in Alexandria, und es wäre Unsinn gewesen, wenn Sandy extra hingefahren wäre, wo es ihm doch viel weniger Umstände machte.

Und so kam es, dass er heute zum dritten Mal Blumen an Sams Grab brachte. Der Tod Sams und all der anderen hier bedrückte ihn, doch er schüttelte das Gefühl bald ab. Es sah das alles nicht durch die sentimentale Brille. Er vermisste Sam und fühlte sich für seinen Tod im selben Maße verantwortlich wie für den aller anderen, die unter seinem Kommando gefallen waren, aber Sam war nicht hier, lag nicht unter diesem Grabstein, in dieser Erde.

Das Grab war nur eine irdische Gedenkstätte.

Und dann kam ihm der Gedanke, dass eben diese Einsicht Edna Driscoll vielleicht dabei helfen könnte, ihren Schmerz ein wenig zu lindern.

Das Telefon in seiner Tasche klingelte. Er begrüßte die Ablenkung, obgleich es schwierig war, im Regen ranzugehen.

»Clark.«

»He, John. Ich bin's, Jack.«

Jack Ryan junior rief aus Italien an. Clark wusste das, weil er ihn vor zwei Wochen hingeschickt hatte. Er blickte auf die Uhr. In Italien war es jetzt Nachmittag.

»Wie geht's dem Mädchen, mein Junge?«

Es folgte eine kleine Pause. »Meinst du Ysabel?«

»Wie viele Mädchen hast du denn da drüben?«

Jack lachte verlegen. »Es geht ihr gut, danke. Dir ist schon klar, dass ich hier arbeite?«

»Natürlich. Ich wollte dich nur aufziehen.« Er blickte auf Sams Grab. »Niemand will dir dein Privatleben nehmen. Das kommt sowieso schon kurz genug.«

Jack zögerte, bevor er wieder sprach. »Alles in Ordnung, John?«

»Bestens.« Die Verbindung blieb stumm, bis Clark sagte: »Du hast *mich* angerufen, schon vergessen?«

»Ach so, ja. Ich wollte fragen, ob du die Jungs für ein zehnminütiges Gespräch im Konferenzraum zusammentrommeln könntest. Nichts Weltbewegendes. Ich wollte euch nur einen Zwischenbericht geben, was ich hier herausgefunden habe.«

»Bist du auf etwas Interessantes gestoßen?«

»Ja. Dass die Finanzschwindeleien der Russen kompliziert sind.«

Clark wandte sich von Sams Grabstein ab und trat den Rückweg zum Auto an. »Wir haben dir ein Erste-Klasse-Ticket bei Alitalia spendiert und in Rom für einen Monat eine möblierte Wohnung gemietet, damit du das herausfindest? Verdammt, darauf wäre ich auch auf meiner Veranda gekommen.«

Jack lachte erneut, diesmal natürlicher. »Na ja, ein bisschen mehr habe ich schon ausgegraben. Habt ihr Zeit für ein Briefing?«

»Im Moment nicht«, antwortete Clark. »Ich habe Dom und Ding gestern auf einen Kurztrip nach Polen geschickt.«

»Die Glücklichen.«

Clark schnaubte. »Sagt der Glückliche, der mit seiner Freundin in Rom in wilder Ehe lebt.«

Jack kicherte wieder verlegen. »Okay, wie wär's, wenn ich nur dich und Gerry kurz ins Bild setze?«

»Ich bin im Moment gar nicht im Büro.«

»Echt? In Virginia ist es jetzt Viertel nach neun. Sieht dir gar nicht ähnlich, dass du verschläfst.«

»Glaubst du wirklich, ich hätte verschlafen?«

»Nein, ich wollte dir nur entlocken, wo du bist.«

Schweigen an beiden Enden der Verbindung, bis Jack Ryan junior sagte: »Das ist mir offensichtlich misslungen.« Wieder Stille. »Okay, ich kann morgen noch mal anrufen.«

»Ja«, erwiderte Clark. »Aber gib mir eine Kurzfassung.«

»Ich habe einen Anwalt in Luxemburg ausfindig gemacht, der eindeutig in die Sache verstrickt ist. Wenn ich hier fertig bin, würde ich gerne nach Luxemburg und mir den Mann etwas genauer ansehen.«

»Soll ich dir Unterstützung schicken?«

Die Antwort kam prompt. »Nein, ich komme schon klar. Das ist reine Analysearbeit, nichts Heikles. Ysabel und ich sind hier in Rom alleine klargekommen, und ich glaube nicht, dass es in Luxemburg aufwendiger wird. Ich brauche ungefähr noch eine Woche, um hier abzuschließen.«

»Gut.« John Clark war nicht auf den Kopf gefallen, er wusste, was da lief. Jacks Freundin war eine iranische Staatsbürgerin namens Ysabel Kashani. Sie unterstützte ihn in Rom, und Rom lag näher an Teheran als Luxemburg.

Außerdem war es um einiges romantischer.

Clark hätte seinen jungen Agenten beinahe gerüffelt und aufgefordert, sich auf die Arbeit zu konzentrieren, sah aber davon ab. Er wollte ihm noch ein oder zwei Tage Schonfrist gewähren. Diese Operation war zwar wichtig, aber es ging nicht um Leben und Tod.

Sollte sich der Bursche ruhig noch ein wenig amüsieren. Das würde niemandem schaden.

»Okay, mein Junge. Ich beraume für morgen um diese Zeit eine Telefonkonferenz an, dann kannst du uns darüber informieren, was du weißt.« Seine Stimme wurde lauter und gebieterischer. »Und dass du mir nicht zu selbstgefällig wirst. Ich möchte, dass du rund um die Uhr alle Sicherheitsvorkehrungen einhältst. Keine Ausflüchte, keine halben Sachen. Verstanden?«

»Verstanden. He, bist du dir sicher, dass mit dir alles in Ordnung ist, John?«

»Mir geht es blendend. Ehrlich. Wir sprechen uns dann morgen.«

Clark unterbrach die Verbindung und warf einen letzten Blick auf den von weißen Grabsteinen übersäten Hügel, dann zog er im Regen den Kopf ein und stieg in seinen Wagen.

Jack hatte recht gehabt. Clark kam zu spät zur Arbeit.

5

Jack Ryan junior schob das Telefon in seinen Blazer zurück und trank den Rest seines doppelten Espresso. Er sah auf die Uhr, dann ergriff er die Zeitung, die zusammengefaltet vor ihm lag, und überflog sie geistesabwesend.

Jack war Anfang dreißig, knapp über eins achtzig groß, hatte kurzes, dunkles Haar und einen gestutzten Bart. Er trug eine unmodische Brille, die ihn zusammen mit dem maßgeschneiderten blauen Blazer älter aussehen ließ, als er tatsächlich war, aber seine Jeans und sein unbeschwertes Lächeln zerstreuten jeden Eindruck von Spießigkeit. Er wog über zwei Zentner, die großteils aus Muskeln bestanden, doch seine Kleidung trug viel dazu bei, seinen athletischen Körperbau zu verbergen.

Er warf die Zeitung auf den Tisch und blickte angestrengt suchend durch das nahezu leere Café.

Gerade war ihm aufgefallen, dass seine Freundin schon ziemlich lange auf der Toilette war. Anspannung überkam ihn, eine böse Ahnung stieg in ihm auf.

Wie aufs Stichwort tauchte Ysabel aus der Damentoilette auf, in Jeans und taillierter Lederjacke, in denen sie jungenhaft, aber schön aussah, die schwarzen Haare zu einem Knoten hochgesteckt.

Jack unterdrückte einen Seufzer der Erleichterung und schalt sich dafür, dass er gleich ausflippte, nur weil eine Frau ein paar Minuten für kleine Mädchen war. Er rief sich in Erinnerung, dass sie sich nicht mitten in einem Kriegsgebiet befanden.

Jedenfalls nicht mehr.

Er stand vom Tisch auf, rückte ihr den Stuhl zurecht und rief nach der Rechnung, als sie beide wieder saßen.

»Entschuldige«, sagte Ysabel. »Ich weiß, du denkst, ich hätte mich die letzten zehn Minuten vor dem Spiegel herausgeputzt.«

»Warst du denn so lange weg? Das ist mir gar nicht aufgefallen.«

Sie lächelte. Ihre Miene verriet, dass sie ihm nicht glaubte. Kopfschüttelnd sagte sie: »Ich habe gerade mein Make-up aufgefrischt, da hat eine andere Frau vor dem Spiegel meine Tasche umgestoßen. Alles ist auf den Boden gefallen.« Sie kicherte. »Und eine Frau hat so allerhand in ihrer Handtasche.«

»Ich habe sie schon in der Hand gehalten. Hat die Frau dir wenigstens beim Einsammeln geholfen?«

»Ja. Sie hat sich mehrmals entschuldigt und mir geholfen. Bloß eine ungeschickte Person. Und bei dir? Alles in Ordnung? Hast du nicht gesagt, du müsstest eine Weile telefonieren?«

»Alles bestens. Mein Boss ist nicht im Büro, deshalb gebe ich meinen Bericht morgen durch.«

In hoffnungsvollem Ton fragte Ysabel: »Wirst du denn fragen, ob du noch etwas länger hier in Rom bleiben kannst?«

Jack nickte. »Ich habe ihm gesagt, dass ich noch eine Woche brauche. Dass wir hier noch nicht ganz fertig sind. Außerdem steht noch viel analytische Vorarbeit an, bevor ich in Luxemburg weitermachen kann. Die kann ich genauso gut hier erledigen, wo doch die Wohnung bis zum Monatsende bezahlt ist.« Er setzte eine unbekümmerte Miene auf, griff wieder zur Zeitung, schlug die Beine übereinander und las.

Ysabel runzelte die Stirn, aber nur kurz, denn Jack schaute langsam zu ihr auf und grinste. »Nur ein Scherz. Es stimmt alles, aber ich bleibe noch eine Woche, damit wir mehr Zeit miteinander haben. Dieser Arbeitsurlaub war fantastisch. Meinst du, den könnten wir uns patentieren lassen?«

Sie stand auf, kam um den Tisch herum, setzte sich ihm auf den Schoß und küsste ihn, aber erst, nachdem sie ihn in den Arm geknufft hatte. Er hatte sich so an ihre Neckereien gewöhnt, dass er ihr langsam darin nacheiferte.

Ysabels Augen weiteten sich. »Ich habe eine Idee! Zur Feier des Tages koche ich uns heute Abend etwas Tolles.«

Ryans Begeisterung hielt sich in Grenzen. »Und was?«, fragte er argwöhnisch.

»Ein Gericht, das mir meine Großmutter beigebracht hat. *Kuku sabsi*.«

»Ich hoffe, das ist kein Farsi-Ausdruck für Omas Veggie-Brei.«

Wieder versetzte sie ihm einen Knuff gegen den Arm. »Wo denkst du hin! Das ist eine Quiche mit Gemüse und Kräutern.«

»O Mann.«

Ysabel seufzte und rutschte von Jacks Schoß. »Das ist lecker, es wird dir schmecken. Ich werde auf dem Heimweg in dem persischen Laden vorbeischauen und alles besorgen, was ich dazu brauche.«

Jack sah sie an, ohne etwas zu sagen, täuschte aber eine begeisterte Miene vor.

Sie durchschaute ihn. »Wie wär's, wenn du beim Metzger ein paar Steaks holst? Nimm so viel, wie du zu Hause essen würdest. Du kannst grillen, während ich das Gemüse dünste. Wir essen das *Kuku sabsi* als Beilage. Ein iranisch-amerikanisches Essen.«

Jack wäre fast vom Stuhl aufgesprungen, diesmal ehrlich begeistert. »Eine heile Welt, vor uns auf den Tellern.

Das gefällt mir. Wir treffen uns dann in einer halben Stunde in der Wohnung.«

Sie küssten sich noch einmal, dann verließ Ysabel das Café und wandte sich nach Süden. Jack ging nach Osten, mit beschwingtem Schritt, denn er freute sich schon darauf, auf seinem Balkon saftige Steaks zu essen und herrlichen Wein zu trinken, und das alles mit einer schönen, hinreißenden Frau.

Beim Gang durch die Innenstadt Roms, die jetzt, am späten Nachmittag, von Fußgängern, Autos und Motorrollern wimmelte, dachte er über seine Situation nach, und seine Schritte verloren etwas von ihrem Elan, denn er wurde daran erinnert, wie flüchtig dies alles war. Er hatte mit der Iranerin Ysabel Kashani die letzten zwei Wochen hier in einer der romantischsten Städte der Welt verbracht und jede Minute genossen, aber sehr viel länger würde das nicht dauern.

Er konnte nicht sagen, was für eine Zukunft er und Ysabel hatten. Dafür war es noch zu früh, denn er kannte sie erst etwas mehr als einen Monat. Sie hatten sich bei einer Operation in Asien kennengelernt und waren schnell eine Beziehung eingegangen, und obwohl er in seiner jetzigen Lebensphase eigentlich nichts Ernstes hatte anfangen wollen, musste er zugeben, dass er sich in diese Frau verliebt hatte.

Und ihm war klar, dass das aus mehreren Gründen problematisch werden konnte, nicht zuletzt deshalb, weil sie in unterschiedlichen Hemisphären lebten.

Jack warf rasch einen prüfenden Blick nach hinten, als er das linke Tiberufer erreichte und den Weg nach Süden einschlug, zur nächsten Brücke, die nach Osten führte. Er bemerkte niemanden, der ihn verfolgte. Auch wenn er eigentlich nicht damit rechnete, bei diesem Einsatz beschattet zu werden, brauchte er von Clark nicht daran erinnert zu werden, dass die Sicherheit seiner Person und der Operation bei seinen Überlegungen immer im Vordergrund stehen musste – OPSEC und PERSEC waren ihm in den Jahren, seit er für den Campus arbeitete, zur zweiten Natur geworden, die Techniken der Gegenobservation in Fleisch und Blut übergegangen. Überall, wo er sich aufhielt, selbst in den Staaten, benutzte er unterschiedliche Routen, wenn er seine Wohnung verließ oder in sie zurückkehrte. Er besuchte nicht jeden Tag dieselben Cafés, Restaurants oder Geschäfte, und in unregelmäßigen Abständen nahm er unauffällig die Fußgänger vor und hinter sich in Augenschein.

Er schaute wieder nach vorn und erlaubte seinem regen Verstand, sich wieder mit Dienstlichem zu beschäftigen. Seine Gedanken entfernten sich von Ysabel – vorläufig jedenfalls – und wandten sich Finanzangelegenheiten zu.

Nicht seinen eigenen Finanzangelegenheiten – er verdiente gut und kam aus einer wohlhabenden Familie. Sein Vater war Präsident der Vereinigten Staaten und seine Mutter Leiterin der Abteilung für Augenheilkunde an der Johns Hopkins University.

Die Finanzangelegenheiten, an die er im Moment dachte, waren die der Kreml-Oberen.

Der Auftrag, der ihn nach Italien geführt hatte, bestand zu einem Drittel aus operativer Feldarbeit und zu zwei Dritteln aus Analyse, und er fand, dass er sich perfekt für den Job eignete, da er sowohl Einsatzagent als auch Analytiker war und sich in letzter Zeit auf Finanzanalysen spezialisiert hatte, was bei der Verfolgung von Geldwäsche hilfreich war.

Die US-Nachrichtendienste wussten, dass es für den Umgang mit dem kriminellen Regime im Kreml von entscheidender Bedeutung war, herauszufinden, wo das Geld der Staatsspitze herkam und, was vielleicht noch wichtiger war, wohin es floss. Russland war eine Kleptokratie, alle

Macht lag in den Händen einiger weniger Korrupter. Das Schlagwort der Stunde war »elite capture«: Die Privilegierten des Landes hatten den demokratischen Prozess vereinnahmt, indem sie der breiten Masse durch Bestechung, Wahlmanipulation und andere infame Methoden die Macht entrissen.

Etwa um die Zeit, wo die russischen Auslands- und Inlandsgeheimdienste miteinander verschmolzen, begann die CIA unter großem Aufwand, den Privatvermögen der kleinen Clique politischer Entscheidungsträger im Machtzentrum von Kreml und FSB nachzuspüren. Jacks Vater, der Präsident, hatte mehrere Staaten dafür gewinnen können, mit ihm zusammen Sanktionen gegen zahlreiche Vertreter dieser russischen Elite zu verhängen, um der aggressiven Politik des Landes gegen seine Nachbarn entgegenzuwirken. Damit konnte man dem Treiben des Kremls zwar keinen Riegel vorschieben, doch man traf einige mächtige Leute in Russland an empfindlicher Stelle und erhöhte dadurch den internen Druck auf Präsident Walerij Wolodin.

Doch während einige Oligarchen-Konten eingefroren und ihre Besitzer mit Reisebeschränkungen belegt wurden, nahm der Campus nicht diese mit dem Kreml verbandelten Oligarchen selbst ins Visier, sondern die Ökonomen, Mathematiker, Banker, Geldmanager, Fachleute für Offshore-Geschäfte und Buchhalter, die für sie arbeiteten. Jack war klar, dass Wolodins Topleute nicht selbst vor Computern saßen, Trusts im Ausland gründeten und Aktienanteile, Immobilien oder andere Vermögenswerte kauften oder verkauften. Nein, es waren die Männer und möglicherweise auch Frauen – bislang hatte der Campus allerdings nur Männer identifiziert – unter diesen Kreml-Größen, die das nötige finanzielle Geschick mitbrachten und sich durch politische Verlässlichkeit auszeichneten.

Diese russischen Geldjongleure standen schon geraume Zeit im Fokus der Campus-Analytiker. Jack selbst war allerdings erst seit Kurzem in das Projekt eingebunden, da er zuvor mit anderen Operationen in aller Welt befasst gewesen war.

Gemeinsam hatten er und die anderen Analytiker rund drei Dutzend Männer identifiziert, die an vorderster Front die in beide Richtungen fließenden Geldströme lenkten, die Russlands Kleptokratie am Laufen hielten. Ohne Zweifel gab es viele weitere, von denen sie nichts wussten, aber je tiefer Jack bei der Beschäftigung mit den bekannten Akteuren in diese schwierige Materie eintauchte, desto dringlicher stellte sich ihm die Frage: Welchem dieser Männer, wenn überhaupt, vertraute Walerij Wolodin die Verwaltung seines Privatvermögens an?

Wolodin wurde unermesslicher Reichtum nachgesagt – vor dem jüngsten Einbruch der Ölpreise soll sich sein Vermögen auf über 40 Milliarden Dollar belaufen haben. Vermutlich bestand es aus Anteilen an Staatsunternehmen, Offshore-Banken und anderen Anlagen. In der US-Regierung herrschte die Vermutung vor, dass Wolodins Geld durch dieselben geheimen Kanäle geleitet wurde wie das der anderen Vertreter der russischen Machtelite. Es kam also nur darauf an, die verschiedenen Schichten des Netzwerks freizulegen und nach den Drahtziehern zu suchen, dann musste man irgendwann auf die Männer stoßen, die Wolodins versteckte Reichtümer verwalteten.

Die von Jacks Vater geführte US-Regierung hatte dem Justizministerium ausdrücklich untersagt, Wolodins Privatvermögen ins Visier zu nehmen. Es gab internationale Verträge und Abkommen, die verhindern sollten, dass ein Land die privaten Finanzen von Staatsführern ans Licht zerrte oder zerstrittene Staaten Strafanzeige gegen den Regierungschef des jeweils anderen stellten, um diplomatischen Druck auszuüben. Doch für den Campus galten solche Einschränkungen nicht.

Campus-Direktor Gerry Hendley hatte seiner Analyseabteilung grünes Licht gegeben und den Auftrag erteilt, die Akteure aufzuspüren, durch deren Hände die von Wolodin angehäuften Milliarden gingen. Mit der Folge, dass sie viele Nächte durchgearbeitet hatten und einer von ihnen – nämlich Jack Ryan junior – schließlich nach Europa geschickt worden war.

Michail »Mischa« Grankin war eine Schlüsselfigur im engsten Kreis um Wolodin und derzeit vom Westen mit Sanktionen belegt. Als neuer Sekretär des russischen Sicherheitsrats war Grankin im vergangenen Jahr zu Wolodins wichtigstem Berater in allen diplomatischen, militärischen und nachrichtendienstlichen Angelegenheiten aufgestiegen.

Doch er versah nicht nur Regierungsaufgaben, sondern war auch, wie viele Kumpane Wolodins, Miteigentümer mehrerer großer Privatunternehmen mit Staatsaufträgen. Als der Campus Geldern nachspürte, die der russische Staat für solche Aufträge zahlte, stieß er auf eine Briefkastenfirma in Rom, die als Geldwaschanlage fungierte und in Galerien überall in der italienischen Hauptstadt Kunst kaufte.

So hatte die Firma mit Geld der russischen Regierung mehrere Dutzend Gemälde erworben, die sich jedoch nach wie vor hier in Rom befanden und in den Galerien ausgestellt waren, bei denen sie gekauft worden waren. Wurden diese Werke veräußert, bekam die Galerie eine hohe Provision, und der große Rest floss an eine Treuhandgesellschaft und landete auf einem Konto bei irgendeiner Offshore-Bank.

Der Zweck des Ganzen war für Jack und seine Kollegen im Campus offenkundig: Michail Grankins Leute hatten die Gemälde einzig in der Absicht erworben, Millionen von Dollar russischen Volksvermögens außer Landes zu schaffen und durch den Verkauf zu waschen.

In der undurchsichtigen Welt des Kunsthandels konnte eine Person in eine Galerie oder ein Auktionshaus gehen, für eine Million Dollar in bar ein Bild kaufen und damit wieder hinausspazieren, ohne seinen Namen anzugeben. Dies war eine perfekte Methode der Geldwäsche und eine wunderbare Möglichkeit, das Portfolio eines Mannes zu verbergen, der auf der Liste der von den USA sanktionierten Kreml-Mitarbeiter stand.

Jack war nach Rom gekommen, um den Transaktionen auf den Grund zu gehen und, wenn irgend möglich, die Mittelsmänner des Handels zu identifizieren. Denn so viel stand fest: Wer immer das Geld für die Gemäldekäufe vorgestreckt hatte, hing tief in der Sache mit drin, und Jack war fest davon überzeugt, dass dieses kriminelle Geschäft keine einmalige Sache war. Er ging davon aus, dass jeder an der Operation Beteiligte dem komplizierten Netzwerk angehörte, das der Kreml benutzte, und die Vermutung lag nahe, dass auch Walerij Wolodin sein Geld in solchen Kanälen verschwinden ließ.

Jacks Ziel war es gewesen, das nächste Glied in der Kette zu identifizieren und dann seine Erkenntnisse über Grankins Geld dem US-Justizministerium zu melden, damit es diese Mittel einfrieren konnte, so wie man es mit allen anderen außerhalb Russlands entdeckten Konten Grankins getan hatte.

Doch es gab noch einen anderen Grund, warum Jack nach Rom gekommen war, auch wenn er es nicht eingestehen wollte, nicht einmal sich selbst. Rom war eine verdammt romantische Stadt, und Ysabel hatte ihn bei seinen Nachforschungen unterstützt.

Eigentlich hatten sie nach der letzten Operation gemeinsam Urlaub auf Tahiti machen wollen, aber dann war plötzlich Michail Grankin ins Fadenkreuz der Ermittlungen geraten, und Jack war klar gewesen, dass er stattdessen nach Rom musste. Er hatte mit seinen Vorgesetzten gesprochen, ihnen die Situation erklärt und sie daran erinnert, was Ysabel unlängst in Dagestan geleistet hatte. Darauf hatten John Clark und Gerry Hendley ihr angeboten, Jack bei seinem Einsatz zu unterstützen, und sie hatte die Gelegenheit, Jack in der Ewigen Stadt wiederzusehen, beim Schopf gepackt.

Ysabels Aufgabe bei der Operation war ziemlich klar umrissen. Sie zog durch jene Galerien, in denen Grankins Tarnfirma Kunstwerke auf Kommissionsbasis verkaufte. Sie gab sich als Vertreterin eines Käufers aus, sichtete mit versteckter Kamera und Mikrofon das Angebot, stellte fest, was bereits verkauft war, und versuchte, ein Gefühl dafür zu bekommen, ob die geforderten Preise und die gezahlten Preise darauf hindeuteten, dass es sich bei der ganzen Sache tatsächlich um eine Art Schmiergeldsystem handelte.

Und damit nicht genug. Eine weitere Aufgabe Ysabels bestand darin, die Computersysteme in den Galerien zu filmen, um Aufschluss darüber zu erhalten, welche Technologien sie zur Speicherung ihrer Kontendaten verwendeten.

Dann tat Jack sein Möglichstes, um die Käufer der Kunstwerke zu ermitteln. Der Direktor der Abteilung Informationstechnologie im Campus, Gavin Biery, war Absolvent des Massachusetts Institute of Technology und ein erstklassiger Hacker. Die Computer der meisten Galerien hatte er mühelos geknackt und dann Daten über Verkäufe abgegriffen. Doch in manchen Galerien hatte Ysabel selbst RATs – Remote Administration Tools – in den Systemen platzieren müssen, damit sich Biery in das Netzwerk der Galerie einklinken konnte.

Ysabel war von Anfang an voll bei der Sache. Tatsächlich bemerkte Jack, dass sie diese Arbeit liebte. Anfangs befürchtete er, sie könnte irgendwie in Gefahr geraten, doch die Nachforschungen, die er in den ins Visier genommenen Kunstgalerien anstellte, förderten keine Verbindungen zum organisierten Verbrechen oder wirklich ruchlosen Elementen zutage. Es handelte sich um einfache Kunsthandlungen, die unwissentlich für die Obergauner im Kreml Geldwäsche betrieben.

Die einzige Gefahr für Ysabel bestand darin, dass ein Wachmann sie dabei ertappte, wie sie hinter dem Ladentisch herumstöberte, während die Galerieleiterin in der Küche eine Tasse Tee für sie aufbrühte.

In solchen heiklen Momenten war Jack stets in der Nähe geblieben, hatte draußen vor der Galerie im Auto gesessen und die von Ysabels Kamera gelieferten Echtzeitaufnahmen verfolgt – jederzeit bereit, nach drinnen zu stürzen und ihr aus der Patsche zu helfen, doch sie beherrschte ihr Handwerk so perfekt, dass er nie Feuerwehr spielen musste.

Für Campus-Verhältnisse war diese Operation ein Spaziergang gewesen.

Und sie hatte unlängst Früchte getragen. Die Geschäftsdaten aller drei Galerien, die Gavin Biery gehackt hatte, verrieten dasselbe. Die Kunstwerke, die von der russischen Tarnfirma auf Kommissionsbasis verkauft wurden, fanden alle denselben Abnehmer. Eine Treuhandgesellschaft mit Sitz in Luxemburg.

Jacks Nachforschungen zu der Treuhandgesellschaft nahmen einige Zeit in Anspruch, führten schließlich aber zu einem Anwalt in Luxemburg, der ihre Finanzen verwaltete. Jack wusste zwar nicht, woher das Geld kam, mit dem die Gesellschaft die Gemälde kaufte, doch er vermutete, dass sie nur dazu diente, das in Kunst angelegte russische Geld mit sauberem luxemburgischem Geld zu waschen. Wenn es sich bei den Summen, mit denen zu überhöhten Preisen Kunstwerke erworben wurden, schlichtweg um

Schmiergelder handelte, dann mussten mehr Personen und Unternehmen involviert sein. Viel mehr. Jack war klar, dass noch ein weiter Weg vor ihm lag, ehe er diesen gordischen Knoten lösen konnte, doch er war zufrieden. Immerhin war es ihm gelungen, Grankins Spur bis zu den Kunstgalerien, der Luxemburger Treuhandgesellschaft und dem Anwalt zu verfolgen.

Als Nächstes musste er diesen Anwalt in Luxemburg unter die Lupe nehmen, feststellen, für welche anderen Firmen er arbeitete, und herausfinden, wer Grankin bei diesem Geschäft half.

Mit etwas Glück würde es ihm gelingen, die Geldtransfers bis zu Grankin zurückzuverfolgen, aber bis dahin war es noch lange hin. Aus seiner Erfahrung als Finanzermittler wusste er, dass in ein gut organisiertes und geschütztes Geldwäsche-Konstrukt Dutzende Firmen, Blind Trusts, Registrierungsagenten, Banken und sogar Staaten eingebunden waren. Bis Grankin das ins Ausland geschaffte Geld endlich ausgeben konnte, würde es sich um die Welt bewegt haben wie eine Nussschale in einem Hütchenspiel mit fünfzig Hütchen.

Aber das störte Jack nicht weiter. Selbst wenn er weder in Rom noch in Luxemburg, noch in den nächsten fünf Orten, in denen Grankins Geld landete, die nötigen Beweise fand, um das Netzwerk zerschlagen zu können, so legte er doch wie beim Häuten einer Zwiebel Schicht um Schicht frei, bis er eines Tages auf den Mann im Zentrum der illegalen Geldschiebereien stoßen würde.

Jack wollte Ysabel einladen, ihn nach Luxemburg zu begleiten, aber dazu brauchte er Hendleys und Clarks Einwilligung. Er wollte die beiden morgen fragen und rechnete ziemlich fest mit einem Ja.

Ysabel hatte bisher einen großartigen Job gemacht. Sie und Jack arbeiteten jeden Tag hart bis in den Abend hinein, nutzten aber auch die Gelegenheiten, die Rom ihnen in der Freizeit bot. Das junge Paar erkundete die Restaurants und romantischen Ecken der Stadt und lernte sich dabei besser kennen.

Jack lächelte leicht, als er wieder nach hinten spähte. John Clarks gebieterische Stimme war ihm stets gegenwärtig und forderte ihn auf, nachzusehen, ob ihm jemand folgte.

Er war sauber.

Selbst mit Ysabel würde es in Luxemburg längst nicht so vergnüglich werden wie in Rom. Statt schöner Kunstgalerien würde er Bürogebäude und Konferenzräume observieren müssen, um herauszufinden, wer die Geschäftspartner des Anwalts waren. Das war nicht ganz dasselbe, was er in den letzten paar Wochen getan hatte, aber wenigstens würde er mit Ysabel zusammen sein.

Mit diesem angenehmen Gedanken trat Jack Ryan vom Bordstein auf die Straße und sah dabei nach links und rechts.

Plötzlich erstarrte sein Gesicht zu einer Maske des Schreckens.

Ein kleiner, blauer Citroën überfuhr ein Stoppschild und raste auf ihn zu, während er mitten auf der Straße ging.

6

Jack schnellte sich mit einem weiten Satz nach vorn und entging der vorderen Stoßstange des Autos nur um einen halben Meter. Er wirbelte herum und sah dem Wagen nach, der jetzt mit quietschenden Reifen an der Kreuzung links abbog.

Der Citroën erfasste beinahe ein Paar mittleren Alters, das gerade einen Zebrastreifen überquerte. Die Frau gestikulierte und schrie dem Fahrer hinterher, einem korpulenten Mittfünfziger, dem offenbar gar nicht bewusst war, dass er mit seiner Fahrweise beinahe ein Blutbad angerichtet hätte.

Wäre Jack irgendwo anders gewesen, hätte er angenommen, dass gerade jemand versucht hatte, ihn umzubringen, aber er befand sich in Rom, der für Fußgänger gefährlichsten Stadt in Europa. Das war kein Mordanschlag gewesen. Nur irgendein Arschloch, das nicht fahren konnte.

Die Stadt war voll von ihnen.

»Vollidiot«, knurrte Jack, aber sehr leise. Die Sicherheit der Operation gebot es, dass er sich als Amerikaner nur zu erkennen gab, wenn es unbedingt nötig war.

Er setzte seinen Weg fort und musste dabei an etwas denken, was er bei der Vorbereitung auf diese Dienstreise gelesen hatte. Im Zusammenhang mit den miserablen Autofahrern in Italiens Hauptstadt hatte ein Autor geschrieben, dass Römer so parkten, wie er parken würde, wenn er gerade einen Becher Salzsäure auf seinem Schoß verschüttet hätte.

Jack fand, dass er selten etwas so Wahres gelesen hatte, und fragte sich, ob Gerry ihm für den Monat in Rom wohl eine Gefahrenzulage zahlen würde.

Er schmunzelte über den eigenen Scherz – wer für den Campus arbeitete, schwebte jeden Tag in Gefahr, und niemand bekam dafür eine Zulage.

Er überquerte den Ponte Regina Margherita und schlüpfte in einen kleinen Metzgerladen, der ihm Anfang der Woche aufgefallen war. In seinem Pidgin-Italienisch verlangte er zwei dicke Rib-Eye-Steaks, die der Fleischer eigenhändig zuschnitt. Jack lief das Wasser im Mund zusammen, als die Steaks in Papier eingeschlagen wurden, und wieder draußen auf der Straße, beschleunigte er seine Schritte, behielt aber die Autofahrer im Auge. Es war kurz vor vier, und er ging davon aus, dass sie erst in etwa drei Stunden essen würden, aber er zweifelte nicht daran, dass diese Steaks, wie alle guten Dinge, das Warten lohnten.

Er ließ unablässig den Blick umherwandern, während er seinen Gedanken nachhing. Er führte wohl den fünfzigsten schnellen Check dieser Art am heutigen Tag durch, als er kurz vor der Ecke Via Ferdinando di Savoia und Via Maria Adelaide in einem vorbeifahrenden Bus sein Spiegelbild erblickte und hinter sich einen Mann in einer Lederjacke bemerkte, der seine langen braunen Haare zu einem Pferdeschwanz gebunden hatte. Der Mann sah ihn nicht direkt an, aber irgendwie kam er ihm bekannt vor. Er war sich nicht sicher, ob er ihn schon einmal gesehen hatte – das Zentrum Roms wimmelte von Männern, und viele hatten lange Haare, und dieser Typ unterschied sich in Aussehen und Verhalten nicht vom Durchschnitt –, und dennoch schlug etwas in Jack Alarm.

Jack hatte schon vor langer Zeit die Erfahrung gemacht, dass mit einem Mal jeder verdächtig aussieht, sobald man auch nur den geringsten Verdacht hegt, man könnte verfolgt werden. Mit diesem Phänomen lebte er seit Jahren, und mit der Zeit hatte er sich antrainiert, kühlen Kopf zu bewahren und mit nüchtern-analytischem Blick die Umgebung abzusuchen. Er bemerkte sonst nichts Verdächtiges, und so speicherte er das Aussehen des Mannes in seiner geistigen Datenbank und ging weiter.

Als er die große, offene Piazza del Popolo erreichte, war er davon überzeugt, dass etwas nicht stimmte. Auf den letzten Metern war er wesentlich langsamer gegangen und hatte sich eine Schaufensterauslage angesehen. Das war kein Trick aus dem Arsenal der Gegenobservation – eine herrliche Breitling-Uhr war ihm ins Auge gestochen, und obwohl er nicht beabsichtigte, in den Laden zu gehen und nach dem Preis für das Prachtstück zu fragen, konnte er sich fast eine Minute lang von dem Anblick nicht losreißen.

Als er sich Augenblicke später der Piazza näherte, blickte er in die Scheibe eines vorbeifahrenden Autos und stellte fest, dass der Pferdeschwanzträger immer noch hinter ihm war, in exakt demselben Abstand wie zuvor.

Entweder hatte der Typ etwas entdeckt, was seine Aufmerksamkeit ebenso lange gefesselt hatte, wie Jack die Uhr bestaunte, oder er war langsamer gegangen und sogar stehen geblieben, damit er Ryan auf dem Gehweg nicht überholte.

Jetzt wusste Jack, dass er beschattet wurde. Beim Blick in das spiegelnde Autofenster war ihm aufgefallen, dass der Mann einen kleinen Rucksack über einer Schulter trug, und er fragte sich, was wohl darin war.

Er überquerte die Straße und betrat die Piazza. In der Mitte wurde gerade eine Bühne aufgebaut – vermutlich fand am Abend irgendein Open-Air-Konzert statt –, doch im Moment konnte man den mäßig bevölkerten Platz noch mühelos überqueren.

Jeder sah jetzt verdächtig aus. Ein Mann, der den Platz fegte, eine Frau, die auf einem Motorroller saß und in ihr Handy sprach, ein Eisverkäufer, der neben seinem Karren stand und in Jacks Richtung schaute.

Jack beschleunigte kurz seine Schritte, dann trat er unvermittelt an einen anderen Verkaufswagen und kaufte eine Flasche Wasser. Während er ein paar Euro aus der Tasche fischte, schielte er nach links und sah, wie sich der Pferdeschwanzträger, den Fuß auf einer schmiedeeisernen Sitzbank, den Schuh band.

Klarer Fall, der Typ beschattete ihn, und er stellte sich nicht besonders geschickt dabei an. Als ob er das Beschatten aus bescheuerten Fernsehkrimis gelernt hätte.

Jack überlegte: Falls der Typ zu einem Team gehörte, dann war er entweder das schwächste Glied, oder die anderen waren ebenso leicht zu erkennen wie er. An der Wasserflasche nippend und die eingewickelten Steaks in der anderen Hand, musterte er alle Passanten genauer, als er den Platz in südlicher Richtung überquerte.

Er brauchte für die Strecke drei Minuten, aber er entdeckte keine zweite Person, die an ihm Interesse zu haben schien.

Er riskierte einen schnellen Blick nach hinten, als er die leere Wasserflasche in einen Mülleimer warf. Der Pferdeschwanzträger war noch da, rund fünfundzwanzig Meter entfernt, und sah weg, als Jack in seine Richtung blickte.

Jacks Körper spannte sich an, und sein Hirn begann zu arbeiten. Seine Tarnung war aufgeflogen, und das war schlecht, aber die neue Situation beanspruchte seine volle Aufmerksamkeit, sodass er jetzt nicht darüber nachdenken konnte, welche Folgen das alles für die Operation hatte. Jetzt galt es erst einmal, diesem Kerl zu entwischen und in die Wohnung zurückzukehren.

Danach würde er sich Gedanken über das weitere Vorgehen machen.

Vorausgesetzt, dieser Stümper war wirklich allein, war die beste Methode, ihn abzuschütteln, in ein Taxi zu steigen. Es war kaum anzunehmen, dass er einen fahrbaren Untersatz zur Hand hatte. Der Pferdeschwanzträger hatte unmöglich wissen können, dass Jack sich auf den Weg zur Piazza del Popolo machen würde, deshalb war die Wahrscheinlichkeit, dass er dort einen Wagen postiert hatte, gleich null.

Jack trat an den Rand der Straße, die um den Platz herumführte, und beobachtete die Horde der vorbeijagenden italienischen Kleinwagen. Jeder Fahrer hatte anscheinend ganz eigene Vorstellungen davon, wie schnell man fahren durfte und wo die Fahrbahnmarkierungen verliefen. Er erspähte ein Taxi, das auf der Spur direkt neben ihm herangebraust kam. Er wartete, bis es nahe genug war, dann winkte er.

Der Taxifahrer fuhr rechts ran und stoppte seinen kleinen Fiat. Hinter ihm mussten Motorroller und Autos eine Vollbremsung hinlegen.

Jack stieg hinten ein, und das Taxi fuhr ruckartig wieder an.

Chavez und Caruso hatten gerade ihre Mahlzeit, bestehend aus Schnitzel mit Kartoffelbrei und Gemüse, beendet und mit ein paar Bierchen hinuntergespült. Im Campus gab es keine Vorschriften, was Alkohol im Dienst anging. Die Agenten waren angehalten, jederzeit ihre Tarnung zu wahren, und manchmal bedeutete das eben, dass man bei einer Observation das eine oder andere Glas trinken musste. Man musste sich der Umgebung eben anpassen, und wenn sich die Männer auch vor übermäßigem Alkoholgenuss hüteten, so wollten sie doch auch nicht auffallen.

Während sie alle so dasaßen, behielt Dom durch die Verbindungstüren das Abteil Morosows und der jungen Brünetten im Auge, die er anscheinend nach Deutschland begleitete. Sie war einmal auf die Toilette gegangen, und Caruso hatte sie fotografiert. Er hatte das Bild an den Campus geschickt und durch ein Gesichtserkennungsprogramm laufen lassen, aber sie tauchte in keiner Straftäter-Datenbank auf.

Caruso und Chavez berieten gerade über ihr weiteres Vorgehen nach der Ankunft in Berlin, als der Zug die deutsch-polnische Grenze passierte und in Frankfurt an der Oder einfuhr. Hier sah der Fahrplan keinen Stopp vor: Deutschland und Polen gehörten zum Schengenraum, der 26 Staaten umfasste, die eine gemeinsame Visapolitik betrieben und an ihren Binnengrenzen keine Personenkontrollen durchführten. Daher blickten die beiden Amerikaner überrascht aus dem Fenster, als der Zug langsamer wurde.

Während Ding zur Theke ging, um sich einen Kaffee zu holen, wurde per Lautsprecherdurchsage in mehreren Sprachen darauf hingewiesen, dass deutsche Zollbeamte mit Hunden einen kurzen Kontrollgang durch den Zug machen würden.

»Das ist bestimmt wegen der Geschichte in Litauen«, sagte Dom, als er mit seinem Kaffee wieder Platz nahm.

»Genau«, stimmte Chavez zu. »Sie wissen nicht, wie viel C4 die Ökoterroristen benutzt haben, um das Schiff in die Luft zu jagen. Vielleicht ist noch genug übrig, um den Reichstag oder so was plattzumachen.«

Caruso saß mit dem Gesicht zum Erste-Klasse-Wagen und hatte über Chavez' linke Schulter hinweg freie Sicht auf die Tür zu Morosows Abteil und die zu ihrem eigenen weiter hinten. Von Morosow und der Frau war nichts mehr zu sehen. Chavez wiederum hatte über Carusos rechte Schulter hinweg den Großraumwagen der zweiten Klasse im Blick. Ein Großteil der ukrainischen Fußballer war aufgestanden und schaute aus dem Fenster, und als der Zug vollends zum Stehen gekommen war, stiegen sechs Beamte der deutschen Bundespolizei mit zwei Malinois an der Leine zu. Ein Hundeführer und zwei Beamte gingen nach rechts in den hinteren Teil des Zugs, die anderen drei wandten sich den vorderen drei Wagen zu. Chavez erkannte sofort, dass es sich nicht um Zollbeamte handelte, wie in der Durchsage behauptet worden war. Und auch von einem kurzen Kontrollgang konnte keine Rede sein. Die Beamten nahmen sich Zeit und ließen sich von jedem Reisenden den Pass zeigen.

»Sie führen eine vollständige Personenkontrolle durch«, sagte Chavez.

Der Zug fuhr wieder an.

Caruso kicherte. »Hoffentlich sind Morosows Papiere in Ordnung. Es wäre jammerschade, wenn wir zusehen müssten, wie sie ihn abführen.«

Auch Chavez grinste, aber nicht lange. »He, findest du nicht, dass die Ukrainer etwas zappelig wirken?«

Caruso spähte über seine Schulter und sah, was Chavez meinte. Mehrere aus der Fußballmannschaft, darunter auch einer der Trainer, schielten immer wieder zu den nahenden Beamten. »Ja«, sagte er. »Die Jungs haben was zu verbergen.«

Doch als die Polizisten bei ihnen waren, griff einer der Trainer in eine Kuriertasche aus Vinyl und reichte ihnen einen Stapel Pässe. Ein Beamter sah sie kurz durch, während der Hund an den jungen Männern herumschnüffelte. Die Fußballer zeigten anhaltende Anzeichen von Nervosität, doch nachdem der Polizist Pass für Pass mit dem dazugehörigen Gesicht verglichen hatte, gab er sie dem Trainer zurück und kam mit seinen Kollegen in Richtung Speisewagen.

»Ich frage mich, ob sie vielleicht leistungssteigernde Substanzen in ihren Taschen oben in der Ablage haben«, sagte Caruso. »Sie hatten Angst, durchsucht zu werden.«

»Das sind Amateure«, entgegnete Chavez. »Wahrscheinlich haben sie Gras dabei.«

Die beiden Campus-Agenten zückten ihre Papiere, als die drei bewaffneten Polizisten an ihren Tisch kamen. Einer trug eine HK-MP5-Maschinenpistole vor der Brust, und alle drei, auch die weibliche Hundeführerin, hatten große Glock-17-Pistolen in Sicherheitsholstern am Gürtel stecken.

»Gibt es ein Problem?«, fragte Chavez die Beamten auf deutsch.

»Not at all«, antwortete die Frau auf englisch, nachdem sie ihre Papiere zurückerhalten hatten.

Chavez hatte auf etwas mehr Informationen gehofft, war aber keineswegs überrascht, dass die deutsche Polizei mit Auskünften geizte.

Die drei Polizisten gingen mit ihrem Hund durch den Übergang in die erste Klasse, und Caruso richtete sein Augenmerk auf Morosows Abteil. Vor dem Abteil angekommen, öffneten die Polizisten die Schiebetür, blieben aber auf dem Gang davor stehen. Der Hund verschwand schnüffelnd im Innern und kam sofort wieder heraus. Er schien an seiner Arbeit sehr desinteressiert zu sein und wollte weiter. Caruso sah, wie zwei Pässe aus dem Abteil herausgereicht wurden. Sie waren beide burgunderrot, was bedeutete, dass es sich um russische handeln konnte, doch es gab viele andere Länder, auch hier in Europa, die dieselbe Farbe verwendeten.

Ein Pass wurde rasch wieder zurückgegeben, doch der andere wurde lange geprüft. Caruso gewann den Eindruck, dass etwas nicht stimmte. Er konnte erkennen, dass ein Beamter einer der Personen im Abteil, vermutlich dem russischen Spion, eine Reihe von Fragen stellte.

Chavez blickte in die entgegengesetzte Richtung, deshalb hielt ihn Caruso auf dem Laufenden. »Sieht so aus, als ob sie Morosow ins Verhör nehmen.«

Chavez drehte sich nicht um. »Das ist merkwürdig. Man sollte doch annehmen, dass der FSB seinen Mann zumindest mit einwandfreien Papieren losschickt.«

»Schwachköpfe«, murmelte Dom mit einem leichten Grinsen.

»Das ist kein Grund, in Jubel auszubrechen, *'mano*. Wenn sie ihn aus dem Zug holen, haben wir die Reise umsonst gemacht.«

»Wir können uns an die Frau hängen.«

Chavez zuckte mit den Schultern. Nach allem, was er wusste, war sie Morosows Tochter und unternahm mit ihrem Vater einen Ausflug in die Berliner Kunstgalerien.

Eine Minute später durchquerten die anderen drei Polizisten mit ihrem Hund den Speisewagen, wechselten in die erste Klasse und stellten sich zu ihren Kollegen auf dem Gang.

»Verdammt«, knurrte Caruso. »Sie nehmen ihn tatsächlich mit.« Er konnte sehen, dass die Polizisten eine der Personen aus dem Abteil herauswinkten, und er nahm an, dass sie den russischen Spion meinten. Doch zu seiner Überraschung trat die brünette Frau heraus.

Caruso sah, wie sich Morosow aus dem Abteil beugte und mit den Polizisten zu reden versuchte. Doch sie hörten nicht hin. Stattdessen führten sie die Frau zum Ausgang des Erste-Klasse-Wagens. Einer zückte sein Funkgerät. Vermutlich wies er das Zugpersonal an, im nächsten Bahnhof zu halten.

Morosow drehte sich um, kam in den Speisewagen und ging an Dom und Ding vorbei, ohne sie anzusehen. Die Anspannung in seinem Gesicht stimmte Dom besorgt.

»Wo will er denn hin?«, fragte Chavez.

Die Antwort bekam er prompt. Der Mann vom russischen FSB eilte in den Zweite-Klasse-Wagen, steuerte direkt auf den Trainer der Fußballmannschaft zu und beugte sich zu ihm hinunter.

»Ach, du Scheiße«, sagte Chavez. »Was hat das jetzt zu bedeuten?«

Caruso drehte sich um und machte große Augen. »Das dürfte bedeuten, dass die Amateurkicker ein professionelles Sicherheitsteam sind. Morosow hat ein Dutzend Gorillas dabei.«

Wie ein Mann standen die Fußballer auf und griffen nach den Taschen, die über ihnen in den Ablagen lagen. Morosow kam zurück, hastete wieder durch den Speisewagen, verschwand in seinem Abteil und schloss die Tür. Die sechs Polizisten, die mit der Frau weiter hinten am Ausgang standen, hatten nicht einmal bemerkt, dass er sein Abteil verlassen hatte.

Dom beobachtete dies alles, aber Ding sah nicht hin. Er behielt die Ukrainer im Auge. Sie hatte die Taschen geschultert und drängten nun, die Hände in den offenen Reißverschlüssen der Taschen, in Richtung Speisewagen.

»Die Typen haben zusammengepackt«, sagte Chavez. »Sie werden versuchen, die Frau zu befreien.«

»Und wir sind unbewaffnet«, stöhnte Caruso.

Chavez nahm ein schmutziges Steakmesser vom Tisch und ließ es im Jackenärmel verschwinden.

Caruso sah ihn an. »Willst du ein Dutzend bewaffnete Typen mit einem Steakmesser angreifen?«

»Nein. Ich werde *einen* bewaffneten Typen mit einem Steakmesser angreifen, und dann werde ich elf bewaffnete Typen mit einer Knarre angreifen.«

Dom schnappte sein eigenes Messer, wischte mit der Serviette Soßenreste ab und schob es sich in den Ärmel.

7

Domingo Chavez wusste, dass er seine Tarnung nicht preisgab, wenn er die Männer in Schwarz anstarrte, die jetzt mit angespannten Gesichtern durch den Speisewagen in Richtung der Polizisten stürmten. Im Gegenteil, es hätte absolut unglaubwürdig gewirkt, wenn er weiter seinen Kaffee getrunken und auf seinen leeren Teller gestiert hätte. Also starrte er sie an und versuchte einzuschätzen, wie weit sie zu gehen bereit waren. Ein kurzer Blickwechsel mit Dom, dann ein kaum merkliches Nicken, das signalisierte, dass diese Männer ernst zu nehmen waren. Sie schienen gewillt, Polizisten zu töten, um die geheimnisvolle Frau aus den Händen der deutschen Behörden zu befreien, und das musste verhindert werden.

Nachdem die ersten zehn Männer an ihrem Tisch vorbei in den Übergang marschiert waren, drehten sich die letzten beiden an der Tür des Zugrestaurants um, zogen schwarze Automatik-Pistolen aus ihren Taschen und behielten, die Waffen gesenkt vor dem Körper haltend, den Speisewagen und den Zweite-Klasse-Wagen dahinter im Auge. Und natürlich auch Dom und Ding, die drei, vier Meter entfernt rechts vor ihnen saßen.

Chavez begriff sofort, dass diese Männer gut ausgebildet waren, sonst hätten sich alle zwölf auf den bekannten Gegner gestürzt, ohne eine Nachhut zurückzulassen, die sie nach hinten absicherte.

Andererseits waren die beiden Bewaffneten nur ein paar Meter von ihnen entfernt, also nahe genug für einen Angriff. Caruso und er mussten nur schnell und überraschend zuschlagen, dann konnten sie bei diesem ungleichen Kampf Chancengleichheit herstellen.

Als die Tür zum Übergang zwischen Speisewagen und Erste-Klasse-Wagen zufiel, hob Dom die Hände, trat auf den Gang hinaus und lenkte so die Aufmerksamkeit der beiden Männer auf sich.

»Nicht schießen! Sagen Sie uns einfach nur, was hier vorgeht …«

Ding Chavez drehte sich mit dem Kaffeebecher in der Hand aus dem Sitz und schleuderte die dampfende Flüssigkeit nach oben in Richtung der beiden Männer. Mit einem Schritt brachte er seinen Körper in einen rechten Winkel zu den Bewaffneten, die Schulter an Schulter vor der Tür standen, dann schnellte er sich nach vorn. Beide Pistolen schwenkten in seine Richtung, doch von dem heißen Kaffee in den Augen getroffen, prallten die Männer zurück, bevor sie zielen konnten. Ding rammte sie auf Höhe der Taille, sodass sie rücklings zu Boden stürzten. Einer knallte mit dem Kopf gegen die Tür und ließ die Pistole fallen, die Schusshand des anderen wurde von Dings linker Schulter nach oben gedrückt. Ein Schuss ertönte aus dem Erste-Klasse-Wagen, dann war Dom zur Stelle, sprang über den auf dem Bauch liegenden Ding hinweg und rammte den beiden Männern bei der Landung die Knie in die Brust. Einer zog ein Klappmesser aus der Tasche seines Trainingsanzugs und ließ es aufschnappen, aber Ding stieß ihm sein Steakmesser ins Herz und tötete ihn auf der Stelle. Der andere hielt die Pistole noch in der Hand, aber mit einem Hagel von Faustschlägen auf Nase und Kinn setzte ihn Dom rasch außer Gefecht.

Weitere Schüsse aus der ersten Klasse zertrümmerten

die Glasscheibe der Durchgangstür direkt über den Köpfen der Amerikaner.

Chavez und Caruso schnappten sich die Waffen der beiden Männer, russische Militärpistolen vom Typ GSh-18, neun Millimeter. Geduckt krochen sie in den Übergang und lauschten den dröhnenden Schüssen hinter der nächsten Tür. Obwohl das Feuergefecht immer heftiger wurde, riskierte Chavez einen Blick durch die geborstene Scheibe in den Erste-Klasse-Wagen. Die Hundeführerin lag reglos im Gang. Ihr großer Malinois hatte sich in den Arm eines Mannes im schwarzen Trainingsanzug verbissen, der mit dem anderen Arm wild um sich schlug. Die anderen Polizisten waren im ersten Abteil und neben der Tür am anderen Ende des Gangs in Deckung gegangen. Männer in Schwarz beugten sich aus Morosows Abteil und zwei weiteren, die näher am Speisewagen lagen, und feuerten aus Pistolen.

Chavez zielte kurz auf den Hinterkopf eines Schützen und drückte ab. Der Mann stürzte auf den Gang heraus, doch sofort nahmen die deutschen Polizisten Chavez unter Feuer, da sie annahmen, er gehöre zu den Angreifern. Er warf sich zu Boden, drehte sich nach Dom um und rief: »Die Schützen sind in den nächsten drei Abteilen.«

»Ich gehe raus und greife durch die Fenster an«, erwiderte Dom.

»Einen Teufel wirst du tun. Wir sind hier nicht in *Mission Impossible*. Der Zug hat außen kein Geländer.«

Genau in diesem Moment kreischten die Bremsen. Der Zug drosselte wieder das Tempo. Dom und Ding wurden zu Boden geworfen.

Dom spähte nach draußen. »Scheiße, wir sind in einem Wald.«

Der Zugführer stoppte den Zug, damit Passagiere aussteigen konnten, aber natürlich gab er damit auch Morosow und seinen Leuten Gelegenheit zur Flucht.

Noch bevor der Zug vollständig zum Stehen kam, hörten die Amerikaner in den Erste-Klasse-Abteilen Glas splittern. Dom öffnete die Tür nach draußen, sprang hinaus und sah, dass sich Männer mit Waffen in der Hand auf die Gleise herabließen. Er legte auf den an, der ihm am nächsten war, doch Pistolenschüsse aus einem anderen Fenster trieben ihn in den Zug zurück.

Chavez feuerte gerade durch das Fenster der Verbindungstür. »Sie flüchten durch die Fenster!«, brüllte Dom gegen den Lärm an.

»Gut! Lass sie ziehen, pass aber auf, dass sie uns nicht von der Seite angreifen!«

Dom wollte durch die Tür zurück, doch im selben Moment bog ein Bewaffneter um die Ecke, um den Unbekannten auszuschalten, der auf seine Leute in der ersten Klasse schoss. Dom feuerte zweimal. In die linke Schulter getroffen, stürzte der Mann auf die Gleise.

Ein Zweiter hatte es bis zu einer Baumreihe jenseits der Gleise geschafft und zielte nun mit seiner Pistole sorgfältig auf die Männer in grauen Anzügen im Übergang zwischen Speisewagen und erster Klasse. Die erste Kugel pfiff hoch über Dings Kopf hinweg, doch die zweite streifte Dom am Rücken. Mit einem Hechtsprung in die Toilette brachte sich Dom aus der Schussbahn.

Ohne Vorwarnung ging die Tür zur ersten Klasse auf, und Ding wirbelte mit seiner Waffe herum. Ein Mann in Schwarz rammte ihn und warf ihn zu Boden.

Die deutschen Polizisten feuerten weiter den Gang herunter. Kugeln durchschlugen die Tür, als sie wieder zuging, und flogen nur einen halben Meter über Ding hinweg.

In der Toilette liegend, zielte Dom auf den Mann, der auf Chavez kniete, und drückte ab, doch der Angreifer duckte sich, und der Schuss ging fehl. Der Schlitten von Doms GSh-18 verharrte in der hinteren Position und signalisierte ihm, dass das Magazin leer war.

Jetzt landete Dings Gegner eine mächtige rechte Gerade in seinem Gesicht.

Mit einem Satz war Dom aus der Toilette, riss ihn von Ding herunter und schleuderte ihn gegen die Wand. Mit wutentbrannten Augen ging der Mann zum Gegenangriff über.

Er warf sich auf Dom, doch der hatte bereits sein Steakmesser gezückt. Es fuhr dem Mann in den Hals. An die tödliche Wunde greifend, kippte er zur Seite.

Weitere Schüsse von draußen zwangen die Amerikaner, in den Speisewagen zurückzukriechen und hinter der Theke Deckung zu suchen, wo sie einen verängstigten Schaffner vorfanden. Sie wussten nicht genau, was aus den deutschen Polizisten, Morosow und der Frau geworden war, aber sie hatten ihr Möglichstes getan, um das Gemetzel in Grenzen zu halten. Jetzt ging es nur noch ums Überleben.

Der gesamte Schusswechsel hatte, von dem Moment an, als Chavez und Caruso die beiden Nachhutposten ausgeschaltet hatten, bis zum letzten Getrappel in den Wald flüchtender Männer, nur drei Minuten gedauert.

Von dem Faustschlag ins Gesicht blutete Chavez aus dem Mund und hatte eine geschwollene Lippe, aber seine Hauptsorge galt Carusos Verwundung am Rücken. Dom zog sein Jackett aus, und Chavez sah, dass sein weißes Hemd blutig war.

»Wie schlimm?«, fragte Dom. Die Wunde saß tief unten auf der linken Seite, aber so weit hinten, dass er sie nicht sehen konnte.

Chavez nahm sie kurz in Augenschein. »Nicht der Rede wert. Wickele ein Tischtuch drum und zieh die Jacke wieder an. Ich seh mal nach den Polizisten.«

Er ging in den Erste-Klasse-Wagen. Drei Polizisten und ein Hund waren noch am Leben, allerdings hatte einer der Männer zwei Schüsse in die Beine bekommen. Chavez stabilisierte den Verletzten, während er mit den anderen sprach. Er gab vor, nicht mehr über die anderen Schützen im Zug zu wissen als sie, und erkundigte sich nach der Frau, die sie hatten festnehmen wollen.

»Sie ist geflüchtet«, antwortete einer, dem die Stimme versagte, wenn er zu den toten Kollegen blickte. Chavez fürchtete, der Mann könne jeden Moment in einen Schockzustand fallen.

Weitere Zivilisten drängten jetzt in die erste Klasse, dazu der Zugbegleiter und eine Kassiererin aus dem Speisewagen. Ding nutzte ihr Erscheinen, um in den Speisewagen zurückzuschlüpfen, wo er Caruso dabei antraf, wie er die Taschen der Männer in Schwarz durchsuchte. Er schaute zu Chavez auf und schüttelte den Kopf. »Ersatzmunition. Und in ihren Sporttaschen sind Klamotten, ein paar Toilettenartikel, kleine Geldscheinbündel.«

»Keine Pässe?«

»Die hatte doch der Typ, der als Trainer verkleidet war. Und der hat sich wahrscheinlich in den Wald abgesetzt.«

Chavez seufzte. »Es wird Zeit, dass wir dasselbe tun. Wie fühlst du dich?«

»Mein Rücken brennt, als hätte ich mir gerade ein Tattoo machen lassen. Mein Stolz ist verletzt, weil ich mir eine Kugel eingefangen habe. Hegen die Polizisten einen Verdacht gegen uns?«

»Ich glaube nicht, aber es genügt ein Zeuge, der uns mit einer Pistole in der Hand gesehen hat, und wir sitzen hier an der deutschen Grenze fest, bis die Sache geklärt ist. Ich finde, wir sollten aus dem Zug verschwinden.«

Caruso nickte. »Ich hole unsere Taschen.«

»Die Typen waren gut«, sagte Chavez. »Sehr gut.«

Caruso nickte abermals. »Das könnte eine Speznas-Einheit gewesen sein. Wenn das zutrifft, wenn tatsächlich Angehörige der russischen Spezialkräfte bewaffnet im Westen herumlaufen und Polizisten erschießen, kannst du darauf wetten, dass keiner von den Toten einen Ausweis bei sich hat.«

»Wir müssen hier weg und es genug sein lassen«, erwiderte Chavez. »Wir können nichts mehr tun.«

»Alles klar.«

8

Jack Ryan junior war sich sicher, den Verfolger abgehängt zu haben, und so stieg er zwei Blocks vor seiner Wohnung in der Via Frattina aus dem Taxi. Ein Blick auf die Uhr klärte ihn darüber auf, dass er eine Viertelstunde im Taxi gesessen hatte. Zu Fuß wäre er schneller gewesen, denn angesichts der schmalen ein- und zweispurigen Straßen in der Altstadt kamen Fußgänger und Motorroller zügiger voran als vierrädrige Untersätze. Doch er war davon überzeugt, dass er den Mann im römischen Verkehrsgewühl abgehängt hatte, zumal der Fahrer alle möglichen Schleichwege benutzt hatte, um dem größten Chaos auszuweichen. Er näherte sich seiner Wohnung zu Fuß, ein wenig argwöhnisch, weil er sich nicht hatte vergewissern können, ob sein Verfolger tatsächlich allein gewesen war. Aber er kontrollierte die vier oder fünf Stellen, wo sich seines Erachtens jemand postieren könnte, um seine Haustür zu beobachten, und entdeckte niemanden, der nicht hierher gehörte.

Er öffnete die Haustür und trat in einen langen, schwarzweiß gefliesten Flur. Seine Wohnung lag im dritten Stock, und da ihm vor dem klapprigen, sargähnlichen Fahrstuhl graute, steuerte er auf das Treppenhaus zu seiner Rechten zu.

Dreißig Sekunden nachdem sich Jack im Treppenhaus an den Aufstieg gemacht hatte, betrat ein Mann mit Pferdeschwanz, brauner Lederjacke und einem Rucksack über der rechten Schulter das Wohnhaus und schloss sachte die Tür hinter sich, damit das Geräusch in dem großen Flur nicht widerhallte. Dann ging er ins Treppenhaus und stieg nahezu geräuschlos die Stufen hinauf.

Er nahm sich Zeit. Im ersten Stock blieb er stehen und streckte vorsichtig den Kopf auf den Gang hinaus, spähte nach links, dann nach rechts. Sekunden später war er wieder auf der Treppe und bog um den Absatz zwischen den Etagen. Auch im zweiten Stock beugte er sich in den Flur hinaus, blickte nach links, dann nach rechts.

Er kehrte wieder auf die Treppe zurück, stieg in den dritten Stock hinauf und ging zu der Tür, die auf den Gang führte. Langsam schob er den Kopf hinaus und spähte nach links.

Nur zwei Schritte entfernt stand der große Bärtige und sah ihn an.

Jack packte den Mann an der Jacke, drehte ihn um 180 Grad herum und drückte ihn unsanft gegen die Flurwand. Der Mann mit dem Pferdeschwanz wurde völlig überrumpelt, besaß aber noch die Geistesgegenwart, nach dem Rucksack zu fassen, der über seiner Schulter hing. Seine rechte Hand fuhr durch einen halb offenen Reißverschluss und ergriff etwas.

Ryan schlug eine kurze rechte Gerade, die den Mann an der Nase traf und seinen Kopf zurückschnappen ließ.

»Che cazzo …?«, schrie der Mann. Was zum Teufel …?

Ryan packte ihn am Unterarm, bevor er eine Waffe aus der Tasche ziehen konnte, und drückte ihn mit seiner linken Schulter wieder gegen die Wand.

»Che cazzo…?«, brüllte der Mann erneut, sodass seine Worte durch den gefliesten Flur des alten Hauses hallten. Dann versuchte er, mit der linken Hand in seine vordere

Tasche zu greifen, doch Jack versetzte ihm einen Kopfstoß ins Gesicht.

Der Mann sackte benommen in die Knie und schlug die Hände vors blutende Gesicht. Jack riss ihm so heftig den Rucksack herunter, dass der mit voller Wucht gegen die Wand prallte.

»Was willst du von mir, du Arschloch?«, schrie er den Mann an. Jetzt waren es seine Worte, die durch den Flur hallten, wenn auch teilweise übertönt vom Stöhnen des Mannes mit dem Pferdeschwanz.

Jack zog aus dem Rucksack eine große 35-Millimeter-Digitalkamera, die bei dem Aufprall an der Wand zu Bruch gegangen war, außerdem zwei Spitzenobjektive, die ebenfalls hinüber waren, und einen Brustbeutel aus durchsichtigem Kunststoff. Letzterer enthielt einen Presseausweis mit einem Passfoto des Mannes, der vor ihm auf dem Boden kniete. Der Ausweis war in italienischer Sprache ausgestellt, aber Jack erkannte das Wort PRESSE, das in großen Lettern daraufgestempelt war. Er ging in die Hocke und zog dem Mann die Brieftasche aus der linken Innentasche. Darin steckte ein Personalausweis, ausgestellt auf denselben Namen.

Jack wühlte nun wieder im Rucksack, fand ein paar Tütchen mit einem grauweißen Pulver, einen Metalllöffel, ein Feuerzeug und ein Bündel Spritzen, das von einem Gummiband zusammengehalten wurde. Außerdem förderte er ein Handy zutage, das jedoch ebenfalls zerbrochen war, als er den Rucksack gegen die Wand geknallt hatte. Er warf alles in den Rucksack zurück, hängte ihn sich über die Schulter, riss den Mann vom Boden hoch und stieß ihn den Gang hinunter.

»Wenn du Journalist bist, bin ich der Papst«, sagte er.

Ysabel lief zur Tür, als sie Jack und einen anderen Mann auf dem Gang schreien hörte. Sie spähte durch den Spion und öffnete in dem Moment, als Jack, einen blutenden Mann am Kragen hinter sich herziehend, vor der Tür ankam.

Sie sagte nichts, doch ihre Augen verrieten ihre Überraschung.

Jack zerrte den Mann wortlos durchs Wohnzimmer in die Küche, wobei ihre Schritte auf den Holzfußböden von den hohen Decken der Luxuswohnung widerhallten. Er stieß den Mann auf einen Stuhl am Küchentisch, auf dem er in sich zusammensackte, noch benommen von dem brutalen Kopfstoß.

Ysabel trat hinter Jack und fragte sarkastisch: »Wird unser Gast zum Essen bleiben?«

Jack antwortete nicht. Er brauchte einen Moment, um seinen Adrenalinspiegel runterzufahren. Unterdessen holte Ysabel Eiswürfel aus dem Kühlschrank, schlug sie in ein feuchtes Tuch ein und zerkleinerte sie mit einer Schöpfkelle.

Jack betrachtete seine Hand. Sie war aufgeschürft, und er wusste aus Erfahrung, dass die geprellten Knöchel wahrscheinlich eine gelblich-graue Farbe annehmen würden, aber die Hand blutete nicht.

»Mir fehlt nichts«, sagte er.

Sie schaute nicht von ihrer Arbeit auf. »Das ist nicht für dich. Das ist für ihn.«

»Zum Teufel mit ihm.«

»Ich werde auf keinen Fall zulassen, dass er hier alles vollblutet.«

Genau das hätte Jack getan. Es machte ihn wütend, dass sein Gefühl der Sicherheit und Anonymität von einem Augenblick auf den anderen zerstört worden war. Seine Zeit hier in Rom, zwei absolut perfekte Wochen, war vorbei, einfach so, und er hatte Mühe, sich damit abzufinden.

»Wer ist das?«, fragte Ysabel.

»Er hat mich verfolgt.«

»Warum um alles in der Welt hast du ihn dann hierhergeführt?«

»Habe ich doch gar nicht. Ich habe ihn an der Piazza del Popolo abgeschüttelt, da bin ich mir absolut sicher. Ich bin eine Viertelstunde lang im Taxi herumgefahren und habe die ganze Zeit nach hinten geschaut. Und als ich hier angekommen bin, ist er mir ins Haus gefolgt. Er muss gewusst haben, wo wir wohnen.«

»Was ist in dem Rucksack?«

»Eine Fotoausrüstung, hauptsächlich. Und gefälschte Ausweise.«

»Also keine Waffe.«

Jack zuckte mit den Schultern. »Nein, keine Waffe.«

»Was hast du jetzt mit ihm vor?«

»Ich will herausfinden, wer ihn beauftragt hat.«

»Aber vorher werde ich ihn verarzten und die Blutung stillen.«

Ysabel kniete sich vor den Mann am Küchentisch, und Jack ging mit dem Rucksack ins Wohnzimmer und setzte sich hin, aber so, dass er die beiden im Auge behielt.

Der Mann wirkte immer noch benommen, während ihm Ysabel fachgerecht das blutverschmierte Gesicht säuberte und die Platzwunden mit Eis kühlte, um die Blutung zu stillen.

Aber schwer verletzt war er nicht. Jack hatte schon viel härtere Schläge einstecken müssen und war bei klarem Verstand geblieben.

Für einen kurzen Moment kam ihm der Gedanke, dass er für die Anteilnahme seiner Freundin eigentlich dankbar sein sollte. Ysabel und er saßen im selben Boot. Das Auftauchen dieses Mistkerls bedeutete das Ende der kleinen heilen Welt, die sie sich geschaffen hatten. Das Ende einer Atempause, nachdem sie bei ihrem letzten Auftrag gemeinsam großen Gefahren und Belastungen ausgesetzt gewesen waren und bevor Jack wieder zu richtiger Feldarbeit für den Campus zurückkehren musste.

Doch Ysabels Mitgefühl mit diesem Mann ärgerte ihn nur. Er besaß wohl nicht ihre Menschlichkeit. Er war einfach nur sauer.

Jack stand wieder auf und stürmte in die Küche zurück. Die Schonzeit war vorbei. Es wurde Zeit für Antworten.

»Sprechen Sie englisch?«, fragte er.

Der Mann war offensichtlich wieder voll da, denn er brüllte: »Lecken Sie mich am Arsch, Jack Ryan junior!«

Jack griff erneut zum Rucksack und nahm ihn sich noch einmal vor. Während er nach einem doppelten Boden oder einem Geheimfach suchte, sagte er: »Sieh an … Sie wissen also, wer ich bin. Dann sagen Sie mir jetzt, wer Sie sind und für wen Sie arbeiten.«

»Fahren Sie zur Hölle, Mann.«

Der Typ war sauer. Nicht verängstigt. Das kam Jack merkwürdig vor. Er zog die Kamera heraus. »Nette Ausrüstung. Wo haben Sie die her?«

»Von meiner Mutter.«

Jack seufzte. »So, so! Nun, ich habe in Ihrem Rucksack einen gefälschten Presseausweis gefunden und in Ihrer Brieftasche einen gefälschten Personalausweis. Damit werde ich ein paar Nachforschungen anstellen und herausfinden, wer Sie wirklich sind.«

»Gefälscht? Was reden Sie da für einen Scheiß?«

»Ich behaupte, dass Sie nicht …« Er warf noch einmal einen Blick auf den Personalausweis. »… Salvatore heißen.« Er legte verwirrt den Kopf schief. »Warum sind Sie zu faul, sich einen falschen Nachnamen auszudenken?«

Der Mann fasste sich ins Gesicht. »Sie haben mir die Nase gebrochen!«

Jack ging direkt vor dem Mann in die Knie. Er war zehn Zentimeter größer und hatte fünfundzwanzig Pfund mehr Muskelmasse als der Kerl. »Sie ist nicht gebrochen, aber ich breche Ihnen das Genick, wenn Sie nicht reden.«

»Ich heiße Salvatore.«

Jack sah ihn nur an.

»Salvatore!«

»Schon gut. Ich habe verstanden. Sie heißen Salvatore. Aber wer zum Teufel sind Sie?«

»Sie haben doch meinen Ausweis, Mann. Da steht drin, wer ich bin. Ich bin Fotograf. Sie wissen schon … Prominentenfotograf.«

Ryan senkte den Blick wieder auf den Presseausweis. »Moment mal … wollen Sie damit sagen, dass Sie ein Paparazzi sind? Blödsinn!«

»Paparazzo, sì«, korrigierte ihn Salvatore und betastete seine geschwollene Lippe.

Ysabel hatte zugehört. Sie ging zu dem Laptop, der auf dem Schreibtisch neben der Küchentür stand, und tippte den Namen des Mannes in eine Suchmaschine.

»Warum sind Sie mir gefolgt?«, fragte Jack.

»Sie sind ein Promi, Sie Scheißkerl.«

»Jack?«, rief Ysabel aus dem Zimmer herüber. »Kommst du mal kurz, ich muss dir was zeigen.«

Jack ging zu Ysabels Schreibtisch, plötzlich ein unbehagliches Gefühl in der Magengrube. Als Ysabel vom Laptop zu ihm aufschaute, sagte er: »Sag bloß, du …«

»Er spricht die Wahrheit. Er ist Fotograf. Ein Paparazzo.« Sie drehte den Laptop herum, damit er Salvatores Website sehen konnte – nur der Vorname, dazu mehrere Prominentenfotos. »Und du hast ihn gerade zusammengeschlagen«, fügte sie hinzu.

Jacks Kiefernmuskeln zuckten unter dem Bart. *Schöner Mist!* Er drehte sich um und kehrte in die Küche zurück. »Wer hat Sie geschickt?«

»Niemand schickt mich irgendwohin.«

»Quatsch«, entgegnete Jack erneut.

»Sie haben im *Café Mirabelle* einen Kaffee getrunken«, sagte Salvatore. »Die Wirtin benachrichtigt mich, wenn jemand Berühmtes reinkommt. Sie hat Sie erkannt und mir eine SMS geschickt.«

Jack erinnerte sich an die Wirtin. Eine schöne junge Frau im Studentenalter, deren Augen unangenehm lange auf ihm geruht hatten. Er hatte diesen Blick irrigerweise so verstanden, dass sie sich zu ihm hingezogen fühlte.

Diese Fehleinschätzung hatte nichts mit Eitelkeit zu tun, nur mit Erfahrung. So manche Frau machte Jack schöne Augen, weil er gut aussah und nicht weil er aus einer berühmten Familie kam, denn er hatte alles Menschenmögliche getan, um sein Aussehen zu verändern. Sein Bart, sein athletisches Äußeres, die Brille mit den falschen Gläsern – er sah völlig anders aus als der viel jüngere Mann, der gelegentlich im Fernsehen zu sehen gewesen war, als sein Vater seine erste Amtszeit im Weißen Haus ableistete.

Doch hin und wieder wurde er immer noch erkannt.

»Wie haben Sie meine Wohnung gefunden?«

»Ich bin Ihnen gefolgt.«

»Ausgeschlossen.«

»Sie haben mich nicht bemerkt«, schob Salvatore mit einem Grinsen nach, und Jack sah, dass Blut zwischen seinen Zähnen klebte. »Ich bin gut.«

»Wenn Sie Fotograf sind und mich gesehen haben, warum haben Sie dann keine Fotos gemacht?« Jack hatte die zertrümmerte Kamera überprüft, aber nur ein paar Bilder eines Brunnens darauf gefunden.

»Die Wirtin hat mir zwar gesagt, wer Sie sind, aber ich war mir nicht sicher«, antwortete Salvatore. »Ich wollte Ihnen folgen und warten, bis Sie sich irgendwo hinsetzen, damit ich gute Fotos machen kann.«

Das klang glaubhaft, und Ryan ertappte sich bei dem Wunsch, der Typ wäre ein Killer, da er ihn so übel zugerichtet hatte.

Ysabel trat hinter ihn und flüsterte ihm zu: »Du musst ihn gehen lassen.«

Jack nickte. Keine Frage.

Er betrachtete den Mann auf dem Stuhl. Wieder tropfte Blut von seinem Kinn, und seine Schultern hingen schlaff herab.

Die Sache wurde langsam peinlich.

Jack ging wieder in die Hocke und sagte in deutlich versöhnlicherem Ton: »Hören Sie ... Mr. Salvatore. Die Sache ist die. Ich habe keinen Personenschutz. Ich brauche eigentlich auch keinen ... aber der Secret Service hat darauf bestanden, dass ich eine gewisse ... Spezialausbildung mache, damit ich mich verteidigen kann, wenn etwas passiert.«

Salvatore sagte nichts.

»Es wäre nicht das erste Mal, dass irgendwelche Verrückten hinter mir her sind. Aber diesmal habe ich wohl etwas überreagiert.« Jack streckte ihm die Hand hin. »Ich hoffe, Sie nehmen meine Entschuldigung an.«

Der Italiener starrte ihn nur an, schlug dann aber doch in die dargebotene Hand ein.

»Ich glaube zwar nicht, dass Sie sich etwas gebrochen haben, würde Sie aber trotzdem lieber zu einem Arzt bringen.«

Salvatore schüttelte den Kopf. »Haben Sie vielleicht was zu trinken?«

»Klar, natürlich.« Jack richtete sich auf, eilte zum Kühlschrank und nahm eine Flasche stilles Wasser heraus. Als er sich dem Tisch zuwandte, schüttelte der Paparazzo den Kopf. »Wasser habe ich nicht gemeint. Haben Sie Grappa?«

Grappa hatte Jack nicht, aber ein Sixpack Moretti-Bier im Kühlschrank. Er wollte nur noch, dass der Typ endlich aus seiner Wohnung verschwand, fühlte sich aber verpflichtet, ein Bier mit ihm zu trinken.

Salvatore trank schweigend – wobei es ihm offenbar mehr um den Alkohol gegangen war als um die gesellige Geste, zusammen eine Flasche zu leeren.

Jack murmelte von Zeit zu Zeit etwas von wegen, dass er zum Wohle der Menschen in seiner Umgebung seine Privatsphäre schützen wolle, aber Salvatore nickte nur und trank.

Als er fertig war, stand er auf.

»Wie viel waren Ihre Kameraausrüstung und Ihr Telefon wert?«

»10 000 Euro.«

Jack schüttelte den Kopf. »Netter Versuch. Die Kamera kostet 1500 und lässt sich reparieren. Die Objektive vielleicht jeweils 500. Dazu noch 500 für das Telefon. Macht zusammen keine 3000 Euro.« Jack seufzte. »Ich gebe Ihnen 5000.«

Salvatore zuckte mit den Schultern, dann nickte er.

Jack hatte immer viel Bargeld bei sich, wenn er an einer Operation arbeitete. Diesmal weniger als sonst, weil es hauptsächlich um analytische Arbeit ging. Gleichwohl hatte er genau 5000 Euro unter einem Regal im hinteren Badezimmer versteckt. Er holte den Umschlag mit hundert 50-Euro-Scheinen aus dem Versteck und reichte ihn dem Italiener.

Salvatore nahm das Geld und steckte es ein. Ysabel hielt ihm den Rucksack hin. Er ergriff ihn und verließ ohne ein weiteres Wort die Wohnung.

Ysabel schloss die Tür hinter ihm ab, drehte sich um und sah Jack an. Er konnte an ihrem Gesicht ablesen, was sie dachte. Auch sie machte sich Sorgen, was der Vorfall für ihre Zeit in Rom bedeutete.

»Alles in Ordnung?«, fragte sie.

»Ich weiß nicht. Irgendwas an dem Typ … ich weiß auch nicht.«

»Was willst du tun?«

»Ich muss fort. Weg aus der Stadt. Das ist die einzige Möglichkeit, die Operation zu schützen.«

»Warum denn?«, fragte sie. »Du bist bestimmt nicht der Erste, der einem Paparazzo eins auf die Nase gegeben hat. Bei Leuten wie Salvatore gehört das bekanntlich zum Berufsrisiko.«

»Er wird darüber reden, darauf kannst du wetten.«

»Glaubst du, er geht zur Polizei?«

Jack schüttelte den Kopf. »Er hatte so viele Drogen im Rucksack, dass er selbst hinter Gitter wandern würde. Er weiß, dass ich es weiß, deshalb wird er sich hüten, zur Polizei zu gehen. Die würden ihn einem Drogentest unterziehen, und der Typ ist süchtig. Er würde durchfallen, und das weiß er.«

Ysabel zuckte mit den Schultern, als wäre der Punkt damit erledigt. »Dann wird er es Freunden erzählen. Anderen Paparazzi. Vielleicht wird sich einer draußen mit der Kamera auf die Lauer legen. Aber damit werden wir schon fertig, falls es dazu kommt.«

Jack schüttelte den Kopf. Er spielte das Doppelspiel der Spionage schon einiges länger als Ysabel. »Ich wünschte, das könnten wir. Wirklich. Aber ich muss hier weg. Du auch, nur um möglichen Ärger zu vermeiden, falls weitere Reporter aufkreuzen. Wir machen hier klar Schiff und nehmen uns für heute Nacht ein Hotelzimmer. Und morgen fliege ich nach Luxemburg.« Er hätte sie gern eingeladen mitzukommen, hatte das aber noch nicht mit seinen Chefs im Campus abgeklärt.

»Ich dachte, wir müssten noch ein paar Galerien überprüfen«, sagte Ysabel.

»Ja. Wir haben hier noch Arbeit für eine Woche. Aber wenn ich bleibe, gefährde ich den Auftrag. Wenn Salvatore wirklich eine Vertraute in dem Café hat, hat er vielleicht noch andere in der Stadt. Und wer weiß, ob ihm nicht vielleicht auch im Hotel jemand einen Tipp gibt.«

Ysabel überlegte einen Moment. »Ich kann hierbleiben, Jack. Ich ziehe einfach in ein Hotel und sehe mir die restlichen Galerien an. Dafür brauche ich keine Woche. Am Samstag bin ich fertig.«

Jack zögerte.

Ysabel lächelte ihn an. »Du hast doch gesagt, ich sei ein Naturtalent.«

Jack kicherte. »Na schön. Aber beschränke dich auf Gemälde, die bereits verkauft worden sind. Wenn du eines gefunden hast, rufst du mich an, dann gebe ich Gavin Bescheid, dass er sich in den Computer der Galerie einhacken soll. Wenn er nicht reinkommt, nehmen wir uns einfach die nächste vor. Ich möchte nicht, dass du herumschleichst und versuchst, ihre Computer zu verwanzen. Wenn ich nicht da bin, um dir notfalls aus der Klemme zu helfen, ist das zu gefährlich.«

»Kein Problem.« Sie sah sich um und seufzte. »Die Wohnung wird mir fehlen.«

»Mir auch. Tut mir leid. Das alles ist meine Schuld. Ich dachte, er wollte eine Waffe ziehen, als er in den Rucksack gegriffen hat.«

Sie nickte. »Gut zu wissen. Ich werde in deiner Gegenwart künftig jede abrupte Bewegung vermeiden.«

»Ich bin wohl etwas nervös. Wir haben in Dagestan viel erlebt. Als dieser Typ mir gefolgt und später wieder aufgetaucht ist, habe ich gedacht, jetzt wird es ernst.«

Sie trat auf ihn zu und küsste ihn, wobei ihre Finger seinen Nacken hinauf in sein Haar glitten.

Jack lächelte verhalten. Er fühlte sich beschissen, aber Ysabel war ihm ein Trost. Er schlang die Arme um sie.

»Ich merke es an deiner Stimme«, sagte Ysabel. »Du glaubst, du hättest einen Fehler gemacht. Aber das stimmt nicht. Du bist sehr gut in deinem Job, Jack, nur wirst du immer das Problem haben, dass dein Vater eine Persönlichkeit des öffentlichen Lebens ist.«

Er schüttelte den Kopf. »Seit Monaten hat mich niemand mehr erkannt. Es kommt nur ein paar Mal im Jahr vor und praktisch nur in Washington.«

Sie zuckte mit den Schultern. »Aber der Typ hat offensichtlich die Wahrheit gesagt. Du bist erkannt worden.«

Jack nickte, dann wechselte er das Thema. »Hör zu. Ich wollte dich eigentlich erst fragen, wenn ich grünes Licht bekommen habe, aber ich bin mir sicher, dass es klargeht. Ich hätte gern, dass du nach Luxemburg kommst, wenn du hier fertig bist. Du könntest nächste Woche fliegen. Ich möchte, dass du mir dort bei meiner Observation hilfst.«

Ein Strahlen ging über ihr Gesicht. »Ich hatte gehofft, dass du fragen würdest.«

»Wir arbeiten gut zusammen, findest du nicht?«

»Doch.« Sie küsste ihn wieder. »Wir spielen auch gut zusammen, oder?«

Er nickte. »Durchaus.« Minuten später begannen sie, alle verräterischen Spuren in der Wohnung zu beseitigen. Obwohl die heutige Enttarnung weder ihn noch Ysabel in Gefahr brachte, wusste Jack, dass er allein schon deshalb fortmusste, weil das Auftauchen eines weiteren Paparazzos den Erfolg ihrer Operation ernsthaft gefährden würde, und das durfte er nicht zulassen.

Und er wusste, dass er jetzt noch etwas anderes tun musste, beschloss aber, damit noch zu warten. Das übliche Prozedere verlangte, dass er John Clark über den Kontakt informierte. Clark war der Operationsleiter des Campus und wollte natürlich wissen, wenn einer seiner Agenten im operativen Einsatz enttarnt wurde, selbst wenn es nicht durch einen ausländischen Geheimdienst oder einen feindlichen Akteur geschah.

Clark würde sich ärgern, nicht über Jack, sondern über die Situation. Jack hatte sich den Arsch aufgerissen, um von der rein analytischen Arbeit in den Außeneinsatz zu kommen, und bei vielen Operationen seine Sache gut gemacht, doch es bestand jederzeit die Gefahr, dass seine Tarnung aufflog. Nicht weil er Sicherheitsvorkehrungen vernachlässigt hätte, sondern einfach nur aufgrund der Tatsache, dass er immer noch ein wenig so aussah wie der Sohn eines der bekanntesten Männer der Welt.

Jack beschloss, bis morgen zu warten, ehe er Clark informierte. Jetzt nahm er die zwei herrlichen, in Metzgerpapier eingeschlagenen Rib-Eye-Steaks und warf sie in den Mülleimer. Er musste fort. Aus Sicherheitsgründen hatten er und Ysabel heute Abend keine Zeit zum Kochen.

Eine halbe Stunde nachdem Salvatore die Mietwohnung Jack Ryans verlassen hatte, schob er seinen Motorroller in eine kleine Einfahrt an der Via Arpino im Municipio V östlich der Altstadt. Er kettete ihn an einen Ständer vor seinem Haus und erklomm rasch die Außentreppe zu seiner Wohnung im ersten Stock.

In der Wohnung angekommen, warf er den Rucksack auf einen Stuhl und öffnete den Kühlschrank. Er nahm eine eisgekühlte Flasche Grappa heraus, goss sich einen Doppelten in ein Wasserglas und trank in einem Zug, während er ins Schlafzimmer ging.

Dort nahm er sein schnurloses Telefon vom Nachttisch und trat, aus dem Gedächtnis eine Nummer wählend, ins Badezimmer. Er sah in den Spiegel, während er darauf wartete, dass jemand abnahm.

Ein Mann meldete sich auf italienisch mit starkem ausländischem Akzent. »*Prego?*«

Salvatore betastete seine aufgeplatzte Lippe. Er antwortete auf englisch. »Er ist es. Sie hatten recht.«

»Sind Sie sich sicher?«

»Ich habe gerade ein Bier mit ihm getrunken.«

»Sie haben *was?*«

»Keine Sorge. Er ahnt nicht das Geringste. Die Identität ist bestätigt.«

Es folgte eine lange Pause. Dann: »Sie finden das Geld morgen früh in Ihrem Briefkasten. Wir haben einen weiteren Auftrag für Sie.«

Salvatore war überrascht. »Für dasselbe Honorar?«

Eine Pause. »Das Honorar ist für uns akzeptabel. Aber Sie werden diesmal nicht in Rom arbeiten, sondern in Brüssel.«

»Kein Problem.«

»Gut. In einer Woche, vielleicht in zwei. Wir melden uns bei Ihnen.«

»Tutto bene.« Dann: »Warten Sie … da wäre noch was.«

»Ja?«

»Er ist misstrauisch. Er glaubt, dass jemand hinter ihm her ist. Und er ist darauf gefasst, dass es Ärger geben könnte.«

Salvatore hörte den Mann kichern, dann brach die Verbindung ab.

9

Die Oblast Kaliningrad ist ein merkwürdiges Produkt des Zweiten Weltkriegs: ein russisches Verwaltungsgebiet, das nicht mit dem Mutterland verbunden ist. Es wurde bei der Neuziehung der deutschen Grenzen geschaffen, als Stalin die deutsche Ostseestadt Königsberg samt Umland für sich beanspruchte.

Nahezu fünfzig Jahre lang zog Moskau aus dem Umstand, dass die Oblast eine von der Sowjetunion abgetrennte Exklave war, einen strategischen Nutzen. Im Süden von Polen und im Norden und Osten von Litauen begrenzt, lag der Bezirk Kaliningrad eingebettet zwischen sowjetischen Satellitenstaaten, sodass die Gefahr, ihn an den Westen zu verlieren, gering war, und bot der Kriegsmarine der UdSSR einen bequemen Zugang zur Ostsee. Die Ostseeflotte wurde ihre strategisch wichtigste, da sie in Gewässern patrouillierte, die an mehrere Nato-Staaten grenzten.

Im Kalten Krieg galt das Gebiet um Kaliningrad als die am stärksten militarisierte Region der Welt, denn die Sowjets stationierten dort sehr viele Waffen und Truppen, bereit, den Eisernen Vorhang zu verteidigen oder auch durch Polen nach Deutschland vorzustoßen.

Doch nach dem Zerfall der Sowjetunion war die kleine Exklave plötzlich von Staaten umringt, die nicht mehr nach Moskaus Pfeife tanzen mussten, und daher hochgradig verwundbar. Und als Polen 1999 der Nato beitrat,

KALININGRAD UND DAS BALTIKUM
N
FINNLAND
NORWEGEN
Sankt
Petersburg
SCHWEDEN
ESTLAND
RUSSLAND
Ostsee
LETTLAND
DÄNEMARK
LITAUEN
Kopenhagen
Vilnius
Minsk
Kaliningrad
WEISSRUSSLAND
DEUTSCHLAND
POLEN
UKRAINE
TSCHECHISCHE REPUBLIK
© 2015 Jeffrey L. Ward

wurde die Isolation der Dreiviertelmillion Russen, die Hunderte Kilometer vom Mutterland entfernt lebten, zu einem ernsten Problem. Dann traten 2004 auch noch Litauen, Estland und Lettland der Nato bei. Der Schock im Kreml war groß, denn mit einem Mal war die russische Exklave und Heimat der russischen Ostseeflotte von Nato-Staaten umzingelt.

Inzwischen war Kaliningrad im Wesentlichen eine vorgeschobene Operationsbasis für das russische Militär, denn Walerij Wolodin hatte in den vergangenen drei Jahren, in denen sich sein Verhältnis zum Westen zunehmend verschlechtert hatte, massenhaft Truppen und Material in das Gebiet geschickt. Die Ostseeflotte war mit neuen Schiffen, Raketen und Marineinfanterie-Bataillonen verstärkt worden, die zu Wasser und zu Land den gesamten Ostseeraum bedrohten. Der Marineflugplatz in Tschkalowsk, nur wenige Kilometer nördlich von Kaliningrad gelegen, beherbergte die Seefliegerkräfte der Ostseeflotte, ein Geschwader mit Jagdflugzeugen vom Typ Suchoi Su-27 »Flanker«, dazu Helikopter, U-Jagd-Plattformen und Transportflugzeuge. Der wehrhafteste Flugplatz der Oblast lag jedoch 80 Kilometer östlich in Tschernjachowsk. Dort standen Kampfjets vom Typ Su-24 »Fencer« und MiG-31 »Foxhound« in armierten Bunkern, wenn sie nicht gerade am Himmel über der Region und weiter westlich über der Ostsee patrouillierten.

All das Kriegsgerät und Personal nach Kaliningrad zu bringen war kein Kinderspiel gewesen, doch die Russen hatten es geschafft. Versorgungsgüter wurden natürlich auf dem Luftweg transportiert, doch die stellten nur einen kleinen Teil des militärischen Bedarfs dar. Da das russische Kernland nicht an die westlichste Oblast der Föderation grenzte, hatte Moskau mit Weißrussland und Litauen eine Vereinbarung getroffen, die ihm ungehinderten Zugang nach Kaliningrad gewährte. Russland und

Weißrussland waren enge Verbündete, aber in Anbetracht der sich verschlechternden Beziehungen Moskaus zu den baltischen Staaten wurden die Transitstrecken durch Litauen, Straße wie Schiene, zu einem möglichen Auslöser für einen weiteren Krieg in Europa.

Die Lage hatte sich so zugespitzt, dass es nach Meinung vieler nur noch eine Frage der Zeit war, bis Wolodin Litauen direkt bedrohte, und nach Russlands eintägigem Angriff auf Estland und seiner bewaffneten Annexion der Krim glaubten Beobachter, dass Russland schon einen Eisenbahnerstreik in Litauen oder etwa Massenproteste in Polen zum Anlass nehmen könnte, Truppen in die Nachbarländer zu schicken mit dem erklärten Ziel, den Transitverkehr in seine westlichste Oblast zu sichern und einen dauerhaften Korridor nach Kaliningrad einzurichten.

Und man brauchte kein Experte zu sein, um vorauszusehen, dass ein solcher Schritt Folgen haben würde, die weit über das Baltikum hinausgingen.

Litauen war Nato-Mitglied, und zu den wichtigsten Grundprinzipien des Nato-Vertrags gehörte der Begriff der »kollektiven Selbstverteidigung«, wie er in Artikel 5 dargelegt war: »Die Parteien vereinbaren, dass ein bewaffneter Angriff gegen eine oder mehrere von ihnen in Europa oder Nordamerika als ein Angriff gegen sie alle angesehen werden wird; sie vereinbaren daher, dass im Falle eines solchen bewaffneten Angriffs jede von ihnen in Ausübung des … Rechts der individuellen oder kollektiven Selbstverteidigung der Partei oder den Parteien, die angegriffen werden, Beistand leistet, indem jede unverzüglich … die Maßnahmen, einschließlich der Anwendung von Waffengewalt, trifft, die sie für erforderlich erachtet, um die Sicherheit des nordatlantischen Gebiets wiederherzustellen und zu erhalten.«

Im Kalten Krieg war man davon ausgegangen, dass jeder Angriff auf ein Nato-Land im Rahmen einer umfassenden sowjetischen Invasion im Westen erfolgen würde, daher hatte man das Risiko, dass die Nato durch Artikel 5 unfreiwillig in einen Regionalkrieg hineingezogen werden könnte, als gering eingestuft. Nun aber, da kleine Nato-Staaten in Osteuropa ins Fadenkreuz Russlands geraten waren, hatte sich unter Nato-Führern in Europa, um es gelinde auszudrücken, Verunsicherung breitgemacht.

Frankreich beispielsweise war nicht darauf versessen, gegen ein Land mit 310 nuklear bestückten ballistischen Raketen zu kämpfen, um die Ehre des kleinen Litauen zu verteidigen.

Es war klar, dass Wolodin sein Staatsgebiet vergrößern wollte, aber schon etwas weniger klar war, wenn auch noch mit einiger Berechtigung anzunehmen, dass er keinen Krieg mit der Nato wollte. Der Kreml hatte ein überaus feines Gespür für die politische Stimmung in den Nato-Ländern entwickelt und führte im Baltikum mittlerweile eine Art »Hybridkrieg«, wobei er sorgsam darauf achtete, dass sein Tun stets knapp unterhalb der Schwelle zum bewaffneten Angriff nach Artikel 5 blieb – oder genauer gesagt, dass er den Nato-Staaten stets noch die Möglichkeit ließ, glaubhaft zu bestreiten, dass diese Schwelle überschritten sei.

Doch jenseits des Atlantiks drängte der Präsident der Vereinigten Staaten auf eine härtere Gangart gegenüber Russland. Öffentlich wie auch im vertraulichen Gespräch mit der Nato-Führung hatte er die Ansicht geäußert, dass die halbherzigen Maßnahmen des Bündnisses und seine verhaltenen Reaktionen auf praktisch alle russischen Provokationen nur zu einem Angriff auf breiter Front ermuntere. Das Einzige, was Russland davon abhalten könne, die Grenze zu Litauen zu überschreiten, sei die Aussicht auf Gegenmaßnahmen der Nato. Nicht zu Unrecht befürchtete er, dass die laschen Antworten der

Europäer auf Wolodins Drohungen und ihre weitgehende Untätigkeit diesen nur dazu ermutigten, einen Schritt weiter zu gehen.

Außerdem sorgte dies in Litauen für anhaltende Frustration und Verunsicherung. Wie aus neueren Umfragen in dem kleinen baltischen Staat hervorging, rechnete die Mehrheit seiner Bürger mit einem russischen Einmarsch innerhalb des nächsten Jahres. Ein einziger Funke würde genügen, und der hybride Krieg, den Wolodin führte, könnte in eine offene Invasion münden.

Der Militärzug ratterte kurz vor Mitternacht über die Grenze zwischen Weißrussland und Litauen in Richtung Westen, vorbei an den Zollgebäuden und Zaunreihen. Er fuhr weiter, ohne das Tempo nennenswert zu drosseln, und die Grenzpolizisten beider Länder würdigten ihn kaum eines Blickes.

Im Zug befanden sich annähernd 400 Soldaten, die meisten vom 7. motorisierten Garde-Schützenregiment, aber auch mehrere Dutzend Angehörige der 25. Küsten-Raketenbrigade und diverse Männer und Frauen aus anderen, in Kaliningrad stationierten Einheiten, die aus dem Urlaub zurückkehrten.

Hinzu kamen zwei Dutzend Mitarbeiter der Kaliningrader Gebietsregierung, die ihren Urlaub in Russland verbracht hatten und ausschließlich die Erste-Klasse-Wagen am Ende des Zuges belegten.

Der Zug beförderte auch etliche Militärfahrzeuge, in erster Linie leichte GAZ-Lastkraftwagen und schwerere, minensichere Ural-Typhoon-Transporter, außerdem über 20 Tonnen Material, angefangen bei Munition für Handfeuerwaffen der Landstreitkräfte bis hin zu Hochexplosivgranaten für das AK10 der Marine, ein vollautomatisches Geschütz vom Kaliber 130 mm, das auf den Zerstörern der Ostseeflotte zum Einsatz kam.

Dem aus 20 Wagen bestehenden Zug, der mitten in der Nacht durch ihr Land fuhr, war nicht anzusehen, dass er russische Militärangehörige und deren Ausrüstung beförderte. Er sah genau wie jeder andere Zug aus, der auf dem Weg von Osten nach Westen war. Doch jeder im Land, der die Nachrichten verfolgte, wusste, dass die Russen das Recht hatten, Litauen in Richtung Kaliningrad zu durchqueren.

Ursprünglich war es Litauen gestattet gewesen, die Züge jederzeit zu kontrollieren, im Gegenzug durften die Russen litauische Grenzsicherungsanlagen inspizieren. Doch diese Übereinkunft hatte Wolodin einseitig aufgekündigt, als er an die Macht kam.

So fuhren die Russen weiter durch das Land, ohne jedoch den Litauern etwas zu zeigen – die würden sich schon daran gewöhnen.

Doch die litauische Regierung hatte sich nicht daran gewöhnt. Ganz und gar nicht. Aber sie hatte gelernt, sich im Streit mit dem regionalen Schwergewicht im Osten auf das Wesentliche zu beschränken, und ließ die Züge passieren. Sie durften innerhalb Litauens nicht anhalten, und die Bahnhöfe an der Strecke waren von Wachen gesäumt. Außerdem folgten den Zügen im Abstand weniger Minuten stets drei Schienenprüffahrzeuge und kontrollierten, ob etwas oder jemand zurückgelassen worden war.

Eine Minute bevor der russische Militärzug den Hauptbahnhof von Vilnius passierte, erreichten zwei nahezu identische graue Ford Transit die Eisenbahnüberführung der Švitrigailos-Straße westlich des Bahnhofs. Das vordere Fahrzeug drosselte das Tempo und hielt am Straßenrand, das zweite tat 50 Meter dahinter dasselbe. Zwei Männer sprangen heraus und rannten mit Taschenlampen in den Händen zur Straßenmitte.

Der hintere Mann wandte sich nach Süden, der vordere nach Norden.

Zu dieser späten Stunde war sonst niemand auf der Überführung, aber wäre jemand da gewesen, so hätte er später berichten können, dass die Männer schwarze Armbinden mit zwei gekreuzten Lanzen trugen. Wahrscheinlich hätte ihm das nichts gesagt, denn kaum ein Litauer kannte das Abzeichen der Ulanen des Polnischen Volks, eines kleinen paramilitärischen Verbands mit Sitz im polnischen Łódź.

Während die beiden begannen, die Überführung für den Verkehr zu sperren, wurden die Seitentüren der beiden Transporter aufgerissen, und heraus sprangen jeweils zwei weitere Männer, die ebenfalls das Abzeichen der Polnischen Ulanen trugen. Sie beugten sich sofort in die Fahrzeuge zurück, wuchteten große, längliche Metallgestelle heraus und trugen sie zu dem Gehweg am Brückengeländer.

Auch dies sah niemand außer den Männern aus den Transportern, aber hätte es jemand gesehen, so hätte er sich mit den Militärwaffen des Landes und vielleicht auch ein wenig mit seiner Geschichte auskennen müssen, um zu erkennen, dass es sich bei den Gestellen um rückstoßfreie Geschütze vom Typ B-10 mit glattem Rohr handelte, die in den Fünfzigerjahren des letzten Jahrhunderts in Dienst gestellt und in den frühen Neunzigern von den meisten modernen Armeen wieder ausgemustert worden waren.

Die beiden Geschütze hatten zwar Räder, wurden aber erst kurz vor dem Brückengeländer auf dem Boden abgesetzt, dann nach links und rechts in Position gerollt und grob auf einen bestimmten Punkt auf den darunterliegenden Gleisen zwischen der Überführung und dem Bahnhof in der Ferne gerichtet.

Jede B-10 war mit einer einfachen Visiereinrichtung versehen, die links neben dem langen 82-Millimeter-Rohr angebracht war und jetzt von jeweils einem Mann an jedem Geschütz dazu benutzt wurde, die Ausrichtung der Waffe zu optimieren. Allzu pingelig gingen sie dabei nicht zu Werke, aber das mussten sie auch nicht. Sie visierten einen Punkt an, der nur 200 Meter entfernt war.

Die beiden Geschütze wurden nicht mehr bewegt, als die große Diesellokomotive des russischen Militärzugs mit ihren 20 Wagen auf dem Weg nach Kaliningrad durch den Hauptbahnhof von Vilnius ratterte. Die Männer auf der Überführung beobachteten, wie sie näher kam. Sie warteten noch ein paar weitere Sekunden, dann ertönte ein Befehl aus den Funkgeräten, die an ihren Gürteln hingen.

»Atak!« Das Kommando erfolgte auf polnisch.

Die beiden rückstoßfreien Geschütze feuerten fast gleichzeitig.

Die Diesellok an der Spitze des Zugs wurde von zwei Sprenggranaten voll getroffen. Sie brach nicht auseinander und wurde auch nicht von den Gleisen gefegt, aber augenblicklich außer Betrieb gesetzt. Die beiden Lokführer wurden getötet, mehrere Räder beschädigt. Dann entgleiste die Lok, aber erst, als sie fast die Unterführung erreicht hatte. Der Schaden war geringer, als die Angreifer erwartet hatten. Sie luden schnell nach und richteten die Geschütze wieder aus. Das linke feuerte auf den neunten Wagen, das rechte jagte eine Granate in den elften.

Zwei Volltreffer zerrissen beide Wagen.

Die B-10 wurden erneut nachgeladen und diesmal auf den hinteren Teil des langen Zuges gerichtet. Die rückstoßfreie Waffe auf der Nordseite der Brücke verfehlte ihr Ziel gleich um mehrere Meter, doch das Sprenggeschoss jagte Tausende von Granatsplittern in den vierzehnten Wagen, sodass fast ebenso viele Zuginsassen getötet und verstümmelt wurden, als wenn sie das Dach des Wagens getroffen hätte.

Der Angriff war noch im Gang, als ein Taxi, das mit einem Fahrgast auf dem Rücksitz zum Bahnhof unterwegs war, in die Überführung der Švitrigailos-Straße einbog. Der Fahrer trat auf die Bremse, als ein Mann mitten auf der Straße eine Taschenlampe schwenkte, und im nächsten Moment erhellten zwei Blitze am Brückengeländer rechts vor ihm die Umgebung. Fahrer und Fahrgast sahen die Männer und die kleinen Artilleriegeschütze und hörten die Detonationen unten auf den Gleisen.

Die sechste und letzte Granate, die von den Männern mit den Abzeichen polnischer Paramilitärs abgefeuert wurde, richtete den größten Schaden an. Das 82-Millimeter-Geschoss schlug im sechzehnten Wagen ein, der, wie es der Zufall wollte, unter anderem ein Dutzend 100-Millimeter-Geschosse für Schiffsgeschütze beförderte. Sie explodierten erstaunlicherweise nicht alle, aber die vier, die es taten, lösten eine gewaltige Detonation aus, die sieben andere Wagen auf den Gleisen in Mitleidenschaft zog.

Die Angreifer wussten es nicht, aber sie hätten noch Zeit für mindestens zwei weitere Salven gehabt, denn die Polizisten am Kontrollpunkt im Bahnhof waren in Deckung gegangen, da sie annahmen, der Angriff gehe von dem russischen Transitzug aus und gelte ihnen. Was wirklich geschah, begriffen sie erst, als der Spuk schon wieder vorbei war.

Eine Minute und 27 Sekunden nach dem ersten Schuss rasten die Ford Transits in südlicher Richtung davon. Die beiden rückstoßfreien B10-Geschütze blieben, noch rauchend, auf der Überführung zurück.

Die beiden Zeugen im Taxi beschrieben die schwarze Armbinde, die der Mann mit der Taschenlampe getragen hatte, und das unverwechselbare Wappen aus zwei gekreuzten Lanzen. Eine halbe Stunde nach dem Anschlag saßen Beamte des Departements für Staatssicherheit der

Republik Litauen (VSD) vor ihren Computern und durchsuchten Datenbanken mit bekannten Abzeichen, die ganze Zeit in der panischen Furcht, dass Einheimische gerade einen Krieg gegen den größten und schlimmsten Akteur in der Region angefangen haben könnten.

Doch als sie ein Abzeichen fanden, das mit dem auf den Armbinden der Attentäter übereinstimmte, stießen die Männer und Frauen vom VSD stumme Seufzer der Erleichterung aus und kratzten sich verwirrt am Kopf, unsicher, welche Konsequenzen sich aus dieser Entdeckung ergeben würden.

Sie hatten die Schuldigen identifiziert oder nahmen es jedenfalls an, doch es verwunderte sie nicht wenig, dass ein paar Bauern aus Polen einen Anschlag dieser Größenordnung gegen die *Scheißrussen* verübt haben sollten.

10

Der Präsident der Vereinigten Staaten Jack Ryan schlief in diesen Tagen nicht viel. Die Belastungen des Amtes und die physischen Anforderungen, die daher rührten, dass bei einer Unzahl von Sitzungen, Fototerminen, Empfängen, Staatsbanketten, diplomatischen Reisen und dergleichen seine Anwesenheit als Staatschef gefordert war, hatten zur Folge, dass acht Stunden Schlaf am Stück für den Führer der freien Welt eine Seltenheit waren, um nicht zu sagen ein frommer Wunsch.

Und das in einer Zeit, in der keine besondere Krise oder Katastrophe das Land heimsuchte. Im Jahr zuvor hatte Jack Ryan ungewöhnlich viele Notsituationen bewältigen müssen, von Hurrikans an der Ostküste über russische Invasionen in Nachbarländern und Terroranschläge auf US-Konsulate im Mittleren Osten bis hin zu Staatsstreichen in Südamerika.

Und dann der Tiefpunkt – das Ereignis, das den letzten zwölf Monaten für den Präsidenten den Stempel aufgedrückt hatte: der nordkoreanische Mordanschlag auf Ryan selbst.

Machte es allein schon die schwere Bürde des Präsidentenamtes nahezu unmöglich, auf ein vernünftiges Maß an Schlaf zu kommen, so beeinträchtigten die anhaltenden Schmerzen, die er seit diesem nur knapp gescheiterten Attentat vor mehreren Monaten hatte, seine Nachtruhe zusätzlich.

Bei dem Anschlag hatte er sich das Schlüsselbein gebrochen und neben einer Gehirnerschütterung Weichteilschädigungen in der Schulter davongetragen. Die Folgen der Gehirnerschütterung waren nach ein paar Tagen abgeklungen, aber trotz einer Operation und täglicher Krankengymnastik, die seine liebevolle, aber unglaublich beharrliche Frau beaufsichtigte, wachte er in der Nacht immer wieder mit Muskelverspannungen oder gar stechenden Schmerzen auf.

Mehr als einmal hatte Cathy Ryan ihrem Mann erklärt: »Begreif es doch endlich, Jack. Der menschliche Körper steckt es nicht so einfach weg, wenn er in die Luft gesprengt wird.«

Seit der Operation, also seit Monaten, gehörte Krankengymnastik zu Ryans täglichem Programm. Im Moment beendete er gerade sein eintöniges, nachmittägliches Ritual am Handkurbel-Ergometer im Fitnessraum des Weißen Hauses. Die Übung an diesem Gerät war weder besonders schwierig noch anspruchsvoll, doch sein Chirurg hatte ihm dringend geraten, jeden Tag zwanzig Minuten daran zu trainieren, um einer postoperativen Versteifung der Schulter vorzubeugen. Langsam, aber sicher ging es der Schulter besser, daher befolgte Ryan die ärztliche Anordnung. Ryan hatte sich auf dem Laufband ins Schwitzen gebracht, bevor er sich an diesem Nachmittag an die Handkurbel setzte, und dort entdeckte ihn Cathy, als sie zur Tür hereinspähte.

»Alles okay, Jack?«

»Eigentlich nicht.«

Sie kam herein, stellte sich hinter ihn und massierte ihm durch das verschwitzte T-Shirt mit dem Aufdruck AIR FORCE ONE die Schultern. »Werden die Schmerzen wieder schlimmer?«

Ryan kurbelte weiter mit den Armen, schüttelte aber den Kopf. »Nein, ich leide unter akuter Langeweile. Ich schätze, ich bin in den letzten Monaten an dem Ding mit den Händen die komplette Tour de France heruntergestrampelt, ohne mich an den französischen Alpen erfreuen zu dürfen.«

Cathy lachte, beendete die Schultermassage, indem sie ihrem Mann durchs grau melierte Haar wuschelte, blickte auf die Uhr und dann zu Joe O'Hearn, Jacks leitendem Agenten vom Secret Service. »Joe«, sagte sie. »Ich muss runter in den Bankettsaal und nachsehen, ob die Vorbereitungen für das Staatsbankett heute Abend vorankommen. Er hat noch sieben Minuten vor sich. Achten Sie darauf, dass er die Sache nicht schleifen lässt.«

»Ja, Ma'am.«

Und als wäre Jack gar nicht im Raum, fügte sie hinzu: »Sie wissen ja, wie er ist. Er wird versuchen, mit Ihnen Süßholz zu raspeln, damit er es in den letzten Minuten lockerer angehen lassen kann. Davor müssen Sie auf der Hut sein.«

O'Hearn grinste und brachte die schwere Langhantel, mit der er gerade trainierte, ein weiteres Mal zur Hochstrecke. »Ich bin für Süßholz null empfänglich, Ma'am.«

»Also gut. Ich habe jahrelang zugesehen, wie Jack mit Andrea geflirtet hat. Ständig hat er versucht, sie dazu zu bringen, ein Auge zuzudrücken, wenn er etwas tun wollte, was er nicht sollte.« Andrea Price O'Day war Jacks leitende Agentin gewesen, dann aber bei dem Mordanschlag schwer verletzt worden. Sie würde irgendwann wieder gesund werden, doch ihre Karriere als Personenschützerin des Präsidenten oder überhaupt als Personenschützerin war beendet, und jetzt nahm O'Hearn die Rolle ein, die sie so lange ausgefüllt hatte.

O'Hearn sann über die Bemerkung der First Lady nach und erwiderte mit ausdrucksloser Miene: »Wenn Ihr Mann versucht, mit mir zu flirten, sage ich Ihnen sofort Bescheid, Ma'am.«

Cathy lachte erneut, knetete wieder kurz die Schultern ihres Mannes und eilte wieder auf den Flur in Richtung Treppe. Kaum war sie außer Hörweite, sagte der Präsident: »Joe, was hier im Fitnessraum des Weißen Hauses geschieht, bleibt innerhalb dieser vier Wände.«

O'Hearn setzte die Langhantel ab und trocknete sich mit einem Handtuch ab. »Ja, Sir.« Und dann: »Aber ich finde, Sie sollten die vollen zwanzig Minuten durchkurbeln. Es ist nur zu Ihrem Besten.«

Ryan murrte und kurbelte weiter.

Aber nur noch eine Minute. Dann klingelte das Telefon an der Wand, und O'Hearn griff nach dem Hörer. »Fitnessraum.« Nach einem Moment blickte er zum Präsidenten. »DNI Foley möchte Sie sprechen, Sir.«

»Welch eine Erlösung«, sagte Ryan, zog ein Handtuch von einer Ablage und rieb sich damit die steife Schulter, während er dem Secret-Service-Agenten den Hörer abnahm.

»Es ist sechs Uhr am Samstagnachmittag, Mary Pat. Was ist passiert?«

»Mr. President, es hat einen Anschlag auf einen russischen Militärzug gegeben. Die Meldung ist gerade reingekommen. Sieht so aus, als hätte es mehrere Todesopfer gegeben. Vielleicht Dutzende.«

»In der Ukraine?«, fragte Ryan sofort. Die Vermutung lag nahe. Seit über einem Jahr lieferten sich Russland und die Ukraine einen zähen Stellungskrieg. Aber wenn es in der Ukraine passiert war, warum rief ihn die Direktorin der nationalen Nachrichtendienste dann an?

»Nein, Sir.« Eine Pause. »In Vilnius.«

Ryan sank langsam auf einen Stuhl neben dem Telefon. »Oje.« Jetzt war klar, warum Foley anrief. Er überlegte. »So was haben wir befürchtet. Die Täter?«

»Unbekannt, aber es ist noch sehr früh. Nach dem Anschlag an der Ostseeküste muss man sich natürlich die

Bewegung für die Erde ansehen, aber das Ziel ist ein ganz anderes.«

»Richtig. Neuerdings kriechen allerlei Bösewichte aus ihren Löchern. Wir bestellen alle in den Situation Room.« Er blickte auf die Uhr an der Wand. »In einer Dreiviertelstunde.«

»Soweit ich weiß, sind Sie heute Abend um halb acht bei dem Staatsbankett mit dem japanischen Ministerpräsidenten.«

»Richtig. Ganz drücken kann ich mich nicht, aber ich werde mich in Multitasking üben müssen. Hin und her flitzen, wenn es sein muss. Können Sie Arnie für mich anrufen und die Sache in Gang bringen, während ich mich umziehe?«

»Selbstverständlich. Also, dann bis in einer Dreiviertelstunde.«

Ryan legte den Hörer auf und bedachte O'Hearn mit einem Schulterzucken. Seine rechte Schulter schmerzte dabei unnatürlich heftig. »Tut mir leid, Joe. Ich muss weg.«

»Sie sind der Präsident, Sir.«

Ryan trug seinen Smoking, als er durch den Situation Room des Weißen Hauses eilte, ein 513 Quadratmeter großer Komplex im Untergeschoss des Westflügels. Erst vor 50 Minuten hatte er den Fitnessraum verlassen. Seine Schulter schmerzte von der Krankengymnastik und den Verletzungen, die er in Mexiko davongetragen hatte, und seine Fliege baumelte noch ungebunden um seinen Hals.

Beim Betreten des Besprechungsraums sah er mit Freuden, dass alle anderen schon da waren. Zwölf saßen am Tisch und fast ebenso viele auf den Stühlen, die sich an den Wänden zu beiden Seiten reihten. Vier oder fünf Teilnehmer an der ad hoc einberufenen Sitzung trugen ebenfalls Abendgarderobe. Staatsbankette waren immer eine große Sache, doch abgesehen von Großbritannien und Kanada waren die Vereinigten Staaten keinem Land enger verbunden als Japan, sodass das Weiße Haus immer noch ein paar Schippen drauflegte, wenn der Ministerpräsident und seine Gattin zum Dinner kamen.

Gleich vorn links neben dem Kopfende des Tisches saß Außenminister Scott Adler. Er trug seinen Smoking und schien für das Bankett gerüstet, doch gerade war er über eine Meldung gebeugt, die er von der US-Botschaft in Vilnius erhalten hatte. Neben ihm saß die Nationale Sicherheitsberaterin Joleen Robillio in einem attraktiven Abendkleid, aber auch sie hing über ihrem iPad und las die neuesten Berichte ihres Stabs zu dem Vorfall.

Alle erhoben sich, als der Präsident eintrat, aber der winkte ihnen, wieder Platz zu nehmen, und glitt auf seinen Stuhl am Kopfende des Tisches nahe der Tür. »Wer von uns zum Staatsbankett muss, geht hin. Pünktlich. Bringen wir die Sache hier schnell hinter uns, damit wir denen nicht im Weg stehen, die heute Nacht hierbleiben und die Hauptarbeit stemmen müssen.«

Sein Blick wanderte durch den Raum zu den Männern und Frauen vom Militär und Verteidigungsministerium, vom Nationalen Sicherheitsrat, Außenministerium und den verschiedenen Nachrichtendiensten, denen die Aufgabe zufallen würde, im Westflügel des Weißen Hauses oder nebenan im Eisenhower Building die Stellung zu halten und die Nacht zum Sonntag durchzuarbeiten.

»Verdammt unpassend, dass diese Leute den Zug ausgerechnet zur Washingtoner Essenszeit angreifen müssen«, sagte Ryan. »Ich werde die Kellner anweisen, jedem etwas vom Bankett zu bringen.« Er zuckte mit den Schultern. »Das ist besser als Pizza.«

Er blickte zu Mary Pat Foley, die ziemlich am anderen Ende des Konferenztisches saß. »Wissen wir mittlerweile Näheres über den Vorfall?«

»Ja, und nichts Gutes. Zwei Zeugen des Anschlags berichten übereinstimmend, dass die Terroristen Armbinden der Ulanen des Polnischen Volkes getragen hätten.«

Ryan blickte in die Runde, um festzustellen, ob jemand mit dem Namen etwas anfangen konnte, denn ihm sagte er nicht das Geringste. »Was zum Teufel ist das denn?«

»Ein kleiner paramilitärischer Verband«, antwortete Foley. »Zivilisten. Eine nationalistische, russlandfeindliche Gruppe, der grundsätzlich ein Anschlag auf russisches Militär zuzutrauen ist, nur haben wir bis dato keinerlei Kenntnisse von gewalttätigen Angriffen auf Russen seitens dieser Ulanen. Die Täter haben zwei ...« Sie warf einen Blick in ihre Notizen. »... rückstoßfreie Geschütze B-10 benutzt und den Zug von einer Überführung in der Nähe des Hauptbahnhofs aus beschossen. Die Geschütze haben sie am Tatort zurückgelassen. Wahrscheinlich hätte es zu lange gedauert, sie nach dem Anschlag wieder einzupacken.«

»Haben diese Ulanen eine Erklärung abgegeben? Sich zu dem Anschlag bekannt oder von ihm distanziert?«

»Weder noch. Bis jetzt.«

Ryan legte den Kopf schief. »Man sollte doch annehmen, dass sie sofort an die Öffentlichkeit gehen, wenn sie nichts damit zu tun haben.«

Auch Verteidigungsminister Robert Burgess trug Smoking. Er schüttelte den Kopf. »Mr. President, es erfordert Training und sorgfältige Planung, zwei kleine Artilleriegeschütze mitten durch eine fremde Stadt zu befördern und dann damit einen bestimmten fahrenden Zug zu beschießen. Nach dem wenigen, was ich über die Ulanen weiß, sind das mehr oder minder Leute, die am Wochenende Krieg spielen. Wie Mary Pat schon gesagt hat: Sie haben noch nie irgendwo einen Anschlag verübt. Wir haben in der Presse von Łódź ein paar Hinweise gefunden, wonach einer ihrer Wortführer Drohungen gegen russischsprachige Bewohner der Region ausgestoßen hat, doch abgesehen von Festnahmen wegen Wandschmierereien und unangemeldeter Demonstrationen sind sie mit dem Gesetz nie in Konflikt geraten. Ich kann mir nicht vorstellen, dass sie in der Lage sind, so etwas durchzuziehen.«

»Aha … wer war es dann?«

»Ich würde die Russen selbst nicht ausschließen«, bemerkte CIA-Direktor Jay Canfield.

»Wollen Sie damit sagen, dass es ein Angriff unter falscher Flagge war?«, hakte Ryan nach. »Dass die Russen ihren eigenen Zug angegriffen haben?«

»Ich weiß, dass es für eine fundierte Einschätzung noch zu früh ist, aber es wäre nicht das erste Mal.«

Die CIA war nämlich zum Ergebnis gelangt, dass Russland in der Ostukraine einen Angriff inszeniert hatte, bei dem prorussische Befürworter einer Abspaltung der Region ums Leben gekommen waren. Der Kreml hatte den Vorfall als Rechtfertigung für eine Invasion benutzt, und kurz darauf waren Panzer über die Grenze gerollt, was den Beginn des Ukrainekriegs markiert hatte.

»Ja, es wäre in der Tat nicht das erste Mal«, sagte Ryan. »Was hat der Zug befördert?«

Mary Pat zog wieder ihre Notizen zu Rate. »Laut unseren litauischen Partnern war es ein planmäßiger Truppen- und Materialtransport. Die Litauer hatten die Sicherheitsvorkehrungen am Bahnhof verstärkt wie immer, wenn solche Züge passieren, aber die Überführung war unbewacht, weil sie knapp einen Kilometer entfernt ist.«

»Opfer?«

»Lässt sich noch nicht abschließend sagen«, antwortete Canfield. »Der Zug hat viel Zeug geladen, das noch explodieren und Schaden anrichten kann. Aber nach jetzigem Stand sind bei dem Anschlag 22 russische Soldaten getötet und weitere 61 verletzt worden. Der Zug und seine Fracht sind nahezu komplett zerstört, und bei der Bekämpfung des Brandes sind fünf litauische Feuerwehrleute ums Leben gekommen. Wieder aufgrund von Folgeexplosionen.«

»Du großer Gott«, murmelte Ryan. »Reaktionen aus Moskau?«

»Sie haben das Militär in die höchste Alarmbereitschaft versetzt. Der Anschlag ist gerade mal zwei Stunden her, und schon haben sie in den sozialen Medien Stellungnahmen verbreitet, in denen sie die Nato, die CIA, Litauen, Polen und die Ukraine verantwortlich machen.«

»Die üblichen Verdächtigen.«

»Konsequent sind sie, das muss man ihnen lassen«, bemerkte Außenminister Adler.

Ryan trommelte mit den Fingern auf den Tisch. »Wenn es wirklich die Russen waren, müssen wir davon ausgehen, dass dies nur der Auftakt war. Sie wollen einen Korridor schaffen, der ihnen einen direkten Zugang zu ihren Militäreinrichtungen an der Ostsee ermöglicht. Ich mache mir schon länger Sorgen, dass Kaliningrad die nächste Krim werden könnte.«

»Genau genommen ist Kaliningrad die Krim in Potenz, Sir«, ergänzte Adler. »Die Krim war eine ukrainische Provinz mit einer russischen Bevölkerungsmehrheit und einem russischen Marinestützpunkt. Aber Kaliningrad ist russisches Staatsgebiet mit einer Marinebasis und zwei Luftstützpunkten, ganz zu schweigen von den Raketenbatterien entlang der Küste und den zahlreichen Armeestützpunkten. Russland hat dort legitime strategische Interessen wie auf der Krim, im Unterschied zur Krim aber auch einen rechtmäßigen Anspruch auf das Gebiet.«

»Aber es hat keinen Anspruch auf den Süden Litauens«, entgegnete Ryan. »Und den wird es sich einverleiben müssen, um hinzukommen.«

Adler räumte das mit einem Nicken ein, setzte aber hinzu: »Hier geht es nicht um Legitimität, sondern um die Frage: Glaubt Wolodin, dass die Nato mit ihm um einen Streifen Land in Litauen kämpfen wird.«

»Wolodin ist auf irgendeinen diplomatischen oder militärischen Sieg aus«, schaltete sich Mary Pat ein. »Er braucht dringend einen Erfolg. Die Preise für fossile Brennstoffe sinken, und die Folgen für die russische Wirtschaft sind katastrophal, denn Öl und Gas machen über die Hälfte ihrer Exporte aus. Die Sanktionen, die wir vor ein paar Monaten verhängt haben, setzen dem Land zusätzlich zu.

Mit der Aufrüstung der Ukraine haben wir dafür gesorgt, dass aus dem vermeintlich leichten Sieg über den Nachbarn ein kostspieliges Unternehmen wurde. Damit hat er nicht gerechnet. In Estland hat er den Kürzeren gezogen, auch wenn er die Schlappe seiner Bevölkerung als einen Sieg mit ausgehandeltem Rückzug verkauft.«

»In den vergangenen dreizehn Monaten ist seine Beliebtheit von 81 auf 59 Prozent gesunken«, fügte Canfield hinzu. »Das ist kein Totalabsturz, aber doch unangenehm. Wenn man bedenkt, dass er praktisch jede negative Berichterstattung in den Medien über sich und seine Politik verbietet, ist ein Absacken um 22 Prozentpunkte schon bemerkenswert.«

»Noch vor einem Jahr hat ihn die boomende Wirtschaft unangreifbar gemacht«, sagte Ryan. »Aber die Wirtschaft boomt nicht mehr, und er kann nichts daran ändern. Also hat er sich neu erfunden. Jetzt gibt er den Nationalisten, wertet nationale Symbole auf und mimt den Retter der vom Westen unterdrückten Slawen. Und gibt uns, der Nato und wem auch immer die Schuld an sämtlichen Problemen Russlands.«

»Was seine Umfragewerte wieder in die Höhe treiben würde, wäre, abgesehen von einem Anstieg der Rohstoffpreise, ein wirklicher militärischer Erfolg«, sagte Scott Adler. »Aber der zeichnet sich nirgendwo ab. In der Ukraine herrscht ein Patt.«

»In der Ukraine herrscht deshalb ein Patt, weil Wolodin es so will«, setzte Ryan hinzu. »Wenn er wollte, könnte er stärker in Richtung Kiew drängen, und vielleicht tut er das ja auch noch. Aber wir müssen den neuen Krisenherd im Auge behalten. Die beiden Anschläge in Litauen könnten als Vorwand benutzt werden, die Dinge zu forcieren, ob Wolodin nun die Finger im Spiel hatte oder nicht.«

»Genau genommen haben wir Wolodin letztes Jahr erpresst«, sagte Adler. »Wir haben ihm damit gedroht, unsere Erkenntnisse über seine Verbindungen zur organisierten Kriminalität zu enthüllen, die ihm in Russland zur Macht verholfen haben. Er hat in der Ukraine einen Rückzieher gemacht, seine Panzer zurückgepfiffen und nach der Krim und Donezk auf weitere Gebietsgewinne verzichtet.«

»Mit der Erpressung haben wir unser Problem mit Wolodin zwar nicht gelöst, aber einen Teilerfolg erzielt«, erwiderte Ryan. »Wir haben seinen Vorstoß zum Dnjepr gestoppt und den Ukrainern dadurch Gelegenheit gegeben, sich neu zu formieren und ihre Verteidigungsmaßnahmen zu verbessern. Wir haben sie mit erstklassigen Abwehrraketen und Panzern ausgerüstet und die Zahl unserer Militärberater aufgestockt.«

Die Nationale Sicherheitsberaterin Joleen Robillio sagte: »Mr. President, wir haben in der Ukraine das Richtige getan. Wir haben Wolodin in eine Pattsituation gezwungen, die in Anbetracht des Tempos, mit dem seine Truppen vorgerückt sind, für ihn einer Niederlage gleichkommt. Nur fürchte ich, dass dieser Mann, wenn wir ihn in die Enge treiben, irgendwann nur noch einen Ausweg für sich sieht, nämlich den Einsatz von Atomwaffen.«

»Sie haben recht«, erwiderte Ryan. »Und er weiß, dass wir das in unsere Überlegungen mit einbeziehen. Er rechnet damit, dass wir ihm auf Schritt und Tritt zusetzen, aber er rechnet nicht damit, dass wir es wirklich darauf ankommen lassen. Wenn dieser Anschlag in Litauen tatsächlich auf sein Konto geht, möchte er möglicherweise eine neue Front aufmachen. In der Ukraine hat es nicht geklappt, also versucht er es woanders.«

»Sie reden so, als wäre es schon ein Krieg«, sagte Scott Adler.

Ryan dachte einen Moment lang darüber nach. Dann wandte er sich an den Verteidigungsminister. »Bob, welche Optionen haben wir, auf den Anschlag in Litauen zu reagieren?«

Der Minister war auf die Frage vorbereitet. »Wir müssen selbstverständlich den Weg über die Nato gehen. Da wäre zunächst die Nato Response Force (NRF), die in sechs europäischen Ländern stationiert ist – darunter natürlich auch Litauen. Aber sie umfasst insgesamt nur 6000 Soldaten. Und ganze 400 in Vilnius. Ein größeres Kontingent haben wir in Ostpolen, aber noch immer längst nicht genug, eine russische Invasion zu vereiteln. Dazu wäre eine größere Mobilisierung nötig.«

»Wie schnell wäre die NRF im Notfall einsatzbereit?«

»Die NRF innerhalb einer Woche. Aber die Nato verfügt über eine Einheit, die innerhalb von 48 Stunden bereit wäre. Ich meine die Very High Readiness Joint Task Force. Das sind gute Soldaten, allerdings nicht genug, die Russen aufzuhalten.«

»Seien wir nicht vorschnell, Mr. President«, mahnte Mary Pat. »Russland wird nicht schon kommende Woche die Grenze überschreiten, in welcher Stärke auch immer. Es hat keine Truppen in der Einsatzvorbereitung.«

Ryan konnte das nicht sonderlich beruhigen. »Aber bei diesen Fristen bleibt unberücksichtigt, wie lange die

Europäer für eine Entscheidungsfindung brauchen. Keiner unserer Partner bringt den politischen Willen auf, kurz entschlossen Truppen gegen die Russen zu entsenden, ohne vorher ausgiebig Händchen zu halten. Der Nato-Gipfel in Kopenhagen steht vor der Tür. Wie wär's, wenn wir diese Gelegenheit nutzen, um auf die anderen Regierungschefs einzuwirken? Vielleicht findet sich eine Möglichkeit, die Besetzung von Verteidigungsstellungen zu beschleunigen. Nach der Zerstörung der LNG-Anlage und dem heutigen Anschlag in Vilnius werden hoffentlich genügend Mitgliedsstaaten erkennen, wie schnell sich alles zu einem Krieg auswachsen kann.«

»Ich kann nur hoffen, dass Sie auf offene Ohren stoßen«, sagte Robillio. »Aber Sie wissen ja, wie solche Gipfel ablaufen. Es wird viel geredet und wenig gehandelt.«

Ryan nickte und wandte sich wieder an seinen Verteidigungsminister. »Was ist, wenn die Nato den Kopf in den Sand steckt? Was ist mit US-Kräften, die nicht an die Nato gebunden sind?«

»Wir haben ein Bataillon Marines«, antwortete Burgess. »1200 Mann, die der Rotationstruppe Schwarzes Meer zugeteilt sind. Sie fungieren als schnelle Eingreiftruppe und sind nicht an die Nato gebunden.«

»Wo sind sie derzeit stationiert?«

»In Rumänien, aber sie könnten innerhalb von vierundzwanzig Stunden im Einsatzgebiet sein. Genau für einen solchen Fall üben sie.«

Ryan hob die Augenbrauen. »1200 Marines üben, eine russische Invasion zurückzuschlagen?«

»Ganz recht. Sie wissen, dass sie nur als Notbehelf dienen. Sie sollen sich im Einsatzgebiet, wenn möglich, mit anderen US-Kräften abstimmen, auf jeden Fall aber mit befreundeten Einheiten.«

»Okay. Irgendwelche anderen Optionen?«

Burgess zuckte leicht mit den Schultern. »Ein Zerstörer

befindet sich auf Präsenzmission in der Ostsee. Aber kein Flugzeugträger. Nichts, was an die Kampfkraft einer russischen Invasionsstreitmacht heranreichen könnte. Wir haben eine Marine Expeditionary Unit mit mehreren Schiffen an der Westküste des Vereinigten Königreichs, wo sie mit den Briten zurzeit eine Übung macht.«

»Das ist weit weg vom Baltikum«, sagte Ryan.

Burgess hob die Hände. »Stimmt, aber es sind 2000 Marines, 2000 gut ausgebildete und gut positionierte Marines könnten mit guter Unterstützung einer russischen Invasion durchaus gefährlich werden, wenn wir ihnen genug Spielraum ließen, allerdings würden wir dabei eine Menge von ihnen verlieren.« Burgess ließ die Schultern sinken. »Die gute alte Zeit, in der in Europa noch Hunderttausende von Armeesoldaten und Hunderte Panzer auf ihren Einsatz warteten, ist vorbei.«

Niemand im Raum fand, dass diese Zeit besonders gut gewesen war, aber alle verstanden, was er meinte.

Ryan wandte sich nun an Mary Pat Foley. »Es versteht sich zwar von selbst, aber wir müssen die Truppenbewegungen in Weißrussland im Auge behalten. Die Russen müssen durch Minsk, um nach Litauen zu gelangen, außer natürlich, sie greifen von der Kaliningrader Seite an.«

»Wir haben unsere Augen in Weißrussland und an der litauischen Grenze«, sagte Mary Pat.

Ein Assistent Jay Canfields betrat den Raum, beugte sich zum CIA-Direktor hinunter und beriet sich kurz mit ihm. Canfield blickte zum Präsidenten.

»Was gibt es, Jay?«

»Gute Neuigkeiten. Das Feuer im Zug ist gelöscht, und Angehörige der Litauischen Landstreitkräfte haben die Trümmer durchsucht. Bei den Kampfmitteln im Zug handelt es sich lediglich um konventionelle Artilleriegranaten, Munition für Handfeuerwaffen und dergleichen.«

Ryan verstand, was Canfield damit sagen wollte. Es waren keine ballistischen Raketen im Zug. Gerüchten und Geheimdienstberichten zufolge hatte die Russische Föderation im vergangenen Jahr nämlich Dutzende, wenn nicht sogar Hunderte von Kurzstreckenraketen des Typs Iskander-M in die Oblast Kaliningrad verlegt. Diese Raketen konnten mit Atomsprengköpfen bestückt werden. Dass sich bei dem Anschlag keine Iskander-M im Zug befunden hatte, sorgte bei allen für Erleichterung.

»Interessant, dass keine Raketen in dem Zug waren«, sagte Burgess.

»Inwiefern?«, fragte Ryan.

»Im Zug waren nur ganz gewöhnliche Soldaten und Waffen. Keine Speznas, kein anspruchsvolles Gerät.«

Ryan verstand, worauf Burgess hinauswollte. »Sie schließen daraus, dass er von den Russen selbst angegriffen wurde?«

»Wären Iskander in dem Zug gewesen, könnte ich mir kaum vorstellen, dass Russland etwas damit zu tun hat. Ein Anschlag zieht unweigerlich eine Untersuchung der Trümmer nach sich, und das bedeutet, dass auch die Waffen in Augenschein genommen, möglicherweise sogar beschlagnahmt werden. Dass nichts Brisantes im Zug war, stimmt mich noch misstrauischer, was die wahren Schuldigen angeht.«

»Wir können alle möglichen Spekulationen anstellen«, erwiderte Ryan. »Aber damit schaden wir uns unter Umständen nur selbst. Wir brauchen klare Antworten und zwar schnell. Wolodin spielt ein Spiel, meine Damen und Herren. Er bestimmt im Moment die Regeln. Er gibt die Richtung vor. Er ist zwar nicht so genial, wie ihn viele hinstellen, und ich bin keineswegs mehr davon überzeugt, dass er schalten und walten kann, wie er will, aber täuschen wir uns nicht: Wolodin zieht die Fäden.«

»Die Fäden bei was?«, fragte Adler.

Ryan stand auf und winkte denen, die zum Bankett mussten, ihm zu folgen. Auf dem Weg zur Tür band er sich die Fliege und blickte zu Scott Adler zurück. »Ich weiß es nicht, Scott. Ich hoffe, wir finden es heraus, bevor es die Spatzen von den Dächern pfeifen.«

11

SECHS MONATE FRÜHER

Das Café in der Kriwokolenny-Gasse genoss einen legendären Ruf, aber nur bei einigen wenigen Auserwählten hier in Moskau. Für die meisten war es nur eines von Tausenden Speiselokalen in der Stadt. Viel zu sehen gab es jedenfalls nicht: nur drei Räume, die unzureichend Licht von der Straße bekamen, Wände mit abgenutzter Holztäfelung und einfache Holztische, auf denen in billigen Glashaltern trübe Teelichter brannten. Das Haus, das es beherbergte, stammte noch aus der Zeit vor dem Zweiten Weltkrieg.

Im Lauf der Jahre hatte das Lokal häufig den Besitzer gewechselt, aber jetzt hieß es *Café F* und war eine teure Restaurantkneipe, die Hipster und Touristen anlockte. Was die wenigsten Hipster wussten, denn nicht einmal russische Hipster dachten über solche Dinge nach: Das *Café F* lag nur zwei Blocks von der Lubjanka entfernt, der ehemaligen KGB-Zentrale und dem jetzigen Hauptsitz des FSB, und hatte Mitarbeitern von KGB, FSB und militärischem Geheimdienst als Stammkneipe gedient. Leute, die jetzt den Inlandsgeheimdienst leiteten und das Land beherrschten, hatten einst im Vorderzimmer an der Bar neben der Tür gesessen, Wodkas gekippt und über ihre Chefs und die Richtung geklagt, in die ihr Land steuerte.

Die altehrwürdige, zwei Blocks vom Hintereingang des FSB-Gebäudes entfernte Kneipe hatte sich zum noblen

Esslokal gemausert und wurde auf TripAdvisor.com sogar Touristen empfohlen. Für die alte Garde, die noch dort verkehrte, war es eine wahre Schande, dass sich der Insidertreff früherer Tage von einer rauchgeschwängerten Spionagehöhle zum trendigen Ausgehlokal gewandelt hatte.

Doch heute Abend war alles anders. Heute Abend hatte man die neureiche Kundschaft des *Café F* um sechs hinauskomplimentiert und am Eingang ein Schild mit der Aufschrift »Geschlossene Gesellschaft« aufgestellt, und wenig später waren Pkw und Lkw voller Bewaffneter vorgefahren. Diese Männer waren Sicherheitsbeamte und Mitglieder eines Voraustrupps, die zum größten Teil von der Lubjanka herübergekarrt worden waren, und gegen neun trafen Leibwächter aus dem Kreml ein, der nur einen Kilometer entfernt im Südwesten lag.

Um zehn sperrten drei Dutzend Bewaffnete die Kriwokolenny-Gasse ab, besetzten die Dächer und bevölkerten den Gehweg vor dem geschlossenen Restaurant. Das Gebäude war mit Hunden und Detektoren nach Bomben durchsucht worden und dann ein zweites Mal nach Abhörgeräten und versteckten Kameras, und erst als die Leiter von Voraustrupp und Sicherheitsdienst die Örtlichkeit für sauber erklärt hatten, trafen die ersten Chefs ein.

Die meisten kamen in gepanzerten SUVs und Limousinen, nur Pjotr Schelmenko, der Chef des russischen Militärgeheimdienstes GRU, landete mit einem Hubschrauber auf dem Revolutionsplatz drei Straßen entfernt im Nordwesten und legte den restlichen Weg mit einer bewaffneten, zwölfköpfigen Eskorte zu Fuß zurück. Am Ziel angekommen, ließ er das Gros seiner Begleitmannschaft draußen zurück und betrat das *Café F* nur mit zwei Personenschützern. An der Bar griff sich Schelmenko einen Wodka und begrüßte mehrere Männer mit herzlicher Umarmung.

Dies waren die Spitzenleute der Silowiki, jener ehemaligen Geheimdienstler und Militäroffiziere, die jetzt als Milliardäre in der russischen Regierung den Ton angaben, sowohl hinter den Kulissen als auch in der Öffentlichkeit.

Außenminister Lewschin war ebenso anwesend wie Innenminister Pijschkin. Beide hatten in den Achtzigerjahren im KGB gedient. Arkadij Diburow, der Chef von Gazprom, dem staatseigenen Erdgaskonzern, erschien mit einer Kolonne silberner Cadillac-SUVs. Er hatte die Nische vor dem Restaurant noch nicht durchquert, als er auch schon in ein Gespräch mit Michail Grankin vertieft war, dem Sekretär des Sicherheitsrats im Kreml, der zufällig zur selben Zeit eingetroffen war.

Sicherheitsleute durften nicht in die Bar selbst. Dies war eine alte Grundregel dieser Zusammenkunft, die zur Folge hatte, dass es draußen auf der Straße den ganzen Abend aussah wie an der Front eines Kriegsgebiets. Dutzende Männer mit Gewehren standen neben Autos und suchten mit den Augen die Umgebung ab. Drinnen füllten die Stabschefs und Adjutanten den vorderen Raum und den Barbereich des Cafés, während das Hinterzimmer den Silowiki vorbehalten blieb. Diburow und Grankin folgten den anderen Prinzipalen nach drinnen, und bald saßen im Hinterzimmer 16 Männer an einfachen Tischen, tranken Wodka und unterhielten sich leise.

Mit seinen 81 Jahren war der Innenminister der Älteste, Grankin mit 45 der Jüngste.

Das Treffen jährte sich diesmal zum 23. Mal in Folge, allerdings waren in all den Jahren einige Namen von der Gästeliste verschwunden und andere hinzugekommen. Das erste Treffen hatte 1994 stattgefunden, lange bevor die Silowiki den demokratischeren Regierungen die Macht entrissen und den ersten von mehreren Präsidenten im Kreml installiert hatten. Zu den ersten Jahrestreffen waren alle nur gekommen, um darüber zu lamentieren, dass sie in Ungnade gefallen waren, oder um sich gegenseitig dabei zu helfen, ihre jungen Unternehmen, Konzerne und Holdings zu stützen und mithilfe ihrer Seilschaften in Militär und Geheimdienst durch die schwierigen Zeiten der Rückkehr Russlands zur Marktwirtschaft zu manövrieren, wobei sie sich in schamloser Dreistigkeit krimineller Mittel bedienten.

Doch bis 1999 hatten es sämtliche Teilnehmer zum Millionär, einige sogar zum vielfachen, gebracht und im Kreml das Ruder übernommen. Seitdem hatte das alljährliche Stelldichein in der Kriwokolenny-Gasse immer größere Bedeutung gewonnen, da über hochwichtige Staatsangelegenheiten diskutiert und entschieden wurde. Die meisten der letzten 17 Jahre waren für diese Männer gute Jahre gewesen, und häufig war in dem Café unweit der Lubjanka ausgelassen gefeiert worden. Man hatte sich ausgiebig auf die Schultern geklopft, Tränen gelacht, Witze über die Mätressen des jeweils anderen gerissen, sich gegenseitig zu Partys, auf Schlösser oder Privatinseln eingeladen.

Nicht so heute Abend. Heute Abend waren die Männer düster gestimmt.

Besorgt.

Zornig.

Russland, wie es sich noch vor wenigen Monaten dargestellt hatte, erschien heute wie eine ferne Erinnerung. Die Öl- und Gaspreise waren im Keller, und die amerikanische Regierung hatte gegen neun der sechzehn Anwesenden Sanktionen verhängt, ihre Reisefreiheit stark eingeschränkt und ihr Auslandsvermögen, soweit es hatte aufgespürt werden können, eingefroren. Die Betroffenen waren nicht ruiniert, aber doch beträchtlich geschädigt, und die anderen fragten sich, wer wohl als Nächster ins Fadenkreuz des Westens geraten würde.

Diese Ereignisse hatten zu einem deutlichen Einbruch

der russischen Wirtschaft geführt und ihre Schwächen ans Licht gebracht. Die Preise purzelten, die Beschäftigung sank, Schlaglöcher auf Moskaus Straßen blieben ungeflickt, und die Müllabfuhr in Sankt Petersburg kam nur noch sporadisch.

Die Öffentlichkeit war aufgebracht, im Land rumorte es, die Silowiki gerieten unter Druck.

Die Männer, die in dem kleinen Hinterzimmer tranken und rauchten, brauchten einen Sündenbock, und ihr Sündenbock kam um elf.

Sechs gepanzerte Fahrzeuge aus dem Kreml näherten sich der Absperrung zwischen der Hauptstraße und der Kriwokolenny-Gasse. Die Wagenkolonne drosselte kaum das Tempo, bevor die Holzschranken weggeräumt und die Fahrzeuge durchgelassen wurden. Vor dem *Café F* hielten alle gleichzeitig.

Walerij Wolodin spähte durch die Panzerglasscheibe seiner Limousine, während seine Sicherheitsleute rings um den Wagen Posten bezogen und er darauf wartete, dass ihm die Tür geöffnet wurde. Er freute sich nicht auf den heutigen Abend. Früher, vor seiner Machtübernahme, hatte er den alljährlichen Besuch der alten Kneipe und das Stelldichein der Mächtigen aus Militär und Geheimdienst immer genossen. Man hatte große Pläne und Allianzen geschmiedet, Millionen- oder gar Milliardengeschäfte abgeschlossen und Entscheidungen getroffen, die das Leben von Menschen veränderten.

Oder beendeten.

Doch jetzt, als Präsident, ging er nur widerwillig zu diesen Abenden. Selbst wenn alles gut lief, was bis vor wenigen Monaten noch der Fall gewesen war, saßen die anderen Silowiki stoisch da, während er Hof hielt und sie kurz über die für sie relevanten Vorgänge im Kreml informierte, als wäre er eine Art PR-Mann oder Fernsehsprecher. Und am

Ende musste er sich den Fragen von Männern stellen, die eigentlich allen Grund zu Zufriedenheit hatten, in Ruhe die Milliarden genießen sollten, zu denen er ihnen verholfen hatte, und sich darum reißen müssten, ihm die Schuhe zu putzen.

Wolodin war vom organisierten Verbrechen abgerückt und hielt nun lieber die Fahne des russischen Nationalismus hoch.

Sein Beliebtheitsgrad war gesunken, doch obwohl er Führer einer angeblichen Demokratie mit vielen Feinden war, kam er nicht vom Fleck. Er behielt die Kontrolle über die Medien, das Verteidigungsministerium und die Geheimdienste, und was noch wichtiger war: Er genoss weiter die Unterstützung, wenn nicht Verehrung der Oligarchen, die er im Gegenzug für ihre Unterstützung und Treue reich und mächtig gemacht hatte, wie auch der Silowiki, jener ehemaligen Geheimdienstler und Militärs, die heute das Land beherrschten.

Politisch war es nicht zum Besten um ihn bestellt, da er im Grunde genommen aber ein Diktator war, spielte das eigentlich keine Rolle.

Auch auf nationaler Ebene lief nicht mehr alles glatt, und er wusste, dass die 16 Silowiki, die heute Abend hier zusammenkamen, ein besonders mürrischer Haufen waren. Seine Rede würde mit mehr Skepsis und weniger Trinksprüchen aufgenommen werden als sonst.

Eigentlich, so sagte sich Wolodin, hatte er diesen Scheiß gar nicht nötig. Er schuldete diesen Männern nichts. Im Gegenteil, sie schuldeten ihm etwas. Sie verdankten ihr Leben und ihre Karriere seiner umsichtigen Planung.

Trotzdem befahl er seinem Chauffeur nicht, wegzufahren. Dieses jährliche Gipfeltreffen war ein Muss. Wenn er ihm fernblieb, würden ihn diese Schwächlinge für einen Feigling halten, und das durfte er nicht zulassen.

Und in Wahrheit brauchte er sie auch.

In den späten Achtzigerjahren hatte Wolodin unter dem Schutz eines russischen Verbrechersyndikats gestanden, auch wenn er sich das nie wirklich eingestand. Das Syndikat hatte seine Karriere im KGB und anschließend im FSB vorangebracht und dann, in den Neunzigerjahren, seine geschäftlichen Interessen befördert. Die Treffen der Silowiki waren für die anderen wichtiger gewesen als für ihn, denn er hatte die Protektion der Sieben Starken Männer genossen.

Diese Protektion war jetzt dahin, und da die Gruppe, mit der er verbandelt gewesen war, ihm obendrein nach dem Leben trachtete, war seine Silowiki-Bruderschaft jetzt umso wichtiger: ein notwendiges Übel.

Ein sanftes Klopfen an die Scheibe seiner Limousine holte ihn in die Gegenwart zurück. Er öffnete die Tür und trat in die kalte Nacht hinaus.

Er betrat das Café und schaute sich in der vertrauten Enge um: Das *Café F* sah fast noch genauso aus wie vor vierzig Jahren, als er das erste Mal den Fuß über die Schwelle gesetzt hatte.

In seinen Zwanzigern hatte er in kurzen Mittags- oder Abendpausen an der Bar heißen Borschtsch gelöffelt, bevor er in sein Büro zurückeilte, das zwei Blocks südlich von hier lag. An einem Tisch in der Ecke hatte er ganze Abende mit der Planung von Operationen zugebracht. Er hatte sich hier mit Kollegen von KGB oder GRU getroffen und taktische Pläne geschmiedet, lange bevor er im Kreml damit betraut war, strategische Pläne zu entwickeln.

Er trat jetzt ins Hinterzimmer, schüttelte Hände, die nicht so fest drückten wie sonst, und wurde in Umarmungen gezogen, die nicht so lang, so innig und so demonstrativ ausfielen wie in den vergangenen Jahren.

Er drückte Derewin, dem Präsidenten des Mineralölgiganten Rosneft, die Hand und trank einen Wodka mit Bogdanow und Kowalew, ehemaligen KGB-Residenten und jetzigen Direktoren staatlicher Bergbau- und Holzunternehmen.

Diese Männer sprachen ihn mit seinem Patronym Walerij Walerjewitsch an, doch er spürte den Unmut im Raum, und obwohl er eigentlich nichts anderes erwartet hatte, war es für ihn doch eine neue Erfahrung.

Im Vorjahr war die Stimmung verhalten gewesen. In Estland war es nicht gut gelaufen und die Krim zu dem Zeitpunkt noch nicht annektiert. Die Ukrainer leisteten unerwarteten Widerstand, und dann teilte ihm der Präsident der Vereinigen Staaten in einem Telefongespräch mit, dass die Amerikaner von seinen Verbindungen zum organisierten Verbrechen wüssten.

Er hatte sich der Erpressung der Amerikaner gebeugt, seine Truppen in die östlichen und südöstlichen Bezirke der Ukraine zurückgezogen und dort belassen. Für die Männer hier im Raum hatte das ausgesehen, als hätte er eine Niederlage erlitten, denn sie verstanden einfach nicht die ganze Dynamik der Ereignisse.

Estland war ein Fehlschlag gewesen, und hinter der Ukraine stand noch ein Fragezeichen, das gab Wolodin ohne Weiteres zu. Aber was die Männer am meisten tangierte und erboste, waren die Wirtschaftsprobleme. Und für die, darauf beharrte er, konnte er verdammt noch mal nichts.

Er sprach eine halbe Stunde zu den Männern im Hinterzimmer des Cafés und stellte dabei vor allem das Positive heraus, das im vergangenen Jahr in Russland geschehen war. Praktisch alle Beispiele, die er anführte, betrafen seine Erfolge bei der Zügelung der Opposition und der Unterdrückung der Medien und Internet-Outlets, die den Kreml und die Silowiki kritisierten und all die Dekrete und Entscheidungen der Regierung schlechtmachten, die, wie er behauptete, den weiteren Erfolg der 16 Männer im Raum garantierten – der 17 Männer, wenn man

Wolodin einschloss, der eigentlich der Kronprinz der Silowiki war.

Am Ende seiner vorbereiteten Rede sprach er noch ein paar Minuten aus dem Stegreif, hauptsächlich deshalb, weil er den Frage-und-Antwort-Teil des Abends hinausschieben wollte.

Als er langsam zum Ende kam, wurde eine Runde Wodka ausgeteilt. Jedes Jahr wurde ein Trinkspruch auf ihn ausgebracht, bevor die Fragen begannen.

Doch er war noch am Reden und rühmte gerade den frischen nationalistischen Wind, der durch das Land wehe und den Erhalt des Status quo fördere, als er bemerkte, dass Lewschin schon seinen Wodka trank, ohne auf den Trinkspruch zu warten.

Auch Diburow bemerkte es und kippte daraufhin seinen hinunter.

Andere griffen nach den Gläsern, die vor ihnen auf dem Tisch standen.

Das war ein Affront.

Als sich Walerij Wolodin schließlich mit einem hohen, näselnden *spasiba* bei den Zuhörern bedankte, sah er, dass fast alle Gläser leer waren und verkehrt herum auf dem Tisch standen.

Diese Männer waren fast sein ganzes Berufsleben hindurch seine Kollegen und ihm gleichgestellt gewesen, doch in den letzten Jahren war er für sie zu einer verehrungswürdigen Gestalt geworden. Er war nicht mehr einer von ihnen, und das wusste er.

Jetzt aber behandelten sie ihn so, als wäre er weniger wert als sie. Als stünde er unter ihnen. *Wofür zum Teufel hielten sie sich?*

Eine Mischung aus Wut und Paranoia stieg in ihm hoch.

Er nickte bedächtig und sagte in maßvollem Ton: »Ich sehe den Groll. Ihr habt ihn deutlich zum Ausdruck gebracht. Also … wer von euch möchte anfangen? Wer von euch möchte mir als Erster sagen, wie er die Wirtschaft des Landes gelenkt und im vergangenen Jahr bessere Ergebnisse erzielt hätte? Wer hier hätte besser für Mütterchen Russland gesorgt? Du, Lewschin? Willst du mir sagen, dass dein Gesicht auf allen Zeitungen prangen sollte und nicht meines?«

Lewschin erwiderte Wolodins Blick mit einem gelassenen Lächeln. »Natürlich nicht, Walerij Walerjewitsch. Du bist aufgrund deiner Fähigkeiten und Qualitäten zum Anführer erkoren worden. Niemand bestreitet das.«

Es war ein glattes, zweifelhaftes Kompliment, wie Wolodin begriff. Mit »zum Anführer erkoren« ließ der Außenminister unmissverständlich durchblicken, dass der Präsident Russlands seines Erachtens ohne die Hilfe der Anwesenden nie ins Amt gelangt wäre.

»Du bist mein Außenminister«, sagte Wolodin. »Das verbietet es dir, allzu viel über das internationale Geschehen zu klagen, denn du bist unser Sprachrohr zum Rest der Welt.«

»Ich befolge deine Anweisungen, Walerij Walerjewitsch«, erwiderte Lewschin wieder aalglatt, diesmal aber mit Eis in der Stimme.

Nun ergriff Bogdanow, der am Tisch rechts vor Wolodin saß, das Wort. »Wir machen uns Sorgen wegen der Ölpreise, aber niemand gibt dir die Schuld daran. Aber die Sanktionen … sie sind eine unmittelbare Folge des Einmarschs in die Ukraine. Das war deine Entscheidung, und alles unterliegt deiner ständigen Kontrolle. Ich spreche für diejenigen unter uns, die von den Sanktionen betroffen sind. Wir sind verärgert, Walerij. Wir hätten dem Sturm trotzen können, den der Ölpreisverfall ausgelöst hat. Aber unsere internationalen Beziehungen sind in einem katastrophalen Zustand.«

Wolodin schüttelte energisch den Kopf. »Die Ereignisse

in der Ukraine sind nicht nach Plan verlaufen, aber wir halten mehrere Bezirke entlang der Grenze und kontrollieren jetzt die Krim. Die Schwarzmeerflotte ist jetzt so sicher wie seit einer Generation nicht mehr.«

Ihm war klar, dass er für die Pattsituation, in die er in der Ukraine geraten war, keinen Applaus ernten würde, darum kam er auf andere außenpolitische Initiativen zu sprechen.

»Wir haben positive Kontakte zu den Chinesen geknüpft.«

»Das hat noch nicht viel zu bedeuten«, konterte Diburow. »Unsere Gespräche über den Bau einer Pipeline mit China stocken seit dem Tag, als der Ölpreis unter 80 Dollar pro Barrel gerutscht ist. Derzeit liegt er bei unter 60 Dollar, deshalb kann China überall kaufen. Im Moment will und braucht es keine Pipeline …«

Wolodin ließ Diburow nicht ausreden. »Und die Saudis, lange ein Gegner, suchen auf vielen Ebenen den Kontakt zu uns.«

»Das tun sie«, erwiderte Lewschin. »Weil sie Geld haben, das wir brauchen, und weil sie glauben, wir wären so verzweifelt, dass wir unsere Syrien- und Iranpolitik ändern, um es zu bekommen. Das ist deine Politik, Walerij Walerjewitsch, und es liegt an deiner schlechten Wirtschaftspolitik, dass wir ihr Geld so dringend brauchen.«

Wolodin blickte in die Runde. Männer setzten sich aufrechter hin, sahen einander an. Etwas lag in der Luft. Etwas Bedrohliches. Er spürte, wie sich seine Nackenhaare sträubten und wie er feuchte Hände bekam.

Er musste gegensteuern.

Zum ersten Mal an diesem Abend blickte Walerij Wolodin zu Michail Grankin, dem Sekretär des Sicherheitsrats im Kreml. Soweit er gesehen hatte, war Grankin der Einzige am Tisch, der sich seinen Wodka für einen Toast aufgespart hatte.

Grankin war jung, erst fünfundvierzig und somit volle zwanzig Jahre jünger als der Durchschnitt im Raum. Er hatte sich als unerschrockener und erfolgreicher Auslandsaufklärer beim FSB hervorgetan, ehe er dem Geheimdienst den Rücken kehrte und unter Wolodin in Sankt Petersburg arbeitete. Als Wolodin Jahre zuvor in den Kreml eingezogen war, war ihm Grankin gefolgt und rasch vom Juniorberater zum Chefberater in Sicherheitsfragen aufgestiegen. Wolodin war Grankins *Krischa* gewesen, sein »schützendes Dach«, sein Förderer.

Dann, vor ein paar Monaten, war FSB-Chef Roman Talanow von seinen eigenen Sicherheitsleuten getötet worden. Natürlich steckte Wolodin dahinter, und natürlich oblag es ihm, einen Nachfolger zu bestimmen. Er schickte Grankin in die Lubjanka, um dort die Zügel in die Hand zu nehmen, aber nicht wegen seiner Intelligenz und Cleverness, obwohl er über beides verfügte. Er war nicht unbedingt die beste Wahl für die Leitung eines der größten Geheimdienste der Welt, aber Wolodin vertraute ihm, wie er keinem der 15 anderen Männer in diesem Raum vertraute.

Grankin war, obwohl jünger, ein Silowik wie die anderen. In seiner Zeit beim FSB hatte er es zu Reichtum und Einfluss gebracht, aber nach Wolodins Einschätzung fehlte ihm aufgrund seiner Jugend die Überheblichkeit, die bei jedem anderen Anwesenden spürbar war.

Wolodin traute den Silowiki nicht mehr, und er traute dem FSB nicht mehr. Aber er vertraute darauf, dass Michail Grankin seinen Wünschen nachkam.

Grankin hatte ein paar Monate lang in der Lubjanka aufgeräumt, dann auf Wolodins Wunsch den FSB wieder verlassen und den Vorsitz im Sicherheitsrat des Kremls übernommen, einem engen Kreis von Vertrauten, die Wolodin in allen nachrichtendienstlichen, diplomatischen und militärischen Angelegenheiten berieten. Der extrem abgeschottete und geheimniskrämerische Präsident Russlands hörte auf Grankin und sein kleines Team und gab ihnen Direktiven, mit denen die Weichen für die Zukunft des Landes gestellt wurden. Grankin war nach Wolodin der mächtigste Russe, was internationale Angelegenheiten anging.

Vom jungen Chef der Sicherheitsrats mit einem Nicken bedacht, blickte Wolodin nun wieder in die Runde und sagte: »Meine Herren, offensichtlich habt ihr die Köpfe zusammengesteckt und eine Lösung gefunden. Aber ich bin der Präsident. Wie wäre es also, wenn ihr euch zuerst meine Lösung anhört?«

»Du hast eine Lösung für unser Problem?«, fragte Schelmenko mit deutlicher Skepsis in der Stimme. »Na schön, die Jungs und ich können es nicht erwarten, sie zu hören.«

Von Grankin mit einem erneuten Nicken zum Weitermachen aufgefordert, sagte Wolodin: »Ihr alle wollt eine Veränderung. Das verstehe ich. Einen wirtschaftlichen Aufschwung. Wer wollte den nicht? Was, wenn ich euch sage, dass ich mit Mischa Grankin an einer Initiative arbeite, die den gewünschten Umschwung herbeiführen wird? Ich hätte mir eigentlich mehr Zeit gewünscht, um alles bis ins Kleinste vorzubereiten, aber ich sehe an euren Gesichtern, dass ihr nicht warten könnt. Seit dem letztjährigen Treffen habt ihr die Messer gewetzt, und heute Abend habt ihr sie gezückt.«

Diburow seufzte und blies dabei Rauch aus seiner Zigarette in die Luft. »Einzelheiten, Walerij Walerjewitsch. Nenne uns Einzelheiten. Ohne Einzelheiten ist das nur Gerede.«

»Es handelt sich um eine groß angelegte Operation von enormer Tragweite. Ich kann euch keine Einzelheiten nennen, nur so viel: Ihr werdet merken, wenn sie beginnt und wenn sie endet, das heißt, wenn wir in einem Jahr wieder hier zusammenkommen, wird Russland ganz anders und erheblich besser dastehen.«

Puschkin rief von hinten: »Wirst du wieder eine Frauen-Punkband ins Gefängnis werfen lassen, weil sie in der Christ-Erlöser-Kathedrale getanzt hat?«

Dieser Einwurf erntete den größten und vielleicht einzig wirklichen Lacher an diesem Abend.

Selbst Wolodin lächelte, doch sein scharf geschnittenes, kantiges Gesicht drückte den Missmut aus, den er empfand.

»Ich lächele, Puschkin«, entgegnete er. »Aber nicht über deinen Witz, sondern weil ich mir jetzt schon ausmale, was für eine Reaktion dich nächstes Jahr erwartet, wenn ich die Runde an deine Bemerkung erinnere. Nein. Großes wird geschehen. Unter Mitwirkung unseres Militärs, unserer Geheimdienste und der diplomatischen Vertretungen des Außenministeriums.«

Köpfe drehten sich zum Außenminister. Lewschin zuckte mit den Schultern. »Davon höre ich zum ersten Mal.«

»Weil du noch keine Befehle bekommen hast«, gab Wolodin zurück. »Du bekommst sie noch früh genug.«

»Das klingt nach der Fantasterei eines Mannes, der das unrühmliche Ende seiner Amtszeit hinauszögern möchte.«

Wolodin biss sich auf die Unterlippe. Das Zittern seiner Hände war jetzt fast zu sehen.

Überraschend für alle Anwesenden, selbst für Wolodin, stand Michail Grankin plötzlich auf. »Mit Ihrer Erlaubnis, Walerij Walerjewitsch, würde ich gerne ein paar Worte sagen. Ich weiß, Sie sind zu klug und zu umsichtig, um konkreter zu werden, aber ich bin bereit, mich aus dem Fenster zu lehnen.«

Wolodin stellte in seinem Kopf ein Dutzend Überlegungen an, dann nickte er langsam. »Halten Sie sich so bedeckt wie möglich, Mischa.«

Grankin wandte sich den Versammelten zu. »Wir werden den Westen an den Verhandlungstisch zwingen.«

Die Männer sahen einander an. Verwirrt. Skeptisch.

»Um worüber zu verhandeln?«

»Das Baltikum.«

Er erntete höhnisches Gelächter und Gezische, aber nur von der Hälfte der Anwesenden. Die anderen saßen still da, neugierig, mehr zu erfahren.

Grankin sprach nur zehn Minuten, aber das war mehr, als Wolodin zu tun bereit gewesen war. Er geizte mit Details über die Operation, ging dafür aber ausführlicher auf die Resultate ein, die er sich erhoffte. Als er fertig war, gaben die Silowiki durch Handzeichen zu verstehen, dass sie immerhin bereit waren, den ersten Teil des Planes mitzutragen, um dann zu sehen, was dabei herauskam.

Diburow brummte, dass er sich Wolodins Tun eine Weile ansehen werde – viel schlimmer könne es ja schließlich nicht kommen.

Das Treffen endete um drei Uhr morgens. Die Stimmung war zwar nicht überschwänglich, aber doch deutlich optimistischer als noch einige Stunden zuvor.

Wolodin drückte Grankin in dem kleinen Vorraum die Hand. »Fahren Sie ins Büro zurück oder zu sich nach Hause?«, fragte er.

»Nach Hause.«

»Gut. Ich nehme Sie mit. Wir können uns im Wagen unterhalten.«

»Danke, Walerij Walerjewitsch.«

Auf der Fahrt durch die nächtlichen Moskauer Straßen sagte Grankin zu seinem Präsidenten: »Sie waren noch unverschämter, als ich erwartet hatte. Sie haben keinen Respekt vor Ihnen gezeigt, und Sie haben sie richtig angepackt.«

»Aber?«

»Wir sind noch nicht so weit. Unser Plan hat ehrgeizigere Ziele.«

»Wir haben ein Jahr.«

»Ja, Herr Präsident. Ich war dabei. Ich habe gehört, wie Sie allen versichert haben, dass die Welt in zwölf Monaten ganz anders aussehen wird. Aber was ist, wenn nicht?«

Wolodin kicherte. »Dann werden wir beide gefeuert, versteht sich.«

Grankin lachte nicht. »Mich können Sie feuern. Sie können Sie zwingen, mich zu ersetzen. Aber Sie? Den Präsidenten können sie nicht einfach absetzen.«

Wolodin schmunzelte. »Da haben Sie recht.« Und schulterzuckend setzte er hinzu: »Man wird mich höchstwahrscheinlich ermorden.« Er hielt einen Finger hoch. »Das erinnert mich an etwas, Mischa. Ich möchte eine Liste der besten Offshore-Banking-Experten, die dem FSB bekannt sind. Die müssten Ihre Mitarbeiter doch leicht zusammenstellen können.«

Grankin legte den Kopf schief. »Ist das etwa ein Teil der Operation, von dem Sie mir noch nichts erzählt haben?«

»Das ist nur ein Teil meines Puzzles. Ich werde an allen Fronten arbeiten, an der diplomatischen, der militärischen, der kulturellen und im Inland. Finanzielle Ressourcen. Es gibt viele bewegliche Teile.«

»Und Sie müssen etwas Geld bewegen, nehme ich an.«

»Ganz recht. Aber besorgen Sie mir nur die Namen der Leute, denen der FSB am meisten vertraut und deren Diskretion über jeden Zweifel erhaben ist. Klären Sie das mit den Chefs dieser Leute und stimmen Sie sich mit ihnen ab.«

»In einer Woche haben Sie die Liste, Walerij Walerjewitsch.«

Die Wagenkolonne bog in die Schwedskij Tupik ein, eine Sackgasse, einen Kilometer vom Kreml entfernt. Die Limousine hielt vor dem Haus mit der Nummer 3.

Grankin gab dem Präsidenten noch einmal die Hand, dann kletterte er aus dem Wagen und stieg, von seinen Leibwächtern umringt, die Treppe zu seinem Haus hinauf.

Wolodin schaute aus dem Fenster auf die schlafende Stadt, während seine Wagenkolonne zum Kreml zurückfuhr. Sein Inneres war nicht so ruhig wie die Straßen, die morgens um halb vier wie ausgestorben wirkten. Er dachte darüber nach, was er heute Abend erfahren hatte. Sein Vertrauen in die Männer, die ihn seine ganze Karriere über begleitet hatten, war nun endgültig dahin. Jeder dieser Scheißkerle würde ihn um die Ecke bringen, wenn es ihm einen Nutzen brachte.

Grankin war besser als die anderen, aber nur weil er offensichtlicher in seiner Schuld stand. Er würde ihm so lange die Stange halten, wie sich der Plan zu seinen Gunsten entwickelte, sich aber sofort absetzen und einen neuen Krischa suchen, wenn der Gegenwind zu stark wurde.

Verdammt, dachte Wolodin bei sich. Grankin brauchte keinen Krischa mehr.

Wolodin freute sich schon auf die Liste des FSB mit den vertrauenswürdigsten Spezialisten der Offshore-Bankenwelt. Sie würde Dutzende Namen umfassen. Der FSB war ständig damit beschäftigt, für die Silowiki Geld zu bewegen und Anlagen zu verwalten, sodass es in der Branche etliche Spitzenleute gab, deren Dienste er in Anspruch nahm. Aber Wolodin war an den Namen auf der Liste gar nicht interessiert. Er suchte nach einem Namen, der *nicht* auf der Liste stand. Kurz: nach einem russischen Finanzgenie, dem der FSB das Geld der Silowiki *nicht* anvertraute.

So jemanden musste Wolodin finden, denn wenn der FSB einem Mann vertraute, dann hieß das, dass er ihn unter Kontrolle hatte, und Wolodin brauchte jemanden, der ihm ein außergewöhnlich hohes Maß an Diskretion garantieren und dabei helfen konnte, seine Flucht vorzubereiten für den Fall, dass die ganze Sache den Bach runterging.

12

GEGENWART

Der 38-jährige Amerikaner Peter Branyon hielt sich für den größten Glückspilz in der Geheimdienstbranche. Nicht weil er auf irgendein besonderes Informationsjuwel gestoßen wäre, das die Welt verändern würde. Nein, dazu war es noch nicht gekommen. Sondern einfach nur aufgrund seiner momentanen Position. Er war Stationschef im litauischen Vilnius, und wie es aussah, bot ihm das Schicksal eine einmalige Gelegenheit, sich auszuzeichnen.

Er hatte es in kurzer Zeit weit gebracht, aber er bildete sich nicht ein, dass er das ausschließlich seinen Leistungen zu verdanken hatte. Im Jahr zuvor war ein Spitzenbeamter des ukrainischen Geheimdiensts als russischer Spion entlarvt und verhaftet worden, aber erst, nachdem er die Namen vieler in der Ukraine tätiger CIA-Topleute verraten hatte.

Eine Folge dieses Verrats war, dass die betreffenden CIA-Mitarbeiter, Dutzende von Männern und Frauen, ausnahmslos Experten für die Region und überwiegend russische Muttersprachler, in die Vereinigten Staaten zurückbeordert wurden. Ihre Posten mussten mit CIA-Mitarbeitern besetzt werden, deren Identität den Russen nicht preisgegeben worden war. In der CIA folgte ein munteres Stühlerücken.

Der Chef der litauischen Station wurde an die wichtigere Station in der Ukraine versetzt, und ein Führungsoffizier in Vilnius stieg zum Leiter der CIA-Operationen in Litauen auf.

Die Beförderung dieses Mannes an die Spitze der litauischen Station erwies sich als Fehlgriff. Er war Außenagent und ein tüchtiger Führungsoffizier, aber völlig ungeeignet, ein Büro voller Sachbearbeiter zu leiten, Aufgaben zu delegieren und effizient zu organisieren. Mit seiner forschen Art und seiner an Grobheit grenzenden Direktheit tat er sich schwer, Kontakte zu den Litauern aufzubauen. Innerhalb weniger Monate nach Amtsantritt hatte der neue Stationschef langjährige Partner verprellt und die Disziplin untergraben, weil er den Männern und Frauen seiner Station, die im Außeneinsatz arbeiteten, Agenten betreuten und Operationen im Land durchführten, keine klaren Richtlinien vorgab.

In Langley erkannte man erst spät, dass er der falsche Mann für den Job war, stufte ihn wieder zum normalen Sachbearbeiter zurück, versetzte ihn nach Jakarta und machte sich auf die Suche nach einem Ersatzmann.

Und fand Peter Branyon in Buenos Aires.

Branyon war erst seit ein paar Monaten Stationschef in Argentinien, hatte sich davor aber in Chile und Brasilien hervorgetan. Er war ein dynamischer Mitarbeiter, der sich darauf verstand, Agenten anzuwerben und zu führen, und wie es ihm gelungen war, in der chinesischen Botschaft in Santiago de Chile ein Informantennetz aus chilenischen Botschaftsmitarbeitern aufzubauen, hatte ihm die Wertschätzung Langleys eingebracht. Bei einer von ihm geleiteten Operation in São Paulo hatte er Hotels der Business-Klasse verwanzen lassen, auf einem Executive Airport Informanten angeworben und verlässliche, nachrichtendienstliche Erkenntnisse über zahlreiche Regierungsangestellte aus mehreren Ländern gesammelt. Dadurch konnten unter anderem eine Operation des russischen Auslandsgeheimdienstes SVR mit dem Ziel, Abhörgeräte in der US-Botschaft anzubringen, und ein Terroranschlag von al-Qaida auf eine Synagoge in der Stadt vereitelt werden.

Branyon hatte sich die Beförderung an die Spitze der argentinischen Station verdient, das stand außer Frage, doch der Posten in Litauen war ihm mehr oder weniger in den Schoß gefallen, weil andere weniger Fortune gehabt hatten. Jede Versetzung in ein mittel- oder osteuropäisches Land war für einen jungen CIA-Stationschef eine Riesensache, doch das Baltikum bildete zu der Zeit den Brennpunkt des Geschehens, und Litauen ragte aus mehreren Gründen besonders heraus.

Und nicht erst, seit jemand mitten in der Hauptstadt des Landes einen Haufen russischer Soldaten getötet und an der Küste eine Erdgasanlage in die Luft gejagt hatte.

Branyon mochte mit Glück auf seinen jetzigen Posten gekommen sein, doch er war fest entschlossen, das Beste daraus zu machen und zu beweisen, dass er ihn verdiente.

Zu diesem Zweck hatte er sich in nur sieben Wochen nach Amtsantritt beachtlich viel Litauisch beigebracht und ein kleines, ineffizientes Informantennetz im Osten des kleinen Landes übernommen und persönlich auf Vordermann gebracht. Er agierte nicht nur als Stationschef, sondern auch als Führungsoffizier, scheute sich nicht, die Ärmel hochzukrempeln und sich die Hände schmutzig zu machen, und lehnte es ab, den ganzen Tag am Schreibtisch in der Botschaft zu kleben. Doch im Unterschied zu seinem Vorgänger gab er einen klaren Kurs vor. Er hatte keine Probleme damit, ein Dutzend unterschiedliche Aufgaben an ein Dutzend Untergebene zu delegieren, und keine Skrupel, von seinen Mitarbeitern Engagement und Disziplin einzufordern.

Branyon hätte sich durchaus aus der Feldarbeit heraushalten können, doch er brachte einiges in Bewegung und schickte allabendlich Berichte über die Fortschritte in der Station nach Langley. Das führte allerdings dazu, dass man sich in Langley Sorgen um seine persönliche Sicherheit machte. Als Stationschef saß er nur anderthalb Kilometer von der Kaliningrader Grenze entfernt in Autos an Tankstellen oder traf sich in stockdunklen Gassen mit Kleinkriminellen, die ihm eventuell Informationen über zwielichtige Ausländer in der Stadt verkaufen konnten.

Auf Drängen des CIA-Sicherheitsbüros willigte Branyon schließlich ein, sich einen Leibwächter zu nehmen, aber nur unter der Bedingung, dass es einer von der unauffälligen Sorte sein müsse. Der 47-jährige Greg Donlin war ehemaliger SEAL und langjähriger CIA-Sicherheitsbeamter, der überall in Südostasien und im Nahen Osten gedient hatte. Er konnte unauffällig arbeiten, nur bewaffnet mit einer MP5K, die er in der Achselhöhle unter dem Jackett, und einer subkompakten Glock-Pistole, die er unter dem Hemd trug, und war über einen versteckten Funk-Ohrhörer permanent mit dem CIA-Sicherheitsbüro und den Marines in der Botschaft verbunden.

Das war nicht viel Schutz für einen Stationschef, der sich gern in unsicheren Gegenden herumtrieb. Donlin hätte lieber noch drei oder vier Jungs dazugeholt, aber Branyon erklärte, er wolle nicht mit einem halben Dutzend Typen durch die Straßen laufen wie eine bescheuerte Boygroup auf dem Weg zu einem Auftritt.

Also versuchte Donlin allein, Branyon am Leben zu erhalten.

Es dämmerte gerade in Vilnius, und das Thermometer zeigte Minusgrade, sodass Peter Branyon den Vorsatz fasste, sich baldmöglichst eine dickere Jacke zu kaufen. Sein Jackett konnte kaum die Körperwärme halten, und dabei war es erst Oktober. Im Dezember, so stellte er sich vor, würde man ihn hier steif gefroren auf dem Bürgersteig finden, auf dem Weg zur Arbeit von der Kälte dahingerafft.

Er warf einen Seitenblick auf seinen Leibwächter. Greg erging es offenbar nicht besser.

Donlin stammte aus Kalifornien und Branyon aus New Mexico. Für beide war es der erste Herbst im Baltikum, und ihr erster Winter stand unmittelbar bevor. Keiner war Kälte gewöhnt, beiden war sie verhasst.

Branyon musterte seinen Leibwächter noch eine Sekunde und sagte dann: »Dass ich Stationschef bin und Sie nicht, liegt wahrscheinlich daran, dass ich so klug bin und meine Jacke zuknöpfe.«

Donlin schniefte und rieb sich die rote Nase. »Ich würde mir liebend gerne die Jacke zuknöpfen, aber ich darf nicht. Ich muss schnell an meine Wumme herankommen können, weil mein Stationschef unbedingt draußen auf einem Bahnsteig herumstehen muss.«

»Okay, wie wär's, wenn wir zum Zug runtergehen und uns die Hände an einer schwelenden Artilleriegranate wärmen?«

»Sie sprühen heute nur so vor tollen Ideen, Chef.«

Branyon näherte sich dem Ort des Anschlags. Die kalte Luft roch nach verbranntem Treibstoff und Plastik und war erfüllt vom Lärm des schweren Geräts, mit dem Feuerwehrleute die Toten mühsam aus den Trümmern schnitten. Er bemerkte eine Traube von Männern in Trenchcoats direkt neben einem aufgerissenen Wagen, der aussah wie mit einem riesigen Dosenöffner bearbeitet, und erkannte den Mann in der Mitte. Branyon bahnte sich einen Weg durch die Gruppe bis zu seinem hiesigen Pendant vom Valstybės Saugumo Departamentas, dem Departement für Staatssicherheit der Republik Litauen. Der Mann stand, eine Zigarette in der einen und ein Handy in der anderen Hand, neben den Gleisen und telefonierte, während ein toter russischer Soldat in einem blauen Leichensack weggetragen wurde.

Branyon wartete nicht, bis der Mann fertig telefoniert hatte. »Morgen, Linus. Sie haben diese Woche viel zu tun.«

Linus Sabonis, Chef des VSD, beendete sein Telefonat und gab Branyon die Hand. »Peter, schön, Sie hier zu sehen, aber ich hoffe, Sie kommen nur als Freund Litauens. Und nicht im Auftrag Washingtons, um hier Ermittlungen anzustellen. Jeder weiß, wer dafür verantwortlich ist. Wer nur halbwegs bei Verstand ist, weiß, dass die Russen selbst dahinterstecken.«

Branyon blickte in die ineinander verdrehte Masse kaum unterscheidbarer Gegenstände in der Mitte eines Eisenbahnwagens. Er sah schwelende Trümmer, aber sie gaben keine Wärme ab. »Ich möchte mich nur umsehen. Ich muss mir selbst ein Bild machen.«

Donlin drehte den Kopf unablässig in alle Richtungen, auch zu dem nahen Übergang.

Auch Branyon spähte nach oben. Um die Geschütze waren Absperrungsseile gespannt, und Wachleute standen darum herum, doch der Übergang war für den Verkehr bereits wieder freigegeben. »Das sind B-10, oder?«

»Richtig«, sagte Linus. »Aber kommen Sie nicht auf dumme Gedanken. Die Litauischen Landstreitkräfte können für jedes einzelne von diesen alten Dingern in ihren Beständen garantieren.«

»Was ist mit Polen?«

Linus seufzte. »Nein, Peter. Lassen Sie sich von den Russen nicht täuschen. Selbst wenn sich herausstellen sollte, dass die Geschütze aus Polen stammen, bleibt es trotzdem eine russische List.«

Branyon zuckte mit den Schultern. »Ich weiß, dass ich in der Gegend hier neu bin, aber Sie werden mir verzeihen, wenn ich mich an die Fakten halte. Alle sagen, die Russen hätten das getan, um den Konflikt weiter anzuheizen, und vielleicht haben sie ja recht. Aber noch haben wir keine Gewissheit.«

»Ich weiß, dass Ihre Regierung nach Antworten sucht«, erwiderte Linus. »Aber überlegen Sie doch nur, wer davon profitiert. Russische Truppen stehen östlich von uns in Weißrussland und westlich in Kaliningrad. Die Russen haben in den letzten Jahren jede Menge Truppen und Kriegsgerät ganz dicht an unsere Westgrenze gebracht. Der Anschlag hier liefert ihnen den nötigen Vorwand, rüberzukommen und guten Tag zu sagen.«

»Wir stehen Ihnen bei.«

»Steht uns auch die Nato bei, Linus?«

»Sie wissen, dass ich nicht für die Nato spreche.«

Der Direktor des VSD nickte bedächtig und nahm einen Zug von seiner Zigarette. »Ja, ich weiß. Aber Ihnen ist hoffentlich klar, dass wir nicht darauf vertrauen, dass uns die Nato zu Hilfe kommt. Vielleicht wird uns Amerika helfen, so wie es Estland geholfen hat und momentan in der Ukraine hilft. Aber Frankreich, Spanien, Italien? Das können Sie vergessen. Die bereuen, dass sie uns in ihren Verein aufgenommen haben, und werden vor den Russen buckeln und sie machen lassen, selbst wenn sie mit Fallschirmjägern unseren Himmel verdunkeln.«

Branyon zuckte mit den Schultern. »Das wäre ein bewaffneter Angriff nach Artikel fünf. Wenn das passiert, müssen sie kommen.«

Linus schüttelte den Kopf. »Nein. Die Nato wird einfach behaupten, dass uns die Russen nur einen Besuch abstatten.«

Branyon war klar, dass Linus wahrscheinlich recht hatte. In Buenos Aires hätte er sich um so etwas keine Sorgen machen müssen. Die Vorstellung, dass Brasilien in sein Nachbarland einmarschieren könnte, war lachhaft.

Aber in dieser Runde lachte niemand bei der Vorstellung, dass russische Soldaten an Fallschirmen vom Himmel herabschwebten.

»Ich mache Ihnen da mal einen Vorschlag, Linus«, sagte

Branyon. »Wir beide werden uns den Arsch abarbeiten und unsere Regierungen ständig daran erinnern, was hier los ist. Das ist unsere einzige Einflussmöglichkeit, deshalb sollten wir sie nutzen.«

Linus nickte und sog an seiner Zigarette, dann deutete er auf den Zug. Wieder wurde ein Leichensack weggetragen, während die Sonne im Osten über niedrige Häuser und Fabriken blinzelte. »Sie und ich stehen am Ground Zero, mein Freund. Dieses Stück Bahngleis. Glauben Sie mir, die Menschen werden zurückblicken und sagen, dass hier alles begonnen hat.«

Linus und seine Begleiter machten kehrt und gingen an den Gleisen entlang zurück in Richtung Bahnhof.

Branyon blickte zu seinem Leibwächter. »Wie wär's, wenn wir heute an die Ostgrenze fahren? Mich würde interessieren, was unseren dortigen Agenten aus Weißrussland zu Ohren kommt.«

Donlin seufzte leicht. »Wie wär's, wenn sich einer Ihrer Untergebenen um Ihr Informantennetz an der weißrussischen Grenze kümmert?«

»Es wird schon gut gehen, Greg. Zum Mittagessen sind wir wieder zurück.«

»Das Mittagessen macht mir keine Sorgen«, sagte der Leibwächter mit resignierter Stimme. »Sorgen machen mir die kleinen grünen Männchen.«

Branyon zwinkerte ihm zu. »Wenn wir kleine grüne Männchen sehen, bin ich der Erste, der das Weite sucht.«

»Und ich der Zweite.«

13

Oud-Zuid gilt als das begehrteste Stadtviertel von Amsterdam. Es liegt zentral, ist teuer, kosmopolitisch und schön.

Das Mörder-Geschwisterpaar Braam und Martina Jaeger lebte dort zusammen in einer komfortablen und ultramodernen Eigentumswohnung, die die beiden oberen Etagen eines Sandsteinhauses in der lauschigen Frans van Mierisstraat einnahm.

Erst vor wenigen Tagen aus Venezuela zurückgekehrt, hatten sie seitdem die meiste Zeit ausgespannt, Cafés in der Nähe besucht und sich bis spät in die Nacht in Clubs amüsiert. Letzte Nacht waren sie in einem trendigen Nachtclub gewesen, und während Braam auf einem VIP-Sofa über dem Treiben thronte, hatte seine Schwester in dem heißen, überfüllten Lokal bis vier Uhr morgens getanzt.

Jetzt war es genau zehn, und Braam hatte für sie beide Frühstück gemacht. Martina hatte ihr Omelett aufgegessen und trug jetzt ihren Kaffee zu dem Tisch in der Mitte des Wohnzimmers und klappte ihren Laptop auf. Sie meldete sich bei *Tor* an, einer Software, die Onion-Routing ermöglichte. *Tor* war ein Akronym für *The Onion Router* und bot dem Nutzer die Möglichkeit zu anonymer Kommunikation, indem es Internetverkehr durch rund 6000 Relays in aller Welt leitete und so Absender wie Empfänger einer Nachricht verschleierte.

Sie öffnete eine E-Mail, die am späten Vorabend abgeschickt worden war, sie und ihr Bruder hatten den nächsten Auftrag erhalten. Die Besonderheit der Situation war ihr durchaus bewusst: Sie saß im Morgenmantel da, einen Becher mit dampfendem Kaffee in der Hand, noch einen schweren Kopf vom Alkohol, der lauten Musik und den Pillen, die sie in der Nacht geschluckt hatte, und konnte einen Auftrag bekommen und annehmen, der darin bestand, irgendwo auf der Welt, selbst auf der anderen Seite des Planeten, einen Menschen zu töten.

Braam saß ihr gegenüber auf einem Sofa, selbst noch im Morgenmantel und die aufgeschlagene Tageszeitung *De Telegraaf* auf dem Schoß.

»Braam«, rief sie ihm zu. *»Kom hier.«*

Er stemmte sich hoch und trat hinter ihr an den Schreibtisch, legte das Kinn auf ihre Schulter und las zusammen mit ihr schweigend die Instruktionen.

Als er fertig war, sagte er: *»Amerika. Mooi.«* Schön.

Auch sie lächelte. »Beverly Hills.« Und mit gespieltem amerikanischem Akzent fügte sie hinzu: *»Darling, das wird ein Riesenspaß.«*

Dann begannen beide zu packen, denn der Zeitrahmen für den Auftrag war eng gesteckt.

Die Wandlung der Jaegers von normalen Mittelschicht-Kids aus Utrecht zu internationalen Auftragskillern im Dienst des russischen Geheimdienstes hatte ganz harmlos begonnen, als ihr Vater, ein Oberst des königlich-niederländischen Heeres, seinen videospielverrückten, zehnjährigen Sohn dazu überredete, ihn auf die Jagd zu begleiten. Braam fand Gefallen am Schießen und Pirschen und erlernte beides ganz mühelos, wäre aber nie in Liebe dazu entflammt, hätte er nicht den Stolz in den Augen seines Vaters gesehen.

Als er ihn sah, wurde ihm klar, dass er die Liebe des Vaters nur bekam, wenn er jagen konnte.

Er begeisterte sich bald fürs Sportschießen und machte sich als Teenager ein Namen als Biathlet. Nach der Schule ging er statt auf die Universität zum Militär, und zwar aus dem einfachen Grund, weil es dort Sportprogramme gab, die jungen Soldaten die Teilnahme an nationalen und internationalen Sportwettbewerben ermöglichten. Er wurde Feldwebel der Infanterie mit dem Ziel, nach vier Jahren ins Zivilleben zurückzukehren und in den professionellen Biathlon-Zirkus einzusteigen.

Dann traten die Niederlande in den Afghanistan-Krieg ein.

Braam nahm an Kampfeinsätzen teil und war fasziniert. Nach seinem ersten Tag in einem »richtigen« Krieg hatte er keinerlei Interesse mehr daran, einen Rennanzug mit Rückennummer zu tragen und auf Papierscheiben zu schießen. Nein, der einzig wahre Wettkampf im Leben eines Mannes war in seinen Augen der Schusswechsel im Gefecht.

Nach vier Jahren verließ er die Armee und heuerte bei einem privaten Sicherheits- und Militärunternehmen im Irak an. Dort geriet er regelmäßig unter Feuer, und das Leben war gut.

Martina war schön und intelligent. Sie vergötterte ihren Bruder und eiferte ihm nach, seit sie laufen konnte. Sie jagte und schoss mit ihrem Vater und betrieb Biathlon und andere Schießsportarten. Mit achtzehn stieß sie in den Disziplinen Luftgewehr und Luftpistole auf 10 Meter Distanz in die Weltspitze vor, und mit zwanzig verpasste sie eine Teilnahme an den Olympischen Spielen nur deshalb, weil sie sich beim Training für die Europameisterschaften im Judo eine Nackenverletzung zugezogen hatte.

In den folgenden Jahren entdeckte sie das Bergsteigen, das sie mit derselben Hingabe betrieb wie alles, was ihr gefiel, und mit 26 hatte sie sieben der vierzehn Achttausender dieser Welt bezwungen.

Ihr achter Besteigungsversuch endete jedoch in einer Katastrophe, als eine Lawine am K2 vier Mitglieder ihrer Seilschaft in den Tod riss. Sie selbst kam mit Knochenbrüchen davon.

Während Braam im Irak gegen Aufständische kämpfte, erholte sich Martina zu Hause von ihren Verletzungen, verbittert, weil sie an allen ihren sportlichen Zielen gescheitert war.

Heute vor acht Jahren – sie waren beide noch Ende zwanzig, und Martina arbeitete in einem Sportgeschäft in Amsterdam – rief Braam eines Tages an und forderte sie auf, alles stehen und liegen zu lassen und zu ihm nach Mali in Afrika zu kommen. Sie wunderte sich, dass er nicht mehr im Nahen Osten war, aber er erklärte ihr, dass er jetzt für einen Ermittlungsdienst in der Dritten Welt arbeite.

Gleich nach ihrer Ankunft begriff sie, dass ihr Bruder sie nicht zu einem Familientreffen nach Afrika gelotst hatte. Er arbeitete an einem verdeckten Auftrag und brauchte eine Legende – genauer gesagt, er brauchte jemanden, der die Rolle seiner Ehefrau spielte.

Die Tarnung funktionierte perfekt, die Operation glückte, und Martina Jaeger wusste, dass sie nie wieder in einem normalen Beruf arbeiten würde.

Braam setzte seine Schwester bei mehreren weiteren Aufträgen ein, drang immer tiefer in die Schattenwelt der privaten Sicherheitsdienste vor und wirkte vorwiegend an geheimen Operationen mit.

Martina war es, die vorschlug, ihre Dienste als Auftragsmörder anzubieten. Sie bekamen sofort Arbeit und töteten ihre erste Zielperson gemeinsam in Namibia. Es handelte sich um einen weißen, südafrikanischen Journalisten, der dem dortigen organisierten Verbrechen in die Quere gekommen war. Ihre weiße Hautfarbe und ihre Tarnung als weltgewandte Touristen verschaffte ihnen

Zutritt zu Bars und Restaurants, in denen schwarze Gangster Sicherheitsleute auf den Plan gerufen hätten, und dank ihrer Fähigkeiten und ihrer Kaltblütigkeit unter Beschuss brachten sie den schwierigen Auftrag zu einem erfolgreichen Abschluss.

Nach einigen weiteren Morden in Afrika beschloss Martina zu expandieren und kontaktierte eine Sankt Petersburger *Bratwa*, eine mafiaähnliche Verbrecherorganisation.

Martina und Braam scherten sich nicht um Politik. Sie arbeiteten für Geld und wegen des Nervenkitzels, und das Sankt Petersburger Syndikat beschäftigte sie zwei Jahre lang in ganz Europa. Danach wurden sie in Operationen des FSB eingebunden, was der engen Verflechtung von Wirtschaft und Regierung in Russland geschuldet war.

Auch das war ihnen egal. Sie wurden gut und pünktlich bezahlt, und der FSB hatte viele Aufträge, die Braam und Martina erledigen konnten.

Die Jaegers liebten ihre Arbeit.

Töten, darin waren sie sich einig, war der beste Abenteuersport der Welt.

14

John Clark wachte am Sonntagmorgen früh auf, lange vor seiner Frau, und zog sich warm an. Er fädelte ein abgewetztes Koppel durch die Schlaufen seiner Jeans, steckte seine große SIG Sauer P227 Kaliber .45 ins Holster und schlüpfte in ein dickes Holzfällerhemd aus Flanell.

Nach einem Zwischenstopp im Badezimmer und einem Abstecher in die Küche, wo er mit Kaffee aus dem Kaffeevollautomaten eine Thermoskanne füllte, verließ er sein Farmhaus in Emmitsburg, Maryland, durch die Hintertür. Er stieg in ein Paar schlammverschmierte, abgetragene Stiefel und ging in die Garage. Dort, in einem abschließbaren Abstellraum, belud er einen alten Leinenrucksack mit mehreren Hundert Schuss Munition Kaliber .45, Ersatzmagazinen, einer Schutzbrille, Ohrenschützern und einem Waffenreinigungsset. Ein Erste-Hilfe-Beutel und die Thermoskanne wanderten hinterher. Dann schulterte er den Rucksack und trat ins Freie.

Bis zu seinem privaten Schießstand waren es knapp zehn Gehminuten. Die Anlage lag tief unten in einem ausgetrockneten Bachbett. Clark hatte mehrere Blechplatten unterschiedlicher Größe vor einem Kugelfang aus Heuballen aufgestellt, und die Böschung dahinter verhinderte, dass Fehlschüsse allzu weit streuten, obgleich er sich sicher war, dass er noch nie eine Kugel in den Dreck gesetzt hatte.

Mitten auf dem kiesbedeckten Boden stand eine alte hölzerne Werkbank auf Wagenrädern, und während die Sonne aufging, zerlegte John Clark in aller Ruhe seine Waffe, reinigte sie und trank dabei seinen Kaffee.

Trotz der frühen Stunde hörte er von Zeit zu Zeit Gewehrschüsse in der Ferne knattern. Auf angrenzendem Gelände wurde gejagt, und statt sich über den Lärm zu ärgern, begrüßte er ihn, denn er sah darin eine Art Freibrief, auf seinem Grundstück Schießübungen durchzuführen, wann immer es ihm beliebte.

Sandy hatte ihm das Versprechen abgenommen, nie vor sieben Uhr morgens das Feuer zu eröffnen oder aber einen Schalldämpfer zu benutzen. John, der ein liebevoller und pflichtbewusster Ehemann war, verlängerte die von seiner Frau gesetzte Frist stets noch um eine halbe Stunde, sodass er nie vor halb acht anfing.

Als ihm das Piepsen seiner Uhr verriet, dass die halbe Stunde verstrichen war, lud er seine Waffe. Normalerweise benutzte er eine in New Hampshire gefertigte SIG Sauer P227 Kaliber .45, *Enhanced Elite Model*. Sie fasste zehn Patronen im Magazin und eine zusätzliche in der Kammer.

Clark war der einzige Mitarbeiter des Campus, der eine 45er trug, und auch der einzige, der eine SIG benutzte. Alle anderen bevorzugten Glocks oder Smith & Wessons, neun Millimeter. Aber seit Vietnam schwor Clark auf die große, dicke .45-Munition.

Ryan und Caruso zogen ihn damit auf, dass er mit seiner Pistole zur alten Garde gehöre, und sogar Chavez witzelte, dass Clark etwas schneller laufen und etwas höher springen könnte, wenn er nicht diese Haubitze am Gürtel stecken hätte, aber Clark fand die elfschüssige SIG nicht so schwer wie die achtschüssige Colt 1911, die er jahrzehntelang getragen hatte, daher war er von der Richtigkeit seiner Wahl überzeugt.

Sollten die anderen ruhig meckern. Er fand, dass vernünftige Leute in puncto Kaliber unterschiedlicher Meinung sein konnten, dass aber die Vernünftigsten wie er eine 45er für das einzig Wahre hielten.

Clark ging regelmäßig zu seinem selbst gebauten Schießstand hinaus, heute aber hatte er beschlossen, eine grundlegende Veränderung an seinem täglichen Training vorzunehmen.

Clarks Sehvermögen war für einen normalen 67-Jährigen gut, aber Clark war kein normaler 67-Jähriger. Nur wenige Männer seines Alters waren jemals gezwungen, auf jemanden zu schießen, der seinerseits auf sie schoss. Und Clark war schnell für sein Alter, aber nur wenige Männer seines Alters waren auf ihre Schnelligkeit angewiesen, um einer Bedrohung mit der Schusswaffe zu begegnen.

Er wusste, dass er im Umgang mit der Waffe langsamer wurde und an Sicherheit verlor. Es war nun einmal eine Tatsache, dass das Leistungsvermögen mit zunehmendem Alter nachließ. Klar, er schoss auf alle Distanzen immer noch um einiges besser als die meisten, die von Berufs wegen eine Waffe trugen, aber das genügte ihm nicht.

Er wollte sich für seine Aufgaben fit halten, aber das war nicht alles.

Er musste an Sam Driscolls Tod denken. Aus objektiver Sicht hatte er nicht den geringsten Fehler begangen, der Sams Tod mitverschuldet haben könnte. Aber seit Chavez und Caruso vor zwei Tagen bei einer Schießerei in Deutschland etwas abgekriegt hatten, war damit zu rechnen, dass er wieder in den Außeneinsatz musste, und wenn es dazu kam, wollte er auch in der Lage sein, seinen Beitrag zu leisten und sein Team vor Schaden zu bewahren.

Und zwar allen altersbedingten Beeinträchtigungen zum Trotz. Also, so sagte er sich, musste er sich den Arsch aufreißen, um seine Feldtauglichkeit zu bewahren und sogar zu verbessern.

Das instinktive Deutschießen war eine Technik, bei der man sich auf das Ziel anstatt auf die Visiereinrichtung der Waffe konzentrierte, um eine Bedrohung schnell und wirksam bekämpfen zu können. Clark war im Deutschießen ausgebildet. Alle Feldagenten, die Nahkampftraining absolvierten, mussten imstande sein, mit Gewehr oder Pistole einen Schuss abzugeben, wenn für einen Blick durch die Zieleinrichtung keine Zeit blieb. Doch Clark wusste, dass es in seinem vorgerückten Alter von Vorteil sein konnte, Deutschießen auf Ziele zu trainieren, die viel weiter entfernt waren als üblich. Wenn er sich beibringen konnte, die Pistole zu ziehen und aus 20, 30 oder gar 40 Fuß Entfernung brustkorbgroße Ziele zu treffen, konnte er die Zeitspanne zwischen Erscheinen des Ziels und Schussabgabe deutlich verringern.

Beim Deutschießen kam es in erster Linie darauf an, den Körper auf das Ziel auszurichten und dazu zu benutzen, die Waffe in Anschlag zu bringen. Ohne Nutzung von Kimme und Korn ermöglichte die korrekte Ausrichtung des Körpers, mit dem Lauf der Waffe in die richtige Richtung zu deuten. Dann galt es nur noch, bestimmte Grundfertigkeiten zu verfeinern. Den korrekten Waffengriff, die Abzugskontrolle, das Gefühl dafür, wie man den Rückstoß auffing und die Waffe wieder ins Ziel brachte.

Clark atmete tief aus und blies eine lange Atemfahne in die kalte Luft, dann fasste er zum Tisch hinüber und drückte eine Taste auf dem automatischen Timer. Nach der Aktivierung ließ das Gerät eine zufällige Zeitspanne zwischen drei und zehn Sekunden verstreichen, ehe es laut piepste. Das war für ihn der Startschuss, das Zeichen, dass das Ziel aus Stahlblech in vierzig Fuß Entfernung eine Bedrohung darstellte.

Clark ließ die Hände sinken, fixierte das Ziel und wartete darauf, blitzschnell in Aktion zu treten. Er begann seine Schießübungen immer kalt, das heißt, er wärmte sich nie auf. Denn er wusste: Wenn er im Ernstfall von der Waffe Gebrauch machen musste, konnte er die bösen Jungs schlecht bitten, eine Zigarettenpause einzulegen, während er Papierzielscheiben durchlöcherte, um sicherzustellen, dass seine Synapsen einsatzbereit waren und zündeten.

Der Zeitgeber piepste. Clark riss die Pistole aus dem Gürtel. Gleichzeitig drehte er sich zum Ziel hin, sodass sein Körper, als er die Waffe aus dem Holster hatte und anhob, bereits richtig ausgerichtet war. Er feuerte den Schuss in nahezu der Hälfte der Zeit ab, die er gebraucht hätte, um die Waffe auf Sichtlinie zu bringen und das Auge darauf zu fokussieren.

Er sah, dass hinter der Stahlblechplatte und 30 Zentimeter links von ihr reichlich Dreck aus der Böschung spritzte.

Seufzend steckte er die Waffe ins Holster zurück.

Er ließ sich davon nicht entmutigen. Deswegen trainierte er ja. Hätte er beim ersten Mal getroffen, hätte er gewusst, dass das Training nicht anspruchsvoll genug war.

Er wiederholte die Übung mit demselben Resultat. Beim vierten Versuch feuerte er langsamer, aber wenigstens kratzte das Geschoss den Rand der Blechplatte, dort, wo der »rechte Ellbogen« des »Mannes« vom Körper abstand.

Eine Stunde lang gab er über zweihundert Schüsse auf das 40 Fuß entfernte, mannshohe Ziel ab. Immer nur einen auf einmal. Nur mit Mühe konnte er sich verkneifen, die Waffe beim Schuss bis in Augenhöhe anzuheben, aber es fiel ihm zunehmend leichter, als sich seine Muskeln auf die neue Technik einstellten.

Am Ende des Trainings war er übersät mit Dreck, der bis zu ihm zurückgespritzt war, und seine Kleider und Haare rochen nach Pulverdampf. Zudem hatte er nicht die Fortschritte gemacht, die er sich erhofft hatte, bei Weitem nicht. Aber er war doch um einiges besser als vor dem Training.

Er reinigte die Pistole, lud sie nach und wollte sie gerade ein letztes Mal an diesem Morgen ins Holster stecken, als das Handy in seiner Tasche klingelte. Er sparte sich einen Blick auf die Anruferkennung, denn er war sich sicher, dass Sandy anrief, um ihm zu sagen, dass sie den Tisch auf der Terrasse hinterm Haus gedeckt habe und das Frühstück gleich fertig sei. Seinetwegen hatte sie an einem Sonntagmorgen eine Stunde lang Schießlärm ertragen müssen, und während er das Handy ans Ohr hob, fasste er den Entschluss, das wiedergutzumachen. »Bin schon unterwegs, Liebling. Was hältst du davon, wenn wir nach dem Frühstück nach Gettysburg in den Antiquitätenladen fahren?«

Es folgte eine kurze Stille, dann vernahm Clark den gedehnten Kentucky-Akzent von Campus-Direktor Gerry Hendley. »Äh … John?«

»Ach herrje, tut mir leid, Gerry. Ich dachte, Sie wären Sandy.«

»Bin ich nicht, was aber nicht heißt, dass ich etwas gegen Antiquitäten habe.«

Clark lachte. »Was gibt's?«

»Ich störe Sie ungern, aber Mary Pat hat angefragt, ob sie heute zu einer Besprechung ins Büro kommen könnte.«

»Geht es um die Schießerei in Deutschland?«, fragte Clark.

»Ich bin mir nicht sicher«, antwortete Gerry. »Dom und Domingo sind erst letzte Nacht zurückgekommen, aber sie hat um vollzähliges Erscheinen gebeten, deshalb werde ich die beiden auch noch anrufen.«

Clark zögerte nicht mit seiner Antwort. Mary Pat kam selten ins Büro. Schließlich war sie die Direktorin der Nationalen Nachrichtendienste, eine Beamtin mit Kabinettsrang. »Sagen Sie mir nur, wann, und ich werde da sein.« Er sah an sich hinunter. »Doch ehrlich gesagt, könnte ich vorher eine Dusche vertragen.«

15

Das Büro des Campus lag in der Fairfax Street in Alexandria, Virginia, und bot einen Ausblick auf den Potomac River. Vor Wochen schon hatte in Virginia der Herbst Einzug gehalten, und rotes und gelbes Laub wehte durch die engen Straßen der Altstadt, als John Clarks Chevrolet Suburban in das Viertel und dann in die Tiefgarage unter dem Hendley Associates Building rollte. Clark stellte fest, dass die aus vier Wagen bestehende Kolonne, mit der die Direktorin der Nationalen Nachrichtendienste stets reiste, noch nicht da war.

Er hatte sich zu Hause frische Jeans und ein Hemd mit Button-down-Kragen angezogen, doch gleich nach Betreten des Gebäudes eilte er in sein Büro und holte einen blauen Blazer aus dem Schrank. Er machte sich gerade auf den Weg zum Besprechungsraum, als Domingo Chavez und Dominic Caruso aus dem Aufzug in den Flur traten.

Zusammen gingen sie in den Besprechungsraum im vierten Stock und gossen sich aus einer Kaffeemaschine Kaffee ein. Auf dem Tisch stand ein Tablett mit Bagels und Plunderstücken, und Dom und Ding griffen zu.

Ein paar Minuten später erschien Gerry mit Mary Pat Foley. Mary Pat gab den Männern die Hand und setzte sich ans Kopfende des Tisches.

Sie begann mit der Frage: »Wo ist Jack junior?«

»Das habe ich ganz vergessen, Ihnen zu sagen«, antwortete Gerry. »Er ist im Außeneinsatz. In Rom, um genau zu sein. Er ist einem Netz von Briefkastenfirmen auf der Spur, mit dessen Hilfe Geld aus Russland gewaschen wird. Noch ist unklar, wie umfangreich dieses Netz ist, aber er glaubt, dass Michail Grankin, Wolodins Vertrauter, mit drinhängt. Wir hoffen, wir können das ans Justizministerium weiterleiten, damit noch mehr Vermögenswerte Grankins im Westen eingefroren werden.«

Mary Pat nickte anerkennend. »Der Sohn schlägt ganz dem Vater nach.«

»Nur nicht in der Politik«, sagte Dom. »Damit kann er nichts anfangen.«

Marry Pat blickte lächelnd zu Clark. »John und ich können uns an eine Zeit erinnern, da hat Jack senior dasselbe gesagt.«

»Absolut«, stimmte Clark zu. »Ich frage mich sogar, wie sie ihm heute gefällt.«

»Mary Pat, wir haben Sie seit Sams Beerdigung nicht mehr gesehen«, sagte Ding. »In gewisser Weise ist es wohl ein gutes Zeichen, wenn die DNI nicht so oft hier vorbeischaut, krisentechnisch gesehen.«

»Ja. Aber wie Sie sehen, bin ich jetzt hier.« Sie wandte sich an Caruso und Chavez. »Wie ich höre, sind Sie bei der Schießerei in Deutschland verletzt worden?«

Chavez hatte einen grau-blauen Bluterguss in der rechten Gesichtshälfte und eine Platzwunde an der Lippe. »Dom hat am meisten abgekriegt.«

»Nicht der Rede wert«, sagte Dom. »Ein kleiner Kratzer am Rücken. Adara hat die Wunde auf dem Rückflug mit ein paar Stichen genäht. Ich würde gern mehr darüber erfahren, was da drüben passiert ist.«

»Damit kann ich dienen«, erwiderte Mary Pat. »Die Deutschen haben nach einer Frau namens Nuria Méndez gefahndet. Sie ist Spanierin, eine Art Umweltaktivistin, die sie zu einem Anschlag auf eine Pipeline bei Hannover letztes Jahr vernehmen wollten. Sie wussten nicht, dass sie mit dem russischen FSB-Agenten im Zug reiste, und noch weniger wussten sie, dass ein Dutzend Männer im Zug saßen, die bereit waren zu töten, um sie dem Zugriff der Behörden zu entziehen.«

»Glauben sie, dass sie dieser Bewegung für die Erde angehört, die den Anschlag in Litauen verübt hat?«, fragte Dom.

»Sie hatten keine Erkenntnisse, die diesen Schluss zuließen. Es gab einen Haftbefehl für die Sache in Hannover. Das ist alles.«

»Deshalb waren sie überhaupt nicht auf einen derartigen Widerstand eingestellt«, sagte Clark. »Auf jeden Fall hat es ganz den Anschein, als wäre sie an einer großen Sache beteiligt, bei der auch der russische Geheimdienst mitmischt.«

Mary Pat nickte. »Noch ist nichts bewiesen, aber wir würden Miss Méndez liebend gern in die Finger bekommen und es herausfinden.«

Gerry schaltete sich ein. »Was haben die Deutschen über die toten Jungs in den Trainingsanzügen herausgekriegt?«

»Nicht das Geringste. Keine Pässe, keine Tattoos, keine Überlebenden. Die sechs, die von der Polizei oder euch beiden getötet wurden, liegen jetzt in einem Berliner Leichenschauhaus, darum bringt uns der Zwischenfall keinen Schritt weiter.«

»Und Morosow?«, fragte Clark. »Hat sich in Luft aufgelöst?«

»Ja, leider.« Mary Pat verschränkte die Hände im Schoß. »Aber deswegen bin ich nicht hier. Ich dürfte keinen der Anwesenden schockieren, wenn ich sage, welche neueste Gefahrenzone für die Vereinigten Staaten in den Fokus rückt.«

»Ich sage mir immer, dass es unmöglich noch schlimmer kommen kann«, sagte Ding. »Aber Walerij Wolodin straft mich immer wieder Lügen. Die Lage im Baltikum und in Kaliningrad scheint sich zuzuspitzen.«

Mary Pat nickte. »Ja. Und das stellt die amerikanischen Nachrichtendienste vor besondere Probleme.«

Clark führte den Gedanken fort. »Weil durch die undichte Stelle im ukrainischen Geheimdienst vor ungefähr einem Jahr viele CIA-Agenten der Nahost-Abteilung aufgeflogen sind. Ich nehme an, Sie mussten einen Großteil des operativen Personals aus der Region abziehen und ersetzen.«

»In vielen Fällen mit jüngeren und relativ unerfahrenen Beamten.«

»Auweia«, sagte Dom.

»Der Stationschef in Vilnius ist dafür ein Beispiel: Peter Branyon. Ein zuverlässiger Beamter. Zu Beginn seiner Karriere war er in Brasilien und Chile, danach Stationschef in Buenos Aires. Aber nach dem Personalumbau in Osteuropa hat ihn Jay Canfield nach Vilnius geschickt. Langfristig hat er das Zeug, es in der Agency bis ganz nach oben zu schaffen, aber im Moment ist das ein schwieriger Posten.«

»Baut er Mist?«, fragte Chavez.

»Überhaupt nicht. Er ist wirklich gut. Unter normalen Umständen könnte er in Ruhe reifen. Aber die Ereignisse in Litauen … Er ist … der Situation einfach nicht ganz gewachsen.«

»Warum ersetzen Sie ihn nicht durch jemand mit mehr Erfahrung?«, fragte Hendley.

»Alle, die wir dort ins Boot holen, sind jünger und mit der Situation im Land noch weniger vertraut. Ob es uns gefällt oder nicht, momentan gibt es zu Peter Branyon keine Alternative.«

»Wir könnten rüberfliegen und ihm Rückendeckung geben«, sagte Ding Chavez.

Mary Pat antwortete ihm nicht direkt. Stattdessen wandte sie sich an Hendley. »Ich hatte eigentlich etwas anderes im Sinn. Branyon unterhält im Osten Litauens ein ziemlich großes Agentennetz. Auf diese Leute sind wir dringend angewiesen, wenn wir erfahren wollen, was die Russen oder Weißrussen entlang der Grenze treiben. Und im Fall eines Einmarschs brauchen wir nützliche Informationen von hinter den Linien.«

Gerry hob die Augenbrauen. »Von hinter den Linien? Wollen wir nicht mal mehr so tun, als könnten wir die Russen aufhalten?«

»Ich bin kein Schlachtfeldkommandeur, aber ich habe mir sagen lassen, dass die Russen Vilnius nach Belieben einnehmen können, wenn die Nato nicht einwilligt, vorher Truppen nach Litauen zu verlegen.«

»Steht es so schlimm?«, fragte Dom.

Mary Pat nickte düster. »Deswegen ist ein gutes Lagebild der Situation vor Ort ganz entscheidend. Branyon hat ein gutes Team, aber es besteht nur aus einem Dutzend Führungsoffiziere. Und viele von ihnen sind neu in der Region oder sogar neu in der Agency. Wir verfügen einfach nicht über erfahrene Leute, die ihn unterstützen können. Diejenigen, die dafür infrage kämen, sind bereits in der Ukraine, in Moskau, Estland, Moldawien, Georgien. Dort ist die Lage genauso oder ähnlich brenzlig wie in Litauen.«

»Wozu genau brauchen Sie uns?«, fragte Ding.

»Wenn Sie sich bereit erklären rüberzufliegen, werde ich Ihnen ein Dokument schicken«, antwortete sie. »Ein Duplikat wird an Dominic gehen. Es handelt sich um eine Liste von GPS-Koordinaten, alle nahe der weißrussischen Grenze. Eine lange Liste.«

»Was befindet sich an diesen Koordinaten?«

»Im Moment nichts. Es sind Straßenecken, Hausdächer, Straßengräben, Felder. Parkplätze. Um ehrlich zu sein, weiß ich nicht, was Sie alles an diesen Koordinaten vorfinden werden. Aber ich möchte, dass Sie jeden dieser

Punkte aufsuchen und mithilfe eines Geräts, das ich Ihnen zur Verfügung stelle, Fotos machen.«

»Fotos wovon?«

»Von dem, was dort ist«, antwortete Mary Pat.

Ding legte den Kopf schief. »Wozu denn, um alles in der Welt?«

»Verzeihen Sie, aber das darf ich Ihnen nicht sagen.«

Gerry war verblüfft. »Sie dürfen mir nicht sagen, wozu ich unsere Leute losschicken soll?«

»Es ist nur zu ihrem Besten. Wie Sie alle wissen, schicken die Russen vor einer Invasion üblicherweise Soldaten ohne Hoheitszeichen über die Grenze. In den Medien werden sie als *grüne Männchen* bezeichnet. Sie schüchtern die Bevölkerung ein, besetzen Straßen und befestigte Stellungen für die nachrückenden Truppen. Aber zuallererst entsenden die Russen Agenten in Zivil. Wir vermuten, dass solche Infiltranten bereits in Litauen sind. Wenn das der Fall ist und wenn Sie, was Gott verhüten möge, in ihre Gewalt geraten, möchte ich nicht, dass Sie etwas über die Operation wissen, die Sie durchführen.«

Mary Pat ließ ihre Worte einen Moment wirken, ehe sie fortfuhr: »Natürlich wäre es das Beste, wenn Sie gar nicht erst erwischt werden.«

»Okay«, sagte Dom. »Über wie viele Orte reden wir?«

»Es sind über vierhundert.«

»Wow«, sagte Ding. »Das wird ein Fotomarathon.«

»Allerdings«, räumte Mary Pat ein. »Aber Sie müssen mir einfach vertrauen. Die Sache ist wichtig.«

John Clark gab zu bedenken: »Wir sind eigentlich keine Angehörigen der Nachrichtendienste. Wie sollen wir das anstellen, ohne dass in der CIA-Station die Alarmglocken schrillen?«

»Wir haben eine Tarnung für Sie vorbereitet«, antwortete Mary Pat. »Sie firmieren als private Nachrichtenbeschaffer. Sie sind ein Privatunternehmen, das im Auftrag der CIA arbeitet, was bedeutet, dass Sie Eindrücke und Daten sammeln können. Sie dürfen keine Agenten führen und Sie dürfen offiziell natürlich an keiner wie auch immer gearteten direkten Aktion mitwirken. Aber es spricht nichts dagegen, dass Sie rüberfliegen und im Auftrag des Büros der DNI ein paar Fotos machen.«

»Aber wie sollen wir im Freien vierhundert Fotos machen, ohne aufzufallen?«, fragte Clark.

»Ich glaube, auch in dem Punkt kann ich helfen«, erwiderte Mary Pat. »Von Zeit zu Zeit arbeiten wir mit einer amerikanischen Firma zusammen, die in Osteuropa tätig ist. Eine Firma für Elektrotechnik, die überall in Litauen Glasfaser-Internetkabel verlegt, sowohl unterirdisch als auch oberirdisch an Masten. Die Firma ist echt und leistet richtige Arbeit. Ein Viertel der Belegschaft stammt aus den Staaten. 95 Prozent der Techniker, die da drüben arbeiten, stehen in keinerlei Verbindung zum amerikanischen Nachrichtendienst, aber wir haben ein gutes Verhältnis zum Inhaber der Firma. Wir können Sie in das Unternehmen einschleusen, und Sie können im Land herumreisen, ohne dass jemand stutzig wird. Sie können überallhin, Gebäude, Straßen, wo immer Sie auch hinmüssen.«

»Hervorragend«, sagte Chavez. »Wir werden uns die Anforderungen für den Job ansehen und sofort einsatzbereit sein, wenn wir drüben sind.«

Ein Blick von Caruso veranlasste Mary Pat zur der Frage: »Stimmt was nicht, Dom?«

Caruso deutete ein Grinsen an. »Das klingt nach richtiger Arbeit.«

Chavez klopfte ihm auf den Rücken, weit oberhalb der Schusswunde. »Keine Sorge, mein Junge. Ich werde dich unter meine Fittiche nehmen, wenn du als mein Lehrling in die aufregende Welt eines Glasfasertechnikers im Außendienst eintauchst. Natürlich wirst in der Regel du ranmüssen, wenn es gilt, schwere Lasten zu heben, Löcher zu buddeln oder Masten raufzuklettern. Ich muss ja auf dich aufpassen.«

»Warum, zum Teufel, kann nicht ich der Aufseher sein und du der Lehrling?«

»Weil ich älter bin. Das Alter hat auch seine Vorzüge. Nicht viele, so viel ist sicher. Aber doch genug, damit ich nicht auf Masten klettern oder in Gräben steigen muss.«

Clark hatte ernstlich erwogen, mit nach Litauen zu gehen, doch er sah ein, dass er sich unmöglich als Kabeltechniker ausgeben konnte. Er war wohl in der Lage, einen Graben auszuheben und einen Laster zu fahren, aber mit gewissen Aspekten solcher körperlicher Arbeit würde er sich nur schwer anfreunden können.

Gerry Hendley blickte zu John Clark. »Sie sind der Operationschef. Was meinen Sie dazu?«

Clark zögerte nicht. »Wie es aussieht, bittet uns die Direktorin der nationalen Nachrichtendienste um Hilfe. Ryan ist mit einem Analysejob beschäftigt, also können Dom und Ding gehen. Ich werde hierbleiben und vom Hauptquartier aus in jeder erdenklichen Weise helfen.«

»Wirklich, John?«, sagte Chavez. »Du sprichst russisch. Wir könnten dich gut gebrauchen.«

»Du sprichst auch russisch. Und in Litauen spricht man litauisch. Falls du von deinem Russisch allzu viel Gebrauch machen musst, heißt das wahrscheinlich, dass du tief in der Klemme steckst.« Alle am Tisch kicherten bis auf Chavez, der nur schmunzelte. Er sah John noch einen Moment an, sichtlich überrascht, dass er sich selbst nicht auf die Reise schickte. Schließlich streckte er Mary Pat Foley die Hand hin. »Hört sich gut an. Dom und ich werden hier alles zusammenpacken und so schnell wie möglich in die Gänge kommen.«

Mary Pat drückte die dargebotene Rechte und blickte wieder zu Gerry. »Wenn Sie bereit sind, Ihre Männer nach Litauen zu schicken, müssen Sie selbstverständlich auch Vorkehrungen treffen, Sie wieder herauszuholen. Wenn es zu einer Invasion kommt, möchte ich nicht, dass Dom und Ding hinter den Linien feststecken.«

»Dann sind wir schon drei«, witzelte Dom.

»Ich werde dafür sorgen, dass unser Flugzeug jederzeit startbereit ist«, sagte Gerry. »Und falls sich die Lage zuspitzt, werde ich die Maschine rund um die Uhr auf dem Flughafen in Vilnius lassen, damit wir sie notfalls binnen einer Stunde herausholen können.«

»Wann fliegen wir?«, fragte Dom.

Mary Pat lächelte im Aufstehen. »Ich lasse euch Jungs jetzt allein, damit ihr die Einzelheiten besprechen könnt, aber so bald wie möglich wäre mir am liebsten. Ich werde Branyons Station benachrichtigen, dass ihr kommt. Ihr sollt wissen, dass ich eure Hilfe zu schätzen weiß. Ich habe immer mein Sicherheitstelefon bei mir. Ich stehe jederzeit zur Verfügung, wenn ihr mich braucht.«

Gerry trommelte mit den Fingern auf den Tisch. »Mary Pat, ich möchte noch über einen Punkt reden, der unausgesprochen im Raum steht. Der Auftrag ist offensichtlich wichtig, möglicherweise wichtiger, als wir zum jetzigen Zeitpunkt ermessen können. Trotzdem scheint mir nicht die Art von Krise vorzuliegen, die die Chefin aller US-Nachrichtendienste veranlassen könnte, am Wochenende persönlich hier vorzusprechen, damit zwei Agenten in eine Krisenregion reisen und Daten sammeln. Kann es sein, dass uns ein Teil des Puzzles vorenthalten wird?«

Mary Pat schüttelte den Kopf. »Ich verheimliche Ihnen keinen Teil der Mission oder dergleichen, Gerry. Ich hätte die Angelegenheit auch am Telefon mit Ihnen besprechen und es Ihnen überlassen können, Ihre Männer zu beauftragen. Aber ich wollte persönlich herkommen, um dem Campus meinen Respekt zu zollen. Sie haben in

Mexiko sehr viel für uns getan … und dabei einen großen Verlust erlitten.«

Die Männer des Campus nickten.

»Wir sind eine kleine Truppe«, sagte Gerry. »Einen der Unseren zu verlieren ist für uns ein schwerer Schlag, das stimmt.«

Mary Pat blickte zu Dom Caruso. »Der Campus hat in den letzten Jahren einen schrecklichen Preis bezahlt, und trotzdem tauchen Sie immer wieder in den gefährlichsten Situationen auf. Dieses Land darf nicht wissen, was Sie tun, aber ich weiß es, und ich möchte Ihnen meinen Dank aussprechen.«

Die Männer erwiderten den Dank, dann machten sich Chavez und Caruso mit eingespielter Routine an die Vorbereitungen.

16

Ein Fischer, der gerade damit beschäftigt war, Fangnetze von Makrelen zu befreien, hob zufällig den Kopf und blickte über den Bug des 17 Meter langen Trawlers nach steuerbord. 38 Meilen nordwestlich der schottischen Shetland-Inseln ging die Sonne auf, und es waren keine anderen Fischerboote oder Frachter in Sicht. Das bedeutete, dass der Trawler das Meer eigentlich ganz für sich hätte haben müssen, denn Vergnügungsschiffe verirrten sich nie hierher – es hatte nämlich nichts Vergnügliches, sich in diesem Teil des Nordatlantiks bei rauem Seegang zu Tode zu frieren.

Der Fischer senkte den Blick wieder auf seine Arbeit, hob ihn aber gleich wieder und richtete ihn auf einen Punkt weniger als eine Meile entfernt. Es dauerte eine Sekunde, bis er die Unregelmäßigkeit in den Wellen ausmachte, die seine Aufmerksamkeit erregt hatte, aber kaum hatte er sie entdeckt, wusste er, was es war. Der Fischer war noch jung und sah ausgezeichnet. Das gedrungene Objekt war grau wie das Wasser darum herum, nur eine Spur dunkler, und seine Form war unverwechselbar. Es war von Menschenhand gemacht. Und groß, gut so lang wie ein Eisenbahnwagen und dreimal so hoch.

Er spähte noch eine Weile übers Wasser, ohne darauf zu achten, dass hinter ihm Fische aus dem Netz aufs Deck fielen, dann stieß er den Mann neben sich an und deutete aufs Meer hinaus.

Der andere war viel älter und hatte nicht so scharfe Augen. Er räumte lediglich ein, dass da etwas sei.

»Es ist ein U-Boot, verdammt noch mal«, beharrte der Jüngere.

»Du hast sie nicht mehr alle. U-Boote sind größer. Hast du noch nie eins gesehen?«

»Das ist ... das ist doch nur das Ding, das oben auf der Zigarrenform sitzt. Scheiße, mir fällt der Name nicht ein.«

Der junge Fischer fuchtelte mit den Armen zur Brücke hinauf, wo der Kapitän hinter einer Glasscheibe saß. Als der Kapitän auf ihn aufmerksam wurde, deutete der Fischer zu dem Objekt steuerbord voraus.

Der Kapitän stoppte sofort das Einholen der Netze, ergriff sein Fernglas und spähte auf die frühmorgendliche See hinaus.

Aber nicht lange. Nach wenigen Sekunden knipste er einen Schalter am Steuerpult vor sich an, und seine Stimme quäkte aus dem Lautsprecher übers Deck. »Das ist nur ein U-Boot, Danny. Ein Mordsding. Die Briten haben U-Boote. Wieder an die Arbeit!«

Danny ließ enttäuscht die Schultern hängen, bückte sich und las die Makrelen auf, die auf dem Deck zappelten, doch der Kapitän richtete das Fernglas wieder auf den großen U-Boot-Kommandoturm, der vor seinem Bug durchs Wasser glitt und nun auf die Backbordseite wechselte. Er nahm an, dass es sich um ein britisches U-Boot handelte, doch er entdeckte keine Markierungen, deshalb konnte er es nur vermuten. Wie ein Messer schnitt der schwarze Turm auf südwestlichem Kurs durch die raue See, und ihm war klar, dass er es innerhalb von Minuten aus den Augen verlieren würde.

Wie er dem Burschen unten zu verstehen gegeben hatte, waren Kriegsschiffe hier normalerweise nichts Besonderes, doch ein Jahr zuvor hatte ein Fischerboot vor den Orkney-Inseln die Sichtung eines Periskops gemeldet und die Royal Navy damit in helle Aufregung versetzt. Die Navy selbst hatte angeblich keine Boote in dem Gebiet, und obwohl eine gründliche Suche ergebnislos blieb, war sie zu dem Ergebnis gelangt, dass ein russisches U-Boot vor Schottlands Küste patrouillierte.

Natürlich konnte sich der Kapitän des Makrelenfängers nicht erklären, wieso ein russisches U-Boot mit stolz präsentiertem Kommandoturm an einem schottischen Trawler vorbeifahren sollte, wenn es in britischen Gewässern herumschleichen wollte, doch andererseits konnte es auch nicht schaden, wenn er offizielle Stellen in der Gegend kontaktierte und davon in Kenntnis setzte, dass er ein nicht identifizierbares U-Boot gesichtet hatte.

Doch bevor er seine Funkmeldung absetzte, ergriff er eine digitale Kompaktkamera mit achtfachem Zoom, trat aus der Brücke hinaus in die Kälte, wo er wegen der aufgewühlten See mit dem Gleichgewicht zu kämpfen hatte, und schoss mit dem größtmöglichen Zoom ein paar Bilder.

Anschließend kehrte er an sein Ruder auf der Brücke zurück und griff zum Funkgerät.

Neunzig Minuten nachdem der junge Fischer auf dem Trawler steuerbord voraus ein ominöses Fahrzeug bemerkt hatte, lagen dem Königlichen Marinestützpunkt Clyde, in der Gegend besser unter dem Namen Faslane bekannt, die Fotos des gesichteten Bootes vor. Und keine halbe Stunde später wurde die Basis in volle Alarmbereitschaft versetzt. Faslane lag auf dem schottischen Festland im Verwaltungsbezirk Argyll and Bute, gut 450 Meilen vom Ort des Geschehens entfernt. Trotzdem benachrichtigte es seine Schiffe in dem Gebiet und auch die an der Atlantikküste über den Kurs des gesichteten U-Boots.

Die HMS *Bangor* war zwar ein Minensuchboot, lag aber am nächsten dran, unmittelbar westlich der Orkney-Inseln und direkt in Fahrtrichtung des Kommandoturms.

Sie nahm Kurs auf Nordost, um das mysteriöse U-Boot zu suchen.

Die HMS *Astute,* ein atomar getriebenes Jagd-U-Boot, verließ Faslane gerade zu einer achttägigen Patrouillenfahrt im Nordatlantik, deshalb erhielt sie den Befehl, mit größtmöglicher Geschwindigkeit eine Position vor dem U-Boot anzulaufen.

Da die *Astute* für die Strecke zweieinhalb Tage brauchen würde, beurteilte niemand ihre Chancen optimistisch.

Bessere Chancen, das U-Boot zu identifizieren, hatte die Royal Air Force. RAF-Stützpunkte in den schottischen Highlands entsandten für die U-Boot-Jagd ausgestattete Hubschrauber, doch in Anbetracht der Entfernungen war von Anfang an klar, dass die Hubschrauber keine Suchpatrouillen im eigentlichen Sinn durchführen konnten, sondern darauf hoffen mussten, dass ein weiterer Fischkutter das U-Boot sichtete und ihnen die genauen Koordinaten durchgab.

Doch ein Hubschrauber nach dem anderen kehrte zum Stützpunkt zurück, ohne das gesuchte Boot geortet zu haben.

Noch bis vor Kurzem hatten die Briten in dem Seeaufklärungsflugzeug Nimrod das ideale Werkzeug für diese Aufgabe besessen. Doch leider war der Seeaufklärer Kürzungen im britischen Verteidigungsetat zum Opfer gefallen und unlängst ausgemustert worden. Damit blieb den Briten kaum etwas anderes übrig, als die Vereinigten Staaten um Hilfe zu bitten.

Und das taten sie.

Zwei Flugzeuge vom Typ P-3 Orion der US-Luftwaffe wurden von ihrem Heimatflugplatz RAF Mildenhall zum RAF Lossiermouth in den schottischen Highlands geflogen und starteten von dort aus zu Patrouillenflügen. Die Orions konnten stundenlang Schleifen über dem Meer ziehen und dabei hochempfindliche Kameras und Sensoren einsetzen, die eigens für die U-Boot-Abwehr entwickelt worden waren.

Während die Orions vor der schottischen Westküste flogen und die britischen Kriegsschiffe auf dem Wasser Jagd machten, näherte sich die britische *Astute* dem gesuchten Objekt unter Wasser.

Inzwischen stand fest, dass das U-Boot getaucht war, da die Suche ohne Ergebnis blieb, doch die Identität des Bootes konnte Tausende Meilen entfernt in einem Büro im Südosten Washingtons geklärt werden. Das Farragut Technical Analysis Center des Office of Naval Intelligence untersuchte die Fotos, die der Kapitän des Makrelenfängers gemacht hatte, tagelang und nahm jedes Pixel unter die Lupe. Schließlich kamen seine Analysten zu einer einhelligen Meinung darüber, was sie vor sich hatten.

Zur gleichen Zeit fing die HMS *Astute* das schwache akustische Signal eines großen Unterseebootes auf, das in Richtung Nordwesten vorbeifuhr, konnte es aber nicht einholen und verlor das Signal Sekunden später wieder. Das Einzige, was sich mit annähernder Sicherheit sagen ließ, war, dass das Boot nach Westen fuhr, nämlich in den Atlantik.

Daraus ließen sich Folgerungen ziehen. Das an der Nordspitze Schottlands gesichtete U-Boot hielt mit hoher Wahrscheinlichkeit Kurs auf Amerika.

17

Jack Ryan saß auf einem Sofa im Oval Office, einen Stapel Fotos in den Händen. Er betrachtete sie sorgfältig, registrierte die spärlichen Informationen, die er ihnen entnehmen konnte, und legte sie auf den Couchtisch.

Admiral Roland Hazelton, der Chief of Naval Operations, saß auf dem Sofa ihm gegenüber und neben ihm Verteidigungsminister Burgess. Ebenfalls anwesend waren Scott Adler, Mary Pat Foley und Jay Canfield sowie Arnie Van Damm, Ryans Stabschef.

Der Präsident sah von den Fotos auf. »Früher kannte ich U-Boote in- und auswendig. Ich könnte immer noch die technischen Daten der Kilo-, Lada- und Typhoon-Klasse herunterrasseln, jedenfalls die, die sich seit damals nicht verändert haben, aber ehrlich gesagt, sehe ich hier nur einen Kommandoturm in rauer See. Er ist groß, aber nicht erschreckend groß. Ich vermute, dass es sich um ein neues Boot der Borei- oder Sewerodwinsk-Klasse handelt, sonst würden Sie beide nicht hier sitzen und mich so ansehen.«

»Wir haben zwei Tage gebraucht, um es zu identifizieren«, sagte CNO Hazelton. »Aber das Office of Naval Intelligence ist davon überzeugt, dass es sich um die *Knjas Oleg* handelt. Ein nagelneues Atom-U-Boot der Borei-Klasse. Es ist so neu, dass wir keine Ahnung hatten, dass es schon an Flottenoperationen teilnimmt. Nach den Sichtungen zu urteilen, steuert es eindeutig auf den Atlantik hinaus. Mitten auf dem Ozean gibt es für das Boot nicht viel zu tun, daher liegt die Vermutung nahe, dass es ihn überquert.«

Ryan ließ die Kiefermuskeln spielen. »Es kommt also zu uns.«

Hazelton nickte. »Deshalb sind der Verteidigungsminister und ich hier und sehen Sie so an.«

»Was unternehmen wir, um es aufzuspüren?«

»Die Atlantikflotte ist informiert. Wir lassen in Norfolk Überwasserschiffe und Unterseeboote in See stechen, um diejenigen zu verstärken, die bereits auf Routinepatrouille sind. Seefernaufklärer vom Typ Orion und Poseidon sind entweder unterwegs oder bereiten sich an beiden Küsten auf den Einsatz vor, und der Marinenachrichtendienst erarbeitet mögliche Kurse.«

Ryan bemerkte einen Unterton in Hazeltons Stimme. »Aber?«

»Das Boot dürfte schwer aufzuspüren sein. Wenn nicht sogar unmöglich. Offen gesagt, liegen bei dieser Jagd alle Vorteile aufseiten der *Knjas Oleg*.«

»Warum haben wir sie nicht früher bemerkt?«

»Wegen Olavsvern, Mr. President. Als die Norweger ihren Marinestützpunkt in der Arktis verkauft haben, da hat das Ganze unseren Bemühungen geschadet, aus der Kola-Bucht kommende U-Boote zu entdecken, zu orten und zu verfolgen.«

Ryan rieb sich die Augen unter der Brille. »Jetzt spannen Sie mich nicht länger auf die Folter.« Nach kurzer Pause setzte er hinzu: »Wie viele Boote der Borei-Klasse hat die russische Flotte?«

»Wir dachten, sie hätten drei einsatzfähige Boote dieser Klasse. Jetzt sieht es so aus, als hätten sie fünf. Die beiden, die in der Testphase waren, sind in der Entwicklung offensichtlich weiter, als wir dachten.«

»Wo sind die fünf im Einsatz?«

»Eines in der Pazifik-Flotte, gleich zwei in der Nordflotte, eines im Schwarzen Meer bei Sewastopol, und eines ist nach unseren nachrichtendienstlichen Erkenntnissen auf dem Weg hierher.«

»Sie können Bulawa-Raketen abfeuern, richtig?«

Hazelton nickte. »Boote der Borei-Klasse können mit Bulawa-Raketen bestückt werden, ja.«

»Erzählen Sie mir mehr über die Bulawa«, sagte Ryan.

Das übernahm Burgess. »Es handelt sich um ein neues und relativ unerprobtes System, aber nach unseren Erkenntnissen macht es einiges her. Die Bulawa ist eine Hyperschallrakete und schneller als alles andere da draußen. Sie kann nach dem Abschuss Ausweichmanöver durchführen und Täuschkörper ausstoßen, um Raketenabwehrwaffen abzulenken.«

»Und wir haben keine Ahnung, ob die *Knjas* oder eines von den anderen Booten tatsächlich mit Bulawa-Raketen bestückt ist?«, sagte Ryan.

»Nicht die geringste. Ich vermute, dass einige dieser Boote welche an Bord haben.«

»Trotzdem gehen wir von der Annahme aus, dass die *Knjas Oleg* vollständig mit Kernwaffen bestückt ist.«

»Selbstverständlich, Mr. President.«

»Angenommen, dieses U-Boot parkt tatsächlich vor unserer Küste, wie groß sind die Chancen, dass unsere Abfangraketen eine abgefeuerte Bulawa zerstören können?«

Hazelton schüttelte ernst den Kopf. »Gleich null. Sie ist zu nah, zu schnell, und sie ist zu intelligent. Wir können mehrere Aegis-Plattformen in der Nähe von Zerstörern mit Raketenabwehrsystem stationieren, allerdings haben die noch nie etwas vom Himmel geholt, das so leistungsfähig ist wie eine Bulawa. Um ehrlich zu sein, Mr. President: Unsere einzige Hoffnung ist, dass der Abschuss missglückt.«

Ryan hörte das nicht zum ersten Mal, aber er wollte Gewissheit.

»Was können wir sonst tun? Was schlagen Sie vor?«

»Sir«, antwortete Burgess ernst. »Ich würde meinem Präsidenten niemals sagen, was er zu tun hat … außer Sie fragen mich direkt.«

»Das tue ich.«

»Sie müssen verhindern, dass dieses U-Boot überhaupt eine Rakete abfeuert. Ich bin mir zwar darüber im Klaren, dass das leichter gesagt als getan ist, aber ich kann Ihnen eines versichern: Wenn diese Raketen erst einmal in der Luft sind, halten wir keine von denen mehr auf. Es mag seltsam klingen, wenn ich als Soldat so etwas sage, aber Diplomatie ist in diesem Fall unsere beste Verteidigung. Eine Welt, in der Walerij Wolodin dem Kommandanten dieses U-Boots den Feuerbefehl gibt, ist das Letzte, was wir im Moment brauchen.«

»Mr. President«, schaltete sich Scott Adler ein. »Wenn wir dieses Boot zweifelsfrei als russisches Atom-U-Boot mit ballistischen Raketen identifiziert haben und wenn wir uns sicher sein können, dass es über den Atlantik kommt, dann schlage ich vor, damit an die Öffentlichkeit zu gehen. Das könnte den Russen auf der internationalen Bühne so peinlich sein, dass sie es zurückbeordern.«

»Ich finde auch, dass wir damit an die Öffentlichkeit gehen sollten«, bekräftigte Burgess. »Ich weiß zwar nicht, ob es ihnen peinlich sein wird, aber für unsere nationale Verteidigung wäre es meines Erachtens gut, wenn wir zeigen, wozu unsere Schiffsortung fähig ist. Die Iwans sollen ruhig wissen, dass wir aufpassen. Dass wir die Spur des Bootes verloren haben, brauchen sie nicht zu erfahren, nur dass wir es irgendwann geortet haben.«

Ryan nickte. »Sie sollen erfahren, was wir wissen, obwohl sie sich offenbar keine große Mühe gegeben haben, etwas zu verbergen. Ich frage mich, ob es nicht von Anfang an ihre Absicht war, Panik zu verbreiten.«

»Das wäre möglich«, sagte Burgess. »Borei-Boote sind eine Erstschlagwaffe, genau wie ihre Vorgängerinnen, die Typhoon-Boote.« Er zuckte mit den Schultern. »Jedenfalls bis uns die *Roter Oktober* in die Hände gefallen ist und wir ihre Geheimnisse entschlüsselt haben.«

Jack Ryan blickte einen Moment aus dem Fenster, durch Glas, das dick genug war, um die Kugel eines Heckenschützen aufzuhalten. Er dachte an seinen spontanen Kurzaufenthalt als Besatzungsmitglied auf einem russischen Atom-U-Boot.

»Lange Zeit waren wir Russland im Bereich der U-Boot-Abwehr unglaublich weit voraus. Wir hatten das erbeutete Typhoon-Boot auseinandergenommen und dabei eine Menge gelernt. Aber die Borei-Klasse verwendet eine ganz neue Technologie. Sie markiert eine Wende. Vorteile bringen heute die U-Boote, nicht die Schiffe, die sie jagen.« Er seufzte, ehe er in ärgerlichem Ton fortfuhr: »Olavsvern. Könnten wir beim Nato-Gipfel einen Satz in meine Rede einflechten, in dem wir höflich darum ersuchen, keine strategischen Nato-Stützpunkte mehr an die Russen abzutreten?«

Blicke richteten sich auf Adler, der antwortete: »Aus diplomatischer Sicht käme das einer Beleidigung der Norweger gleich.«

»Na ja«, sagte Ryan. »Sie hätten es verdient. Ich fahre nicht zu dem Gipfel, um jemanden zu verärgern. Aber dass ich dort wie ein Bittsteller auftreten muss, um meine Forderung nach einer Erhöhung der Verteidigungsbereitschaft durchzusetzen, zeigt doch, dass unsere Nato-Partner …« Er hob den Finger und korrigierte sich. »… dass einige unserer Nato-Partner erschreckend realitätsfern sind.«

»Mr. President«, sagte Burgess. »Vergessen Sie nicht, dass die Russen nicht zum ersten Mal ballistische Raketen über den Atlantik schicken. Vor über zwei Jahren war es ein Boot der Typhoon-Klasse, das vor North Carolina ein paar Fotos gemacht hat und dann wieder nach Hause gefahren ist. Wir haben erst hinterher davon erfahren, als die Russen es als großen Erfolg vermeldet haben.«

»Damals sah es so aus, als hätten sie es nur aus Prestigegründen getan, um zu demonstrieren, dass ihre Marine zu alter Stärke zurückgefunden hat«, erwiderte Ryan. »Rückblickend frage ich mich, ob es nicht eine Art Machbarkeitsnachweis war. Ob auch die *Knjas Oleg* nach North Carolina fahren wird?«

Hazelton schüttelte den Kopf. »Das bezweifle ich. Die werden sich denken, dass wir dort nachsehen, und sie haben eine lange Küste zur Auswahl.«

»Ich verstehe nicht, was das Ganze soll«, sagte Adler. »Warum tut Wolodin das, und warum gerade jetzt?«

»Ich habe eine Vermutung, warum er das U-Boot hierherschickt«, antwortete Ryan. »Er will uns daran erinnern, dass wir vor der eigenen Haustür Probleme haben, damit wir uns weniger auf das Geschehen in Europa konzentrieren. Er will uns direkt bedrohen und benutzt dazu sein U-Boot als Terrorwaffe, damit wir im Vorfeld des Gipfels nicht zu übermütig werden.«

»Mr. President«, sagte Adler. »Ihr Auftritt in Europa nächste Woche wird mit jedem Tag wichtiger. Sie müssen 27 Länder davon überzeugen, angesichts der wachsenden Gefahr aus Russland etwas zu tun, was viele als Provokation bezeichnen werden. Man wird Ihnen vorwerfen, dass Sie in ein Wespennest stechen.«

»Nun ja«, sagte Ryan. »Dann muss ich sie eben davon überzeugen, dass ich nur ein paar Dosen Insektenspray im Garten verteilen will für den Fall, dass die Wespen zu schwärmen beginnen.«

18

ZWEI MONATE FRÜHER

Walerij Wolodin saß an seinem Schreibtisch im Kreml und ließ den Blick über ein einzelnes Blatt Papier wandern, das auf der Schreibunterlage lag. Es war die Liste des FSB mit den vertrauenswürdigsten Finanzfachleuten im Land. Er las jeden Namen auf der Liste, 38 insgesamt. Natürlich kannte er alle diese Männer – bekannte Technokraten, die mit der Verwaltung der Staatsfinanzen und, noch wichtiger, der Privatvermögen der politischen Elite befasst waren.

Er suchte speziell nach einem bestimmten Namen, und als er das Ende der Liste erreichte, lächelte er zufrieden, denn die Liste von Sicherheitsratschef Michail Grankin bestätigte genau, was er erwartet hatte.

Ein hiesiger Private-Equity-Manager namens Andrej Limonow war nicht aufgeführt, und das bedeutete für Wolodin, dass Limonow eine gute Wahl war. Er hatte ihm auch durch Beamte des Innenministeriums auf den Zahn gefühlt, nur um sich zu vergewissern, dass er politisch zuverlässig war. Dabei hatte er erfahren, dass der Mann einen erfrischenden Mangel an politischem Ehrgeiz an den Tag legte. Wolodin wusste das sehr zu schätzen, denn wenn etwas einen Mann schneller korrumpieren konnte als Geld, dann war es die Macht, die der Kreml zu bieten hatte.

Für Wolodin war Limonow ein Erbsenzähler, ein verdammt guter zwar, aber auch nicht mehr.

Er griff nach dem Telefon auf dem Schreibtisch. Seine Assistentin antwortete sofort. »Ja, Herr Präsident?«

»Spiele ich heute Abend Eishockey?«

»Ja, Herr Präsident. Das Spiel beginnt um zehn. Soll ich es absagen?«

»Das Spiel wird stattfinden. Ich möchte einen neuen Spieler in unsere Mannschaft einbauen.«

»Selbstverständlich.«

»Wer stürmt heute auf dem linken Flügel? Kuklin?«

Es folgte eine Pause, während Wolodins Sekretärin in ihrem Computer eilends die entsprechende Datei aufrief. Schließlich antwortete sie: »Das ist richtig, Herr Präsident.«

»Streichen Sie ihn. Rufen Sie Andrej Limonow an, den Direktor von Blackmore Capital Partners, und sagen Sie ihm, dass er heute Abend neben mir auf der linken Seite spielen wird. Vor einem Jahr hat er mal gegen uns gespielt. Er war grottenschlecht. Der könnte nicht mal auf dem Flügel stürmen, wenn sein Leben davon abhinge, aber egal. Ich werde ihn mit durchschleppen.«

»Ja, Herr Präsident.« Eine Pause. »Soll ich ihm sagen, dass Sie sich nach dem Spiel hier im Kreml mit ihm treffen wollen?«

Wolodins Sekretärin wusste, dass der Präsident Männer vor einer Besprechung gern dazu einlud, Sport mit ihm zu treiben. Das war eine gute Gelegenheit, sich ein Bild von jemandem zu machen und ihm gleichzeitig zu zeigen, wer das Sagen hatte. »Nein. Sagen Sie ihm nichts. Ich werde nach dem Spiel entscheiden, ob ich mit ihm sprechen möchte.«

Andrej Limonow fuhr um neun Uhr abends am VIP-Eingang zum Olympiakomplex Luschniki vor und rollte mit seinem schnittigen Mercedes S 65 Coupé durch das Tor, nachdem er einem Wachmann mit Klemmbrett seinen Namen genannt hatte.

Das mit einem 6,2 l Liter großen Zwölfzylinder mit Biturbo-Aufladung ausgestattete Coupé grollte, gebändigt von Limonows Fuß auf dem Bremspedal. Am liebsten wäre es durch den Komplex geprescht, doch der Fahrer hielt es gekonnt im Zaum, passierte eine zweite Sicherheitskontrolle und zwei weitere offene Tore, bevor er vor der Kleinen Sportarena hielt, dem einzigen größeren Gebäude auf dem Gelände, in dem an diesem Augustabend Licht brannte.

Limonow stieg aus. Er trug einen schwarzen Anzug mit burgunderroter Krawatte und das Haar so gescheitelt, dass es eine kahle Stelle kaschierte, die ihn in einer Weise störte, die er anderen gegenüber niemals zugeben würde. In seiner Branche war es von Vorteil, jung und dynamisch zu wirken, und obwohl erst fünfunddreißig, erwog er bereits eine Haartransplantation, die ihm helfen würde, seine Jugend noch ein paar Jahre zu konservieren.

Limonow wurde am Sportlereingang empfangen und von einer attraktiven jungen Frau, die sich als Kreml-Mitarbeiterin vorstellte, zur Umkleidekabine geführt.

Limonow war immer ein mäßiger Eishockey-Spieler gewesen, und selbst das lag schon zwanzig Jahre zurück, umso mehr erstaunte es ihn, dass er jetzt hier war. Er hatte seit Monaten nicht mehr gespielt, sich aber eine große Leidenschaft für diesen Sport bewahrt.

Man hatte ihm gesagt, dass der Präsident persönlich ihn zu dem wöchentlichen Spiel eingeladen habe, was fantastisch war, aber soweit er wusste, lud Wolodin häufiger wichtige Leute aus der Stadt ein, und meistens dann, wenn er etwas von ihnen wollte.

Er hatte Walerij Wolodin erst ein paar Mal getroffen, das letzte Mal vor einem Jahr, als seine Hobby-Eishockeymannschaft, die aus früheren Studienfreunden bestand, auf Einladung gegen Wolodins Team gespielt hatte.

Wolodins Team hatte damals gewonnen, wie an jedem

Abend, an dem es spielte, und zwar vor allem aus zwei Gründen. Erstens, der Kader bestand teilweise aus aktuellen und ehemaligen Spielern von Dynamo Moskau, Wolodins bevorzugtem Profiverein.

Und zweitens, niemand wollte den Mann, der Armee und Militärpolizei befehligte, per Bodycheck zu Fall bringen.

Die Folge war, dass Walerij Wolodin viele Tore schoss.

Während sich Limonow für das Spiel umzog, sah er sich die anderen Männer im Team an. Er kannte sie alle, denn die meisten waren noch vor wenigen Jahren landesweit bekannte Eishockey-Stars gewesen, und die anderen, die keine Profivergangenheit hatten, waren namhafte Wolodin-Vertraute in der Regierung, die dank der Passion ihres Chefs für diesen Sport viel Zeit mit Eishockey-Spielen zubrachten. Der Private-Equity-Manager war sich darüber im Klaren, dass diese Leute, gelinde gesagt, in einer anderen Liga spielten. Das stimmte ihn unbehaglich, denn normalerweise war er der selbstsicherste Mann im Raum.

Andrej Limonow war intelligent und erfolgreich. Außerdem strotzte er vor Selbstbewusstsein. Er war felsenfest davon überzeugt, dass er, wäre er in den Neunzigerjahren nicht noch ein Kind gewesen, heute einer der mächtigsten Akteure im Land wäre. Damals wurde das Vermögen des Sowjetstaates aufgeteilt und einer kleinen Clique Auserwählter zugeschanzt, dann von den Skrupellosesten unter ihnen an sich gerissen mit dem Ergebnis, dass ein Land, in dem eine Viertelmilliarde Menschen in bitterer Armut lebte, hundert Milliardäre hervorbrachte. Limonow zweifelte nicht daran, dass er einer der Toughsten, Cleversten und Gerissensten gewesen wäre, hätte er nur von dieser kurzen Zeitspanne profitieren können, in der all die großen Vermögen zusammengerafft wurden.

Trotzdem verdiente er jetzt gutes Geld. Er war Millionär, und seine Private-Equity-Firma stand auf überaus gesunden Füßen.

Man konnte hier in Moskau nicht mit Banken zusammenarbeiten oder Handel treiben, ohne Kontakte zu Kreml und FSB zu unterhalten, da die Silowiki hier wie dort das Sagen hatten, wie überhaupt in der gesamten Wirtschaft des Landes. Wirtschaft und Politik waren ein und dasselbe, und viele von Limonows wichtigsten Kunden gehörten der mächtigen Elite an, die die Regierungsgeschäfte und staatlich kontrollierte Unternehmen leitete. Gleichwohl war Limonow kein Regierungs-Insider. Er hatte für Topleute von Gazprom und Rosneft und anderen Staatskonzernen gearbeitet und ein Netz von Briefkastenfirmen geknüpft, um bei westlichen Banken Geld zu waschen, unlängst aber ein Angebot des FSB abgelehnt, ein großes Portfolio für ihn zu verwalten. Er hatte den Vorschlag sorgfältig geprüft, am Ende aber abgelehnt, um sich Probleme zu ersparen. Daraufhin hatte er ein paar Silowiki-Kunden verloren, doch er war überzeugt, dass er langfristig von dieser Entscheidung profitieren würde. Er hatte führenden Regierungsvertretern gezeigt, dass er nicht für sie die Hure machen wollte, und sich eine reinere Weste bewahrt als viele Branchenkollegen in Russlands Hauptstadt.

Um Viertel nach zehn schwang die Tür zum Umkleideraum auf, und mehrere Männer in Anzügen traten ein, offensichtlich Sicherheitsleute. Sie durchmaßen mit schnellen Schritten den Raum und führten zwei Bombenspürhunde an der Leine, die jeden Spind, jede Sporttasche und sogar ein Suspensorium beschnüffelten, das ein ehemaliger Dynamo-Spieler beiseitegeworfen hatte.

Ein paar Minuten später, als die Spieler mitten im Raum Dehnübungen machten und plauderten, kam Walerij Wolodin herein, in Anzug und mit Krawatte. Er nickte den Männern flüchtig zu und begann, sich vor seinem Privatspind umzuziehen.

Limonow hätte gern so früh wie möglich mit dem Präsidenten gesprochen und ihm für die Einladung gedankt, erkannte aber bald, dass er dazu, sofern er es nicht auf dem Eis durch den Mundschutz tun wollte, erst nach dem Spiel Gelegenheit bekommen würde.

Limonow hatte sich nur ein oder zwei Minuten aufwärmen können, als das Spiel kurz nach elf begann. Wie er inzwischen erfahren hatte, bestand die gegnerische Mannschaft aus Leibwächtern des russischen Ministerpräsidenten, die Walerij Wolodin zwar nicht anrühren würden, gegen dessen Mitspieler allerdings äußerst aggressiv zur Sache gehen konnten. Kurz vor dem Anpfiff klopfte ihm einer der Dynamos auf den Helm und warnte ihn: Die anderen könnten mit den Profis in Wolodins Mannschaft nicht mithalten und würden ihren ganzen Frust mit Bodychecks an den Hobbyspielern auslassen, die der Präsident als Gäste eingeladen hätte.

Und heute Abend war Limonow der einzige Gast.

Die Warnung sollte sich als berechtigt erweisen. Schon in der ersten Spielminute wurde Limonow zwei Mal rücklings aufs Eis befördert und im weiteren Verlauf des ersten Drittels so oft mit voller Wucht gegen die Bande gecheckt, dass er mit dem Zählen nicht mehr nachkam.

Im zweiten Drittel glaubte er, er habe sich eine Rippe gebrochen, nachdem er dem Präsidenten einen Pass zugespielt hatte, den dieser locker und ungehindert zu einem Tor verwertete. Limonow rappelte sich mühsam auf die Knie hoch und bat um Auswechslung, doch Wolodin lief nur an ihm vorbei und rief: »Reißen Sie sich zusammen, Limonow. Das war doch nichts.«

Andrej Limonow stemmte sich mit seinem Stock auf die Beine und nahm wieder seine Position ein.

Dass die Gegner gegen die meisten aus Wolodins Team mit verbissenem Einsatz kämpften – und ihrem Ärger darüber, dass sie die Prügelknaben spielen durften, sogar durch hartes Einsteigen gegen Spieler mit großen Namen Luft machten –, erweckte zeitweise zwar den Eindruck, dass hier ehrlich gespielt wurde, verstärkte aber auch den Kontrast zu der Gangart gegenüber Walerij Wolodin. Wenn der Präsident den Puck führte, wurde er allenfalls einmal von einer Schulter touchiert.

Folglich erzielte Walerij Wolodin vier Tore, mehr als jeder andere.

Limonow hingegen war es nicht gelungen, sich auch nur ein einziges Mal in Schussposition zu bringen.

Nach dem Spiel krümmte er sich buchstäblich vor Schmerzen. Er musste sogar einen Mitspieler fragen, wie das Match ausgegangen war, da es ihm zu anstrengend war, zur Anzeigetafel hinaufzuschauen.

Er taumelte weit hinter den anderen in die Umkleidekabine und hatte sich gerade auf die Bank vor seinem Spind gesetzt und damit begonnen, die Ausrüstung abzulegen, als Wolodin vor ihn hintrat und ihm die Faust in die Schulter rammte. Es tat höllisch weh, aber Limonow wertete die Geste als gutes Zeichen. Der Präsident behandelte ihn wie einen alten Kumpel.

»Sie haben besser gespielt, als ich erwartet hatte, Andrej Iwanowitsch.«

»Danke, Herr Präsident.«

»Natürlich habe ich damit gerechnet, dass Sie unterirdisch spielen würden, deshalb mussten Sie nicht viel tun, um meine Erwartungen zu übertreffen.«

Limonow nickte. »Sie waren hervorragend, Herr Präsident. Ihr drittes Tor war grandios.«

Wolodins halbes Lächeln erstarb. »Und die anderen?«

Limonow zögerte, dann sagte er: »Das zweite war auch sehr gut. Das erste hätte nicht zählen dürfen, weil sich Pawel Jurjewitsch vorher mit einem unerlaubten Check gegen ihren Verteidiger in Scheibenbesitz gebracht hat. Ich hoffe, es macht Ihnen nichts aus, wenn ich das sage, oder dass Ihr vierter Treffer ein Geschenk war. Dimitrij Petrowitsch hat zu Ihnen zurückgepasst, obwohl er selbst hätte einschieben können. Das Tor war leer, und trotzdem hat er zu Ihnen gepasst.«

Bis auf die Andeutung eines nervösen Lachens war in der Umkleidekabine sekundenlang nichts zu hören. Schließlich sagte Wolodin: »Eine detaillierte Abrechnung des heutigen Abends. Gesprochen wie ein wahrer Buchhalter.«

Erst als Wolodin über seine Bemerkung schmunzelte, begriffen die anderen im Raum, dass es ein Scherz war, und brachen in schallendes Gelächter aus.

Wolodin legte Limonow die Hand auf die Schulter. »Ich möchte, dass Sie mich besuchen. Heute Nacht.«

Er drehte sich um und ging weg, ohne eine Antwort abzuwarten.

Limonow wäre ein Eisbad lieber gewesen als ein Besuch im Kreml, denn die Schmerzen in der Seite, in den Beinen und in der Lunge hatten für ihn jetzt Vorrang vor allem anderen, doch ihm war klar, dass man einer solchen Einladung Folge leisten musste. Er hatte keine Ahnung, was der Präsident von ihm wollte, aber Wolodin war bereits zur Tür hinaus, und er hätte sich ohnehin nicht getraut, ihn zu fragen.

»Keine Sorge, Andrej Iwanowitsch«, sagte ein 40-jähriger ehemaliger rechter Dynamo-Verteidiger namens Pawel. »Wenn Wolodin wollte, dass dir etwas zustößt, würde es nicht im Kreml passieren.« Er grinste. »Es würde einfach passieren.«

Die anderen kicherten, aber Limonow konnte an ihren Gesichtern ablesen, dass sie sich um ihn sorgten.

Limonow zog sich an der Spindtür in die Höhe und humpelte zum Duschraum.

19

Limonow brauchte eine Stunde, um die Sitzbank in der Umkleide der Kleinen Luschniki-Sportarena gegen einen mit rotem Samt bezogenen, vergoldeten Barockstuhl in einem Salon mit Blick auf den Tainizki-Garten des Kremls einzutauschen. Er war geduscht, sein blondes Haar gescheitelt, und er trug wieder seinen Anzug mit Krawatte, doch sein Brustkorb schmerzte, und sein Körper war mit blauen Flecken übersät. Er saß da und trank ein Glas Tee, doch viel lieber hätte er sich jetzt zu Hause etwas Stärkeres genehmigt und ein paar Schmerztabletten verabreicht. Die beiden schönen und unglaublich großen Assistentinnen, die ihm den Tee gebracht hatten, hätten ihm wahrscheinlich auch etwas gegen die Schmerzen besorgen können. Sie standen nur ein paar Schritte entfernt links und rechts der Tür zum Hauptflur, aber Limonow hielt den Mund und tat so, als ginge es ihm gut.

Wolodin hatte das Treffen heute arrangiert, um seine Männlichkeit und physische Leistungsfähigkeit zu demonstrieren. Da hätte es Limonow, der über ein Vierteljahrhundert jünger war als der Präsident, nicht gut zu Gesicht gestanden, wenn er Anzeichen von Schwäche gezeigt hätte.

Durch das Fenster zu seiner Rechten konnte er Wolodins Mi-8-Hubschrauber sehen, dessen Rotoren langsam hochgefahren wurden, was vermuten ließ, dass der Präsident gleich nach ihrem Gespräch in seine Privatresidenz Nowo-Ogarjowo westlich der Stadt fliegen würde.

Da es schon nach zwei Uhr war, hielt es Limonow für sehr wahrscheinlich, dass das Treffen mit ihm Wolodins letztes an diesem Tag war, doch er hatte gelesen, dass der Präsident manchmal die ganze Nacht durcharbeitete und dann einen vollen Zwölf-Stunden-Tag anhängte.

Wolodin stürmte ins Zimmer, ohne zu den beiden Frauen beiderseits der Tür auch nur aufzusehen. Er setzte sich und richtete schließlich den Blick auf Limonow. »Was hat der FSB gegen Sie?«

Limonow hätte sich fast in die Hosen gepinkelt. Die Schmerzen in der Rippengegend verflogen, während sich seine Rückenmuskeln noch mehr verspannten. »Ich … nun ja, ich weiß nicht. Ich wusste nicht, dass es da ein Problem gibt. Ich habe mit Sicherheit nichts getan, was …«

Er verstummte, als Wolodin die Hand hob.

»Nein, nein, nichts dergleichen. Sie stehen nur nicht auf ihrer Liste der vertrauenswürdigsten Finanzleute.«

Fürs Erste drohte Limonow von seiner Blase keine Gefahr mehr. Er stieß einen kleinen Seufzer der Erleichterung aus, doch er begriff, dass Wolodin ihn absichtlich verunsichert hatte. Wieder gefasst, sagte er: »Ach so. Wie Sie sicher wissen, bin ich für Gazprom, Rosneft und mehrere andere Staatsunternehmen tätig gewesen. Viele meiner Kollegen haben auch für FSB und SWR gearbeitet und weltweit Strohfirmen für sie aufgebaut. Soweit ich weiß, haben mich Kollegen beim FSB ins Gespräch gebracht und darauf hingewiesen, dass ich ein stabiles, internationales Firmennetz geknüpft hätte, das ihnen nützlich sein könnte. Die Leute vom FSB haben mich gebeten, die internationalen Bankgeschäfte einiger ihrer Gesellschaften abzuwickeln und dafür mein bestehendes System zu nutzen. Ich habe mir die Bedingungen genauer angesehen und bin zu dem Ergebnis gelangt, dass sie für mich nicht von Vorteil waren. Nichts Dramatisches, es war nur kein Geld für mich drin.«

Wolodin nahm von einer der großen, jungen Damen Tee entgegen. »Viele würden meinen, dass die Gunst der Staatssicherheitsdienste schon Belohnung genug wäre.«

Limonow entgegnete nur: »Niemand hat mir gesagt, dass diese Angelegenheiten für Mütterchen Russland wichtig wären. Ich hatte einfach den Eindruck, dass meine Firma dabei ein schlechtes Geschäft machen würde. Ich habe auch so genug zu tun.« Er zuckte mit den Schultern. »Ich diene diesem Land mit Freuden, wenn ich dazu aufgefordert werde, Herr Präsident.«

»Ich habe von Ihrem Finanznetzwerk gehört.« Wolodin nickte. »Es ist sehr clever.«

»Vielen Dank.«

»Peanuts. Aber trotzdem clever.«

Limonow sagte nichts.

Wolodin lächelte jetzt. Er sah Limonow ein paar Sekunden lang in die Augen. Der jüngere Mann rang mit dem Verlangen, etwas zu sagen, spürte aber, dass Wolodin seine Geduld auf die Probe stellte. Schließlich sagte der Präsident: »Sie müssen etwas für mich tun. Aber dabei geht es nicht um Peanuts. Es wird gut für Russland sein, aber auch ein gutes Geschäft, das versichere ich Ihnen.«

»Selbstverständlich.«

»Die Angelegenheit erfordert höchste Diskretion.«

Fast hätte Limonow erneut »selbstverständlich« gesagt, konnte es sich aber gerade noch verkneifen und sagte *»Konetschno«*, was so viel wie »klar« bedeutete und unter den gegebenen Umständen etwas vertraulicher klang.

»Ich habe diverse private Geldanlagen auf der ganzen Welt und auch ein paar Konten.«

Ein paar Konten?, fragte sich Limonow. Gerüchten zufolge war Wolodin vor dem weltweiten Einbruch der Energiepreise einer der reichsten Männer der Welt gewesen. Und nach dem, was in Moskauer Finanzkreisen gemunkelt wurde, besaß er immer noch Vermögenswerte in Höhe von etwa 20 Milliarden Dollar. Ein Großteil davon, wie Limonow wusste, bestand in Anteilen an Staatsunternehmen, aber ein nicht unerheblicher Teil war auch auf Offshore-Konten geparkt.

Mit Pokerface sagte Limonow: »Ja, Herr Präsident. Ich bin mit einigen Herren hier im Kreml gut bekannt. Ihren Finanzberatern. Selbstverständlich haben sie mir keine Einzelheiten genannt, das sind gute Leute, aber ich weiß, dass sie sich nicht mit Peanuts abgeben.«

»Ich habe mir sagen lassen, dass der Wert meines Portfolios bei 21 Milliarden Euro liegt oder irgendwo in der Gegend. Schockiert Sie die Summe?«

Limonow war nicht schockiert, sah man einmal von der Tatsache ab, dass das Gemunkel der tatsächlichen Zahl sehr nahe gekommen war. Trotzdem antwortete er: »Sie haben hart für Ihr Vermögen gearbeitet, und Sie haben hart für die Erstarkung unseres Landes gearbeitet. In beider Hinsicht haben Sie Hervorragendes geleistet.«

Wolodin verfiel wieder in Schweigen, den Blick auf Limonow gerichtet. Sein schmales Lächeln war so gepresst, dass seine Lippen Farbe verloren. »Um die acht Milliarden Dollar liegen bei Banken im Ausland, Andrej Iwanowitsch. Mein Problem ist, dass zu viele Leute über diese Auslandskonten Bescheid wissen.«

Limonow war bekannt, dass insgesamt fünf Leute mit Anlage und Verwaltung von Wolodins Geld beschäftigt waren, was ihm nicht viel erschien, besonders in Anbetracht der Summen, mit denen diese Männer jonglierten, und der Zahl der beteiligten Konten.

Und so sagte er: »Schon. Aber die fünf Banker hier im Kreml waren nötig, denn es erfordert ein hohes Maß an intelligentem Finanzmanagement, Ihre Anlagen zuverlässig vor fremden Blicken zu schützen.«

Wolodin betrachtete seine Fingernägel. »Damit niemand erfährt, wo mein Geld ist, müssen also viele Leute wissen, wo es ist? Wollen Sie das damit sagen, Limonow?«

Wolodin schien das ironisch zu meinen, doch Limonow war sich nicht sicher. Er nickte nur leicht.

»Die Banken, bei denen mein Auslandsgeld angelegt ist, werden auch von anderen Mitgliedern meiner Regierung in Anspruch genommen, anderen Einzelpersonen aus meinem Umfeld, die Offshore-Konten benötigen.«

»Ja, Herr Präsident. Das ist häufig der Fall. Auch bei dem Netzwerk, das ich aufgebaut habe. Mehrere Investoren hier in Russland profitieren von einzelnen Körperschaften, die wir als Briefkastenfirmen gegründet haben, um …«

»Andrej Iwanowitsch, das Problem ist doch: Je mehr Leute wissen, wo mein Geld ist, desto mehr Leute können herankommen oder verhindern, dass ich herankomme.«

»Ich versichere Ihnen, dass niemand weiß, wo Ihr Geld liegt. Ich bin überzeugt, dass Ihr Investmentteam beispiellose Anstrengungen unternommen hat, um das zu gewährleisten.«

»Aber Sie haben mir doch eben gesagt, dass fünf Leute es wissen. Mich selbst nicht mitgezählt.«

»Nun ja … ich meine, niemand außer dem engsten Kreis von Finanzleuten, denen Sie Ihr Geld anvertraut haben.«

»Glauben Sie nicht, dass der Westen ein Auge auf Leute wie diese fünf Technokraten hat?«, fragte Wolodin. »Glauben Sie nicht, dass er über sie an mich heranzukommen versucht? Diese fünf Männer stehen alle in enger Verbindung zum FSB und zu anderen bekannten Gruppen, von denen Außenstehende wissen. Glauben Sie nicht, dass es nur eine Frage der Zeit ist, bis sich jemand im FSB bestechen lässt oder ein politischer Rivale einem der Männer, die mein Portfolio verwalten, das Blaue vom Himmel verspricht?«

Limonow hatte darauf keine Antwort, denn er sah keine Lösung für das Problem. Wenn Wolodin seine acht Milliarden Dollar in seine Matratze stopfen wollte, konnte er das gerne tun, aber das wäre mit Sicherheit riskanter, als ein kompliziertes Geflecht von Bankkonten zu unterhalten, das sich hinter den Namen Dutzender, wenn nicht Hunderter Trusts und Scheinfirmen verbarg.

Er sagte nur: »Ich bin davon überzeugt, dass Ihre Konten sicher sind.«

Wolodin schüttelte den Kopf. »Also, ich bin davon nicht so überzeugt. Ich muss Geld bewegen. Und ich möchte, dass Sie mir dabei helfen. Nur Sie. Kein anderer darf davon erfahren. Dass Sie einen Regierungsauftrag abgelehnt haben, dass Sie nicht das Vertrauen des FSB genießen und kein bekannter Finanzfachmann des Kremls sind, wird dabei helfen, Ihre Mitwirkung zu verschleiern.«

Jetzt begriff Limonow, warum er hier war. »Ich verstehe. Wie viel von Ihrem gesamten Offshore-Vermögen möchten Sie bewegen?«

»Alles.«

Limonow verbarg seinen Schreck nicht. Das war schlechterdings unmöglich. »Aber warum denn? Ich kann ja verstehen, dass die Sanktionen viele im Kreml nervös gemacht haben, aber Ihr Geld werden sie nicht anrühren. Das können sie nicht. Außerdem gibt es keinen Hinweis darauf, dass die Amerikaner von bestimmten Portfoliobeständen wissen, und wenn Sie Geld herumschieben, erregen Sie nur ihre Aufmerksamkeit …«

»Es geht mir nicht um Amerika. Es geht mir um hier.«

Limonow überlegte einen Moment und machte sich selbst einen Reim darauf. »Ihr Vermögen wurde von Männern angelegt, denen der FSB vertraut. Gibt es beim FSB jemanden, dem Sie nicht vertrauen?«

Wolodin nickte. »Natürlich.«

»Nun … Herr Präsident. Ich bin kein Regierungschef. Aber können Sie den Betreffenden nicht einfach seines Postens entheben? Und durch jemanden ersetzen, dem Sie vertrauen?«

»Nein. Meine potenziellen Feinde durch andere potenzielle Feinde zu ersetzen ist problematischer, als einfach meine Anlagen umzuschichten. Sie sind dem FSB nicht als einer meiner Finanzplaner bekannt, deshalb wird dort niemand damit rechnen, dass ich Sie damit betraue.

Nach dem jetzigen Stand der Dinge ist mein Privatvermögen in Anlagen gebunden, die dem FSB bekannt sind. In vielen Fällen wird es vom FSB verwaltet. Es ist nur dem Wohlwollen der russischen Regierung zu verdanken, dass ich überhaupt Geld besitze.«

Limonow begriff, was Wolodin eigentlich damit sagen wollte. Der russische Präsident hatte einen Staat geschaffen, in dem er, der Staatschef, alle Regeln machte. Im Moment profitierte er von diesem Arrangement, was aber, wenn er nicht mehr der Chef war? Seine Zukunft auf die Hoffnung zu gründen, dass ihm der Nachrichtendienst des Landes gewogen blieb, war ihm zu unsicher.

Wolodin wollte sein Geld dem Zugriff des nächsten Kreml-Chefs entziehen.

Limonow konnte sich Walerij Wolodin nicht dabei vorstellen, wie er, ein Fruchtgetränk in der Hand, auf Tahiti am Strand lag und einen geruhsamen Lebensabend verbrachte. Aber das ging ihn nichts an. Wolodin wollte seinen Abgang vergolden und war bereit, ihn dafür zu entlohnen, dass er das arrangierte.

»Was Sie da verlangen, wird sehr schwierig«, sagte Limonow. »Ich hatte noch nie mit solchen Summen zu tun.«

Wolodin sprach weiter, als hätte er ihn gar nicht gehört. »Und wir müssen es schnell tun. Bei dieser Sache kommt es auf Schnelligkeit an.«

»Selbst wenn es mir gelingen sollte, die Geldbewegungen zu verschleiern, würde das Geld dort, wo es landet, einen gewissen Verdacht erregen, allein schon wegen der Höhe der Summen«, beharrte Limonow. »Wenn ich es tue, muss ich sehr langsam und behutsam vorgehen.«

Wolodin schüttelte nur den Kopf. »Es muss in den nächsten ein, zwei Monaten losgehen. Und vorher muss ich Ihren Plan sehen.«

»Das ist ein sehr enger Zeitrahmen. Darf ich nach dem Grund für die Eile fragen?«

»Sie dürfen nicht. Soweit ich weiß, verwalten Sie gegenwärtig Vermögenswerte in Höhe von drei Milliarden Dollar. Außerdem haben Sie in den letzten Jahren Zigmilliarden Dollar nach Offshore verschoben. Sie müssen für mich nur tun, was Sie ohnehin schon tun, nur in größerem Umfang und schneller. Viel schneller.«

Limonow fragte sich, ob Wolodin eine Ahnung hatte, wie schwierig das werden würde. Er gab sich umgehend selbst die Antwort: Natürlich hatte er. Er setzte einem Untergebenen nur die Daumenschrauben an, damit er sich seinem Willen beugte.

Wolodin legte Limonow die Hand auf die Schulter, weckte damit aber keineswegs ein Gefühl der Verbundenheit, wie möglicherweise von ihm beabsichtigt. »Hören Sie, mein Freund. Sie machen das, Ihre Provision wird beträchtlich sein. Was halten Sie von eineinhalb Prozent?«

Andrej Limonow war Buchhalter, ein Geldmensch, deshalb konnte er nicht anders, als im Kopf eine schnelle Berechnung anzustellen.

Wenn er das schier Unmögliche schaffte und den Auftrag des Präsidenten wunschgemäß ausführte, konnte er 120 Millionen Dollar verdienen.

Innerhalb weniger Monate.

Ein leises Stöhnen entwich seinem bereits offenen Mund.

Wolodin quetschte seine Schulter. »Wie ich sehe, sind Sie an dieser Partnerschaft interessiert. Ich muss Sie jetzt verlassen und wieder an die Arbeit gehen. Erstellen Sie einen Plan, dann sprechen wir über die Umsetzung. Ich werde meine Mitarbeiter anweisen, Sie jederzeit vorzulassen. Sie tun nichts ohne mein Wissen.« Er beugte sich etwas vor und schenkte ihm ein schmales Lächeln. »Dieses Szenario gibt Ihnen keine Vollmacht über meine Finanzen oder etwas ähnlich Lächerliches. Ich muss Ihnen mehr vertrauen können als jedem anderen, wenn ich Ihnen dieses Angebot mache … aber das will nicht viel heißen.«

Andrej Limonow nickte nur leicht. »Alles, was ich tue, wird für Sie selbstverständlich absolut transparent sein.«

Wolodin stand auf. »Gut.« Er beugte sich über Limonow, und das schmale Lächeln kehrte zurück. »Denn diese Sache kann nur auf zweierlei Art für Sie ausgehen, Limonow. Nur auf zweierlei Art. Entweder Sie werden reicher als in Ihren kühnsten Träumen und bekommen als mein Vermögensverwalter eine Lebensstellung … oder ich nehme Sie aus wie einen armseligen Fisch.«

Die Drohung passte überhaupt nicht zum übrigen Gespräch. Andrej Limonow war schockiert, und als Wolodin sich umdrehte und mit gewohnt schnellem Schritt den Salon verließ, begriff er, dass der Mann genau das beabsichtigt hatte. Er war wie erstarrt vor Angst, nicht willens, auch nur eine Sekunde daran zu denken, dass der Handel, den er gerade eingegangen war, mit einem Misserfolg enden könnte.

Nachdem er mehrere Minuten so dagesessen hatte, kehrte eine von Wolodins schönen Assistentinnen in den Raum zurück. Es war mittlerweile fast drei, aber sie sah tadellos geschminkt und hellwach aus. »Darf ich Sie zu Ihrem Wagen bringen?«

Limonow erhob sich mit zitternden Knien.

Die Aufgabe war unlösbar, doch er hatte früher schon Unmögliches vollbracht. Er wusste nicht genau, wo er anfangen sollte. Ihm war klar, dass es einige Zeit erforderte, ein neues und undurchdringliches Geflecht aus Firmen, Banken, Konten, Trusts, Agenten und Mittelsmännern zu knüpfen. Er würde noch heute Nacht anfangen, und er würde wochenlang durcharbeiten, bevor er dem Präsidenten seinen Vorschlag unterbreitete.

Walerij Wolodin war kein Mann, den man warten ließ.

20

GEGENWART

An seinem zweiten Tag in Luxemburg saß Jack Ryan junior in einem kleinen, dunklen Büro im sechsten Stock an der Avenue Émile Reuter und spähte durch ein Spektiv, das an eine Videokamera angeschlossen und auf ein Fenster im fünften Stock eines Gebäudes am Boulevard Royal gerichtet war. Dort saß ein Mann in Hemdsärmeln an seinem Schreibtisch, und seine altbackene Sekretärin telefonierte an einem Schreibtisch am anderen Ende des Raums.

Jack hatte das Gefühl, durch einen Strohhalm in das langweiligste Zoogehege der Welt zu blicken – einen europäischen Anwalt bei der Arbeit zu beobachten war, wie ein Stillleben zu betrachten.

Der Zwergstaat mit der amtlichen Bezeichnung Großherzogtum Luxemburg hielt sich aus den Schlagzeilen der Weltpresse heraus, bildete jedoch in mancher Hinsicht das Herz Europas. Zunächst einmal war er das drittreichste Land der Welt. Und das, obwohl das Geld, das durch Luxemburg floss, oder jedenfalls der weitaus größte Teil, gar nicht den Luxemburgern gehörte. Vielmehr war es Eigentum von Offshore-Gesellschaften, also von Unternehmen, die Luxemburg nur für ihre Bankgeschäfte und ihre Registrierung nutzten, um die Weitergabe von Daten an die tatsächlichen Heimatländer der Unternehmenseigner zu verhindern.

Luxemburg mischte in diesem Spiel schon lange mit.

Seit 1929 als Dienstleister für Offshore-Firmen aktiv, zählte es mittlerweile zu den größten Steuerparadiesen der Welt.

Zehn Prozent des gesamten Weltvermögens lagen in Steueroasen, rund sieben Billionen Dollar, und es gab Dutzende solcher Oasen; Experten hatten sechzig ausgemacht, die unter die Kategorie Steuerparadies fielen. Es gab Unterschiede in der Art und Weise, wie diese Staaten agierten, doch ihr Ziel war immer dasselbe. Sie verdienten damit Geld, dass sie Bürgern anderer Staaten, die die Gesetze im eigenen Land umgehen wollten, ihre Dienste anboten. Die Steueroasen kamen diesem Bestreben der Ausländer gerne entgegen – für einen Anteil am Profit.

Natürlich gewährten diese Länder den eigenen Bürgern nicht dieselben Rechte und Privilegien. Nein, Letztere wurden besteuert, verfolgt und gezwungen, komplett über ihre Einkünfte Rechenschaft abzulegen. Die Ausländer wurden mit achtungsvoller Rücksicht behandelt, die Einheimischen ausgegrenzt und von den finanziellen Fleischtöpfen ferngehalten.

Abgewickelt wurde das Ganze über Offshore-Banken. In Ländern mit geringer Regulierung konnte jede Wohnanschrift als Bank eingetragen werden. Ein Typ, der in einem fensterlosen Kabuff saß, die Füße auf einem Pappkarton, ein Handy in der Hand, konnte eine Bank sein.

Man konnte ins Internet gehen und eine Bank kaufen. Ein Dienstleister besorgte einem zwei Angestellte – einen Direktor und einen stellvertretenden Direktor –, einen Aktenschrank und eine Adresse. Dann konnte über Konten Geld von einem Ort zum anderen verschoben werden. Die beiden Bankangestellten bekamen weder die Beträge noch die Namen der Sender- und Empfängerbanken zu sehen. Der Eigentümer des Geldes brauchte sie nur, um in einem Rechtsdokument des Staates, aus dem das Geld kam, und in einem anderen des Staates, in den das Geld floss, ein Häkchen zu setzen.

Nicht alle Offshore-Firmen waren in Geldwäsche verwickelt, beileibe nicht, aber diejenigen, die ein kompliziertes System der Verschleierung aufbauten und mithilfe von Steueroasen die Offenlegung ihrer Vermögenswerte umgingen, erregten natürlich den Verdacht von Fachleuten wie Jack Ryan junior.

Der Zweck solcher Systeme war ganz einfach: Sie nahmen Geld auf, ließen es verschwinden und dann irgendwo als sauberes, legales Geld wieder auftauchen. So konnten beispielsweise 100 Millionen Dollar aus einem Heroin-Deal in Afghanistan zwischen Chinesen und Pakistanern in einer Bank in Chicago wieder zum Vorschein kommen, fernab vom Schauplatz des Geschehens, den Kriminellen und nicht zuletzt denjenigen, die nach den Tätern fahndeten.

Die Kriminellen konnten auf ihr Geld zugreifen wie ganz normale Geschäftsleute, denen nichts Kriminelles anhaftete.

Und dann gab es in der Finanzwelt noch die sogenannte Fluchtklausel. Eine Fluchtklausel in einem Treuhandvertrag besagt, dass ein Trust, wenn seine Vermögenswerte Gegenstand von Ermittlungen werden – wenn etwa ein Finanzprüfer auf Grand Cayman Fragen nach den Eigentümern des Trusts stellt –, automatisch von den Cayman-Inseln nach Panama verlegt wird.

Jack verstand, warum das Geschäft in diesem Bereich boomte. Beim Geschäft mit Geld ging es, nicht überraschend, ums Geld. Einfach ausgedrückt: Die Leute, die das Geld versteckten, verdienten viel mehr als die Leute, die nach dem Geld fahndeten.

Jack gehörte zu den Fahndern, und heute empfand er die Bezeichnung als besonders passend, während er durch sein Spektiv starrte und sich fragte, wie er den Geheimnissen des Mannes in dem Büro gegenüber auf die Spur kommen konnte.

Jack fand Vergnügen daran, dem Rätsel nachzugehen, auch wenn er sich mehrmals am Tag verzweifelt die Haare raufte bei dem Versuch, das undurchsichtige Beziehungsgeflecht zwischen all den Akteuren zu entwirren.

Vor allem eines wusste er mit Gewissheit: Neben dem tatsächlichen Inhaber der Vermögenswerte – der Person, die Geld zu waschen versuchte – war in dem Verschleierungssystem niemand wichtiger als der Anwalt. Er hatte zwar selten den Gesamtüberblick – den hatte nur der Architekt des Netzwerkes –, doch gewöhnlich wusste er mehr als jeder andere Beteiligte.

Anwälte spielten bei Finanztricksereien vor allem deshalb eine wichtige Rolle, weil sie Leuten, die Geld vor den Behörden verstecken wollten, ein zusätzliches Instrument an die Hand gaben. Anwälte konnten anstelle der wahren Vermögenseigner als Strohmänner einer Scheinfirma auftreten, alles organisieren und sich dabei auf das Anwaltsgeheimnis berufen, was einer Karte »Du kommst aus dem Gefängnis frei« gleichkam.

Guy Frieden war ein solcher Anwalt. Er war – in welchem Umfang, wusste Jack noch nicht – in ein kompliziertes System involviert, dessen Zweck darin bestand, für Michail Grankin, einen mächtigen Mann im russischen Geheimdienst, Geld zu waschen. Und Jack nahm sich fest vor, Luxemburg nicht eher zu verlassen, als bis er das nächste Puzzleteil gefunden hatte.

Nur eine Viertelstunde nachdem Jack mit der Observation von Guy Friedens Büro begonnen hatte, wurde ihm etwas klar, was auch schon für die letzten 48 Stunden gegolten hatte. Observation, auch die Observation einer Einzelperson, war kein Ein-Mann-Job.

Obwohl Guy Frieden nicht ständig in der Stadt unterwegs war, sondern nur jeden Tag um elf mit seiner Sekretärin Kaffee trinken ging und sich nachmittags mit Kunden zum Essen traf, war es verdammt schwierig, ihn den ganzen Tag im Auge zu behalten, um Näheres über seine Geschäftspartner herauszubekommen.

Nachdem Jack in Rom zwei Wochen lang vor Kunstgalerien gesessen hatte, während Ysabel drinnen mit dem Personal schwatzte, und nun schon den zweiten Tag neun Stunden am Stück in Kameras, Ferngläser und Nachtsichtgeräte starrte, langweilte er sich zu Tode. Wenn Frieden das nächste Mal aufs Klo ging, wollte er auf dem Fußboden eine fünfminütige Yoga-Pause einlegen, um seine schmerzenden Muskeln zu lockern.

Doch im Moment dachte er, während er beobachtete und wartete, an Ysabel in Rom. Er vermisste die romantischen Nächte mit ihr, und wenn er abends zu Fuß von dem gemieteten Raum gegenüber Friedens Büro in seine Wohnung zurückkehrte, wofür er eine Viertelstunde brauchte, prägte er sich alle netten Restaurants ein, an denen er vorbeikam, da er hoffte, Ysabel ein paar Mal zum Essen ausführen zu können, wenn sie endlich nachkam.

Seine hiesige Wohnung machte nicht so viel her wie die, die er sich in Rom mit Ysabel geteilt hatte, aber sie lag immerhin in der malerischen Altstadt und bot einen Ausblick auf den kleinen, beschaulichen Clairefontaine-Platz. Sie erfüllte alle Anforderungen, die sich allerdings nicht unbedingt mit dem deckten, was er privat von einer Wohnung erwartete. Campus-Mitarbeiter mussten eine lange Liste von Sicherheitskriterien berücksichtigen, wenn sie eine konspirative Wohnung anmieteten, deshalb hatte Jack von Anfang an darauf achten müssen, dass er bestmöglich geschützt war. Bei der ersten Besichtigung war er von Haus und Wohnung ebenso angetan gewesen wie von den Restaurants und Freizeitmöglichkeiten in der näheren Umgebung. Trotzdem war die Wohnung mit der in Rom nicht zu vergleichen.

Jack dachte an Ysabel, während er Guy Friedens kahlen Hinterkopf betrachtete. Er sorgte sich um sie und konnte nur hoffen, dass sie weiter auf Auffälligkeiten achtete, die Gefahr bedeuten konnten. Sie hatten an jedem der drei vergangenen Abende miteinander telefoniert und tagsüber SMS ausgetauscht. Zur Hälfte war ihre Korrespondenz das Gesäusel zweier Verliebter, die sich nacheinander sehnten, die andere Hälfte betraf die Arbeit: Ysabel war es gelungen, weitere Verkäufe bis zu dem Trust zurückzuverfolgen, den Guy Frieden verwaltete, wodurch sich die Gesamtsumme der Verkäufe nun auf weit über zehn Millionen Dollar belief.

Guy Frieden sei offenbar hochzufrieden und wirke bereitwillig an der russisch-römischen Geldwäsche per Kunsthandel mit, hatte Jack am Vorabend Gavin Biery gemailt und ihn gebeten, sich den Bürorechner des Mannes anzusehen und festzustellen, ob der Campus an seine Dateien herankomme. Jack wusste seit ihren Versuchen, in die Systeme der Galerien einzudringen, dass so etwas Glücksache war, und häufig meldete sich Biery wieder bei ihm und teilte ihm mit, dass er ein Remote Administration Tool (RAT) würde installieren müssen, damit sich der Campus Zugang zu dem Netzwerk verschaffen und Nachforschungen anstellen könne.

Jack hoffte, dass das hier nicht nötig sein würde, da er allein war. Friedens Büro machte zwar keinen übermäßig gesicherten Eindruck, doch das Gebäude war mit den üblichen Sicherheitseinrichtungen ausgestattet, und die zu überwinden erforderte Zeit.

Jack nahm das Auge von dem Spektiv, durch das er das Büro auf der anderen Straßenseite beobachtete, streckte sich und legte eine Pause ein. Er blickte auf die Uhr. Es war jetzt zwei. Das bedeutete, dass es in Virginia acht Uhr morgens war. Gavin Biery dürfte soeben ins Büro gekommen sein.

Jack zog sein Handy aus der Tasche hervor und wählte die Nummer.

Wie erwartet, war der korpulente IT-Direktor etwas außer Atem, als er sich meldete.

»Biery.«

»Morgen, Gavin. Tut mir leid, dass ich Sie überfalle, kaum dass Sie zur Tür herein sind. Haben Sie wenigstens einen Kaffee und einen Donut vor sich?«

»Nein, aber einen Plunder.« Jack hörte einen Stuhl quietschen, als Gavin am Schreibtisch Platz nahm. »Ich habe Ihre E-Mail gekriegt und einige Zeit darauf verwendet, mir das Netzwerk von diesem Guy Frieden anzusehen.«

»Wie haben Sie das angestellt?«

»Ich habe unter Verwendung eines sicheren Linux-Systems von zu Hause aus Friedens Netzwerk gepingt, mir seine Firewall angesehen und offene Ports gesucht, was man eben so macht. Schlechte Nachrichten, Ryan. Keine Sicherheitslücken.«

»Mist«, fluchte Jack.

»Tja«, sagte Biery. »Ich bin ein Genie, aber kein Zauberer. Der Typ, der sein Computernetzwerk eingerichtet hat, versteht sein Handwerk und hat es vor einer Infizierung übers Internet geschützt. Sie müssen sich physischen Zugang zu seinem System verschaffen und ein RAT installieren, damit ich mich einhacken kann.«

Das war für Ryan ein Dämpfer. »Und wie soll ich in seinem System ein RAT installieren?«

»Sie sind der Geheimagent. Ich bin nur der Computerfuzzi. Schon vergessen?«

»Alles klar.« Er überlegte kurz. »Ist Clark schon im Haus?«

»Ich habe ihn im Aufzug gesehen.«

»Gut. Können Sie mich mit ihm verbinden?«

»Bin ich jetzt die Telefonzentrale?«

»Gavin!«

»Nur ein Scherz.«

Sekunden später meldete sich Clark.

»Hey, John, ich bin's, Jack. Ich hätte gern die Erlaubnis, Gavin ein oder zwei Tage für mich einzuspannen.«

»Okay. Und wozu?«

Ryan erklärte kurz, worum es ging.

Als er fertig war, sagte Clark: »Du erzählst mir ständig, dass du da drüben in Europa hauptsächlich analytische Arbeit machst. Aber was du sagst, klingt verdächtig nach Spionage.«

»Ja, ich weiß. Wir müssen jetzt etwas trickreicher zu Werke gehen als bisher, aber von normaler Campus-Feldarbeit ist das noch weit entfernt. Guy Frieden arbeitet mit einer einzigen Sekretärin in einem belebten Bürogebäude. Die Zutrittskontrolle erfolgt über RFID-Ausweise. Ich muss Frieden nur aus seinem Büro locken und irgendwie die Daten auf diesem Zutrittsausweis auslesen, dann lasse ich mir von Gavin eine Kopie machen. Das ist an einem Tag zu schaffen. Dann kann Gavin wieder nach Hause, und ich schleiche mich in Friedens Büro, wenn er und seine Sekretärin nicht da sind. Sie gehen jeden Morgen zusammen Kaffee trinken. Ihr Büro steht dann immer mindestens zwanzig Minuten lang leer.«

»Kannst du von deinem Beobachtungspunkt aus das ganze Büro einsehen?«

»Nicht das ganze. Die Tür zum Flur sehe ich nicht. Und links neben dem Schreibtisch der Sekretärin hat er einen kleinen Besprechungsraum, den ich ebenfalls nicht einsehen kann. Aber wenn Frieden und seine Sekretärin aus dem Haus gehen, löschen sie alle Lichter. Ich bin mir sicher, dass in dem Raum dahinter niemand ist.«

»Wie willst du die Daten auf Friedens Namensschild auslesen?«, fragte Clark.

»Das habe ich mir noch nicht überlegt. Ich muss irgendwie bis auf ein paar Schritte an ihn herankommen, ohne allerdings meine Tarnung zu gefährden, denn wer weiß, wie nahe ich später noch an ihn heran muss. Vielleicht kannst du Ding oder Dom mit Gavin rüberschicken, um mir dabei zu helfen.«

»Geht nicht«, erwiderte Clark. »Die sind auf Dienstreise.«

Dienstreise hieß im Klartext, dass die beiden im operativen Einsatz waren, und Jack verspürte einen Anflug von Wehmut, der an Neid grenzte. Er arbeitete am liebsten im Team mit den anderen operativen Agenten des Campus, doch seit Sams Tod hatten sie nicht mehr alle drei gemeinsam eine Operation durchgeführt. Andererseits war er freiwillig in den Iran, dann nach Dagestan und schließlich nach Rom gegangen. Und auch jetzt war er hier, weil er es so gewollt hatte. Er glaubte an seine Arbeit.

Er bedauerte nur, dass er seinen Freunden, die offensichtlich auf gefährlicher Mission waren, nicht helfen konnte. »Alles okay?«, fragte er.

»Aber ja«, antwortete Clark. »Wir leisten nur einem Kunden etwas technische Unterstützung. Trotzdem, es ist eine verrückte Welt. Du weißt ja, dass man selbst auf einer Dienstreise einen klaren Kopf behalten muss.«

»Allerdings.« Jack musste an seinen eigenen Auftrag denken. Die Arbeit hier war ein Kinderspiel im Vergleich zu fast allen seinen Außeneinsätzen in den letzten Jahren. Er wusste, dass er dafür eigentlich dankbar sein sollte, und was die Zeit mit Ysabel anging, war er das mit Sicherheit auch, doch im Moment waren seine Gedanken bei Chavez und Caruso, die irgendwo im Einsatz standen, ohne dass er ihnen helfen konnte.

Clark holte ihn wieder nach Luxemburg zurück, als er sagte: »Ich glaube, ich kenne da jemand, der dir vielleicht helfen kann. Bei der Agency habe ich mit einer Frau namens Christine Hutton zusammengearbeitet. Eine verdammte gute Agentin. Sie ist schon lange nicht mehr aktiv und dürfte jetzt Mitte fünfzig oder sechzig sein. Auf jeden Fall ist sie meines Wissens jetzt eine deutsche Adlige.«

Jack glaubte, sich verhört zu haben. »Eine was bitte?«

»Sie hat die Agency verlassen und einen deutschen Diplomaten geheiratet. Er war von Adel, was in Deutschland mal hoch im Kurs stand, heute aber nicht mehr viel wert ist. Der arme Teufel ist vor ein paar Jahren an Krebs gestorben und hat alles seiner Frau hinterlassen. Sie haben zwei erwachsene Kinder, und nach meinen letzten Informationen lebt sie auf dem Familiensitz in Bitburg, nahe der Grenze zu Luxemburg. Es ist zwar lange her, dass sie die Geheimdienstarbeit an den Nagel gehängt hat, aber vielleicht ist sie für einen aufregenden Nachmittag zu haben.«

»Wie soll sie mir denn helfen können?«

»Ganz einfach. Sie ist stinkreich. Altes europäisches Geld.«

Jack verstand. »Sie dürfte bei einem Finanzanwalt in Luxemburg problemlos einen Termin bekommen.«

»Genau. Sie ist eine bodenständige Frau, die reich geheiratet hat, aber sie hat sich davon nicht korrumpieren lassen und protzt nicht mit ihrem Geld. Wenn ich sie anrufe und ihr die Situation erkläre, könnte ich sie bestimmt überreden, im Büro dieses Anwalts aufzukreuzen und auf Katharina die Große zu machen.«

»Die Idee gefällt mir.«

»Natürlich wird sie da ohne jede Tarnung hingehen. Du musst das also sauber durchziehen.«

»Das dürfte kein Problem sein. Wir lassen uns einen plausiblen Grund für das Treffen einfallen.«

»Ich werde dafür sorgen, dass sich Gavin reisefertig macht, und dann Christine kontaktieren.«

21

Auf dem Marinestützpunkt Sapadnaja Liza gab es an diesem Tag keinen feierlichen Akt, nur anhaltenden Schneeregen aus einem wolkenverhangenen Himmel. Walerij Wolodin war nicht zugegen, als erneut ein U-Boot aus der Sajda-Bucht in die tieferen Gewässer der Kola-Bucht steuerte, obwohl das Boot der Sewerodwinsk-Klasse wie das der Borei-Klasse, das Wochen zuvor ausgelaufen war, zu seiner Jungfernfahrt im Dienst der Russischen Föderation aufbrach.

Die *Kasan* hatte mit der *Knjas Oleg* zudem noch gemeinsam, dass sie das beste und modernste Boot ihrer Klasse war und dass die Amerikaner und andere Westmächte glaubten, sie befinde sich wie das große Borei-Boot, das auf dem Weg über den Atlantik war, noch in der Erprobungsphase. Sie ahnten nicht, dass sie bereits im Einsatz war.

Mit ihren 111 Metern Länge und 12 Metern Breite war die *Kasan,* wenn man nach schierer Größe ging, nicht so imposant wie das ballistische Raketen-U-Boot der Borei-Klasse, aber es hatte auch andere Aufgaben, und die erforderten schlankere Maße. Die *Kasan* war ein Jagd-U-Boot mit Atomantrieb, von der US-Marine als SSGN bezeichnet (für *Ship Submersible Guided Missile Nuclear*). Sie als das modernste U-Boot der Welt zu bezeichnen war keineswegs übertrieben. Wie die Borei-Klasse im Vergleich zur Ohio-Klasse, ihrem amerikanischen Gegenstück, war die Sewerodwinsk-Klasse technisch anspruchsvoller und moderner als die vergleichbare US-Version, die Seawolf-Klasse.

Angetrieben von einem Druckwasserreaktor, konnten die Unterseeboote mit ihrer Dampfturbine unter Wasser bis 35 und über Wasser gute 20 Knoten machen. Außerdem erreichten sie eine Schleichfahrtgeschwindigkeit von 20 Knoten, und obgleich nicht ganz so leise wie die Seawolf-Klasse, waren sie doch weitaus leiser als jedes andere nuklear getriebene Jagd-U-Boot, das die westlichen Mächte aufbieten konnten.

Und weitaus schlagkräftiger.

Die mächtigste Waffe an Bord der *Kasan* war die P-800 Onyx, ein Langstrecken-Seezielflugkörper, der dreifache Schallgeschwindigkeit – 2897 Stundenkilometer – erreichen und eine konventionelle oder nukleare Traglast in ein über 500 Kilometer entferntes Ziel tragen konnte, wobei eine eindrucksvolle Palette computergestützter Offensiv- und Defensivmittel zur Anwendung kam. Im Moment befanden sich 32 Onyx-Raketen an Bord, dazu zwei Dutzend Torpedos des Typs 53-65.

Mit seinem Rumpf aus niedermagnetischem Stahl war das 13 800 Tonnen schwere Kriegsschiff nur äußerst schwer zu orten, konnte selbst aber mit seinem Sonarsystem, bestehend aus Bug-, Seitenantennen- und Schleppsonar, rundum in alle Richtungen lauschen. Dies machte es zu einem todbringenden Jäger, dem selbst nur sehr schwer beizukommen war.

Das Boot war eine große, kraftstrotzende Kampfmaschine, ein großer weißer Hai, und die Gewässer, die es anlief, boten reiche Beute.

Der heutige Tag markierte für die *Kasan* den Beginn einer langen Fahrt. Die meisten der 88 Besatzungsmitglieder wussten über die Mission wenig mehr, als dass sie bis zu drei Monate dauern konnte.

Doch der Kapitän hatte seine Befehle. Die *Kasan* würde in Unterwasserfahrt in die Barentssee und von dort durch das Europäische Nordmeer in die Nordsee vorstoßen. Danach würde es spannend werden. Der Öresund, der Dänemark und Schweden trennt, ist an seiner schmalsten Stelle nur vier Kilometer breit. Beim Passieren dieser stark befahrenen und noch stärker überwachten Meerenge würde das russische Atom-U-Boot eine gehörige Portion List und Schlauheit aufbieten müssen, um unbemerkt zu bleiben.

Nach der Stressfahrt durch den Öresund würde die Ostsee der Besatzung der *Kasan* so riesig wie der Atlantik vorkommen, und nur der Kommandant und einige wenige Auserwählte unter den 32 Offizieren wussten, was sie zu tun hatten, wenn sie dort ankamen. Im Unterschied zur *Knjas Oleg,* die auf dem Weg in die 200-Meilen-Sperrzone rund um die USA war, bestand der Auftrag der *Kasan* nicht nur in der Androhung von Gewalt.

Nein, der Kommandant des U-Boots rechnete fest damit, in Gefechte mit dem Feind verwickelt zu werden.

Die in Kaliningrad stationierte russische Ostseeflotte verfügte momentan nur über zwei einsatzfähige Jagd-U-Boote der älteren, wenn auch durchaus leistungsfähigen Warschawjanka-Klasse, von der Nato als »Kilo-Klasse« bezeichnet. Doch mit der *Kasan* sollten die Warschawjankas in der Ostsee eine schlagkräftige Verbündete bekommen.

Sobald die *Kasan* ihre Patrouillenzone nördlich von Polen erreicht hatte, würden die Warschawjankas damit beginnen, Ziele zu suchen und gemäß einer Liste, die aus dem Kreml selbst stammte, mit Torpedos zu zerstören. Die *Kasan* würde sie mit Marschflugkörpern und Torpedos unterstützen und mit ihnen zusammen die gesamte Schifffahrt in den Gewässern vor Kaliningrad bedrohen.

Nachdem der Kommandant eine Weile im Kommandoturm seines Kriegsschiffes gestanden und sich genüsslich die Graupelkörner ins Gesicht hatte peitschen lassen, gab er schließlich den Befehl zum Tauchen. Westliche Satelliten mochten das Boot in den 35 Minuten, seit es seinen Bunker verlassen hatte, identifiziert haben, und möglicherweise hatten die Experten auch erkannt, dass es in See stach. Doch wie schon bei der *Knjas Oleg* nahmen sie wahrscheinlich an, dass es nur zu einer Testfahrt auslief.

Sie würden die Wahrheit noch früh genug erfahren, und wenn der Kommandant seinen Job richtig machte, würden sie erst begreifen, dass die *Kasan* im Spiel war, wenn sich Schwärme von Onyx-Raketen heulend ihren Zielen näherten.

22

Ein Regenschauer ging über Vilnius in Litauen nieder, als Ding Chavez und Dominic Caruso am Vormittag nach neunstündigem Flug aus Baltimore eintrafen. Sie wurden von Herkus Zarkus in Empfang genommen, einem 31-jährigen Amerikaner litauischer Abstammung. Herkus war Techniker bei der mit der CIA verbundenen Firma, die in der gesamten Südhälfte Litauens Highspeed-Internetkabel verlegte.

Herkus selbst war zwar kein Spion, hatte aber eine Unbedenklichkeitsbescheinigung und war in Dings und Doms Auftrag eingeweiht, jedenfalls soweit es seinen Verantwortungsbereich betraf. Er hatte die Aufgabe, die beiden amerikanischen Partner überall hinzufahren, wo sie hinmussten, ob in Vilnius oder draußen auf dem Land, und dafür zu sorgen, dass ihre Tarnung als Glasfaser-Leitungsmonteure gewahrt blieb.

Die beiden Campus-Agenten luden ihre Taschen in einen Van, der auf der Seite mit DATAPLANET beschriftet war, dann stiegen alle drei ein und fuhren in die Stadt. Unterwegs erzählte Herkus, dass er als Wartungstechniker für elektronische Systeme bei der Army gedient hatte. Nach mehreren Jahren bei einer Unterstützungseinheit der 10th Special Forces Group war er aus dem Dienst ausgeschieden, hatte wieder die Schulbank gedrückt und Elektrotechnik studiert.

Nach seinem Abschluss war er heftig von DataPlanet

umworben worden, einem in Maryland ansässigen Unternehmen für Glasfasertechnik, das im osteuropäischen Raum in staatlichem Auftrag Glasfasernetze installierte und modernisierte. Es überraschte ihn, dass die Firma alle Hebel in Bewegung setzte, um ihn ins Boot zu holen, doch kaum hatte er den Job angenommen, wurde er in die Tatsache eingeweiht, dass DataPlanet eine Partnerfirma der CIA war. Da ging ihm ein Licht auf. Man hatte ihn nicht nur wegen seiner Ausbildung und Berufserfahrung geholt, sondern auch wegen des Sicherheitsstatus, den er bei der Army genossen hatte.

Die Firma DataPlanet wäre eine nahezu perfekte CIA-Tarnorganisation gewesen, hätte sie nicht als ganz normales Unternehmen begonnen und erst später die Zusammenarbeit mit dem US-Nachrichtendienst aufgenommen. Ein CIA-Beamter hatte in ihr eine Chance gesehen und mit der Zeit informelle »Beziehungen« zu den Besitzern geknüpft, die als ehemalige Vertragspartner des Verteidigungsministeriums einen hohen Sicherheitsstatus genossen.

Ein Großteil der Arbeit, die DataPlanet im Ausland leistete, hatte mit den Aufgaben der US-Nachrichtendienste nichts zu tun, doch von Zeit zu Zeit begleiteten CIA- oder NSA-Spezialisten für elektronische Nachrichtenbeschaffung Männer wie Herkus Zarkus vor Ort und nutzten ihre Tarnung als Kabeltechniker dazu, sich frei in den osteuropäischen Ländern bewegen zu können, in denen der russische Geheimdienst überall Augen und Ohren hatte. Und wenn die Firmentechniker und Geheimagenten in Städten und Gebäuden tatsächlich Hightech-Netze installierten, fügten sie manchmal ein paar Extras hinzu, die elektronische Überwachung in Teilen der Welt ermöglichten, in denen CIA-Techniker, die von Botschaften aus arbeiteten, keine Chance gehabt hätten, der Kontrolle durch gegnerische Nachrichtendienste zu entgehen.

In diesem Fall war dem Techniker mitgeteilt worden, dass die beiden neuen »Kollegen« bei diesem Einsatz keine technischen Arbeiten zum Zwecke elektronischer Nachrichtenbeschaffung ausführen würden. Sie müssten lediglich eine Reihe von Örtlichkeiten aufsuchen und mit einer Spezialkamera fotografieren.

Auf dem Herflug hatten sich Dom und Ding ein einstündiges Video angeschaut, das als Crashkurs für angehende Glasfasertechniker diente. Anschließend hatten sie sich noch drei Stunden einen litauischen Sprachkurs gegeben. Der Effekt war gleich null, aber immerhin eigneten sie sich ein paar Dutzend Sätze an, die sich als nützlich erweisen konnten, falls sie in Schwierigkeiten gerieten.

Chavez sprach russisch, eine Sprache, die zwar viele Litauer verstanden, aber nur sieben Prozent der Bevölkerung im Alltag benutzten. Dagegen beschränkten sich seine Litauisch-Kenntnisse auf das, was seine iPhone-Übersetzungs-App lieferte und er selbst im Flugzeug gelernt hatte.

Herkus brachte die Männer in sein Büro in der Innenstadt. Dort tranken sie Kaffee und plauderten eine Weile, ehe er zur Sache kam und den beiden eine PowerPoint-Präsentation über die Tätigkeit zeigte, die sie offiziell hier ausüben würden. Sie war einfach und stellte keine übermäßigen Anforderungen, zumal Herkus sie auf Schritt und Tritt begleiten würde. Sie brauchten nur das Wesentlichste zu wissen, um nicht aus der Tarnrolle zu fallen und sich unbehelligt dem eigentlichen Zweck ihres Hierseins widmen zu können.

Am späten Nachmittag stiegen sie wieder in den Van von DataPlanet, fuhren durch die Stadt und hielten vor einem Haus in der Altstadt, in dem die CIA im dritten Stock eine konspirative Wohnung unterhielt. Herkus hatte Anweisung, die Männer dort abzusetzen und am nächsten Morgen zur Arbeit abzuholen.

Dom und Ding hatten gerade ihr Gepäck in ihre Zimmer gebracht, als es an die Tür klopfte. Dom spähte durch den Spion. Draußen standen zwei Männer in Bluejeans und Thermojacken.

»Ja?«, fragte er durch die Tür.

»Mary Pat schickt mich«, antwortete einer der Männer. »Sie müssten jeden Moment dazu eine SMS bekommen.«

Dom sah in seinem Handy nach, fand aber nichts. Da trat Chavez in die Diele, den Blick auf sein Telefon gerichtet. »Alles klar. Ich habe gerade eine SMS von Clark gekriegt. Das ist der Stationschef.«

Caruso öffnete die Tür und ließ die beiden herein.

»Sie müssen Dom sein«, sagte der eine und streckte ihm die Hand entgegen. »Pete Branyon. Freut mich, Sie kennenzulernen. Willkommen in Litauen oder, wie wir hier gerne sagen, am Ground Zero von morgen.«

Der CIA-Stationschef von Vilnius war in Begleitung seines Leibwächters Greg Donlin. Nachdem er Dom die Hand geschüttelt hatte, trat er auf Chavez zu. »Ich bin Pete. Domingo, es ist mir eine große Ehre, Ihre Bekanntschaft zu machen.«

»Ganz meinerseits.«

»Als man mich davon unterrichtet hat, dass Sie herkommen, um uns zu helfen, war ich, gelinde gesagt, verwundert«, fuhr Branyon fort. »Da Sie aber auf Anraten der DNI kommen, bin ich beruhigt. Mary Pat Foleys Büro ist mir Empfehlung genug.«

Branyon und die beiden Neuankömmlinge setzten sich in das kleine Wohnzimmer, während sich Donlin ans Fenster stellte und die Straße im Auge behielt.

»Wir haben die Wohnung kurz vor Ihrer Ankunft auf Wanzen untersucht«, sagte Branyon. »Das werden wir sicherheitshalber jeden Tag tun, aber wir rechnen nicht damit, dass Sie allzu viel Aufmerksamkeit der Gegenseite auf sich ziehen werden.«

»Können Sie uns über die Lage ins Bild setzen?«, fragte Ding.

»Klar«, antwortete Branyon. »Wie Sie sicher aus den Nachrichten wissen, hat Walerij Wolodin einen beträchtlichen Teil seiner Bevölkerung davon überzeugt, dass die Ukraine von Nazis bevölkert ist, dass Russland nur Nachbarn hat, die es vernichten wollen, und dass hier in Litauen amerikanische Spione Amok laufen.« Er kicherte. »Ich bin mir ziemlich sicher, dass nichts davon stimmt, und die dritte Behauptung ist absoluter Schwachsinn. Wir laufen nicht Amok, wir treten, wenn überhaupt, auf der Stelle. Wir sind vollauf damit beschäftigt, hiesige russische Spione zu beobachten und herauszukriegen, was Russland vorhat.«

»Man hat Ihnen sicher mitgeteilt, dass wir von der DNI mit einem Auftrag betraut worden sind«, sagte Ding. »Aber sonst stehen wir Ihrer Station gerne zur Verfügung. Wir helfen, wo wir nur können. Wir sind als Glasfasertechniker getarnt, sodass wir uns ziemlich frei bewegen können.«

»Ja, DataPlanet kann Sie überall hinbringen, wo Sie hinmüssen. Die Firma ist ein echter Gewinn. Meine verdeckten Mitarbeiter und ich können nirgendwohin, ohne große Umwege zu fahren, um mögliche Beschatter abzuschütteln, aber DataPlanet ist hier so allgegenwärtig, dass die Russen sich nicht darum kümmern.«

»Wir wissen von Mary Pat, dass Ihre Station etwas unterbesetzt ist«, sagte Chavez.

»Wir sind schon vorher mit der normalen Arbeit kaum hinterhergekommen«, antwortete Branyon. »Und dann wird an der Küste diese LNG-Wiederverdampfungsanlage in die Luft gejagt. Und ein paar Tage später wird hier in Vilnius der Anschlag auf den russischen Zug verübt. Jetzt stehen wir vor einem Berg von Problemen und werden von Langley mit Arbeit überhäuft. Die halbe Welt scheint zu glauben, dass Litauen das Epizentrum des nächsten Krieges werden könnte.«

»Können wir Ihrer Station irgendwie helfen?«, fragte Dom.

»Ich weiß, dass Sie viel zu tun haben, aber es könnte nicht schaden, wenn zwei zusätzliche Augenpaare an der Grenze nach grünen Männchen Ausschau halten.«

»An welcher Grenze?«, fragte Dom.

»Verdammt gute Frage. Russland könnte von Osten oder Westen Sappeure reinschicken, denn im Osten liegt Weißrussland und im Westen Kaliningrad. Der Osten bereitet mir allerdings größere Sorgen. Weißrussland ist mit Russland befreundet, wie ihr Jungs sicher wisst, sodass es, obwohl an der Westgrenze in Kaliningrad viele russische Truppen stehen, idiotisch von Russland wäre, nicht aus beiden Richtungen zuzuschlagen. Wenn ihr im Osten Kabel verlegt, kommt ihr in Dörfer und benutzt Straßen an der weißrussischen Grenze. Haltet einfach die Augen offen. Wir haben ein Netz von Agenten dort im Grenzgebiet, aber laut Vorschrift dürft ihr keinen Kontakt zu Agenten aufnehmen, deshalb kümmere ich mich weiter persönlich darum.«

»Verzeihen Sie, Pete, es steht mir nicht zu, das zu sagen, aber Sie sind der Stationschef«, bemerkte Ding. »Halten Sie es wirklich für eine gute Idee, an die Grenze zu reisen?«

Branyon zuckte mit den Schultern. »Ich bin ein ziemlich guter Agentenführer. Nur weil ich Stationschef bin, heißt das doch nicht, dass ich mich nicht mehr unters Volk mischen darf. Ich ergreife alle Maßnahmen der Gegenobservation und reise mit leichtem Gepäck, sodass ich mir keine allzu großen Sorgen zu machen brauche.« Er nickte in Richtung Donlin. »Greg sorgt für meine Sicherheit.«

Greg Donlin hatte bisher kaum ein Wort gesprochen, aber jetzt sagte er: »Ich warne ihn ständig vor den Gefahren. Er will einfach nicht hören.«

»Na schön«, sagte Chavez. »Aber falls Sie mal Hilfe benötigen, weil Ihre persönliche Sicherheit bedroht ist, schreien Sie einfach.«

Branyon hob die Augenbrauen. »Ihr Jungs tragt doch nicht etwa Waffen, oder?«

»Nein«, antwortete Dom eilends. »Ich glaube, mein Partner meint damit, dass wir Ihnen zur Flucht verhelfen könnten, wenn es zum Kampf kommt.«

Ding nickte. »Ja, Dom und ich sind nicht hier, um gegen die russische Armee zu kämpfen. Das müssen wir wohl Greg überlassen.«

Greg Donlin seufzte. »Ich habe zwar eine Pistole, aber ich bin eine oder zwei Panzerdivisionen zu wenig, wenn ich gegen die Russen kämpfen muss.«

Die Männer lachten. Ein Anflug von Galgenhumor, nichts weiter, denn wenn Russland den Entschluss fasste, in Litauen einzurücken, konnten die Männer, die in dem kleinen Wohnzimmer saßen, nicht das Geringste dagegen tun.

23

Jack Ryan junior traf sich mit Christine von Langer, geborene Hutton, in einem Café an der Rue Notre Dame. Als sie in das Café kam, stellte er erfreut fest, dass sie in jeder Hinsicht wie eine reiche Dame aussah – reif, elegant und attraktiv. Schon ihre Designerkleidung sah sehr teuer aus, und über dem Arm trug sie einen Pelzmantel, der ein Vermögen gekostet haben musste.

Sie reichte Jack die Hand und setzte sich. Nachdem sie ihre Hermès-Tasche auf den Stuhl neben sich gestellt hatte, schenkte sie Jack ein so strahlendes Lächeln, als hätte sie ihn schon ihr ganzes Leben lang gekannt.

»Sorry, Mrs. von Langer, darf ich fragen, warum Sie mich so anschauen?«

»Oh, tut mir leid. Sie erinnern mich einfach sehr an Ihren Vater.«

»Es liegt vermutlich nahe, dass Sie meinen Vater kennen, aber John hat davon nichts erwähnt.«

»Ich will nicht behaupten, dass ich ihn gut kenne, aber ich hatte ab und zu Gelegenheit, mit ihm zusammenzuarbeiten.« Sie dimmte ihr strahlendes Lächeln um ein paar Watt. »Mit Politik habe ich nichts zu tun, ich interessiere mich nicht dafür. Ich war immer der Meinung, dass es so besser ist, zumal ich in staatlichen Organisationen arbeitete und es praktisch keine große Rolle spielte, welche Partei gerade an der Macht war. Aber Ihren Vater kannte ich immer als einen hart arbeitenden

Mann von untadeligem Charakter. Mehr musste ich nicht wissen.«

»Danke. Das höre ich immer wieder, aber für mich ist und bleibt er trotzdem in erster Linie mein Dad.«

Ihr Lächeln verschwand, und sie schaute ihn ernst an. »Sie wissen, dass die Medien hier in Europa heftig auf ihn einprügeln?«

Jack zuckte leicht die Schultern. »Das ist zu Hause auch nicht anders, Mrs. von Langer. Ich bin mir ziemlich sicher, dass mein Bruder und meine Schwestern mehr darunter leiden als er selbst.«

»Bitte – nennen Sie mich Christine. Okay, dann zum geschäftlichen Teil. John sagte mir, Sie arbeiten im Privatsektor, dass es hier um forensische Rechnungsprüfung gehe und dass sich die Angelegenheit möglicherweise bis Moskau zurückverfolgen lasse?«

Jack nickte. »Sie lässt sich mit absoluter Sicherheit nach Russland zurückführen, wahrscheinlich nach Moskau, vielleicht sogar zu einem spezifischen Gebäude in Moskau.«

Sie hob die Augenbrauen. »Kreml oder Lubjanka?«

»Entweder oder.«

Mit einem Lächeln sagte sie: »Gefällt mir schon jetzt, Jack. Ich bin dabei.«

Er erklärte ihr genau, was sie tun sollte, und sie stellte ein paar Fragen über ihre Zielperson. Jack merkte, dass sie ein wenig enttäuscht war, weil sie eine so kleine Rolle zu spielen hatte, aber sie war dennoch eifrig bei der Sache. Er hatte keinerlei Zweifel, dass sie einen Superjob machen würde.

Als er geendet hatte, fragte sie: »Dieser Anwalt. Halten wir ihn für korrupt?«

Jack dachte kurz darüber nach. »Er weiß definitiv Bescheid, mit welcher Art Geld er arbeitet, und ich glaube nicht, dass er als reiner Kunstliebhaber in die Sache eingestiegen ist. Er ist Berater für diesen Offshore-Trust und leitet Gelder in den Kunsthandel um, wobei völlig aufgeblähte Preise gezahlt werden, entweder als Sicherheitspolster für irgendeinen Russen oder als eine Möglichkeit, schmutziges Geld reinzuwaschen. In dieser Hinsicht kann man ihn deshalb durchaus als korrupt bezeichnen …« Jack ließ den Rest des Satzes in der Luft hängen.

»Aber wir reden von einem Anwalt hier in Luxemburg«, wandte Christine von Langer ein. »Ein Land mit recht undurchsichtigen ethischen Standards.«

»Genau.«

»Ich will offen zu Ihnen sein, Jack. Ich bin vor zwanzig Jahren aus der Firma ausgeschieden und nicht gerade auf dem neuesten technischen Stand.« Sie begann, ein paar Fragen zur Technologie zu stellen, die sie bei der Operation benutzen musste, aber bevor sie sich mit den Details befassen konnten, trat Gavin Biery in das Café. Ryan winkte ihn zu seinem Tisch und machte die beiden miteinander bekannt.

Gavin öffnete sofort seinen Rucksack und holte ein schwarzes Gerät von der Größe eines gebundenen Buchs heraus, mit einem kleinen digitalen Display und ein paar Tasten.

»Das ist ein RFID-Emulator«, erklärte Gavin.

Von Langer blickte sich nervös im Café um. Ryan schob das Gerät rasch in Gavins Rucksack zurück und schloss ihn. »Schon okay, Gavin. Das hat Zeit bis später.«

»Oh … ach so. Sorry.«

Es war ein peinlicher Moment, eher für Christine als für Jack, denn er war daran gewöhnt, dass sich Gavin bei Feldeinsätzen manchmal recht ungeschickt verhielt. Er ging rasch über den Zwischenfall hinweg und sagte: »Wir sind Ihnen für Ihre Unterstützung sehr dankbar, Christine.«

»Ich freue mich, dass ich dabei sein darf. Wenn Ihre …

Organisation auch in der Zukunft meine Hilfe braucht, zögern Sie bitte nicht, mich zu kontaktieren. Mein Mann ist verstorben, und meine Kinder sind längst aus dem Haus. Ich habe zwar meine Hobbys und meinen Zeitvertreib, aber … nichts ist so cool wie das hier.«

Wenig später verließen sie das Café und gingen zu Jacks gemietetem Apartment an der Place de Clairefontaine. Hier durfte Gavin nun endlich sein Gerät auspacken und erklären. Er erläuterte Christine, wie der Scanner funktionierte, aber Jack mischte sich schon bald ein. Gavin würde den ganzen Tag monologisieren, wenn man ihm keine Grenze setzte. Danach erklärte Jack Christine, wie sie den Scanner am besten einsetzen sollte, um die Informationen von Friedens Zutrittsausweis zu kopieren. Dazu musste sie allerdings in die unmittelbare Nähe von Friedens Zutrittskarte gelangen – genau gesagt: in höchstens 30 Zentimeter Entfernung – und sich dort mindestens drei Sekunden lang aufhalten, um der kleinen, omnidirektionalen Antenne des Scanners genug Zeit zu geben, die codierten Informationen vom Transponderchip auf Friedens Zutrittskarte abzugreifen.

Nachdem sie die technischen und physischen Aspekte des Jobs besprochen hatten, wandten sich Jack und Christine der nächsten Aufgabe zu: eine Legende für Christine zu entwickeln, die Frieden aufregend genug finden würde, um sich mit ihr treffen zu wollen. Sie sollte ihm die Story auftischen, dass sie plane, ein Offshore-Konto einzurichten und dass sie einen Anwalt suche, der die Sache managen solle. Frieden vertrat häufig Klienten mit derartigen Anliegen, wie Jack bei seinen Recherchen über den Mann herausgefunden hatte, weshalb beide glaubten, dass Frieden sehr daran interessiert sein würde, eine Klientin wie Christine von Langer in sein Portfolio aufzunehmen, obwohl er durch seine Geschäfte mit einem russischen Oligarchen schon eine Menge Kohle machte.

Ein Anruf in Guy Friedens Büro am nächsten Morgen brachte Christine eine Einladung zum Kaffee am selben Nachmittag ein. Sie trafen sich wie vereinbart und setzten sich an einen Tisch im Freien. Christine legte ihre Tasche mit dem Scanner auf den Tisch, während sie ihm eine beeindruckende Geschichte erzählte. Darin ging es um den fiesen Plan einer angeblichen Halbschwester, mithilfe amerikanischer Gerichte einen Teil von Christines Vermögen in Europa an sich zu reißen. Ein Immobilienhandel zwischen den beiden Schwestern sei schiefgelaufen, erklärte Christine, und ihre Halbschwester wolle die Sache durch ihre Anwälte vor deutsche Gerichte bringen lassen, um ihre Ansprüche durchzusetzen.

Der Luxemburger nickte während der ganzen Story immer wieder mit dem nötigen Ernst, der seine professionelle Besorgnis zum Ausdruck bringen sollte. Schließlich versicherte er der reichen Amerikanerin, die Abwehr ungerechtfertigter Ansprüche von lästigen Verwandten sei einer der Gründe gewesen, warum er überhaupt in diese Art von Arbeit eingestiegen sei; derartige Aufgaben seien für ihn als Rechtsanwalt besonders befriedigend. Er schlug vor, einen Treuhandfonds einzurichten; er würde als Treuhänder das Vermögen verwalten, das Christines Ehemann ihr hinterlassen hatte, und die deutschen Gerichte am Zugriff auf die Gelder hindern.

Während Christine an ihrem Kaffee nippte und dem Anwalt zuhörte, ging in ihrer Hermès-Tasche die eigentliche Arbeit vor sich. Der Reader zog die Daten von Friedens Zutrittskarte, als ob dieser sie gerade durch den Kartenleser am Eingang seiner Büroräume ziehen würde, mit dem einzigen Unterschied, dass Christines Kartenleser dies im Geheimen und aus einem etwas größeren Abstand erledigen musste.

Nach dem Kaffee erklärte Christine, sie würde sich bald wieder melden, und ging zu Fuß davon. Sie absolvierte eine 45 Minuten dauernde Gegenobservation, um herauszufinden, ob sie beschattet wurde, und ging dabei auch einmal durch die Eingangshalle des Gare de Luxembourg, wo Jack an einem Stehtisch vor einer Bäckerei einen Espresso trank und nach Personen Ausschau hielt, die Christine beschatteten oder sich über Gebühr für sie interessierten. Aber er bemerkte nichts, was seinen Verdacht erregt hätte.

Wenig später trafen sie sich wieder im Apartment. Christine übergab Gavin das Lesegerät, der bereits seine Ausrüstung auf dem Küchentisch aufgebaut hatte. Jack gab Christine einen Abschiedskuss und dankte ihr noch einmal überschwänglich für ihre Unterstützung, dann setzte er sich an den Tisch und schaute zu, wie sich der IT-Direktor des Campus an die Arbeit machte.

Mit einem SD-Kartenleser extrahierte Gavin die Daten vom Reader und transferierte sie in einen RFID-Kartendrucker. Aus einem Ordner im Campus-Network hatte sich Gavin ein Passfoto von Jack beschafft, das er nun auf die Karte transferierte, zusammen mit dem Namen des Gebäudes und anderen Informationen, die auch auf allen anderen Zutrittskarten gespeichert waren, die die dort arbeitenden Beschäftigten verwendeten.

Schließlich befestigte er die Plastikkarte an einem schwarzen Trageband; auch das Band unterschied sich nicht von den Bändern, die von den Angestellten in dem Bürogebäude verwendet wurden.

Alles in allem brauchte Gavin für den Job weniger als eine halbe Stunde. Er hielt das Band mit der Karte in die Höhe, damit Jack beides genau betrachten konnte.

»Bist du dir denn sicher, dass der Scanner die Karte akzeptieren wird?«

»Hundertprozentig.«

Jack schaute ihn ungläubig an.

»Im Ernst, Ryan, bring mir was Schwierigeres, bevor

du hier Stress machst. Das war doch ein Klacks!« Gavin schob ein elektronisches Gerät über den Tisch, mit dem sich Friedens Bürotür öffnen ließ, und fragte Jack, ob er sich noch daran erinnerte, wie er es benutzen musste.

»Du machst wohl Witze, was?«, fragte Jack. »Du hast mich und die anderen Jungs zwei Tage lang mit diesem Ding üben lassen!«

»Und das zahlt sich jetzt aus«, sagte Gavin in befriedigtem Ton. Er reichte Jack einen vollkommen unauffälligen USB-Stick. »Das hier ist dein Remote Administration Tool. Es funktioniert genau wie das Fernwartungsprogramm, das Ysabel in Rom verwendet hat. Du steckst den Stick in einen Port an irgendeinem Netzwerkgerät in seinem Büro, wartest neunzehneinhalb Sekunden, bis das Programm hochgeladen wurde, dann ziehst du es wieder heraus. Und damit bist du dann auch schon fertig. Um den Rest kümmere ich mich durch Fernzugriff.«

Über Gavins Anweisung, neunzehneinhalb Sekunden zu warten, hatten sich Jack und Ysabel schon in Rom amüsiert. Beide waren der Meinung gewesen, dass die ersten neunzehn Sekunden ziemlich schnell vergingen, aber die letzte halbe Sekunde eine gefühlte Ewigkeit gedauert habe.

Gavin flog am selben Nachmittag mit einem Linienflugzeug nach D. C. zurück. Jack verbrachte den Abend in einem nahe gelegenen Fitnesscenter, um den Schaden zu reparieren, den all das Essen und Trinken mit Ysabel und die unzähligen tatenlosen Stunden seinem Körper in den letzten Wochen zugefügt hatten.

Am nächsten Morgen um elf Uhr stand Jack auf der Straße, fünf Stockwerke unter seinem gemieteten Büro, und beobachtete Guy Frieden, der zusammen mit seiner Sekretärin das Bürogebäude verließ, genau wie an den vorangegangenen vier Tagen. Er wusste inzwischen, dass die beiden nur zu einem Café gingen, das um die Ecke in der Fußgängerzone lag. Kaum waren sie in der Grand Rue verschwunden, als Jack über die Straße ging, mit entschlossenem Schritt, als würde er jeden Tag diesen Weg gehen.

Er trug einen grauen Anzug, darüber einen braunen Fendi-Wollmantel, und hatte eine schwarze Tumi-Businesstasche aus Leder bei sich. Sein Bart war sauber getrimmt, und er hatte eine Tom-Ford-Klarglasbrille ohne optische Korrektur aufgesetzt, um professioneller auszusehen.

Im Gebäude ging er geradewegs zum Kartenlesegerät und schwenkte die Karte, die Gavin für ihn programmiert hatte, wobei er das Gesicht von der Überwachungskamera abwandte, die jeden Besucher aufzeichnete. Eine grün aufleuchtende Diode besagte, dass das Drehkreuztor freigegeben wurde. Er schob sich hindurch und ging zu den Aufzügen, achtete aber immer darauf, ausgesprochen entspannt und normal zu wirken.

Auf dem fünften Stock angekommen, ging er an einem Dutzend verschiedener Büros vorbei, meistens Privatbankiers oder Anwälte, bis er zu einer Tür kam, an der ein goldenes Namensschild mit der Aufschrift *Guy Frieden, Avocat* prangte. Jack ging weiter bis zum Ende des Flurs, drehte sich um und ging zu Friedens Bürotür zurück. Erst als er sich sicher war, dass niemand kam, zog er eine kleine weiße Box von der Größe eines Packs Spielkarten aus der Tasche und hielt sie direkt neben das Kartenlesegerät an Friedens Tür. Automatisch begann das Gerät, die Daten vom Lesegerät zu kopieren und zu decodieren.

Das war eine der genialen Erfindungen, die vom Campus-Team entwickelt worden waren. Jack wusste, dass es nicht immer funktionierte, aber Gavin und seine Leute hatten vorab die Protokolle der Sicherheitsschlösser recherchiert, die in diesem Gebäude verwendet wurden, und Gavin hatte ihm versichert, dass es funktionieren würde.

Wie üblich dauerte es ein bisschen länger, als Gavin angekündigt hatte, aber, ebenfalls wie üblich, es funktionierte wie versprochen. 13 Sekunden, nachdem Jack den Decoder neben den Kartenleser gehalten hatte, ging die Tür auf.

Friedens Büroräume waren dunkel und still. Jack warf zuerst einen Blick auf seinen Beobachtungspunkt auf der anderen Straßenseite, dann eilte er zu dem Computer auf dem Schreibtisch und steckte den USB-Stick mit dem Remote Administration Tool in einen Port. Er startete das Programm mit einer einzigen Mausbewegung auf dem Tisch und wartete, bis es seine Zaubertricks ausgeführt hatte.

Das gab ihm ein paar Sekunden, um ein wenig herumzuschnüffeln. Zuerst zog er die Schubladen an Friedens Schreibtisch auf. Er entdeckte nichts, das ihm besonders interessant erschienen wäre, deshalb ging er in das Vorzimmer zurück, um auch den Schreibtisch der Sekretärin zu durchsuchen.

Auf deren Tisch entdeckte er einen Schreibunterlagen-Kalender. Er zog das Smartphone aus der Tasche und fotografierte ihre handschriftlichen Notizen auf der Seite. An jedem einzelnen Tag waren irgendwelche Notizen eingetragen, doch alle auf deutsch.

Er überprüfte auch den folgenden Monat, aber dieses Blatt war vollkommen leer, wie auch die übrigen Kalenderblätter des Jahres.

Jack nahm an, dass die Sekretärin am Monatsanfang sämtliche Termine von dem Computerprogramm, das sie für die Terminplanung benutzte, von Hand auf ihren Unterlagenkalender übertrug, um sie schneller parat zu haben. Das bedeutete, dass er nur einen sehr begrenzten Einblick in Friedens Terminlage erhielt, aber immerhin enthielt die Kalenderunterlage genug Notizen, sodass er sich wohl damit zufriedengeben musste.

Er gab dem RAT eine volle Minute, um seine Sache durchzuziehen, mehr als dreimal so lange, als das Gerät Gavin zufolge brauchte, um sich zu installieren, aber Jack dachte, dass ein wenig mehr Zeit nicht schaden konnte.

Sieben Minuten nachdem er das Gebäude betreten hatte, trat er wieder auf die Straße hinaus. Er bezweifelte, dass Frieden überhaupt schon seinen Espresso getrunken hatte. Jack kehrte in sein winziges Büro im fünften Stock zurück und rief Gavin an. Der versprach, sich sofort an die Arbeit zu machen und das System zu hacken.

Danach rief Jack Clark an, um ihn, wie abgemacht, zu benachrichtigen, dass er wieder von Friedens Büro zurück war. Das kam ihm zwar ein bisschen einfältig vor – so ungefähr, als würde er seine Mum anrufen, um ihr zu sagen, dass er sicher wieder nach Hause zurückgekehrt sei –, aber Clark hatte darauf bestanden. Jack wusste, dass Clark immer eine gewisse innere Unruhe verspürte, wenn einer seiner Leute allein und ohne Back-up im Feld operieren musste, selbst wenn es um einen so wenig riskanten Einsatz ging wie hier im nüchternen, ernsten Luxemburg.

24

EINEN MONAT ZUVOR

Andrej Limonow hatte angenommen, dass seine nächste Besprechung mit Wolodin im Kreml stattfinden würde, und war daher überrascht, als der Wagen, der ihn zur vereinbarten Zeit von seinem Apartment abholte, ihn nicht zum Kreml, sondern nach Westen, zu Wolodins Amtssitz Nowo-Ogarjowo brachte, einem im neugotischen Stil errichteten palastähnlichen Anwesen.

Wolodin war berüchtigt für seine spätnächtlichen Besprechungen, die er oft in seiner Arbeitsresidenz im Senatspalast des Kremls anberaumte, oder sogar in den Salons des Großen Kreml-Palasts, die normalerweise repräsentativen Funktionen vorbehalten waren. Seit Wolodin an der Macht war, fanden daher Besprechungen nur noch selten in Nowo-Ogarjowo statt. Aber Limonow hatte von seinen Kontakten im Wirtschaftsministerium erfahren, dass der Präsident in den letzten Monaten viele frühere Gewohnheiten aufgegeben habe, sodass sie den Eindruck hatten, dass er im Blick auf die Leute in seiner Umgebung geradezu paranoid geworden sei. Natürlich wusste Limonow nichts aus erster Hand, aber er konnte sich durchaus vorstellen, dass der Kreml selbst für den Präsidenten tatsächlich zu einem schwierigen Arbeitsumfeld geworden war, seit die russische Wirtschaft ihre Talfahrt begonnen hatte und die militärischen

Operationen im letzten Jahr nicht besonders erfolgreich verlaufen waren.

Der Investmentmanager war kein Trottel. Er hatte keinerlei Zweifel, dass seine Aufgabe, Wolodins geheimes Vermögen in Sicherheit zu bringen, direkt mit dem wachsenden Misstrauen des Präsidenten gegenüber seiner Umgebung zusammenhing.

Limonow unterzog sich den Sicherheitskontrollen mit Sicherheitsschleuse und biometrischem Scanner. Seine Business-Laptoptasche wurde durchsucht, dann führte man ihn in das Gebäude. Ein paar Minuten später saß er allein in einem kunstvoll verzierten Salon, der als Wartezimmer diente, und blickte durch das Fenster auf einen weitläufigen Rasen hinaus. Müßig beobachtete er zwei Wärter, die mit einem Schäferhund auf der Zufahrt patrouillierten. Außerhalb der Mauern des Anwesens, vor dem Waldrand auf einem Hügel, entdeckte er eine lange Reihe von Scheinwerfern.

Limonow dachte erneut über seinen Plan nach und ging alle Einzelheiten noch einmal durch, schließlich war ihm bewusst, dass dies die letzte Gelegenheit sein würde, bevor er dem Präsidenten seine Überlegungen präsentieren musste. Besonders intensiv beschäftigte er sich mit der Umsetzung des Plans; immer wieder sagte er sich, dass sie so narrensicher war, wie sie nur sein konnte.

Walerij Wolodin trat mit schnellen Schritten und entschlossener, ernster Miene ein und fasste Limonow ins Auge, als wollte er ihn angreifen. Kein Wort der Entschuldigung für die Verspätung, aber das hatte Limonow auch nicht erwartet.

Wolodin kam sofort zur Sache. »Als wir uns zuletzt begegneten, haben Sie sich bereit erklärt, einen Plan zu entwickeln, um meine Holdings irgendwohin außerhalb des etablierten Netzwerks auf sichere Konten zu verlagern. Die Konten sollen nicht nur für alle Leute im Westen unsichtbar bleiben, die danach suchen, sondern auch für Leute hier im Inland, die nicht unbedingt meine Interessen im Blick haben.«

»Ja, Herr Präsident. Ich glaube, dass ich eine unfehlbare Strategie entwickelt habe, um Ihre Gelder von den bestehenden Konten abzuziehen, wo sie von den Revisoren des FSB überwacht werden könnten und wo außerdem mehrere Leute Zugang zu Informationen haben, die sie an den FSB weiterleiten könnten. Wir werden das Vermögen über ein Netzwerk von Unternehmen, Banken, Trusts und Zweckgesellschaften, sogenannten Special Purpose Entities, leiten, um vorab die Verschiebungsaktion zu verschleiern und es dann … urplötzlich … ganz verschwinden zu lassen.«

Wolodin schüttelte den Kopf. »Sie haben nicht ganz verstanden, worum es geht, Limonow. Ich will doch gar nicht, dass mein Geld verschwindet!«

»Natürlich nicht, und es wird auch wieder auftauchen, aber nur für Sie selbst sichtbar sein, und es wird mit der ganzen Kette von Kapitalbewegungen, die wir durchgeführt haben, nicht mehr in Verbindung gebracht werden können. Dieses Geld existierte, dann hörte es auf zu existieren. Und dann, wic durch ein Wunder, wird auf verschiedenen Konten überall auf der Welt neues Geld auftauchen, von dem nur Sie etwas wissen.«

»Sie haben meine volle Aufmerksamkeit, Andrej Iwanowitsch.«

»Der Plan dreht sich um eine Kryptowährung. Bitcoin. Sind Sie mit dem Begriff vertraut?«

»Ich bin mit dem Begriff vertraut, aber nicht so gut, dass ich Ihnen dafür acht Milliarden Dollar anvertraue. Aber reden Sie erst mal weiter.«

»Wenn ich Ihr Geld von den derzeitigen Konten abziehe, werde ich es erst einmal durch eine Reihe von Tarnfirmen leiten. Das wird jeden, der die Transaktion der

Gelder nachverfolgt, eine Zeit lang aufhalten. Dann werde ich damit digitale Währung aufkaufen, die nicht aufspürbar ist. Sobald wir die digitale Währung besitzen, werden wir sie für den Aufkauf von Fiatgeld einsetzen, das heißt also für Geld, das von den Zentralbanken geschaffen wird und hinter dem der jeweilige Staat steht. Dieses Geld hat dann überhaupt nichts mehr mit Ihrem ursprünglichen Vermögen zu tun und kann in einer Reihe von Banken auf dem Globus deponiert werden. Und das Schönste daran ist, Herr Präsident, dass niemand weiß, wo sich Ihr Geld befindet, außer Ihnen selbst natürlich.«

»Das ist Ihr *Ziel*. Aber ein Ziel ist nicht dasselbe wie ein Plan. Erklären Sie mir, wie Sie das alles bewerkstelligen wollen.«

Danach redete Andrej Limonow volle zehn Minuten lang, wobei er dem Präsidenten eine Reihe von Grafiken vorlegte, mit denen er seine Erklärungen bildlich verdeutlichte. Als er mit seiner Präsentation fertig war, klopfte Wolodin seine Finger, die er dachförmig gegeneinandergelegt hatte, mehrmals nachdenklich aneinander. Das war eine Angewohnheit, die bei jedem anderen Menschen tiefes Nachdenken signalisiert hätte, aber Wolodin war so voller nervöser Energie, dass die Geste bei ihm einfach nur verrückt aussah.

Schließlich sagte er: »Sie haben einen Mann erwähnt, dessen Unterstützung Sie brauchen, um unser kleines Projekt erfolgreich durchführen zu können – glauben Sie, dass er sich auf diese Sache einlässt und mit Ihnen zusammenarbeitet?«

»Er wäre ein Narr, wenn er es nicht täte – für das, was wir ihm dafür zahlen.«

Wolodin schnaubte. »Solche Narren gibt es viele auf der Welt.«

Die Bemerkung schockierte Limonow ein wenig. Eigentlich hatte er damit gerechnet, die technischen Aspekte seines Plans gegen Wolodins Argumente verteidigen zu müssen, aber doch nicht, ob er einen Mann anheuern dürfe, dem dann für seine Dienste eine aberwitzige Summe gezahlt werden würde, für Dienste wohlgemerkt, die für diesen Mann praktisch Alltagsroutine waren.

Laut sagte er: »Ich brauche den Mann höchstens zwei Wochen lang, keinesfalls mehr. Ich werde ihn lückenlos überwachen, wenn er die Transaktionen durchführt. Er wird das in kleinen Raten tun, nur ein paar Millionen auf einmal, damit wir nicht unerwünschte Aufmerksamkeit erregen. Er ist Geschäftsmann, und diese Dinge gehören zu seinem Job. Der einzige Unterschied zu seinen normalen Transaktionen besteht darin, dass ich anwesend sein muss, wenn er für uns arbeitet. Es geht hier um Größenordnungen, mit denen er noch nie zu tun hatte. Wir zahlen ihn gut dafür, dass er von seinen normalen Geschäftsgepflogenheiten abweicht.«

»Andrej Iwanowitsch«, sagte Wolodin. »Ich sehe voraus, dass die Sache schwieriger wird, als Sie erwarten. Es ist durchaus möglich, dass gewisse Leute Informationen einfordern, die sie nicht zu haben brauchen. Andere könnten etwas über Sie und Ihren Klienten herausfinden. Ich darf nicht zulassen, dass das passiert.« Bevor Limonow antworten konnte, fragte der Präsident: »Kennen Sie einen Mann namens Wlad Koslow?«

In Limonows Magen begann es plötzlich zu brodeln. Mit brüchiger Stimme antwortete er: »Der Name ist mir bekannt.«

Wolodin drückte auf einen Knopf auf seinem Schreibtisch. »Schicken Sie ihn herein.«

Limonow drehte sich zur Tür um. Sein Herz schlug bis zum Hals.

Der wahre Grund, warum sich Limonow geweigert hatte, für den FSB zu arbeiten, waren Menschen wie Wladimir Iwanowitsch Koslow. Er hatte den Mann zwar nie persönlich kennengelernt und wusste auch nicht, wie er aussah, aber der Name Wlad Koslow war ihm von ein paar Freunden in der Bankerszene zugeflüstert worden, die für die Regierung arbeiteten. Als der Mann nun eintrat und näher kam, fühlte sich Limonow plötzlich klein und schwach. Der Neuankömmling war groß und athletisch gebaut, hatte graues Haar, das so kurz geschnitten war, dass es wie eine Borstenfrisur aussah. Er war 49 Jahre alt und hatte ein überraschend gutes Stilgefühl. Anzug und Krawatte ließen ihn wie einen Kreml-Funktionär aussehen, aber Andrej Limonow wusste, wer und was dieser Mann war, der da auf ihn zukam.

Koslow war ein früherer operativer Agent des FSB. Seine Schlauheit und Rücksichtslosigkeit waren berüchtigt, und er galt als ungewöhnlich kalt.

Das war kein Mann, der selbst auf den Abzug drückte, längst nicht mehr. Aber Wlad Koslow war der Typ Mann, der für den Tod vieler Menschen verantwortlich war – auf beiden Seiten.

Früher hatte er beim Inlandssicherheitsdienst gearbeitet, aber dann hatte der Mann, der Limonow gegenübersaß, im Kreml die Macht übernommen. Koslow war sofort beim Geheimdienst ausgeschieden und in Wolodins persönlichen Dienst getreten. Wenn man gewissen in Moskau umlaufenden Gerüchten glauben konnte, hatte Koslow in den letzten Jahren hier in Moskau die Ermordung mehrerer prominenter Journalisten arrangiert. Sein Name wurde auch mit dem tödlichen Anschlag auf einen bekannten Wolodin-Gegner auf einer Brücke direkt vor den Mauern des Kremls in Verbindung gebracht.

Das alles wusste Limonow nur vom Hörensagen und aus Insidergeschwätz, aber wenn er sich den Mann nun aus der Nähe anschaute, hatte er keinerlei Zweifel daran. Koslow sah aus wie eine Kreuzung zwischen einem Gorilla und einer Schlange.

Limonow stand auf und schüttelte ihm die Hand, und als sich beide gesetzt hatten, schaute er Wolodin fragend an. »Ich verstehe nicht ganz …?«

Wolodin nickte. »Und genau darum wird Wlad bei dieser Angelegenheit Ihr Führer sein. Er arbeitet eigentlich für Grankin im Sicherheitsrat, aber ich habe ihn für mich persönlich abordnen lassen. Sie sind ein privater Finanzmanager. Er wird Sie unterstützen; er ist, sagen wir mal, Ihr Prozessbegleiter. Wenn Sie *etwas* brauchen, wird er es Ihnen beschaffen. Wenn Sie *jemanden* brauchen, wird er ihn oder sie zu Ihnen bringen. Und wenn Sie in Schwierigkeiten geraten, wird er Sie am Arm nehmen und herausholen.«

»Mit allem Respekt, aber mit welchen Schwierigkeiten rechnen Sie? Ich werde ein geschäftliches Netzwerk aufbauen, ich werde digitale Währung erwerben und werde ein paar Überseekonten einrichten. Diese Dinge mache ich seit vielen Jahren, und dabei habe ich noch nie einen Führer gebraucht.«

»Es wird Leute hier in Russland geben, die nicht zulassen wollen, dass Sie Vermögen verlagern, und Leute im Ausland, die Informationen fordern, die Sie nicht geben dürfen. Es liegt in der menschlichen Natur, dass man manchmal einen gewissen Druck anwenden muss, um das Ergebnis im gewünschten Sinne zu beeinflussen.«

Limonow warf einen kurzen Seitenblick auf den Mann, der neben ihm saß. Koslow hielt den Blick unverwandt geradeaus auf seinen Präsidenten gerichtet. »Darf ich fragen, ob Herr Koslow auch für meine Bewachung zuständig ist? Um den Druck, den Sie erwähnen, auch auf mich anzuwenden, damit ich das tue, was ich tun soll?«

Wolodin antwortete ungerührt: »Ich ziehe es vor, zwei Männern teilweise zu vertrauen, als einem Mann völlig.«

Danach sagte er nichts mehr. Limonow rang mit sich selbst, ob er nach dieser Bemerkung gegen das Arrangement protestieren sollte. Aber er saß nun einmal mit Wolodin und Koslow an einem Tisch und entschied ziemlich schnell, dass es wohl besser sei, den Mund zu halten.

Trotzdem rutschte ihm noch eine Frage heraus.

»Was ist, wenn *mir* etwas passiert?«

»Was zum Beispiel?«, erkundigte sich Wolodin.

Zum Beispiel, dass Sie Ihrem Mann befehlen, mir die Kehle durchzuschneiden, sobald ich Ihre Auslandskonten eingerichtet habe, dachte Limonow. Laut sagte er: »Ich erfülle meinen Teil der Vereinbarung und habe dann plötzlich einen Unfall.«

»Glauben Sie denn, in jeder dunklen Ecke lauert ein Monster auf Sie, Limonow?«

Der junge Finanzmakler gab keine Antwort.

Wolodin zuckte die Schultern. »Wenn Sie kein Vertrauen in unsere Abmachung haben, kann auch ich mich nicht darauf verlassen, dass Sie Ihren Teil erfüllen, oder? Ich werde Ihnen zahlen, was ich Ihnen zugesichert habe, und Sie haben einen Job fürs Leben.«

Limonow wusste genau, was der Präsident damit sagen wollte. Er, Limonow, würde alles über Wolodins Geld wissen. Und er würde es immer wissen, solange er lebte.

»Mir ist natürlich klar, dass Sie mich umbringen lassen könnten.«

»Und mir ist klar, dass Sie mich im Falle Ihres vorzeitigen Todes vernichten könnten. Ich vermute, Sie denken schon jetzt über Ihr Dossier nach.«

»Mein *was?*«

»Die Geheimakte, irgendwo an einem sicheren Ort verwahrt, aber mit irgendeinem geheimen Arrangement, wie sie an die Öffentlichkeit gelangt. Sie sterben, oder Sie werden bedroht, und schon erfahren meine Feinde die Nummern meiner Geheimkonten.«

Außerhalb des Zimmers tickte irgendwo eine Uhr.

»Das würde ich niemals tun.«

»*Ich* schon«, antwortete Wolodin gelassen.

Das trug nicht sonderlich zu Limonows Beruhigung über das Arrangement bei, aber er ging nicht weiter darauf ein. Stattdessen sagte er: »Ich werde nach London umsiedeln müssen. Ich brauche ein Büro in einer anderen Stadt, um sicher zu sein, dass ich nicht vom FSB überwacht werde.«

Wolodin sagte gleichmütig: »Sie glauben doch nicht etwa, ich könnte Sie in London nicht erreichen?«

Limonow schüttelte den Kopf. »Natürlich können Sie das. Aber es wäre für Sie doch ein Ärgernis. Ich habe vor, Sie mit meiner Arbeit absolut zufriedenzustellen, und ich rechne damit, dass Sie mir in den kommenden Jahren absolut vertrauen. Ich bitte nur darum, dass Sie mir Schutz zusichern.«

Das war eine schlaue Forderung, vor allem angesichts der Tatsache, dass sich Andrej Limonow in diesem Moment vor Angst schier in die Hose schiss, aber der Präsident dachte lange schweigend darüber nach und ließ die Spannung so weit ansteigen, dass Limonow fast so weit war zu sagen, er solle die Sache vergessen. Doch dann lächelte Wolodin. »Ich hoffe nur, dass Sie mit meinem Geld genauso clever umgehen, wie Sie über dieses Arrangement nachgedacht haben.«

»Ihr Geld wird von dem Moment an sicherer als bisher angelegt sein, in dem wir unser Abkommen mit Handschlag besiegeln, Herr Präsident.«

Eine Minute später fand sich Limonow draußen im Vorraum wieder, wo ihn Koslow noch kurz aufhielt.

»Herr Limonow, der Präsident hat mir erklärt, wie wichtig Ihre Aufgabe ist. Sie dürfen damit rechnen, dass ich Ihnen während des ganzen Prozesses zur Seite stehe.«

Limonow konnte sein Unbehagen nicht verbergen. »Gut, gut. Aber …« Er suchte nach den richtigen Worten.

Koslow sprang hilfsbereit ein. »Sie haben natürlich das Kommando. Ich bin als Problemlöser dabei. Nichts anderes. Werden wir schon bald abreisen?«

Wir? Limonows Unbehagen nahm noch weiter zu. »Ich werde zuerst das Büro in London einrichten. Dann werde ich mit den Vorbereitungen für den Aufbau des Netzwerks beginnen. Das wird ein paar Wochen dauern. Solange die gesamte Struktur nicht einsatzbereit ist, wird kein einziger Rubel fließen. Es gibt Banker und Anwälte und Beamte in den Finanzaufsichtsbehörden auf der ganzen Welt, mit denen ich sprechen muss. Ich kenne einen Mann in Luxemburg, der mich mit dem Bitcoin-Experten zusammenbringen kann. Ich glaube wirklich nicht, dass es nötig ist, dass Sie …«

»Ich werde Sie begleiten. Diese Männer, die Sie erwähnt haben. Kennen Sie diese Leute bereits?«

»Manche von ihnen, ja.«

»Dann suchen Sie andere. Wolodin will nicht, dass Sie bereits bestehende Netzwerke benutzen.«

»Aber …«

»In dieser Hinsicht war er absolut unmissverständlich. Aber ich kann ihn natürlich noch einmal fragen, wenn Sie an seinem Plan Zweifel haben. Mal sehen, was er dazu sagt.«

»Nein … nein, lassen Sie nur. Ich brauche nur etwas mehr Zeit, um die passenden Ersatzleute zu finden, aber ich werde jedenfalls sofort nach London abreisen.«

»Natürlich«, nickte Koslow. »Ich packe meinen Koffer. Ich werde morgen zu Ihnen in Ihr Büro kommen. Dort werden wir die logistischen Fragen durchsprechen, die Ihr Plan aufwirft, und ich werde warten, bis Sie bereit zur Abreise sind.«

Limonow betrachtete den Mann mit gerunzelter Stirn. Er hätte Koslow gern gefragt, warum er glaubte, tagelang in seinem Büro sitzen zu müssen, aber er ließ es bleiben.

Ihm war inzwischen klar geworden, dass der Ex-FSB-Mann Bestandteil des Deals war. Das musste er einfach akzeptieren und durfte sich nicht weiter dagegen auflehnen.

Und noch etwas war ihm klar geworden: Natürlich hätte er sich denken müssen, dass er für 120 Millionen Dollar auch ein paar Haare in der Suppe finden würde.

25

GEGENWART

Jack Ryan junior fuhr aus dem Tiefschlaf hoch. Es dauerte ein paar Sekunden, bis ihm klar wurde, dass sein Smartphone auf dem Nachttisch dudelte. So benommen, wie er sich fühlte, musste es noch sehr früh am Morgen sein, und das wiederum ließ ihn vermuten, dass er genau wusste, wer da anrief. Schon beim Schlafengehen hatte er geahnt, dass er wohl schon bald aus dem Tiefschlaf gerissen würde: Der IT-Direktor des Campus hatte sicherlich Guy Friedens Netzwerk gehackt, und Jack hatte keinerlei Zweifel, dass Gavin die Sache schnell genug erledigen würde, um ihn zu dieser nachtschlafenden Stunde anzurufen.

Müde meldete er sich. »Morgen, Gavin. Zehn Uhr abends bei euch, wie ich sehe.«

»Zehn Uhr fünf. Aber ich wollte dich nicht vor vier Uhr morgens bei euch da drüben aus dem Bett holen.«

»Danke für die fünf Minuten Aufschub«, sagte Jack sarkastisch. »Bist du in Friedens Netzwerk hineingekommen?«

»Die Entschlüsselung der einzelnen Dateien dauert noch ein bisschen, aber ich habe es geschafft, seine Kontaktliste zu knacken und auch seinen Kalender. Diese Anwendungen waren nicht so gut gesichert wie die Dateien, die hat er nämlich unter speziellen Protokollen gespeichert, um das Vertrauensverhältnis zwischen ihm als

Anwalt und dem Klienten zu wahren. Aber ich dachte, ich informiere dich über das, was ich bisher gefunden habe, damit du schon jetzt etwas in den Händen hast.«

Jack rollte sich aus dem Bett. Muskelkater überall vom harten Training am Vorabend. »Großartig. Ich bin an allen Leuten interessiert, mit denen er in den letzten sechs Monaten Kontakt hatte – über Telefon, E-Mail oder Instant Messages.«

»Schon erledigt. Das sind eine Menge Leute, Jack. Willst du wissen, wie viele?«

»Sag's mir.«

»Eintausendzweihundertachtundachtzig.«

Jack rieb die müden Augen. »Machst du Witze?«

»Der Junge kommt eben rum.«

Ryan seufzte. »Konzentrieren wir uns zuerst auf die Kontakte mit slawischen Namen. Kannst du die herausfiltern?«

»Schon erledigt.«

»Wie viele?«

»Hundertvierzehn.«

»Verdammt.« Ryan seufzte. »Aber gut, das ist schon besser. Kannst du sie mir schicken? Ich kann eine Analyse durchführen, mal sehen, ob uns bestimmte Muster ins Auge springen.«

»Die Liste liegt schon in deinem Postfach. Wird noch ein paar Tage dauern, um tiefer in Friedens Netzwerk einzudringen.«

»Ehrlich, die Kontaktliste ist das wichtigste Puzzleteilchen. In den Dateien werden wir vermutlich ein riesiges Labyrinth von Briefkastenfirmen, Offshore-Beteiligungen und anderen Möglichkeiten finden, mit denen er seine Klienten und ihre Beziehungen zueinander verschleiert. Wenn wir die Daten entschlüsseln, werden wir bestimmt nur auf eine weitere Verschlüsselungsebene stoßen. Ich fange erst einmal mit den Kontakten an und warte auf das, was du noch finden wirst, wann immer das ist.«

»Okay. Genieße deinen Schönheitsschlaf.« Gavin legte auf.

Ryan stand auf und ging unter die Dusche, denn ihm war klar, dass er jetzt nicht mehr einfach weiterschlafen konnte. Zwanzig Minuten später saß er am Schreibtisch, einen Becher heißen Kaffee in der Hand, und scrollte durch die Excel-Datei der 1288 Kontakte. Nach einer ersten flüchtigen Durchsicht rief er Gavins Registerkarte mit den slawischen Namen auf. Manche Namen kannte er; das waren die üblichen Verdächtigen – Banker, Investmentmanager, Ökonomen, die irgendwie mit dem Kreml verbandelt waren –, aber achtzig Prozent der Namen sagten ihm nichts.

Er lud sie alle in ein Computerprogramm, mit dem er eine Daten- und Link-Analyse durchführen konnte. Damit konnte er ihre Beziehungen zueinander untersuchen und ihre Daten mit anderen Quellen abgleichen, die der Campus in einer eigenen Datenbank für russische Geldwäscher erfasst hatte.

Die Ergebnisse der Analyse zeigten, dass Guy Frieden ein ausgesprochen vielbeschäftigter Mann war. Er war mit einer großen Zahl von Akteuren im öffentlich sichtbaren Bereich des Offshore-Banking sehr gut vernetzt. Trotzdem war Jack enttäuscht. Aus den Verbindungen, die Frieden unterhielt, wurde deutlich, dass er nur über Kontakte auf der mittleren Ebene verfügte. In seiner Kontaktliste fand sich kein einziger großer Fisch, nicht einmal der Sekretär, der Anwalt oder auch nur der Assistent des Finanzvorstands eines der großen Staatskonzerne Russlands. Nein – Friedens russische Kontakte waren ausschließlich Geldjongleure der zweiten Garde – Arbeiterbienen.

Aber ganz sicher keine Kremlbonzen.

Frustriert machte sich Jack daran, die slawischen Namen zu überprüfen, die ihm nicht bekannt waren. Vielleicht fand er hier jemanden, der irgendwie durch die

Linkanalyse gerutscht war. Er überprüfte auch die Grafiken, die die Beziehungen zwischen verschiedenen Personen bildlich darstellten – und dabei stieß er sofort auf etwas Merkwürdiges. Fast jede einzelne Person hatte mindestens vier oder fünf Beziehungen zu jemand andres in der Gruppe, aber ein Name hob sich von allen anderen ab. Zu diesem Namen führte keine einzige Linie.

Der Name *Andrej Limonow* stand ganz für sich allein wie eine kleine Insel am Rand der Grafik.

Ryan wusste nichts über diesen Limonow, und schon das war seltsam.

Wer immer dieser Typ sein mochte, er hatte es jedenfalls geschafft, seinen Namen aus den Listen der berüchtigtsten russischen Finanzjongleure herauszuhalten, und schon diese Tatsache allein war bemerkenswert.

Ryan rief den SPARK-Interfaxdienst auf, eine russische Datenbank, die Informationen über Tausende russische Unternehmen und Hunderttausende russische Geschäftsleute enthielt. Andrej Limonow ergab eine beachtliche Zahl von Treffern, aber das war nicht weiter erstaunlich, da der Name in Russland keineswegs selten war. Jack recherchierte weiter.

Nach einer Weile folgerte er, dass der Mann in Guy Friedens Kontaktliste derselbe Andrej Limonow sein musste, der eine Firma namens Blackmore Capital Partners leitete, eine Private-Equity-Firma mit Sitz in Moskau. Der unübersehbar britisch klingende Firmenname war wohl ein bisschen Großtuerei, dachte Jack.

Als Nächstes durchsuchte Ryan eine Datenbank russischer Tageszeitungen und Magazine, um mehr über Limonow herauszufinden, wobei er eine automatische Übersetzungssoftware benutzte, die zwar in keiner Weise an einen menschlichen Übersetzer herankam, aber doch wenigstens grundlegende Informationen liefern konnte, sofern sie überhaupt vorhanden waren.

Aber hier fand er nichts. Der Mann schien weder in gesellschaftlichen Kreisen noch in den russischen Medien zu existieren.

Hilfreicher erwies sich eine weitere Datenbank, die Ryan aufrief. Sie enthielt Daten über die Absolventen von Business Schools auf der ganzen Welt. Hier entdeckte er, dass Limonow mit Auszeichnung von der Business School der staatlichen Lomonossow-Universität in Moskau abgegangen war. Bald darauf hatte er an der Graduate School of Management der Universität Sankt Petersburg einen Abschluss erworben. Aus dem Datum des Diploms folgerte Ryan, dass Limonow wahrscheinlich Mitte dreißig sein musste, und aus SPARK entnahm er die Information, dass Blackmore Capital Partners schon vor zehn Jahren gegründet worden war.

Beeindruckend, dachte Jack. Anscheinend war der Bursche aus der Business School in die globale Finanzwelt marschiert und quasi aus dem Stand Direktor einer Private-Equity-Firma geworden.

Und noch etwas war auffällig bei diesem Limonow. Friedens Terminkalender zufolge hielt sich der Mann hier in Luxemburg auf, zu genau diesem Zeitpunkt. Gestern um 16 Uhr hatte er ein Meeting mit Frieden, und heute um 14 Uhr wollte er sich mit ihm zum Lunch treffen, in einem Restaurant namens La Lorraine, das an der Place d'Armes lag.

Jack wurde klar, dass er Limonow gestern beim Betreten des Bürogebäudes fotografiert haben musste. Er hatte tagsüber Dutzende Fotos aufgenommen, aber wenn dieser Bursche den Termin nicht abgesagt und Friedens Sekretärin dann vergessen hatte, ihn auf ihrem Tischkalender durchzustreichen, müsste Jack eigentlich ein Foto von ihm haben.

Jack ging seine Aufzeichnungen durch. Ja, gestern,

genau um 16 Uhr, hatte Frieden seinen Besprechungsraum betreten.

Allerdings hatte Jack online kein Foto des Russen gefunden, deshalb wusste er nicht, wie der Mann aussah. Trotzdem sah er die Fotos aller Männer durch, die zwischen 15.30 und 16 Uhr das Gebäude betreten hatten. Das waren fast sechzig Fotos. Er betrachtete jedes Foto genau und schloss alle Fotos aus, auf denen kein Mann in den Dreißigern, wahrscheinlich slawischer Herkunft, zu sehen war. Ein paar Männer in blauer Arbeitskleidung hatten das Gebäude betreten, und zwei von ihnen trugen Farbkanister und eine Leiter. Auch diese Fotos wurden ausgeschlossen.

Als er die übrigen Fotos ein zweites Mal durchging, blieben schließlich noch vier Männer übrig. Diese Fotos schickte er Gavin, der sie durch die geheime Datenbank aktenkundiger Gesichter schickte, die vom Justizministerium unterhalten wurde. Die Datenbank hatte sich Gavin bei Interpol herausgepflückt und mit Personendaten des »Five Eyes«-Geheimdienstverbunds (dem neben den USA, Kanada und Großbritannien auch Australien und Neuseeland angehörten) sowie weiteren Open-Source-Mediendateien ergänzt.

Es war noch ein paar Stunden zu früh, um Gavin im Büro in Virginia anzurufen, aber Jack wollte nicht hier im Büro herumsitzen und warten. Er beschloss, zum La Lorraine zu gehen; vielleicht konnte er einen Blick auf Friedens mysteriösen Geschäftspartner werfen, diesen Andrej Limonow. Normalerweise hätte er eine operative Maßnahme wie diese mit John Clark abstimmen müssen, aber Jack glaubte, diesen Verstoß gegen die OPSEC-Regeln rechtfertigen zu können. Er wusste, dass sich an der Place d'Armes ein McDonald's befand – schon seit Monaten hatte er keinen fettigen amerikanischen Cheeseburger mehr gegessen. Und im Campus gab es keine Vorschrift, der zufolge er eine Genehmigung einholen müsse, wenn er zum Mittagessen ging.

Fünf Minuten vor 13 Uhr saß Jack vor dem McDonald's auf der anderen Seite des Platzes, aß einen Big Mac und trank eine Diet Coke. Es war ein kalter Nachmittag, aber er war nicht der Einzige, der im Freien saß. Mindestens ein Dutzend Luxemburger und Touristen saßen an den anderen Tischen, was Jack das beruhigende Gefühl gab, dass seine Beobachtungsposition niemandem auffallen würde.

Kurz vor 13 Uhr betrat Guy Frieden das Restaurant. Er war allein und sah in seinem grauen Anzug und mit dem Lederaktenkoffer ausgesprochen elegant aus. Jack blickte sich auf dem Platz um und hoffte, eine Position zu finden, die dem Treffpunkt näher lag, ihm aber genügend Deckung bieten würde, sah aber nichts, was besser geeignet gewesen wäre.

Zehn Minuten später hielt ein schwarzer Jaguar XF vor dem Lorraine an. Zwei Männer stiegen aus und gingen zum Eingang des Restaurants. Beide trugen dunkle Anzüge; der kleinere Mann hatte schütteres blondes Haar und schien jünger zu sein als der andere, der groß und muskulös gebaut war und einen kurzen militärischen Haarschnitt hatte. Der Jaguar bog nach rechts ab und verließ den Platz, aber Jack konnte keinen Blick auf den Fahrer erhaschen.

Er biss wieder in den Burger, ohne den Blick von den beiden Männern abzuwenden, bis sie im Restaurant verschwunden waren. Noch einmal blickte er sich auf dem Platz um, dann tat er so, als würde er neue Nachrichten auf seinem Smartphone aufrufen, und zog eine Show ab, die jedem Beobachter klarmachen sollte, dass er nur einer der vielen gestressten Bürohengste war, die ein schnelles Mittagessen einnahmen.

Gerade als er das Telefon wieder einstecken wollte,

summte es. John Clarks Name erschien auf dem Display. »Hey, John.«

»Nicht nur, Gerry ist auch da. Wir sind im Besprechungsraum, du bist auf Lautsprecher.«

»Oh … okay. Guten Morgen, Gerry. Hey, wenn es um den Bugatti geht, den ich mit der Firmenkreditkarte gekauft habe, dann kann ich das erklären.«

Gerry Hendley ging auf Jacks lahmen Scherz nicht ein. »Was treiben Sie eigentlich dort drüben, Junge?«

Jack stand auf und entfernte sich aus dem dicht besetzten Restaurantbereich, bis er in einer ruhigen Ecke des Platzes stand, fast zwanzig Meter von allen anderen entfernt. »Ich dachte, das wüssten Sie? Ich observiere hier in Luxemburg einen Anwalt, der zu Grankins Geldwäschesystem gehört.«

»Die Fotos, die Sie Gavin geschickt haben – wer sind diese Leute?«

»Ich wollte, dass er sie durch die Gesichtserkennungsprogramme laufen lässt. Das ist alles. Das wird er Ihnen bestätigen.«

Clark sagte: »Muss er nicht. Er hat sie uns vor ein paar Minuten vorgelegt.«

»Stimmt etwas nicht?«, fragte Jack, zunehmend verwirrt über das Kreuzverhör.

»Jack, Sie suchen nach einem Vermögensverwalter namens Andrej Limonow. Ohne kriminelle Verbindungen.«

»Richtig.«

»Eines der Fotos war interessant. Zwei Männer. Für einen Burschen gab es keine Daten, aber das könnte dieser Limonow sein, weil es auch sonst nirgendwo Fotos von ihm gibt.«

»Okay. Und was ist mit dem anderen Burschen? Wissen Sie, wer er ist?«

»Das wissen wir sehr genau«, antwortete Clark. »Wladimir Koslow.«

Jack sagte der Name nichts. Das war ein bisschen peinlich, weil er sich doch eigentlich mit den Namen in der russischen Finanz- und Investmentwelt gut auskennen sollte, aber beide Männer nicht kannte. »Ist er ein Banker oder so was Ähnliches?«

»Njet«, sagte Clark. »Er ist ein Schlapphut. Jetzt im Kreml, aber Ex-FSB. Aktive operative Maßnahmen.«

Bei dieser Antwort wurde Jack klar, dass er einer großen Sache auf der Spur war, so viel war sicher. Er blickte über den Platz zum Restaurant hinüber; sein Puls ging spürbar schneller. »Na super, verdammt!«

»Nein, Ryan, das ist nicht super!«, sagte Gerry. »Hören Sie, ich freue mich ja, dass Sie da drüben auf die richtige Spur gestoßen sind, aber das ist nicht das erste Gespräch, das wir über Ihre analytische Feldarbeit in Europa führen. Und jedes Mal geben Sie sich größte Mühe zu betonen, dass es keinerlei Anzeichen gebe, dass das organisierte Verbrechen oder der FSB in Ihre Ermittlungen physisch involviert seien.«

»Das stimmte bisher auch. Hört mal, Leute, dieser Limonow hat nichts mit der Arbeit zu tun, die ich in Rom erledigt habe.«

»Aber er steht mit demselben Anwalt in Verbindung, der die Firma etablierte, die die Kunstwerke kaufte!«

»Ja, das ist richtig. Aber ich halte das nur für einen Zufall. Ich kenne die Spieler in Rom – das waren Russen, aber von diesem Limonow war da nichts zu hören und nichts zu sehen. Ich bin mindestens sehr zuversichtlich, wenn nicht sogar absolut sicher, dass Limonow nur zufällig mit dem Anwalt zu tun hat, mit dem auch die Russen verhandelten, die in Rom operierten. Ich habe keine Ahnung, was er nun hier zu suchen hat, aber ich bin auf jeden Fall sehr neugierig, weil er so undurchsichtig ist.«

Clark mischte sich wieder ein. »Na, ich bin auch neugierig, aber Koslow ist nun mal kein Mensch, mit dem man sich anlegen sollte. Der Mann bedeutet Ärger, so einfach ist das. Als russischer Geheimdienstler ist er erst vor drei Jahren identifiziert worden, bei einer Operation hier in Washington. Dann tauchte er plötzlich letztes Jahr in Kiew wieder auf. Und wenn man unserem Link zum CIA SIPRNet glauben darf, steht er im Verdacht, der Drahtzieher bei dem Mordanschlag auf der Brücke vor dem Kreml vor ein paar Monaten gewesen zu sein.«

Jack ließ den Blick noch einmal langsam über den Platz gleiten. Ein Platz mitten im Zentrum hätte kaum ruhiger sein können. Er war sich sicher, dass es hier keinen Grund zur Beunruhigung gab. »Na gut, das ist interessant«, sagte er. »Aber dann frage ich mich, was er mit Limonow zu tun hat. Wird hier Kreml-Geld verschoben?«

»Ich habe keine Ahnung«, gab Clark zu.

Jack dachte kurz darüber nach. »Koslow steht nicht in Friedens Terminkalender, nur Limonow. Sieht so aus, dass er Limonows Reisebegleiter ist. Wenn Limonow tatsächlich Geld verschiebt, hat dieser Ex-FSB-Schläger vielleicht die Aufgabe, Limonow zu beschützen.«

»Mir gefällt immer weniger, dass Sie in die Sache verwickelt sind, Jack«, sagte Gerry.

»Hören Sie, wir sind doch nur ein kleines Team. Noch kleiner, seit Sam ums Leben kam. Aber diese Sache ist wichtig, und ich bin sehr vorsichtig.« Als er das sagte, fiel ihm der Zwischenfall mit dem Fotografen Salvatore in Rom wieder ein. Er hatte es noch nicht über sich gebracht, Clark davon zu erzählen, und jetzt war ganz bestimmt nicht der richtige Moment dafür. Nachdenklich fuhr er fort: »Wenn wir eine Chance bekämen, wenigstens an einen Teil von Wolodins Geld heranzukommen, könnten wir …«

Gerry unterbrach ihn abrupt. »Warten Sie mal – *Wolodins* Geld? Das ist aber ein großer Gedankensprung, Jack!

Wie kommen Sie darauf, dass Limonow für Walerij Wolodin arbeitet?«

Jack zögerte, vielleicht war er zu weit gegangen, um seine Operation zu rechtfertigen. »Ich weiß nicht, ob es so ist. Aber der Mensch, für den er arbeitet, muss ein hohes Tier im Kreml sein, jedenfalls mächtig genug, ihm diesen Wladimir Koslow als Babysitter mitzuschicken.«

Das verschlug Gerry erst einmal die Sprache.

»Denken Sie doch mal darüber nach«, fuhr Jack fort. »Es ist jemand ganz hoch oben im Kreml. Wir haben doch schon eine Menge kleinerer Spieler ausgegraben, die mit den Kreml-Finanzen zu tun haben, aber auf diesen Burschen Limonow sind wir bisher noch nie gestoßen. Er muss für jemanden arbeiten, dessen Vermögen wir noch gar nicht entdeckt haben. Jemand wie Wolodin.«

»Oder einer von fünfzig anderen Burschen mit Verbindungen zum Kreml.«

»Kann sein, aber bei dieser Sache habe ich ein ziemlich starkes Gefühl, dass ich recht habe. Limonows Name taucht nur auf, wenn man im Zusammenhang mit Finanzgeschäften sucht. Er hat keinerlei kriminellen Hintergrund und ist offensichtlich auch nicht irgendein Politiker, sonst wüssten wir längst über ihn Bescheid. Wenn er das ist, was mir meine Analyse sagt, und wenn ich der oberste Kleptokrat wäre, eine ganze Nation beherrschen würde und dringend jemanden bräuchte, der mein Vermögen managt, wäre Limonow genau der Mann, den ich dafür einsetzen würde. Irgendein Finanzmanager, der kein Interesse daran hat, sich einen großen Namen zu machen. Der allen Problemen und auch den Medien aus dem Weg geht, während er still und leise eine Menge Kohle in den Keller schaufelt.«

»Hm«, machte Clark. »Wenn er wirklich so ein heißer Manager ist, wie kommt es dann, dass wir nichts über ihn wissen?«

»Das habe ich mich auch schon gefragt. Aber dann kam mir eine mögliche Erklärung. Man wird nicht berühmt, bloß weil man reich wird. Sondern man wird berühmt, weil man reich wird und den Reichtum dafür nützt, sich Macht zu verschaffen. Wir haben nur die reichen Burschen auf dem Radarschirm, die ihren Reichtum in einen Sitz am Tisch im Kreml umgemünzt haben.«

»Das stimmt wohl.«

»Aber dieser Limonow sitzt nur an seinem eigenen Schreibtisch, gründet Strohfirmen und verschiebt Gelder aus Russland auf irgendwelche Überseekonten.«

»Okay«, sagte Gerry. »Mit Clarks Zustimmung erlauben wir Ihnen, die weiche Observierung von Frieden bis auf Weiteres fortzusetzen. Sie können mit Ihren Analyseinstrumenten alles über Limonow ausgraben, was Sie brauchen, aber ich will auf keinen Fall, dass Sie sich auf der Straße an ihn hängen oder ihm mit dem Auto folgen oder sonst irgendwas Idiotisches unternehmen.«

Jack saß auf der Bank, beobachtete das Restaurant und war drauf und dran, genau das zu tun, was ihm Gerry gerade verboten hatte. Stattdessen stand er auf, warf den Rest des Burgers in einen Abfallbehälter und ging zu seinem Büro zurück. »Das würde mir nicht mal im Traum einfallen, Gerry«, sagte er mit hinterlistigem Grinsen.

26

Der Prinz saß in seiner Mercedes-Limousine, beobachtete müßig die Touristen und Shopper, die auf dem Rodeo Drive vorbeigingen und von denen nicht wenige das Auto mit den dunkel getönten Scheiben anstarrten, in dem er saß. Bestimmt fragten sie sich, welcher Filmstar wohl darin sitzen mochte. Der Gedanke brachte ihn zum Lachen.

Er war kein Filmstar, aber auf dem Planeten gab es keinen Star, der einen dickeren Geldbeutel hatte als er. Der Prinz war Saudi-Arabiens Vizeminister für Erdöl und Bodenschätze, was bedeutete, dass er an zweiter Stelle zu einem der wichtigsten Ämter im Land stand. Außerdem gehörte er dem Haus Saud an, der königlichen Familie, was wiederum bedeutete, dass auch sein persönliches Vermögen fast unschätzbar groß war.

Der Prinz genoss seine Reisen in den Westen, allerdings nicht so sehr wie seine Frau. Shopping bereitete ihr die größte Freude, und ihm gefiel es, wenn er sie glücklich machen konnte, oder jedenfalls hatte er längst begriffen, wie nützlich es auch für ihn war, wenn sie immer glücklich war. Deshalb räumte er ihr immer ein wenig Zeit ein, damit sie einkaufen und dabei eine Menge Geld ausgeben konnte.

Jedes Mal, wenn sie im Ausland waren, gab er ihr mindestens einen vollen Tag, an dem sie durch die Läden und Boutiquen streifen durfte. Sie war im Laufe der Zeit so etwas wie eine Expertin geworden, wenn es darum ging, diese Tage maximal auszunutzen – und sie hatte im Laufe der Zeit schon unzählige Luxusboutiquen in Mailand, Paris, Monaco, Singapur praktisch leer geräumt. Der Prinz fühlte sich dabei wie der Fahrer eines Fluchtfahrzeugs, denn er zog es vor, draußen im Auto auf sie zu warten.

Das zogen auch seine Leibwächter vor.

Er hatte seine Frau vor acht Jahren bei einem Formel-1-Rennen in Abu Dhabi kennengelernt. Sie war Tschechin und hatte damals als Model gearbeitet. Seit dem Tag, an dem sie sich kennengelernt hatten, hatte sie sich größte Mühe gegeben, sein Geld unter die Leute zu bringen. Ihm machte das nichts aus; sie behandelte ihn gut und konnte seinem Vermögen nicht einmal eine winzige Delle zufügen, egal wie viele Taschen, Juwelen, Schuhe und überzüchtete Designerhündchen sie kaufte.

Und sosehr ihr das Shoppen gefiel, gefiel ihr doch etwas anderes noch mehr: für ein paar Tage das Königreich hinter sich zu lassen. Dieser Trip nach Kalifornien erfolgte auf Einladung der amerikanischen Regierung. Es war kein Geheimnis, dass der Onkel des Prinzen, der derzeitige Minister für Erdöl und Bodenschätze, unheilbar an Darmkrebs erkrankt war. Er hatte nicht mehr lange zu leben, und dic Amerikaner hofften, dass die Beziehungen an der Energiemarktfront gleich gut blieben oder vielleicht sogar noch besser würden, wenn der viel jüngere Prinz seinem Onkel nachfolgte. Deshalb luden sie ihn ein, so oft es nur ging, und taten ihr Bestes, ihm und seiner Frau zu beweisen, dass Amerika ein guter Freund der Saudis war – vor allem der saudischen Ölindustrie.

Im Moment allerdings dachte der Prinz nicht an die Arbeit, sondern an seine Frau. Er saß auf dem Rücksitz des Mercedes-Benz 600 S-Guard, einem der teuersten gepanzerten Fahrzeuge der Welt, und blickte durch die Seitenfenster auf den Rodeo Drive in Beverly Hills hinaus. Seine Frau befand sich mit einem ihrer Bodyguards in dem Bulgari-Store, vor dem der Mercedes stand, und er saß mit zwei weiteren Leibwächtern, dem Fahrer und einem seiner Persönlichen Assistenten im Fahrzeug.

Er überlegte gerade, ob er seinen PA bitten sollte, ihr zu texten, sie solle sich beeilen – schließlich war es fast Zeit für das Mittagessen. Aber gerade als er sich an ihn wenden wollte, zirpte sein Smartphone.

»Kannst du schnell reinkommen?«

»Warum?«

Eine Pause. »Ich möchte dir etwas zeigen.«

Der Prinz seufzte vielsagend und wies mit einer Kopfbewegung zur Boutique. »Ich bin gleich wieder zurück.«

Sein Bodyguard, der auf dem Beifahrersitz saß, griff zum Türöffner. »Ich komme mit Ihnen.«

»Nicht nötig.«

Aber der Bodyguard bestand darauf, stieg aus und öffnete dem Prinzen die Tür. Die beiden Männer überquerten den Gehweg.

Der Prinz drückte auf die Taste neben dem Eingang, um die Tür zur Boutique zu entsperren, und als er das Klicken des Sicherheitsschlosses hörte, betrat er den exklusiven Laden. Ohne seine Ungeduld zu verbergen, stieg er zusammen mit dem Bodyguard rasch die wenigen Stufen zur Verkaufsebene hinauf und schaute sich nach seiner Frau um.

Schnell wurde ihm klar, dass der kleine Laden leer war, mit Ausnahme seiner Frau, einem Türwärter in dunklem Anzug und einer großen, attraktiven Verkaufsassistentin, die auf der anderen Seite des Glastresens seiner Frau gegenüberstand.

Die beiden Saudis gingen an dem Sicherheitsmann vorbei, der an der Wand stand.

»Ich hab dir doch gesagt, du kannst kaufen, was du willst«, sagte der Prinz. »Warum muss ich mir das auch noch anschauen?«

Vor ihr lag ein Präsentationstablett mit Halsbändern, das seinen Blick anzog.

Auch sein Bodyguard sprach seine Frau an. »Wo ist Faisal?«

Als sie weder dem Prinzen noch dem Bodyguard antwortete, schaute sie der Prinz zum ersten Mal direkt an und bemerkte, dass ihr Gesicht vor Angst verzerrt war.

»Was ist los?«

Braam Jaeger zog seine Pistole Kaliber .22 mit Schalldämpfer heraus und schoss den Bodyguard des Prinzen in den Hinterkopf, knapp hinter dem Ohr, aus einer Entfernung von einem Meter. Fast gleichzeitig mit dem Knacken des Schusses stürzte der große Mann nach vorn und fiel auf die Knie. Braam trat näher hinter ihn und erschoss den knienden Mann wie bei einer Hinrichtung, und als er die Waffe hob, um sie auf den Prinzen zu richten, sah er, dass sich dieser bereits in seine Richtung drehte, um zur Tür zu fliehen.

Der Prinz warf sich vorwärts, geriet ins Stolpern, als er an Braam vorbeiwollte, und rutschte über den kalten Marmorboden.

Hinter dem gläsernen Verkaufstresen stand Martina Jaeger. Auch sie hielt eine schallgedämpfte 22er-Pistole in der Hand. Sie hatte dem Prinzen von hinten zwischen die Schulterblätter geschossen.

Braam feuerte seine Waffe noch zweimal auf den Prinzen ab, der sich vor ihm auf dem Boden wand, dann drehte er sich um und verließ den Verkaufsraum, um den Eingang zu decken, sollten noch weitere Leibwächter des Prinzen versuchen, in den Laden zu gelangen. Unterwegs schob er die Pistole in das Gürtelholster zurück und zog eine Brügger-&-Thomet-Maschinenpistole aus dem Schulterholster. Hierbei handelte es sich nicht um eine schallgedämpfte Waffe wie die 22er, sondern um eine vollautomatische B&T MP9, die ein viel größeres, schwereres Geschoss vom Kaliber 9 mm abfeuerte und in einem richtigen Schusswechsel gegen mehrere Angreifer viel nützlicher war als die kleine 22er.

Die Frau des Prinzen war auf den Boden gesunken, als die ersten Schüsse fielen, wo sie nun verzweifelt kauerte. »Bitte! Nein!«

Martina ging langsam um den Verkaufstresen herum; sie nahm sich Zeit, ihre High Heels klickten rhythmisch über die Marmorfliesen. Vor dem zitternden Exmodel aus der Tschechischen Republik blieb sie ein paar Sekunden lang stehen und genoss die Angst der Frau.

»Eine kluge Frau wie du weiß wahrscheinlich, dass ich dich töten muss.«

»Nein!«

»Doch. Wir haben uns gerade volle zehn Minuten lang über ein Platinhalsband unterhalten. Ich habe ein auffälliges Gesicht, vielleicht nicht so schön wie deins, aber bestimmt könntest du mich sehr genau beschreiben, wenn ich dich aus dem Laden spazieren lassen würde.«

»Ich sage nichts, ich schwöre!«

»Aber ich habe auch gesehen, wie du meinen Bruder angeschaut hast, als du in den Laden kamst. Du wolltest ihn haben. Schade, dass das nicht passieren wird.« Sie lächelte kalt. »Das hätte ich wirklich gern gesehen.«

»Ich sage nichts, niemandem!«

Martina stieß die Mündung der 22er in den blonden Haarschopf der Frau. »Hör auf zu lügen! Und rotz nicht herum! Kannst du nicht mal würdevoll sterben?«

Die Tschechin schluchzte laut auf.

»Wenn ich sterbe, wird mein Tod genauso würdevoll sein wie mein Leben«, fuhr Martina fort. »Ich habe Selbstachtung. Ehrgefühl.«

In diesem Augenblick rief ihr Braam Jaeger von der Treppe aus zu: »Sie kommen!«

Martina schüttelte wie benommen den Kopf, als könnte sie so die Gedanken vertreiben, und trat zwei Schritte von der Frau zurück, die vor ihr auf dem Boden kauerte.

Sie musste an die unvermeidlichen Blutspritzer denken, die sie auf keinen Fall auf ihrer elfenbeinfarbenen Bluse sehen wollte.

Die Frau des Prinzen bemerkte ihre Bewegung und blickte auf, und im selben Augenblick feuerte ihr Martina vier Kugeln direkt ins Herz. Die Tschechin schrie auf, griff sich an die Brust und fiel auf den Boden. Sie war sofort tot.

Martina kniete nieder und sammelte die kleinen heißen Messinghülsen auf, ohne auch nur einen Gedanken an die Toten zu verschwenden, die ringsum lagen.

Braam kam zum Tresen zurück, neben dem Martina kniete, und zerschmetterte die Glasvitrine mit dem Griff der Pistole. Gemeinsam räumten sie mehrere Schubladen mit Ringen und Halsbändern aus, ohne groß auf den Wert der Schmuckstücke zu achten.

Ein paar Sekunden später verließ das Paar die Boutique durch den Hintereingang. Sie schoben ihre Waffen in die Holster, sodass sie nicht mehr zu sehen waren, stiegen über die Leichen der beiden Verkäufer und des Bodyguards der Frau, die alle übereinander hinter einem Verkaufstresen lagen.

Noch bevor die übrigen Saudis die Haupteingangstür aufgebrochen hatten und die kurze Treppe zum Verkaufsraum hinaufgestürmt kamen, saß Braam bereits hinter dem Steuer des Aston Martin, mit Martina auf dem Beifahrersitz, und lenkte den Wagen aus der Ladezone auf den Wilshire Boulevard hinaus.

Innerhalb einer Stunde würden sie vom Van Nuys Airport abheben, und fünfzehn Stunden später würden sie wieder zu Hause in Holland sein und auf ihren nächsten Auftrag warten. Sie glaubten nicht, dass sie lange warten müssten, denn offenbar hatten die Russen beschlossen, das Tempo ihrer Operationen beträchtlich zu steigern.

27

Es war Samstagnachmittag, und eigentlich wollte Präsident Ryan den wunderbaren Herbsttag mit Frau und Kindern in ihrem Haus in Peregrine Cliff verbringen. Auf diese kleine Flucht aus dem Alltag hatte er sich schon die ganze Woche gefreut, vor allem auch auf den Blick über die glitzernden Gewässer der Chesapeake Bay, gesäumt von herbstlichen Farben, und auf das goldgelbe Herbstlaub, das ringsum von den Bäumen fiel.

Stattdessen saß er vor einem weißen Papierstapel auf dem Tisch. Das Geheimdienstdossier, National Intelligence Estimate (NIE) genannt, war ein armseliger Ersatz für fallendes Herbstlaub. Ryan steckte in der Arbeit fest, doch ausnahmsweise saß er nicht an seinem Schreibtisch im Oval Office, sondern am Konferenztisch des Situation Room im Untergeschoss des Westflügels des Weißen Hauses.

Die Besprechung hätte auch im Oval Office stattfinden können, schließlich waren gerade einmal sechs Personen anwesend, und das Meeting hatte auch nichts mit einer aktuellen nationalen Sicherheitslage zu tun. Vielmehr wollte das Hauspersonal heute eine gründliche Reinigung der Teppiche im Westflügel vornehmen, im Büro der Sekretärin des Präsidenten und im Kabinettsraum. Das hatte man Jack zwar im Voraus mitgeteilt, aber heute hatte nur ein junger uniformierter Secret-Service-Beamter mit verlegener Miene in der Westkolonnade gestanden, der dem

Präsidenten, als dieser die Tür öffnete, im letzten Augenblick eine Warnung zugerufen hatte. Ein Schritt weiter, und Ryan wäre über den feuchten Teppich getrampelt.

Das hätte zweifellos seine düstere Laune noch düsterer werden lassen, aber es war ja noch einmal gut gegangen, und deshalb saß er jetzt hier, zusammen mit dem Energieminister und dem Justizminister, die jeweils ein paar ihrer Stabsmitglieder mitgebracht hatten.

Der Präsident saß am Tischende, den Kopf in die Hände gestützt; die Brille lag auf dem Papierstapel vor ihm. Langsam rieb er sich die Augen. Der Direktor der CIA und die Direktorin der Nationalen Nachrichtendienste sollten ebenfalls anwesend sein, hatten es aber noch nicht geschafft, deshalb blieben seine Fragen, welche Auswirkungen die gegenwärtige Situation auf die internationale Geheimdienstszene haben würde, vorläufig unbeantwortet – etwas, was Ryan überhaupt nicht gefiel.

Er setzte die Brille wieder auf und seufzte.

»Der voraussichtliche Nachfolger des saudischen Ministers für Erdöl und Bodenschätze. Ein saudischer Prinz, ein Freund unserer Regierung. Und wo hat der Mordanschlag stattgefunden? In Riad? Dschidda? London? Istanbul? Nein, natürlich nicht. Sondern hier, mitten in unserem verdammten Beverly Hills!«

Niemand wagte etwas zu sagen.

Ryan schluckte einen Teil seiner Wut hinunter. »Dan … wer war das?«

Justizminister Dan Murray zuckte die breiten Schultern. »Der Polizei von Los Angeles zufolge sieht alles nach einem Profijob aus, nach einem außerordentlich brutal ausgeführten Auftragsmord, der wie ein gewöhnlicher Einbruchdiebstahl aussehen soll. Offensichtlich hatten sich die Täter vorab über die Sicherheitseinrichtungen informiert, deshalb wussten sie, wie sie die Videoaufzeichnungen löschen und ins Gebäude und wieder hinaus gelangen konnten, ohne von den Kameras in den Nachbarläden erfasst zu werden.«

»Woher hatten sie die Informationen?«

»Das ist eine Kettenfiliale. In sämtlichen Läden ist die gleiche Ausrüstung installiert, die Sicherheitsvorkehrungen und Protokolle sind identisch. Hatten sie irgendwo auf der Welt einen dieser Läden ausspioniert, wussten sie schon im Voraus genau, was sie im Laden am Rodeo Drive zu tun haben würden.«

»Und weiter?«

»Es wurde eine Menge Zeug gestohlen, Schmuck im Wert von ein paar Millionen, aber die ganze Sache kommt dem LAPD trotzdem nicht wie ein Ladendiebstahl vor. Unsere Agenten sind erst heute Nachmittag am Tatort eingetroffen, vielleicht bekommen wir später ein besseres Bild.«

»Ich fasse mal das zusammen, was nun offensichtlich ist«, sagte Ryan. »Dieser Vorfall wird unsere Beziehungen zu den Saudis schwer belasten. Der Tod des Prinzen wird sich auf den Weltenergiemärkten auswirken, zumindest kurzfristig.« Er wandte sich an Lester Birnbaum, den Energieminister. »Wie stark wird die Wirkung sein, Les?«

»Es fällt mir schwer, Mr. President, den Tod des Prinzen auf den Ölpreis umzurechnen.«

Ryan nickte. »Auch mir tut der Bursche leid, und seine Frau, und das würde ich auch für jeden anderen empfinden, der ermordet wird. Aber wir sind nicht hier, um zu trauern, Les. Wir müssen unseren Job erledigen.«

Birnbaum nickte. »Ich würde sagen, ein Dollar pro Barrel, mindestens für die nächsten 90 Tage.« Nach kurzer Pause fügte er hinzu: »Und was ist mit dem Anschlag auf den Generalstaatsanwalt von Venezuela letzte Woche?«

Ryan hob den Kopf. »Was ist damit?«

»Ich weise nur auf ein weiteres Vorkommnis hin, das

kürzlich stattfand und Auswirkungen auf den Ölmarkt hat. Keine so große Sache wie der Anschlag in Beverly Hills, aber wenn dieser Generalstaatsanwalt Vilar noch dazu gekommen wäre, in einer Reihe von Fällen Anklage zu erheben, hätte sich das ebenfalls negativ auf die Weltmärkte ausgewirkt. Aber weil er gestorben ist, bevor er seine Informationen offenlegen konnte, blieb der Ölpreis stabil.«

Ryan wandte sich an Justizminister Murray. »Dan? Was wissen Sie über den Mord in Caracas?«

»Wir können uns die Sache nur von außen anschauen. Wir haben praktisch keine Verbindungen zu den Justizbehörden Venezuelas mehr, aber der Mordanschlag schien sehr professionell ausgeführt worden zu sein. Alle, mit denen wir vor Ort geredet haben, sind davon überzeugt, dass das kein lokaler Job war, auch keiner, den die Regierung hätte arrangieren können. Dazu lief alles viel zu glatt und sauber.«

Ryan nickte nachdenklich. »Und dieser Vilar hat Anklagen gegen Regierungsmitglieder vorbereitet?«

»Richtig. Er behauptete, Beweise für Bestechungsgelder zu besitzen, die von staatlichen russischen Gaskonzernen an leitende Mitarbeiter der Öl- und Gasunternehmen in Venezuela gezahlt worden seien. Dafür sollten sie nach unten korrigierte venezolanische Produktionsdaten veröffentlichen, um die Preise in die Höhe zu treiben.«

Ryan hatte gespannt zugehört. »Wenn ihn die venezolanische Regierung nicht ermorden ließ, kommt eigentlich nur noch die russische Regierung infrage. Ich kann mir allerdings nicht vorstellen, dass es so einfach ist, einen Trupp von Speznas-Killern nach Caracas zu schicken, um einen Generalstaatsanwalt zu töten. Gibt es keinerlei Hinweise auf die Identität der Täter?«

»Caracas ist ziemlich mundfaul, was die Ermittlungen angeht«, antwortete Murray. »Wir haben uns schon gefragt, ob sie die Sache nur deshalb unter dem Deckel halten, weil es ein Insiderjob war. Aber wenn man an ihre guten Beziehungen zu Moskau denkt … könnte durchaus sein, dass auch sie die Russen verdächtigen. Beiden Regierungen würde es nützen, wenn der oder die Killer ungeschoren davonkämen.«

Mary Pat Foley und Jay Canfield betraten den Raum zusammen, und es war ihnen anzumerken, dass ihnen die Verspätung peinlich war. Jack schaute gerade lange genug zu ihnen hinüber, um ihnen zu signalisieren, dass er verärgert war. »Wir haben hier ohne euch schon mal mit dem Brainstorming angefangen. Setzt euch und helft uns.«

Mary Pat nickte und setzte sich. »Es tut mir leid, Mr. President, aber in Nigeria hat sich eine Situation entwickelt, um die wir uns dringend kümmern mussten.«

»In *Nigeria?*«

Canfield nickte. »Offenbar hat ein gut bewaffneter Trupp von über hundert Mann, angeblich Boko-Haram-Kämpfer, eine Ölplattform vor Lagos angegriffen und besetzt. Die Zahl der Toten ist nicht bekannt, aber wir müssen annehmen, dass sich viele Mitarbeiter ausländischer Firmen darunter befinden. Die nigerianische Armee bereitet eine Op vor, um die Plattform zurückzuerobern. Ich habe meinen Amtskollegen dort gebeten, uns zu erlauben, sie dabei zu beraten, wenigstens im Hinblick auf die nachrichtendienstliche Seite. Burgess verhandelt bereits mit ihnen darüber, ob amerikanische Militärberater vom JSOC einreisen dürfen.«

Scott Adler fragte: »Sind auch Amerikaner unter den Geiseln?«

»Nein, was sehr erstaunlich ist. Eigentümer der Plattform ist Ocean Oil Services aus Houston, aber sie wird von Franzosen betrieben, und das Personal besteht hauptsächlich aus Nigerianern. Trotzdem ist es natürlich eine amerikanische Firma, deshalb fordern wir auch, mit am Tisch zu sitzen.«

»Großer Gott«, murmelte Ryan und nahm wieder die Brille ab.

Lester Birnbaum murmelte vor sich hin: »Da ist noch was anderes im Busch.«

Ryan, der seinen Sicherheitsberatern gerade noch weitere Fragen stellen wollte, wandte sich plötzlich an den Energieminister. »Was haben Sie gesagt?«

»Nichts, Mr. President. Sorry.« Aber Ryan starrte ihn weiter an, bis Lester Birnbaum klar wurde, dass der Präsident eine Erklärung erwartete. »Es ist nur so, dass ... Nun, erst die Explosion auf dem Flüssiggastanker in Litauen, dann die Ermordung eines Generalstaatsanwalts in Caracas, der Anklage erheben wollte, weil die Regierung den Preis für venezolanisches Öl manipulieren wollte, dann die Ermordung des Prinzen in Beverly Hills, dem zweitwichtigsten Mann der saudischen Ölindustrie – und jetzt kommt auch noch der Angriff auf eine Ölplattform in Nigeria dazu. Alles innerhalb von eineinhalb Wochen. Und alles Ereignisse, die sich auf die Energiepreise auswirken werden. Wenn man jetzt noch den Flächenbrand im Baltikum dazunimmt ... ich habe keine Ahnung, wie weit die Preise steigen werden. Um ganz offen zu sein, Mr. President, mit jeder neuen Krise fällt es schwerer, die Entwicklung der Öl- und Gas-Futures vorherzusehen.«

Ryan starrte auf sein Spiegelbild auf der polierten Tischplatte. »Jay, hat Boko Haram vorher jemals eine Ölplattform angegriffen?«

»Na ja«, antwortete Canfield. »Sie haben verschiedentlich Ölförderanlagen auf dem Land und die eine oder andere Raffinerie angegriffen. Aber eine Plattform draußen auf dem Meer? Noch nie. Aber es gibt für alles ein erstes Mal, denke ich.«

Ryan wandte sich wieder an die Runde. »Warum greifen sie etwas an, das um ein Vielfaches schwieriger anzugreifen ist als eine Förderanlage auf dem Land? Oder anders gefragt: Was hat Boko Haram davon?«

»Sie beweisen damit ihre Macht und ihre Reichweite«, vermutete Mary Pat.

»Kann sein, aber könnten sie das nicht auch mit Angriffen auf andere Ziele erreichen? Sie könnten jede andere Raffinerie oder Förderanlage angreifen. Warum also setzen sie hundert Burschen in Boote und lassen sie eine völlig andere Art von Operation durchführen, wenn sie ihnen keinen größeren Nutzen bringt als ein normaler Angriff auf dem Land?«

Birnbaum wagte sich mit einer weiteren Vermutung vor, obwohl er nicht direkt zur Geheimdienstszene gehörte. »Nun ja, Mr. President … Wenn es ihnen wirklich darum geht, auf die Märkte einzuwirken, ist das genau das richtige Mittel. Es zeigt, wie fragil die nigerianische Energiewirtschaft ist. Auch die Raffinerien der ausländischen Energiekonzerne waren alle paar Jahre einmal dem Risiko eines Angriffs ausgesetzt, aber diese Risiken waren nicht sehr groß und sind mehr oder weniger schon im Ölpreis inbegriffen. Aber das hier? Das ist ein ganz neuer Gefahrenlevel für die nigerianischen Ölexporte. Die Wirkung auf den Weltmarktpreis dürfte mindestens gleich stark sein wie der Tod des saudischen Prinzen, wenn nicht noch stärker, würde ich sagen.«

Ryan wandte sich an Jay Canfield. »Ist Boko Haram überhaupt in der Lage, derart komplizierte Überlegungen einzuplanen?«

Canfield schüttelte den Kopf. »Um Himmels willen, nein. Nicht in einer Million Jahre!« Auch Mary Pat schüttelte den Kopf und stimmte Canfields Einschätzung zu; beide konnten sich nicht vorstellen, dass die nigerianische Rebellentruppe solche strategischen Überlegungen anstellen konnte.

»Dann hat vielleicht jemand andres für sie das Denken übernommen«, sagte Ryan nachdenklich.

»Was meinen Sie damit?«

»Denkt doch einmal nach. Jeder Prozentpunkt, um den der Öl- oder Erdgaspreis steigt, spült Milliarden in die Kassen der Russen – und davon landen Millionen auf Wolodins Privatkonten.«

»Warten Sie, Sir«, wandte Scott Adler ein. »Ich weiß, Sie vermuten, dass Russland möglicherweise für die Explosion auf der *Independence* verantwortlich war und auch für das Attentat im Zug nach Vilnius. Aber jetzt deuten Sie an, die Russen hätten auch einen saudischen Prinzen in Kalifornien ermordet?«

Auch Jay Canfield sah das skeptisch. »Und einen Generalstaatsanwalt in Venezuela? Und sie hätten Boko Haram ermuntert, einen Schlag gegen die nigerianische Energiewirtschaft auszuführen? Tut mir leid, Mr. President, aber das klingt mir doch sehr nach einer Verschwörungstheorie.«

Ryan hob beide Hände. »Es ist keine Theorie, Jay. Im Moment ist es nur ein Bauchgefühl. Ich kann es nicht so weit untermauern, dass ich es als Theorie bezeichnen würde. Aber wäre es nicht denkbar, dass Russland diese Ereignisse durch seinen FSB dirigieren lässt?«

Adler legte fragend den Kopf schief. »Um Geld zu scheffeln?«

Ryan schüttelte den Kopf. »Nein, um ihre Macht zu vergrößern. Schauen Sie sich doch nur mal an, wie stark der Energiesektor abgestürzt ist. Wenn die Russen zehn bis zwanzig Prozent davon wieder zurückgewinnen können, werden sie zehn bis zwanzig Prozent stärker. Und wenn sie die Finger nach Litauen ausstrecken, oder demnächst vielleicht sogar nach Polen … dann wird es für Europa immer noch teurer, sich ihnen in den Weg zu stellen.«

Adler nahm dem Präsidenten diese Überlegungen nicht ab. »Die Russen schicken also den FSB in alle Welt hinaus, um den Ölpreis in die Höhe zu treiben, und wenn sie dann Litauen angreifen, kann die Nato nicht reagieren, weil es zu teuer wäre? Ich weiß nicht, Mr. President …«

Aber Ryan zuckte nur die Schultern. »Ich weiß es auch nicht. Vielleicht ist das wirklich zu weit hergeholt. Aber bei der Schießerei in Deutschland bekamen wir einen FSB-Offizier und eine Gruppe bewaffneter unbekannter Agenten in einer Seilschaft mit einer spanischen Ökoterroristin zu sehen. Wir wissen doch, dass Russland in der Vergangenheit immer wieder mal Täuschungsoperationen veranstaltet hat.«

Auf Ryans Schlussfolgerungen reagierten die Gesprächsteilnehmer mit ausdruckslosen Blicken.

Ryan schaute Mary Pat Foley an.

Mary Pat kannte diesen Blick nur zu gut. »Ja, Mr. President. Sobald wir mehr Details über diese Vorfälle erfahren, werden wir uns genauer mit Ihrer Vorahnung befassen.« Aber sie klang genauso wenig überzeugt wie Canfield oder Adler.

Jack nickte. »Ich weiß, Sie kümmern sich darum. Und wenn Sie mich jetzt bitte entschuldigen wollen – ich muss einem wütenden und trauernden Sultan in Saudi-Arabien kondolieren und dann mit sechs Stunden Verspätung eine wütende und enttäuschte Ehefrau in Maryland versöhnlich stimmen.« Er stand auf und verbeugte sich leicht. »Danke, dass Sie an diesem Samstag hergekommen sind. Ich wünsche Ihnen aufrichtig ein angenehmeres Wochenende als das, welches mir bevorsteht.«

28

Der DataPlanet-Van stand auf dem unbefestigten Seitenstreifen einer kurvenreichen Straße östlich der litauischen Stadt Pabradė. Auf 20 Meter in nördlicher und südlicher Richtung ragten kerzengerade Fichten 25 Meter in die Höhe. Während Herkus Zarkus ein paar Glasfaser-Kabelrollen aus dem Laderaum des Fahrzeugs holte und sie in genauer Ordnung aufstapelte, befestigte Ding Chavez ein Laser-Vermessungsgerät von der Größe eines Toasters an einem Dreifuß, den er bereits aufgestellt hatte, und richtete das Gerät die Straße entlang nach Osten aus.

30 Kilometer weiter überquerte die Straße die Grenze zu Weißrussland, und noch weiter östlich lag Russland. Und von dort aus, von seinem westlichen Militärbezirk, in dem Tausende Panzer und Zehntausende Soldaten stationiert waren, wäre Russland in der Lage, Litauen innerhalb von Tagen anzugreifen. Zwar hatte die CIA keine Nachricht geschickt, dass sich die Russen auf dem Anmarsch befanden, aber die beiden Campus-Agenten, die sich hier unweit der Grenze zu Russlands engstem Verbündeten aufhielten, nahmen das, was dort vor sich ging, trotzdem sehr ernst. Sie wussten, dass sich jederzeit eine Situation ergeben könnte, in der sie sich auf diesen kleinen DataPlanet-Van am Straßenrand verlassen mussten, um sich vor den Panzern und den Mi-24-Kampfhubschraubern in Sicherheit zu bringen.

Caruso, Chavez und Zarkus trugen völlig identische Uniformen, blaue Winteroveralls, Warnwesten und orangene Schutzhelme. Auf dem Rücken ihrer Westen stand der Name ihrer Firma, und jeder trug einen Werkzeuggürtel, an dem Funkgerät, Werkzeuge, Telefone und sonstige Ausrüstungen hingen.

Chavez stand neben Caruso und las von einem Tabletcomputer die Geo-Koordinaten ab, die Mary Pat Foleys Büro geschickt hatte. Neben den GPS-Koordinaten wies ihn ein kleiner Pfeil an, sich mit dem Tablet zwei Meter nach rechts zu bewegen. Er folgte der Anweisung, die ihn in feuchtes Gras und damit auch knapp hinter die Baumreihe führte. Die GPS-Koordinaten auf dem Tablet leuchteten nun grün.

»Genau hier«, sagte Dom.

Ding versetzte den Tripod an die genaue Stelle, an der Dom stand, und drehte langsam das Laser-Vermessungsgerät von links nach rechts. Auf dem Display konnten die Daten des gesamten 360-Grad-Schwenks abgelesen werden. Dom wies ihn an, das Objektiv auf 98 Grad auszurichten. Kaum hatte Ding die Kamera entsprechend ausgerichtet, als der Richtungsmarker auch schon grün wurde.

»Genau eingestellt«, meldete er.

»Markieren«, befahl Dom, der immer noch auf sein Tablet schaute.

Chavez drückte auf eine Taste seiner Fernbedienung, und die im Laser-Vermessungsgerät verbaute Kamera nahm eine Serie Fotos mit hoher Auflösung auf. Doms Tablet zeigte mit einem grünen Häkchen an, dass die Daten empfangen worden waren.

»Erledigt«, sagte Dom.

Herkus wartete 20 Meter entfernt neben dem Van. Ding rief ihm zu: »Wir sind fertig. Du kannst wieder einladen.«

Während der litauische Amerikaner die Kabelrollen wieder in den Van verlud, bauten die beiden Campusleute ihre Ausrüstung ab, ein Vorgang, der für sie in den vergangenen zwei langen Arbeitstagen zur Routine geworden war. Als Ding die Beine des Tripod aus dem weichen Boden zog, fragte er: »Was war das? Nummer 49?«

»Nein. Das war genau Nummer 50. Bis zum Abend sollten wir die 60 schaffen.«

»Das heißt, wenn wir so weitermachen, sind wir in zehn Tagen fertig.«

Dom half Ding, das große Gerät die Böschung hinauf zum Fahrzeug zu tragen. »Ich hoffe nur, dass Litauen noch zehn Tage hat. Vielleicht würden wir ein bisschen schneller arbeiten, wenn wir wüssten, was wir hier eigentlich machen.«

Ding nickte. »Darüber hab ich auch schon nachgedacht.«

»Und?«

»Offensichtlich ist das eine Art Erkundung des Kampfgebiets. Keine Ahnung, warum sie das jetzt gerade machen oder was daran so besonders ist, dass es als streng geheim bezeichnet wird. Normalerweise würden sie in so einem Gebiet einfach die örtlich stationierten Truppen losschicken, die dann die Fotos an die Militärplanung schicken. Ich verstehe zwar nicht, was das ganze Täuschmanöver eigentlich soll, aber das ist nicht der Punkt, der mir Kopfzerbrechen macht.«

»Sondern?«

»Na ja, wir gehen doch immer davon aus, wenn die Russen kommen, werden sie sich zuerst den Kaliningrad-Korridor durch Litauen sichern, richtig?«

»Richtig. Und?«

»Wir stehen hier aber gut fünfzig Kilometer nördlich des Korridors. Der Abschnitt von Weißrussland dort drüben ist nicht der schnellste Weg zur litauischen Hauptstadt, und er ist auch nicht dic Stelle, die Kaliningrad am nächsten liegt.«

»Und deshalb fragst du dich, warum wir uns hier in dieser Gegend herumtreiben?«

Ding lud den Tripod in den Van, nahm dann den Helm ab und ging vor zum Beifahrersitz. Er blickte die Straße entlang. »Ich habe das Gefühl, dass auch *sie* sich diese Frage stellen.«

In der Ferne näherte sich ein viertüriger Toyota auf dem Kiesweg von der nächsten Straßenbiegung. Herkus und Dom wollten gerade einsteigen, als Ding sie zurückhielt. »Nein, wartet, wir nehmen uns ein wenig Zeit. Reden wir mal mit den Leuten, vielleicht erfahren wir etwas.«

Der Toyota kam heran, und drei Männer und eine Frau stiegen aus. Sie waren unterschiedlich alt, wirkten aber sehr selbstsicher.

Und misstrauisch.

»Labas rytas«, begrüßte Herkus die Gruppe. Guten Morgen.

Einer der Ankömmlinge, ein kleiner, dicker Mann in den Fünfzigern, winkte ihnen lässig zu. Auf litauisch fragte er: »Was macht ihr Jungs hier?«

Dom und Ding suchten instinktiv nach verräterischen Anzeichen von Waffen unter der Kleidung der Fremden. Aber alle trugen dicke Jacken, sodass sie nicht sicher sagen konnten, ob die Litauer bewaffnet waren oder nicht.

Herkus sagte: »Vermessungs- und Wartungsarbeiten für Glasfaserkabel. Wir verlegen hier Super-Hochgeschwindigkeitskabel fürs Internet.«

Der Anführer der kleinen Gruppe nickte unaufmerksam, während er die Männer und ihre Ausrüstung genau musterte.

»Ist das hier Ihr Land?«, fragte Herkus.

Der Mann stellte eine Gegenfrage: »Würden Sie sich bitte ausweisen?«

Die Frau und die beiden anderen Männer standen auf

der Straße, und ihre Körperhaltung verriet den Campus-Agenten, dass sie definitiv wachsam waren.

Herkus zog seinen Mitarbeiterausweis aus der Tasche. »Gibt es irgendein Problem?«

Der Mann warf keinen einzigen Blick auf den Ausweis. »Woher kommen Sie?«

»USA, aber meine Eltern stammen von hier. Als Kind verbrachte ich hier in der Gegend immer meine Sommerferien.«

Der Mann nickte. »Und die beiden?«

»Wir sind alle Amerikaner. Hören Sie, mein Freund, was ist eigentlich …«

»Sagen Sie ihnen, sie sollen auf englisch etwas sagen.«

Herkus schüttelte verwundert den Kopf. »Was?«

Einer der Männer auf der Straße schob die Hand in die offene Jacke. Dom sah es sofort und trat näher an ihn heran, bereit, ihn mit einem Stoß gegen das Kinn auszuschalten, sobald er eine Schusswaffe zu sehen bekam. »Lass das bleiben, Arschloch.«

Der Mann zog die Hand wieder heraus. Sie zitterte.

Jetzt redete auch die Frau auf litauisch. »Sagen Sie ihnen, sie sollen englisch reden.«

Herkus zuckte die Schultern und wandte sich an Ding und Dom. »Sagt etwas auf englisch, Leute.«

Dom hob die Augenbrauen. »Und was wollen sie so hören?«

Der kahle Mann drehte sich zu der Frau um. »Glaubst du etwa, Speznas könnten nicht Englisch lernen?«

Herkus entspannte sich sichtlich. Zu den beiden Campus-Leuten sagte er: »Jetzt verstehe ich. Sie glauben, wir sind Russen.«

Ding zog langsam seinen Pass aus der Jackentasche. Der war zwar für einen gewissen Thomas Kendall ausgestellt, aber es war ein vollkommen normaler amerikanischer Pass. Allerdings hätten die vier litauischen Provinzler wohl kaum einen gut gefälschten von einem echten Pass unterscheiden können. Auch Dom zog seinen Pass heraus, dem zufolge er Andrew Martin hieß. Die vier Litauer studierten die Pässe genau, dann atmeten sie wie auf Kommando so erleichtert aus, dass die beiden Amerikaner beinahe laut aufgelacht hätten.

Die Erleichterung war so groß, dass die Frau zu lachen anfing. Sie sprach englisch, aber mit hartem Akzent. »Tut uns leid. Wir dachten, Sie sind kleine grüne Männer.«

Dom schaute auf seinen blauen Overall hinunter. »Nein, Ma'am. Wir sind mittelgroße blaue Männer. Und wir verlegen nur einfach Internetkabel.«

Der Kahle lachte nicht. »Wir brauchen kein Internet aus Amerika. Wir brauchen Panzer aus Amerika.«

Chavez nickte. »Glauben Sie mir, wenn ich einen Panzer hätte, würde ich Ihnen den sofort geben.«

»Warum glauben Sie, wir seien kleine grüne Männer, hier im Norden? Russland bedroht euch doch viel weiter südlich.«

»Das glauben wir auch. Aber die grünen Männer sind schon hier.«

»Moment. Sie haben Russen gesehen? Ganz sicher?«

»Wir wohnen schon unser ganzes Leben lang hier. Wir wissen, wer hierher gehört und wer nicht.«

Dom und Ding warfen sich einen schnellen Blick zu. Beide wussten, dass sie ihre Tarnung nicht aufgeben durften. Diese Leute waren zwar nicht der Feind, aber wenn sich herumsprach, dass Amerikaner in Technikeruniformen Fragen über die Russen stellten, brauchte man kein Meisterspion zu sein, um sich ausrechnen zu können, was da abging. Und in diesen Dörfern breiteten sich Gerüchte wie ein Lauffeuer aus. »Für mein Gehalt lege ich mich nicht mit den Russen an. Wo haben Sie sie gesehen?«

»Gestern waren sie in Zalavas, in der Nähe der Grenze. Zehn Männer, vielleicht auch mehr. Sie fotografierten.«

So ähnlich wie wir, dachte Dom, behielt es aber für sich.

Die Frau erzählte weiter. »Wir haben es der Polizei gesagt, aber die Russen verschwanden, bevor die Polizei kam.«

Kurz danach verabschiedeten sich die drei DataPlanet-Leute von den Litauern und machten sich auf den Weg zum nächsten GPS-Koordinatenpunkt auf ihrer Liste. Ursprünglich hatten sie eine Mittagspause einlegen wollen, aber nun beschlossen sie, dass es besser sei weiterzuarbeiten, solange es noch hell genug war.

Jetzt waren sie noch überzeugter, dass Litauen keine zehn Tage mehr hatte.

29

Am fünften Tag der Observation des Luxemburger Anwalts Guy Frieden wurde Jack junior plötzlich klar, dass er unwillentlich eine Art Symbiose mit seiner Zielperson eingegangen war, die ihm zutiefst zuwider war. Die ganze Woche lang war auch Jack immer dann auf die Toilette gegangen, wenn Friedens Blase nach Erleichterung verlangt hatte. Bei derartigen Beschattungsaktionen war das natürlich unumgänglich; er hatte genug Erfahrung mit Feldarbeit, er wusste, dass er jede Gelegenheit nutzen musste, wenn bei der Operation eine ruhige Phase eintrat.

Aber als Jack jetzt den Reißverschluss hochzog und die Hände wusch, wurde ihm klar, dass sich sein Harndrang tatsächlich auf natürliche Weise gleichzeitig mit Friedens Blasendruck eingestellt hatte. Seine Blase hatte sich der des Mannes im Büro gegenüber angepasst.

Jack fand es einerseits deprimierend, andererseits amüsant, dass sich sein biologischer Rhythmus dem seiner Zielperson angenähert hatte, aber er schüttelte den Gedanken ab und ging in sein kleines dunkles Büro zurück.

Nicht so sehr, um Frieden weiter zu beobachten – obwohl das seine Hauptaufgabe blieb –, sondern um sich wieder an den Computer zu setzen.

Bisher hatte sich nur eine Person ermitteln lassen, die in Kontakt – in physischen Kontakt jedenfalls – mit Frieden gekommen war: Andrej Limonow. Jack war dem

Geldwäsche-Netzwerk, das von Michail Grankin benutzt wurde, keinen Schritt näher gekommen, und es sah auch nicht danach aus, dass er das schaffen würde, solange Gavin Biery die Dateien aus Friedens Computer nicht geknackt hatte.

Aber während das eigentliche Ziel, das Jack in erster Linie nach Luxemburg geführt hatte, außer Reichweite blieb – jedenfalls vorerst –, war es ihm doch gelungen, Limonow ein bisschen intensiver auszuforschen. Und er war dabei auf ein paar Auffälligkeiten im Verhaltensmuster des Russen gestoßen. Er hatte keinerlei Informationen über die Klientel von Blackmore Capital gefunden und wusste daher nicht, ob Limonow jeweils 1000 Rubel für eine Million Klienten investierte oder eine Milliarde Rubel für einen einzigen. Aber immerhin hatte er bei seinen Nachforschungen entdeckt, dass Blackmore Capital Partners erst vor Kurzem ein Büro in der Callcott Street im Londoner Stadtteil Kensington eröffnet hatte.

Die Computertechniker des Campus hatten bei einer Operation in der Stadt vor eineinhalb Jahren erfolgreich die Londoner Überwachungskameras angezapft; Jack musste sich daher nur in ein Campus-Portal einloggen. Schätzungen zufolge kam im Vereinigten Königreich eine Kamera auf jeweils elf Einwohner, und durch das Portal hatte Jack Zugriff auf jede einzelne Cam auf den britischen Inseln.

Er gab die Adresse des Blackmore-Büros ein, und sofort wurden ihm die Kameras im Umkreis des ganzen Straßenblocks angezeigt. Eine war genau auf die Straße und den Gehweg vor einem kleinen Haus gerichtet, neben dessen Tür ein glänzendes Messingschild mit dem Logo BCP befestigt war.

Auf der Straße und hinter den halb geöffneten Jalousien bewegte sich nichts.

Zwischendurch warf Jack einen Blick auf den Monitor,

der ihm die Aktivitäten in Friedens Büro anzeigte. Er schloss das Programm, das ihm Zugriff auf die Londoner Kameras gab, und machte sich daran zu erkunden, wie Limonow und Koslow nach Luxemburg gekommen waren.

Er wusste, dass sie zuerst Frieden besucht hatten. Das war am Montag gewesen, deshalb suchte er zunächst nach Direktflügen von Moskau und von London, die an diesem Tag in Luxemburg angekommen waren. In der Datenbank des Heimatschutzministeriums überprüfte er die Passagierlisten der Fluglinien, wurde aber nicht fündig. Wenn die beiden Männer unter ihren richtigen Namen geflogen waren, hatten sie an diesem Tag keinen kommerziellen Flug benutzt. Er erweiterte die Suche, fand aber nichts.

Als Nächstes suchte er nach einer Privatmaschine. Luxemburg Airport war der einzige potenzielle Flughafen für ein Privatflugzeug, wenn man möglichst nahe am Zentrum landen wollte; Jack rief daher eine Liste von Firmen auf, die von diesem Airport aus operierten. Innerhalb von Minuten hatte er eine Liste sämtlicher registrierten Flüge auf dem Monitor, die am Sonntag oder Montag gelandet waren. Es waren 73 Flüge, eine Zahl, die Jack zunächst erstaunte, bis ihm einfiel, mit wie viel Geld hier in der Stadt tagtäglich jongliert wurde.

Von den 73 Flügen waren acht direkt aus Moskau und neun direkt aus London gekommen.

Jack fing mit den Londoner Flügen an, die ihm wahrscheinlicher vorkamen, weil Limonow dort erst vor einem Monat ein Büro eröffnet hatte. Er recherchierte jedes einzelne Flugzeug, um herauszufinden, wem es gehörte und wer seine Passagiere gewesen waren.

Dazu brauchte er eine halbe Stunde, und als er fertig war, stand nur noch ein einziges Flugzeug auf seiner Liste, das er nicht identifizieren konnte, eine Bombardier Global 6000. Sie war nur anderthalb Stunden vor Friedens

Besprechung mit Limonow und Koslow eingetroffen, und den Informationen der Zivilluftfahrtbehörde zufolge stand die Maschine immer noch am Privatjet-Terminal des Flughafens.

Jack notierte sich das Kennzeichen des Flugzeugs. Er war sich zwar nicht sicher, ob es wirklich Limonows Flieger war, aber im Moment hatte er keine andere Spur.

Er musste damit rechnen, dass die Maschine jederzeit wieder nach London zurückkehren würde, deshalb war er keineswegs außer sich vor Freude, zumal er noch gar keine Gewissheit hatte. Vielleicht hatten die beiden Russen noch weitere Besprechungen mit Bankern hier in Luxemburg, um ein neues Netzwerk für die großen Spieler aus dem Kreml aufzubauen? Ihm war klar, dass er seine Möglichkeiten für weitere Nachforschungen so gut wie ausgeschöpft hatte, wenn man davon absah, dass er statt Frieden nun Limonow überwachen konnte, um herauszufinden, in welchem Hotel der Mann abgestiegen war, und Fotos von ihm und seinen anderen Kontakten hier in der Stadt zu schießen.

Frustriert seufzte er und warf wieder einen Blick auf den Monitor. Frieden zog soeben seinen Mantel an. Jack blickte auf die Uhr: 17 Uhr. Er hatte den ganzen Nachmittag an Limonow gearbeitet.

Höchste Zeit, für heute Schluss zu machen.

Fünf Minuten später drängte sich Jack, das Smartphone am Ohr, durch den dichten Strom der Passanten auf der Grand Rue.

»Gavin Biery«, meldete sich eine Stimme.

»Gavin, wollte dir nur sagen, dass hier in Luxemburg alle über den gut aussehenden Amerikaner reden, der neulich durch die Stadt fegte.«

»Haha. Ich wette, die Eingeborenen haben schon ein Denkmal für mich aufgestellt.«

»Einen Burger King haben sie schon, sie müssen sich also etwas anderes einfallen lassen.«

»Da ist ja jemand ein richtiger Scherzkeks heute. Das kann nur heißen, dass du eine neue Spur gefunden hast, stimmt's?«

»Auf dem Flughafen steht ein Flugzeug. Private Maschine. Ich habe so tief gegraben, wie ich konnte, um den Eigner herauszufinden, aber nicht viel entdeckt. Immerhin habe ich das Kennzeichen. Kannst du herausfinden, woher die Maschine kam und wo sie als Nächstes hinfliegt?«

»Wenn es die Route freigegeben hat, kannst du das selber herausfinden. Aber wenn sie das BARR-Programm aktiviert haben, muss ich erst mal die Ärmel hochrollen und mich richtig hineinknien.«

Jack wusste, was Gavin meinte. Die meisten Privatflugzeuge meldeten ihre Flugnummer und Flugziele bei der Luftverkehrskontrolle, aber es kam auch vor, dass Privatflieger das BARR-Programm aktivierten, um diese Informationen geheim zu halten. Das waren oft Berühmtheiten, aber auch Unternehmer, die ihre Konkurrenz über ihre Aktionen im Unklaren halten wollten, und manchmal auch Superreiche, die einfach nicht wollten, dass andere über ihre Aufenthaltsorte Bescheid wussten. Sie mussten dann nur ihre Flugleiter bitten, die Information über ihr Reiseziel nicht in das System einzugeben.

Die Hendley Gulfstream nutzte diese Möglichkeit grundsätzlich immer, wenn Campus-Agenten auf eine Mission geschickt wurden.

»Ja, könnte durchaus sein«, stimmte Jack zu. »Aber auf dem Flug nach Luxemburg haben sie die Informationen freigegeben.«

»Mach dir keinen Kopf, Ryan. Selbst wenn sie sie geheim halten wollten, kann ich sie herausfinden. Was für ein Flugzeug ist es?«

»Eine Bombardier Global 6000.«

»Dürfte kein Problem sein. Ich kann deine Bombardier lokalisieren, sobald sie abhebt und versucht, unter die Tarnkappe zu schlüpfen.«

»Okay.« Jack zögerte. »Vielleicht sollte ich das jetzt nicht fragen, aber es hätte mich trotzdem interessiert, wie du das anstellen willst?«

»Die FAA benutzt ASDI, also das Aircraft Situation Display to Industry. Das ist im Grunde nur eine große öffentliche Datenbank, aus der praktisch jedermann Informationen über den aktuellen Ort eines Flugzeugs herausfischen kann. Mit einer App wie FlightAware bekommst du die Information, wo sich ein Flug derzeit befindet, allerdings ist das dann Informationsklasse 2, was bedeutet, dass sie fünf Minuten alt ist. ASDI-Informationsklasse 1 ist dagegen Echtzeit … Das sind die Informationen, auf die die Luftfahrtindustrie Zugriff hat.«

Gavin räusperte sich. »BARR-Flüge bedeuten, dass das Flugzeug aus der Liste verschwindet, also müssen wir nach Maschinen suchen, die sich in der Luft befinden und nicht auf dem ASDI auftauchen, und dann mit lernfähigen Technologien und Datenanalyse die Infos aus anderen Quellen herauskitzeln. Eine einzelne Maschine kann ich aufspüren, wenn ich Zeiten, Infos über das Auftanken, die Bordversorgung und weitere Daten, zum Beispiel Infos von den Autovermietungen an den Privatjet-Terminals, eingebe. Vieles davon erledigt das System automatisch. Ich kann eine Flugnummer eingeben; das System sagt mir dann innerhalb einer bestimmten Zeitspanne genau, wo ich suchen muss. Von da an muss ich nur noch die Funkmeldungen des verdächtigen Flughafens herunterladen, eine Speech-to-Text-App aufrufen und dann die Liste der Landungen durchsehen. Ich überprüfe jede Maschine, die nicht zum ASDI passt, und finde heraus, wer das ist.« Gavin kicherte selbstzufrieden. »Vor mir können sich die bösen Jungs nicht verstecken.«

»Du bist echt genial, Gavin.«

»Sag mir etwas, was ich nicht schon längst weiß.«

»Ich glaube nicht, dass ich das kann.«

Gavin schnaubte befriedigt. »Genau. Also: Die Kennnummer?«

»Nordpol, zwo, sechs, Ludwig, Cäsar.«

»Hab ich notiert. Ich halte ein Auge auf die Aktivitäten am Luxemburger Flughafen. Sobald die Maschine abhebt, tracken wir sie, egal ob sie sich tarnt oder nicht.«

In diesem Moment summte das Smartphone. Jack warf einen Blick auf das Display: Ysabel. »Tut mir leid, Gavin, wichtiger Anruf, ich muss ihn annehmen. Halte mich auf dem Laufenden.«

»Klar doch, Ryan. Richte ihr schöne Grüße von uns allen aus.« Gavin legte auf.

Ryan schüttelte den Kopf und lachte – Gavin hatte ihn sofort durchschaut; seine deduktiven Fähigkeiten waren wirklich eindrucksvoll. Schnell nahm er den neuen Anruf entgegen. »Hey, du. Wie geht's?«

»Prima. Sogar besser als prima.«

»Echt. Wie kommt's?«

»Ich hab früher Schluss gemacht. Habe die Info von der letzten Kunstgalerie heute Morgen bekommen.«

»Das ist wirklich super. Hat es denn irgendwelche Probleme gegeben?«

»Nein, alles lief glatt. Du solltest mich anheuern, Jack. Bei solchen Sachen bin ich ziemlich gut.«

Jack lachte. »Ja, du bist wirklich gut. Hey, wenn du schon einen Tag früher fertig geworden bist, warum setzt du dich nicht schon heute Abend in eine Maschine? Ich bin fertig für heute. Ich könnte dich am Flughafen abholen und dann könnten wir …«

»Ich bin dir ziemlich weit voraus, Jack.«

Jack legte den Kopf schief und ging langsamer. Ein Lächeln breitete sich auf seinem Gesicht aus.

»Du bist schon hier, stimmt's?«

Ysabel lachte auf. »Schuldig im Sinne der Anklage. Ich hoffe, das ist okay?«

»Okay? Es ist die beste Nachricht, seit ich aus Rom abgereist bin.«

»Ich wollte dich vorher anrufen und nicht einfach in dein Apartment stürmen. Sei nicht böse, aber ich weiß, wie nervös du letzte Woche warst.«

Jack lächelte und setzte sich wieder in Bewegung. Seine Füße schienen plötzlich einen eigenen Willen zu haben; er konnte es kaum erwarten, sie wiederzusehen.

»Ich bin in zehn Minuten zu Hause.« Eine lange Pause. Überrascht fragte er: »Ysabel? Sind wir gerade unterbrochen worden?«

»Du bist im Moment gar nicht in deinem Apartment?«, fragte sie zurück.

»Noch nicht. Brauche nicht mehr lange.« Wieder trat eine Pause am anderen Ende ein. »Was ist los?«

»Nichts. Es ist nur … Der Türsteher sagte, du seist zu Hause und ich solle direkt hinaufgehen. Jetzt stehe ich vor deiner Tür. Vielleicht hat er sich geirrt.«

Jack ging langsamer. »Oder du bist im falschen Gebäude. Welche Adresse?«

»Die, die du mir gegeben hast. Place de Clairefontaine 5, Apartment 4 E.«

Jack Ryan junior rannte los. Er sprintete durch die Fußgängerzone, so schnell ihn seine Beine tragen konnten. Und während er sich wie bei einem Slalomlauf durch den dichten Fußgängerstrom wand, ballte sich in seinem Magen eine furchtbare Angst zusammen.

Ysabel stand vor der richtigen Tür, im richtigen Gebäude. Nur gab es da keinen Türsteher.

30

Jack hielt das Telefon ans Ohr gepresst, während er rannte. Er zwang sich, so ruhig wie möglich zu sprechen. »Hör genau zu. Geh von meiner Tür weg, aber geh nicht die Treppe hinunter, nimm nicht den Lift. Bleib einfach ein Stück weit weg und rufe 112 an. Das ist der Notruf. Halte sie in der Leitung, bis ich komme.«

»Was ist los? Was stimmt hier nicht, Jack?«

»Sag ihnen, du wirst überfallen.«

»Warum denn? Außer mir ist hier niemand im Treppenhaus. Was ist denn ...«

Bevor Jack antworten konnte, hörte er sie aufschreien, dann ein krachendes Geräusch. Offenbar war das Telefon auf den Boden gefallen.

»Scheiße!« Er rannte so schnell, dass ihm die Lunge zu bersten schien, stieß und rempelte sich den Weg durch die Fußgängerzone frei, sprang über einen Penner, der an der Ecke der Grand Rue und der Rue des Capucins lag. Und noch im Laufen wählte er 112. Es klingelte dreimal, dann antwortete eine Stimme auf deutsch. Er erklärte hastig, dass die Polizei sofort zu seinem Apartment kommen müsse, und gab langsam und deutlich seine Adresse ein. Beschrieb kurz die Situation – eine Frau sei gerade angegriffen worden –, aber als er nach weiteren Informationen gefragt wurde, beendete er den Anruf. Er musste die Hände für den letzten Sprint frei bekommen – er brauchte zwei freie Hände dringender als sie weitere Informationen.

Seit seiner Ankunft in Luxemburg war ihm aufgefallen, wie wenige Polizisten auf den Straßen zu sehen waren. Von gelegentlich mit Blaulicht vorbeirasenden Polizeifahrzeugen und ein paar gelangweilten Streifenpolizisten am Bahnhof abgesehen, hatte er praktisch keine Polizeipräsenz bemerkt. Für seine Operation war das natürlich von Vorteil gewesen – niemand, der eine Beobachtung durchführte, sah es gerne, wenn ihm auf Schritt und Tritt Polizisten in die Quere kamen –, aber jetzt hätte er sich gewünscht, in der kleinen Hauptstadt dieses kleinen Landes würde es von Polizisten nur so wimmeln.

Von der Polizei war daher keine schnelle Hilfe zu erwarten. Er sprintete mitten über die Place Guillaume II und bog scharf nach rechts in die Rue du Fossé ein. Gelegentlich blickte ein Tourist dem gut gekleideten Geschäftsmann verdutzt nach, der vorbeiraste, als ginge es um sein Leben, aber mehr als flüchtiges Staunen war nicht zu sehen.

Er bremste ab, als er an der Place de Clairefontaine ankam, die ebenfalls autofrei war, und ging in normalem Schritt zum Eingang seines Apartmenthauses. Unterwegs scannte er den Platz, suchte nach Anzeichen von Problemen.

Sofort fiel ihm ein Kastenwagen ohne Firmenaufschrift auf, der auf der gegenüberliegenden Seite in einer Spur parkte, die eigentlich für Rettungsfahrzeuge reserviert war. Neben der Fahrertür stand ein Mann und rauchte eine Zigarette, und als Jack in seine Richtung blickte, wandte sich der Mann ab.

Jack ging zum Haus, streckte die Hand aus, um die Tür aufzustoßen – die zu seiner Überraschung im selben Augenblick von innen geöffnet wurde. Ein Mann in Anzug und Krawatte hielt ihm die Tür auf. Er war noch jung, in den Zwanzigern, mit dunkler Gesichtshaut und breiten Schultern. Er lächelte Ryan kurz zu, aber Jack sah, dass der Mann ihn erkannt hatte.

Jack lächelte zurück, als er an ihm vorbeiging. *»Merci beaucoup.«*

»Avec plaisir, monsieur«, antwortete der andere. Dem harten Akzent nach war er kein Franzose.

Der falsche Türsteher blieb dicht hinter ihm, als Jack in den kleinen Vorraum trat. Rasch blickte sich Jack um, entdeckte aber niemanden. Er vermutete, dass der Mann hier unten allein Schmiere stand, aber er war sich sicher, dass sich noch weitere Männer im und um das Gebäude herum befanden.

Das konnte ihn nicht aufhalten. Er ging geradewegs zum Lift. Schon nach drei Schritten spürte er, dass ihm der »Türsteher« dicht auf den Fersen folgte.

Jack wirbelte herum, packte den Mann an der Krawatte und nutzte den Schwung, um ihn aus dem Gleichgewicht zu reißen. Der Mann hatte die rechte Hand am Griff einer Pistole, die unter seinem Jackett im Gürtel steckte. Ryan packte sein Handgelenk und drehte sich auf dem Fuß nach links. Dabei rammte er den rechten Ellbogen aufwärts, nutzte den Schwung und setzte die ganze Kraft seiner Rücken- und Schultermuskeln ein, um noch mehr Wucht in den Stoß zu legen.

Sein Ellbogen krachte dem Mann mitten ins Gesicht, sodass dessen Kopf brutal nach hinten gestoßen wurde. Benommen schwankte der Mann, aber Jack hielt immer noch sein Handgelenk gepackt und schüttelte es nun heftig, dass dem anderen die Pistole aus der Hand fiel. Sie polterte auf den mit Teppich belegten Boden.

Ryan hatte den Mann zwar entwaffnet, aber die Situation noch nicht völlig unter Kontrolle. Auf den Ellbogenstoß ließ er einen schweren Haken folgen, noch einmal direkt ins Gesicht. Der Mann taumelte nach hinten, aber Jack blieb an ihm dran, schwang den benommenen »Türsteher« herum und nahm ihn von hinten in einen brutalen Würgegriff.

Der Griff war so stark, dass der Türsteher Jack nicht zu fassen bekam, schließlich gaben seine Knie nach. Jack ließ sich mit ihm fallen und rammte ihn auf den Boden.

Leise zischte er in sein Ohr: »Wie viele? Wie viele Männer sind oben?«

Der Mann gab keine Antwort; Jack ließ ihn los und sprang zur Pistole. Es war eine CZ Omega 9-Millimeter. Die Waffe war Jack nicht sehr vertraut, aber sie funktionierte wie die meisten anderen Pistolen. Er fand sofort den Sicherheitshebel und schob ihn zurück, dann zog er rasch den Schlitten zurück, um zu sehen, ob sich eine Patrone in der Kammer befand. Eine Patrone flog heraus, sodass noch 15 weitere in der Waffe sein mussten, wenn er davon ausging, dass der Mann die Pistole voll geladen hatte.

Er richtete sie auf den Mann. »Letzte Chance. Wie viele?«

Der Mann hob die Hände, rollte sich herum, bis er auf die Knie kam, räusperte sich, dann presste er Daumen und Zeigefinger zusammen. Jack bemerkte es zwar, begriff aber nicht, was es bedeutete, bis der Mann brüllte: *»On imeyet svoy pistolet!«*

Jetzt wurde Jack klar, dass der Mann einen kleinen PTT-Knopf zwischen den Fingern drückte, wahrscheinlich verlief das Kabel durch den Jackettärmel, und obwohl er nicht jedes Wort verstanden hatte, war ihm sofort klar, dass der Mann seine Kumpel in den oberen Stockwerken gewarnt hatte, dass Jack bewaffnet war. Jack sprang zu ihm hinüber, schlug ihm die schwere Pistole quer über den Körper, dann betäubte er ihn mit einem Schlag gegen die Schläfe. Stahl krachte auf Knochen. Blut spritzte über den Teppich, als an der Schläfe eine riesige Platzwunde aufsprang. Der Mann brach bewusstlos zusammen. Eine Blutlache breitete sich unter seinem Kopf aus.

Jack war bereits auf dem Weg zum Lift, noch bevor der Mann auf dem Boden aufschlug. Die Kabine stand offen. Er griff hinein und drückte auf den Knopf für den dritten Stock, trat aber nicht in die Kabine. Als die Tür zuglitt und sich die Kabine nach oben in Bewegung setzte, war Jack bereits auf der Treppe. Die Zeit war jetzt seine Feindin; jede Sekunde arbeitete gegen ihn – und gegen Ysabel.

In seiner Suite im sechsten Stock des Meliá Luxembourg trat Andrej Limonow in die Dusche. Er hatte den ganzen Tag gearbeitet, obwohl er dabei eigentlich meistens nur herumgesessen und gewartet hatte.

Limonow war eigens für die Besprechung mit Guy Frieden nach Luxemburg gekommen. Er wusste, dass Frieden bei einem seiner Deals mit einem Mann in der Karibik zusammengearbeitet hatte, der im Ruf stand, bei der Auswahl seiner Geschäftspartner außerordentlich wählerisch zu sein. In der Welt der internationalen Finanzen wäre es für einen Investmentmanager, der über Beträge der Größenordnung verfügte, die Limonow derzeit verwaltete, normalerweise kein Problem gewesen, ein Gespräch mit diesem geheimnisvollen Burschen zu arrangieren. Aber das hier war eine ganz besonders heikle Angelegenheit; Limonow hatte zwar versucht, selbst mit dem Mann in der Karibik in Kontakt zu treten, hatte aber keine Antwort erhalten.

Frieden schien nicht abgeneigt zu sein, Limonow zu helfen, den Kontakt herzustellen. Vor drei Tagen hatte er versprochen, den Mann unverzüglich anzurufen und die Begegnung zu arrangieren, aber während dieser drei Tage hatte er ständig neue Ausreden geliefert. Offenbar verhielt sich der Mann sehr zurückhaltend, wenn es darum ging, neue Klienten anzunehmen.

Limonow wusste, dass es manchmal viel Zeit und Geduld kostete, neue Geschäftsbeziehungen aufzubauen.

Koslow jedoch ärgerte sich sehr über die Verzögerung. Schon bald hatte er begonnen, selbst Nachforschungen über den Mann anzustellen, den Limonow suchte, und traf eigene Vorkehrungen, um ein Treffen herbeizuzwingen. Das behagte Limonow überhaupt nicht, aber Wlad Koslow hatte von Walerij Wolodin den ausdrücklichen Befehl erhalten, dafür zu sorgen, dass sich die Räder bei dieser Operation ständig weiterdrehten, und Limonow war nicht in der Lage, Koslow davon abzubringen.

Nur zu gern wäre er nach London zurückgereist, um dort abzuwarten, bis er grünes Licht für den Flug in die Karibik bekam, aber Koslow hatte darauf bestanden, hier in Luxemburg zu warten, bis ein Termin vereinbart wurde. Denn, auch darauf hatte Koslow beharrt, sollte es weitere Verzögerungen geben, würde er einfach in Friedens Büro marschieren und den Anwalt ein wenig ermuntern, bessere Überzeugungsarbeit zu leisten.

Zum Glück für alle Beteiligten hatte Guy Frieden an diesem Nachmittag angerufen und berichtet, der mysteriöse Kontakt in der Karibik habe nun endlich zugestimmt, die beiden Russen schon am folgenden Tag zu treffen. Limonow und Koslow würden am Abend abfliegen, deshalb wollte Limonow noch ausgiebig duschen, bevor er den Nachtflug über den Atlantik antrat.

Unter der Dusche dachte er über die Reise nach. Das war der große Augenblick, der entscheidende Moment in der ganzen Transaktion. Jetzt endlich würde die erste größere Summe von Wolodins Konten abfließen und dann spurlos verschwinden – um von dieser Sekunde an nur noch virtuell zu existieren, im Äther sozusagen, bis sie dann irgendwann blütenrein auf neuen Konten wieder auftauchte, die Limonow bereits eingerichtet hatte.

Limonow lief ein Schauder über den Rücken, als er an die kommenden Wochen dachte. Und dann lächelte er. Klar, mit dieser Sache würde eine Menge Stress auf ihn zukommen, aber wenigstens würde er den Stress im Paradies der Karibik erleben.

Er drehte das Wasser ab und trat gerade aus der Dusche, als er hörte, dass die Tür zu seinem Zimmer geöffnet wurde. Rasch griff er nach dem Duschtuch, wickelte es um die Hüfte und streckte den Kopf durch die Tür des Badezimmers. Wlad Koslow kam herübergerannt.

»Was soll der Scheiß, Koslow? Wie kommen Sie dazu, einfach in mein Apartment zu …?«

In diesem Moment sah er Koslows besorgte Miene.

»Wir haben ein Problem«, sagte Koslow.

»Ein Problem?«

»Jack Ryan.«

Limonow starrte den anderen Russen an. »Präsident Ryan ist für alle ein Problem.«

»Nicht der Präsident. Sein Sohn.«

»Er hat einen Sohn? Und? Was ist mit ihm?«

»Jack Ryan junior arbeitet für Hendley Associates, eine private Finanzmaklerfirma in den USA. Er und eine Kollegin liefen letzte Woche in Rom herum. Sie interessierten sich für den Kauf eines Kunstwerks, den Guy Frieden für Mischa Grankin arrangieren sollte.«

»Okay …?«

»Grankins Leute heuerten einen lokalen Kontaktmann an, der bessere Fotos von der Frau schießen sollte, und durch sie stießen sie auf Ryan. Aber Ryan knöpfte sich den Beschatter vor – und danach verschwand Ryan.«

Limonow nickte nachdenklich. »Das klingt nicht so, wie sich ein Finanzmakler verhalten würde.«

»Genau. Jedenfalls beschatteten sie die Frau weiter. Ein paar Tage lang geschah nichts, aber heute um die Mittagszeit ging sie zum Flughafen in Rom und bestieg ein Flugzeug nach Luxemburg. Grankins Leute schickten einen Mann zum Airport, der in einem Taxi auf sie wartete. Sie stieg bei ihm ein und nannte ihm eine Adresse. Als das

Taxi dort ankam, wurde sie schon von Grankins Leuten erwartet. Es war Ryans Apartment. Er ist hier, in Luxemburg.«

»Hier?«, echote Limonow verwirrt. Koslow sah ihm an, dass er nicht begriff, was das bedeutete.

»Grankins Büro weiß, dass ich hier bin. Sie wissen zwar nicht, was ich hier tue, aber sie haben mich jedenfalls angerufen und gewarnt, ich müsse aus der Stadt verschwinden. Im Moment warten seine Leute darauf, dass Ryan in sein Apartment zurückkehrt. Ich weiß nicht, was sie mit ihm vorhaben, aber wir sollten auf keinen Fall noch hier sein, wenn das geschieht.«

Limonow hatte immer noch nicht begriffen, worauf Koslow eigentlich hinauswollte. Ratlos sagte er: »Aber Grankin kann doch gar nicht wissen, dass wir uns mit Frieden treffen?«

»Sie wissen es nicht, verdammt! Aber was ist, wenn *Ryan* es weiß? Wenn er schon in Rom hinter Frieden herschnüffelte und jetzt plötzlich hier auftaucht …«

Jetzt endlich begriff Limonow. »Er könnte Frieden hier observiert haben.«

»Was wiederum bedeutet, dass er auch uns gesehen hat. Zweimal.« Koslow griff nach Limonows Unterwäsche und Hose auf dem Bett und warf sie ihm zu. »Wir beide fahren sofort zum Airport. Wir fliegen heute Abend. Grankins Leute holen sich Ryan, genau in diesem Moment. Los, beeilen Sie sich, Mann!«

Jack Ryan junior stand auf dem Treppenabsatz im dritten Stock und lauschte auf die Geräusche im Treppenhaus. Er hatte den Lift auf dem Weg nach oben überholt, denn jetzt erst hörte er den leisen Gong, als die Kabine auf dem Stockwerk ankam. Er wartete, bis er das Geräusch der aufgehenden Tür hörte, dann schwang er um die Ecke, die CZ-Pistole schussbereit, aber so eng am Körper, dass niemand, der hinter der Ecke lauerte, an sie herankommen konnte.

Der Flur lag im Halbdunkel; jemand hatte die Birnen in den Wandleuchten gelockert. Im schummrigen Licht entdeckte er zwei Männer in Bluejeans und Sweatshirts; beide hielten die Waffen auf die Lifttür gerichtet. Einer kauerte auf einem Knie, von Ryan abgewandt, der andere trat gerade in die Kabine, um sich umzublicken.

Den Knienden schaltete Ryan mit einem Schlag der schweren Pistole auf den Hinterkopf aus. Der Mann krachte bewusstlos auf den Teppichboden, ohne auch nur einen Mucks von sich zu geben. Aber der Vorgang blieb dem anderen nicht verborgen – das hässliche Geräusch von Stahl auf Knochen war so laut gewesen, dass es durch den ganzen Flur hallte.

Der Mann im Lift streckte die Waffe vor und zielte damit in den Flur hinaus, ohne genau sehen zu können, wohin er zielte. Jack sah sich dem Lauf der Waffe gegenüber.

Er warf sich im selben Moment auf den Boden, in dem sich der Schuss löste und das Mündungsfeuer die Szene kurz erhellte.

Jack feuerte durch die Flurwand in die Kabine. Er wusste, dass seine Schüsse ungenau und schwächer sein würden, nachdem sie durch die Wand und die der Kabine gedrungen waren, glaubte aber, dass die 9-Millimeter-Geschosse der CZ beide Hindernisse durchschlagen würden. Immer wieder feuerte er verzweifelt, um die Gefahr auszuschalten, damit er sich endlich um Ysabel kümmern konnte. Er nahm an, dass sie in seinem Apartment war, in der Gewalt weiterer Männer.

Nach sieben Schüssen hörte er einen Schrei aus der Kabine, gefolgt von Stöhnen. Er blieb in Deckung, kroch aber mit einer Hand und auf den Knien weiter in den Flur, die Pistole auf die Kabine und die potenzielle Gefahr gerichtet. Er war sich keineswegs sicher, ob ihn der Mann im Lift mit seinem ständigen Stöhnen nicht einfach nur austricksen wollte.

Vorsichtig um die Ecke spähend, entdeckte er einen bärtigen Mann mittleren Alters mit einem Ohrstöpsel im Ohr. Blut floss aus einer Wunde in der Leistengegend und sammelte sich in einer Lache um den Körper. Er hatte die Waffe fallen gelassen – sie lag mitten in der Blutlache – und presste beide Hände auf die Wunde.

Mit matten, resignierten Augen blickte er zu Ryan auf.

Ryan stand auf, stellte einen Fuß in die Kabine, damit sich die Tür nicht schließen konnte, nahm die Pistole in die linke Hand und richtete sie auf die Tür seines Apartments, keine vier Meter entfernt. Er warf einen Blick auf den verwundeten Mann auf dem Boden. »*Combien?* Wie viele?«

Der Mann antwortete auf englisch mit schwerem Akzent. »Friss Scheiße und stirb, Ryan.«

Jack schob einen Fuß vor, zog die Pistole durch die Blutlache aus der Kabine und kickte sie hinter sich in den Flur. Dann bückte er sich, riss dem Mann den Ohrstöpsel heraus und das Funkgerät aus der Jacke und drückte auf die Taste für das Erdgeschoss.

Die Tür schloss sich, und der Lift setzte sich sofort in Bewegung.

Ryan blickte sich nach dem anderen Mann auf dem Boden um. Der kam allmählich zu sich und hob langsam den Kopf.

Jack trat näher und verpasste ihm einen brutalen Tritt ins Gesicht. Der Kopf schlug auf den Boden, und der Mann verlor wieder das Bewusstsein. Jack war klar, dass er ihm die Nase gebrochen hatte, wenn nicht noch mehr. Er würde sicherlich für Tage außer Gefecht sein, vielleicht sogar für Wochen.

Jetzt wandte sich Jack wieder der Tür seines Apartments

zu. Er kämpfte den schier überwältigenden Impuls nieder, sein ganzes Training zu vergessen und sich den Weg in die Wohnung freizuschießen. Er wusste, das Ysabel dort drin war, und hatte ernsthafte Zweifel, dass sie allein war.

Vorsichtig tastete er nach dem Türknauf und entdeckte, dass die Tür nicht verschlossen war. Er legte sich links mit der Schulter auf den Boden, nahm die Pistole wieder in die linke Hand und drehte vorsichtig mit der rechten den Knauf über ihm, dann nahm er die Waffe rasch wieder in seine dominante Hand.

Er atmete einmal tief ein, um sich für den Angriff zu wappnen, und schob die Tür mit der linken Hand ein Stück weit auf und hielt sie fest, damit sie nicht mehr zufallen konnte.

Sein Wohnzimmer lag nun vor ihm. Er konnte niemanden entdecken, aber eine Stehlampe lag auf dem Teppich, und der gläserne Couchtisch war völlig zerschmettert, als wäre jemand durch ihn hindurch auf den Boden gekracht.

Jack zog die Knie an und richtete sich auf, blieb aber so tief wie möglich. Langsam kroch er in den Raum, die Pistole ständig zwischen den beiden Türen, die er von hier aus sehen konnte, hin und her schwenkend. Die Tür zur Küche war auf der rechten Seite, links führte ein kurzer Flur zum Schlafzimmer und zum Bad.

Er sicherte zuerst die Küche, und was er dort sah, ließ ihn vor Entsetzen zurückschrecken. Blut überall, auf dem Boden, auf Kniehöhe an den Wänden verschmiert. Aber die Küche war so leer wie das Wohnzimmer, wo er Ysabels Koffer geöffnet auf dem Boden liegen sah, die Kleider überall im Raum verstreut. Er schlich weiter durch den Flur zum Schlafzimmer.

Mit geschärftem Gehör lauschte er auf jedes Geräusch im Apartment, aber alles war totenstill. Hinter sich, vom Wohnungseingang, sah er eine Bewegung, dann hörte er auch schon Stimmen – Nachbarn, die aufgeregt miteinander sprachen, dann Schreie, als sie den bewusstlosen Mann und die Pistole auf dem Boden entdeckten. Er wusste, dass die Hausbewohner ihn jeden Augenblick entdecken konnten, und die Polizei würde jetzt auch nicht mehr lange auf sich warten lassen, aber seine ganze Aufmerksamkeit war darauf gerichtet, Ysabel zu befreien.

Jack sicherte das Bad mit vorgereckter Pistole, dann schlich er, jetzt wieder geduckt, zur Schlafzimmertür.

Er sah zuerst ihr Haar, auf dem Boden neben dem großen Doppelbett, blutverschmiert. Dahinter die Spur einer Hand, die sich an der Wand zu einem offen stehenden Fenster erstreckte.

»O mein Gott, bitte nicht«, flüsterte er.

31

Ysabel?« Er war geistesgegenwärtig genug, die Pistole durch den Raum zu schwenken, bevor er sich vorsichtig auf den großen Einbauwandschrank zubewegte, um sich zu vergewissern, dass sich niemand im Schrank versteckte.

Er stieg über Ysabels Körper hinweg, zwang sich, nicht auf sie hinabzuschauen, bis er am Fenster ankam. Er blickte nach draußen: eine Feuerleiter. Er richtete die Pistole nach oben zum Dachrand, dann nach unten zur Straße.

Zwei Männer schleppten einen dritten zwischen sich über den kleinen kopfsteingepflasterten Platz vor dem Apartmentgebäude, stießen den Verletzten in den Laderaum des Kastenwagens, den Jack zuvor schon bemerkt hatte, stiegen ein und rasten davon. Einen Augenblick später bogen zwei Polizeifahrzeuge in die Place de Clairefontaine ein.

Ryan warf die Waffe unter das Bett, rannte zu Ysabels leblosem Körper zurück, rutschte die letzten paar Armlängen auf den Knien über den polierten Parkettboden. Er hob ihren schlaffen Kopf an, bettete ihn auf die Arme, spürte das feuchte Haar. Es war Blut, er wusste es, ohne hinsehen zu müssen.

Er beugte sich tiefer, um nach ihrem Herzschlag zu horchen, aber gerade als er das Ohr auf ihre Brust legte, hustete sie schwach.

Ihre Augen blieben geschlossen, ihr Atem ging flach.

Jack brüllte so laut, dass man ihn im ganzen Stockwerk hören konnte, auf französisch und deutsch: »Aidez-moi! Hilfe! Ambulance! Krankenwagen!«

Er schob die Hand in die Seitentasche des Blazers und atmete erleichtert auf, als er fand, was er suchte.

John Clark hatte seinem Team befohlen, immer ein kleines Persönliches Traumakit mit sich zu führen, und mit »immer« hatte er genau das gemeint. Es war ein kleiner Pack, dessen Inhalt Clark und Chavez aufgrund ihrer Erfahrungen zusammengestellt hatten. Jack und Dom hassten die Dinger. Clark hatte ihnen schimpfend klargemacht, dass die Packs winzig seien, aber für die beiden modebewussten jungen Männer Anfang dreißig konnten sie gar nicht winzig genug sein. Dom spottete über die PTKs und nannte sie »Windelpäckchen«, und Jack taufte sein Kit »Clarks Aua-Beutel«.

Eines Tages hatte Chavez genug von ihrem Gemecker und schlug vor, den Inhalt statt in eine Box in kleine vakuumversiegelte Plastikbeutel zu packen. Jetzt war das Kit kaum noch größer als zwei aufeinanderliegende Spielkartenpacks. So konnten sie in der Vordertasche einer Hose verstaut werden, ohne aufzufallen. Dom und Jack hörten auf, sich darüber zu beschweren. Es war zwar immer noch lästig, einen Erste-Hilfe-Pack rund um die Uhr mit sich herumzuschleppen, sogar dann, wenn sie gar nicht auf einer Mission waren, aber beide Männer wussten, dass es sinnlos war, sich weiter darüber zu streiten, und fügten sich in das Unvermeidliche.

Jetzt dankte Ryan Gott im Himmel, dass man ihn gezwungen hatte, das verdammte Ding ständig mit sich zu führen. Er riss das PTK mit den Zähnen auf und schüttete den Inhalt neben Ysabel auf den Boden. Den Druckverband schob er beiseite, da sie an Armen oder Beinen nicht sehr stark blutete, dafür quoll das Blut dick aus mehreren Wunden an Kopf und Hals.

Er versuchte die Blutungen an der Stirn mit Binden einzudämmen. Die Wunde am Hals sah wie eine tiefe Stichwunde aus, und als er die Blutung zu stoppen versuchte, stellte er fest, dass die Messerklinge höchstens einen Zentimeter an ihrer Halsschlagader vorbeigegangen war.

Mit Verbandsmull und Isolierband gelang es ihm, die Blutung an ihrem linken Oberarm und auf dem Nasenrücken einzudämmen.

Ihm war klar, dass die Rettungssanitäter die meisten Notverbände wieder abnehmen würden, um die Wunden zu überprüfen und ihre eigenen professionellen Verbände anzulegen. Aber das war ihm egal. Im Moment hatte er keine Ahnung, wie viel Blut Ysabel noch verlieren würde, bevor der Rettungswagen eintraf, deshalb war es für ihn wichtiger als alles andere, ihre Blutungen einzudämmen und Ysabel zu stabilisieren.

Mit all den Schnitt- und Stichwunden und Blutergüssen, die er an ihr sah, fürchtete er, dass sie womöglich auch mehrere Knochen gebrochen und sogar innere Verletzungen erlitten hatte. Er wusste nicht, ob sie innere Blutungen hatte. Die sichtbaren äußeren Wunden hatte er versorgt, so gut es ging, aber eines konnte er nicht wissen: Ob das reichte, um ihr das Leben zu retten.

Unter alldem verschmierten Blut und den grauen und lila Prellungen war ihr Gesicht blass.

Nachdem er ihren Kopf stabilisiert hatte, schob er ihr die Arme auf den Schoß. Dabei bemerkte er zahlreiche Schnittwunden an den Händen, vor allen auf den Handflächen und Fingern. Ihre Knöchel waren wund gescheuert und zeigten alle Anzeichen, dass sie mit den Fäusten zugeschlagen hatte, und zwar hart.

»Gutes Mädchen«, flüsterte er, wobei ihm fast die Stimme brach.

Hinter sich hörte er eine Männerstimme, auf englisch. »Wer … wer sind Sie?«

Jacks Kopf zuckte herum, die Hand bewegte sich instinktiv in Richtung der Pistole unter dem Bett.

Ein dicker Mann Anfang zwanzig stand in der Tür zum Flur und starrte ihn geschockt an. Er hielt keine Waffe in den Händen.

Jack zog die Hand von der Pistole zurück. »Ich wohne hier. Und wer sind Sie?«

»Ein Nachbar.«

»Rufen Sie einen Krankenwagen! Schnell!«

»Die Frau aus 4C hat bereits angerufen. Der Krankenwagen muss jede Minute hier sein.«

Jack hatte zwar keine Ahnung, wer dieser Typ war, aber er brauchte jede Unterstützung, die er kriegen konnte. »Haben Sie gesehen, wer das hier gemacht hat?«

»Nein. Bin gerade erst gekommen.« Dabei starrte er Jack an, offenbar immer misstrauischer.

»Sind Sie der Ehemann? Von ihr?«

»Nein.« Er dachte kurz nach, während er ihren Arm zurechtschob. »Ihr Freund. Bin gerade erst zurückgekommen.«

Der junge Mann schien sich ein wenig zu entspannen, offensichtlich hatte er befürchtet, mitten in einen schweren Ehekrach gestolpert zu sein und dass der Mann, der sich jetzt um die verletzte Frau kümmerte, sie noch vor wenigen Augenblicken halb tot geprügelt hatte. Jack wiederum war sich jetzt fast sicher, dass der Mann nichts mit dem Überfall zu tun hatte; außerdem war er auch viel zu dick, um zu den drei anderen Muskelmännern zu passen, denen Jack begegnet war.

»Wer … wer hat das getan?«, fragte der junge Mann stockend.

Jack schüttelte stumm den Kopf, während er verzweifelt ihre übrigen Wunden versorgte. Immerhin war er geistesgegenwärtig genug, seine Antworten sorgfältig abzuwägen. Ihm war klar, dass die Polizei schon bald eintreffen und alle Zeugen befragen würde. Was er dem jungen Mann sagte, konnte entscheidend sein, ob er als freier Mann aus Luxemburg abreisen durfte oder ob sie ihn hinter Gitter sperren würden. »Ich weiß es nicht. Sie gehört in ihrer Heimat zu einer Politikerfamilie. Es hat immer wieder Drohungen gegeben.«

Der junge Mann nickte noch einmal und stellte keine weiteren Fragen mehr.

Kurz darauf drängten auch andere Nachbarn herein, und eine Minute später kam endlich auch die Polizei im dritten Stock an. Sie versicherten Jack, dass der Krankenwagen gleich eintreffen werde.

Ryan war klar, dass er dringend Clark und Gerry anrufen und sie über den Vorfall informieren musste, aber das musste warten, solange er noch nicht einmal wusste, ob Ysabel die nächsten Minuten überleben würde. Solange ihr Zustand nicht stabilisiert war, würde er auf keinen Fall herumtelefonieren. Er kauerte stumm über ihr, rieb ihre Hände und die Stirn mit feuchten Kompressen, die ihm ein Nachbar gebracht hatte, redete leise auf sie ein und versicherte ihr, dass es ihr bald wieder besser gehen würde.

Die Polizisten versuchten nicht, ihn von ihr wegzuziehen – schon deshalb nicht, weil sie keine Ahnung hatten, dass er gerade hier in diesem Gebäude einen Mann niedergeschossen und zwei weitere ernsthaft verletzt hatte. Er konnte nur hoffen, dass sie nicht unter das Bett schauen und die Pistole entdecken würden. Er versuchte, das zu verhindern, indem er sich ein wenig herumschob, sodass er zwischen Ysabel und dem Bett kniete. Jetzt konnte er die Beine unter das Bett strecken und die Pistole noch weiter darunterschieben. Wer sich jetzt nur flüchtig umschaute und nicht gezielt unter dem Bett nach etwas suchte, würde die Waffe nicht entdecken. Vielleicht würden sie sie später finden, aber mit etwas Glück würde er dann längst außer Landes sein.

Ysabel öffnete ein wenig die Augen, ihr Blick fokussierte sich auf sein Gesicht. Er redete besänftigend auf sie ein, versicherte ihr, dass es ihr bald wieder besser gehen würde, obwohl er immer noch nicht wusste, ob sie innere Verletzungen erlitten hatte.

»Tut mir leid, Jack«, flüsterte sie. »Es waren einfach zu viele.«

»Das braucht dir nicht leidzutun. Du warst großartig. Bald ist alles wieder in Ordnung. Ruh dich aus.«

Aber sie wollte reden. »Die Männer …«

»Die Männer? Ja? Weißt du, wer sie waren? Ich habe sie reden hören. Sie hatten einen ausländischen Akzent.«

Sie schüttelte den Kopf. »Der eine … der Anführer … der das mit mir gemacht hat … er war …«

»Ja?«

Ysabels Stimme brach. Die Tränen rannen ihr über das Gesicht.

»… Russe.«

Jack spürte, wie ihm das Blut aus dem Gesicht wich. *Russen!* Jetzt war er sich absolut sicher, dass der Überfall ihm gegolten hatte. Was sie Ysabel zugefügt hatten, war nur geschehen, weil er seine »sichere« kleine Operation in Westeuropa durchgeführt hatte, die nette Mission, bei der er tagsüber durch Kunstgalerien geschlendert war und abends in eleganten Restaurants gespeist hatte.

»Verdammte Scheiße«, murmelte er in sich hinein. Er schaute auf Ysabels unglaublich verschwollenes Gesicht, das Blut, das durch die Binden sickerte, ihre aufgeplatzten Lippen, die schwarz und blau geschlagenen Augen – und wusste nun, dass das alles seine Schuld war.

Zwei Sanitäter drängten sich durch die immer weiter anwachsende Menge, die aus dem ganzen Stockwerk zusammengeströmt war, und drängten Jack recht unsanft beiseite. Er stand auf und lehnte sich an die Wand neben dem Nachttisch.

Sie konzentrierten sich zunächst auf die Stichwunde am Hals, versorgten sie flüchtig und rollten Ysabel schließlich auf eine Tragbahre.

Drei Minuten nachdem sie gekommen waren, brüllten sie nach der Polizei, damit die Beamten die zehn oder fünfzehn Gaffer aus der Wohnung trieben, sodass Ysabel zum Krankenwagen geschafft werden konnte.

Währenddessen stand Jack stumm daneben, half aber, im Wohnzimmer die Sessel und die Trümmer des Tisches aus dem Weg zu räumen, damit die Sanitäter mit der Trage besser aus der Wohnung kamen.

Jack wollte den Sanitätern mit der Trage folgen, aber einer der Polizisten hielt ihn auf. »Wir bringen Sie nachher zum Krankenhaus, aber zuerst haben wir noch ein paar Fragen.«

»Die könnten Sie mir auch unterwegs stellen.« Jack wollte an Ysabels Seite bleiben, aber er brauchte auch ein paar Minuten Ruhe, um sich eine plausible Story auszudenken.

»Einen Augenblick, bitte. Können Sie sich ausweisen?«

Ryan reichte ihm seinen echten Pass, weil er hier nicht undercover unterwegs war. Der Beamte blätterte kurz darin, aber Jacks Name schien ihm nicht aufzufallen. »Wie heißt die Frau?«

»Ysabel. Ysabel Kashani.«

»Auch Amerikanerin?«

»Nein, Iranerin.«

Jetzt blickte ihn der Beamte noch aufmerksamer an. Nach einem kurzen Zögern fragte er: »Und das hier ist Ihr Apartment?«

»Ja, gemietet, nur für eine Woche oder so. Haben Sie die Männer draußen festgenommen?«

»Die *Männer*? Da war nur einer. Im Lift.«

Scheiße, dachte Jack. Die beiden, die nicht so schwer verwundet waren, hatten es tatsächlich geschafft zu fliehen, bevor die Polizei gekommen war. Wenigstens hatten sie einen ihrer Leute mitgenommen.

»Wer ist der Typ?«

»Das wissen wir noch nicht. Er ist tot. Haben Sie ihn erschossen?«

»Ich? Nein, natürlich nicht! Ich habe gerade mit Ysabel telefoniert, als sie überfallen wurde. Ich bin sofort hierhergerannt und stieß draußen auf die Männer. Dann habe ich sie gefunden.«

Hätte Jack zugegeben, jemanden niedergeschossen zu haben, hätte man ihn für längere Zeit hier in Luxemburg festgehalten. Selbst wenn er zugegeben hätte, einem der Angreifer die Waffe abgenommen zu haben, hätte er weitaus mehr Zeit als Gast bei der Polizei verbringen müssen, als ihm lieb gewesen wäre.

Der Polizist schien ihm die Story nicht abzukaufen. »Es gibt Kameras unten in der Lobby und in den Liften. Und auf jedem Stockwerk. Wir werden sehen, was passiert ist.«

Jack nickte nur, dann drückte er sich die Hand auf den Bauch. »Ich glaube, ich muss mich übergeben …«

Zwei Beamte standen vor der Badezimmertür, wichen aber beiseite, als Jack zur Tür taumelte. Offensichtlich verdächtigten sie ihn, mehr mit der Sache zu tun zu haben, als er zugab, waren aber nicht misstrauisch genug, ihn gründlich zu durchsuchen.

Im Bad drehte er den Wasserhahn auf, imitierte ein paar Würggeräusche, zog aber gleichzeitig das Smartphone heraus und gab die Kurzwahl für eine Nummer in Alexandria, Virginia, ein. Mit angehaltenem Atem hoffte er inbrünstig, dass sich der Teilnehmer sofort meldete.

Zu seiner großen Erleichterung hörte er die Stimme. »Gavin Biery.«

Ryan ließ noch einmal ein Würggeräusch hören, dann flüsterte er: »Ryan hier. Hör genau zu. Place de Clairefontaine, Nummer fünf. Die Aufzeichnungen sämtlicher Kameras für die letzte Stunde löschen. Du hast fünf Minuten, höchstens.«

»Was darf ich sonst noch für dich tun, Ryan? Eine Kunstgalerie hacken? Einen Anwalt hacken? Ein Flugzeug aufspüren? Kameras blank putzen? Glaubst du wirklich, ich hätte sonst nichts anderes zu tun?«

»Ich habe gerade einen Mann erschossen. Die Polizei steht vor der Tür. Sie wollen sich die Videos ansehen.«

Darauf folgte eine sehr kurze Pause. »Heilige Scheiße. Ich bin schon dran, Ryan.« Gavin beendete das Gespräch.

Jack steckte das Telefon weg, spülte die Toilette und verließ das Bad.

In der Wohnung herrschte Verwirrung, während die Polizei festzustellen versuchte, wer nun mit wem die Wohnung verlassen sollte, und weitere Beamte den Tatort absperrten. Offenbar ereigneten sich hierzulande Gewaltverbrechen so selten, dass die Polizei keinerlei Standardverfahren zu kennen schien, das in solchen Fällen anzuwenden war. Es gab eine Menge Gerede und sogar ein wenig Streit, alles auf Luxemburgisch. Jack nutzte die Verwirrung und ging in die Küche, um ein Glas Wasser zu trinken. Dabei entdeckte er Ysabels Tasche auf der Arbeitsfläche, der Inhalt lag verstreut daneben.

Er achtete nicht auf den Inhalt, sondern konzentrierte sich auf die Tasche, die er innen sorgfältig abtastete.

Schon nach zehn Sekunden fühlte er einen kleinen, harten Gegenstand zwischen dem Leder und dem Innenfutter, an einer Stelle, an der sich weder Knöpfe noch der Reißverschluss befanden. Er tastete den Gegenstand noch ein paar Sekunden lang ab, dann drückte er ihn durch das Innenfutter. Eine ungefähr zwei Zentimeter lange Nadel mit kleinem schwarzem Kopf kam zum Vorschein.

Jack wusste, was das für ein Gegenstand war. Und er wusste auch, wie er in Ysabels Tasche gekommen war.

32

Bis ihn seine Polizeiaufpasser endlich ins Krankenhaus brachten, hatten sie Zeit genug gehabt herauszufinden, dass der Mann, den sie in Gewahrsam hatten, der Sohn des Präsidenten der Vereinigten Staaten war. Jack erklärte, er arbeite für Hendley Associates, eine private Finanzmaklerfirma, und halte sich geschäftlich in Luxemburg auf. Er wolle hier im Auftrag seiner Firma bestimmte forensische Buchprüfungen für mögliche Firmenaufkäufe durchführen. Ysabel sei eine Freundin, die gerade zu Besuch gekommen sei, und offenbar sei sie mitten in einen Einbruchdiebstahl gestolpert.

Die Polizei war sich nicht sicher, was da eigentlich vorgefallen war. Nur eines war klar: Das Verbrechen ließ ihr kleines Großherzogtum schlecht aussehen, was vor allem wegen des hohen Status des Opfers peinlich war.

Die Beamten behandelten ihn jetzt mit ausgesuchter Höflichkeit, aber Jack glaubte, dass sich ihr Ton sofort wieder ändern würde, wenn sie die Pistole am Tatort entdeckten, auf Fingerabdrücke untersuchten und er sich weigerte, ihnen zu erlauben, seine Fingerabdrücke zu nehmen.

Bis dahin wollte er unbedingt außer Landes sein.

Ysabel war inzwischen an Kopf, Hals und Körper im Kernspintomografen auf innere Verletzungen untersucht worden. Jack war gerade erst im Krankenhaus angekommen, als ein Arzt aus einem der Untersuchungszimmer herauskam. Er stellte sich als Neurochirurg vor und erklärte ihm, Ysabel habe sehr viel Glück gehabt, wenn man bedenke, was sie durchgemacht habe, aber sie sei noch nicht über den Berg. Sie habe eine kleine Verletzung an einem Halswirbel erlitten, und das bedeute, dass sie sofort operiert werden müsse.

Jack wurde blass. »Um Gottes willen! Wollen Sie damit sagen, sie hat sich das Genick gebrochen?«

Der Arzt zuckte mitfühlend die Schultern. »Nein. Wir können das wieder in Ordnung bringen. Das Rückgrat ist nicht beschädigt.« Er klopfte Jack leicht auf den Arm. »Eine Halswirbelfusion ist eine außerordentlich häufige Operation. Vertrauen Sie uns, Mr. Ryan, wir werden uns gut um sie kümmern.«

Jack war weder ihr Ehemann noch ein enger Verwandter, und das wusste der Arzt auch. Sie würden die Operation durchführen, ob er nun Bedenken hatte oder nicht. Jack nickte abwesend und setzte sich wieder. Müde starrte er ins Leere.

Er dachte an alles, was er zusammen mit Ysabel in den letzten Monaten erlebt hatte. Schon bei dem bloßen Gedanken wurde ihm übel, dass er sie jetzt geradewegs erneut in eine Katastrophe geführt hatte, nachdem sie beide bei den Ereignissen in Dagestan nur äußerst knapp mit dem Leben davongekommen waren.

Ryans Smartphone summte und brachte ihn wieder in die Gegenwart zurück. Abwesend zog er es heraus, blickte auf das Display und sah, dass der Anruf von Clark kam. Er sprang auf und entfernte sich ein wenig von Ysabels Zimmer. »Bitte sag mir, dass Gavin die Videofeeds gefunden hat.«

»Das hat er. Ich habe mir gerade die ganzen Videos angeschaut, auch, wie du die drei Angreifer ausgeschaltet hast. Aber natürlich müsste ich mehr über die Zusammenhänge wissen, um einschätzen zu können, was zum Teufel bei dir dort drüben eigentlich los ist.«

»Ich weiß auch nicht mehr, um ehrlich zu sein.«

»Bist du in Sicherheit?«

»Ja. Oder wenigstens glaube ich es. Muss mich vielleicht irgendwann bald dem Zugriff der Polizei entziehen, aber trotz des Vorfalls sind sie im Moment an mir nicht besonders interessiert. Ich glaube nicht, dass sie hier in diesem Land irgendeinen Plan haben, wie sie mit einer Schießerei umgehen müssen. Ich habe das Gefühl, dass so etwas so gut wie nie vorkommt.«

»Wie geht es Ysabel? Ich habe gesehen, wie man sie auf einer Trage aus dem Haus gebracht hat.«

»Der Arzt sagte gerade, sie sei außer Lebensgefahr, aber sie muss an den Halswirbeln operiert werden.«

»Großer Gott. Das tut mir leid, Jack.«

»Ja …«

»Hör mal, du musst mir jetzt genau erzählen, was vorgefallen ist. Von Anfang an.« Clark schwieg kurz, dann fügte er hinzu: »Und ich muss darauf bestehen, dass du das *jetzt sofort* tust.«

Jack erzählte ihm, was sich zugetragen hatte, aber weil er selbst immer noch keine Ahnung hatte, wer dafür verantwortlich war, konnte er Clark nur erklären, was er vermutete: dass die Sache hier etwas mit seiner Arbeit in Rom zu tun haben könnte. »Sie haben Ysabel nach mir gefragt. Das bedeutet, dass sie nicht das eigentliche Ziel war. Sondern ich.«

»Hast du eine Ahnung, wie sie deine Adresse herausgefunden haben?«

»Ja. Sie haben Ysabel benutzt, um mich aufzuspüren. Ich habe einen GPS-Tracker in ihrer Handtasche entdeckt. Ungefähr so groß wie eine Stecknadel. Modernste Technik.«

»Das klingt mir aber nicht nach den Russen.«

»Nein. Sieht wie ein Privatjob aus, aber höchstes Profi-Niveau.«

»Hast du eine Ahnung, wie und wo ihr der Tracker untergeschoben wurde?«

»Ja, ich glaube schon. Sie hat mir letzte Woche erzählt, eine Frau habe ihre Handtasche in einer Toilette versehentlich vom Waschtisch gestoßen und ihr dann geholfen, den Inhalt wieder aufzusammeln. Ungefähr eine halbe Stunde später tauchte ein Mann in meinem Apartment auf, der mich beschattet hatte.«

Kaum hatte er das erzählt, als er es auch schon bereute. Die Vorwürfe würden nicht lange auf sich warten lassen.

Clarks Stimme hob sich um eine Oktave. »*Welcher Mann?*«

»Ja, ich weiß, John, ich hätte das sofort melden sollen. Das habe ich vergeigt. Aber ich hatte keine Ahnung, dass …«

»*Welcher Mann*, Ryan?«

»Ein italienischer Paparazzo verfolgte mich in Rom. Ich war mir sicher, dass ich ihn abgeschüttelt hatte, aber dann tauchte er plötzlich vor meiner Wohnung auf. Ich habe ihn mir vorgeknöpft, und irgendwie hielt ich ihn für einen ziemlich schlechten Schauspieler. Aber er konnte mir beweisen, dass er wirklich nur ein Fotoreporter sei, und überzeugte mich, dass mich ein Mädchen in einem Café erkannt habe und ihm einen Tipp gegeben hätte. Ich dachte, die Sache hätte nichts mit meiner Op zu tun. Dass es nur wieder mal darum ging, dass ich Jack Ryans Sohn bin, der übliche Mist.«

Er räusperte sich. »Nur um ganz sicher zu sein, zogen Ysabel und ich sofort aus der Wohnung aus. Sie nahm ein Zimmer in einem Hotel, um von dort aus unsere Arbeit in Rom zu Ende zu bringen, und ich flog hierher nach Lux City. Ich dachte wirklich, dass die Sache damit ausgestanden war.«

»Verdammt noch mal, Jack! Es ist deine Pflicht, uns sämtliche Kontakte zu melden, vor allem, wenn es so aussieht, als würde deine Deckung auffliegen! Hast du immer noch nicht kapiert, in welche Gefahr du dich bringst, wenn du auffliegst?«

»Doch, schon … Ich meine, nein, eigentlich hatte ich keine Ahnung. Erst jetzt ist es mir verdammt klar geworden«, gab Jack bedrückt zu. Unwillkürlich schweifte sein Blick zu Ysabels Tür zurück, die gerade aufgegangen war. Zwei Krankenschwestern schoben ihr Bett durch den Flur zum OP-Saal.

»Wer war der Fotograf?«, fragte Clark.

»Salvatore.«

»Salvatore *wer?*«

»Er hat angeblich nur den einen Namen.«

Clark murmelte leise. »Ich hasse ihn schon jetzt.«

»Das kannst du ruhig laut sagen. Ich habe dem Bastard nicht über den Weg getraut, aber wir haben ihn online gecheckt, er ist wirklich ein Paparazzo … wenn man das überhaupt als Beruf bezeichnen mag. Jedenfalls war ich überzeugt, dass er nicht für die Russen arbeitet.«

»Aber wenn es derselbe GPS-Tracker war, der ihn zu deiner Wohnung in Rom geführt hat und nun auch die Angreifer in Luxemburg zu Ysabel gebracht hat, dann stecken beide offenbar unter einer Decke.«

»Ja«, gab Jack zu. »Sobald sie die Operation hinter sich hat und wieder in ihrem Zimmer liegt, fliege ich nach Rom zurück und greife mir diesen Salvatore.«

»Nein, Jack, das wirst du nicht tun! Du wirst von jetzt an nicht mehr allein arbeiten. Und du wirst aus Luxemburg verschwinden müssen.«

»Ich muss Ysabel beschützen!«

Clark ignorierte die Bemerkung. »Ich schicke dir Christine. Außerdem habe ich noch ein paar Kontakte aus meiner Zeit beim Rainbow-Team direkt hinter der französischen Grenze. Ich kann dafür sorgen, dass zwei Tier-One-Schützen vor ihrer Tür platziert werden, sobald sie aus der Narkose erwacht, und sie rund um die Uhr bewachen. Das ist mehr, als du allein tun könntest.«

»Ich bleibe an ihrer Seite. Ich lasse sie doch nicht einfach im Stich!«

»Jetzt hör mir mal ganz genau zu, Jack. Sie wurde angegriffen, gerade weil sie an *deiner* Seite war. Du hilfst ihr ganz bestimmt nicht, wenn du in ihrer Nähe bleibst. Du hast doch selbst gesagt: Du warst das Ziel, nicht Ysabel. Ich weiß, dass dir das im Moment so vorkommt, als würdest du sie im Stich lassen, aber genau das ist es, was du jetzt tun musst.«

Widerwillig sah Jack ein, dass Clark recht hatte; die Erkenntnis traf ihn wie ein Schlag auf den Kopf. Ja, er wusste, dass sie seinetwegen angegriffen worden war, das war offensichtlich. Aber jetzt wurde ihm klar, je länger er in ihrer Nähe blieb und versuchte, sie zu beschützen, desto mehr brachte er sie erneut in Todesgefahr.

Er brauchte eine Weile, bis er Clark antworten konnte. »Du hast recht.«

»Gut. Du kommst nach Hause. Jetzt sofort. Die Gulfstream würde zehn bis zwölf Stunden brauchen, bis sie bei dir wäre, aber ich will, dass du schon vorher aus der Stadt verschwindest. Du wirst deshalb den nächsten Zug nehmen, der aus Luxemburg abfährt, und von irgendwo anders einen Transatlantikflug in die Staaten nehmen. Aber gehe nicht zum Hauptbahnhof, das ist zu gefährlich. Nimm ein Taxi, lass dich zu einem Vorortbahnhof bringen, und steig dort in den Zug.«

Jack wollte noch einmal widersprechen, aber im Grunde war ihm klar, dass Clark vollkommen recht hatte. Deshalb sagte er nur: »Sobald ich zu Hause bin, werde ich mich mit diesem Salvatore befassen und alles über ihn herausfinden. Vielleicht haben wir mehr gegen ihn in der Hand, als ihm nur zu drohen. Er ist auf Drogen. Heroin. Für jeden anderen wäre das katastrophal, aber in seinem

Beruf, glaube ich, interessiert es niemanden, womit er sich die Zeit vertreibt.«

»Gut. Wir werden jetzt gleich das Video durch das Gesichtserkennungsprogramm schicken. Mal sehen, ob es bei dem einen oder anderen der Typen pingt, die dich und Ysabel überfallen haben. Die Qualität ist beschissen, aber vielleicht haben wir Glück.«

Eine Minute später beendeten sie das Gespräch. Jack wusste jetzt, was er zu tun hatte, und ein Plan zeichnete sich ab, wie sie die Männer aufspüren konnten, die Ysabel das angetan hatten. Er würde das Krankenhaus nicht verlassen, bevor Christine eingetroffen war, aber im Grunde wusste er, dass er sich damit nur selbst beruhigen wollte.

Clark hatte recht: Ysabel war in weit größerer Gefahr, wenn er in ihrer Nähe blieb.

33

Der Militärflugplatz Tschernjachowsk in der Oblast Kaliningrad lag morgens um 5.30 Uhr noch unter einer dicken Nebeldecke, aber das kümmerte Hauptmann Tschipurin nicht weiter, als er die Iljuschin Il-20M auf die Startbahn lenkte. Schließlich musste er jeden Tag durch Wolken fliegen, deshalb machte es ihm nichts aus, durch die dichte, alles verhüllende weiße Suppe zu starten.

Bei der Landung brauchte man allerdings mehr Geschick, aber Tschipurin und seine Crew würden erst in ungefähr acht Stunden wieder landen, und zu diesem Zeitpunkt würden sie 800 Kilometer entfernt in Sankt Petersburg sein, wo es der Wettervorhersage zufolge zwar kalt, aber klar sein würde.

Was Tschipurin heute jedoch gewisse Sorgen machte, war das Wetter draußen über der Ostsee. Über Nacht hatten sich gewaltige Unwetterwolken zusammengebraut, die von Deutschland herangezogen waren, und der Wetterdienst berichtete nun von Winden, die auf Meereshöhe mit 65 Stundenkilometern daherkamen und das Meer in bis zu vier Meter hohen Wellen vor sich her trieben. Es war ein typischer Ostsee-Herbststurm, aus dem jede Menge Gewitterzellen herausplatzten, aufstiegen und sich wieder auflösten, und mehrere Piloten, die in dem Gebiet unterwegs waren, hatten berichtet, dass viele dieser Zellen bis auf 12 000 Meter hinaufstiegen. Er musste also das

Wetter ständig im Auge behalten, selbst bei einer Flughöhe von 11 000 Metern.

Nachdem sein Start vom Turm freigegeben worden war, schob der Hauptmann die Schubhebel ein wenig vor und lenkte die Nase des großen, in langweiligem Grau gestrichenen Flugzeugs zur Startbahn 6; dort schob er die Schubhebel bis zum Anschlag und gab damit der Maschine mit ihren vier Turboprop-Triebwerken den vollen Startschub.

Das Flugzeug war nicht hier in Kaliningrad stationiert, sein Heimatstützpunkt war vielmehr der Militärflugplatz Tschkalowsk nordöstlich von Moskau. Von dort war es vorgestern zu einem Aufklärungsflug über Schweden gestartet. Auf halber Strecke hatte es ein Problem mit der Elektronik gegeben. Tschernjachowsk war der nächstgelegene russische Flughafen gewesen, und weil es sich bei der Iljuschin um ein Spionageflugzeug handelte, hatte es Tschipurin vorgezogen, auf einem russischen Stützpunkt zu landen, schließlich hatte er keine Lust, degradiert oder gar aus der Luftwaffe geworfen zu werden.

Das Elektronikproblem hatte in einem Tag behoben werden können, und so konnte sich die Il-20M an diesem Morgen wieder in die Lüfte erheben.

Und um 5.34 Uhr geschah das dann auch. Die Fluglotsen im Turm beobachteten, wie die Maschine abhob und schnell in der dichten Nebelsuppe verschwand, die über der Startbahn lag. Schon fünfzig Meter über dem Boden war nur noch der kleine rote Stern am Seitenleitwerk zu sehen, und auch der verschwand eine Sekunde später, als das graue Luftfahrzeug völlig mit dem Nebel verschmolz.

Natürlich hatte die Flugroute geändert werden müssen, da das Flugzeug jetzt seinen Arbeitstag von einem anderen Stützpunkt aus begann, als ursprünglich geplant gewesen war, aber sobald Tschipurin Kaliningrad verlassen und seine Reiseflughöhe erreicht hatte, würde er wieder auf seine ursprüngliche Route einschwenken. Sein Flugbefehl sollte ihn in nordwestlicher Richtung über die Ostsee zur schwedischen Insel Gotland führen, die er umfliegen sollte, wobei er auf einer Höhe von 6000 Metern knapp außerhalb des schwedischen Luftraums bleiben musste. Danach würde er nach Norden abbiegen und an der schwedischen Küste entlangfliegen. Stockholm würde er durch das Backbordfenster sehen können. Schließlich würde er über dem Bottnischen Meerbusen zwischen Schweden und Finnland eine Serie von Platzrunden fliegen, deren Form einer Pferderennbahn glich und die daher im Englischen *Racetrack Pattern* genannt wurde. Während er diese Schleifen flog, sollten die Sensor-Operateure, die hinter ihm und seinem Kopiloten saßen, testen, wie leistungsfähig die schwedischen Radareinrichtungen waren, und den militärischen Funkverkehr abhören. Das würde ungefähr zwei Stunden dauern; danach würde er wieder auf die offene Ostsee und in östlicher Richtung nach Helsinki fliegen, um dann in den Landeanflug auf ihren Heimatstützpunkt Lewaschowo nördlich von Sankt Petersburg überzugehen.

Für Tschipurin und seine zehnköpfige Crew handelte es sich im Großen und Ganzen um einen routinemäßigen Aufklärungsflug, wenn man davon absah, dass sie ausnahmsweise von Kaliningrad gestartet waren und ihre Route wegen der aufziehenden Gewitterzellen hatten ändern müssen.

Kurz nach dem Start schaltete Tschipurin den Transponder der Maschine aus, ein elektronisches Gerät, das der Flugkontrolle und anderen Flugzeugen in der Nähe Informationen über seinen Standort und seine Identität übermittelte. Das bedeutete, dass die Militärmaschine für andere Flugzeuge praktisch unsichtbar wurde, da seine Radarsignatur in den vom Sturm verursachten Stördaten fast völlig verschwinden würde. Und Tschipurin würde auch keinerlei Funkkontakt zur zivilen Luftkontrolle oder zu nichtrussischen Militärflugzeugen herstellen.

Das war schließlich ein militärischer Aufklärungsflug, und Tschipurin stieg nicht in die Luft, um Freundschaften zu schließen.

Es gab kein internationales Gesetz, das vorschrieb, ein Militärflugzeug müsse ständig mit eingeschaltetem Transponder fliegen, den von der zivilen Luftfahrt definierten Standardrouten folgen oder in Funkkontakt mit der Flugkontrolle bleiben. Doch obwohl es keine solche Bestimmung gab, war ein Flug ohne Transponder grundsätzlich gefährlich.

Zivilflugzeuge haben Bordradar, aber im Gegensatz zur unter Laien verbreiteten Meinung diente das Radar nicht dazu, andere Flugzeuge am Himmel zu identifizieren. Vielmehr dient es dazu, Wetterbedingungen zu beobachten und, auf niedrigerer Flughöhe, Landschaftsformationen zu erkennen. Ein einzelnes Flugzeug am Himmel würde auf dem Bordradar schließlich nur als winziger Punkt erscheinen – und winzige Punkte konnten genauso gut Regen, Vögel oder falsche Echosignale von nichts sein, die das Radargerät irrtümlich auf den Schirm brachte.

Kommerzielle Flieger haben außerdem auch das Traffic Alert and Collision Avoidance System (TCAS) an Bord, das aber einfach nur die Transpondercodes von anderen Flugzeugen in der Nähe auffängt, sofern diese nett genug sind, sie abzusetzen, und damit dem Piloten Standort und Flugrichtung verraten.

Schaltet jedoch ein Flugzeug den Transponder aus, sieht der Fluglotse auf seinem Radarschirm nur ein vages, einfaches Signal, das ab und zu aufblinkt. In diesem Fall stehen die Chancen gut, dass ein anderer Pilot in der Nähe gar nicht wüsste, dass da ein weiteres großes, schweres Fluggerät über den Himmel geschossen kommt, sofern er nicht durchs Fenster blickt und es direkt sieht.

Und in der Regel verabscheuten Piloten derartige Überraschungen.

Aber daran verschwendete Tschipurin keine Gedanken. Er folgte nur seiner Standardprozedur für einen elektronischen Aufklärungsflug. Russische ELINT-Flugzeuge hatten praktisch schon immer mit ausgeschaltetem Transponder im internationalen Luftraum operiert. Und Tschipurin und sein Kopilot unternahmen diese Flüge nun schon seit Jahren; sie waren Meister in dem Spiel, anderen Flugzeugen am Himmel aus dem Weg zu gehen – oder sich ihnen zu nähern.

Einem Fluglotsen, der diesen Teil der Ostsee überwachte, war es bei der derzeitigen Wetterlage fast unmöglich, jedes winzige Primärsignal jedem der Flugzeuge zu melden, für die er verantwortlich war. Das wusste Tschipurin natürlich; er sagte sich, er müsse nur die bekannten Luftfahrtstraßen vermeiden, dem dichtesten Luftverkehr rund um Stockholm und Helsinki ausweichen und immer scharf Ausschau halten.

Die erste Stunde verging schnell. Während sich der Pilot und sein Kopilot auf das Wetter konzentrierten und die Flugroute änderten, sodass sie nun direkt auf die Insel Gotland zuflogen, kalibrierten die Männer und Frauen im Flugzeug ihre Geräte und machten sich daran, den zivilen Funkverkehr der Schiffe auf der Ostsee abzuhören, um die Frequenzen und die Signalstärke zu überprüfen.

Als sie sich Gotland näherten, ignorierte Tschipurin die Funkrufe der Schweden, wie er es immer tat, wenn er in die Nähe des Luftraums seines Flugziels kam. Normalerweise mochte er es nicht, wenn er hier oben bemerkt wurde, aber an einem Tag wie heute, an dem das Wetter auf einem großen Teil der Flugroute absolut scheiße war, fand er es insgeheim sogar ganz angenehm zu wissen, dass irgendein schwedischer Fluglotse ein Auge auf ihn hielt.

Kurz nach 8.30 Uhr waren sie mit dem Teil ihrer Tagesarbeit fertig, den sie für den schwierigsten hielten. Rings um Stockholm tobten nicht nur schwere Gewitter, sondern es herrschte auch dichter Luftverkehr. Die Il-20M hatte allerdings die kommerziellen Luftfahrtstraßen vermieden und war ihnen sogar noch weiter ausgewichen, als sie es normalerweise tat, nur für den Fall, dass andere Piloten wegen des miserablen Wetters weiter als sonst von ihren Flugrouten abwichen.

Bisher war das auch gut gegangen. Die beiden Piloten wussten, dass jetzt ein paar entspannte Stunden vor ihnen lagen, in denen sie nur einfache Platzrunden im Racetrack-Muster fliegen mussten. Danach würde es wieder ein wenig schwieriger werden, wenn sie auf dem Weg nach Sankt Petersburg an Helsinki vorbeiflogen, aber dort würde das Wetter wohl keine große Rolle mehr spielen. Soweit es Tschipurin anging, würde der Rest des Tages ein Spaziergang werden.

Allerdings musste er erst noch die letzte Zelle des Multizellen-Unwetters umfliegen, das mitten über der Ostsee hing. Er änderte deshalb den Kurs auf 353 Grad, womit er wieder leicht in Richtung Schweden abbog.

Damit konnte er zwar der schweren Zelle ausweichen, aber nicht vermeiden, dass er in einen Auftrieb geriet, der sich auf dem Radar ringsum zu entwickeln schien. Derartige Stürme gebaren mit schöner Regelmäßigkeit neue Zellen, deshalb machte er sich darüber keine allzu großen Sorgen, zumal die Zelle im Moment noch nicht besonders stark war. Die Il-20M geriet in moderate Turbulenzen, aber Tschipurin wusste, dass sie weder für seine Crew noch für die Ausrüstung ein Problem sein würden, deshalb beschloss er, 800 oder 1000 Meter höher zu steigen, um zu schauen, ob er damit aus den Wolken herauskommen könnte.

Bei einem besonders heftigen, unerwarteten Windstoß fiel dem Kopiloten das Clipboard herab; ein Dutzend Blätter flatterten auf den Cockpitboden. Der Erste Offizier verließ seinen Sitz, um ein paar Blätter aufzuheben, aber sowohl der Pilot als auch der Kopilot drehten sich gleichzeitig, um beim Aufsammeln zu helfen, da mehrere Blätter rings um ihre Sitze lagen. Es dauerte nur ein paar Sekunden, bis der Pilot wieder aufrecht saß und in das Grau vor der Windschutzscheibe hinausblickte.

»Wo zum Teufel hört dieser Scheiß endlich auf?«, fragte Tschipurin.

»Womöglich erst auf 20 000 Meter«, meinte der Kopilot. »Willst du einen anderen Kurs probieren?«

Tschipurin warf einen Blick auf den Radarschirm und sah nichts als Echosignale ringsum.

»Nein. Entweder fliegen wir darüber oder mittendurch.« Er blickte immer wieder aus dem Fenster und suchte nach blauem Himmel. Plötzlich brachen sie aus dem Sturm heraus und rasten nun über die Wolken, wodurch die Geschwindigkeit des Flugzeugs nun auch visuell bemerkbar wurde. Wann immer das geschah, kam es dem Kapitän so vor, als flöge er im Tiefflug über ein riesiges Schneefeld, ein Gefühl, das er genoss. Er blieb noch für einen Moment auf dieser Höhe, dann zog er das Flugzeug in einen steileren Aufstieg, der ihn auf fast 12 000 Meter bringen würde.

Aus den Augenwinkeln bemerkte er links eine Bewegung, etwas, was durch die Wolken flog. Er drehte den Kopf in die Richtung; die Bewegung befand sich ungefähr auf zehn Uhr. Er konzentrierte sich auf die Stelle, die weniger als einen Kilometer entfernt war, und entdeckte eine weiße Wolke, die wie eine Blüte aus einer der grauen Sturmwolken herausquoll. Plötzlich schoss mitten aus der weißen Wolke ein großes weißes Flugzeug mit blauem Seitenleitwerk heraus, direkt vor der Il-20M, und stieg in flacher Kurve höher.

»Chert!« Verdammt!

Es war ein Airbus A330, ein schwedisches Verkehrsflugzeug. Tschipurin erkannte das Flugzeug und seine unverwechselbaren Markierungen. Direkt vor der Schnauze der Iljuschin hatte der Airbus nichts zu suchen, und es gab auch gar keinen Grund, warum er hier war, auf dieser Flughöhe. Aber Tschipurin wusste, dass er sofort ein Ausweichmanöver einleiten musste, denn der Airbus stieg weiter auf einem Kurs, der ihn unweigerlich in Tschipurins Steuerbordflügel krachen lassen würde, wenn er nicht unverzüglich handelte.

Er zog das Steuerhorn nach links und zu sich, wodurch er die Nase anhob und gleichzeitig hart nach backbord auswich.

Das hätte auch funktioniert, und die A330 wäre knapp unter seinem Steuerbordflügel durchgeflutscht, hätte der schwedische Pilot die Nase seiner Maschine nicht ebenfalls angehoben und ein Ausweichmanöver nach seiner Steuerbordseite ausgeführt, um die drohende Kollision zu vermeiden.

Tschipurin sah sofort, dass die beiden Maschinen aufeinander zurasten, deshalb riss er das Steuerhorn nun nach rechts und schob es vor, ein verzweifelter Versuch, knapp unter dem aufsteigenden Airbus durchzutauchen.

Aber dafür blieb weder genug Zeit noch Raum. Mit seiner Gegenmaßnahme hob er nur die Wirkung des Aufstiegs und des Schwenks nach backbord wieder auf, sodass die Iljuschin im entscheidenden Augenblick geradeaus flog, als der massive A330 mit dem Bauch über das Seitenleitwerk des russischen Aufklärungsflugzeugs schrammte – mit einer Zusammenprallgeschwindigkeit von mehr als 700 Knoten.

Bei allem Unglück zeigte sich das Schicksal barmherzig: Die Passagiere des schwedischen Airbus starben fast sofort, da der volle Center Tank explodierte, nur zwei Sekunden, nachdem er in das Seitenleitwerk des grauen russischen Spionageflugzeugs gekracht war.

Aber viele der Insassen des russischen Aufklärungsflugzeugs hatten nicht so viel Glück im Unglück. Hauptmann Tschipurin war sich zuerst gar nicht im Klaren darüber, dass er das Heck seines Flugzeugs verloren hatte. Hektisch setzte er seine Notsauerstoffmaske auf und versuchte zusammen mit dem Kopiloten auf dem ganzen Weg nach unten verzweifelt, die Kontrolle über das steuerlose Flugzeug zurückzugewinnen – ein völlig nutzloses, drei Minuten und zwanzig Sekunden dauerndes Unterfangen, das flugunfähig gewordene Flugzeug mitten durch einen schweren Sturm zu steuern.

Zwar hatten die Männer und Frauen in der Iljuschin Fallschirme, doch trugen sie diese nicht, und da die Maschine in einer steilen Todesspirale abstürzte, hatten sie auch gar keine Möglichkeit mehr, irgendetwas zu unternehmen, um sich zu retten. Hilflos in ihren Sitzen angeschnallt, wurden sie wild hin und her geschleudert, schlugen mit Armen und Beinen um sich und schrien ihre Todesschreie in den röhrenden Wind. Die meisten verloren nach einer Minute das Bewusstsein, aber ein paar hatten es geschafft, die Sauerstoffmasken anzulegen, die ihnen aber nicht mehr helfen konnten, sondern nur dafür sorgten, dass sie das entsetzliche Ende ein wenig länger als ihre ohnmächtig gewordenen Kollegen erleiden mussten.

Schließlich stürzte Tschipurins zerbrochenes Flugzeug ins Meer. Die Koordinaten der Absturzstelle waren 59°2'25,44" n. Br. und 19°45'27,36" östl. L., ungefähr in der Mitte der Ostsee. Die Trümmer des schwedischen Airbus brauchten länger, bevor sie in weitem Umfeld in das Wasser regneten.

Niemand, weder die Crews noch die Passagiere, würde jemals erfahren, dass der Swedish-Airlines-Flug 44 nur

25 Minuten nach dem Start am Stockholmer Flughafen die Erlaubnis bekommen hatte, von seinem Kurs um 20 Grad abzuweichen, um der neuen Sturmzelle auszuweichen, die sich vor dem Flieger auftürmte, und dass man seiner Anfrage, über das Wetter hinaussteigen zu dürfen, verzögert stattgegeben hatte, weil ein lettisches Frachtflugzeug nur zwei Minuten zuvor auf diese Höhe geleitet worden war. Als der Fluglotse schließlich die neue Flughöhe für Flug 44 genehmigte, verpassten die beiden Airbus-Piloten die Funkmeldung. Es dauerte mehr als zwei Minuten, bis dem Controller auffiel, dass der Airbus seine Meldung nicht befolgt hatte, und die Mitteilung wiederholte.

Durch die Umleitung und Verzögerung befand sich der Airbus 17 Kilometer südlich seiner normalen Route und flog 1500 Meter unter seiner normalen Flughöhe, was kein Problem gewesen wäre, wenn nicht das russische Spionageflugzeug durch genau diese Zone geflogen wäre – mit deaktiviertem Transponder.

22 Minuten später, um drei Uhr morgens, wurde ein in 1600 Pennsylvania Avenue, Washington, D. C., residierender Mann aus dem Schlaf gerissen. Man teilte ihm mit, was geschehen war. Danach legte er sich nicht wieder ins Bett, um weiterzuschlafen. Vielmehr stellte er sich unter die Dusche, zog sich an und machte sich auf den vertrauten Weg zu seinem Büro.

34

Die USS *James Greer* war ein Lenkraketenzerstörer der Arleigh-Burke-Klasse. Sie gehörte zur 6. US-Flotte und war in Neapel stationiert; im Moment jedoch war sie in mäßig bewegter See im westlichen Teil des Finnischen Meerbusens unterwegs.

Sie hatte bereits die Hälfte ihrer viermonatigen Mission hinter sich. Bevor sie hier ankam, hatte sie bereits in Gibraltar, Portugal, England, Deutschland und im polnischen Danzig Station gemacht. Der Finnische Meerbusen war der nördlichste Punkt ihrer Route. Nach einem dreitägigen Aufenthalt im Hafen von Helsinki hatte sie am frühen Morgen abgelegt; davor hatte sie an einer sogenannten Passing Exercise mit dem Flugkörperschnellboot *Tornio* der Finnischen Marine und ein paar Schiffen der Finnischen Küstenwache teilgenommen. Solche Passing Exercises, kurz PASSEX genannt, waren gemeinsame Seemanöver unterschiedlicher Marinestreitkräfte, deren Sinn und Zweck darin bestand, die Kommunikation und die Arbeitsabläufe zwischen den beteiligten Marinen zu trainieren. Dazu gehörten simulierte Luftangriffe, taktische Manöver und Kommunikationsübungen zwischen den Schiffen; sie wurden durchgeführt, um die Koordination zwischen der US Navy und jenen alliierten Schiffen zu verbessern, die in einem echten Konflikt mit US-Schiffen zusammenwirken würden.

Die Manöver waren gut verlaufen; nach ihrer Beendigung kam die Besatzung der *Greer* in den Genuss einer Darbietung der Finnischen Naval Marching Band, was ganz nett war, und durfte sich bei einem 36-stündigen Landgang in den Bars, Nachtclubs und Restaurants von Helsinki erholen, was noch netter war. Natürlich erhielten nicht alle Matrosen und Offiziere die Erlaubnis zum Landgang, aber doch ein so großer Teil der Besatzung, dass der Erste Offizier, Lieutenant Commander Phil Kincaid, auf seinen Kontrollgängen durch das Schiff mehrere Minuten lang unterwegs sein konnte, ohne einer einzigen Menschenseele zu begegnen.

Die PASSEX mit Finnland war einigermaßen aufregend gewesen, aber die 383 Besatzungsmitglieder der *James Greer* waren nicht in die Navy eingetreten, um Manöver durchzuführen und sich die Darbietungen einer finnischen Marineband anzuhören. Vielmehr waren sie in der Navy, um den Vereinigten Staaten von Amerika zu dienen, weltweit ihre Werte und Interessen zu verteidigen und den Frieden zu sichern – selbst wenn die Friedenssicherung bedeutete, dass man dafür in den Krieg ziehen musste.

Lenkraketenzerstörer gelten in der Navy als besonders vielseitig einsetzbare Kriegsschiffe. Sie sind größer als Fregatten, aber kleiner als Kreuzer; sie sind für Luftabwehr, Überwasserseekrieg und U-Boot-Jagd konzipiert und mit der neuesten Technologie ausgestattet, die sie zur Ausführung dieser Aufgaben benötigen. Die *Arleigh Burke* war das erste Schiff dieser Klasse, konzipiert im Rahmen des Aegis-Kampfsystems. Die Klasse war 1991 in Dienst gestellt worden und hatte im Verlauf der letzten 25 Jahre mehrere Modernisierungsmaßnahmen durchlaufen. Die *James Greer* war eines der modernsten Schiffe der 63 Einheiten umfassenden Zerstörerflotte der Navy.

Die Bezeichnung »Zerstörer« stammt von einem Schiffstyp, der ursprünglich zur Abwehr von Torpedobooten bestimmt war, weshalb dieser Schiffstyp früher auch als Torpedobootzerstörer bezeichnet wurde. Torpedoboote gehören der Vergangenheit an, aber Torpedos sind auch heute noch eine Bedrohung im Überwasser-Seekrieg. Sie werden gewöhnlich von U-Booten abgeschossen; aus diesem Grunde werden Zerstörer mit der modernsten Technologie zur U-Boot-Jagd ausgestattet, über die die Menschheit verfügt.

Die *James Greer* war auch für Luftabwehr und für Überwasser-Seekriegsführung ausgerüstet, aber in dieser Meeresgegend gab es keine nennenswerten Überwasser-Bedrohungen. Die russische Ostseeflotte umfasste zwei ältere Fregatten und eine Reihe kleiner Korvetten, die in Kaliningrad stationiert waren, aber kein Kapitän eines Überwasserschiffs würde sich auf einen Seekampf mit einem Lenkraketenzerstörer einlassen, der mit dem Aegis-Kampfsystem ausgerüstet war, es sei denn, sein Schiff war Teil einer großen Armada oder er selbst hatte den Verstand verloren.

Dagegen existierte auf diesem Schauplatz durchaus eine Bedrohungslage aus der Luft. Die Russen hatten eine Menge Aufklärungsflugzeuge am Himmel, um die anderen Nationen, die mit Schiffen und Flugzeugen auf oder über der Ostsee operierten, auszuspionieren, einzuschüchtern und letztlich auch zu vertreiben. Die eigentliche Bedrohung der *James Greer* kam in diesen Gewässern allerdings aus der Tiefe: Zur russischen Ostseeflotte gehörten auch zwei modernisierte U-Boote der Kilo-Klasse, die zwar nicht die neueste russische Technologie an Bord hatten, aber doch über leise dieselelektrische Aggregate verfügten. Sie waren eine tödliche Gefahr und, was noch wichtiger war, ihre Kommandanten und Besatzungen kannten diese Gewässer besser als alle anderen.

Aus diesen Gründen nahmen die Männer und Frauen an Bord der *James Greer* ihre Aufgabe außerordentlich ernst. In den letzten Wochen waren sie hier in der Ostsee unterwegs gewesen, also mitten im russischen Revier, und nördlich der polnischen Küste sogar von zwei russischen Jagdflugzeugen des Typs Su-27 im Tiefflug überflogen worden.

Der Kapitän der *James Greer* hatte den Rang eines Commander. Commander Scott Hagen hatte seit seinem Abgang von der Akademie der Navy angehört; jetzt war er 43 Jahre alt, und wie seine Frau ihren Freunden gern erzählte, würde er wohl auch nach seiner Pensionierung einfach weitermachen, es sei denn, die Navy holte ihn mit einem schwer bewaffneten Sturmtrupp von der Brücke.

Er war Berufssoldat mit Leib und Seele.

Um elf Uhr saß Hagen am Schreibtisch in der Offiziersmesse und blätterte durch die Berichte seines ACINT-Offiziers, in denen die durch Abhören der akustischen Signale gewonnenen Informationen erfasst waren. Er hörte Schritte draußen im Flur, dann klopfte es leise an der Tür, und sein Erster Offizier streckte den Kopf herein. »Nachricht für Sie vom N3.«

Hagen seufzte frustriert. Er hatte gehofft, dass ihm diese Nachricht erspart bleiben würde. »Na, dann her damit, obwohl ich glaube, dass ich den Inhalt schon weiß.«

Kincaid betrat den Raum und gab seinem Captain kommentarlos ein Blatt Papier. Beide Männer hatten schon früher an diesem Vormittag die Nachricht von einem vermissten Flugzeug über der Ostsee gesehen. Sie hatten kurz über die Möglichkeit gesprochen, dass sie vom Director of Operations (N3) der 6. Flotte kontaktiert werden und einen Einsatzbefehl erhalten würden. Hagen hatte gewettet, dass sie den Befehl *nicht* erhalten würden. Schließlich waren sie eine halbe Tagesfahrt vom Ort des Zusammenstoßes entfernt und würden daher nicht in die eigentlichen Rettungsmaßnahmen involviert sein, und angesichts der zunehmenden Spannungen in der Ostseeregion glaubte Hagen, dass die Navy mit seinem Schiff eine ihrer stärksten Waffen, die sie in dieser Region hatte, in Bereitschaft halten wollte, für den Fall, dass tatsächlich geschossen würde.

Aber der Erste hatte dagegen gewettet. Er konnte sich nicht vorstellen, dass die US Navy diese Gelegenheit für einen PR-Erfolg ungenutzt verstreichen lassen würde. Ganz bestimmt würde sie sich an einer Rettungsaktion beteiligen wollen, die so eindeutig im öffentlichen Interesse lag.

Hagen nickte, als er die Nachricht las, dann fasste er den Befehl für Lieutenant Commander Kincaid knapp zusammen. »Sie haben recht behalten, XO.«

Eine Minute später setzte Commander Hagen das Headset auf und griff nach dem Handmikrofon des 1MC-Systems, des Lautsprechersystems des Schiffs. Er drückte auf den Sprechknopf; das System war so eingestellt, dass seine Stimme auch im letzten Winkel des Schiffs zu hören war. »Hier spricht der Kapitän. Achtung – an alle. Einige von euch werden noch nicht gehört haben, dass heute, ungefähr um Null-acht-dreißig Zulu, also vor ungefähr zweieinhalb Stunden, ein schwedischer Passagierjet auf dem Flug von Stockholm nach Dubai über der Ostsee mit einem russischen Aufklärungsflugzeug kollidierte, etwa 110 Seemeilen von unserer derzeitigen Position entfernt. Wir haben den Befehl erhalten, mit größtmöglicher Geschwindigkeit zur Absturzstelle von Flug Swedish Air 44 zu fahren und die Such- und Rettungsoperationen zu unterstützen.

Ich weiß, das wird ein schwerer Job für uns alle, um es milde zu formulieren, aber er ist verdammt wichtig. Wir schulden es den Opfern des Unglücks, unser Bestes zu geben, ob wir Überlebende retten oder nur noch die sterblichen Überreste bergen können.«

Er unterbrach seine Ansage kurz, um seine Gedanken zu ordnen, dann drückte er erneut auf die Sprechtaste.

»Solange wir mit dieser Bergungsaktion befasst sind, dürfen und können wir unsere größere Mission hier in der Ostsee nicht aus dem Blick verlieren. Schon vor diesem neuesten Zwischenfall herrschten zwischen der Russischen Föderation und den anderen nationalen Akteuren in dieser Region recht große Spannungen. Sie werden jetzt sicherlich noch weiter zunehmen. Es ist durchaus möglich, dass wir uns jeden Moment in einer Lage finden, auf Bedrohungen … reagieren zu müssen. Auch während unserer Beteiligung an der Bergungsaktion darf die Einsatzbereitschaft der *James Greer* nicht nachlassen. Nicht im Geringsten.«

Nach der Ansprache legte er nachdenklich das Mikrofon wieder auf den Stand zurück und blickte zu Phil Kincaid auf. »Wissen Sie, XO, bei dieser Sache gibt es etwas, was mir überhaupt nicht passt.«

»Dass wir nach Westen fahren, während Russland im Osten liegt?«

Hagen schüttelte den Kopf. »Nein, das meine ich nicht. Ich vermute mal, unseren Politikern ist es noch nicht aufgefallen, dass wir uns mitten in einer potenziellen Kriegszone befinden und dass wir in einem Operationsgebiet agieren, in dem sich auch Marinekampftruppen des Gegners befinden.«

Der XO nickte und führte den Gedanken weiter. »Und dass wir zu einem fixen Punkt auf dem Wasser unterwegs sind und damit alle Welt wissen lassen, wo wir uns befinden, also auch den Gegner in dieser Region.«

»Genau. Bis wir dort ankommen, wird die Chance, Überlebende zu finden, auf null gesunken sein, wenn es jemand tatsächlich geschafft haben sollte, eine Kollision in dieser Höhe und den Aufschlag in derart kaltes Wasser zu überleben. Wir fahren also nur hin, um Trümmerteile und Leichen zu bergen. Ja, klar ist das wichtig, aber ich wünschte mir wirklich, dass nur Überseeschiffe zu solchen Bergungsarbeiten gerufen werden, die nicht dafür vorgesehen sind, in einem möglichen bewaffneten Konflikt gegen die Russen zu kämpfen. Für die *James Greer* wäre es weit besser, so unauffällig wie möglich zu bleiben. Wenn die bösen Jungs erst mal wissen, wo wir sind, wird es viel schwerer sein, ihnen zu entkommen, wenn es ernst wird.«

Der XO nickte nur.

Hagen zuckte die Schultern, stand auf und ging zur Tür. »Aber das sagt uns niemand, also bleibt uns nichts anderes übrig, als uns auf die Brücke zu stellen und dieses Schiff zu einem Punkt mitten im Meer zu steuern, den inzwischen die ganze Welt kennt.«

35

Der bekannteste Nachrichtensender in Russland war Kanal sieben und nannte sich *Nowaja Rossija*, Neues Russland, und die bekannteste Nachrichtensendung des Kanals waren die *Abendnachrichten* mit Anchorwoman Tatjana Molchanowa. Die auffallend hübsche, schwarzhaarige Journalistin war nicht nur die beliebteste TV-Berühmtheit im Land, sondern ganz offenkundig auch der Liebling des russischen Präsidenten. Wolodin ließ sich gern von jedem Journalisten interviewen, der es schaffte, ihm ein Mikrofon vor die Nase zu halten, um zu erklären, was er gerade so trieb. Aber wenn er seiner Nation wirklich wichtige Informationen vermitteln oder Meinungsmache betreiben wollte, wandte er sich fast immer an die Redaktion der *Abendnachrichten*, um sich von Molchanowa live interviewen zu lassen.

Das war inzwischen so sehr zur Routine geworden, dass es für Tatjana fast selbstverständlich war, dass Walerij Wolodin zu ihr kommen würde. Aber in den letzten sechs Monaten hatte sich da etwas verändert. Ja, sie erhielt immer noch exklusive Interviews mit dem Präsidenten, aber er kam dann nicht mehr zu ihr ins Studio – jetzt mussten sie und ihr gesamtes Produktionsteam zu ihm gehen.

Bevor sich diese Änderung im Arrangement der Interviews ergeben hatte, waren jedes Mal größere logistische Probleme zu bewältigen gewesen, wenn der Kreml die Redaktion der *Abendnachrichten* anrief und ankündigte, dass der Präsident praktisch bereits auf dem Weg zum Studio für ein Live-Interview sei. Der Sender hatte daher selten mehr als eine oder höchstens zwei Stunden Zeit, um sich auf seine Ankunft vorzubereiten. Aber inzwischen sehnten sich die Produzenten, die Techniker und sogar Molchanowa selbst nach den alten Zeiten, denn das neue Arrangement war für sie und ihr Team weitaus schwieriger zu bewältigen.

Nun kam der Anruf meist von einem der engsten Vertrauten des Präsidenten, und er richtete sich nicht mehr an die Redaktion, sondern an einen der leitenden Produzenten, der in Kenntnis gesetzt wurde, dass der Präsident Molchanowa und ihre Crew in sein Büro im Kreml bitte oder, wie es in den letzten drei Monaten ausschließlich der Fall war, in seine Residenz in einem Moskauer Vorort.

Heute Abend war es das vierte Mal, dass die gesamte Crew samt ihrer Ausrüstung in zwei Helikopter gepackt wurde. Der Flug dauerte zwanzig Minuten. Die Hubschrauber landeten auf dem Nachbargrundstück; die technische Ausrüstung musste dann zu einem Tor in der Mauer gerollt werden, von der Wolodins Anwesen umgeben war. Hier wurden alle äußerst penibel durchsucht und durchleuchtet, und auch die gesamte Ausrüstung wurde genau geprüft, dann durften sie in einen Van steigen, der für Transporte vom Haupttor bis zum Haupthaus auf dem Hügel diente. Im Haus führte man sie in eines der Wohnzimmer. Einige Möbelstücke wurden vorsichtig beiseitegeschoben, dann wurden Scheinwerfer, Kameras und Steuerpulte aufgebaut, angeschlossen und getestet.

Eine Stunde nach der Landung der Hubschrauber fuhr der Übertragungswagen mit der Satellitenschüssel auf dem Dach vor; bis zur Sendung dauerte es dann nur noch eine halbe Stunde.

Während die Techniker und Produzenten vollkommen mit ihrer Ausrüstung beschäftigt waren, führte eine von

Wolodins Mitarbeiterinnen Molchanowa in ein Badezimmer, das neben der Küche lag, damit sie ihr Make-up auffrischen konnte. Währenddessen hörte sich Tatjana über einen Ohrstöpsel an, was ihr der Produzent vorlas – ihre einleitenden Worte und die paar Fragen, die das Team vorbereitet hatte. Auch heute Abend verlangte sie bestimmte Änderungen, wie das oft der Fall war.

Die Fragen waren bewusst weich formuliert. Die Crew der *Abendnachrichten* hatte meistens keine Ahnung, warum sie vom Präsidenten gerufen worden waren, deshalb brauchten sie nur ein paar einleitende Fragen zu formulieren, um den Ball ins Rollen zu bringen. Aber selbst bei diesen einfachen Eröffnungsfragen hatte Molchanowa das Gefühl, dass der Ton nicht stimmte.

Sie änderte den Text ihrer Einleitung, weil sie in den letzten drei Monaten beim Präsidenten eine Veränderung wahrgenommen hatte. Er schien immer defensiver zu werden, reagierte nervöser als früher und bei manchen ihrer Fragen geradezu gereizt. Vorbei waren die Zeiten, in denen er leichthin mit schlauem Lächeln antwortete oder sie während der Interviews sogar eine unterschwellige sexuelle Spannung zu spüren glaubte. Jetzt war er ständig auf der Hut und schien sich selbst über die nebensächlichsten Dinge aufzuregen.

Ihr war völlig klar, welche Rolle sie dabei zu spielen hatte – schließlich nannten die Leute den Kanal sieben schon seit Langem höhnisch »Wolodins Megafon«. Getreu ihrer Rolle hatte sie ihn in den Interviews nie besonders hart bedrängt, aber in letzter Zeit hatte sie ihn praktisch mit Samthandschuhen anfassen müssen. Und heute Abend, nach dem Flugzeugunglück, musste sie damit rechnen, dass der Präsident besonders empfindlich und leicht reizbar sein würde.

Punkt 18.30 Uhr betrat Wolodin das Wohnzimmer, marschierte an fast zwei Dutzend Mitarbeitern, Vertrauten aus seinem innersten Kreis und der Kanal-sieben-Crew vorbei zum bereits beleuchteten Set. Dort begrüßte er Tatjana mit einem freundlichen Kuss und einem Lächeln. Für unbeteiligte Beobachter mochte er genau so aussehen, wie er während seiner gesamten Präsidentschaft ausgesehen hatte. Aber Tatjana sah und spürte eine gewisse Veränderung in seinem Blick und in seinen Bewegungen.

Für Wolodin waren diese Interviews früher sowohl Geschäft als auch Vergnügen gewesen; jetzt waren sie nur noch Geschäft.

Er schien gealtert zu sein, seit sie ihn das letzte Mal interviewt hatte, was erst vor einem Monat bei der Eröffnung eines neuen Restaurants im Zentrum Moskaus der Fall gewesen war.

Wolodin eröffnete das Gespräch, denn Wolodin redete immer als Erster. Während er noch ihre Hand hielt, sagte er: »Tatjana, Sie werden immer schöner.« Ihr sanftes Erröten war schon vorher aufgemalt worden, aber sie klimperte mit den Wimpern und schlug mit strahlendem Lächeln den Blick zu Boden. Sie spürte, dass er sich zu ihr hingezogen fühlte, aber obwohl früher immer eine gewisse Anzüglichkeit in derartigen Schmeicheleien des 62-jährigen Politikers gelegen hatten, schien das alles nun verschwunden zu sein.

Er hatte anscheinend ziemlichen Stress.

»Sie sind zu freundlich, Herr Präsident.«

Sie wollte ihn zu seinem Sessel führen, aber er hielt sie noch einen Augenblick zurück. »Sie werden mich fragen, wie ich für die Sicherheit unserer Söhne und Töchter sorgen kann, die als Soldaten in die Oblast Kaliningrad geschickt werden. Aber wir sollten uns nicht von nachrichtengeilen Schlagzeilen und hochgepushten Ereignissen ablenken lassen. Das Hauptproblem ist Litauen.«

Auch früher schon hatte er ihr manchmal bestimmte

Hinweise oder die Richtung des Interviews vorgegeben, deshalb war sie auch jetzt nicht überrascht.

»Natürlich«, antwortete sie nur.

Und sie war auch nicht überrascht, als er mit seinen Regieanweisungen fortfuhr.

»Aber nicht direkt. Wir werden uns der Sache ganz allmählich nähern. Zuerst behandeln wir den Zwischenfall in der Ostsee, dann den Angriff auf den Zug.«

»Medlenno, da. Ja ponjal.« Langsam, ja. Ich habe verstanden.

»Choroscho«, antwortete er mit leichtem Lächeln. Gut.

Ein Techniker befestigte das Mikrofon am Revers des Präsidenten. Wolodin setzte sich, dann saßen alle leicht verlegen still da und warteten auf das Signal. Molchanowa bemerkte, dass der Präsident unruhiger als sonst wirkte, wandte den Blick ab und tat so, als müsste sie die Karten noch einmal durchschauen, auf denen dieselben Fragen und Anmerkungen standen, die ihr auch der Teleprompter unter der Kamera in ein paar Sekunden anzeigen würde.

Sie war froh, dass die Liveschaltung schon sehr schnell erfolgte. Wolodin saß links von ihr; sie spürte, wie sich seine Nervosität fast schlagartig legte, als sie die ersten Sätze ihrer Einleitung vom Teleprompter ablas, bei denen sie Änderungen verlangt hatte, die die Einführung weicher klingen ließen, um ihr eine eisige Reaktion des Präsidenten zu ersparen.

»Herr Präsident, danke, dass Sie sich die Zeit genommen haben, heute mit uns zu sprechen. Ich weiß, dass Sie gegenwärtig sehr viel zu tun haben.«

Wolodin lächelte. »Es ist mir ein Vergnügen, aber, um offen zu sein, ich hatte schon immer viel zu tun, seit ich vor vierzig Jahren in die Dienste des Staates trat. Was ich derzeit erlebe, unterscheidet sich nicht sehr von dem, was ich seit langer Zeit erlebe.«

»Ich möchte unser Gespräch mit einer Frage zum Zusammenstoß eines russischen mit einem schwedischen Flugzeug eröffnen. Was war Ihr erster Gedanke, als Sie davon erfuhren?«

Wolodin nickte. »Natürlich versteht es sich von selbst, dass ich den Verlust an Menschenleben zutiefst bedaure. In dieser Hinsicht unterscheide ich mich vom amerikanischen Präsidenten Jack Ryan, der sofort zum nächsten Mikrofon lief, das er finden konnte, und leidenschaftlich den Tod von 298 Passagieren anprangerte, aber die elf Insassen des russischen Militärtransportflugzeugs mit keinem Wort erwähnte. Ich finde es aufschlussreich, dass sich der amerikanische Präsident so leichtfertig über den Tod der Russen hinwegsetzt, deren Leben ihm offenbar nichts bedeutet.

Ich möchte hinzufügen, dass das russische Flugzeug einen legalen Flug absolvierte und sich im internationalen Luftraum über der Ostsee befand. Es hatte jedes Recht, sich dort aufzuhalten und seinen Aufgaben nachzukommen. Es war das schwedische Flugzeug, das von seiner vorgeschriebenen Flugroute abgewichen war, aber das wird von den westlichen Medien natürlich gänzlich totgeschwiegen.«

Im Verdrehen von Tatsachen war Wolodin schon immer ein Meister.

»Kaum sind unsere großartigen Streitkräfte in internationalen Gewässern und Lufträumen aktiv, reagiert der Westen mit Angst und Wut, ja sogar mit Vergeltungsmaßnahmen«, fuhr er fort. »Das zeichnet sich schon seit längerer Zeit ab, und ich habe schon mehrfach vorhergesagt, dass sich so etwas früher oder später ereignen würde.

Die unglücklichen Menschen an Bord des schwedischen Flugzeugs sind Bauernopfer im Spiel des Westens, das darauf hinausläuft, die Russische Föderation zu zwingen, sich still und friedlich hinter ihre Grenzen zu verziehen. Das Flugzeug wurde von den schwedischen Fluglotsen auf Anweisung der schwedischen Regierung von seiner eigentlichen Flugroute weggeleitet, und die schwedische Regierung wiederum handelte auf entsprechende Hinweise der Vereinigten Staaten von Amerika und Großbritanniens. Ihr Plan sah vor, eine provokative Situation zu schaffen, eine Beinahekollision herbeizuführen, die sie dann für ihre Propaganda gegen die russischen Militärmanöver überall auf der Welt benutzen konnten.

Ich hoffe sehr, dass so etwas nie wieder geschieht, aber um dies sicherzustellen, appelliere ich heute an die Regierungen des Westens, ihr aggressives Verhalten in friedlichen internationalen Lufträumen zu beenden.« Er blickte direkt in die Kamera. »Russland weist Ihre widerwärtige Prämisse mit aller Entschiedenheit zurück, dass es uns nicht gestattet sein soll, auch mit dem Rest des Planeten in Austausch zu treten. Wir haben genau dieselbe Berechtigung zu tun, was auch der Westen tut, und dieselben Orte aufzusuchen. Niemals werden wir unser Recht auf Selbstbestimmung jenen gegenüber aufgeben, die alle Russen am liebsten hinter Zäune und Mauern einsperren würden.«

Das war alles. Molchanowa bemerkte an Wolodins Blick und seinem unruhigen Verhalten, dass er jetzt zum nächsten Thema übergehen wollte.

Flink blätterte sie durch ihre Karten und überging ein paar Fragen, die sie zum Flugzeugabsturz hatte stellen wollen. »Herr Präsident, noch vor der Kollision der beiden Flugzeuge hatte es in jüngster Zeit weitere Zwischenfälle gegeben, die die Welt anscheinend in Alarmbereitschaft versetzten, und alle fanden im baltischen Raum statt.«

Wolodin hob den Zeigefinger und beugte sich schnell vor, eine Bewegung, die wie ein plötzlicher Energieschub wirkte. Molchanowa war diese Eigenarten gewohnt, deshalb zuckte sie nicht zurück, wie es manche ausländischen Journalisten taten, die den Präsidenten interviewten. »Sie drücken es völlig richtig aus, Tatjana Sergejewna, wenn Sie sagen, die Welt sei ›anscheinend‹ durch diese Vorkommnisse alarmiert. Ich bin mir absolut sicher, dass die einfachen Menschen in vielen dieser Länder wirklich und wahrhaftig entsetzt verfolgen, wie schnell sich die Ereignisse dort zuspitzen, aber ich bitte alle, die Dinge sorgfältig abzuwägen und sich zu fragen: Ist das wirklich rein zufällig, was da geschieht? Eine Flugzeugkollision über der Ostsee. Ein Angriff auf einen Zug in Litauen. Eine Attacke auf einen Flüssiggastanker. Und alles in einem einzigen Monat? Nein, natürlich handelt es sich nicht um eine unglückliche Abfolge von Zufällen. Diese Ereignisse wurden inszeniert.«

»Aber von wem, Herr Präsident?«

»Vom Westen. Unsere Nachrichtendienste wissen, dass der Westen seinen Einfluss auf die Nachbarstaaten der Russischen Föderation schwinden sieht. Eine Region, die wir als ›nahes Ausland‹ bezeichnen. Jack Ryan, die EU, die Nato – sie alle wollen Russland mit ihren Satellitenstaaten einkreisen. Dort sind Regierungen an der Macht, die für diese fremden Mächte intrigieren, Mächte, die mit unseren Werten und unseren strategischen, ökonomischen und nationalen Interessen nichts gemein haben.«

Wolodin blickte die Journalistin ernst an. »Nehmen wir den Angriff auf den Flüssiggastanker. Verübt von Umweltschützern? Das kommt mir sehr verdächtig vor. Oder der Angriff auf den russischen Militärtransportzug. Verübt von einer kaum bekannten polnischen Paramiliz? Das halte ich für sehr unwahrscheinlich.«

»Wenn Sie die offiziellen Darstellungen nicht glauben, Herr Präsident, wer war dann Ihrer Meinung nach daran schuld?«

»Wir Russen könnten mit dem Finger auf ganz bestimmte Gruppen, Akteure oder Staaten zeigen, aber wir sind gut beraten, das nicht zu tun, denn wir haben nur einen Feind. Den Westen. Ob es sich um Aktionen der CIA handelte, des britischen MI6 oder mitteleuropäischer Gruppierungen, die im Auftrag der USA tätig sind, oder von irgendjemand sonst – das spielt nun kaum noch eine Rolle. Russland wird von einer breiten Koalition aggressiver, feindseliger Länder bedroht. Diese Länder wiederum fühlen sich durch unser Bedürfnis nach Sicherheit bedroht, und unsere Vaterlandsliebe, unsere Bräuche, unser Verlangen nach Wohlstand machen sie noch wütender. Es macht mich traurig, das sagen zu müssen, aber die Beweise liegen klar auf dem Tisch. Sie sind, um es ganz einfach auszudrücken, Feinde der Russischen Föderation.«

Molchanowa nickte nachdenklich, wandte sich der Kamera zu und sprach direkt zu den Zuschauern, obwohl sie dabei nur wieder die nächste Frage vom Teleprompter ablas.

»Die Vereinigten Staaten haben erklärt, ein russisches U-Boot der Borei-Klasse, das Sprengköpfe mitführen kann, sei derzeit im Atlantik in Richtung der amerikanischen Küste unterwegs. Das hat in Amerika große Verärgerung ausgelöst. Möchten Sie in irgendeiner Weise auf diese Unterstellungen antworten?«

Wolodin lächelte ein wenig. »Wenn Sie möchten, antworte ich gerne darauf.« Wieder einmal musste Molchanowa bewundernd feststellen, wie leicht es ihm fiel, sich innerhalb kürzester Zeit zu verwandeln – gerade noch hatte er sich den Zuschauern als ein von innerer Unruhe getriebener, vor Tatendrang strotzender Mann präsentiert, und schon verwandelte er sich in den gelassenen, absolut selbstsicheren Staatsmann.

Doch als er nicht mehr weitersprach, räusperte sie sich. »Und wie lautet Ihre Antwort, Herr Präsident?«

Ein noch breiteres Lächeln. »Vielleicht ist es irgendwo unterwegs. Oder vielleicht auch nicht.«

»Sprechen Sie von U-Booten ganz allgemein oder meinen Sie speziell die *Knjas Oleg*, wie die Amerikaner behaupten?«

»Die Amerikaner dürfen sich ruhig selbst auf die Schultern klopfen. Sie haben entdeckt, dass die *Knjas Oleg* voll einsatzfähig und jetzt Teil der russischen Nordmeerflotte ist. Und damit haben sie völlig recht. Ob sie aber im Atlantik, im Pazifik oder in Jack Ryans Badewanne patrouilliert … Nun, ich habe nicht die Absicht, das hier zu enthüllen.«

»Natürlich nicht«, sagte Tatjana und blickte auf die nächste Karte.

»Dafür müssten Sie mir schon den Arm ausrenken«, fügte Wolodin hinzu.

Molchanowa blickte wieder auf. Sie war ein wenig verwirrt, was sie als Nächstes fragen sollte, aber weil die leichte Gereiztheit, die Wolodin bei ihren letzten Interviews gezeigt hatte, heute nicht zu spüren war, entspannte sie sich ein wenig.

»Unsere Zuschauer schätzen Ihre Offenheit sehr, jedenfalls bei allen Fragen, bei denen Sie offen reden können.«

»Gut. Und ich will Ihnen auch weiterhin sehr offen antworten. Es ist durchaus möglich, dass eines unserer neuesten, größten und technisch höchstentwickelten U-Boote in genau diesem Augenblick in internationalen Gewässern operiert, aber friedlich und stets im Rahmen des Seerechts und der internationalen Normen und Grenzen … im Hinterhof der Vereinigten Staaten von Amerika.«

Und Wolodin grinste breit.

Molchanowa allerdings war geschockt, sie rang mit sich, ob sie ihrem journalistischen Drang nach weiteren Erklärungen nachgeben oder das Thema so schnell wie möglich wechseln sollte. »Wenn die Amerikaner recht haben, dass es irgendwo dort draußen ist, auf dem Weg über den Atlantik, können Sie uns dann etwas über den Zweck der Mission verraten?«

Wolodin zuckte die Schultern und beugte sich ein wenig vor. *»Pokasuka.«* Nur zur Show. Er streckte die Hand aus und berührte Tatjana Molchanowas Knie, fasste den Saum ihres Rocks und zog ihn ein wenig herab, sodass er das Knie bedeckte. Es war eine ausgesprochen merkwürdige Geste, auf seltsame Weise fast väterlich, was sie aber noch peinlicher machte. Trotz all ihrer jahrelangen Erfahrung war Molchanowa in diesem Moment ausgesprochen schockiert. Sie bemühte sich, die Fassung wiederzufinden und etwas zu sagen, aber Wolodin brauchte sie nicht als Stichwortgeberin. Er brauchte sie fast überhaupt nicht.

Die Zuschauer beobachteten ihn, nicht sie.

Molchanowa erinnerte sich an seine Anweisungen und erholte sich rasch wieder von ihrem Schock. »Unsere Zuschauer, sowohl hier in Russland als auch in den russischsprachigen Nachbarländern, sind sicherlich sehr interessiert zu erfahren, was Sie unternehmen, um für die Sicherheit unserer jungen Soldatinnen und Soldaten zu sorgen, die in der Exklave Kaliningrad stationiert sind, vor allem vor dem Hintergrund des Angriffs auf den Truppentransport, der letzte Woche durch Vilnius fuhr?«

Sie sah an dem Blick, mit dem er sie nun bedachte, dass sie ihm mit dieser Frage zu diesem Zeitpunkt einen Gefallen getan hatte, und spürte eine Welle der Erleichterung.

Wolodin nickte leicht. »Ich mag Sie sehr, Fräulein Molchanowa, daher werde ich die Gelegenheit dieses Interviews in Ihrer Nachrichtensendung für eine Ankündigung nutzen, die ich normalerweise von meinem Schreibtisch im Kreml aus machen würde. Denn so wichtig ist sie.«

Sie beschränkte sich auf ein aufmunterndes Nicken.

»Auf meine Anweisung hin hat unsere loyale Generalstaatsanwaltschaft seit mehreren Jahren eine Anzahl älterer Fälle noch einmal aufgerollt. Ich meine damit bestimmte Diebstahlsfälle. Denn ich mache mir seit Langem Sorgen über die Dinge, die dem russischen Volk gestohlen worden sein könnten – also auch Ihren Zuschauern.«

Molchanowa war gut, aber sie war nicht daran gewöhnt, ohne Sicherheitsnetz durch ein Interview zu turnen. Im Moment hatte sie nicht den blassesten Schimmer, wovon der Präsident redete. Von Verbrechen in Russland?

»Was … was für Dinge?«

»In den letzten Tagen der Sowjetunion wurden Entscheidungen getroffen und Dekrete erlassen, bei denen keine Rücksicht auf das russische Volk genommen wurde. Man muss dabei Russland, die Nation, von der Sowjetunion unterscheiden, die ein Gemisch von Nationen war.«

»Da«, sagte Molchanowa und nickte, aber nur weil Wolodin sie auf eine Weise anblickte, die irgendeine Reaktion von ihr verlangte.

Er fuhr fort: »Unser Verhältnis zu den baltischen Staaten habe ich schon immer für einen interessanten Fall gehalten. Das waren Gebiete, die die Sowjetunion dem Einflussbereich der Nazis entrissen hatte, und zwar auf Kosten des russischen Volks. Russland musste die Hauptlast dieses Krieges tragen. *Russland.* Und trotz der Tatsache, dass die Sowjetunion während des Krieges das organisatorische Staatsgebilde war, waren es Russen, die kämpften und starben und sich das Baltikum durch ihr Blutsopfer verdient hatten.

Die Sowjetunion agierte illegal, als sie 1991 die Unabhängigkeit der baltischen Staaten anerkannte, denn zu diesem Zeitpunkt war die Sowjetunion selbst im Begriff, sich aufzulösen, und war rechtlich kein handlungsfähiger Staat mehr. Man ließ also zu, dass das fragliche Territorium den russischen Einflussbereich verlassen durfte, obwohl es von Russland befreit worden war und obwohl die Körperschaft, die dieses Ausscheiden besiegelte, zu diesem Zeitpunkt keinen legalen Status mehr hatte. Nun weiß aber jeder, dass Verträge, die von Unbefugten unterschrieben wurden, normalerweise null und nichtig sind.«

»Aber … was heißt …«

»Der Generalstaatsanwalt erhielt von mir keinerlei Anweisungen – aber ich bin seit Langem überzeugt, dass die baltischen Staaten unseren Einflussbereich nicht hätten verlassen dürfen. Natürlich wird er seine Arbeit machen und alle Einzelheiten der relevanten Dokumente analysieren und die Unterschriften prüfen, aber im Lichte dessen, was letzte Woche in Vilnius geschah und so viele junge, mutige Russen das Leben kostete, ermuntere ich ihn, sehr aufmerksam und sehr schnell zu arbeiten. Wir dürfen keine Zeit verlieren.«

Wolodin räusperte sich. »Nehmen wir einmal an, dass er tatsächlich zu dem Schluss kommt, die Unabhängigkeit der baltischen Staaten sei durch einen illegalen Akt anerkannt worden. Das würde es Russland ermöglichen, den Korridor zwischen unseren Freunden und Nachbarn in Weißrussland und der russischen Exklave Kaliningrad neu zu beleben. Litauen steht einem sicheren und ungehinderten Wirtschaftsaustausch Russlands mit seiner eigenen westlichen Region im Wege, und wenn wir es für notwendig erachten, den Korridor vor jeder Gefahr zu bewahren, dann werden wir das auch tun.«

Molchanowa zog die Augenbrauen zusammen, sodass sie sich fast berührten, so sehr verwirrte sie das, was sie hier zu hören bekam. Ihr war zwar klar, dass Wolodin die Tatsachen verdrehte, da die Rechtmäßigkeit der Anerkennung der baltischen Unabhängigkeit durch den Obersten Sowjet bisher noch nie infrage gestellt worden war, aber sie wusste auch, dass sie nicht weiter nachfragen durfte, wenn sie ihren Job behalten wollte.

Dazu hätte sie auch keine Gelegenheit gehabt, denn Wolodin fuhr bereits mit strahlendem Lächeln fort: »Gerade heute habe ich ein Gespräch mit Präsident Semjonow von Weißrussland geführt, unserem wunderbaren Freund und Partner. Ich habe ihm die Situation erklärt. Er hat uns seine volle Kooperation im Hinblick auf die Ergebnisse zugesichert, die die Generalstaatsanwaltschaft vorlegen wird. Wenn wir es für nötig befinden, den Korridor durch Litauen wieder zu öffnen, wird uns Weißrussland bei diesem Unterfangen unterstützen.«

Inzwischen hatte es Molchanowa buchstäblich die Sprache verschlagen; sie konnte ihren Präsidenten nur noch ehrfurchtsvoll anstarren. Er lächelte sie freundlich an, es war ein keckes Lächeln, fast ein selbstzufriedenes Grinsen. Wie ein Schachchampion, der gerade schachmatt ausgerufen hatte.

Aber sie erholte sich rasch wieder von ihrer Verblüffung und zuckte leicht die Schultern, als ob sie sich dafür entschuldigen müsste, dass sie nun eine Feststellung machte, die so offensichtlich war. »Ja, aber … müssen wir nicht davon ausgehen, dass die litauische Regierung nicht einfach zusehen wird, wenn Russen in ihr Staatsgebiet eindringen und das Gebiet zwischen Weißrussland und Kaliningrad besetzen?«

Walerij Wolodins Lächeln blieb so breit und strahlend wie zuvor. »Panzer brauchen kein Visum, Fräulein Molchanowa.«

36

In Washington, D. C., war es kurz vor Mittag; im Konferenzraum neben dem Oval Office verfolgte ein rundes Dutzend Männer und Frauen auf einem großen Bildschirm die Live-Übertragung des Interviews mit dem russischen Präsidenten.

Der Ton war abgeschaltet; übersetzt wurde das Interview von zwei Dolmetschern, die mit aufgesetzten Kopfhörern am Ende des Konferenztisches saßen. Das Arrangement wurde dadurch ein wenig realistischer, dass die weibliche Dolmetscherin die Moderatorin übersetzte, während sich der männliche Dolmetscher auf Wolodins Antworten beschränkte.

Jack Ryan war ebenfalls anwesend, außerdem mehrere Mitglieder seines Nationalen Sicherheitsrats. Sie alle hörten aufmerksam und schweigend zu.

Als das Interview geendet hatte, richteten sich alle Augen auf den Präsidenten der Vereinigten Staaten.

»›Panzer brauchen kein Visum‹«, wiederholte der Präsident Wolodins Worte; in seiner Stimme lag ein Anflug von Resignation. »Der russische Präsident hat soeben die baltischen Staaten für illegal erklärt und angekündigt, dass er einmarschieren und zumindest den Korridor nach Kaliningrad besetzen will.«

Mary Pat nickte. »Der übrigens mitten durch Vilnius verläuft, also durch die Hauptstadt und größte Stadt Litauens, und durch Kaunas, die zweitgrößte Stadt.«

Arnie Van Damm gehörte zwar nicht zum Nationalen Sicherheitsrat, war aber bei solchen Beratungen fast immer anwesend, weil er der Herr über das Arbeitsprogramm des Präsidenten war, und Fragen der nationalen Sicherheit erforderten meistens flexible Anpassungen des Zeit- und Arbeitsplans. Doch obwohl er bei den Besprechungen dieser Gruppe gewöhnlich mit am Tisch saß, ergriff er nur höchst selten das Wort, es sei denn, die Zeitplanung des Präsidenten war betroffen.

Was erklärte, warum sich alle im Raum ihm zuwandten, als er nun doch das Wort ergriff.

»Wissen Sie … das ist bemerkenswert. Eigentlich sogar richtig brillant.«

»Was ist daran brillant, Arnie?«, fragte Ryan.

»Brillant war schon der Anfang des Interviews, als er einem schwedischen Verkehrsflugzeug vorwarf, eine unschuldige elfköpfige russische Flugzeugcrew ermordet zu haben, die nur ihrer normalen Arbeit nachging. Dann schaltete er plötzlich ein paar Gänge höher und meldet Zweifel an, dass die offiziellen Erklärungen für die Explosion in Klaipėda und für den Angriff in Vilnius zuträfen. Aber was ist, wenn tatsächlich Russland hinter diesen beiden Vorkommnissen gesteckt hätte? Offensichtlich war er involviert gewesen, jedenfalls wusste er Bescheid und kannte daher auch die Storys, die seine Untergebenen zur Tarnung erfunden haben.«

»Kann sein«, kommentierte Ryan.

»Und dann geht er auf einen nationalen TV-Kanal und verkündet, er glaube die offiziellen Darstellungen nicht – obwohl es ja eigentlich seine eigenen Tarnungsstorys sind.«

Ryan nickte nachdenklich. »Es steckt also noch sehr viel mehr dahinter, nicht wahr? Immer vorausgesetzt, dass diese Vermutungen stimmen.«

Außenminister Adler lehnte sich langsam in seinem

Stuhl zurück. »Wie wollen wir auf seine Bemerkungen bezüglich Litauens reagieren?«

Bevor jemand antworten konnte, trat Bob Burgess in den Konferenzraum und blickte sofort Präsident Ryan an. Er begrüßte die anderen Anwesenden jedoch nicht; es war klar, dass er etwas Wichtiges mitzuteilen hatte.

»Entschuldigen Sie, Mr. President. Während Wolodin noch auf Sendung war, wurde auf einem Twitter-Account des Russischen Militärdistrikts West ein Snap Drill in Weißrussland angekündigt. Die Übung findet in drei Tagen statt, beteiligt ist die russische 6. Armee. Es wurden nicht besonders viele Einzelheiten genannt, aber wenn die Sache so abläuft wie andere Manöver in diesem Gebiet, werden sie wohl Land- und Lufteinheiten zu den militärischen Einrichtungen westlich von Minsk verlegen, ein paar Tage lang mit den weißrussischen Streitkräften Manöver durchführen und sich anschließend wieder zurückziehen. Wie es heißt, soll damit die Reaktionsbereitschaft der beiden Streitkräfte im Fall eines Angriffs durch eine mitteleuropäische Nation geübt werden.«

»Na klar«, sagte Scott Adler. »Für den Fall, dass Litauen oder Lettland auf Moskau vorrücken wollen.« Der Sarkasmus des Kommentars war offenkundig.

Burgess fuhr fort: »Sie werden eine sinnvolle Mischung von Fronttruppen so nahe an die polnische und litauische Grenze führen, dass sie von beiden Nationen als unmittelbare Gefahr wahrgenommen werden müssen. Und natürlich verfügen sie bereits über Truppen in Kaliningrad, die sie ebenfalls aus den Garnisonen holen und in Bereitschaftsstellungen verlegen, genau so, wie sie es machen würden, wenn sie über die Grenze gehen würden. Insgesamt werden an ihrem Snap Drill ungefähr 50 000 Soldaten beteiligt sein.«

»Und Litauen hat wie viel?«

»Wenn man ihre Bereitschaftsreserve dazuzählt … 12 000.«

»Großer Gott.« Ryan wandte sich an Mary Pat. »Was ist Ihre Einschätzung?«

»In den letzten zehn Jahren haben sie solche Snap Drills ein halbes Dutzend Mal durchgeführt, die Manöver an sich sind also keine sehr ernste Bedrohung. Aber das Timing ist doch … ziemlich provokativ, und das ist ein Wort, das ich im Zusammenhang mit Wolodins Aktionen gar nicht mehr in den Mund nehmen möchte, weil es jede Bedeutung und jeden Kontext verloren hat.«

Burgess sagte: »Mr. President, es könnte natürlich durchaus ein normales Manöver und nicht etwa der Beginn einer Invasion sein. Aber wenn die Sache tatsächlich auf eine Invasion hinauslaufen sollte, müssen wir sofort Nato-Truppen nach Litauen verlegen, sonst werden wir keine Möglichkeit mehr haben, die Invasion aufzuhalten.«

»Hm«, machte Ryan. »Dann müsste die Nato also ihre Very High Readiness Joint Task Force schon ins Baltikum verlegen, bevor die Invasion beginnt?«

»Ja, Sir. Ohne jeden Zweifel. Denn sonst wird Russland Vilnius einnehmen, bevor die ersten Nato-Truppen überhaupt in den litauischen Luftraum einfliegen können.«

Ryan blickte nachdenklich vor sich hin, dann wandte er sich an Adler. »Scott – wie bringen wir die Nato dazu, hier aktiv zu werden?«

»Bisher haben wir noch keinen Bündnisfall nach Artikel fünf des Nato-Vertrags. Es wird also zuerst einmal ein Konsens aller Mitgliedsstaaten erforderlich sein. Und weil der Gipfel ohnehin bereits übermorgen beginnt, könnte die litauische Präsidentin als Repräsentantin eines bedrohten Nato-Mitgliedslandes eine Dringlichkeitssitzung gleich zu Beginn der Konferenz einberufen. Dabei könnte sie einen Antrag einbringen, die Nato-Schnellreaktionsgruppe in ihr Land zu verlegen; die übrigen Mitgliedsstaaten müssten dann zustimmen.«

Ryan nickte. »Okay. Ich werde Präsidentin Banytė anrufen, sobald wir hier fertig sind, und sie ermuntern, eine Dringlichkeitssitzung für übermorgen zu verlangen.«

Burgess meinte: »Wenn die Nato-Truppen rechtzeitig eintreffen, könnten sie ein nützlicher Stolperdraht sein. Wir können nur hoffen, dass das ausreicht, um Wolodin zu bewegen, seine Truppen hinter den Grenzen Weißrusslands und Kaliningrads zurückzuhalten. Aber wir sollten die Chancen realistisch einschätzen, Mr. President: Die Schnellreaktionsgruppe ist einfach nicht stark genug, 50 000 russische Soldaten zurückzutreiben.«

Das war auch Ryan längst klar. »Wir müssen uns bereithalten, sie zu unterstützen, wenn es nötig werden sollte. Sie haben ein Bataillon der Marines erwähnt, das wir in Rumänien haben?«

Burgess nickte. »Die Rotationstruppe Schwarzes Meer. Im Moment ist es das 3rd Bataillon, 5th Marine Regiment der 1st Marine Infantry Division.«

Ryan, selbst ein ehemaliger Marine, lehnte sich zurück und nickte. »Darkhorse.«

»Richtig, Sir. Das Darkhorse-Bataillon. 1200 der besten Marines, die wir haben, und sie könnten innerhalb weniger Tage einsatzbereit sein.«

Ryan sagte: »Geben Sie der Rotationstruppe Schwarzes Meer sofort ein Signal, sich bereitzuhalten, aber tun Sie das so leise wie möglich. Sehr leise. Wenn die anderen Nato-Mitglieder herausfinden, dass wir bereits kurz vor der Zielgeraden sind und uns darauf vorbereiten, Nicht-Nato-Truppen zur Unterstützung einzusetzen, könnte das die Dinge vor der Dringlichkeitssitzung unnötig verkomplizieren.«

»Verstanden, Sir«, antwortete Burgess. »Ich werde direkt mit dem Kommandanten des Marine Corps sprechen, und auch mit Lieutenant General Blanchard, dem Kommandanten der MARFOREUR. Das sind die Marine Forces Europe. Er ist in Deutschland stationiert und ist Kommandeur aller Marine-Truppen auf dem Schauplatz. Litauen ist sein Kampfgebiet, also wird er die Aufgabe haben, seine Truppen effektiv einzusetzen.«

»Gut«, sagte Ryan, dann blickte er sich am Tisch um. »Aber wir sind noch nicht fertig. Ich denke, es gibt immer noch eine Chance, eine gute Chance, dass Wolodin diese Eskalation nur als Bluff betreibt. Er will die Nato zwingen, den Schwanz einzuziehen, damit er in Litauen einmarschieren kann, ohne einen einzigen Schuss abzugeben. Wir müssen deshalb in der Lage sein, sehr genau festzustellen, wann aus einem legitimen Manöver der Vorläufer einer Invasion wird.«

Mary Pat Foley nickte. »Wir haben unsere Methoden, Mr. President. Auf unserer Seite können wir schon mal den Verteidigungsnachrichtendienst DIA und die CIA beauftragen, sich um bestimmte führende Militärs in Russland zu kümmern, um herauszufinden, wo genau sie sich derzeit aufhalten.«

Ryan schaute sie fragend an. »Was genau meinen Sie damit?«

Mary Pat wandte sich an Verteidigungsminister Burgess. »Bob?«

Der Minister nickte. »Ich kann aus dem Stegreif drei russische Armeegeneräle nennen, von denen ich mit Sicherheit weiß, dass sie bei einer Invasion eines früheren Satellitenstaates involviert sein würden. Sie sind ihre Ausputzer. Sie waren in Georgien, in Estland und in der Ukraine dabei. Der Älteste war früher auch Kommandeur einer Kompanie in Tschetschenien und eines Bataillons in Dagestan. Wenn sich diese Generäle persönlich in der Nähe der Grenzregionen aufhalten, würde das auf Probleme hindeuten. Aber natürlich sind die Russen clever – sie könnten diese Burschen überall hinschicken und uns mit Rätselraten beschäftigt halten. Trotzdem: Wenn wir Informationen über ihre Aufenthaltsorte bekommen und herausfinden, dass sie sich nicht in Weißrussland oder Kaliningrad aufhalten, würden sich meine Sorgen bezüglich einer Invasion beträchtlich verringern.«

Ryan fasste zusammen. »Wenn sie also in Minsk auftauchen, bedeutet das nicht unbedingt, dass es zu einer Invasion kommt, aber wenn sie wieder in Moskau sind oder sich in drei verschiedenen Gegenden im Osten des Landes aufhalten, wird die Invasion in nächster Zeit wahrscheinlich nicht stattfinden?«

Mary Pat nickte. »Ja, so sehen wir das. Wir werden alles daransetzen, ihre Positionen während der nächsten paar Tage zu ermitteln.«

Ryan beendete die Besprechung und eilte durch das Vorzimmer in sein eigenes Arbeitszimmer zurück. Arnie Van Damm folgte dichtauf, blickte dabei aber auf sein Smartphone.

Im Oval Office drehte sich Ryan zu ihm um. »Was gibt es, Arnie?«

Der Stabschef lachte laut auf. »Das wird dir gefallen. Die russische Botschaft hat gerade eine Anfrage des Fernsehsenders Neues Russland an uns weitergeleitet. Kanal sieben, ein regierungstreuer Sender. Sie bitten um ein Fünfzehn-Minuten-Interview mit dir, während du dich in Kopenhagen aufhältst.«

Das überraschte Ryan. »Ach, wirklich?«

»Sie sichern zu, deine Äußerungen nicht zu editieren.« Arnie schnaubte. »Aber dir ist klar, dass das ein Anschlag sein wird?«

Ryan hob eine Augenbraue. »Mexico City war ein Anschlag, Arnie. Hier geht es um ein Fernsehinterview.« Damit meinte er den Attentatsversuch, den er in Mexico City nur knapp überlebt hatte – ein wenig Galgenhumor.

Jeder andere hätte die Bemerkung als Zurechtweisung empfunden und wäre vor Verlegenheit fast in den Boden versunken, da er hätte glauben müssen, den Präsidenten beleidigt zu haben. Aber Arnie Van Damm verdrehte nur einfach die Augen und stellte die Sache richtig. »Clevere Antwort, Jack, aber du weißt, was ich meine. Sie werden dir hart zusetzen und versuchen, dir das Wort im Mund umzudrehen.«

»Zum Teufel, denk doch mal an all die Fernsehdebatten, die ich während meiner Wahlkämpfe durchstehen musste! Eine bessere Vorbereitung auf harte Interviewer gibt es bestimmt nicht, oder?«

Van Damm las weiter in der E-Mail. »Aber sie schicken einen besonderen Lockvogel. Tatjana Molchanowa wird deine Interviewerin sein.«

Ryan schüttelte den Kopf und sagte sarkastisch: »Sorry, Arnie, ich war vielleicht ein bisschen nachlässig – ich habe diesen russischen Kanal nicht so oft eingeschaltet, wie ich es vielleicht hätte tun sollen. Und deshalb kenne ich ihre TV-Persönlichkeiten nicht so genau.«

Arnie lachte. »Du hast sie soeben beim Interview mit Wolodin gesehen. Elf Punkte auf der Zehnerskala für Schönheit, Intelligenz und die Menge an Kreml-Milch, die sie jeden Tag trinkt.«

»Ach … *die* ist es?«

Van Damm nickte. »Ich sage ihnen ab.«

»Sag ihnen zu.«

Arnie war geschockt. »Das ist ein Witz, okay? Wir haben nichts davon, wenn wir uns auf ihr Format für ein Sitz-Interview einlassen.«

»Es ist eine gute Gelegenheit für mich, direkt mit dem russischen Volk zu kommunizieren, Arnie. Ich gebe ihr die Viertelstunde, und ich werde mich von meiner besten Seite zeigen.« Und als ihn Arnie immer noch ungläubig anstarrte, setzte Ryan hinzu: »Denk doch mal nach, Arnie.

Wolodin war schon unzählige Male auf sämtlichen amerikanischen Nachrichtensendern zu sehen. Dieser Bursche kann einfach nicht die Klappe halten. Und was er jetzt gerade seinem Volk vorgeschwafelt hat, ist absoluter Wahnsinn: Er treibt die Russen frontal in einen Krieg und schiebt die Schuld daran dem Westen in die Schuhe. Mir ist klar, dass ich ihnen meine Botschaft nur übermitteln kann, wenn ich ihnen auf ihrem eigenen staatlichen Sender genau das biete, was sie wollen.« Er zuckte die Schultern. »Und in Anbetracht dessen, was auf dem Spiel steht, muss ich es einfach versuchen, Arnie.«

Van Damm schüttelte leicht den Kopf. »Die Sache gefällt mir nicht, Boss.«

Ryan lächelte ein wenig. »Melde mich an, Trainer. Gib mir die Chance.«

Van Damm musste lachen. Er stand auf und ging zur Tür, wobei er bereits eine Nachricht in sein Smartphone tippte. »In einer Minute wird sich irgendein Produzent in Moskau vor Überraschung in die Hose pissen. Jede Wette, dass dort kein Mensch mit deiner Zusage rechnet.«

Ryan ging zu seinem Schreibtisch. Als Arnie die Tür schließen wollte, rief er ihm nach: »Die wirklich große Überraschung wird in Kopenhagen stattfinden, wenn es mir tatsächlich gelingen sollte, die anderen 27 Mitgliedsstaaten zu überzeugen, die schnelle Eingreiftruppe nach Litauen zu entsenden, bevor die Russen einmarschieren.«

37

Ding Chavez und Dominic Caruso arbeiteten seit einer Woche zwölf Stunden täglich, kreuzten durch den gesamten mittelöstlichen Teil Litauens, fotografierten Straßen, Felder, Äcker, Dörfer, Täler und sogar Backsteinmauern.

Und das alles, ohne auch nur den blassesten Schimmer zu haben, warum sie das taten. Aber sie hatten den größten Teil ihrer Laufbahn im Dienste der amerikanischen Regierung verbracht, weshalb sie eine gewisse Erfahrung darin hatten, seltsame Befehle zu befolgen, die ihnen nicht sonderlich sinnvoll erschienen.

Heute arbeiteten sie sich am Ufer des Flusses Neris entlang. Sie hatten in den nördlichen Vororten von Vilnius begonnen, waren dann nach Norden und Osten gezogen, wobei sie fast zwei Dutzend Positionen abgeklappert hatten, die vom Büro der Direktorin der Nationalen Sicherheitsdienste festgelegt worden waren. Sie waren dem Fluss durch die Dörfer Skirgiškės und Bratoniškės gefolgt; bei der zweiten Brücke in Nemenčinė hatten sie für heute Schluss gemacht.

Die Fotos, die sie während des Tages aufgenommen hatten, unterschieden sich nicht wesentlich von all den vielen anderen der vergangenen Woche. Heute jedoch fielen ihnen gewisse Trends auf, die ihnen zuvor nicht aufgefallen waren. Viele Fotos, vielleicht ein Viertel aller Aufnahmen, machten sie von Positionen, die höher lagen als die übrigen und von denen aus man nach Norden und Osten blicken konnte. Teilweise hatten sie diese Fotos sogar von Hausdächern oder von hochgelegenen Balkonen in den Ortschaften aufnehmen müssen.

Herkus Zarkus begleitete sie auf Schritt und Tritt, ständig bemüht, ihrer Tarnung noch größere Glaubwürdigkeit zu verleihen. Meistens half er beim Auspacken und Aufstellen der Ausrüstung, aber manchmal grub er auch Gräben oder kletterte an Masten hinauf, wenn die Campus-Männer auf unerwartete Schwierigkeiten stießen.

Herkus hatte dafür gesorgt, dass sie in Privatwohnungen gelangen konnten, und ihnen, wenn es sich nicht vermeiden ließ, sogar Zugang auf gut gesicherte Betriebsgelände verschafft. Einmal hatte er sogar eine besonders clevere Ausrede erfunden, als sie ihre »Vermessungs«-Ausrüstung ausgerechnet in einem tunnelähnlichen Entwässerungs-Durchlass aufbauen mussten, an dem ständig Passanten vorbeikamen. Den neugierigsten Gaffern hatte er die Story aufgetischt, dass die Kabel für ein geplantes Super-Highspeed-Netzwerk unter dem Entwässerungsschacht verlegt werden müssten, »damit die Ratten sie nicht durchnagen können«.

Während der Arbeit hatten Ding und Dom ständig die Augen offen gehalten. Sie hatten auf alles geachtet, was ihnen nicht normal vorkam, was den beiden nicht ganz leichtgefallen war, da sie mit der Gegend und dem Land nicht vertraut waren. Aber sie waren vor einem Jahr in der Ukraine gewesen, unmittelbar vor der russischen Invasion, deshalb hatten sie eine gewisse Erfahrung darin, in einem ähnlichen Umfeld zu operieren.

Eine Stunde vor Anbruch der Nacht stießen sie erneut auf eine Gruppe misstrauischer Dorfbewohner, während sie am Rande der Fernstraße 108 parkten. Wie beim letzten Mal mussten sie die Leute erst einmal überzeugen, dass sie Glasfasertechniker aus Amerika seien und keineswegs kleine grüne Männchen aus Russland. Und wieder erfuhren sie, dass verdächtige Fahrzeuge in der Gegend beobachtet worden seien. Aus den Schilderungen ließ sich im Grunde nur ableiten, dass irgendetwas vor sich ging, nichts weiter, aber die Campus-Leute hatten keinerlei Zweifel an dem, was sie zu hören bekamen.

Heute Abend, nachdem es für hochauflösende Fotos zu spät geworden war, beschlossen sie, auf einem längeren Umweg zu ihrer Unterkunft zurückzufahren, um sich noch ein wenig in der Gegend umzusehen. Der Umweg führte sie in südlicher Richtung zur Hauptstadt zurück. Östlich von Vilnius fiel ihnen eine zahlenmäßig recht eindrucksvolle Militärpräsenz auf. Eine Menge Truppentransporter, mit Sandsäcken verstärkte Positionen, Parkplätze, Straßenkreuzungen und andere Sammelpunkte, an denen es von jungen Männern mit HK-G36-Sturmgewehren nur so wimmelte. Aber Straßensperren oder Panzerstellungen waren nicht zu sehen.

Als sie die E28 entlangfuhren, die wichtigste Autobahn, die von Kaliningrad in östlicher Richtung durch Vilnius und weiter zur weißrussischen Grenze führte, hörten sie direkt über ihrem DataPlanet-Van das Knattern zweier Mi-8-Hubschrauber.

Herkus spähte durch die Windschutzscheibe nach oben. »Ihr werdet es kaum glauben, aber was ihr da über uns seht, ist ungefähr ein Fünftel der gesamten litauischen Luftwaffe.«

»Du machst wohl Witze«, sagte Caruso.

»Nö. Sie haben tatsächlich nur einen einzigen Kampfjet, ein altes tschechisches Trainingsflugzeug aus den Siebzigern, ein paar alte Transportflugzeuge und alte russische Helis. Vor Kurzem wurden noch drei Eurocopter beschafft. Vor ein paar Jahren hatten wir einfach kein Geld mehr, das wir für Verteidigung hätten ausgeben können. Inzwischen sind wir zwar etwas wohlhabender geworden, aber nachdem wir der Nato beigetreten waren, meinten unsere Politiker, es sei nicht mehr nötig, Geld für die Verteidigung auszugeben.«

Caruso schüttelte den Kopf. »Passt.«

Chavez meinte: »Nimm's mir nicht übel, aber nach der Ausrüstung, die wir hier auf den Straßen gesehen haben, sieht euer Heer auch nicht viel besser aus als eure Luftwaffe.«

Herkus nickte. »Das Landheer besitzt keinen einzigen Kampfpanzer. Die Regierung will jedoch eine größere Anzahl von deutschen gepanzerten Transportfahrzeugen anschaffen. Im Moment haben wir zwar ein paar Panzerabwehrwaffen, ein wenig Artillerie und eine Anzahl von Mörsern. Aber wenn die Russen einmarschieren und niemand uns zu Hilfe kommt ...« Er brach ab, doch dann überraschte er die beiden Amerikaner mit einem breiten Grinsen. »Aber wenigstens wird sich dann die Nachricht schnell verbreiten – wir haben ja dann unser superschnelles Internet.«

Jack Ryan junior saß im Amsterdamer Flughafen Schiphol und wartete auf den Abflug nach Washington Dulles. Der Start war für sieben Uhr geplant. Er hatte einen Sitzplatz in einer Ecke des Wartebereichs am Gate gewählt, mit dem Rücken zur Wand, um die anderen Passagiere gut im Auge behalten zu können.

Vor einer knappen halben Stunde war er angekommen, was möglicherweise hieß, dass er außer Gefahr war, aber seine fehlerhafte OPSEC hatte ihn in die Lage gebracht, in der er sich jetzt befand, und obwohl er sich jetzt im Terminal eines Airports aufhielt, in dem niemand mit einer Pistole oder einem Messer herumlaufen sollte, und außerdem gut 250 Kilometer von dem Ort entfernt, an dem man ihn überfallen hatte, war er fest entschlossen, in seiner Wachsamkeit auch nicht für eine Sekunde nachzulassen.

Nicht noch einmal.

Als sein Flieger aus Luxemburg gelandet war, hatte er sofort Christine von Langer im Krankenhaus angerufen, um sich nach Ysabels Zustand zu erkundigen. Christine konnte ihn ein wenig beruhigen: Ysabel habe die Operation gut überstanden. Sie liege zwar noch immer im künstlichen Koma, weil die Schwellungen im Gehirn eine Gefahr darstellten, aber ihre sonstigen Werte seien stabil und die Ärzte glaubten, dass sie sich gänzlich erholen würde, es würde allerdings seine Zeit brauchen.

Christine erwähnte auch, dass zwei sehr höfliche, aber ziemlich hart aussehende Franzosen im Krankenhaus erschienen seien, Freunde von John Clark, die sich aber dem Personal gegenüber als Freunde von Ysabels Familie ausgegeben hätten. Außer Hörweite der Ärzte und des Pflegepersonals hatten sie Christine versichert, dass sie sich gut um Ysabel kümmern würden, aber Christine hatte darauf bestanden, in der Nähe zu bleiben, wenigstens für ein paar Tage, um den Ärzten klarzumachen, dass sich eine Menge Leute um Ysabel sorgten.

Jack war erleichtert. Jetzt überlegte er, ob er seine Mutter im Weißen Haus anrufen solle, um zu hören, wie sie Ysabels Situation einschätzte. Seine Mutter würde weit besser als er wissen, welche Pflege Ysabel brauchte. Aber er entschied sich dagegen. Unmöglich, seiner Mutter zu erklären, warum eine Frau, mit der ihr Sohn liiert war, soeben überfallen und mit Messerstichen fast zu Tode gebracht worden war – Jacks Mom würde unnachgiebig darauf bestehen, alles zu erfahren.

Er beschloss, bei seinen Eltern in 1600 Pennsylvania Avenue vorbeizuschauen, sobald er wieder zu Hause war. Wenn seine Mutter sah, dass Jack in Sicherheit war, würde es wohl leichter sein, ihren ärztlichen Rat »für eine Bekannte« einzuholen.

Zwar sah er dem Gespräch nicht freudig entgegen,

glaubte aber, dass er es Ysabel schuldig war, ihr auf jede Weise zu helfen, die ihm möglich war.

Er hatte gerade eine eingehende Beobachtung einer Gruppe von Männern beendet, die näher am Gate saßen, als sein Handy vibrierte. Er warf einen Blick auf das Display: Gavin. Zwar saß niemand in unmittelbarer Nähe, aber er dämpfte trotzdem die Stimme, als er antwortete. »*Wow*, Gavin. Muss doch mindestens schon Mitternacht sein bei euch?«

»Ja, ich hab den Abend durchgearbeitet.« Gavin schwieg kurz. »Hab gehört, was deinem Mädchen passiert ist. Tut mir wirklich leid, Mann.«

»Danke.« Jack konnte sich nicht daran erinnern, im Umgang mit Gavin jemals gefühlvolle Momente erlebt zu haben. Es war ihm irgendwie … unangenehm. »Äh … ja. Hast du etwas für mich?«

»Ich habe eine Info über das Flugzeug, das in Lux City startete, über das du Bescheid wissen wolltest.«

Jack hatte völlig vergessen, dass ihm Gavin versprochen hatte herauszufinden, wohin Limonow und Koslow von Luxemburg aus geflogen waren. »Und was ist mit Salvatore? Clark sagte, er würde dich bitten, mehr über ihn herauszufinden.«

»Wir sind an ihm dran. Bisher haben wir noch nichts. Das dauert noch ein bisschen.«

Jack versuchte erst gar nicht, seine Verärgerung nicht hören zu lassen. »Wieso dauert das so lange?«

»Wir haben noch nichts gefunden, womit wir ihn festnageln könnten. Er gehört keinem Netzwerk an, das wir anzapfen könnten. Er ist nirgends fest angestellt, arbeitet nur als freier Fotoreporter. Er hat zwar ein Mobiltelefon – wer hätte keins heutzutage? –, aber wir konnten noch nicht in sein Netz eindringen, um seine Kontakte oder sein Bewegungsmuster zu checken. Wir arbeiten daran, in das dortige Polizeisystem hineinzukommen und dessen Daten mit den Interpol-Datenbanken abzugleichen, solche Sachen eben, aber das dauert halt ein bisschen.«

»Okay, verstanden«, sagte Jack und fügte nachdenklich hinzu: »Und was ist mit Limonows Flugzeug? Ist es nach London zurückgeflogen?«

»Nö. Ein Flieger mit dieser Kennnummer startete gestern Abend kurz nach acht vom Flughafen Luxemburg. Sie haben seinen Flugplan geblockt, was für dich interessant sein dürfte, denke ich, weil du mir gesagt hast, dass sie den Flug nach Luxemburg nicht geblockt hatten. Deshalb habe ich sie ein paar Stunden lang aus den Augen verloren. Aber dann entdeckte ich einen Flug über den Atlantik auf einer südlichen Route, dessen Kennnummer zu keinem Flugzeug passte, das irgendwo in Europa gestartet war. Sie ist nicht identisch mit der, die du mir genannt hast, aber manche Flugzeuge melden sich tatsächlich mit einer anderen Identität, um ihr Flugziel zu verbergen. Jedenfalls waren zum selben Zeitpunkt mehrere Geisterflieger über und um Europa herum unterwegs, aber keiner passte nach Zeit und Entfernung so perfekt zum Startpunkt Luxemburg, wenn man die Reisegeschwindigkeit einer Bombardier 6000 zugrunde legt.«

Jack wollte Gavin drängen, endlich zum Punkt zu kommen, aber im Moment fehlte ihm einfach die Energie, gegen das gewohnheitsmäßige Gelaber des Computerfreaks zu protestieren. »Okay?«

»Es sah also kein anderer Flieger so gut aus, aber ich wollte eben sichergehen, deshalb überprüfte ich auch ein Flugzeug mit ähnlichem Profil, das über dem Mittelmeer unterwegs war. Hat mich eine halbe Stunde Arbeit gekostet, aber dann konnte ich es ausschließen und mich wieder um den Atlantikflieger kümmern. Ein paar Stunden lang dachte ich, es fliegt eher Richtung Südamerika, aber dann meldete es seine Position bei der Luftfahrtkontrolle über Bermuda, und daraus konnte ich dann folgern, dass es in die Karibik unterwegs war.«

Jack spürte plötzlich wachsende Erregung. Er war sich nicht sicher, warum Limonow es für nötig halten sollte, persönlich in die Karibik zu fliegen, wenn er plante, Gelder auf Offshore-Konten zu verschieben, aber ihm war auch klar, dass er den Mann dort besser im Auge behalten konnte, als es der Fall gewesen wäre, wenn Limonow nach Moskau zurückgeflogen wäre.

»Wo in der Karibik?«, fragte er. »Antigua? Oder Grand Cayman?«

»Nö. Sie flogen zwölf Stunden geradeaus und landeten auf den Britischen Jungferninseln.«

»Auf den Jungferninseln?« Die British Virgin Islands galten zwar als Paradies für Offshore-Firmen und Offshore-Konten, wurden aber als solche von Russen, denen enge Verbindungen zum Kreml nachgesagt wurden, nur selten genutzt. Zwar lieferte auch diese Information Jack keine Antwort auf die Frage, warum die beiden Russen persönlich auf die Inseln reisen mussten, aber das war für Jack so etwas wie ein geschenkter Gaul, dem er nicht ins Maul schauen wollte. »Hast du noch mehr Infos?«

»Nur die, dass der Jet vor sechs Minuten auf dem Terrance B. Lettsome International Airport gelandet und zu Beef Island Air Services, einem Fixed-Base Operator, gerollt ist. Keine Ahnung, wohin sie von dort aus fahren wollen. Online habe ich herausgefunden, dass es auf den BVIs keineswegs massenhaft Hotels gibt, aber es werden Hunderte privater Apartments und Villen zur Miete angeboten.«

»Okay. Danke für die Infos.«

»Melde dich einfach, falls du noch was brauchst, Jack.« In Gavins Stimme lag unverkennbar Mitgefühl.

Jack bedankte sich noch einmal und beendete das Gespräch. Kurz danach bestieg er seinen eigenen Transatlantikflug. Ständig grübelte er darüber nach, aus welchem Grund zwei Russen, die für den Kreml arbeiteten, auf die Britischen Jungferninseln fliegen sollten, vor allem so kurz nach ihrem Treffen mit einem Anwalt in Luxemburg.

Wenn die Silowiki ihre Reichtümer ins Ausland verschoben, führten die Spuren, soweit Jack und die anderen Analysten beim Campus sie hatten verfolgen können, meistens nach oder durch Zypern oder die Schweiz oder Gibraltar oder Singapur. Zypern hatte schwere finanzielle Turbulenzen durchlaufen, aber dort waren immer noch Zehntausende Offshore-Gesellschaften ansässig, die russischen Körperschaften oder Personen gehörten und die mit einem Höchstmaß an Vertraulichkeit und einem Mindestmaß an Regeln operieren konnten. Die finanziellen Probleme Zyperns hatten nichts mit dem russischen Geld zu tun, sondern waren auf die Investitionen zurückzuführen, die zyprische Banken in griechischen Anleihen getätigt hatten und die infolge des finanziellen Missmanagements der Griechen praktisch wertlos geworden waren.

Auf den Britischen Jungferninseln hingegen parkten vorzugsweise viele chinesische Milliardäre ihre Millionen, bevor sie sie als Investitionskapital nach China zurücktransferierten.

Darüber dachte Jack nach, als er sich in seinem Sitz in der ersten Klasse niederließ. Leise sagte er sich: »Wenn ich einer der ganz großen russischen Milliardäre wäre, würde ich mein Geld ganz bestimmt nicht in der Nähe von Offshore-Banken anlegen, bei denen die Chinesen ihre Konten haben.«

Denn selbst wenn die Gelder auf Nummernkonten lagen, würde ein Unternehmen oder eine Bank in den BVIs gewisse Schlussfolgerungen ziehen können, von wo das Geld ursprünglich kam, und obwohl sie ihren Klienten sicherlich größte Vertraulichkeit zusicherten, übten Zigmilliarden Dollar, die aus China auf die Inseln strömten, doch ziemlich große Macht aus. Mit so viel Macht im Rücken wäre es bestimmt nicht sehr schwer, jemanden zu überreden, dies oder jenes über andere Klienten auszuplaudern.

China und Russland waren in den letzten Jahrzehnten immer wieder aneinandergeraten, und selbst wenn sie sich verbündeten, blieben ihre Beziehungen immer fragil.

Jack murmelte vor sich hin: »Als Russe würde ich unter keinen Umständen mein Kreml-Vermögen in einen Offshore-Hafen verschieben, in dem es von chinesischen Anlegern nur so wimmelt.«

Was dann aber die Frage aufwarf, ob es noch einen anderen Grund geben mochte, der Limonow und Koslow auf die Jungferninseln führte?

Jack hatte jedenfalls starke Zweifel, dass sie nur wegen der Sonnenbräune hingeflogen waren.

Nach dem Start öffnete er seinen Laptop und schaute sich noch einmal seine Datensammlung über Frieden an; vielleicht ließ sich darin ein Hinweis finden, der einen Trip auf die Jungferninseln rechtfertigen würde.

Aber er fand nichts. Keine der bekannten Geschäftsverbindungen, die Frieden unterhielt, hatte irgendetwas mit den BVIs zu tun, und auch keiner seiner Kontakte wies in diese Richtung. Sicher, ein paar seiner Klienten waren schon dorthin gereist, aus welchen Gründen auch immer, schienen aber keine Verbindung zu dort ansässigen Banken zu haben.

Doch Jack war sich sicher, dass da etwas sein musste. Auch mit Rom schien Limonow nichts zu verbinden, und er tauchte auch nicht in den Informationen auf, die Jack über Michail Grankins Netzwerk besaß.

Jack erweiterte die Suche, zog nun auch Daten zu bekannten Finanznetzwerken mit ein, die vom US-Justizministerium und aus früheren Ermittlungen stammten, die der Campus durchgeführt hatte – diese Daten gingen teilweise über Jahre zurück und bezogen sich auch auf Netzwerke, die von anderen Silowiki benutzt worden waren.

In diesen Daten fanden sich nur wenige Informationen über Bankkonten, Offshore-Firmen und Trusts, die dort registriert waren und die zweifellos ausschließlich als Instrumente der Geldwäsche dienten. Aber Jack entdeckte keine offenkundigen Verbindungen zu Limonow, und er konnte auch nicht erkennen, warum ein russischer Private-Equity-Manager und ein Ex-FSB-Schlägertyp, der diesem auf Schritt und Tritt folgte, persönlich auf die Inseln fliegen sollten, um Geld dorthin zu transferieren.

Einer plötzlichen Eingebung folgend, klickte er sich durch die übrigen Kontakte in Friedens Kontaktliste. Vielleicht würde er hier Informationen finden, die in die Karibik führten. Das war kein ganz leichtes Unterfangen, denn nur bei einem Teil von Friedens Kontakten waren reale Adressen aufgeführt. Jack kopierte diese Adressen in eine Tabelle und durchsuchte sie nach Hinweisen auf die Jungferninseln. Als das nichts brachte, googelte er die Ländervorwahl für die Inseln.

Ein paar Augenblicke später ließ er Dateien nach der Vorwahl 284 durchsuchen.

Das brachte zwei Dinge zutage. Die erste Angabe war eine Firma, die Ausländer bei der Gewerbeanmeldung unterstützte; sie hatte ihren Sitz auf der Insel Tortola. Die zweite Angabe bezog sich auf einen Mann namens Terry Walker.

Der Name sagte Jack nichts, deshalb durchsuchte er seine Datenbanken, in denen Leute erfasst waren, die in der internationalen Finanzwelt aktiv waren. Er fand keinen Hinweis auf einen Terry Walker auf den Britischen Jungferninseln. Da er annehmen musste, dass eine Google-Suche mindestens 50 000 Hits für Männer und Frauen mit diesem Namen ergeben würde, tippte er einfach die Telefonnummer ein.

Nichts.

Jetzt fiel ihm nichts Besseres mehr ein, als nun doch den Namen zu googeln. Wenn nötig, würde er den Zusatz »British Virgin Islands« hinzufügen. Aber das erwies sich als unnötig.

Das erste Ergebnis bei der Namenssuche war der Mann, den zu treffen Limonow auf die BVIs geflogen war. Das wusste Jack ohne den geringsten Zweifel.

Die Stewardess beugte sich über ihn und lenkte ihn kurz von seinem Computer ab. »Kann ich Ihnen etwas bringen?«

Jack blickte auf. »Ja, bitte. Einen Scotch. Pur.« Dann fügte er hinzu: »Oder besser einen doppelten.«

38

Jack nippte an seinem Scotch, während er alles las, was er im Internet über Terry Walker finden konnte. Der Mann stammte aus Australien und war Gründer und Eigentümer von BlackHole, der größten und berüchtigtsten Bitcoin-Handelsfirma der Welt. Jack entdeckte einen erst kürzlich erschienenen Zeitungsartikel über ihn und erfuhr daraus, dass Walkers Unternehmen auf den British Virgin Islands registriert war und dass Walker auf Tarpon Island wohnte, einem exklusiven Ort am Meer, der sich bei Millionären und Milliardären großer Beliebtheit erfreute.

Über Tarpon Island wusste Jack bereits Bescheid; die Insel war ein gefragter Rückzugsort für die Reichen und Berühmten. Auch über BlackHole wusste er schon einiges – die Firma war ohne jede Übertreibung der absolute Albtraum all jener Leute, die gegen Geldwäsche kämpften. Sie wurde manchmal mit einem Wäschetrockner verglichen, eine große Trommel, in der sämtliche virtuellen Transaktionen so durcheinandergewirbelt werden konnten, dass sowohl der Käufer als auch der Verkäufer der Währung vollständig anonym bleiben konnten.

Es war generell schwierig, Bitcoins nachzuverfolgen, wie Jack wusste; aber wenn jemand den Transfer über BlackHole abwickelte, konnten nicht einmal die besten Forensic-Accountancy-Experten der Welt die Transaktion bis zu deren Urheber zurückverfolgen.

Jack hatte keine Ahnung, warum Limonow diesen Terry Walker persönlich treffen musste, um eine Transaktion über BlackHole abwickeln zu können. Aber der Russe hatte offenbar Walkers Namen von Frieden erhalten und war dann sofort auf die BVIs geflogen – also *musste* es für Limonows Trip einen guten Grund geben.

Jack Ryan hatte plötzlich das Gefühl, als würde ihm die gesamte Operation aus den Händen gleiten.

Er dachte eine Weile intensiv nach, dann zog er sein Smartphone heraus. Das hier war eine europäische Fluggesellschaft; Telefonate während des Flugs waren nicht untersagt. In Maryland war es zwei Uhr morgens, und Clark hatte offenbar geschlafen, nahm den Anruf aber fast sofort entgegen. Clarks ganzes Leben lang war die nächste Krise nie weit entfernt gewesen; das bedeutete, dass er seinen Schalter fast ohne Vorlauf auf »An« stellen konnte. Zwar dauerte es ein paar Sekunden, bis er sich tatsächlich meldete, aber Jack wusste, dass er nur aus dem Schlafzimmer gegangen war, um Sandy nicht zu wecken.

»Alles okay, Jack?«, fragte Clark schließlich.

»Ja. Ich bin im Moment über dem Atlantik, wir werden bald in Dulles landen. Tut mir leid, dass ich dich mitten in der Nacht aus dem Bett hole, aber ich glaube, ich habe da ein paar Informationen entdeckt, die dringendes Handeln erfordern.«

»Kein Problem. Wir kommen gleich darauf zu sprechen, aber zuerst noch … Ich bin froh, dass du im Flugzeug sitzt.«

»Du hast es mir befohlen. Passiert nicht oft, dass ich Befehle nicht befolge.«

»Ich kann mir vorstellen, wie du dich momentan fühlst. Glaub mir, das kann ich wirklich. Sobald du nach Hause kommst, kannst du anfangen, nach den Männern zu suchen, die Ysabel angegriffen haben.«

»Eigentlich rufe ich wegen einer ganz anderen Sache

an. Gavin hat herausfinden können, wohin Limonow und Koslow geflogen sind: auf die Britischen Jungferninseln.«

Clark brauchte ein paar Augenblicke, um Jacks plötzlichem Themenwechsel folgen zu können. Jack dachte, dass Clark sicherlich überrascht war, dass er, Jack, sich mit etwas anderem befasste als mit der Frage, wie er Salvatore und Ysabels Angreifer aufspüren konnte. Doch dann fragte Clark: »Was wollen sie dort?«

»Ich glaube, sie wollen sich mit einem Australier namens Terry Walker treffen. Er ist der weltweit größte Trader für Kryptowährung. Also Bitcoin und Ähnliches.«

Eine kurze Pause. »Jack, ich bin ein alter Mann. Ich begreife ungefähr, wie die Finanzmärkte funktionieren, mehr oder weniger, aber was dieses ganze Zeug mit Computerwährungen angeht, bin ich nicht auf dem Laufenden. Das ist in meinen Augen reiner Bullshit.«

»Ich bräuchte nur ein paar Minuten, um es dir zu erklären.«

Wieder eine kleine Pause. Dann: »Die Uhr läuft, Kid.«

»Okay. Um etwas kaufen zu können, gab es anfangs nur den Warentausch. Ich habe eine Kuh, aber ich brauche deinen Weizen, also biete ich dir Milch gegen Weizen.«

Clark lachte. »Nur damit du Bescheid weißt: Ich bin noch nicht alt genug, das persönlich erlebt zu haben, aber okay, so weit habe ich es verstanden.«

»Jemand musste etwas erfinden, damit ich auch einer völlig fremden Person genügend vertraue, um ihr wertvolle Waren zu geben. Sonst müsste auch heute noch jeder seine Kuh oder was auch immer persönlich zum Marktplatz zerren.«

»Kapiert.«

»Deshalb wurde das Geld erfunden. Zuerst waren es Münzen, aber das Metall selbst hatte keinen spezifischen Wert. Deshalb waren Mittelsleute nötig, die den Wert garantierten – also Banken, die wie Schiedsrichter fungierten. Sie sagten: ›Ein Bursche, den du nicht kennst, gibt dir zwar nur ein kleines Stück Metall für deine Kuh, aber mit diesem Stückchen Metall kannst du später etwas anderes Wertvolles kaufen. Das ist völlig okay, es ist erlaubt, und wir stehen dafür gerade.‹ Natürlich wollten die Banken für diesen Dienst einen kleinen Anteil haben, und außerdem mussten sie über dich ein wenig Bescheid wissen, weil sie ja deine Metallstückchen aufbewahrten oder dir sogar noch mehr Metallstückchen liehen, damit du sie gegen weitere Waren oder Dienstleistungen tauschen konntest, also einen Kredit, den du im Laufe der Zeit zurückzahlen konntest. Die Geldhäuser, das heißt die Banken, fungierten somit als Sparkassen und als Geldverleiher.«

»Ich kann dir immer noch folgen«, sagte Clark.

»Gut. So funktioniert es seit tausend Jahren. Insgesamt funktioniert es gut, es sei denn, du möchtest den Mittelsmännern nichts für ihre Dienste bezahlen und möchtest auch nicht, dass andere wissen, wer du bist.«

»Ich vermute, dass das für eine Menge Leute zutrifft.«

»Genau so ist es«, sagte Jack. »Das weltweite Bruttoinlandsprodukt beläuft sich derzeit auf rund 78 Billionen Dollar im Jahr. Nun stelle dir mal vor, welche enormen Summen die Mittelsmänner, also die Banken, davon absahnen! Aber in diesem System sind die Banken nötig und deshalb auch außerordentlich mächtig. Und genau hier kommt nun die Kryptowährung ins Spiel. Bei diesem System werden die Mittelsmänner einfach ausgeschaltet. Es beseitigt die zentralisierten Finanzinstitutionen und ersetzt sie durch eigenständige Computernetzwerke, wodurch der ganze Prozess dezentralisiert wird. Als jemand herausfand, wie man Transaktionen sicher durchführen konnte, ohne dabei die Identität von Käufer oder Verkäufer beziehungsweise Zahler oder Zahlungsempfänger aufzeichnen zu müssen, begann das System sehr schnell zu wachsen.«

»Und wie funktioniert das?«

»Durch eine unabhängige, netzwerkbasierte Buchführung, die Blockchain genannt wird. Diese Blockkette ist eine Art Journal, in der alle Bitcoin-Transaktionen verzeichnet werden. Es teilt einer Partei automatisch mit, dass eine andere Partei in der Transaktion legitim für eine Ware oder Dienstleistung zahlt. Das System ist vollständig computerisiert und peer-to-peer, das heißt, nur die Mitglieder der Bitcoin-Community sind beteiligt. Keine dritte Partei ist involviert.«

»Und es gibt keine staatlichen Regularien ...«, warf Clark ein.

Jack fuhr fort: »Das System ist kompliziert, aber gleichzeitig beeindruckend einfach, und es hat ein beeindruckendes Potenzial. Es reduziert die Gebühren und Kosten, die bei den Geschäften anfallen, und eliminiert vollständig die Korruption in den Vermittlungsinstitutionen, eben weil es niemanden mehr gibt, der in der Mitte steht und Informationen missbrauchen oder Geld abzweigen oder unterschlagen kann.«

»Aber wie kriegt man die kleine Münze in den Computer?«, fragte Clark.

Jack nahm zwar an, dass das sarkastisch gemeint war, aber er erklärte die Sache trotzdem. »Bitcoin ist keine reale, physische Münze. Es ist digitales Geld – nichts als eine lange Reihe von Ziffern, die du in den Computer eingibst. Man kann einen Bitcoin nicht anfassen, er wird nicht von der Regierung herausgegeben oder von Münzanstalten geprägt, er besteht nicht aus Halbedelmetallen mit dem Profil einer toten Person darauf. Er wird nicht an einem spezifischen Ort aufbewahrt, aber man kann von überall darauf zurückgreifen.«

»Aber das System muss doch von irgendjemandem kontrolliert und überwacht werden?«

»Ist das System erst einmal etabliert, wird es von allen

beobachtet. Jeder, der am Handel mit Kryptowährung teilnimmt, ist genauso befähigt wie jeder andere, die Operationen zu beaufsichtigen. Dafür gibt es die erwähnte Blockkette; du musst sie dir als eine Art virtuelle Buchhaltungskladde vorstellen, in die alle Transaktionen eingetragen werden, die ständig in Echtzeit upgedatet wird und die jeder einsehen kann. Die Blockkette zeigt mir zwar nicht, wo John Clark gerade eine Pizza gekauft hat, aber sie zeigt mir, dass der Inhaber eines Bitcoins gerade etwas von jemandem gekauft hat, der dafür diesen Bitcoin erhalten hat. Sobald eine Person etwas kauft und mit dem Bitcoin bezahlt, zeigt das System nur an, dass der Bitcoin selbst weitergegeben wurde, aber was gekauft wurde, also die Ware selbst, wird nicht angezeigt.«

Clark pfiff leise durch die Zähne. »Der Traum jedes Geldwäschers.«

»Genau so ist es. Das System ist absolut brillant, und das gefällt mir daran, aber es ist ein Geschenk des Himmels für jeden, der schmutziges Geld verstecken will. Und für jemand wie mich, der korruptem Geld über den ganzen Globus nachjagt, muss ich leider sagen … es stinkt zum Himmel.«

Clark sagte nachdenklich: »Du holst mich um zwei Uhr morgens aus dem Bett, um mir klarzumachen, dass Gelder, die man in Bitcoins konvertiert, noch schwerer aufzuspüren sind?«

»Nein, John! Nicht schwerer. Sondern überhaupt nicht mehr! Deshalb müssen wir verhindern, dass das passiert!«

»Wie hast du herausgefunden, dass Limonow diesen Walker treffen will?«

Jack erklärte ihm, wie er zu dieser Schlussfolgerung gekommen war.

»Und du glaubst also, dass Limonow mit Walker zusammenarbeitet?«

»Ich halte das für sehr wahrscheinlich. Ich sehe keinen

anderen Grund, warum er selbst dorthin fliegen sollte. Um Offshore-Konten einzurichten, gibt es Dutzende Möglichkeiten überall auf der Welt. Dafür muss er nicht alle Orte persönlich aufsuchen.«

Das verwirrte Clark. »Gut – er kauft also über diesen Walker Bitcoins auf. Und was macht er dann damit?«

»Die Bitcoins sind nicht das Ziel der Transaktion. Sie sind nur das Vehikel, um die Gelder aus Russland so herausschaffen zu können, dass es von den Finanzfachleuten im FSB nicht nachverfolgt werden kann. Ist das Geld erst einmal in die digitale Währung umgewandelt, kann er sich einfach an den Computer setzen und es in irgendeine offizielle Währung umtauschen. Er könnte damit zum Beispiel Dollar oder Euro oder Schweizer Franken oder eine andere Währung kaufen und auf irgendwelchen Konten bunkern. Dieses Geld würde dann niemand mehr nach Russland zurückverfolgen können. Er könnte es in Chicago oder sonst wo anlegen, wenn er wollte. Ich vermute mal, dass er nicht lange auf den Bitcoins sitzen bleiben wird.«

»Kannst du denn das Geld überhaupt tracken?«, fragte Clark.

»Ich sehe nur eine Möglichkeit. Ich muss zu Terry Walker, bevor der sich einverstanden erklärt, für Limonow zu arbeiten, und muss ihn umdrehen und dazu bringen, für uns zu arbeiten.«

Clark brummte. »Hm. Ich verstehe, warum das wichtig ist. Es sieht mir aber ganz danach aus, als würde unsere Sache geradewegs in einer Sackgasse landen.«

»Das will ich gerade verhindern, John. Ich muss dorthin fliegen. Ich vermute, Limonow wird Walker in seinem Büro auf der Insel Tortola aufsuchen, aber ich habe herausgefunden, dass Walker mit seiner Familie auf Tarpon Island wohnt.«

Von der Insel hatte Clark schon gehört. »Todschick.«

»Ja. Ich denke, wir sollten so bald wie möglich an

Land schleichen, ihn in seinem Haus aufsuchen und mit ihm reden. Wenn wir ihn dazu bringen könnten, mit uns zusammenzuarbeiten, können wir vielleicht Limonows Netzwerk aufdecken und herausfinden, wo sein Geld herkommt.«

»Du sagst immer ›wir‹«, bemerkte Clark.

»John, um auf die Insel zu kommen, brauche ich ein Boot. Von Booten habe ich keine Ahnung, aber ich kenne da jemanden, der sich damit sehr gut auskennt.«

»Mich.«

»Genau.«

»Jack, es ist völlig undenkbar, dass Gerry dir erlaubt, das Land zu verlassen, bevor wir nicht wissen, was sich in Luxemburg abgespielt hat und warum.«

»Dann sollten wir ihn in das Gespräch einschalten.«

Ein paar Minuten später hatte Clark eine Konferenzschaltung mit Gerry Hendley arrangiert. Gerry hatte ebenfalls geschlafen und brauchte länger als Clark, um vollkommen wach zu werden, aber schließlich begriff er die Situation. Und er begriff auch, dass Jack Ryan junior ihn darum bat, John Clark mitzunehmen und die Gulfstream für die Reise auf die BVIs zu benutzen.

Hendley zögerte. »Ich habe damit ein Problem, Jack. Sie wissen doch gar nicht mit Sicherheit, für wen dieser Limonow arbeitet, oder?«

»Nein. Ich wünschte, ich könnte sagen, er sei definitiv Wolodins Kassenwart, aber das kann ich nicht. Im Moment kann ich nur sagen, dass das Geld, das da verschoben werden soll, jemandem gehört, der hoch oben im Kreml sitzt. Der Zeitfaktor ist entscheidend, wenn wir noch eine Chance haben wollen, die Sache zu verhindern. Limonow versteckt das Geld, und ich denke, das allein ist schon sehr interessant.«

Gerry war verwirrt. »Natürlich versteckt er Geld. Darum geht's bei einer Geldwäsche doch immer.«

Jack erwiderte: »Nein, ich meine, er versteckt es vor den anderen Silowiki. Er meidet die traditionellen Wege, die das russische Geld normalerweise nimmt. Statt ein etabliertes Finanznetzwerk zu benutzen, tut er sein Äußerstes, um mit Bitcoins die üblichen russischen Transferwege so weit wie möglich zu umgehen.«

»Aber vor wem versteckt er es?«

»Vor den einzigen Leuten, die die Macht haben, sich Einblick in die russischen Offshore-Transit-Netzwerke zu verschaffen.«

»Dem FSB«, sagte Gerry Hendley sofort.

»Bingo. Die Person, für die Limonow das Geld verschiebt, wer immer das sein mag, traut dem FSB nicht. Jemand, der unter allen Umständen sein Geld aus dem Land schaffen will. Jemand, der noch genug Zeit hat, um sein goldenes Sicherheitsnetz sorgfältig auszuspannen, der sich aber auch Sorgen macht, dass der FSB von seinen Aktivitäten erfahren könnte.«

»Und nach wem klingt das alles?«, fragte Gerry, obwohl er die Antwort auf seine Frage bereits wusste.

»Es ist sehr gut denkbar, dass es sich um Wolodins Geld handelt. Limonow ist möglicherweise der private Kassenwart des Präsidenten der Russischen Föderation.«

Clark warf ein: »Glaubst du denn, dass Limonow und Koslow etwas mit dem Angriff in deinem Apartment zu tun hatten?«

Jack antwortete nicht sofort auf die Frage, und auch dann nicht eindeutig. »Ich wünschte, ich wüsste es. Mir ist bisher nur klar, dass wir es mit zwei verschiedenen Gruppierungen zu tun haben – eine in Rom und die andere in Luxemburg. Mir kommt es so vor, als hätten die Leute in Rom Ysabel verfolgt, um zu mir zu gelangen, und vielleicht haben sie auch gar nichts mit Limonow zu tun. Aber ich weiß es nicht. Die Tatsache, dass die beiden Russen direkt nach dem Überfall abflogen … und dass ihr

Flugzeug seine Kennnummer blockte … das sieht einfach sehr verdächtig aus. Ich will die Hundesöhne aufspüren, die Ysabel das zugefügt haben, und wenn ich sie finde, werden sie das nicht so schnell wieder vergessen. Aber im Moment weiß ich nur, dass wir keine Minute zu verlieren haben, wenn wir Limonow noch aufhalten wollen.«

Gerry dachte lange darüber nach. Schließlich sagte er: »Jack, Ihr Flugzeug landet erst um elf Uhr in Dulles. Selbst wenn Sie dort sofort in die Gulfstream umsteigen, würden Sie keinesfalls vor dem Abend auf den BVIs ankommen. Mir scheint, je schneller wir jemanden dorthin bringen, desto besser sind unsere Chancen, mit Walker zu reden, bevor Limonow mit ihm zusammentrifft.«

»Was schlagen Sie vor?«

»Ich billige den Einsatz der Gulfstream für den Flug auf die BVIs, aber John fliegt allein dorthin. Er würde dann noch vor Einbruch der Dunkelheit ankommen und sich etablieren. Es würde zu lange dauern, auf Sie zu warten. Ich will, dass Sie hierherkommen, nach Alexandria. Sie können John telefonisch noch genauer instruieren, was er zu Walker sagen soll, auch wenn er schon unterwegs ist.«

Das war zwar nicht Jacks erste Wahl, aber ihm war klar, dass Gerry recht hatte. Wenn Clark zu Walker gelangen konnte, bevor Walker Kontakt mit den Russen hatte, konnte er vielleicht verhindern, was immer die Russen planten.

»Gut, einverstanden, Gerry«, sagte Jack.

Gerry fügte hinzu: »Natürlich liegt die Entscheidung bei Ihnen, John. Mir ist klar, dass Sie sich seit ein paar Monaten nicht mehr aktiv an Operationen beteiligen. Aber anscheinend ist die Sache sehr wichtig.«

»Das sehe ich auch so«, antwortete Clark. »Ich rufe Adara an und packe meine Sachen.«

39

Air Force One hob um zehn Uhr vom Militärflughafen Joint Base Andrews Naval Air Facility ab, der auch als Regierungsflughafen diente. Die Maschine stieg in den klaren Oktoberhimmel, schwenkte nach Norden auf den Atlantik hinaus und flog auf ihrem Kurs nach Europa zunächst an der Ostküste entlang. Beim Aufstieg blickte Präsident Ryan durch das Fenster neben seinem Schreibtisch auf die dunklen Gewässer hinab und fragte sich, ob dort unten, tief unter den Wellen, eine 113 Meter lange Eisenröhre voller Russen, Nuklearwaffen und schlimmen Absichten lauern mochte.

Ryan erhielt täglich aktualisierte Berichte über die Jagd auf die *Knjas Oleg*. Fünf Boeing P-8A Poseidons, die neueste Version der U-Boot-Jagdflugzeuge der US Navy, die auf der Naval Air Station Jacksonville stationiert waren, patrouillierten im rotierenden System die gesamte Küste täglich rund um die Uhr, seit gestern die neuesten und besten Schätzungen die Vermutung nahegelegt hatten, dass sich die *Knjas Oleg* in diesem Gebiet aufhalten könnte. Mehrere Zerstörer der Navy, Kreuzer und Schiffe für Küstennahe Gefechtsführung, sogenannte Littoral Combat Ships (LCS), waren inzwischen ausgelaufen und versuchten mit ihrer Sonarausrüstung wie auch den in ihren Helikoptern installierten Sonarsystemen die buchstäbliche Nadel im Heuhaufen aufzuspüren.

Auch die US-Küstenwache beteiligte sich an der U-Boot-

Jagd. Das Gebiet, in dem Navy und Küstenwache suchten, war riesig. Das Office of Naval Intelligence, der Nachrichtendienst der Navy, hatte die Zone definiert, in der sich das russische U-Boot, aus dem Nordatlantik kommend, der Küste der Vereinigten Staaten nähern würde – was allerdings nichts anderes hieß, als dass sein mögliches Ziel irgendwo entlang der gesamten Ostküste der Vereinigten Staaten liegen mochte. Natürlich gab es auch Annahmen, die das Zielrevier stärker eingrenzten. Das ONI ging davon aus, dass die Russen außerhalb der Hoheitsgewässer bleiben wollten, was wiederum bedeutete, dass das U-Boot nicht näher als zwölf Seemeilen an das amerikanische Territorium herankommen würde. Weitere große Seegebiete konnte das ONI aus dem Suchgebiet eliminieren, indem es nicht nur die ozeanische Geografie der Ostküste – also Bereiche mit zu seichten Gewässern, starken Strömungen oder sonstigen schlechten Bedingungen –, sondern auch den Verlauf viel befahrener Schifffahrtsstraßen berücksichtigte, die die Fähigkeit des U-Boots beeinträchtigen würden, unsichtbar zu bleiben. Außerdem erwiesen sich die hervorragenden Kenntnisse der Küstenwache über die möglichen Gefahren in den heimischen Gewässern als außerordentlich hilfreich.

Die Analysten konnten außerdem die Erkenntnisse des US-Raketenabwehrsystems in ihre Überlegungen einbeziehen. Wie der Navy vollkommen klar war, wussten die Russen natürlich, dass sich die Chancen der Amerikaner, russische Raketenwaffen vom Himmel zu holen, dramatisch verringerten, wenn es den Russen gelang, sich der amerikanischen Küste auf weniger als 70 Seemeilen zu nähern.

An diesen Überlegungen hatte das ONI tagelang gearbeitet und schließlich die *Knjas Oleg* in einem Gebiet »punktgenau« lokalisiert, das »nur« noch rund eine Million Quadratseemeilen umfasste und damit fast so groß war wie die Fläche Indiens, des siebtgrößten Landes der Welt – also zwölf Seemeilen vor der Küste bis hinaus auf 70 Seemeilen, und das am größten Teil der Ostküste der Vereinigten Staaten entlang.

Admiral Roland Hazelton, der Leiter der Naval Operations, hatte dem Präsidenten gegenüber kein Blatt vor den Mund genommen. Nach Gesprächen mit den hochrangigen Offizieren der Navy und der Küstenwache habe er den Eindruck gewonnen, dass sie das russische Borei erst genau lokalisieren könnten, wenn tatsächlich eine Bulawa-Interkontinentalrakete aus dem Wasser schoss und die Emissionen der Rakete vom MASINT-System (das Emissionen von Aufklärungsobjekten wie zum Beispiel Raketen aufzeichnet und auswertet) erfasst würden.

Hazelton hatte seine Einschätzung der Vorteile, die die *Knjas Oleg* im derzeitigen Szenario für sich nutzen konnte, derart drastisch und ungeschminkt vorgetragen, dass er anschließend sofort seinen Rücktritt angeboten hatte. Ein Angebot, das Ryan verärgert zurückgewiesen hatte; der Präsident hatte dem Admiral klargemacht, dass er sich nicht so leicht aus der derzeitigen Krise wegstehlen könne. Er hatte den Admiral mit dem Befehl aus dem Oval Office entlassen, noch härter zu arbeiten, seine Leute noch mehr anzuspornen, zu motivieren oder unter Druck zu setzen.

Und einen Ausweg aus dieser Misere zu finden.

Als die küstennahen Gewässer der Vereinigten Staaten aus Ryans Blickfeld verschwunden waren, konzentrierte er sich auf die andere Frage, die ebenfalls damit zu tun hatte, nämlich den Grund für seine derzeitige Reise. Die ersten paar Flugstunden verbrachte er in seinem Büro, dann nahm er zusammen mit Bob Burgess und Scott Adler im unmittelbar achtern vom Konferenzraum gelegenen Speiseraum ein Arbeitsdinner ein.

Während des Essens erhielt er endlich eine gute Nachricht, ein inzwischen selten gewordenes und daher hochwillkommenes Ereignis. Burgess kam gerade von einer Telefonkonferenz und konnte nun Ryan informieren, dass die französischen Special Forces die von der Terrorgruppe Boko Haram besetzte nigerianische Ölplattform hatten zurückerobern können, ohne Verlust an Menschenleben unter den Soldaten oder den Geiseln.

Nach dem Essen rief Ryan kurz den französischen Staatspräsidenten an, um ihm zu der guten Arbeit seiner Truppen zu gratulieren und ihm zu versichern, wie sehr er sich auf die Begegnung mit ihm in Kopenhagen freue. Von den beiden Aussagen stimmte allerdings nur die erste: Ryan war tatsächlich von der Entscheidung des französischen Präsidenten, die Plattform stürmen zu lassen, beeindruckt und auch erleichtert über den Ausgang, aber er freute sich keineswegs auf das Zusammentreffen mit ihm bei der Dringlichkeitssitzung am folgenden Nachmittag. Die Franzosen waren am wenigsten geneigt, Nato-Truppen nach Litauen zu entsenden, und bei derartigen Debatten war der französische Präsident wirklich verdammt gut.

Jetzt lag Ryan im Bett seiner Executive Suite, die sich direkt unter dem Cockpit der gewaltigen Boeing 747 befand. Er hatte sich mindestens fünf Stunden Schlaf verordnet und geplant, erst unmittelbar vor der Landung in Kopenhagen aufzustehen.

Aber er hätte sich auch mit vier Stunden zufriedengegeben. Verdammt, vier Stunden wären sogar super gewesen.

Vielleicht kam er auf drei. Wenn er Glück hatte.

Und als er die Augen schloss, wurden seine Befürchtungen wahr: Er konnte nicht einschlafen. Sein Hirn weigerte sich abzuschalten; es wollte weiterarbeiten, berechnen, analysieren, das russische Problem in einer Art Mindmap erfassen und eine Lösung dafür entwickeln.

Als Historiker und schließlich auch als Analytiker bei der CIA hatte Jack Ryan immer geglaubt, dass es für alles eine Antwort gebe. Informationen waren beschaffbar, aber er vergaß auch nicht, mit welchen Schwierigkeiten die Leute auf der operativen Seite zu kämpfen hatten, die ins Feld hinausgehen und sie beschaffen mussten. Aber standen sie erst einmal zur Verfügung, hatten die Leute auf der analytischen Seite eine noch größere Verantwortung, aus diesen Daten zutreffende Antworten herauszufiltern. Aber die Antworten waren da, sie flogen im Wind vorbei, er musste nur nach ihnen greifen.

Obwohl diese Zeiten längst vorbei waren, fühlte er noch immer dasselbe wie damals. Als Präsident der Vereinigten Staaten hatte er Zugriff auf alle Informationen, und das bedeutete, dass er auch Zugriff auf die Antworten hatte.

Und das galt auch für die Antwort auf die Frage, was Wolodin derzeit gerade vorhatte. Er musste nur alle relevanten Informationen berücksichtigen, die Daten über die wirtschaftliche Situation, die militärische Feuerkraft, die Logistik und die geografischen Gegebenheiten, außerdem die Art und Weise, in der sein Gegner seine Umwelt wahrnahm, und die Psychologie dieses Mannes. Diese und Dutzende anderer Faktoren mussten durchkalkuliert und bewertet werden – und aus alledem sollte er dann schlussfolgern können, worauf Wolodins Spiel eigentlich hinauslief.

Die Antwort lag in Reichweite, davon war Ryan überzeugt, aber als er dort in seinem Bett lag, wurde ihm klar, dass sie sich beharrlich seinem Griff entzog.

Doch gestern Abend beim Dinner hatte Burgess etwas gesagt, das dem Präsidenten nicht mehr aus dem Kopf gehen wollte. Das Tischgespräch hatte sich um die russischen Aktivitäten im letzten Monat dort unten in der Ukraine gedreht. Nachdem fast ein Jahr lang eine Art Pattsituation geherrscht hatte, hatte die russische Armee nun plötzlich ihre Kampfaktivitäten intensiviert. Das hatte die Ukrainer kalt erwischt und ziemlich aus dem Gleichgewicht gebracht. Allerdings hatten die Russen dann diesen taktischen Vorteil nicht ausgenutzt.

Burgess hatte dazu gesagt: »Sie intensivieren ihre Angriffe, sowohl Artillerie- als auch Raketenbeschuss. An manchen Frontabschnitten gibt es seit einem Monat bis zu vierzig Prozent mehr Aktivität. Aber es sind nur Störaktionen. Und das ist teuer, die Russen verheizen da eine Menge Feldmaterial, aber was gewinnen sie damit? Sie erobern keinen Meter Territorium. Sie führen auch keine Truppen zusammen, um irgendeinen größeren Vorstoß vorzubereiten.«

Ryan hatte nachgefragt: »Sind Sie sich da sicher?«

»Wir haben beobachtet, dass ein paar Reservebataillone an die Grenzpositionen verschoben wurden, als ob die Russen wirklich vorhätten, etwas zu unternehmen, aber es sieht so aus, dass das nur eine Showveranstaltung für unsere Satelliten gewesen ist.«

»Wie kommen Sie darauf?«

»Die Treibstoffreserven für die Bataillone sind minimal, und sie haben auch ihre Ausrüstungsreserven nicht aufgestockt. Sie haben nur einfach ein paar Tausend Mann aus Wolgograd nach Duby verlegt. Der Ort liegt im Westen Russlands, nur ein paar Kilometer von der ukrainischen Stadt Luhansk auf der anderen Seite der Grenze entfernt.«

Ryan hatte Burgess verwirrt angeblickt. »Aber Russland hat doch Luhansk längst eingenommen?«

»Genau! Warum also verlegen sie Truppen *innerhalb* Russlands, wenn sie sie doch direkt in die besetzten Gebiete in der Ukraine verlegen könnten, also viel näher an die Front?«

Als Ryan jetzt über dieses Gespräch mit seinem Verteidigungsminister nachdachte, versuchte er sich vorzustellen, was diese Information bedeuten mochte.

Und plötzlich riss er die Augen auf. Allein, in der Dunkelheit, sagte er laut: »Dieser Hundesohn.«

Kurz darauf saß Präsident Ryan in seinem abgedunkelten Arbeitszimmer und hielt den Telefonhörer ans Ohr. Er warf einen Blick auf die Uhr: Erst jetzt wurde ihm klar, dass die Person, die er anrief, höchstwahrscheinlich im Bett lag, denn in Washington, D. C., war es jetzt ein Uhr morgens.

»Hallo?«

»Der Präsident der Vereinigten Staaten möchte Sie sprechen. Bitte bleiben Sie am Apparat, ich verbinde. Mr. President, ich verbinde Sie mit Direktorin Foley.«

»Danke, Lieutenant.« Dass er die Verbindung durch den Kommunikationsoffizier oben in der 747 herstellen ließ, kam ihm zwar ein wenig albern vor, aber die Wahrheit war, dass er sich um nichts in der Welt an die Privatnummer von Mary Pat und Ed erinnern konnte. Und obendrein musste sich Ryan eingestehen, dass er keinen blassen Schimmer hatte, wie man von der Air Force One einen Anruf nach draußen absetzte.

Vermutlich hätte er erst einmal die 9 vorwählen müssen.

»Tut mir leid, Mary Pat. Sie wissen, dass ich das nicht oft mache.«

»Gibt es irgendwelche Probleme, Mr. President?«

»Nein. Na gut … ich weiß nicht.« Er machte eine kurze Pause, um seine Gedanken zu ordnen. »Sie erinnern sich doch an mein seltsames Gefühl, nicht wahr? Dass Wolodin hinter dieser Angriffsserie auf den weltweiten Energiesektor stecken könnte?«

»Ja, Sir.«

»Und an meine Arbeitsthese, dass er damit die Energiepreise beeinflussen will, besonders die Preise für Erdgas und Öl, um seine eigene Wirtschaft zu stärken?«

»Richtig.«

»Nun … wenn er nun plante, in Litauen einzumarschieren, hätte das nicht dieselbe Wirkung?«

Sie dachte kurz nach. »Das ist vermutlich eine Frage, die Les Birnbaum genauer beantworten könnte, aber als DNI traue auch ich mir eine Antwort zu. Ja, wenn Panzer in ein Mitgliedsland der Nato rollen, dürfte sich das auf die Energiepreise stärker auswirken als alles andere, was Wolodin bisher unternommen hat. Jedenfalls dann, wenn Ihre Vermutung stimmt und er diese Dinge wirklich getan hat. Tatsächlich kann ich mir nichts vorstellen, das eine größere Wirkung entfalten könnte als ein Krieg der Russen gegen ein Nato-Land.«

»So ist es. Und wäre es Wolodin nicht völlig klar, dass keine seiner sonstigen Aktionen wirklich wichtig wäre, wenn er letztlich eine Invasion plante?«

Mary Pat stimmte zu. »Ja, natürlich wäre ihm das klar. Sie glauben also, er plant tatsächlich eine Invasion?«

»Vielleicht auch nicht. Ein U-Boot der Borei-Klasse vor unserer Ostküste, der Truppenaufmarsch an der Grenze, das Chaos im Energiesektor. Die plötzliche Zunahme der Angriffe in der Ukraine. Was ist, wenn er gar keinen Krieg anfachen, sondern Furcht schüren will? Instabilität?«

»Eine interessante Theorie«, antwortete Mary Pat, aber Ryan hörte ihrer Stimme an, dass sie nicht völlig überzeugt war. »Sie denken also, er blufft nur, gaukelt uns einen Angriff vor?«

Ryan dachte kurz nach. »Könnte sein. Einen längeren Krieg kann er nicht gewinnen, und das weiß er auch. Das einzige Spiel, das er gewinnen kann, ist ein Angsthasenspiel – wer zuerst kneift, hat verloren. Er steigert den Einsatz langsam, und an irgendeinem Punkt werden wir uns ihm entweder entgegenstellen oder nachgeben müssen. Und Wolodin setzt voll und ganz darauf, dass wir nachgeben werden.«

»Eskalationsdominanz«, sagte sie.

Ryan nickte. »Richtig, Eskalationsdominanz. Er will die Kontrolle über die Ereignisse haben, einfach nur dadurch, dass er die Ereignisse selbst auslöst. Ob sie gut gehen oder nicht, ob sie ihm nutzen oder nicht – das ist nun schon seit Jahren sein Modus Operandi.«

Mary Pat sagte nachdenklich: »In den Medien kann man das auch beobachten, wenn sie Wolodin als eine Art Schachgroßmeister darstellen. Und leider sehe ich das manchmal auch bei meinem eigenen Stab. Sie stellen Listen mit Wolodins Aktivitäten zusammen und nehmen das als Beweis, dass Wolodin einen Plan verfolgt, ungeachtet der Tatsache, dass ihm bisher nichts von dem, was er getan hat, wirklich genutzt hat.«

Im abgedunkelten Arbeitszimmer nickte Ryan nachdenklich. »Fünf spontane Entscheidungen hintereinander sehen tatsächlich wie ein Plan aus, wenn man sie in einer Liste zusammenstellt.« Er rieb sich die Augen. »Wenn wir genügend Nato-Truppen nach Litauen schicken, wird ihm bestimmt irgendetwas einfallen, um sich zum Sieger erklären zu können. Ich weiß nicht, was, aber eines weiß ich genau.«

»Und das wäre, Mr. President?«

»Ich weiß, wenn wir nicht genügend Truppen nach Litauen verlegen, werden seine Panzer schon nächste Woche über die Grenze rollen. Und wenn das passiert, ist Wolodin nicht mehr aufzuhalten. Litauen wird dann nur der erste Dominostein sein, der umfällt.«

40

Tatjana Molchanowa überprüfte ihr Make-up in einem kleinen Spiegel. Leider reichte die Innenbeleuchtung des SUV nicht aus, um zu erkennen, ob sie ihre Augenbrauen zupfen musste. Sie lehnte sich zurück und blieb sitzen, während ihr Team ausstieg und die Taschen und Ausrüstungsgegenstände aus dem Kofferraum lud. Sie nahm sich Zeit, um ihr Make-up aufzufrischen. Tatjana trat nie vor die Öffentlichkeit, solange sie sich nicht sicher war, absolut perfekt auszusehen, denn schließlich war sie eine Berühmtheit, und Flughäfen waren bekanntlich ziemlich belebte Orte.

Das sollte nicht heißen, dass Tatjana eine zickige Diva war; ihr war klar, dass sie auch bei diesem Trip früher oder später irgendetwas selbst schleppen musste, und seien es nur ihr eigener Bordkoffer und ihre Handtasche.

Schließlich stieg sie aus und wartete zusammen mit ihrer Crew vor dem Terminal 1 des Internationalen Flughafens Moskau-Wnukowo. Es war 16 Uhr, und ringsum herrschte hektische Aktivität, aber selbst Passagiere, die es eilig hatten, ihren Flieger zu erreichen, blickten kurz zu ihr herüber. Viele zogen Kameras oder Smartphones heraus, um eine der berühmtesten Frauen Russlands zu fotografieren.

Tatjana lächelte über die Aufmerksamkeit, nahm sich aber nicht die Zeit für einen Blickkontakt mit ihren Bewunderern. Sie schob den Make-up-Spiegel in die Handtasche zurück und wartete, bis der Tontechniker seine Ausrüstung vollends ausgeladen hatte.

Ihr Handy dudelte. Sie nahm den Anruf entgegen, ohne auf das Display zu blicken. *»Allo?«*

»Tatjana? Hier ist Lidija Maksimowa vom Büro des Präsidenten.«

Tatjanas Brauen zogen sich zusammen, als sie sich auf den Anruf konzentrierte. »Ja, Lidija? Wie geht es Ihnen?« Molchanowa kannte Lidija gut, eine von Wolodins wichtigsten Sekretärinnen, zuständig für seine Termine.

»Gut, danke. Ich sitze in dem Auto hinter Ihrem. Der Präsident möchte Sie sprechen. Wir werden Sie jetzt direkt zu ihm bringen. Hier im Flughafen. Dauert nicht lange.«

Tatjana blickte auf die Straße zurück und sah einen schwarzen Jaguar, der direkt hinter dem SUV ihres Senders parkte. »Der schwarze Jaguar? Gut … okay, aber ich muss meinen Flug erreichen.«

»Ihr Flugzeug wird nicht ohne Sie starten, Tatjana. Das kann ich Ihnen versichern.«

Wolodins Flugzeug startete immer von Terminal 2 des Flughafens Wnukowo. Tatjana wusste, dass er heute in Sankt Petersburg gewesen war und um diese Zeit zurückkehren würde, aber ein Treffen mit ihm war nicht geplant gewesen.

Die Ankündigung überraschte sie. Rasch erklärte sie den anderen, dass sie im Flugzeug wieder zu ihnen stoßen würde, und stieg in den Jaguar.

Eine Viertelstunde später wurde sie an Bord der Präsidentenmaschine geleitet und in Wolodins Arbeitskabine geführt. Die Maschine war gerade erst gelandet; ein großer Teil der Mitarbeiter war bereits ausgestiegen und stand wartend im Hangar, aber Wolodin schien es mit dem Aussteigen nicht eilig zu haben.

Er erhob sich und kam mit ausgestreckter Hand auf sie zu. Er kam ihr ruhiger und gelassener vor als bei ihrem Interview vor ein paar Tagen.

»Fräulein Molchanowa, danke, dass Sie so kurzfristig kommen konnten.«

»Bitte.« Sie setzten sich dicht nebeneinander auf ein Zweiersofa, das dem Schreibtisch gegenüber an der Wand stand. Sie konnte sein Rasierwasser riechen. »Ich möchte mich bedanken, dass Sie mir die Gelegenheit geben, Sie in Ihrem Flugzeug zu besuchen. Das ist sehr aufregend.«

Er lächelte wie die Cheshire-Katze in *Alice im Wunderland*, ließ aber ihre Hand nicht los. »Meine Pflichten sind so vielfältig und anstrengend, dass ich manchmal vergesse, wie aufregend es ist, in meinem eigenen Flugzeug zu reisen.« Er lockerte den Griff, aber nur ein wenig. »Manchmal vermisse ich die Zeiten, als ich noch ein einfacher, gehorsamer, hart arbeitender KGB-Agent war.«

Tatjana strahlte ihn an.

»Haben Sie eine Ahnung, warum ich Sie hierher gebeten habe?«

»Ich habe nicht die geringste Ahnung, Herr Präsident.«

»Sie fliegen heute Abend nach Kopenhagen. Morgen werden Sie den Präsidenten der Vereinigten Staaten interviewen.«

»Ja. Meine Produzenten haben das mit dem Kreml abgestimmt, sobald wir das Einverständnis der Botschaft hatten. Wir haben Ihrem Büro eine Liste meiner Fragen vorgelegt, und Lidija hat mir schriftliche Hinweise zukommen lassen. Soweit ich weiß, wurde alles ordnungsgemäß vereinbart.«

Wolodin lächelte leicht. Molchanowa hatte das Gefühl, dass er ihre Verlegenheit genoss. »Sie stehen hier nicht unter Anklage, meine Liebe. Kein Grund, sich zu rechtfertigen. Ganz im Gegenteil, ich will Sie nur um einen Gefallen bitten.«

Sie ließ ihn sehen, wie erleichtert sie war. »Natürlich, gerne.«

»Ich möchte, dass Sie etwas für mich tun. Ein bisschen Staatskunst.«

»Staatskunst?«

»Ja. Fänden Sie es nicht aufregend, auf höchster Ebene am Dialog zwischen der Russischen Föderation und den Vereinigten Staaten von Amerika beteiligt zu sein?«

Tatjana Molchanowa reckte die Schultern zurück und hob das Kinn. »Das wäre tatsächlich sehr aufregend für mich, Herr Präsident. Aber ... warum gerade ich?«

»Weil Sie die Intelligenz und die Qualitäten besitzen, die für diese Sache nötig sind.« Er hob den Zeigefinger. »Und Sie haben längst bewiesen, dass Sie eine verlässliche Botschafterin der Interessen Russlands sind.«

Keinem Journalisten würde es gefallen, als Sprechpuppe der Regierung bezeichnet zu werden, nicht einmal einer Journalistin, die die Sprechpuppe ihrer Regierung war. Aber Tatjana nickte nur leicht und hielt den Mund.

Wolodin fuhr fort: »Ich bin mir sicher, dass Sie diesen Job gut machen werden, aber eine Sache müssen Sie sich unter allen Umständen merken: Niemand außer Jack Ryan darf davon erfahren. *Niemand.*«

»Ich verstehe.«

Wolodins Lächeln verblasste. Seine Augen wurden schmal. »Das hoffe ich sehr. Es wäre mir sehr unangenehm, wenn irgendetwas unsere gute Beziehung stören würde.«

»Ich werde nichts über diese Mission verraten«, sagte sie eingeschüchtert.

Wolodin nickte; das Lächeln kehrte zurück. »Sobald Sie das Interview morgen Abend hinter sich haben, werden Sie um eine private Audienz mit Präsident Ryan bitten. Ich werde Ihnen nun erklären, was Sie ihm dabei sagen sollen. Sie müssen dem Präsidenten meine Worte wortwörtlich wiedergeben – das ist entscheidend.«

»Natürlich.«

»Er wird zweifellos eine Botschaft für mich haben. Vielleicht nicht sofort. Möglicherweise wird er sich zuerst mit seinem Beraterstab beraten wollen. Er reagiert nicht so schnell und entschlossen wie ich.«

»Nein, überhaupt nicht.«

»Sie werden in Kopenhagen bleiben, bis er Ihnen seine Botschaft für mich mitgeteilt hat, und werden dann unverzüglich hierher zurückkommen. Sobald Sie hier in Wnukowo landen, werde ich Sie per Hubschrauber abholen lassen, der Sie dann direkt zu mir bringt. Entweder zu mir nach Hause oder in den Kreml, das hängt davon ab, wo ich mich zum Zeitpunkt Ihrer Rückkehr gerade aufhalte. Sie werden mir dann seine Botschaft übermitteln, im genauen Wortlaut und Tonfall, wie er sie Ihnen gegeben hat.«

»Ich habe alles verstanden und werde Ihre Anweisungen genau befolgen. Ich bin sehr stolz, Ihnen zu dienen … Russland zu dienen.«

Während der folgenden Minuten erklärte Wolodin der TV-Schönheit, was sie dem amerikanischen Präsidenten übermitteln sollte. Als er geendet hatte, forderte er sie auf, die Botschaft mehrmals zu wiederholen. Zuerst war er über ihre Wiedergabe nicht sehr glücklich, deshalb dauerte der Vorgang eine Weile. Ein strenger Schulmeister und eine eifrige Schülerin, die ihm alles recht machen wollte. Die Aufgabe war nicht besonders anspruchsvoll, aber Tatjana Molchanowa hatte trotzdem gewisse Schwierigkeiten damit, weil es ihr so unglaublich schwerfiel, die Tragweite dieser Sache einzuschätzen, die mit weitem Abstand das Coolste war, das ihr jemals geschehen war … und von der sie leider niemandem auf der ganzen Welt erzählen durfte.

John Clark stieg die Treppe des G550-Gulfstream-Jets hinauf und wurde von Adara Sherman begrüßt.

»Guten Morgen, Mr. Clark.« Sie nahm ihm die kleine Reisetasche ab und führte ihn in die Maschine.

»Mrs. Sherman.«

Adara arbeitete – zumindest offiziell – als Logistik-Koordinatorin und Flugbegleiterin für Hendley Associates. In Wirklichkeit drehte sich fast ihre gesamte Arbeit um den Campus. Für den kleinen, geheimen Geheimdienst war sie nicht nur Logistik-Koordinatorin und Flugbegleiterin, sondern auch der Security Officer des Flugzeugs und so etwas wie das Mädchen für alles. Vor allem war sie auch die Problemlöserin, die dem Team aus jeder Patsche heraushalf, in die es bei seinen Auslandsoperationen nur allzu häufig geriet.

Sie verstaute Clarks Reisetasche, während er den Kopf durch die Cockpittür streckte, um den Piloten und Kopiloten zu begrüßen, dann setzte er sich in einen der großen, bequemen Ledersessel in der Hauptkabine. Adara servierte ihm eine Flasche Wasser und besprach rasch mit ihm den heutigen Flugplan sowie das Menü für das Mittagessen. Dann sagte sie: »Wir werden sofort starten. Kann ich sonst noch etwas für Sie tun, Mr. Clark?«

»Ja, können Sie tatsächlich. Wie wär's mit einem Segelboot?«

Sie nickte, ging zur Galley und kam mit einem Buch voller Cocktailrezepte zurück. »Kenne ich nicht auf Anhieb, aber bestimmt gibt's in Mr. Boston's ein Rezept dafür.«

Clark lachte. »Nein, Mrs. Sherman. Ich meine keinen Cocktail, sondern ein richtiges Segelboot. Und es muss startklar an der Mole liegen, sobald wir auf Tortola gelandet sind.«

»Oh.« Adara ging zu ihrem Arbeitsplatz hinüber und setzte sich vor ihren Laptop. »Müsste möglich sein.«

»Nichts Ausgefallenes oder Kompliziertes. Ich werde nur in den BVIs segeln, aber ich muss damit still und leise in einen privaten Erholungsort segeln können, der für Unbefugte gesperrt ist.«

»Aber Sie werden sich zum Befugten ernennen, nehme ich an«, sagte Adara mit wissendem Lächeln.

»Sie haben es erfasst. Außerdem brauche ich ein paar Ausrüstungsgegenstände. Die Liste ist nicht lang.«

»Ich versuche schon während des Flugs so viel wie möglich zu arrangieren. Und wenn nötig, gehe ich nach der Landung los und sammle den Rest ein.«

»Hervorragend.« Sherman beeindruckte ihn immer wieder, wenn er mit ihr zu tun hatte, und er wusste auch, dass sie sich einmal sogar im Feld bewährt hatte, als sie und Dominic Caruso in Panama in eine Extremsituation geraten waren.

Sein Blick blieb noch eine Weile an ihr haften, während ihm durch den Kopf ging, welches Glück es für die Männer war, sie im Team zu haben, vor allem jetzt, wo Sam nicht mehr da war. Das operative Team des Campus war äußerst klein, umso wichtiger war es, ein vielseitig einsetzbares Teammitglied wie Adara als Verstärkung zu haben.

Clark machte sich an die Arbeit. Zuerst studierte er die Karten des Gebiets genau, in dem er nach der Ankunft in den Britischen Jungferninseln operieren würde. Sich Zugang zu dem Zielanwesen zu verschaffen kam ihm als der leichtere Teil der Operation vor. Der schwierigere Teil würde sein, diesen virtuellen Devisenhändler zu überreden, mit ihm, Clark, zusammenzuarbeiten. Er stellte sich vor, dass der Mann das, was er tat, nicht aus Liebe zu staatlichen Finanzaufsichtsbehörden tat und dass er aus demselben Grund auch nicht an einem der großen Finanzplätze arbeitete, sondern eben auf den verschwiegenen Jungferninseln. Clark nahm an, dass dieser Walker ein typischer Geldwäscher war. Sobald Jack junior in D. C. gelandet und ins Büro zurückgekehrt war, würde er mit Jack zusammen planen, wie sie Walker dazu ermuntern, überreden oder durch Drohungen unter Druck setzen konnten, gegen ein paar wahrscheinlich sehr mächtige und dementsprechend gefährliche Russen zu arbeiten und statt eines vermutlich höchst lukrativen Auftrags das zu tun, was ein paar sehr motivierte, aber ihm nicht besonders freundlich gesinnte Amerikaner verlangten.

41

Terry Walker vermisste sein Heimatland so, wie es vielen seiner Landsleute fehlte, die sich im Ausland niederließen, denn Australien ist ein wunderschönes Land. Allerdings musste er zugeben, dass auch seine gegenwärtige Bleibe nicht schlecht war. Als er sich in seinem riesigen Schlafzimmer umblickte und sich seine Augen allmählich an das frühe Morgenlicht gewöhnten, wurde ihm wieder einmal klar, dass er in reinstem Luxus lebte – und fragte sich, warum ihn das nicht glücklicher machte.

Während er in seinem Bett lag und die Morgendämmerung durch die Vorhänge an der Fensterfront zum Balkon schimmerte, dachte er kurz über sein Leben nach. Natürlich war ihm vollkommen klar, dass er fast alles hatte, was er sich jemals erträumt hatte; wer ihn kannte, war überzeugt, dass er seinen Traum auslebte. Aber es war ihm auch klar, dass der Traum, den er für sich selbst arrangiert hatte, nicht umsonst zu haben gewesen war.

Er gab sich einen Ruck, um die Sorgen aus seinen Gedanken zu vertreiben, und stieg leise aus dem Bett. Im angrenzenden Ankleidezimmer zog er seine Trainingsklamotten an und küsste den kastanienbraunen Haarschopf, der aus einem Haufen viel zu praller Kissen hervorquoll. Der Haarschopf gehörte seiner Frau Kate, die noch mindestens eine Stunde lang weiterschlafen würde. Er schlich auf Zehenspitzen durch den Flur und warf einen Blick auf seinen siebenjährigen Sohn Noah, der ebenfalls noch fest schlief, einen Stapel Comics im Bett neben sich.

Eine Minute später war er draußen in der frühen Morgenluft und machte sich durch den üppigen tropischen Park auf den Weg zur 500 Quadratmeter großen Trainingshalle, die am Fuß des mit Jacaranda und Kokospalmen bewachsenen Hügels lag.

Tarpon Island war kein gewöhnliches Hotel-Resort; es war ein exklusives Resort auf einer noch exklusiveren Privatinsel, die einem britischen Milliardär und gefeierten Lebenskünstler gehörte. Der Mann hatte die Insel bereits in den 1980er-Jahren erworben, um sie als seinen höchst privaten Rückzugsort zu nutzen, hatte dann aber im Lauf der letzten drei Jahrzehnte so viele seiner betuchten Freunde auf die Insel eingeladen, dass ihm sein Unternehmergeist irgendwann eingeflüstert hatte, eine Ecke der Insel als Resort für die Reichen und Berühmten zu öffnen.

Vielleicht war reich *oder* berühmt die zutreffendere Beschreibung.

Rockstars, Filmstars, Models und Modeikonen waren hier schon abgestiegen, aber das waren nur die berühmten Gäste. Viel häufiger kamen Männer und Frauen wie die Walkers hierher, märchenhaft reich, aber so gut wie unbekannt, wenn man von ein paar wenigen Leuten aus ihrer jeweiligen Branche absah.

Die Walkers allerdings waren in einer Hinsicht einzigartig. Während die meisten Gäste nur eine oder zwei Wochen im Tarpon Island Resort blieben, lebten die Walkers nun schon seit einem halben Jahr hier und hatten vor, noch ein weiteres halbes Jahr zu bleiben.

Terry trainierte fast eine Stunde lang in der Halle und genoss die Konzentration, die ihm das Training abverlangte. Danach machte er sich auf den Rückweg, der ihn an den kleinsten Einheiten der Insel vorbeiführte, Cottages für maximal sechs Personen, und hinauf zur Villa auf dem

Hügel, in der er wohnte, mit ihren vier Schlafzimmern und Glaswänden mit Blick auf die Karibik in fast jedem Raum.

Um acht Uhr ging ein frisch geduschter, rasierter und vom Frühstück gesättigter Terry Walker um den Tisch herum, küsste seine Frau und sein Kind zum Abschied und verließ das Haus. Er winkte der Köchin kurz zu, dann ging er den steilen Weg zum Strand hinunter, der gerade einmal 40 Meter von der Hintertür der Villa entfernt war. Terry trug heute Anzug und Krawatte, denn er hatte eine Besprechung; an den meisten anderen Tagen ging er nur in Boardshorts und Polohemd ins Büro. Doch trotz Anzug trug er wie immer einen Rucksack über der Schulter, weil seine große Sammlung von elektronischen Geräten nicht in einen normalen Aktenkoffer oder eine Umhängetasche passte.

Pünktlich um 8.05 Uhr landete, wie jeden Tag, ein roter Robinson-Hubschrauber auf der Strandstraße. Walker stieg als einziger Passagier ein. Er hatte den Heli für den täglichen Flug zu seinem Büro gechartert, eine enorme Zeitersparnis im Vergleich zu einem Wassertaxi, sodass er morgens und abends ein wenig mehr Zeit für seine Familie hatte.

Der Heli stieg in die Luft, und er blickte auf die Villa hinunter. Als er sie nicht mehr sehen konnte, betrachtete er das Resort und den Rest der hügeligen Insel, die unter ihm hinwegzogen. Und als dann auch die Insel aus seinem Blickfeld entschwand, blickte er über die blaugrünen Gewässer, über die der Heli hinwegschoss.

Der ganze Aufwand – die Villa, das Büro, der Hubschrauber, das Essen und der Rest seiner operativen Kosten – machte Terry Tag für Tag um satte 10 000 Dollar ärmer, daher war es eine gute Sache, dass er durch seine Arbeit im Schnitt täglich ungefähr 75 000 Dollar Gewinn einfuhr. Tatsächlich machte er zu viel Geld, um seine temporäre Show hier auf den Jungferninseln schon jetzt abzubrechen, aber er sagte sich, dass der Tag nicht mehr fern war.

Dieses Stückchen Paradies gehörte ihm nicht für alle Zeiten. Er hatte Kate versprechen müssen, dass sie nicht länger als ein Jahr hier auf den Jungferninseln bleiben würden. Danach würden sie nach Sydney zurückkehren und würden dort … na gut, was sie dort tun würden, wusste Terry noch nicht so genau.

Nur eines war ihm schon jetzt völlig klar: *Das* hier würden sie dann nicht mehr machen.

Kate verstand nicht genau, warum Terry ausgerechnet hier arbeiten musste, und er hatte sein Bestes getan, sie nicht mit den Details zu belasten. Es war nicht so, dass sie nicht clever genug gewesen wäre, die Feinheiten seiner Arbeit zu begreifen. Nein: Terry Walker wollte nicht, dass seine Frau die Feinheiten auch nur ansatzweise erfuhr oder den Grund dafür, dass er hier in den BVIs hatte bleiben müssen, um seinen Job machen zu können. Denn die Wahrheit war, dass das, was er hier tat, ihn in fast jedem anderen Land der Welt ins Gefängnis gebracht hätte.

Zwanzig Minuten nach dem Start setzte ihn der Robinson auf einem Helikopter-Landeplatz ab, der nur einen Häuserblock von seinem Büro in Road Town auf der Insel Tortola entfernt war. Den Rest der Strecke ging er zu Fuß. Im Gegensatz zu seiner gemieteten Villa waren seine Büroräume ausgesprochen einfach und unauffällig. Sie bestanden aus mehreren Büros im ersten Stock eines zweistöckigen, verglasten Gebäudes an der Lower Estate Road. Möglicherweise war es das netteste und modernste Gebäude in Road Town, das nicht als Hotel diente, aber das hieß nicht viel.

Terrys Firma umfasste nur ein paar einheimische Angestellte, die die Buchhaltung und sonstige Büroarbeiten erledigten. Für den Fall, dass Kunden kamen, beschäftigte er außerdem so etwas wie eine falsche Sekretärin, die hinter einem Tresen in der Lobby saß und so tat, als wäre sie sehr beschäftigt. Es war keineswegs so, dass Terry keine Arbeit gehabt hätte, die jemand erledigen musste, aber diese Arbeit wollte Terry nun einmal niemandem anvertrauen, weshalb er praktisch alles selbst erledigte.

Walker hielt es für notwendig, hier in den BVIs zu arbeiten, um die Anti-Geldwäsche-Gesetze zu umgehen, die seiner Meinung nach nicht rechtmäßig auf seine Aktivitäten angewandt werden durften. BlackHole war eine Bitcoin-Wechselstube, und in fast allen anderen Ländern hielt man seine Gesellschaft für eine reguläre Finanzinstitution. Für seine Geschäftsaktivitäten galten daher alle möglichen Vorschriften, deren wichtigste lautete, dass er es den örtlichen Finanzbehörden melden müsste, sollte er Zweifel an den Einkommensquellen eines Klienten haben.

Auf den Britischen Jungferninseln jedoch war es ihm möglich, diese Einschränkungen zu umgehen, und dazu noch eine ganze Reihe anderer Vorschriften. Dazu musste er hier nur seine Firma registrieren und die vergleichsweise geringen Steuern zahlen – und ein paar Bestechungsgelder.

Es war keineswegs so, dass Terry die Gesetze anderer Länder wirklich umgehen *wollte*; er war nur einfach der Meinung, dass sie nicht so recht auf ihn zutrafen. Die BVIs hielt er für eines der wenigen Länder, die sein Gewerbe verstanden, die begriffen, dass er eigentlich nicht mit Devisen handelte, sondern dass er lediglich im Internet etwas für einen Klienten aufkaufte und dieses Etwas im Internet dann wieder an eine andere Person verkaufte.

Natürlich handelte er auf den Finanzmärkten, und *natürlich* war BlackHole eine Finanzinstitution, und *natürlich* wusste Terry Walker das genau, aber eine einfache Tatsache sorgte dafür, dass sein moralischer Kompass nicht mehr so ganz genau ausgerichtet war – die Tatsache nämlich, dass er mit seiner Firma Woche für Woche fast eine halbe Million Dollar scheffelte, indem er sich als Finanzmakler für Großinvestoren betätigte.

Er spielte in einer ganz anderen Liga als die meisten Leute, die sich mit den Bilanzen und Rechnungslegungen ihrer Klienten befassten, denn Walker hatte nur temporäre Klienten. Im Normalfall wurde er für Personen aktiv, die ein paar Hunderttausend oder ein paar Millionen kaufen wollten – allerdings war es in einigen Fällen auch mal um Zigmillionen gegangen. Diese Transaktionen wickelte Walker für seine Kunden ab, wobei die Käufe lediglich in einem speziellen »Hopper«-Programm auf einem Computer erfasst wurden und somit selbst für Leute unsichtbar blieben, die die Fähigkeiten und Kenntnisse besaßen, Bitcoin-Transaktionen nachzuverfolgen.

Gegen einen Aufschlag offerierte Terry noch einen weiteren Service, der allerdings in BlackHoles Firmenprospekten und sonstigem Werbematerial nicht erwähnt wurde. Für ein paar gut betuchte Klienten, die persönlich nach Road Town anreisten, arrangierte er die Transaktionen auf eine Weise, dass die Geldbewegung hundertprozentig unsichtbar wurde. Selbst Terry hatte danach keine Möglichkeit mehr festzustellen, wohin die Erlöse dieser speziellen Verkäufe flossen, sobald der Handel abgeschlossen war, da BlackHole das für den Verkauf der im »Hopper« versteckten Bitcoins erhaltene Geld automatisch auf ein Konto übertrug, das nur im physischen Computer in Terry Walkers Büro eingerichtet wurde. Terry führte also nur einfach den Aufkauf der Bitcoins durch, warf die Transaktion in den »Hopper«, verkaufte sie wieder und verließ dann für einen Moment sein Büro. Währenddessen setzte sich sein Klient an Terrys Schreibtisch, gab die Routing-Information für das neue Geld ein und schickte es mit ein paar Mausklicks an beliebige Orte beziehungsweise Konten irgendwo auf der Welt. Danach löschte sich der Eintrag automatisch selbst von der Festplatte.

Für einen Geldwäscher das perfekte Verfahren.

Das setzte allerdings direkte Begegnungen von Terry und seinen Klienten voraus, aber normalerweise war die Person, die in seinem Büro auftauchte, ein um ein Dutzend Ecken entfernter Strohmann des eigentlichen Geldempfängers, weshalb Terry nie wusste, wer genau sein Klient war.

Nun war Walker offensichtlich kein Narr; er verstand vollkommen, dass diese speziellen Transaktionen höchstwahrscheinlich von Kriminellen, korrupten Regierungsbeamten und Politikern oder anderen Missetätern durchgeführt wurden, aber das änderte nichts daran, dass er dabei jeden Tag 75 Riesen scheffelte.

Welche Berufe, Gewohnheiten oder sonstigen Vorlieben seine Klienten hatten, interessierte Walker nicht. Aber seine Sorge, dass sein System gehackt werden könnte, grenzte an Besessenheit. Denn ihm, der regelmäßig mit mächtigen Klienten zu tun hatte, war vollkommen klar, was es bedeuten würde, sollte er Geld oder Informationen verlieren, die jemand andres gehörten: ein mögliches Todesurteil.

Um seine Dateien ultrasicher zu halten, hatte er etwas installiert, das »Cold Wallet« genannt wurde. Es handelte sich dabei um einen Dateiordner, der nur auf einem besonderen Offline-Rechner gespeichert war, welcher in einem separaten Raum ohne jeden Zugang zum Internet stand. Sobald er ein neues Wallet von Bitcoins auf seinem Computer empfing, notierte er die Daten auf einem Schreibblock, überprüfte sie dreimal, riss das Blatt vom Block und marschierte in den »Cold Room«. Dort gab er die Daten in den Offline-Computer ein und schob das Blatt Papier sofort in einen Cross-cut-Schredder, der neben dem Schreibtisch stand und es längs und quer zerschnitt.

Musste Terry die Bitcoins von seinem »Cold Wallet« in das Netz transferieren, um eine weitere Transaktion vorzunehmen – etwa um Gelder auf einem Konto zu deponieren, das sich im Besitz eines beispielsweise auf Mauritius oder in Dubai etablierten Privattrusts befand –, musste er einfach den ganzen Prozess wieder rückwärts durchführen, sich also die aus dem »Cold Wallet« erlangten Informationen handschriftlich notieren und sie in seinem Büro in den vernetzten Computer übertragen. Dieser Computer war mit einem Fingerabdruckscanner, einem Irisscanner und einem Stimmscanner gesichert, die alle erst zufriedengestellt werden mussten. Danach musste er seinen alphanumerischen, 20-stelligen Code eingeben, den er sich eingeprägt hatte, verbunden mit einer Zwei-Faktor-Authentifizierung.

Walker glaubte, damit das perfekte System zu besitzen, das allerdings eine offenkundige Schwachstelle aufwies: Es ließ sich nicht auf andere Personen erweitern, war also gewissermaßen nicht skalierbar. Nur Walker selbst konnte damit arbeiten, Tag für Tag. Er musste die »speziellen Trades« in sein System persönlich eingeben und musste persönlich bei jenen Gelegenheiten anwesend sein, wenn seine »speziellen Klienten« ins Büro kamen, um ihre Konteninformationen in sein System einzugeben.

Genau dieser Mangel an Skalierbarkeit war es, der ihm besonders zu schaffen machte. Er tröstete sich damit, dass er BlackHole in spätestens einem Jahr an irgendeinen anderen reichen, mit dem Kryptowährungsmarkt vertrauten Außenseiter verkaufen würde. Der Verkauf würde ihm noch weitere Zigmillionen Dollar einbringen, eine nette Ergänzung des Betrags, den er derzeit auf den Konten hatte. Er würde dem neuen Eigentümer das System für die speziellen Transaktionen erklären, die er persönlich durchgeführt hatte. Sobald sich der neue Eigentümer in das System eingearbeitet und seine eigenen Sicherheitsstandards etabliert hatte, würde Terry Walker mit seiner

Familie wieder in die Heimat zurückkehren, und sobald er wieder zu Hause war, würde er seine Millionen auf Offshore-Konten bunkern und in irgendein anderes Geschäft einsteigen. Was genau das sein würde, wusste er noch nicht; nur eines war ihm schon jetzt klar: Nie mehr würde er sich auf Geschäfte mit gefährlichen Personen einlassen. Schließlich hatte er eine Frau und einen Sohn, und obwohl er ihnen ein Leben bot, von dem die meisten anderen Menschen nicht einmal träumen konnten, war ihm nur allzu deutlich bewusst, dass sie letztlich in genauso großer Gefahr schwebten wie er selbst.

Dieser Job war großartig, um auf die Schnelle viel Geld zu machen, aber auf längere Sicht war er schlicht grauenhaft.

Terry beschloss, dass er noch eine Weile durchhalten, aber von nun an seine Klienten sehr genau aussuchen würde. Er wollte sich nicht mehr mit gefährlichen Individuen einlassen; deshalb würde er fortan ein besonderes Auge auf geschäftliche Möglichkeiten haben, die zu gut schienen, um wahr zu sein.

Heute arbeitete Terry bis weit in den Nachmittag hinein und unterbrach die Arbeit nur zweimal für kurze Zeit: um ein paar SMS mit seiner Frau auszutauschen und ein Fast-Food-Essen aus Reis mit Wurst zu vertilgen, das ihm eine der Angestellten beschafft hatte.

Um drei Uhr nachmittags meldete sich seine Sekretärin über die Sprechanlage, obwohl sie gerade einmal ein Dutzend Schritte entfernt im Vorzimmer saß. »Mr. Walker? Mr. Iwanow und … und sein Kollege sind hier.«

Terry hatte nicht auf die Uhrzeit geachtet, weshalb er sich jetzt rasch die Essensreste von den Lippen wischte und den Mund mit einem großen Schluck aus der Wasserflasche ausspülte, um den Knoblauchgeruch aus seinem Atem zu vertreiben. Er zog die Krawatte zurecht und ging in die kleine Lobby hinaus.

Die meisten Büros in diesem Gebäude beherbergten örtliche Anwaltskanzleien; Terry bezweifelte, dass die meisten Kanzleien überhaupt jemals direkt von ihren Klienten aufgesucht wurden. Schließlich ging es in den BVIs und mehreren anderen karibischen Offshore-Finanzhäfen nicht darum, Klienten persönlich zu beraten. Aber in Terrys Fall kam das etwa einmal in der Woche vor.

Walker schüttelte den beiden Männern die Hände und stellte sich vor.

Einer der beiden Männer sprach englisch mit schwerem russischem Akzent. »Mein Name ist Iwanow, und das hier ist mein Partner, Mr. Popow.«

Walker wusste, dass Iwanow und Popow zwei der am weitesten verbreiteten Familiennamen in Russland waren. Buchstäblich ein Drittel der mysteriösen Russen, mit denen er jemals Geschäfte betrieben hatte, hatte sich Iwanow genannt, und gut jeder sechste Popow. Walker nahm daher an, dass dies nicht ihre wahren Namen waren; auch die anderen Iwanows und Popows, mit denen er in der Vergangenheit zu tun gehabt hatte, hatten in Wirklichkeit nicht so geheißen; das war ungefähr so wahrscheinlich, als würden sich zwei Amerikaner als Mr. Smith und Mr. Jones vorstellen und tatsächlich so heißen.

Walker stellte wieder einmal fest, dass es ihm nicht das Geringste ausmachte, schon bei der Vorstellung belogen zu werden. Das gehörte zum Job.

Nachdem Walker sie in sein Büro geführt hatte, sagte Iwanow: »Danke, dass Sie sich die Zeit nehmen.«

»Es ist mir ein Vergnügen. Darf ich Ihnen Tee oder Kaffee anbieten?«

Iwanow schüttelte den Kopf, Popow ebenso, als sie sich auf die schlichten Stühle vor Walkers Schreibtisch setzten. Iwanow erklärte: »Ich repräsentiere einen Klienten, der einen großen Teil seines Vermögens in Kryptowährung konvertieren möchte. Wir reden hier von einem extrem großen Betrag. Danach möchte er die Währung von BlackHole in US-Dollar eintauschen lassen. Er hat mich beauftragt, das Konto in Ihr System einzugeben, auf das dann der Betrag überwiesen wird.«

Walker unterdrückte ein Gähnen. Er hätte nach dem Essen noch eine zweite Dose Red Bull trinken sollen. Er sagte: »Mr. Frieden hat mich gestern kontaktiert und mich informiert, dass Sie schon bald hierherkommen würden. Normalerweise arbeite ich mit längeren Vorlaufzeiten, aber er hat mir versichert, dass das hier etwas ist, das ich nicht verpassen sollte.«

»Das sehe ich genauso«, sagte Iwanow trocken.

Walker nickte nur. Er griff nach dem Kuli. »Um welchen Betrag geht es?« Er wusste, dass er sich die Frage, wer der Klient war, sparen konnte.

»Es wird noch weitere Transaktionen geben. Aber im Moment reden wir zunächst einmal von acht Milliarden.«

Walker riss unwillkürlich die Augen auf und griff nach dem Tischrechner. »Großer Gott. Das ist … das ist tatsächlich ziemlich viel Geld. Ich muss zuerst einmal den Wechselkurs von Rubel in Dollar nachschauen, um mir eine Vorstellung zu machen …«

Iwanow unterbrach ihn. »Acht Milliarden US-Dollar.«

Walker starrte Iwanow fassungslos an, dann legte er mit einem kleinen Seufzer den Kugelschreiber weg. »Acht Milliarden Dollar. Sie machen wohl Witze, Mann? Ich habe keine Zeit für solche Scherze.«

»Kein Scherz.«

»Mr. Iwanow. Acht Milliarden – das ist ein hoher Teil der gesamten Marktkapitalisierung von Bitcoin!«

»Das ist mir vollkommen klar. Und deshalb muss diese Transaktion in mehreren Schritten erfolgen. Trotzdem muss alles sehr schnell gehen. Wenn Sie pro Tag 266 Millionen Dollar in den Markt transferieren, könnten Sie die gesamten Transfers in dreißig Tagen abschließen. Bei einer so hohen Marktkapitalisierung fällt das kaum ins Gewicht.«

»Aber … aber das ist doch lächerlich! Die gesamten Aktivitäten von BlackHole belaufen sich auf weniger als 500 Millionen täglich!«

»Dann würden also unsere Transaktionen weniger als drei Fünftel Ihres normalen Tageshandels ausmachen«, sagte Iwanow kühl. »Wer immer die Kryptomärkte beobachtet, wird sofort erkennen, dass hier ein neuer, großer Spieler involviert ist. Das wird den Wert der Währung steigen lassen, womit sich auch die gesamte Marktkapitalisierung erhöht, ferner das gesamte Handelsvolumen. Sobald das passiert, werden wir unsere täglichen Transaktionen steigern. Aus unserem 30-Tage-Plan wird dann ein 20-Tage-Plan oder sogar ein 15-Tage-Plan. Das hängt davon ab, wie die anderen Player auf den Märkten reagieren.«

Walker seufzte erneut. »Sie haben das nicht richtig durchdacht, Kumpel. Wenn so viel Geld so dramatisch auf den Markt geworfen wird, wird der Preis des Bitcoins ebenso dramatisch steigen. Andere Marktteilnehmer werden schlicht und einfach durchdrehen.«

Andrej Iwanowitsch Limonow hatte seinen Decknamen einfach von seinem eigenen Vaternamen Iwanowitsch abgeleitet – also Iwanow. Er hatte keine Ahnung, warum Koslow den Namen Popow gewählt hatte, fragte aber nicht nach.

Natürlich hatte er damit gerechnet, dass Walker so reagieren würde. Er antwortete: »Mein Klient benötigt diese Konversion. Er ist bereit, Ihnen zusätzlich zu Ihrer normalen Provision eine Prämie zu zahlen – das sind zusätzliche zehn Millionen US-Dollar für Sie, wenn die Transaktion abgeschlossen ist.«

Walker zögerte fast eine Minute lang. Schließlich sagte er: »Es hat mir schon oft geholfen, vorher ein wenig auf den Busch zu klopfen. Um nicht allzu direkt zu werden.

Das ist gut fürs Geschäft. Und auch gut für meine Beziehungen. Aber in diesem Fall, glaube ich, muss ich sehr direkt sagen, was ich davon halte.«

Limonow nickte. »Das kann mir nur recht sein, Mr. Walker.«

»Gut.« Walker beugte sich ein wenig vor. »Sie haben verdammt noch mal Ihren Verstand verloren, Kumpel. Wer immer Ihr Klient auch sein mag, ist doch offensichtlich, dass er das aus einem einzigen Grund tut: um Geld zu waschen. Und bei diesem Betrag, das kann ich mit Sicherheit sagen, sind das wirklich schlechte Nachrichten.« Walker richtete anklagend den Finger auf Limonow. »Das ist nämlich ein verdammt schlechtes Geschäft für mich. Wenn da plötzlich acht Milliarden Bucks auf dem Markt auftauchen und dann in einem einzigen beschissenen Monat wieder verschwinden, wird Bitcoin bald den Ruf haben, nichts weiter als ein Transfervehikel für Geldwäscher zu sein. Dann werden noch mehr Finanzkontrolleure aufmerksam, die Kunden werden nervös und letztlich abgeschreckt, und es werden noch mehr gewissenlose Typen wie Sie auftreten, die nichts als Probleme machen. Diesen ganzen Scheiß brauchen wir nicht, Kumpel. Es ist viel besser für uns, wenn Ihre acht Milliarden gar nicht erst auf dem Markt auftauchen, nur um dann wieder zu verschwinden.«

Andrej Limonow hörte dem Mann mit größter Überraschung zu, vor allem, was die ethischen Implikationen anging. *Natürlich* war die Kryptowährung ein Geldwäscheinstrument, was denn sonst?

Er räusperte sich. »Hm. Mein Klient will damit keine Geldwäsche betreiben. Er benutzt dieses Instrument nur, um bestimmte Vermögenswerte zu liquidieren, sodass der russische Staat sie nicht konfiszieren kann. Das Geld wurde legal erworben, aber dort, wo es jetzt ist, kann es nicht geschützt werden.«

Es entbehrte nicht einer gewissen Ironie, dass Limonow damit den russischen Staat als den Bösewicht darstellte, aber das fiel ihm selbst in diesem Moment nicht auf.

Walker hatte sich wieder zurückgelehnt. »Schauen Sie, ich verstehe das ja. Wirklich. Wenn Sie wollen, kann ich einen Teil dieses Vermögens übernehmen und in Bitcoins traden. Vielleicht 300 oder 400 Millionen Dollar. Aber nicht mehr. Wenn ich mich auf einen Auftrag in der Größenordnung einlassen würde, die Sie nennen, würde ich eine Menge Aufmerksamkeit auf mich ziehen, und dazu bin ich einfach nicht bereit.«

»Sie würden keine Aufmerksamkeit auf sich ziehen, Mr. Walker. BlackHoles tägliches Trading ist im Schnitt höher als das, was wir traden müssen. Wenn Sie einfach nur während der nächsten paar Wochen auf Käufe für Ihrc anderen Großklienten verzichten, können Sie unsere täglichen Tranchen übernehmen, ohne die Aufmerksamkeit zu erregen, die Sie befürchten. Sie kaufen unsere Bitcoins anstelle der Käufe, die Sie für Ihre anderen Klienten tätigen würden. Es wäre ja nur für kurze Zeit. Ich bezweifle, dass Ihre Klienten überhaupt etwas bemerken würden, und wahrscheinlich wäre es ihnen auch egal, wenn Sie das Trading für diese Klienten eine oder zwei Wochen lang aufschieben.«

»Sind Sie verrückt? Ich kann Ihnen versichern, dass sie es sofort erfahren und dass es ihnen sehr wohl etwas ausmachen würde!«

Limonow beugte sich vor und blickte ihn durchdringend an. »Vor einem Jahr haben Sie eine Tradingpause eingelegt, die volle zwei Wochen dauerte. Laut Medienberichten haben Sie das mit einer technischen Panne begründet. Was war es denn wirklich?«

Walker starrte den Russen ausdruckslos an. Schließlich sagte er: »Eine technische Panne.«

»Glaube ich nicht. Ich denke, Sie haben damals Trades

für Wadim Rochenkow durchgeführt, einen milliardenschweren ukrainischen Oligarchen. Und ich denke auch, der Betrag, um den es damals ging, machte Ihnen Sorgen, weil Sie damit vielleicht zu viel Liquidität vom Bitcoin-Markt nahmen und damit aufgedeckt hätten, was Sie wirklich taten, deshalb haben Sie eine Technikpanne vorgeschoben. Ihre anderen Klienten waren ziemlich sauer, aber weil Sie hier nun mal der Einzige sind, bei dem Spielchen in dieser Größenordnung möglich sind, konnten Sie ohne Probleme weitermachen. Ich verlange also nichts weiter, als dass Sie genau dieses Verfahren noch einmal anwenden, das Sie selbst erfunden und offenbar erfolgreich getestet haben.«

Walker stand abrupt auf. »Ich weiß nicht, wie ich Ihnen das klarmachen soll. *Nein.* Nicht interessiert. Sie müssen irgendeinen anderen Weg finden, Mr. Iwanow. Bestimmt gibt es genügend andere Möglichkeiten auf der Welt, die besser zu Ihrem Anliegen passen.«

Er ging zur Tür und öffnete sie. »Wenn Sie mich jetzt bitte entschuldigen würden?«

Die beiden Russen stiegen wieder in ihren SUV, in dem bereits vier weitere Männer saßen, die tags zuvor, nach dem Zwischenfall mit Jack Ryan junior in Luxemburg, von Wlad Koslow als Schutztruppe herbeibeordert worden waren. Es handelte sich um Freelancer der Steel Securitas LLC. Sie standen der russischen Regierung so nahe wie jede reguläre Speznas-Einheit, doch war diese Bindung finanzieller Natur und hatte weder ideologische noch patriotische Gründe.

Steel Securitas war eine der größten privaten Sicherheitsfirmen weltweit. Ihr Hauptquartier befand sich in Dubai, und das Unternehmen war führend im Executive-Personenschutz, Objektschutz, taktischem Training und sogar in direkten Feldoperationen. Ihre Dienste wurden vor allem von den Regierungen kleinerer Staaten und von Großunternehmen überall auf der Welt in Anspruch genommen.

Die Firma führte eine scharfe, robuste Sicherheitsüberprüfung seiner Mitarbeiter durch, aber unter den rund 40 000 Beschäftigten musste man auch mit ein paar faulen Äpfeln rechnen.

Der von Michail Grankin geleitete Sicherheitsrat des Kremls hatte diese faulen Äpfel und ihre Manager bewusst ausgesucht, sie recht ordentlich dafür bezahlt, die Arbeit zu machen, ohne Fragen zu stellen, und sich ihre Loyalität mit der nur dünn verschleierten Drohung gesichert, dass diese Männer jetzt für den FSB arbeiteten und dass der FSB sie alle buchstäblich vernichten könne, sollten sie nicht das Geld nehmen und im Übrigen bezüglich der Arbeit und ihrer Klienten die Klappe halten.

Ein zweiter Land Cruiser mit vier weiteren Steel-Securitas-Männern parkte mit laufendem Motor hinter ihnen.

Als sie losfuhren, zog Koslow sein Telefon heraus und hielt es Limonow hin. »Ich sehe keine Alternative.«

Limonow sah aus, als müsste er auf der Stelle kotzen. »Vielleicht sollten wir noch einen Tag abwarten und dann Walker noch einmal einen Besuch abstatten. Ich könnte auch …«

Koslow schüttelte den Kopf, wandte sich wortlos ab und gab eine Nummer ein. Nach einem Augenblick meldete sich eine Männerstimme auf englisch. »Ja?«

Koslow antwortete ebenfalls auf englisch. »Holt sie ab. Aber seid vorsichtig. Wir brauchen sie lebend.«

Limonow glaubte ein Schnauben zu hören, das fast wie ein Lachen klang.

»Aber sicher«, sagte die Männerstimme, dann wurde das Gespräch beendet.

42

Der Firmenjet von Hendley Associates landete mitten am Nachmittag auf Beef Island, und nachdem die Zollformalitäten erledigt waren, stiegen John Clark und Adara Sherman in einen Jeep, der auf dem Vorplatz für sie bereitstand. Sie fuhren zu einem Jachthafen in der East End Bay auf der benachbarten, größeren Insel Tortola. Am Kai wurden sie von einem Mann erwartet; neben ihm dümpelte ein kleines Beiboot im Wasser. Er schüttelte ihnen die Hände und übergab Adara einen kleinen Schlüsselbund.

»Es ist alles so vorbereitet und an Bord gebracht worden, wie Sie es verlangt haben. Ihr Boot liegt an Boje 53. Es ist die 1972er Irwin-52-Ketsch mit 17 Metern Länge, die Sie sich nach den Fotos in unserem Online-Mietkatalog ausgesucht haben.«

»Hervorragend«, sagte Adara und gab dem Mann 200 Dollar Trinkgeld für die besonders schnelle Erledigung.

Sein Blick huschte kurz von Adara zu John und wieder zurück. Sie war Mitte dreißig und er Mitte sechzig, und John sah an seinem Blick, welche Schlussfolgerung der Mann zog – er dachte offenbar, sie seien ein Paar. Clark verspürte einen kleinen Stich Ärger, weil ihn dieser Fremde als alten Knacker einschätzte, der sich ein Trophäenweibchen zugelegt hatte, oder vielleicht dachte der Hafenangestellte auch – weil Adara keinen Ring trug –, dass Clark mit seiner jungen Freundin für ein paar frivole Tage zwischen den Inseln kreuzen wollte, während seine Frau zu Hause herumsaß.

Clark gefiel es nicht, aber er unternahm nichts, um den falschen Eindruck zu korrigieren. Bestimmt war es nicht das erste Mal, dass der Mann mit einem reichen, alten, lüsternen Knacker zu tun hatte, der hier in der Marina ein Segelboot mietete.

Und als Tarnung war die Story ja auch ganz gut geeignet.

Wenig später stand Clark am Ruder und lenkte das Boot aus dem Hafen. Er wandte sich an Adara, die neben ihm stand. »Ich hoffe, Sie haben ihn nicht zu viel Ausrüstung an Bord bringen lassen? Mit ein wenig Glück werden wir das Boot nur für eine Nacht brauchen.«

»Nicht zu viel. Aber genug für ein paar Tage. Ich dachte, es würde ein bisschen verdächtig aussehen, wenn wir nach all der Mühe bei der Vorbereitung nur vierundzwanzig Stunden herumkreuzten.«

»Gut überlegt.«

Adara fügte hinzu: »Ich glaube, der Bursche hat sich ziemlich schnell eine Meinung über uns beide gebildet, nicht wahr?«

Clark nickte. »Stimmt, aber das hat ihn nicht daran gehindert, das Trinkgeld einzustreichen.«

Adara lachte. »Und das ziemlich schnell. Vielleicht hätte ich andere Klamotten anziehen sollen, die besser zu meiner Rolle in der Coverstory gepasst hätten.« Sherman trug eine Khakihose und ein weißes Poloshirt. Das kurze blonde Haar hatte sie zu einem kleinen Pferdeschwanz zurückgebunden. Sie war jung und attraktiv, wirkte aber nicht wie eine Goldgräberin, die mit ihrem älteren Sugardaddy Urlaub in der Karibik machen wollte.

»Und ich sollte vielleicht noch ein paar Ringe auf die Finger stecken und eine dicke Goldkette um den Hals hängen«, meinte Clark. »Könnte auch ein bisschen Botox gebrauchen …«

Adara prustete los, als sie sich das vorstellte.

Sie fuhren durch ein Feld von Ankerbojen; an den meisten lagen Segelboote oder Katamarane. Boje 53 fanden sie sofort und fuhren langsam um das weiße Segelboot herum, das daran festgemacht war.

Es war ganz nach Clarks Geschmack. Das Boot war groß genug, Bequemlichkeit zu bieten, aber nicht so groß, dass es schwierig zu segeln gewesen wäre. Es war weder neu noch besonders schick. Adara hatte ihm gesagt, das Boot sei über vierzig Jahre alt, aber offenbar war es sorgsam gepflegt worden.

Sie vertäuten das Beiboot an einer Klampe auf dem Schandeck der Irwin und kletterten an Deck. Ein weiteres, etwas kleineres Dingi war am Heck vertäut.

Sie inspizierten das Deck, gingen zum Cockpit und traten ans Ruder. Adara erklärte: »Mit den Motoren sollte sie rund zwölf Knoten schaffen, und noch mehr, wenn zusätzlich die Segel gesetzt werden, was natürlich dann vom Wind abhängt.« Dann fiel ihr noch etwas ein, und sie hob mahnend den Finger. »Diese Irwins neigen bei starkem Wind zum Kentern, denken Sie also immer daran, sich gut festzuhalten.«

Clark grinste nur. Er war nahe daran, ihr zu sagen, dass ihm eine 35-Jährige sicherlich nichts beibringen konnte, wenn es ums Segeln ging, aber er beherrschte sich. Sie wollte ihn nicht belehren, sondern sorgte sich nur um ihn, und dafür sollte er ihr dankbar sein.

Nachdem sie auch die Kabinen unter Deck inspiziert und einen Blick auf die Navigationsinstrumente, die Funkgeräte, Motoren und Lenzpumpen geworfen hatten, gab Clark endlich sein Urteil über das Boot ab. »Das haben Sie gut gemacht, Mrs. Sherman.«

»Prima. Bereit zum Ablegen?«

Clark blickte auf die Uhr. Kurz nach fünf am Nachmittag. Er dachte sich, dass die Fahrt von der East End Bay auf

Tortola bis nach Tarpon Island mit Motorantrieb ungefähr vier Stunden dauern würde. Sobald sie dort ankamen, würde er ein paar Stunden abwarten, bis er sich dem Ufer weiter näherte. Er wollte seine Ankunft so terminieren, dass er niemandem begegnete, weder auf dem Wasser in der Bucht noch irgendwelchen Spaziergängern am Strand.

»Ja, los geht's.«

Es war ein wunderschöner Spätnachmittag auf Tarpon Island, aber das war hier etwas völlig Normales. Das hier war das Paradies, selbst wenn es regnete, war es schön.

Heute regnete es nicht, das Wetter war so perfekt, wie es nur sein konnte, der Himmel ein tieferes Blau als anderswo, der Ozean war im Vordergrund so klar wie Glas und schimmerte in der Ferne in vollkommenem Aquamarin.

Der siebenjährige Noah Walker schwamm im seichten Uferwasser herum oder planschte in den sanften Wellen. Seine Mutter, Kate, lag auf einem Liegestuhl und las ein Buch, wobei sie ihren Sohn über den Buchrand im Auge behielt, nur um sicherzugehen, dass er sich nicht zu weit in das Meer hinauswagte. Außer seinem Schnorchel, dem schwarzen Haarschopf und seinem Hintern in den roten Schwimmshorts ragte in der ganzen Bucht nichts aus dem Wasser.

Kate war sich bewusst, dass das hier der Himmel auf Erden war, und hoffte, dass auch Noah das zu schätzen wusste. Sie selbst stammte aus einer einfachen Familie, untere Mittelschicht; sie hatte sich alles im Leben erarbeiten müssen. Daher fiel es ihr schwer, sich daran zu gewöhnen, dass ihr Sohn eine ganz andersartige Kindheit erlebte, aber sie tat ihr Bestes, ihn auf dem Boden der Tatsachen zu halten.

Natürlich war das hier, im Paradies, nicht einfach, zumal sie hier von Zimmermädchen, Köchen und sonstigen

Bediensteten umsorgt wurden. Und wo ständig Wasserflugzeuge landeten, feinste Mahlzeiten serviert wurden und man fast täglich irgendwelche Berühmtheiten im Dinner-Pavillon zu sehen bekam.

Noah kannte kein anderes Leben als dieses; selbst in London und Sydney war es ihnen außerordentlich gut gegangen, seit er drei oder so gewesen war. Aber Kate fiel es immer noch schwer, das alles als Teil ihrer eigenen Existenz zu betrachten.

Sie war keine Trophäenfrau, und nichts auf der Welt brachte sie mehr in Rage als das Gefühl, von jemand als solche behandelt zu werden. In Sydney hatte sie als Kellnerin gearbeitet, noch während sie die Schule besuchte, und hatte Terry kennengelernt, als sie beide in einer kleinen Softwarefirma als Programmierer arbeiteten.

Als sie heirateten, besaßen beide kein eigenes Auto, und kein Jahr später waren sie schon Eltern, was ihre Finanzlage noch prekärer machte. Kate hörte auf zu arbeiten und kümmerte sich fortan um Noah, und bald danach kündigte Terry seinen Job, worüber sich Kate sehr ärgerte, um neue Softwareprodukte für die neuen Börsen im Internet zu entwickeln, an denen virtuelle Währungen gehandelt wurden. Sie zogen nach London, wo die Lebenshaltungskosten sogar noch höher waren als in Sydney.

Terry hatte Jahre gebraucht, um seine erste Software auf den Markt zu bringen, aber dann hatte er damit eine Menge Geld verdient, und fünf Jahre später war sein Meisterstück fertig und betriebsbereit – BlackHole.

Schon während der ersten Jahre von BlackHole wurden sie reicher, als sie sich selbst in ihren wildesten Träumen hätten vorstellen können, doch dann erklärte ihr Terry eines Tages, dass er aus London weg und in die Karibik ziehen müsse, denn dort könne er den Traum wirklich realisieren, aus BlackHole die größte und beste Tauschplattform für virtuelle Währungen zu machen. Sie war einverstanden, verlangte aber, dass sie einen festen Zeitpunkt vereinbarten, zu dem sie wieder zurückkehren würden. Kaum waren sie hier angekommen, als ihr Mann mit BlackHole auch schon zwei Millionen Dollar monatlich verdiente.

Das Leben der Walkers hatte sich fundamental verändert, um es milde auszudrücken, aber Kate ertappte sich oft dabei, sich reumütig an die Zeiten in London zu erinnern, als sie noch zwischen den Sofapolstern nach Münzen suchten, um Windeln für Noah kaufen zu können. Aber wenigstens waren sie beisammen. Damals hatte Terry sieben Tage die Woche arbeiten müssen, um sein System aufzubauen und am Laufen zu halten; er war häufig verreist, um sich mit einer schier unendlichen Menge von Klienten zu treffen und Käufe oder Verkäufe zu tätigen. Sie bekam dagegen nichts als Versprechungen zu hören, dass er bald eine längere Pause einlegen würde, in der sie endlich wieder ihr Leben genießen könnten, und dann würden sie auch einmal Urlaub vom Paradies machen können.

Noch ein halbes Jahr, hatte er ihr versprochen, und sie war absolut entschlossen, ihn dazu zu bringen, das Versprechen einzulösen.

An diesem Nachmittag war der Strand praktisch leer, aber das war fast immer so. An den meisten Tagen kam sie um diese Zeit hier heraus, nachdem die schlimmste Hitze vorbei war. Hier konnte sie lesen, während ihr Sohn im Wasser herumplanschte und im seichten Uferwasser nach Muscheln suchte.

Sie dachte gerade darüber nach, wie langweilig so ein Paradies sein konnte, als sie eine weibliche Stimme aufschrecken ließ. »Hallo? Macht es Ihnen etwas aus, wenn ich mich zu Ihnen setze?«

Kate drehte sich um. Eine attraktive, lächelnde Frau ließ sich auf die nächste Strandliege sinken, eine Piña colada in der Hand. Sie trug einen recht konservativen Bikini und einen Sonnenhut mit breiter Krempe. Ihr europäischer Akzent kam Kate bekannt vor, sie konnte ihn jedoch nicht genau einordnen.

»Hi«, antwortete Kate. »Natürlich nicht. Sie müssen neu hier sein.«

»Heute angekommen. Wir haben eines der kleinen Cottages dort drüben auf der anderen Seite. Ich hoffe, es macht Ihnen nichts aus, dass ich hier herüber komme.«

Gewöhnlich war dieser Strandabschnitt für die drei Villen reserviert, die auf dem Hügel hinter ihnen standen. Die Cottages auf der anderen Seite der Bucht hatten ihren eigenen Strandabschnitt, der weniger exklusiv war. Aber es war nicht Kates Job, dafür zu sorgen, dass sich die Gäste an die Hausregeln hielten, deshalb hatte sie nicht vor, der Dame zu sagen, sie solle verschwinden. Außerdem war sie froh, ein wenig erwachsene Gesellschaft zu haben. Sie streckte ihr die Hand hin. »Natürlich können Sie hier bleiben. Ich bin Kate Walker.«

»Julia.«

Kate hielt die Frau für sehr schön und nahm an, dass sie irgendeine Berühmtheit war. Zwar waren die meisten Urlauber hier auf Tarpon Island weder Rockstars noch Schauspieler, aber es waren doch einige darunter, und diese Dame hatte nicht nur das Aussehen, sondern benahm sich auch mit der Selbstsicherheit einer berühmten Person. Und dass sie nur ihren Vornamen genannt hatte, war für Kate ein weiterer Hinweis darauf – Julia erwartete offenbar, dass man sie erkannte.

Da Kate nicht den Eindruck erwecken wollte, sie fiele beim Anblick einer Berühmtheit in Ekstase, fragte sie nicht weiter nach. Hier auf der Insel galt ein ungeschriebenes Gesetz: Man fragte andere nicht, womit sie ihren Lebensunterhalt verdienten. Das hier war ein Ort, an den sich viele Leute zurückzogen, um der Öffentlichkeit zu entfliehen; man hielt es daher für schlechten Stil, jemand nach seinem Privatleben auszufragen.

Julia blickte zu Noah hinüber. »Er hat so viel Energie! Ich möchte nur noch herumliegen und mich sonnen.«

Kate lächelte. »Geht mir nicht anders.« Sie hob ihr Glas. »Vorzugsweise mit einem Drink in der Hand.«

Julia stieß mit ihr an. »Sie sind hier im Urlaub?«

Kate hätte einfach mit einem »Ja« antworten und damit weiteren Erkundigungen einen Riegel vorschieben können, aber sie hatte nicht oft Gelegenheit, über ihr derzeitiges Leben zu reden. »Eigentlich nicht. Mein Mann ist geschäftlich hier auf den Jungferninseln, und ich gebe Noah Heimunterricht. Derzeit wohnen wir hier.« Ihr fiel auf, in welchem Ton sie das gesagt hatte, deshalb setzte sie schnell hinzu: »Nicht, dass ich mich darüber beschweren will. Wir leben in der Villa. Das hier ist ein paradiesischer Ort.«

Julia nickte. »Auch in den Cottages ist es wunderschön.« Sie warf einen Blick über die Schulter. »Aber vermutlich ist die Villa exquisit.«

Kate nickte. »Das ist sie wirklich. Aber wir sind nun schon eine ganze Weile hier, deshalb freue ich mich schon jetzt darauf, wieder nach Sydney zurückzukehren.« Sie wies kurz auf Noah. »Er würde natürlich gern für immer hier bleiben.«

Die beiden Frauen waren ungefähr im gleichen Alter, plus oder minus ein paar Jahre, und Kate wurde es allmählich peinlich, dass es ihr nicht gelang, Julia einzuordnen. Sie versuchte, sich Julia mit einem Mikrofon in der Hand auf einer Bühne vorzustellen, als Fotomodell in einer Hochglanzwerbung in einem Magazin oder sogar in einem Film.

Nichts. Sie kam ihr überhaupt nicht bekannt vor.

Schließlich beschloss sie, das eherne Gesetz von Tarpon Island zu brechen. »Und Sie, Julia? Was führt Sie hierher?«

»Auch ich bin hier, um zu arbeiten.«

»Ich verstehe«, sagte Kate, aber natürlich verstand sie es nicht. Dass Julia nichts mehr hinzufügte, sondern nur an ihrer Piña colada nippte und aufs Meer hinausblickte, hielt Kate von weiterem Nachfragen ab.

Eine Weile herrschte Schweigen; nur das leichte Rascheln der Palmen in der Brise und das ferne Krächzen der Grackeln waren zu hören.

Schließlich brach Julia das Schweigen. »Mein Freund und ich überlegen, ob wir uns ein paar Villen anschauen, bevor wir abreisen. Er hat eine große Familie, er ist Italiener und auch noch Katholik, wenn Sie wissen, was ich damit sagen will.«

»Klar, weiß ich.« Kate versuchte, sich Julias Freund vorzustellen. Vielleicht war ja *er* die Berühmtheit.

»Jedenfalls überlegen wir, ob wir nächstes Mal alle mit auf die Inseln bringen, zu einer Art Familientreffen.«

Kate wusste, dass im Moment alle drei Villen vermietet waren. In einer wohnte ein bekannter Filmproduzent, und wenn man den Gerüchten glauben konnte, die Terry in der Zigarrenbar im Pavillon aufgeschnappt hatte, verbrachte er seine Tage mit ständig wechselnden Starlets. Und die zweite Villa wurde von einem französischen Weingutsbesitzer und seiner Familie bewohnt. Das Management hier in Tarpon würde nicht im Traum daran denken, jemandem eine Tour durch bewohnte Villen zu erlauben, nicht einmal anderen Gästen auf der Insel.

Sie schwieg ein paar Sekunden, wog die Situation ab und beschloss, Julia mit auf den Hügel zu nehmen und ihr eine schnelle Tour durch die Villa zu bieten. Verdammt, ihr war ohnehin langweilig; es würde ihr Spaß machen, Julia herumzuführen.

»Möchten Sie mit auf den Hügel kommen? Ich könnte Ihnen unsere Villa zeigen. Noah und ich wollten sowieso bald gehen. Mein Mann kommt gewöhnlich erst um 19 Uhr nach Hause, und die Köchin kommt gegen 18.30 Uhr, um das Abendessen vorzubereiten. Ich muss ohnehin mal schnell zum Haus zurück.«

Julia riss ein wenig theatralisch die Augen auf. »Oh! Das wäre wunderbar. Aber ich will mich Ihnen nicht aufdrängen!«

»Kein Problem. Ich führe Sie kurz herum, dann können wir noch ein Glas Wein trinken. Der Blick von dort oben auf die Bucht wird Ihnen sicherlich gefallen.«

Julia stand auf, den Drink in der Hand. »Gut, okay. Ich folge Ihnen.«

Zwanzig Minuten später hatten sie die Tour durch die Villa hinter sich. In der Küche goss Kate zwei Gläser Chardonnay ein und brachte sie ins Wohnzimmer, wo Julia auf der Couch saß, die der Fensterfront gegenüberstand. Der Blick über die Bucht war fantastisch. Noah lag auf dem Bauch vor dem Fernseher und spielte mit seiner Xbox auf dem riesigen Flachbildschirm an der Wand ein Computerspiel.

Julia nahm das Glas lächelnd entgegen und trank einen Schluck.

»Sehr schön.«

Kate setzte sich neben sie, blickte auf die Bucht hinaus und bemerkte einen großen, schiefergrauen Segelkatamaran, der ein paar Hundert Meter vom Ufer entfernt vor Anker lag. Sie konnte niemanden auf Deck sehen.

Sie wies mit dem Weinglas auf das Boot. »Das ist ja interessant. Dort ankert normalerweise niemand. Die Resortverwaltung von Tarpon Island mag es nicht, wenn Boote in der Bucht ankern. Wenn das Boot der Sicherheitspatrouille wieder vorbeikommt, werden sie den Katamaran bestimmt wieder vertreiben.«

Julia schaute ebenfalls auf das Boot hinaus und trank einen weiteren Schluck. »Das Patrouillenboot kommt jede Stunde nur einmal vorbei, das letzte Mal war vor zwanzig

Minuten. In den Zeiten dazwischen ist man hier draußen völlig abgeschieden.«

Es überraschte Kate, dass Julia überhaupt schon etwas über die Sicherheitsvorkehrungen wusste, da sie doch gerade erst heute hier angekommen war.

Julia fuhr fort: »Ich muss schon sagen, für eine Insel, auf der sich so viele wohlhabende und einflussreiche Menschen aufhalten, finde ich es doch erstaunlich, dass man den Schutz des Resorts so auf die leichte Schulter nimmt.«

Kate musste ein wenig kichern. »Um die Wahrheit zu sagen, das hier ist der friedlichste Ort, an dem ich mich jemals aufgehalten habe. Ich mache mir nur wegen Terry ein wenig Sorgen. Er ist im internationalen Finanzgeschäft und im Offshore-Banking tätig und hat dabei auch immer wieder mit ziemlich zwielichtigen Gestalten zu tun. Aber bisher ist ihm noch nie etwas passiert.«

Wieder trank Julia einen Schluck Wein, dann setzte sie ihr Glas auf dem kleinen Beistelltisch ab. Sie beugte sich näher zu Kate.

Die Australierin wich ein wenig zurück, überrascht von der plötzlichen Annäherung.

Julia flüsterte ihr zu: »Ich mache mir schon ein bisschen Sorgen.«

»Um wen denn?«

»Um Noah.«

Jetzt war Kate erst recht verwirrt. In ihrem Magen regte sich ein erstes, flaues Gefühl. »Was ist mit Noah?«

»Kinder können ein Problem sein. Ich werde Ihre Hilfe brauchen, um ihn während dieser ganzen Sache ruhig zu halten.«

Kate verspürte eine düstere Vorahnung. »Ich verstehe nicht, Julia … Was meinen Sie denn damit, um Himmels willen?«

Julia wies mit einem vieldeutigen Lächeln zur Eingangstür. Kate blickte sich um. Dort stand ein großer, kräftig gebauter Mann mit braunem Haar. Er trug ein Leinenhemd, eine Cargohose und Bootsschuhe, außerdem eine Sonnenbrille und eine Baseballmütze. Seine Hände waren leer, aber er bewegte sich rasch und zielsicher.

Kate sprang auf; das Weinglas fiel ihr aus der Hand und zersplitterte klirrend auf den Fliesen. »Was … was soll das?«

Julia war fast gleichzeitig aufgesprungen und packte sie grob am Arm. Sie hielt plötzlich ein Messer in der Hand und drückte die Spitze gegen Kates Rippen. Kate starrte fassungslos auf das Messer, während ihr Julia leise ins Ohr flüsterte: »Hör mir genau zu, du Schlampe. Wir beide gehen jetzt wieder hinaus und runter zum Strand. Dort werden wir mit einem Beiboot zu dem Segelboot hinausfahren. Du wirst keinen Mucks von dir geben und wirst dafür sorgen, dass auch dein kleiner Scheißkerl den Mund hält. Hast du verstanden?«

Im selben Augenblick hörte Kate Noahs Aufschrei: »Hey!«

Sie wirbelte herum. Der große Mann hatte Noah die Xbox aus der Hand gerissen und auf den Boden geworfen. Jetzt packte er Noah unter den Achseln, hob ihn wie eine Puppe vom Boden hoch und stellte ihn auf die Füße. Er drehte ihn zur Tür und stieß ihn grob vor sich her.

»Lass ihn sofort los!«, schrie Kate und versuchte, sich loszureißen und ihrem Sohn zu Hilfe zu kommen.

Julia riss sie zurück, drehte sie zu sich um und setzte ihr die Messerspitze an die linke Wange. Die beiden Frauen starrten sich an, nur eine Handbreit voneinander entfernt. Kate sah nichts als eisige Kälte in den braunen Augen der Frau. Julia zischte: »Sie wollen nicht, dass ich dich umbringe, aber niemand hat mir verboten, deine hübsche Visage zu zerschneiden. So, dass Noah jedes Mal Angst bekommt, wenn er seine Mutter anschaut. So, dass sich Terry ekelt, wenn du auch nur in seine Nähe kommst.«

Kate schluckte. Mit heiserer Stimme fragte sie: »Wer … wer zum Teufel sind Sie?«

Darauf gab Julia keine Antwort. Sie stieß Kate zur Tür. »Zum Boot. Keinen Mucks, verstanden? Sonst wirst du eine Blutspur durch den Sand ziehen.«

Fassungslos brach Kate Walker in Tränen aus, aber sie nickte und rief ihrem Sohn zu: »Es ist okay, Noah. Tu alles, was sie sagen.« Sie schaute wieder Julia an. »Wir gehen mit. Bitte tun Sie uns nichts.«

Julia nickte. »Dachte ich mir doch, dass du ein vernünftiges Mädchen bist.«

Zehn Minuten später kletterten Kate und Noah Walker aus dem Dingi auf das Deck des Katamarans; der große Mann half ihnen. Julia folgte. Der große Mann hatte das Dingi gesteuert; jetzt vertäute er es am Heck und stieg ebenfalls an Bord.

Auf dem Deck standen vier weitere kräftige Männer; alle trugen T-Shirts und Shorts. Ihre Muskeln zeichneten sich klar unter den T-Shirts ab; alle trugen unterschiedliche, bunte Tätowierungen auf den Armen. Sie schwiegen, behielten aber die beiden Geiseln scharf im Auge.

Kate drehte sich zu der Frau um, die sich Julia genannt hatte, und fragte: »Wer sind die Männer?«

»Deine Babysitter, Darling.«

»Warum tun Sie uns das an?«

»Dein Mann hat etwas, was mein Boss haben will. Sobald mein Boss bekommen hat, was er will, darfst du wieder nach Hause. Sollte mein Boss es nicht bekommen …« – Julia lächelte – »… wer weiß? Aber hoffen wir mal, dass es nicht so weit kommt.«

Die Walkers wurden nach unten in eine Salonkabine gebracht, von dort in eine geräumige Hauptkabine. Julia folgte ihnen dichtauf. »Das ist euer Bett, und dort ist euer Badezimmer. Dreimal täglich erhaltet ihr etwas zu essen.

Man wird euch nicht fesseln, solange ihr keine Dummheiten macht.« Sie schaute Noah an. »Ich gebe dir einen guten Rat, Kate: Pass auf deinen Knirps hier auf. Er ist jetzt fast in dem Alter, in dem sich Jungs für unbesiegbar halten. Bring die Männer an Bord nicht dazu, ihm das Gegenteil zu beweisen.«

Noah starrte die Frau nur mit weit aufgerissenen Augen an.

Kate fragte: »Sie bleiben nicht hier?«

»Nein, meine Liebe. Ich bin keine Babysitterin. Ich überlasse dich der Fürsorglichkeit dieser Männer.« Sie drehte sich um und verließ die Kabine. Kate hörte, wie die Tür von außen verschlossen wurde. Sie drehte den Türgriff und sah, dass das Schloss an der Innenseite entfernt und offenbar außen montiert worden war.

Martina Jaeger stieg die Treppe vom Salon zum Hauptdeck hinauf und zog ein Smartphone aus ihrer Tasche. Sie ging zum Bug des Katamarans und blieb neben der Ankerkette stehen, die vor ihr im Wasser verschwand.

Der örtliche Anruf wurde fast sofort von einem Mann mit russischem Akzent beantwortet. Sie kannte die wahre Identität des Mannes nicht, der sich Popow genannt hatte, aber sie nahm an, dass er für den FSB arbeitete.

»Ja?«

»Wir haben sie.«

»Gab es Probleme?«

»Natürlich nicht. Sie sind jetzt hier auf dem Boot bei den anderen Männern, die Sie beauftragt haben. Wir fliegen jetzt sofort nach Europa zurück.«

»Sehr gut. Geben Sie den Männern Kate Walkers Handy. Ich werde in einer Stunde dort sein.« Das Gespräch wurde beendet.

Martina drehte sich um und entdeckte, dass Braam direkt neben ihr stand. Sie nickten sich zu, stiegen die

Treppe hinunter und holten ihre Rucksäcke, dann kletterten sie in das Dingi und legten ab. Die vier Männer verfolgten ihre Abfahrt schweigend, und auch Martina und Braam fuhren ohne ein Wort davon.

Als Braam den Gasgriff am Motor des Dingi hochdrehte, beugte er sich zu Martina hinüber. »Schön hier. Würde gern mal wieder herkommen.«

Martina schüttelte den Kopf. »Für solche Jobs sind wir überqualifiziert. Ich würde nur zurückkommen wollen, wenn sie einen *richtigen* Auftrag für uns hätten.«

Braam zuckte die Schultern. »Was soll's, solange die Bezahlung stimmt?«

Martina blickte ihren Bruder einen Moment lang an. »Geht es dir dabei immer noch nur ums Geld? Braam, mein Lieber, manchmal mache ich mir wirklich Sorgen um dich.«

43

Terry Walker schaute von seinem Monitor auf und warf einen Blick auf die Wanduhr. Es war fast 19 Uhr, was bedeutete, dass ihm nur noch ein paar Minuten blieben, bevor der Robinson auf dem Hubschrauberlandeplatz aufsetzte, um ihn abzuholen.

Er rieb sich die überanstrengten Augen und machte sich gerade daran, seine Computer für diesen Tag herunterzufahren, als sein Smartphone dudelte. Auf dem Display erschien Kates Nummer. »Hallo, Liebling. Alles im Plan. In einer halben Stunde bin ich zu Hause.«

Zu seiner Überraschung meldete sich eine Männerstimme. Terry erkannte sofort den russischen Akzent: Mr. Popow. »Wir bedauern, dass wir zu solchen Maßnahmen greifen müssen, Mr. Walker, aber Sie zwingen uns dazu.«

»Was?« Er blickte noch einmal auf das Display, um sich zu vergewissern, dass der Anruf tatsächlich von Kates Telefon kam. »Wo … wo ist meine Frau?«

»Ihre Frau ist in Sicherheit. Das kann ich Ihnen versichern. Und das wird auch so bleiben, solange Sie unsere Forderungen erfüllen.«

Terry Walker wurde von einem seltsamen Gefühl überwältigt: absolute Ungläubigkeit. Das musste ein Scherz sein. Versteckte Kamera. Irgendein Idiot, der ihm einen Streich spielen wollte. Er musste sogar ein wenig lachen. »Ha, fast wäre ich darauf hereingefallen, Popow. Verdammt clever gemacht, Kumpel. Keine Ahnung, wie Sie an das Telefon meiner …«

Es raschelte in der Leitung, dann hörte er eine andere Stimme. Leise, fern, unsicher, verängstigt.

»Daddy?«

Walker spürte förmlich, wie ihm das Blut in den Adern gerann. »Noah?«

»Sie sagen, dass du etwas für sie machen musst und dass es nur ein paar Wochen dauert. Du machst es doch, nicht wahr, Daddy? Mum und ich … du musst es für uns machen. Sie wollen, dass ich dir das sage.«

Tränen rannen über Walkers Gesicht; seine Stimme brach. »Wo ist deine Mum, Noah? Was haben sie mit euch gemacht?«

»Sie kann nicht reden. Sie haben ihr nämlich den Mund mit Klebeband zugeklebt. Dad … ich glaube, das sind Piraten. Sag mir, dass du alles machst, was sie von dir wollen.«

»Ja, natürlich, Noah. Du brauchst keine Angst zu haben, Kumpel.«

Es klopfte an Walkers Bürotür. Unsicher sprang er auf.

Gleichzeitig hörte er wieder Popows Stimme im Telefon. »Öffnen Sie die Tür, Walker.« Der Anruf wurde beendet.

Walker rannte zur Tür, überzeugt, dass Kate draußen stehen würde. Er riss sie auf und sah sich dem Mann gegenüber, der sich Iwanow genannt hatte. Zwei große, raue Muskeltypen standen hinter ihm. Beide hielten die Hände auf dem Rücken verborgen.

Der Russe namens Iwanow sagte: »Tut mir leid, Mr. Walker. Aber ich denke, wir sollten jetzt unser Gespräch fortsetzen.«

Sie setzten sich und starrten sich über Terry Walkers Schreibtisch hinweg an. Die Augen des Australiers waren gerötet; er versuchte erst gar nicht, sich die Tränen von den Wangen zu wischen.

Die beiden Muskelmänner waren in der Lobby geblieben. Bisher hatten sie noch kein Wort gesprochen.

»Nun, Mr. Walker, die Sache ist eigentlich ganz einfach«, sagte Iwanow. »Wir wissen über ihre Sicherheitsvorkehrungen Bescheid. Sie haben Iris- und Fingerabdruckscanner installiert, ohne die Sie sich nicht einloggen können. Sie können Ihre Käufe und Verkäufe nur von Ihrem eigenen Bürocomputer tätigen, damit niemand Ihre Anmeldedaten und Ihre Passphrase stehlen und mit Ihrer Identität operieren kann. Aus diesem Grunde können wir Sie nicht irgendwo anders hinbringen, um es dort von Ihnen erledigen zu lassen, sondern müssen hier bleiben. Das macht die Sache ein wenig schwieriger, aber wir haben einen Plan. Sie und ich werden hier auf Tortola in einem privaten Apartment wohnen. Wir beide werden einfach jeden Tag zur Arbeit gehen, und Sie werden in dieser Zeit keine anderen Klienten annehmen. Sie werden sich nur auf unseren Account konzentrieren. Sie werden jeden Tag in automatisierten kleineren Beträgen 266 Millionen Dollar in Bitcoins konvertieren und sie dann in anderen kleinen Beträgen, wieder in automatisiertem Verfahren, durch Ihr cleveres kleines Tumbler-System in Dollar rückführen. Die Dollarbeträge werden dann auf verschiedene Konten verteilt, die ich bereits weltweit eingerichtet habe. Nach jeder abgeschlossenen Transaktion werde ich persönlich die Daten für die Geldanweisungen eingeben.«

Walker schwieg.

»Offensichtlich ist es für alle Beteiligten besser, wenn wir die Operation so schnell wie möglich durchführen«, fügte Iwanow hinzu. »Ich hoffe, dass der Markt durch die Einführung dieser Gelder zulegen wird und dass wir dann Schritt für Schritt das tägliche Transaktionsvolumen steigern können.« Er lächelte. »Und dass wir dann auch für Sie den Zeitraum verkürzen können, in dem Sie diese ... nun, Unannehmlichkeiten ertragen müssen.«

Immer noch sagte Walker kein Wort.

»Sie werden das Personal im Tarpon Island Resort informieren, dass Ihre Frau und Ihr Sohn wegen der Erkrankung eines Familienmitglieds dringend abreisen mussten. Man wird sich um sie kümmern, aber wir werden sie so lange festhalten, bis Sie Ihren Teil des Geschäfts vollständig erledigt haben.«

Langsam rieb sich Walker die Tränenspuren vom Gesicht und richtete sich in seinem Stuhl auf. »Ich kann also nicht bei meiner Familie sein?«

»Nein. Sie werden anderswo festgehalten.«

»Ich werde mit Ihnen arbeiten. Ich werde alles tun, was Sie verlangen. Aber ich will, dass meine Familie hier in der Nähe bleibt. Ich will nicht, dass Sie sie nach Sibirien verfrachten.«

»Selbstverständlich. Niemand wird nach Sibirien verfrachtet.«

»Bringen Sie sie auf Tarpon Island zurück.«

»Kommt nicht infrage.«

Walker blieb fest. »Schauen Sie – Sie brauchen meine Mitwirkung. Das haben Sie eindeutig zugegeben, sonst hätten Sie das alles nicht arrangieren müssen. Sie werden bekommen, was Sie haben wollen, aber Sie müssen mir dafür etwas zurückgeben.«

»Ich gebe Ihnen Ihre Familie zurück. Reicht Ihnen das nicht?«

»Nein, es reicht nicht. Ich will sie sehen können, während ich arbeite. Sie werden mich jeden Abend zu ihnen zurückbringen, an jedem einzelnen Abend. Es ist mir völlig egal, was Sie dafür tun müssen, und es ist mir auch egal, was ich dafür tun muss.«

»Mein Kollege, Mr. Popow, hat vorhergesagt, dass Sie das verlangen würden«, sagte Iwanow nachdenklich. »Ich sage Ihnen, wozu wir bereit sind. Ich werde Ihnen jetzt ein Walkie-Talkie geben. Es hat eine Reichweite von knapp 25 Kilometern. Damit können Sie einmal täglich mit Ihrer Familie kommunizieren. Solange Sie mit Ihrer Familie über diese Verbindung sprechen können, wissen Sie, dass Ihre Frau und Ihr Sohn in der Nähe sind.«

Iwanow zog das Funkgerät aus der Tasche, schaltete es ein und hielt es Walker hin.

Walker drückte sofort auf den Sendeknopf. »Kate? Kate, kannst du mich hören?«

Nach ein paar Sekunden hörte er die Stimme seiner Frau. Sie klang unglaublich weit entfernt, aber Terry fragte sich, ob das nicht eher ihrer Angst zuzuschreiben war. »Ich bin hier, Terry.«

»Wie geht es dir? Haben sie euch etwas angetan?«

Er hörte an ihrer halb erstickten Stimme, dass sie geweint hatte. »Uns geht's … okay. Sie haben mir den Mund zugeklebt, aber sonst ist nichts passiert.«

Terry konnte die Tränen nicht mehr zurückhalten. »Gut. Alles kommt wieder in Ordnung. Diese Männer brauchen mich nur für ein paar Wochen.«

»Das haben sie mir schon erklärt. Bitte tu, was sie verlangen.«

»Das verspreche ich dir. Wo seid ihr?«

»Darf ich dir nicht sagen. Sie haben es mir ausdrücklich verboten.«

»Und du bist dir sicher, dass bei euch sonst alles in Ordnung ist?«

»Ich bin … Ich fühle mich sogar wieder ein bisschen besser. Die verdammte Übelkeit ist verschwunden. Hat mich überrascht, wenn man bedenkt, was passiert ist.«

Terry begriff plötzlich, dass ihm seine Frau damit etwas

sagen wollte. Er war sich nicht sicher, was es sein mochte. Er dachte kurz nach, aber Iwanow gab ihm ein Zeichen, das Gespräch zu Ende zu bringen.

»Ich muss aufhören, Liebling. Wir reden morgen wieder. Sie haben mir versprochen, dass wir jeden Abend miteinander reden dürfen.«

»Okay«, sagte sie nur tonlos.

»Ich liebe dich, Kate. Das alles tut mir leid, aber es wird bald vorbei sein.«

Statt Kates Stimme hörte er nun Popow. »Sie fangen morgen früh mit der Arbeit an.«

Terry Walker blickte zu Iwanow auf. Der Russe wirkte, wohl aufgrund des Gesprächs zwischen Walker und seiner gekidnappten Frau, ein wenig erschüttert. Er war blass geworden und schaute Walker mit schmalen Augen an, fast so, als würde ihm jetzt erst alles richtig klar.

Walker sagte: »Ich werde meinen Teil des Deals erfüllen, Kumpel. Sorgen Sie nur dafür, dass Sie Ihren Teil erfüllen.«

Iwanows Blick wurde wieder klar. Er nickte nachdrücklich. »Mr. Walker. Ich möchte, dass Sie sich eines klarmachen: Trotz dieses, nun, bedauerlichen Arrangements werden wir Sie für Ihre Dienste bezahlen, und zwar mit einem unglaublichen Betrag. Wenn das alles vorbei ist, werden wir Sie wieder mit Ihrer Familie zusammenbringen. Ich hoffe, dass Sie das Geld nehmen und über alles strengstes Stillschweigen bewahren. Was ich über Ihre Operation weiß, könnte Sie in den Ruin treiben. Andererseits könnte das, was Sie über uns wissen, dazu führen, dass Sie ums Leben kommen. Darüber sollten Sie sich vollkommen im Klaren sein. Sollten Sie die Polizei einschalten, werden Männer wie Mr. Popow *Sie* finden, und zwar lange, bevor die Polizei *uns* findet.«

Walker entschloss sich zu einem letzten Versuch, die Entführung vorzeitig zu beenden. »Das verstehe ich, und ich habe ja all Ihren Bedingungen bereits zugestimmt. Deshalb können Sie doch meine Familie aus dieser Sache heraushalten!«

Iwanows offensichtliches Unbehagen mit dem »Arrangement« verschwand schlagartig. Walker wurde klar, dass dieser Mann die Sache niemals abblasen würde. »Mr. Walker, Sie sind doch Geschäftsmann, gewissermaßen«, antwortete Iwanow. »Prinzipien wie Haftung und Schadenersatz dürften auch Ihnen vertraut sein. Ihre Familie ist, wie ich leider sagen muss, für uns eine Art Versicherung. Nichts weiter.«

Walker sah ein, dass es keinen Zweck hatte zu versuchen, seine Familie herauszuhalten. Er beschloss, von nun an alles zu tun, was man von ihm verlangte. Was blieb ihm anderes übrig?

Kurz darauf verließen Iwanow und Walker das Büro. Die beiden Muskelprotze folgten ihnen nach unten zum wartenden Auto.

Terry Walker wurde zu einer luxuriösen Villa oben auf dem St. Bernard's Hill gefahren, der sich weit auf der Westseite der Insel erhob. Drei Wärter führten ihn durch einen gefliesten Eingang und an einem formellen Speisezimmer vorbei, von dem sich ein wunderbarer Ausblick auf das Meer bot, dann einen Flur entlang und in ein großes Schlafzimmer im Obergeschoss. Unterwegs zählte Walker nicht weniger als sechs Männer, alle leger gekleidet, manche weiß, ein paar schwarz, einer oder zwei schienen hispanischer Herkunft zu sein. Er war sich sicher, dass nur wenige von ihnen Russen waren, oder womöglich gar keiner, von Popow und Iwanow abgesehen. Walker hatte zwar keine Ahnung, wer diese Männer waren, aber er hatte keinerlei Zweifel, dass sie bewaffnet waren und nicht zögern würden, die Befehle ihrer russischen Bosse auszuführen.

Einer der Wärter durchsuchte Walker gründlich, dann schloss er ihn in dem Schlafzimmer ein.

Walker ging im Zimmer umher, sah, dass alle Fenster gesichert waren, und hörte die gleichmäßigen Schritte eines Wärters auf der von Säulen umgebenen Terrasse, die sich draußen vor seinen Fenstern erstreckte. Er war überzeugt, dass auch vor der Zimmertür ein Wärter postiert war.

Nach einer Weile legte er sich auf das Bett und blickte zu dem sich langsam drehenden Deckenventilator hinauf.

Er dachte an das Funkgespräch mit Kate zurück. Was genau hatte sie gesagt? Etwas, dass es ihrem Magen wieder besser ginge, worüber sie in Anbetracht ihrer Situation nur staunen könne. Sie hatte nie über Magenprobleme geklagt, jedenfalls nicht mehr, seit sie vor ein paar Monaten ein Segelboot gemietet hatten. Terry hatte sich ein paar Tage von seiner Arbeit freigenommen und geplant, mit Kate und Noah zur Insel Anegada zu segeln, aber der Törn war eine reine Katastrophe gewesen. Kate war so sehr seekrank geworden, dass sie nach gerade einmal einem Tag umgekehrt waren.

Warum überraschte es sie, dass sie jetzt diese Wirkungen nicht verspürte? Eindeutig deshalb, folgerte Terry, weil sie sich nicht an Land befand.

Und was hatte Noah gesagt? Etwas über Piraten?

Ja, so musste es sein, wurde Terry jetzt klar. Seine Frau und sein Sohn wurden höchstwahrscheinlich auf einem Boot gefangen gehalten.

Er wälzte sich auf die Seite, vergrub das Gesicht im Kissen und rollte sich zu einer Embryohaltung zusammen. Es spielte wohl keine Rolle, wo sie gefangen gehalten wurden, sagte er sich, denn niemand würde ihnen zu Hilfe kommen. Es gab nur einen einzigen Weg, seine Familie zu retten: Er musste Iwanow und Popow vollkommen überzeugen, dass er seinen Teil des Deals erfüllt hatte.

Andrej Limonow alias Iwanow trat vom Wohnzimmer auf die Terrasse hinaus, eine Flasche Wodka und ein Glas in den Händen. Er setzte sich auf einen Stuhl am Rand des Infinity-Pools und blickte den Hügel hinunter, dorthin, wo die Lichter der West End Bay schimmerten. Das Wasser in der den Lichtern abgewandten Seite der Bucht war schwärzer als der Himmel darüber.

Er trank zwei große Schluck warmen Wodka, dicht hintereinander, um seine aufgewühlten Nerven zu beruhigen. Gerade hatte er sich ein drittes Glas eingegossen, als er die Scheinwerfer eines großen SUV entdeckte, der die lange, gewundene Zufahrtsstraße heraufkam. Die Scheinwerfer verschwanden auf der anderen Seite des Hauses, und kurz darauf gesellte sich Wlad Koslow am Pool zu ihm. Er setzte sich auf den Stuhl auf der anderen Seite des kleinen runden Tisches. Der grauhaarige Russe hatte ein Glas von der Hausbar mitgebracht und goss sich eine ordentliche Menge Wodka ein. Er trank ihn schnell und in einem Zug aus, bevor er sich an Limonow wandte. »Wie ist es mit Walker gelaufen?«

»Er ist hier. Und er wird alles machen wie geplant. Wir werden ihn nicht sehr lange brauchen. Ich glaube, sämtliche Transfers werden in höchstens drei Wochen abgeschlossen sein. Dann können wir seine Familie freilassen, und sie können ihr Leben weiterleben.«

Koslow nickte. »Verstanden.«

Limonow fügte hinzu: »Der Mann weiß, womit er es hier zu tun hat. Ihm ist vollkommen klar, dass Sie ihn liquidieren werden, wenn er auch nur ein Wort verrät, egal wem, sogar noch Jahre später.«

Koslow gab darauf keine Antwort.

Limonow hielt es für besser, den Mund zu halten;

stattdessen goss er sich einen weiteren Schluck Wodka ein. Und während er trank, fragte er sich, ob trotz aller Arrangements, die sämtliche Parteien vereinbart oder jedenfalls implizit verstanden zu haben glaubten, der Australier im Schlafzimmer der Villa nicht schon jetzt ein toter Mann war.

44

John Clark stieg kurz nach Mitternacht in das Dingi, das am Segelboot vertäut war. Adara Sherman blieb allein auf der 17-Meter-Jacht zurück. Er drosselte den Motor, als er sich Tarpon Island bis auf einen Dreiviertelkilometer genähert hatte, was bedeutete, dass er mindestens eine Viertelstunde lang rudern musste. Aber das Wasser hier in der Bucht war fast so flach und friedlich wie ein Swimmingpool; außerdem hatte er den Vorteil, dass er sich an den vielen Lichtern orientieren konnte, die von den großen Villen auf dem Hügel kamen, um zum genau richtigen Landepunkt zu gelangen.

Es war schon eine Weile her, dass der Ex-SEAL in einem kleinen Boot an einem Strand hatte anlanden müssen, aber er war sich sicher, dass er noch nie im Leben einen mitternächtlichen Einfall in ein Fünf-Sterne-Resort durchgeführt hatte. Vielleicht hätte er Adara bitten sollen, im Resort anzurufen und ihm eine Piña colada und einen gegrillten Hummer unter einer Glashaube bereitstellen zu lassen, sobald er an Land ging – wenn da nicht das kleine Handicap gewesen wäre, dass er eigentlich kein Gast des exklusiven Resorts war.

Er zog das Boot über den weißen Sand und versteckte es unter ein paar äußerst penibel zurechtgestutzten Büschen, direkt neben ein paar offensichtlich teuren Holzliegestühlen. Am Beginn des Steinplattenwegs standen ein paar kleine Wassereimer aus Kupfer, damit man sich den Sand von den Füßen spülen konnte, was er sich aber verwehrte. Leise schlich er den Hügel zu seinem Zielort hinauf.

Als er ungefähr die Hälfte der Strecke hinter sich hatte, hörte er vor sich ein Geräusch. Rasch trat er in den sandigen Bereich unter den Mangroven, die links vom Weg standen, und kauerte sich hinter einen Jacaranda-Baum. Von dem lauten Knacken in seinen Knien abgesehen, verursachte er keinerlei Geräusche.

Fünfzehn Sekunden später erschienen zwei junge Männer; beide trugen Rechen über den Schultern. Einer hatte außerdem eine Netztasche umgehängt. Clark vermutete, dass sie auf dem Weg zum Strand waren, um den Sand zu rechen und die kurzen Seetangschlingen zu entfernen, die ans Ufer gespült worden sein mochten.

Schließlich sollten die Gäste von Tarpon Island nicht in einem Paradies aufwachen müssen, das von der Natur verdorben worden war.

Clark schüttelte den Kopf. Bei den Spezialeinsätzen der Navy hatte er durch Sümpfe schwimmen müssen, die so grün und schleimig waren, dass er seinen Namen auf die Oberfläche hätte schreiben können. Offenbar war er aus einem anderen Holz geschnitzt als die Gäste dieser piekfeinen Hotelanlage.

Als die beiden Männer außer Sicht waren, zog er ein Nachtsicht-Monokular aus der Tasche, setzte es vor das Auge und ließ sich den Rest des gewundenen Plattenwegs hinauf leiten, der direkt zur Terrassenschiebetür einer immensen Villa führte.

Im Obergeschoss brannte Licht. Das hatte er schon von der Bucht aus gesehen, aber im Erdgeschoss schien alles dunkel zu sein. Aufmerksam hielt er Ausschau nach den verräterischen kleinen roten Dioden, die auf ein Sicherheitssystem oder Bewegungsmelder im Erdgeschoss hindeuten würden, entdeckte aber nichts.

Er versuchte es zunächst an der Schiebetür – und entdeckte zu seiner Überraschung, dass sie nicht verschlossen war.

Er schob sie ungefähr dreißig Zentimeter weit auf und zog sich dann rasch in das dichte Gebüsch neben der Terrasse zurück.

Nachdem er mehrere Minuten lang gewartet und offenbar niemand den Einbruch bemerkt hatte, fühlte er sich relativ sicher, dass in der Villa kein Sicherheitssystem aktiviert worden war. Er schlich zur Glasschiebetür zurück und drang vorsichtig in das Gebäude ein.

Er brauchte fast fünf Minuten, um sich mit langsamen, regelmäßigen Bewegungen von einem Ende des Erdgeschosses zum anderen vorzuarbeiten. Die Räume machten einen sauberen Eindruck, waren aber offenbar bewohnt, auch wenn gegenwärtig niemand zu Hause zu sein schien.

Schließlich zog er sich aus dem Wohnzimmer zur Treppe zurück und schlich mit geradezu gletscherartiger Langsamkeit hinauf. Er hielt das Nachtsicht-Monokular in der Hand, aber nachdem er seinen Augen genug Zeit gegeben hatte, sich an das geringe Licht anzupassen, benutzte er es nicht mehr.

Im Obergeschoss entdeckte er ein Kinderzimmer. Auch dieses wirkte derzeit bewohnt, doch war auch hier niemand zu sehen, weder im Bett noch im angrenzenden Badezimmer. Clark war informiert worden, dass Walker einen kleinen Sohn hatte, und war daher überrascht, dass der Junge jetzt, kurz nach Mitternacht, nicht in seinem Bett lag.

Der nächste Raum war das Hauptschlafzimmer. Er schlich vollkommen geräuschlos hinein und zum Bett. Hier benutzte er das Monokular, um sich zu vergewissern, dass auch dieses Bett leer war.

Er nahm sich noch eine oder zwei Minuten Zeit, um

den Rest des Obergeschosses noch gründlicher zu überprüfen, dann war er fertig.

Erst beim zweiten Rundgang durch das Erdgeschoss entdeckte er das zerbrochene Weinglas neben der Couch. Dass jemand die Scherben einfach liegen ließ und auch den Wein nicht von den Fliesen gewischt hatte, ergab keinen Sinn, es sei denn, die Bewohner hätten das Haus überstürzt verlassen müssen.

Oder sofern nicht etwas noch Schlimmeres geschehen war.

Als Clark nach dem zweiten Kontrollgang durch das Obergeschoss wieder die Treppe herunterkam, entdeckte er eine Überwachungskamera, die an der Wand installiert war. Im ersten Moment machte er sich Sorgen, dass die Kamera womöglich mit dem Sicherheitsbüro des Resorts verbunden war, aber nach kurzem Nachdenken kam ihm das nicht sehr wahrscheinlich vor. Kein Millionär oder Star würde wissentlich in Kauf nehmen, wie eine Laborratte unter ständiger Beobachtung zu stehen.

Er betrachtete die Kamera genauer. Sie war offenbar mit einem kleinen Funksystem verbunden, denn oben ragte eine kleine Antenne aus dem Gerät.

Clark hatte solche Geräte schon gesehen. Ihre Reichweite war auf dreißig oder vierzig Meter begrenzt.

Das bedeutete, dass es sich um ein privates, hauseigenes System handeln musste. Vermutlich wurde es nur von den Leibwächtern bestimmter Gäste benutzt.

Er ging noch einmal durch die gesamte Villa und suchte nach einer Sicherheitseinrichtung. Schließlich entdeckte er außerhalb des Gebäudes ein kleines Häuschen an der abgelegenen Seite der Zufahrt. Die Tür war verschlossen, aber das Schloss machte ihm keine Probleme. Er trat ein, ohne das Licht einzuschalten, und hielt den Kopf immer unterhalb des Fensters, für den Fall, dass doch noch jemand in der Nähe war.

Er stellte fest, dass es fünf Überwachungskameras geben musste, die ihre Bilder auf die Monitore in der Hütte übertrugen. Allerdings waren die drei Kameras innerhalb des Gebäudes ausgeschaltet worden, wahrscheinlich, um die Privatsphäre der Bewohner nicht zu beeinträchtigen. Die beiden anderen Feeds liefen jedoch – eine Kamera befand sich an der Hauptzufahrt, die andere auf der Rückseite. Letztere deckte auch einen Teil des Pfads ab, der zum Strand hinunterführte. Die beiden Infrarotkameras waren hochgradig lichtempfindlich und lieferten gute Schwarz-Weiß-Aufnahmen.

Clark blickte auf den Kontrolltisch; er sah nicht so aus, als würde er von jemandem benutzt, daher wusste er nicht, ob die Feeds überhaupt aufgezeichnet wurden. Aber zu seiner Überraschung entdeckte er, dass der mit der Anlage verbundene Computer die Feeds digital in einer Schleife aufzeichnete, wobei ältere Aufzeichnungen nach acht Stunden überschrieben wurden.

Rasch rief er die Aufzeichnungen der Kamera vor dem Haus auf, ließ sie zum Anfang zurücklaufen und betrachtete dann die Bilder auf dem Monitor. Der Zeitstempel lautete auf 16.30 Uhr an diesem Nachmittag; das Bild zeigte die Zufahrt und die den Weg säumende üppige Vegetation sehr scharf und in leuchtenden Farben. Er ließ die Aufzeichnung mit sechzehnfacher Geschwindigkeit ablaufen und suchte nach Hinweisen.

Um 18.30 Uhr stellte er die Geschwindigkeit wieder auf normal. Ein Golfwagen war vor dem Haus vorgefahren; eine beleibte schwarze Frau stieg aus und trug mehrere Töpfe, Pfannen und Tabletts die Treppe hinauf ins Haus. Das musste wohl eine Köchin sein, die die Walkers angeheuert hatten. Es waren mehrere Gänge nötig, bis sie all ihre Utensilien ins Haus geschafft hatte.

Clark schaltete wieder auf Schnellvorlauf, bis die Frau gegen 19.30 Uhr wieder herauskam. Sie sprach in ihr

Handy. Er beobachtete sie für einen Moment, dann ließ er den Feed wieder schneller laufen.

Um 20 Uhr schaffte die Frau ihre Küchengeräte wieder zum Golfwagen zurück und fuhr davon.

Clark ging wieder auf Schnellvorlauf, bis er sich selbst entdeckte, wie er aus dem Haupteingang der Villa auf der Zufahrt trat und zur Sicherheitshütte schlich. Er fummelte eine Weile an den Kontrolltasten herum, bis es ihm gelang, die Aufzeichnung zu löschen. Nun befasste er sich mit dem Kamerafeed von der Rückseite der Villa.

Diesen Feed ließ er zuerst einen Moment lang in normaler, dann in achtfacher Geschwindigkeit laufen. Nichts geschah, deshalb drückte er auf die Vorlauftaste, um die Geschwindigkeit auf das Sechzehnfache zu erhöhen, doch genau in diesem Moment bemerkte er eine Bewegung auf dem Pfad. Er spulte ein wenig zurück, drückte auf Play und verfolgte das Geschehen in Normalgeschwindigkeit.

Ein Junge mit schwarzem Haar, Clark schätzte ihn auf sieben oder acht Jahre, erschien auf dem Weg, der vom Strand heraufführte, und rannte unter der Kamera durch, offenbar zum Haus. Hinter ihm tauchten zwei Frauen auf, eine mit kastanienbraunem Haar, die andere mit rotbraunem Haar. Letztere trug einen Strandhut mit breiter Krempe und eine große Sonnenbrille. Beide kamen offenbar vom Strand; sie trugen Strandtücher, und beide hielten einen Drink in der Hand.

Clark wartete noch eine Minute, um festzustellen, ob Terry Walker den beiden Frauen nachfolgte, aber er ließ sich nicht blicken. Zur Sicherheit wartete Clark noch eine weitere Minute, bevor er die Geschwindigkeit wieder steigerte. Doch sein Finger blieb dicht über der Taste schweben, sodass er sofort wieder auf Normalgeschwindigkeit umschalten konnte. Und drückte darauf, als Sekunden später ein groß gewachsener Mann mit rotbraunem Haar, Sonnenbrille und Baseballmütze erschien und zielstrebig den Pfad entlangeilte.

Keine Minute später erschien der Mann erneut. Er hielt den Jungen am Oberarm gepackt und führte ihn den Weg entlang in Richtung Strand. Hinter ihm tauchten die beiden Frauen auf, die sehr dicht nebeneinander gingen.

Es mochte das seltsamste Kidnapping sein, das Clark jemals zu sehen bekommen hatte, aber genau das war es ohne jeden Zweifel. Die beiden groß gewachsenen Hellhäutigen hatten Terry Walkers Frau und Kind gefangen genommen und zum Strand hinuntergeführt.

John Clark verbrachte die nächsten fünf Minuten leise fluchend damit, herauszufinden, wie er die Feeds auf eine DVD-R-Disk brennen konnte, die er auf einem Regal gefunden hatte. Nach weiteren, noch obszöneren Flüchen über diesen neumodischen technischen Firlefanz gab er schließlich auf und filmte den Feed mit seinem Smartphone vom Monitor ab. Er konnte schon jetzt Gavin Biery hören, der sich lautstark beschweren würde, dass Clark mit Steinzeitmethoden ein Hightech-Problem zu lösen versucht hatte, aber Clark hatte keine andere Wahl. Er konnte schließlich nicht die ganze Nacht hier herumhängen.

Danach löschte er den Feed und verließ die Hütte.

Zwanzig Minuten später war er wieder auf dem Segelboot und rief sofort Jack Ryan junior in Virginia an.

Ryan hatte mit einem Anruf in später Nacht gerechnet, deshalb musste Clark nicht lange darauf warten, bis Jack ranging.

»Schlechte Nachrichten, Jack. Walkers Familie wurde gekidnappt.«

Nach kurzer Pause stieß Jack einen Seufzer aus. »Puh. Na, das macht die Sache noch komplizierter. Ich vermute, Limonow und Koslow stecken dahinter.«

»Daran habe auch ich keinen Zweifel, aber sie haben andere damit beauftragt. Ich habe Videos von den Kidnappern, ein Mann und eine Frau. Ihre Gesichter werden allerdings durch Sonnenbrillen und Hüte kaschiert.«

»Weißt du, wohin sie sie gebracht haben?«

»Ich denke, sie schafften sie mit einem Boot von der Insel weg, aber die Entführung fand um halb sechs abends statt, sie haben also sieben Stunden Vorsprung.«

»Damit könnten sie schon auf halbem Weg nach Moskau sein, wenn sie dorthin wollten.«

»Hm«, machte Clark. »Wenn sie das Land verlassen wollten, dann sicherlich nicht mit Limonows Flugzeug. Adara hat einen Kontakt hier am Flughafen, der Limonows Flieger für uns im Auge behält, und er steht immer noch dort. Ausgeschlossen, dass sie die Walkers in einem kommerziellen Flugzeug von hier weggebracht haben könnten. Entweder sind sie mit einem Boot nach Puerto Rico gefahren und dann von dort mit einem Privatjet weggeflogen, oder sie sind noch hier in der Gegend. Wenn das der Fall sein sollte, werden sie sie in ein gemietetes Haus geschafft haben, oder sie halten sie auf einem größeren Boot oder einer Jacht gefangen.«

Jack dachte darüber nach. »Ich habe inzwischen einiges über Walker in Erfahrung gebracht. Wenn sie BlackHole für eine größere Geldwäsche benutzen wollen, würden sie Walker vermutlich in seinem Büro festhalten, oder jedenfalls in der Nähe. Je nachdem, welche Sicherheitsvorkehrungen er in seiner Firma getroffen hat, ist es möglich, dass er große, geheime Tradings von seinem eigenen Server aus durchführen muss. Wenn das der Fall ist, werden sie es vermutlich schon morgen tun.« Jack schwieg kurz, dann fügte er hinzu: »Vielleicht hat er sich zuerst geweigert, bei so einer Sache mitzumachen, deshalb schnappten sie sich seine Frau und seinen Sohn, um ihn unter Druck zu setzen.«

Clark stimmte zu. »Ja, könnte sein. Und sobald sie Walkers Hilfe nicht mehr brauchen …«

»Genau. Irgendwelche Vorschläge?«

»Ja. Ich werde zuerst einmal sein Büro auskundschaften. Wenn Adara und ich jetzt gleich nach Tortola zurückfahren, kann ich am frühen Morgen schon vor Ort sein. Vielleicht bekomme ich Walker zu sehen, und vielleicht kann ich ihn irgendwie aus Limonows Händen befreien und wegbringen.«

»Ich könnte mit dem ersten Flieger zu dir stoßen.«

»Nein, Jack, du bleibst, wo du bist. Schau dir das Videomaterial an. Bring mehr über Salvatore in Erfahrung, und versuch herauszufinden, was Limonow und Walker planen.«

Jack seufzte. »Okay, mach ich. Aber wenn du tatsächlich Zugang zu Walker bekommst, habe ich das starke Gefühl, dass du von ihm mehr erfahren wirst, als ich hier herausfinden kann.«

Clark und Sherman fuhren die ganze Nacht hindurch von Tarpon Island nach Tortola, wobei sie den Motor an die Grenzen seiner Leistung trieben. Clark übernahm zuerst das Ruder, aber nach einer Stunde bot Sherman an, ihn abzulösen.

»Könnte nicht schaden, noch ein paar Stunden zu schlafen, bevor wir ankommen. Ich habe morgen einen langen Tag vor mir.«

Adara nickte. »Legen Sie sich hin. Das Bett in der großen Kabine ist vorbereitet. Wir werden gegen fünf Uhr im Hafen eintreffen. Vom Jachthafen zu Walkers Büro sind es nur fünf Minuten Fahrt.«

»Danke, Mrs. Sherman.«

Adara zögerte kurz, dann fügte sie hinzu: »Mr. Clark, ich weiß, Sie wollen, dass ich morgen Vormittag nach D. C. zurückfliege. Aber ich mache mir ein wenig Sorgen, dass es hier für einen einzigen Feldagenten ein bisschen zu gefährlich werden könnte.«

John hob eine Augenbraue. »Sie bieten also an, noch eine Weile hierzubleiben?«

Sie nickte. »Das ist ein großes Boot, und Sie könnten Hilfe gebrauchen.«

»Sicherlich haben Sie recht, aber ich will Sie nicht von Ihren sonstigen Pflichten abhalten. Bei Ding und Dom könnte es jederzeit sein, dass sie sofort herausgeholt werden müssen. In D. C. sind Sie ihnen fünf Stunden näher als hier. Außerdem könnte die Gulfstream direkt dorthin fliegen. Wenn Sie von hier aus nach Litauen fliegen müssten, würden Sie unterwegs einen Tankstopp einlegen müssen, und das kostet mindestens weitere 90 Minuten.«

Er sah an ihrer Miene, dass sie sich Sorgen machte. »Es ist mir wichtiger, dass Sie Ding und Dom unterstützen, nicht mich«, fuhr er fort. »Meine Arbeit hier wird nicht mal halb so anstrengend sein wie das, was die beiden tun müssen.«

Adara zuckte die Schultern. »Ich kann nur hoffen, dass Sie recht behalten.«

»Das hoffe ich auch.« Clark stieg unter Deck; Adara übernahm das Ruder und schaute auf das schwarze Meer hinaus.

45

Die Räder der Air Force One setzten kurz nach 18 Uhr auf der Landebahn des Kopenhagener Flughafens Kastrup auf. Wegen Dauerregens hatte sich nur eine spärliche Menge rund um den Flughafen eingefunden, und der Empfang fiel entsprechend bescheiden aus. Allerdings wurde Ryan auf dem Rollfeld vom US-Botschafter in Dänemark, mehreren hochrangigen Nato-Bediensteten und einem Vertreter der dänischen Ministerpräsidentin begrüßt.

Nach dem Austausch von Freundlichkeiten fuhr er mit seiner Fahrzeugkolonne in die Stadt.

Der Nato-Gipfel sollte im Eigtveds Pakhus stattfinden, einem Kongresszentrum in der Kopenhagener Innenstadt, gleich neben dem dänischen Außenministerium. Den Abend würde Ryan mit seiner Delegation im Hotel verbringen. Am nächsten Morgen würde er zu einem Frühstück mit der dänischen Königsfamilie nach Schloss Amalienborg fahren und hinterher weiter ins Eigtveds Pakhus, wo um Mittag die eigentliche Arbeit beginnen sollte.

Bei der Nachmittagssitzung würde die litauische Präsidentin Eglė Banytė eine kurze Rede halten und die Nato in der Ostsee wie auch in den Grenzgebieten des Landes um Beistand ersuchen, um der Gefahr einer Invasion zu begegnen. Sie hatte sich bereit erklärt, einen Teil ihrer Redezeit an Jack Ryan abzutreten, damit er anschließend ihren Antrag auf Entsendung von Nato-Truppen unterstützen konnte.

Danach würde die litauische Präsidentin unverzüglich in ihr bedrohtes Land zurückkehren. Sie wollte unbedingt in Vilnius sein, wenn die Russen kamen.

Das eigentliche Ringen in Kopenhagen würde am Tag darauf beginnen. Ryan würde erneut mit allen Regierungschefs zusammenkommen und über den Dringlichkeitsantrag diskutieren. Dies würde in Form eines Roundtable-Gesprächs erfolgen, und Ryan rechnete mit heftigem Widerstand etlicher europäischer Mitgliedsstaaten.

In der Nato gab es offiziell keine Abstimmungen. Das Bündnis brüstete sich mit seinem Grundsatz der Konsensentscheidungen, der im Wesentlichen bedeutete, dass alle Mitglieder zu einer Übereinkunft kommen mussten, damit etwas geschehen konnte, mit Ausnahme von Reaktionen auf militärische Handlungen, die im Nordatlantikvertrag kodifiziert waren. In der Theorie bedeutete das, dass ein Bündnisfall nach Artikel 5, wie er etwa bei einem tatsächlichen Angriff auf Litauen eintreten würde, eine automatische Reaktion aller 28 Mitgliedsstaaten nach sich ziehen müsste. Doch die Wirklichkeit war komplizierter.

Ryan wollte *jetzt* Truppen verlegen, noch bevor Feindseligkeiten begannen, allerdings bezweifelte er, dass die Nato selbst *nach* einem Eintritt des Bündnisfalls nach Artikel 5 zur Entsendung von Truppen bereit sein würde.

Für den folgenden Nachmittag war eine Abschlusssitzung angesetzt, und dabei würde man eine Abstimmung durchführen, um festzustellen, ob alle Partner dem Vorschlag zustimmten. Wenn ein oder zwei Mitgliedsstaaten wussten, dass sie mit ihrer Ablehnung allein auf weiter Flur standen, enthielten sie sich zum Wohl der Organisation gewöhnlich der Stimme und ließen zu, dass der Vorschlag in die Tat umgesetzt wurde, doch aufgrund des

Konsensprinzips konnte jedes der 28 Länder gegen einen Vorschlag sein Veto einlegen.

Das mochte, wie Ryan einräumte, ein hervorragendes Mittel sein, Kriege zu verhindern, aber es war kein Mittel, welche zu führen.

Kaum in seiner Suite im Hotel Radisson Blu eingetroffen, ging Ryan mit seinen Mitarbeitern seine Rede durch, um etwaige Schwachstellen zu beseitigen. Als er damit fertig war, forderte er seine Nato-Botschafterin, die offiziell den Titel Ständige Vertreterin der Vereinigten Staaten bei der Nato trug, und die stellvertretende Missionschefin, die Nummer zwei an der US-Botschaft in Dänemark, auf, in die Rolle jener Nato-Partner zu schlüpfen, die gewillt waren, jeden seiner Vorschläge abzuschmettern.

Das Trio saß an einem Tisch im Esszimmer der Suite. Nato-Botschafterin und stellvertretende Missionschefin hatten ganze Ordner und Notizbücher zum Nachschlagen vor sich liegen, Präsident Ryan nur einen leeren Block und einen Stift.

Nach der ersten Runde der Scheindiskussion unterbrach Ryan und rüffelte die beiden Diplomatinnen. »Meine Damen, wir müssen noch einmal von vorn anfangen. Sie reden mit mir, als wäre ich der Präsident und könnte Sie beide nach Belieben feuern.«

Die stellvertretende Missionschefin sah zuerst die Nato-Botschafterin, dann Ryan verwirrt an. »Nun ja, Mr. President, aber so ist es doch.«

»Niemand wird gefeuert, weil er mich zu hart anfasst«, beschwichtigte Ryan. »Ziehen Sie die Samthandschuhe aus und sagen Sie mir, was ich morgen zu hören bekommen werde.«

»Ja, Sir«, erwiderte die Nato-Botschafterin. »Aber sagen Sie nachher nicht, wir hätten Sie nicht gewarnt.«

Dann übten sie eine weitere Stunde. Hinterher fühlte sich Ryan wie durch die Mangel gedreht. Seine beiden unechten europäischen Regierungschefinnen hatten jeden Einwand vorgebracht, den er sich vorstellen konnte, und viele andere, auf die er selbst nie gekommen wäre.

Außenminister Scott Adler hatte in der Nähe auf einer Couch gesessen und die ganze Vorstellung schweigend verfolgt, um am Ende ein Urteil abzugeben.

Ryan wandte sich Adler zu, nahm dabei eine Flasche Wasser vom Tisch und befeuchtete seine trockene Kehle. Er fühlte sich, als hätte er pausenlos geredet. »Wie habe ich mich geschlagen, Scott?«

»Gut, Mr. President. Sie werden unsere Sache gut vertreten.«

Ryan hörte einen negativen Unterton heraus. »Aber Sie glauben nicht, dass wir ihre Zustimmung kriegen, habe ich recht?«

»Müsste ich wetten«, antwortete Adler, »würde ich darauf setzen, dass die Europäer zur Zurückhaltung mahnen und Ihnen sagen werden, dass ein Bündnisfall nach Artikel fünf vorliegen muss, bevor Truppen nach Litauen entsendet werden können.«

»Und wenn ein Bündnisfall nach Artikel fünf vorliegt?«, fragte Ryan. »Bewegen sie sich dann?«

Adler seufzte leicht. »Ich hoffe, ich irre mich, aber ich könnte mir denken, dass sie *einen* Vorfall entschuldigen und Hitzköpfen im Militär zuschreiben, die ihre Befugnisse überschritten hätten, und Beweise für einen zweiten solchen Vorfall verlangen.«

»Die dann vorliegen, wenn russische Speznas-Kämpfer im Speisezimmer des Präsidentenpalastes in Vilnius Bier trinken und sich gegenseitig abklatschen.«

»Noch einmal, ich hoffe, dass ich mich irre«, erwiderte Adler. »Und ich hoffe, dass Einigkeit erzielt wird.«

»Kann ich irgendetwas tun, um meine Chancen zu verbessern?«, fragte Ryan.

»Geben Sie einfach Ihr Bestes, machen Sie es nicht zu

einer persönlichen Sache zwischen Ihnen und den anderen, und lassen Sie sich nicht aus der Fassung bringen.«

Ryan wusste, dass Adler sich sorgte, sein Präsident könnte aus der Rolle fallen und einen Streit vom Zaun brechen. Er selbst teilte die Befürchtungen seines Außenministers. »Und Sie sind bereit, die diplomatischen Folgen auszubügeln, wenn ich es vermassele«, sagte er.

Adler kicherte. »Vertrauen Sie mir, Mr. President, ich bin bereit. Offen gestanden, Sir, wenn Sie keine große Klappe hätten, hätte ich keinen Job.«

Die Sitzung begann mehr oder weniger pünktlich, obwohl das Zusammentreffen von 28 Staatschefs stets mit einer, wie Ryan fand, unerträglichen Fülle von diplomatischen Protokollfragen meist inoffizieller Art einherging: Wer musste wem zuerst die Hand geben, oder welcher Ministerpräsident hatte welchen Präsidenten in welcher Reihenfolge zu begrüßen. Kameras liefen, als die Staatenlenker den Konferenzraum betraten und für ein Gruppenfoto posierten, und Ryan war klar, dass man sich in den Medien jedes Landes den Mund darüber fusselig reden würde, ob es die anderen Regierungschefs gegenüber dem eigenen an Achtung hatten fehlen lassen.

Fotografen und Kameraleute bekamen eine Viertelstunde, um die Absurdität des Ganzen im Bild festzuhalten, dann wurden sie aus dem Raum gedrängt, und die 28 Männer und Frauen machten sich mit ihren Chefberatern an die Arbeit.

Nato-Generalsekretär war der frühere Ministerpräsident Norwegens, und er war bei allen Teilnehmern recht beliebt. Obwohl kein Freund seiner Politik, kam Ryan ganz gut mit ihm klar. Nachdem der Norweger mit ein paar einleitenden Worten den Krisengipfel eröffnet hatte, erteilte er Litauens Präsidentin das Wort, und sie verlas eine vorbereitete Erklärung.

Eglė Banytė, eine eloquente Rednerin, trug ihr Anliegen mit Leidenschaft vor, und die Stimme der englischen Dolmetscherin in Ryans Ohr hielt erstaunlich gekonnt mit ihr Schritt. Nach zehn Minuten schloss sie, und der Generalsekretär gab das Wort an den amerikanischen Präsidenten weiter. Ryan trat ans Pult und räusperte sich. Die Augen von 27 Regierungschefs richteten sich auf ihn.

»Meine Damen und Herren, ich bin dankbar für die Gelegenheit, heute zu Ihnen sprechen zu können. Meine Mitarbeiter haben Ihnen ein Hintergrundpapier vorgelegt, in dem das, was ich sagen werde, näher erläutert wird. Ich möchte nur um ein paar Minuten Ihrer Zeit bitten, damit ich Ihnen meine Argumente persönlich vortragen kann.

Als der russische Präsident Walerij Wolodin noch von einem starken Energiesektor profitierte, war er ein gefährlicher Mann. Er erhöhte die Militärausgaben um 20 Prozent, ergriff oder erneuerte provokante und bedrohliche Initiativen unter Einbeziehung seines Geheimdienstes, seines Militärs und sogar seiner Atomwaffenprogramme. Er versetzte seine Kriegsmarine in volle Gefechtsbereitschaft, er ließ Nato-Staaten von den Grenzen seines Landes bis zu den Vereinigten Staaten von strategischen Bombern überfliegen. Er bedrohte mit seiner Marine den Seehandel, mit seiner Luftwaffe die Flugrouten kommerzieller Fluggesellschaften. Er ließ Andersdenkende schikanieren, Gegner ermorden und Menschen inhaftieren, mit denen er geschäftliche Differenzen hatte. Er instrumentalisierte Polizei, Geheimdienst und Militär ganz offen für den Ausbau seiner Macht im In- und Ausland.

Wohlgemerkt: Dies alles tat er auf dem Höhepunkt seiner Macht. In guten Zeiten.

Jetzt scheitert Walerij Wolodin an allen Fronten, und aus diesem Grund, so gebe ich Ihnen zu bedenken, ist er noch gefährlicher geworden.

Zu der Zeit, wo alles noch gut für ihn lief, schien ihm nichts etwas anhaben zu können. Jedenfalls fühlte er sich unantastbar, und eine der Konsequenzen war die Invasion in der Ukraine.

Die Ukraine blickte nach Westen, wollte die wirtschaftliche und kulturelle Zusammenarbeit vertiefen, und Wolodin geriet in Panik. Andere ehemalige Sowjetstaaten, die sich für die Freiheit entschieden haben, sind zu Wohlstand gelangt, und der Kreml sieht in diesen Staaten eine existenzielle Bedrohung seines rückständigen autokratischen Regimes. Der Kreml kann nicht zulassen, dass seine Bürger den Erfolg der Nachbarländer miterleben, denn dann würden sie selbst Veränderungen verlangen.

Wolodin hat darauf spekuliert, dass wir nichts tun würden, wenn er die Ukraine angreift, also hat er die Ukraine angegriffen. Wir haben etwas getan, deshalb hat er nicht die ganze Ukraine bekommen. Aber wir haben nicht genug getan, deshalb ist heute ein großer Landstrich der Ukraine nichts weiter als ein russischer Marionettenstaat.

Wir haben die Ostukraine verloren, aber dieser Verlust hat etwas Wichtiges deutlich gemacht. In den Augen Wolodins gründet die Sicherheit Russlands auf der Verunsicherung seiner Nachbarn.

Jetzt sieht er eine neue Bedrohung: ein mit der Nato verbündetes Baltikum, das seine Abhängigkeit von Russland in der Energieversorgung immer weiter reduziert. In Litauen etwa sieht er einen prosperierenden, unabhängigen Staat, der das Scheitern seiner Politik verkörpert, und gleichzeitig einen möglichen Korridor zu seiner Exklave an der Ostsee. Er braucht einen Erfolg. Der würde Russland helfen, die Macht des Kremls stärken und nach seinen diversen Fehlschlägen Druck von ihm nehmen.

Russlands hybride Kriegsführung gegen Litauen ist bewusst zweideutig. Solange die russische Aggression eine bestimmte Schwelle nicht überschreitet, finden sich im

Westen genug Experten und Pazifisten, die aller Welt versichern, dass die wahre Bedrohung nicht von Russland, sondern vom Westen ausgehe. Das werden sie so lange behaupten, bis die Fakten vor Ort eine völlig andere Sprache sprechen und die Welt nicht mehr die Augen davor verschließen kann, dass die Pazifisten unrecht hatten, aber dann wird es zu spät sein, um etwas zu tun.

Die Leute sprechen von hybrider Kriegsführung, als wäre sie ein neues Phänomen. Aber daran ist nichts neu. Wolodins Kreml operiert nach einem bewährten Schlachtplan und nutzt dabei das gesamte Machtspektrum. In den Vereinigten Staaten haben wir dafür das Akronym DIME: *diplomacy, information, military, economics.*

DIME beginnt mit Diplomatie. Wolodins Russland verabschiedet sich von allen internationalen Regeln, verstößt gegen Verträge und paktiert mit unseren Feinden, um auf Kosten von Demokratien, Weltorganisationen und anerkannten Verhaltensnormen seine Macht zu stärken. Es hat den Europäischen Gerichtshof für Menschenrechte verlassen, und es hat jede Abmachung und jede Sicherheitsgarantie der letzten zwanzig Jahre gebrochen.

Aufgrund der feindseligen Haltung seines Regimes ist Wolodin diplomatisch isoliert, doch auf den Schauplätzen, die ihm noch offenstehen, verfolgen seine Diplomaten weiterhin eine aggressive Politik.

An der Geheimdienstfront geht er aufs Ganze. So glaube ich zum Beispiel, dass der FSB eine weltweite Operation gestartet hat mit dem Ziel, die Energiepreise in die Höhe zu treiben. Wenn es Wolodin gelingt, einen Preisanstieg bei Öl und Gas herbeizuführen, wird das seine Macht im In- und Ausland stärken. Die Ermordung des venezolanischen Staatsanwalts, der korrupte Ölfunktionäre verfolgt hat, sowie des stellvertretenden saudischen Ministers für Erdöl und Bodenschätze, der Anschlag auf die Bohrinsel in Nigeria. Dazu der Sprengstoffanschlag auf die LNG-Anlage in Litauen. Es ist kein Zufall, dass sich alle diese Vorfälle in den letzten Wochen ereignet haben, und es ist auch kein Zufall, dass sie alle Wolodin in die Hände spielen. Im letzten Monat sind die Gaspreise um 14 Prozent nach oben geschnellt und die Rohölpreise um etwas mehr als neun Prozent.

An der militärischen Front … nun ja, wir haben alle gesehen, was gestern beim Absturz von Swedish-Airlines-Flug 44 geschehen ist. Wolodin bringt an den Grenzen zu seinen Nachbarn ungeniert Invasionstruppen in Stellung, bedroht Schiffe in der Ostsee und lässt Militärflugzeuge am Himmel patrouillieren, mit katastrophalen Folgen. Er tut dies alles, weil er darauf setzt, dass der Westen sich nicht verpflichtet fühlt, gegen ihn zu kämpfen, und dass wir ihm erlauben werden, sich das Baltikum wieder einzuverleiben.

Der letzte Buchstabe von DIME steht für *economics* – Wirtschaft. Hier haben wir seinen größten Misserfolg erlebt. Mit der Wirtschaft hat er begonnen, und eine Zeit lang hat das auch genügt. Als die Öl- und Gaspreise hoch waren, hat Wolodin seine Energieunternehmen Gazprom und Gazprom Neft als Waffe eingesetzt. Aber nach den Spitzenwerten im Vorjahr sind die Öl- und Gaspreise eingebrochen, und Europa ist ein schwieriger Markt geworden, weil Wolodin Gazprom so lange gegen Sie benutzt hat, bis Sie sich nach anderen Energiequellen umgetan haben.

Die Vorstellung, dass Energie nur von Osten nach Westen fließt, ist überholt. Im Moment versorgen westliche Länder die Ukraine über Polen und die Slowakei. Die Nord-Stream-Pipeline hat den Betrieb aufgenommen, und die Osteuropäer sind jetzt besser dran, denn Flüssigerdgas, das direkt nach Deutschland geht, kann von dort nach Osteuropa geschickt werden, wenn Russland wieder einmal den Hahn abdreht.

Der Unternehmenswert von Gazprom lag in Spitzenzeiten bei 360 Milliarden Dollar. Jetzt sind es nur noch 50 Milliarden. Ich will es einfach ausdrücken. Das Geschäftsmodell von Gazprom ist tot.

Russlands Geschäftsmodell – mit den Energieeinnahmen aufrüsten und den Energiebedarf der Europäer als Druckmittel gegen sie benutzen –, auch dieses Modell ist tot.«

Ryan trank einen Schluck Wasser, ehe er fortfuhr. »Was also tut Wolodin, um seine Macht wieder zu stärken? Wenn er selbst nicht groß bleiben kann, so hat er beschlossen, muss er eben seine Gegner kleinmachen. Er versucht, einen Keil zwischen die Vereinigten Staaten und Europa zu treiben und die Nato zu schwächen, indem er Litauen an sich reißt und das Bündnis als Papiertiger dastehen lässt. Nichts anderes hat er im Sinn. Wenn es ihm gelingt, wird er sich zur größten Militärmacht in Europa aufschwingen, und zwar ohne einen langwierigen Krieg.

Russland kann einen langwierigen Krieg nicht gewinnen, aber es kann Unruhe verbreiten, es kann Obstruktion betreiben, und es kann einschüchtern. Ich bitte Sie alle, sich den aktuellen Zustand der Welt anzusehen. Das nämlich ist es, was Russland tut.

Präsident Wolodin weiß, dass viele westeuropäische Länder lieber auf Dialog als auf Konfrontation setzen. Sie reden im Kreis und starren auf das Schachbrett, aber sie bewegen keine Figur. Doch die baltischen Staaten sind Verbündete Amerikas und Nato-Partner. Wenn sie angegriffen werden und wir nichts tun, werden unsere Freunde wissen, dass die Nato, die bei ihnen einst Ansehen genossen hat, nur noch ein leeres Versprechen ist.

Abschreckung funktioniert nur, wenn Wolodin glaubt, dass der Westen handeln wird. Im Moment glaubt er das nicht, deshalb sind den Zielen, die er anstreben könnte, keine Grenzen gesetzt. Wir, als Bündnis, müssen Russland unsere gemeinsame Entschlossenheit zeigen.«

Ryan machte eine Pause und blickte in die Runde. »Wie stellen wir das an? Wie lässt sich die Krise lösen? Erster Schritt: Wir müssen erkennen und uns damit abfinden, dass Russlands Vorgehen im vergangenen Jahr die Sicherheitslage in Europa für immer verändert hat und eine Rückkehr zum alten Status unmöglich ist. Die Einsicht, dass wir es mit einer neuen Normalität zu tun haben, ist wichtig, wenn wir die nun erforderlichen, beherzten Maßnahmen ergreifen wollen.

Zweiter Schritt: weitere Wirtschaftssanktionen gegen die russische Elite. Tausende der prominentesten Russen tätigen ihre Einkäufe und Bankgeschäfte im Westen, schicken ihre Kinder auf Schulen und Universitäten im Westen. Eine Verschärfung der Sanktionen gegen die Privilegierten und Mächtigen wäre für uns eine einfache und relativ unkomplizierte Maßnahme, hätte für die Entscheidungsträger in Russland aber verheerende Folgen.

Dritter Schritt: Wir fordern die Nato auf, unverzüglich das Rapid Deployable Corps nach Polen zu verlegen. Eine Entscheidung in den nächsten Tagen könnte dafür sorgen, dass innerhalb einer Woche massive Kräfte in der Region stationiert werden, und innerhalb eines Monats wäre das Risiko einer russischen Invasion deutlich reduziert.

Der vierte Schritt, meine Damen und Herren, ist der dringendste und wichtigste von allen: Wir fordern die Nato auf, *unverzüglich* die Very High Readiness Joint Task Force nach Litauen zu verlegen und an den Grenzen zu Kaliningrad und Weißrussland zu stationieren. Die VJTF könnte innerhalb von vierundzwanzig Stunden in Marsch gesetzt werden und in drei Tagen Stellung bezogen haben. Dieser Verband wäre einem ernsthaften russischen Angriff zwar nicht gewachsen, könnte aber als

Stolperdraht fungieren und Wolodin eventuell dazu bewegen, innezuhalten und über die Folgen eines Angriffs nachzudenken. Er würde ihm zeigen, dass die Nato bereit ist, für Litauen zu kämpfen.

Ich spreche von einer zeitlich begrenzten Nato-Präsenz in Litauen und Polen, nicht von einer ständigen Nato-Basis. Sobald die gegenwärtige Krise beigelegt ist, werden wir die Truppen wieder abziehen.

Ich gebe mich diesbezüglich keinen Illusionen hin. Ich gehe fest davon aus, dass Russlands Reaktion negativ ausfallen wird. Es wird auf diese Maßnahmen unsererseits reagieren, und diese Reaktion wird uns nicht gefallen. Aber es ist meine feste Überzeugung, dass Russlands gegenwärtige Politik das Resultat unserer Untätigkeit in der Vergangenheit ist und dass es so nicht weitergehen darf.«

Wieder legte Ryan eine Pause ein und ließ den Blick durch den Raum schweifen. »Wolodin hat kein besseres Militär, keine bessere Wirtschaft und keine besseren Ideen als der Westen. Bis dato hatte er gegenüber den freien Ländern des Westens nur bei einem kostbaren Gut die Nase vorn.« Er hielt den Zeigefinger hoch. »Nur bei einem.« Nach einer Kunstpause fuhr er fort: »Einfach ausgedrückt, er hat Willen. Präsident Wolodin hat den Willen, den wir nicht haben. Und er hat ihn im Übermaß.

Noch jetzt, nach all den Geschehnissen, herrscht im Westen der Eindruck vor, die aktuelle Sicherheitsordnung in Europa sei stabil. Es gibt Regeln, nach denen Nationen leben, und diese Regeln sichern den Frieden. Warum sollte sich daran etwas ändern, wo doch Frieden im Interesse aller liegt?

Meine Damen und Herren, Russland schreibt das Regelbuch gegenwärtig vor unseren Augen neu. Es wartet nicht auf morgen. Und wir sollten es auch nicht tun.«

Jack Ryan setzte sich. Im Raum blieb es still, doch bei

solchen Anlässen wurde es nie laut, deshalb hatte er von vornherein nicht mit Jubelstürmen gerechnet.

Nach der Vertagung der Versammlung sprach Ryan ein paar Minuten unter vier Augen mit Präsidentin Eglė Banytė. Er versicherte ihr, dass er alles in seiner Macht Stehende tun würde, um Litauen zu unterstützen. Sie dankte ihm, äußerte die Überzeugung, dass der Antrag Billigung finden werde, und eilte zum Flughafen.

Ryan bewunderte ihre positive Einstellung und demonstrative Zuversicht.

Er selbst war sich seiner Sache längst nicht so sicher.

46

Terry Walker hatte seine Mitarbeiter gleich wieder nach Hause geschickt, als sie am Morgen um acht Uhr erschienen waren. Er hatte ihnen erklärt, dass seine neuen Kunden ein höheres Maß an Diskretion verlangten und er sie deshalb allein empfangen wolle. Er entlohnte seine beiden Angestellten für drei Wochen im Voraus, wünschte ihnen einen angenehmen Urlaub und sah erleichtert zu, wie sie ihre Sachen zusammenpackten und zur Tür hinausflitzten.

Kaum waren sie fort, erschienen Koslow und zwei seiner Männer von Steel Securitas und nahmen das kleine Vorzimmer des Büros in Beschlag. Sie trugen Pistolen und ließen, wenn sie um Walker herumgingen, deren Griffe unter ihren Jacketts hervorschauen, um die einschüchternde Wirkung noch zu verstärken und dem jungen Australier jeden Gedanken daran auszutreiben, ein doppeltes Spiel mit ihnen zu spielen.

Walker brachte die erste Stunde am Vormittag damit zu, Papiere durchzusehen, in denen Limonow darlegte, wie er sich den Geldtausch vorstellte. Die Transaktionen sollten schrittweise um 8 Millionen Dollar erhöht werden. Da sie täglich eine Gesamtsumme von 266 Millionen Dollar Bargeld von verschiedenen Konten in aller Welt mithilfe der Handelsplattform BlackHole in Bitcoins umwandeln und dann die Bitcoins gegen Dollars verkaufen mussten, die Limonow auf neue Konten einzahlen würde, hatten die beiden Männer über den Tag verteilt dreiunddreißig getrennte Transaktionen durchzuführen.

Um zehn Uhr morgens saßen Limonow und Walker nebeneinander vor dem Bildschirm in Walkers Büro und tätigten ihre erste Transaktion. Walker tat dergleichen jeden Tag von morgens bis abends. Nicht einmal die Einzelbeträge, die dabei bewegt wurden, waren für ihn ungewöhnlich. Die einzigen größeren Unterschiede zu sonst waren die schiere Zahl der Geschäfte, die er für ein und denselben Kunden abwickeln musste, die bewaffneten Männer, die ihn bedrohten, und die Tatsache, dass Kate und Noah irgendwo gefangen gehalten wurden.

Seine Hände zitterten die ganze erste Transaktion über. Als er vom Schreibtisch zurücktrat, damit Limonow seine Kontodaten eingeben und die frisch gewaschenen Dollar einzahlen konnte, stieg eine Welle der Übelkeit in ihm hoch, sodass er sich mit den Händen an der Wand abstützen musste, um das Gleichgewicht nicht zu verlieren.

Gleich darauf rief Limonow mit einem breiten Grinsen vom Tisch herüber: »Das war's, Walker. Eine weniger. Noch 999.« Der Russe triefte förmlich vor Selbstzufriedenheit.

»Ja«, erwiderte Walker. »Aber heute nur noch zweiunddreißig.«

Der Anfang war gemacht, und bald stellte sich ein gleichmäßiger Rhythmus ein. Wenn sie alle zwölf Minuten eine neue Transaktion starteten, konnten sie an einem Tag Geschäfte im geplanten Umfang von 266 Millionen Dollar abwickeln. Jede Transaktion dauerte alles in allem nur drei bis fünf Minuten.

Nach der siebten Transaktion schaute Walker auf und sah, dass es kurz nach elf war. Er stand auf, streckte seine Beine und erklärte: »Ich muss mal aufs Klo.«

Koslow hörte ihn vom Vorzimmer aus, wo er auf dem

Sofa saß. Als Walker an ihm vorbei zur Tür ging, blickte der Kreml-Agent zu dem Security-Mann aus Kanada und befahl ihm auf englisch: »Begleiten Sie ihn. Durchsuchen Sie die Toilette.«

»Ja, Sir.«

Walker und sein bewaffneter Aufpasser gingen den kurzen Gang hinunter, nickten einem Anwalt zu, der auf dem Weg von seinem Büro zur Treppe an ihnen vorbeikam, und gelangten zu den Toiletten im ersten Stock. Der Kanadier öffnete die Tür. Es war ein einfacher Raum mit zwei Urinalen, zwei Kabinen, einem Waschbecken und einem Abfalleimer. Fenster gab es nicht. Er öffnete kurz die Kabinen, alle leer, und sah Walker an.

»Werden Sie länger brauchen?«

»Viel länger, wenn Sie da stehen bleiben und mir zusehen, mein Freund.«

Der große Mann warf Walker einen ärgerlichen Blick zu, drehte sich um und ging zur Tür hinaus. »Ich warte auf dem Gang.«

Walker verrichtete sein Geschäft und kehrte mit dem Aufpasser im Schlepp ins Büro zurück.

Um 13 Uhr betrat ein Mann von Steel Securitas mit deutschem Akzent das Büro und brachte Limonow und Walker Pappteller mit Reis und Würstchen aus einem Restaurant an der Ecke und zwei Flaschen Mineralwasser aus dem Automaten in der Eingangshalle des Bürogebäudes. Die beiden Männer setzten ihre Transaktionen fort, während sie aßen. Walker hatte keinen Appetit, aber Limonow war schnell fertig und bat den bewaffneten Security-Mann, Kaffee zu holen.

Walker hatte sich mittlerweile einigermaßen beruhigt. Er zitterte nicht mehr und brachte die meiste Zeit zwischen den Transaktionen damit zu, emotionslos auf Limonows ständige Fragen nach technischen Aspekten von

BlackHole und den Bitcoin-Märkten im Allgemeinen zu antworten. Der Russe schien von alldem fasziniert und beeindruckt von Terry Walkers überragender Intelligenz.

Walker wiederum wünschte sich nur, der Russe würde die Klappe halten.

Um 16 Uhr musste Walker erneut auf die Toilette. Wieder begleitete ihn der kanadische Sicherheitsmann, öffnete vor ihm die Toilettentür und spähte hinein. Diesmal waren beide Kabinen offen und von der Tür aus einzusehen, sodass der Mann Walker nur hineinwinkte und selbst draußen auf dem Flur blieb.

Walker ging hinein, und als die Tür hinter ihm zufiel, hörte er ein Klicken. Er drehte sich um und sah, wie ein grauhaariger Mann die Tür abschloss.

Der Mann drehte sich zu ihm um und sagte leise: »Geben Sie keinen Laut von sich. Ich bin hier, um Ihnen zu helfen.«

John Clark sah Walker prüfend an und schätzte seine Reaktion ab. Sollte er nach dem Wächter rufen, dann wahrscheinlich in den ersten paar Sekunden, daher machte sich Clark sprungbereit, damit er die anderthalb Meter, die sie trennten, notfalls mit einem Satz überwinden und den Mann am Schreien hindern konnte. Aber Walker stand einfach nur da, einen verwirrten Ausdruck auf dem Gesicht, die Augen blutunterlaufen vor Müdigkeit und vom Stress des vergangenen Tages.

Zu Clarks Erleichterung fragte Walker flüsternd: »Wer sind Sie?«

»Wir wissen, dass die Russen Ihre Familie haben«, antwortete Clark.

Walkers Flüstern klang nun fast wie ein Schreien. »Ja, und sie werden sie umbringen, wenn sie glauben, dass ich mit Amerikanern rede! Verdammt, verschwinden Sie, bevor Popow Sie entdeckt!«

»Er wird nicht erfahren, dass ich hier bin. Sie müssen mir vertrauen.«

»Sind Sie vom FBI?«

»Nein.«

»CIA?«

»Hören Sie, Mr. Walker. Wir sind Experten für solche Fälle, bleiben aber im Verborgenen. Wir wissen, dass Sie für jemanden im Kreml Guthaben in Bitcoins umwandeln. Wir wissen auch, dass Sie es tun, um Ihre Familie zu schützen.«

Walker legte den Kopf schief. »Im Kreml?«

»Ja.«

»Sie meinen jemanden wie Wolodin? Den bescheuerten Psychopathen, der Russland regiert?«

»Ich hatte gehofft, das könnten Sie uns sagen.«

Walker rieb sich die Augen. »Mir war nur klar, dass es ein reicher Russe sein muss. Ein Mafia-Boss oder so was.«

»Gewissermaßen.«

»Popow, dieser Schlägertyp, der benimmt sich wie ein Gangster.«

»Das müsste Koslow sein. Der arbeitet für den Kreml. War früher beim FSB. Ein ganz übler Bursche.«

Walker setzte sich langsam auf die Toilette. »Und der andere? Der Finanztyp?«

»Andrej Limonow. Er verschiebt Geld für einen Kreml-Oberen. Für wen genau, wissen wir nicht, aber es könnte Wolodin höchstpersönlich sein. Um welche Summe geht es?«

Walker stützte den Kopf auf die Hände. »Acht Milliarden Dollar.«

»Wow!«, sagte Clark nur.

»Popow wird sie umbringen. Noah und Kate. Er wird es wirklich tun, habe ich recht? Wenn ich nicht das tue, was er verlangt, wird er meine Frau und meinen Jungen töten.«

Clark ging in die andere Kabine und schloss die Tür. Er setzte sich auf die Schüssel, damit er jederzeit die Beine heben konnte, falls der Aufpasser hereinkam. »Ich möchte Ihnen nichts vormachen, Terry«, sagte er. »Selbst wenn Sie alles tun, was man von Ihnen verlangt – diese Leute gehören nicht zu der Sorte, die sich mit einem Dankeschön verabschiedet, und gut war's. Die werden Sie oder Ihre Familie nicht gehen lassen. Sie wissen einfach zu viel.«

Clark hörte, wie Walker leise schluchzte. »Was zum Teufel soll ich tun?«

»Lassen Sie uns Kate und Noah finden, und wenn wir sie aus den Händen der Russen befreit haben, helfen Sie uns.«

Nach einem vernehmlichen Seufzer fragte Walker: »Können Sie das denn?«

»Wir können und werden es tun. Und Sie tun weiter, was man von Ihnen verlangt. Schlagen Sie keinen Alarm. Allerdings brauchen wir auch Ihre Hilfe, um Ihre Familie zu finden. Haben Sie eine Ahnung, wo sie festgehalten wird?«

»Irgendwo hier auf den Inseln, im Umkreis von etwa fünfzehn Meilen. Auf einem Boot. Mehr weiß ich nicht.«

»Woher wissen Sie, dass sie auf einem Boot sind?«

Walker erklärte, welche Hinweise er von Kate und Noah bekommen hatte.

»Ist es normal, dass sie seekrank wird?«

»Ja. Ihr wird immer speiübel. Näheres über das Boot weiß ich nicht. Jetzt muss ich aber wieder zurück. Hören Sie, Sie dürfen niemandem davon erzählen. Weder der CIA noch dem FBI. Die würden hier aufkreuzen und mich in Schwierigkeiten bringen.«

»Da stimme ich Ihnen zu«, sagte Clark. »Wie lange brauchen Sie noch für die Geldtransaktionen?«

»Schwer zu sagen. Das hängt davon ab, wie sich die Märkte verhalten. Wenn das Handelsvolumen steigt, werden wir die Zahl der täglichen Transaktionen erhöhen.«

»Was schätzen Sie?«

»In zwei Wochen dürften wir fertig sein.«

Clark dachte darüber nach. »Können Sie Zeit schinden, solange wir Ihre Familie suchen?«

»Ausgeschlossen. Iwanow ... Sie haben ihn Limonow genannt ... versteht zwar nicht besonders viel von Bitcoins, ist sonst aber ein verdammt guter Finanzexperte. Er kennt sich echt aus. Er sieht mir die ganze Zeit auf die Finger, kriegt alles mit, was ich tue. Er fragt mich sofort, wenn er was nicht versteht. Er würde sofort merken, wenn ich etwas anders mache.«

»Okay«, sagte Clark. »Gehen Sie kein Wagnis ein. Wir holen Ihre Angehörigen zurück, und dann helfen Sie uns, die Typen dingfest zu machen.«

Statt sich zu bedanken, sagte Walker: »Ich hoffe, Sie wissen, was Sie tun. Wenn meiner Familie etwas geschieht, tue ich für die Russen alles, was sie wollen. Haben Sie verstanden?«

»Gehen Sie«, sagte Clark nur.

Walker spülte, dann trat er ans Waschbecken und drehte den Wasserhahn auf. Sich im Spiegel betrachtend, sagte er: »Ich pack das nicht.«

Clark öffnete die Tür seiner Kabine. »Aber ja doch, Terry. Sie müssen. Kate und Noah sind auf Sie angewiesen.« Und dann: »Sie müssen jetzt gehen.«

Walker nickte fahrig. »Ich habe wirklich auf die Toilette gemusst.« Dann ging er zur Tür hinaus.

Augenblicke später kehrte Terry Walker, gefolgt von dem kanadischen Sicherheitsmann, in seine Büroräume zurück. Limonow schaute kaum auf, als er eintrat, doch Koslow kam ihm aus dem Vorzimmer nach.

In der Tür stehend, brüllte Koslow: »Wo haben Sie denn so lange gesteckt?«

»Auf dem Klo. Stellen Sie sich vor.«

Der Russe trat schnell vor und packte den kleinen Australier im Genick. Er drückte fest zu. »Was haben Sie gemacht?«

»Muss ich Ihnen das im Einzelnen vorbeten?«

Koslow wandte sich an den Kanadier: »Waren Sie mit ihm in der Toilette?«

»Nein, aber ich habe sie durchsucht und dann vor der Tür gewartet.«

Koslow deutete auf den Gefangenen. »Durchsuchen Sie ihn. Durchsuchen Sie jeden Zentimeter seines Körpers.« Er fuhr herum und stürmte auf den Flur hinaus in Richtung Toiletten. Im Gehen zückte er seine Waffe und hielt sie gesenkt neben dem Bein.

Die Sicherheitsleute stießen Terry Walker grob gegen die Wand. Sie wussten nicht recht, wo das Problem lag, befolgten aber bedingungslos jede Anweisung ihres Auftraggebers. Als sie Walker das Hemd hochhoben und die Hose herunterzogen, spähte der zur Tür, entsetzt bei der Vorstellung, dass Koslow auf der Toilette den Amerikaner vorfinden könnte. Sein Magen krampfte sich zusammen, und er fürchtete, vor Angst gleich in Ohnmacht zu fallen.

Er blickte zu Limonow. Der Russe tippte gerade eine E-Mail in sein Notebook und schenkte ihm kaum Beachtung. »Ihr Freund hat eine totale Meise«, sagte der Australier. »Das muss Ihnen doch klar sein.«

Limonow schaute nicht von der Arbeit auf. »Er ist nicht mein Freund, aber sonst haben Sie recht.«

Im nächsten Moment kam Koslow zurück und blickte zu den beiden Männern, die Walker gerade vollständig entblättert hatten. Seine Waffe hatte er wieder weggesteckt. »Was gefunden?«

»Er ist sauber, Boss.«

Während Walker sich wieder anzog, deutete Koslow auf den Mann, der Walker zur Toilette begleitet hatte. »Ab sofort weichen Sie ihm auf der Toilette nicht von der Seite. Ist das klar?«

»Wie Sie wünschen, Sir«, antwortete der Kanadier.

Koslow kehrte in das kleine Vorzimmer zurück und setzte sich auf das Sofa.

Limonow rief Walker zu: »Zeit für die nächste Transaktion, Terry.«

Clark hatte am frühen Morgen fast eine Stunde gebraucht, um in dem Gebäude Überwachungskameras auszutricksen und Schlösser zu knacken, was er ohne die Hilfe von Gavin Biery niemals geschafft hätte. Und nun, da er das Gespräch hinter sich hatte, würde er stundenlang bis Büroschluss warten müssen, ehe er wieder hinaus konnte.

Er kniete, keine zehn Meter von der Toilette entfernt, hinten in einer Besenkammer. Eigentlich hatte er nicht ernsthaft damit gerechnet, dass er den ganzen Tag hier würde ausharren müssen, und deshalb nur zwei Flaschen Wasser und ein Snickers mitgebracht. Aber dann hatte ihm Gavin kurz nach seinem Eintreffen eine SMS geschickt und darin mitgeteilt, dass in der Eingangshalle zwei Sicherheitsleute aufgetaucht seien und dass er in der Überwachungsanlage, in die er sich eingehackt habe, keinen Fluchtweg finde, der ihm sicher erscheine.

Selbst das wäre kein Problem gewesen, wenn in diesem Bürohaus, wie in den meisten anderen auf der Welt, Kundenverkehr geherrscht hätte. Doch Gavin hatte den ganzen Tag über berichtet, dass er noch nie Gewerberäume observiert habe, in denen so wenig los gewesen sei. Außer den Leuten, die hier arbeiteten, gehe praktisch niemand aus und ein.

Clark stellte sich auf eine lange Warterei ein und schickte eine SMS an Gavin und Jack, in der er ihnen mitteilte, was er soeben erfahren hatte. Gut möglich, dass er weitere drei Stunden hier schmoren musste, bevor er auf sein Boot zurück konnte, aber das hinderte seine beiden Kollegen nicht daran, schon einmal aus der Ferne Nachforschungen zu der Entführung anzustellen.

Clark wusste nicht, was sie herausfinden konnten, aber seine eigenen Chancen schätzte er gut ein, sobald er hier heraus war. Wenn die Walkers sich auf einem Boot aufhielten und das Boot sich noch hier irgendwo auf den Britischen Jungferninseln befand, dann wusste er genau, wo er mit der Suche beginnen musste.

47

Chavez, Caruso und Herkus Zarkus standen auf dem Dach einer Schulaula in der Stadt Pabradė und blickten weit nach Osten zur weißrussischen Grenze. Sie machten von drei verschiedenen Punkten auf dem Dach aus Fotos von dem Ackerland zwischen ihrem Standort und der Grenze, was ihnen sehr angenehm war, weil sie so drei weitere Ziele auf ihrer Liste abhaken konnten, ohne dass sie jedes Mal das Fahrzeug beladen und zu einer neuen Stelle fahren mussten.

Die beiden Amerikaner waren mittlerweile mehr denn je davon überzeugt, dass die Arbeit, die sie hier leisteten, der militärischen Verteidigung Litauens diente. Allerdings fanden sie es merkwürdig, dass die Direktorin der Nationalen Nachrichtendienste sie hergeschickt hatte und dass sie überhaupt hier waren, denn schließlich hatte das Verteidigungsministerium einen eigenen Nachrichtendienst, der normalerweise solche Dinge erledigte.

Doch Dom Caruso und Ding Chavez klagten nicht über diese Aufgabe der technischen Datenbeschaffung. Sie gab ihnen Gelegenheit, sich ein Bild von dem Land zu machen.

Dom hatte, als Herkus einmal außer Hörweite war, gewitzelt, dass der Job, den sie hier machten, der CIA in Zukunft bei ihren Operationen hinter dem »neuen Eisernen Vorhang« helfen würde. Beiden Männern war bewusst, dass der Boden, auf dem sie hier wandelten, schon in Tagen russisches Territorium sein konnte, so wie der

Boden, auf dem sie ein Jahr zuvor auf der Krim gewandelt waren, heute ebenso ein Stück Russland war.

Sie machten ihre letzten Aufnahmen, kletterten vom Dach der Aula und winkten dem verwirrten, aber entgegenkommenden Hausmeister dankbar zu.

Sie beluden gerade den Van, um zum nächsten Ort zu fahren, da piepte das Handy in Chavez' Tasche.

»Chavez.«

»Hier ist Greg Donlin, Branyons Personenschützer.«

Chavez erinnerte sich. Donlin war dabei gewesen, als Stationschef Pete Branyon sie vor einer Woche in ihrer konspirativen Wohnung besucht hatte. »Hey, Greg. Alles in Ordnung?«

»Ihr Jungs habt uns doch angeboten, uns in eurer Freizeit zu helfen. Ich hoffe, das Angebot steht noch.«

»Selbstverständlich. Normalerweise machen wir erst Feierabend, wenn es zu dunkel wird zum Arbeiten, meistens so gegen sieben. Aber wenn es bei euch klemmt, können wir auch eine Ausnahme machen.«

»Ich bräuchte euch um fünf. Branyon muss heute Abend nach Osten, um sich in einem Dorf namens Tabariškės mit einem Agenten zu treffen. Es liegt höchstens eine halbe Meile von der weißrussischen Grenze entfernt.«

»Ach du Scheiße.«

»Eben. Ich habe versucht, es ihm auszureden, aber er meint, es sei wichtig. Seine Informanten in der Gegend berichten, es seien wieder grüne Männchen gesichtet worden. Er will sich persönlich mit ihnen treffen, um festzustellen, was an der Sache dran ist.«

»Klingt gefährlich.«

»Schon, aber wir hatten letzte Nacht einen Agenten in Tabariškės, und der hat berichtet, dass die Luft rein ist. Der Ort selbst bereitet uns keine allzu großen Sorgen, schon eher die Fahrt. Die Präsenz von Polizei und Militär an der Straße dorthin ist schwach, sie liegt einfach zu weit abseits der Hauptstraße. Und Polizisten und Soldaten sind hier sowieso dünn gesät.«

»Wir würden euch Jungs liebend gern begleiten«, sagte Chavez. »Aber wie Sie wissen, haben wir keine Waffen.«

»Dafür sorge ich. Wenn ihr mitkommt, versehe ich euch mit Schießeisen. Aber eins noch. Branyon möchte nicht, dass ihr nach Tabariškės hineinfahrt. Er befürchtet, dass Leute aus seinem Informantennetz in Gefahr geraten könnten, wenn Fremde auftauchen. Er bittet darum, dass ihr uns nur bis dorthin folgt, euch dann westlich der Ortschaft einen Parkplatz sucht und dort wartet, bis wir euch anrufen und benachrichtigen, dass wir auf der Rückfahrt nach Vilnius sind.«

»Fühlen Sie sich als Branyons einziger Leibwächter eigentlich sicher, wenn er allein in diesem Grenzort herumspaziert?«, fragte Chavez.

»Zum Teufel, nein. Wenn es nach mir ginge, würde ich mit einem Abrams-Panzer da reinfahren, aber nach mir geht es ja nicht.«

»Ich verstehe«, sagte Chavez. »Wir werden auf der Hin- und Rückfahrt auf euch Jungs aufpassen. Bleiben Sie mit uns in Kontakt, falls Sie in dem Dorf unsere Hilfe brauchen.«

»Klingt gut. Wir treffen uns um fünf. Dann kann ich euch die Waffen überreichen und alles Weitere mit euch besprechen.«

Branyon und Donlin fuhren auf den Parkplatz eines Supermarkts der Lebensmittelkette IKI in Nemėžis, einem südöstlichen Vorort von Vilnius. Es war 17 Uhr, und viele Lichter brannten noch nicht, aber Gewitterwolken zogen auf, und für den Abend waren schwere Regenfälle vorhergesagt. Als sie auf einem Parkplatz nahe dem Eingang anhielten, rollte ein schwarzer Toyota Land Cruiser auf den Platz neben ihnen. Chavez und Caruso stiegen aus und nahmen hinten im Wagen der CIA-Leute Platz.

Branyon saß auf dem Beifahrersitz. Man gab sich kurz die Hand, dann sagte der Stationschef: »Danke, dass Sie uns begleiten.«

»Ist uns ein Vergnügen«, erwiderte Chavez. »Aber es wird bald dunkel. Ich weiß ja nicht, wie lange Sie bei Ihrem Treffen zu bleiben gedenken, aber wie es aussieht, werden wir in stockfinsterer Nacht und bei Gewitter nach Hause kommen.«

Donlin sagte nichts. Die beiden Campus-Männer hatten den Eindruck, dass ihm diese Aussicht ganz und gar nicht behagte, was zur Folge hatte, dass auch ihre Begeisterung einen Dämpfer erhielt.

Branyon sah die Skepsis in den Gesichtern der anderen. »Hören Sie, ich tue das nicht, weil ich es will. Da unten an der Grenze gibt es viele Leute, die sich darauf verlassen, dass die Vereinigten Staaten sie schützen. Sie arbeiten für mich, und sie sind verdammt nervös, aber ich bin darauf angewiesen, dass sie weiter ihren Job machen. Ich kann sie nicht einfach aus der sicheren Botschaft anrufen und ihnen sagen, dass sie auf mich zählen können. Ich muss da runterfahren und sie davon überzeugen, dass ich noch für sie da bin, damit sie mir weiter Informationen liefern.« Er zuckte mit den Schultern. »Was auch immer die wert sind. Wenn Wolodin im Fernsehen erklärt, dass ihr Zuhause eigentlich ihm gehört, schürt er mehr Ängste, als ich mit meinem schönen Gesicht zerstreuen kann.«

Chavez und Caruso schmunzelten.

Greg Donlin sagte: »Zu euren Füßen findet ihr jeweils eine AK und eine Pistole mit mehreren Ersatzmagazinen. Die Waffen sind schon etwas älter, aber sie funktionieren und machen Löcher in Leute, wenn es drauf ankommt. Bleibt auf der Hinfahrt dicht hinter uns, aber biegt ab, bevor wir in den Ort kommen. Ich werde euch Bescheid geben, wenn wir wieder zurückfahren.«

»Alles klar«, sagte Chavez. Die beiden Männer auf dem Rücksitz hoben die Waffen auf. Sie waren in blauen Sporttaschen verstaut, damit sie nicht Waffen schwenkend über den Parkplatz marschieren mussten.

Wieder im Land Cruiser, nahmen sie die Gewehre und Pistolen kurz in Augenschein. Die AKs hatten abklappbare Schulterstützen und einfache Eisenvisiere. Die Pistolen, zwei große Glock 17, sahen aus wie die AKs: stark gebraucht, aber gut gepflegt. Die Pistolen steckten sie in die Hosenbünde unter ihren Jacketts, die Sturmgewehre legten sie auf den Wagenboden vor dem Rücksitz, wo jeder eine Schultertasche stehen hatte, gefüllt mit Überwachungsgerät, Verbandszeug und anderem Kleinkram, den sie auf einer Begleitschutz-Mission wie dieser eventuell gebrauchen konnten.

Als sie hinter dem Mercedes-SUV der CIA-Leute herfuhren, studierte Dom auf seinem Smartphone eine Karte des Grenzgebiets und suchte nach einer Stelle, wo sie während des Treffens von Branyon und Donlin in Tabariškės warten konnten. Während er suchte, fragte er: »Ding, hast du ein gutes Gefühl bei der Sache?«

»Was unsere persönliche Sicherheit angeht?«

»Ja.«

»Überhaupt nicht. Ich finde es aller Ehren wert, dass sich Branyon nicht hinter dem Schreibtisch verschanzt, aber wie er selbst gesagt hat, ich weiß nicht, ob das viel bringt, wenn er da runterfährt. Wenn die Russen anfangen, die Gegend zu beschießen, werden sich die Mörsergranaten nicht darum scheren, dass die CIA in dem Dorf ist.«

»Laut Karte liegt rund fünfhundert Meter südwestlich des Ortes ein Bauernhof mit ein paar kleinen Hügeln«, sagte Dom. »Was hältst du davon, wenn wir uns einen erhöhten Standort suchen, von wo aus wir Branyons Position einigermaßen im Blick haben?«

»Fände ich gut«, antwortete Chavez. »Aus fünfhundert Metern Entfernung können wir zwar nicht viel bewegen, aber wir können Donlin anrufen, wenn wir in der Nähe etwas Verdächtiges bemerken.«

»Wie etwa russische T-90-Panzer oder anfliegende Raketen?«

Chavez lachte. »Ja, zum Beispiel. Aber bis dahin lass uns die Straße im Auge behalten. Wir sind gerade mal fünf Minuten unterwegs und schon an einem halben Dutzend Stellen vorbeigekommen, die ideal wären für einen Hinterhalt.«

Leichter Regen setzte ein, während sie in Richtung Grenze fuhren.

48

Pete Branyon und Greg Donlin rollten in das Dorf Tabariškės, das einen Dreiviertelkilometer vor der weißrussischen Grenze lag. Branyon steuerte den weißen Mercedes-M-Klasse-SUV, Baujahr 1998, bei Regen durch die engen Straßen, an deren Rand nur vereinzelte Autos standen. Nach ein paar Minuten bog er in die knirschende Schotterauffahrt zu einer senffarbenen Holzkirche ein. Vor dem Gotteshaus lag ein kleiner, kahler Friedhof. Grabsteine säumten einen Fußweg, der zum Kircheneingang führte.

Branyon parkte, blieb aber im Wagen sitzen und spähte durch den Regen in alle Richtungen.

In der Auffahrt zur Kirche stand nur ein einziges Auto. Branyon kannte es nicht.

Der Gemeindepfarrer Albertas Varnas hatte Branyon über die Lage in der Gegend auf dem Laufenden gehalten und andere aus seiner Gemeinde angeworben. Ihn selbst hatte Branyon erst vor einem Monat rekrutiert, und abgesehen davon, dass Varnas und seine Leute über Aktivitäten an der Grenze berichteten, waren sie bisher nur einmal zum Einsatz gekommen, und zwar um ein paar ferngesteuerte, internetgestützte Kameras zu installieren, die Bilder von der Straße zur Grenze in die CIA-Station in der US-Botschaft übermittelten.

Branyon hatte beschlossen, heute Abend hierherzufahren, weil er mit Varnas persönlich sprechen und herausfinden wollte, was an seiner Behauptung dran war, dass Dorfbewohner in der Gegend Fremde gesehen hätten.

Langley hatte Branyon geraten, Varnas am Telefon eingehender zu befragen, aber Branyon glaubte, den Wahrheitsgehalt der Berichte im persönlichen Gespräch besser beurteilen zu können. Außerdem: Wenn es hier draußen in Tabariškės tatsächlich grüne Männchen gab, dann wollte er sie mit eigenen Augen sehen. Denn wenn der Stationschef nach Langley meldete, dass Russen die Grenze verletzt hatten, wurde dem mehr Gewicht beigemessen, als wenn ein ungeschulter Gemeindepfarrer von Beobachtungen Dritter berichtete.

Greg Donlin saß auf dem Beifahrersitz und blickte unverwandt nach Osten. Die Grenze verlief in einem Wald, der jenseits eines Ackers begann, gleich hinter dem Dorf, und da sie südlich des Dorfes einen Knick nach Westen machte, verlief sie auch zweieinhalb Kilometer hinter ihnen. »Wir sind näher dran als nötig, Boss«, sagte Donlin. »An der Stelle hier haben wir Weißrussland in zwei Himmelsrichtungen.«

»Ich weiß, Greg«, erwiderte Branyon, der immer noch zu dem fremden Auto auf dem Parkplatz blickte. Er überprüfte sein Telefon auf verpasste Nachrichten, dann wählte er Varnas' Nummer. Zwanzig Sekunden lang hielt er das Telefon ans Ohr, dann sagte er: »Kein Signal. Na großartig.«

Donlin checkte sein Telefon. »Bei mir auch nicht. Ob die Russen vielleicht von jenseits der Grenze die Gegend hier stören?«

Branyon gluckste. »Jetzt werden Sie nicht paranoid. Ich habe vor einer Stunde mit Varnas gesprochen, da hat das Telefon noch einwandfrei funktioniert. Das passiert mir hier nicht zum ersten Mal. Nur keine Panik.«

Er ergriff seinen Schirm, öffnete die Wagentür und stieg aus. Donlin ebenfalls. »Das ist ein Honda Civic. Varnas hat einen alten Škoda. Er ist nicht hier, Pete. Warum warten wir nicht ein wenig?«

»Wie wär's, wenn wir reingehen und eine Opferkerze entzünden? Schaden kann's nicht«, gab Branyon zurück.

»Ich habe ein ungutes Gefühl. Wessen Auto ist das?«

Branyon war bereits losmarschiert, drehte sich aber nach seinem Personenschützer um. »Erlauben Sie mir eine Frage, Greg: Wenn die 6. Armee tatsächlich in Litauen einmarschiert, glauben Sie, die zwängen sich dazu alle in einen Honda Civic?«

Wie gewöhnlich konnte Greg Donlin die Sorglosigkeit seines Vorgesetzten nicht teilen. Er trat auf seinen Boss zu, der auf dem Fußweg zur Kirche im Regen stand. »Pete, ich gehe zuerst rein und sehe nach, ob er da ist. Sie setzen sich wieder hinters Steuer und warten, nur für den Fall.«

Branyon seufzte. »Im Ernst, Greg? Wollen Sie mir unbedingt auf die Nerven gehen?«

»Nur zu meiner Beruhigung«, antwortete Donlin. »Einverstanden, Boss?«

Branyon machte kehrt und ging zum Mercedes zurück, setzte sich aber nicht hinters Steuer, sondern lehnte sich an die Motorhaube, fischte mit der freien Hand eine Packung Marlboro aus seinem Jackett und schüttelte sich eine Zigarette in den Mund. Er steckte die Packung in das Jackett zurück und zog ein Feuerzeug aus der Hosentasche.

Donlin warf ihm einen irritierten Blick zu, dann drehte er sich um und ging zur Kirche.

Branyon nahm einen langen Zug und sah, ungeschickt mit dem Schirm herumfummelnd, auf seine Uhr. Es war erst kurz vor sieben, doch wegen der Bewölkung dämmerte es bereits. Selbst wenn Varnas schon da war, würde es stockdunkel sein, wenn sie die Rückfahrt antraten.

Gegenüber seinem Leibwächter und den beiden Partnern, die ihm heute Abend unauffällig folgten, hatte er sich locker gegeben, doch in Wahrheit nahm er die Sache keineswegs auf die leichte Schulter. Er wusste, dass er ein hohes Risiko einging, und nach Einbruch der Dunkelheit hier draußen herumzuhängen gefiel ihm ganz und gar nicht. Aber diese Agentenzelle im Grenzgebiet war wichtiger denn je. Und nicht nur weil sie ihm Hinweise auf eine bevorstehende Invasion liefern konnte. Wenn die Nato nicht anrückte und die Situation rettete und die Russen Löcher in den zweieinhalb Meter hohen Drahtzaun schnitten, der alles war, was hundert Ortschaften wie diese hier von der 6. Armee trennte, dann war diese Zelle für die Arbeit hinter den Linien in einem russisch besetzten Litauen von enormer Wichtigkeit.

Er hatte herkommen müssen, er hatte es tun müssen, und wenn ihm dabei der Arsch weggeschossen wurde – na ja, dann war er selbst daran schuld, schließlich hatte er nicht auf den Rat seines Vaters hören und Zahnmedizin studieren wollen.

Dom Caruso und Ding Chavez saßen in ihrem schwarzen Toyota Land Cruiser, den sie einen halben Kilometer westlich der senffarbenen Kirche auf einem Hügel geparkt hatten. Chavez war von der Hauptstraße abgebogen und bergauf zu einem verlassenen Schrottplatz gefahren, dann weiter auf freies Feld und hatte schließlich an einem Wäldchen angehalten. Der Motor war abgestellt, und Regen trommelte auf das Dach des Wagens.

Durch das 500-Milimeter-Teleobjektiv seiner Kamera, das er durch einen Fensterspalt gesteckt hatte, konnte Dom die Szene nordwestlich ihrer Position gut erkennen: Branyon lehnte an der Motorhaube des weißen Mercedes-SUV, einen Regenschirm in der einen und eine Zigarette in der anderen Hand, während sein Personenschützer allein in der Kirche verschwand.

»Ist das zu fassen?«, sagte Chavez. »Der CIA-Stationschef fährt hierher, in die hinterste Pampa!«

Chavez nickte. »Ich weiß, warum er es tut, aber es ist verkehrt.«

»Er hält sich wohl für unverwundbar.«

»Wir können nur hoffen, dass er es ist. Wenn sich hier draußen grüne Männchen oder prorussische Zivilisten rumtreiben und spitzkriegen, dass der für dieses Land zuständige CIA-Chef als lebende Zielscheibe durch diese einsame Gegend läuft, werden sie sich die Gelegenheit kaum entgehen lassen.«

»Sollen wir vielleicht doch näher ran?«, fragte Dom. »Nur für den Fall?«

Chavez hielt seine eigene Kamera hoch und richtete sie auf die Kirche. »Nein. Branyon hat recht. Wir dürfen nicht ins Dorf fahren. Wenn sich dort böse Jungs aufhalten, haben sie uns im Handumdrehen fertiggemacht. Außerdem gefällt mir die Aussicht hier. Wenn wir näher rangehen, verlieren wir sie für zwei oder drei Minuten aus den Augen. Halten wir lieber weiter Wache.«

Doch es waren kaum ein paar Sekunden vergangen, da sah Dom aus einer Baumreihe südlich des Dorfes zwei große, mit Planen abgedeckte Pritschenwagen auftauchen und dreihundert Meter östlich der Kirche über brachliegende Felder fahren. Sie hielten direkt auf die Dorfmitte zu, wo sich Branyon und Donlin befanden, und sie beschleunigten auf dem aufgeweichten Ackerboden.

»Was zum Teufel ist das?«, fragte er.

Chavez hatte die Straße nach Westen beobachtet, richtete seine Kamera jetzt aber auf die Pritschenwagen. »Ruf sofort Donlin an.«

Caruso ließ die Kamera sinken, zog sein Telefon aus der Jacke und wählte rasch Donlins Nummer. Er hielt sich das Telefon ein paar Sekunden lang ans Ohr, dann warf er einen prüfenden Blick darauf.

»Ich habe kein Signal.«

»Nimm das Satellitentelefon.«

Dom drehte sich nach hinten, ergriff seine Tasche und wuchtete sie auf den Vordersitz. Sein Thuraya-Telefon steckte in einem wasserdichten Gehäuse in einer Innentasche. »Das wird eine Minute dauern, bis ich durchkomme.«

Ding beobachtete, wie die Pritschenwagen sich im Regen der Dorfmitte näherten. »Tu's trotzdem. Wir wissen nicht, was da vorgeht.«

Branyon löste sich von der Motorhaube des SUV, drehte sich um und spähte über die Schulter nach hinten. Er sah eine Reihe von Häusern mit weißen Zäunen davor und großen Eichen dahinter. Er meinte, irgendwo hinter den Bäumen ein Motorengeräusch zu hören, was er merkwürdig fand, denn er war schon einmal hier gewesen und hatte eingehend die Karte studiert. Südlich der Eichen waren nur Äcker.

Genau in diesem Moment fiel in der Kirche ein Schuss, und Branyon drehte den Kopf in Richtung des Knalls. Er spuckte die Zigarette aus und warf den Schirm zur Seite. Seine Hand fuhr in die Jacke und legte sich um den Griff seiner Glock-26-Pistole, doch bevor er sie zücken konnte, schwang die Kirchentür auf, und Greg Donlin kam ins Freie gestürzt. »Nichts wie weg hier!«, rief er.

Branyon rannte zur Fahrerseite, sprang hinters Steuer und ließ den Motor an. Direkt vor ihm rannte Donlin über den Friedhof, die Pistole nach hinten auf die Kirchentür gerichtet.

Ein Lichtblitz drang aus der dunklen Türöffnung, dann das Krachen eines einzelnen Gewehrschusses. Donlin geriet ins Straucheln, stürzte auf den Schotterweg und blieb reglos liegen.

»Scheiße!«, brüllte Branyon, legte den ersten Gang ein

und schoss mit durchdrehenden Rädern nach vorn in Richtung Donlin. Er hatte nicht die leiseste Ahnung, wie er den großen Mann in den Wagen ziehen sollte, wenn er aus 30 Meter Entfernung beschossen wurde, er folgte jetzt nur seinem Instinkt.

Aus der Kirche wurden weitere Schüsse abgegeben. Branyon nahm an, dass sie ihm galten, doch als der Mercedes nur noch 25 Meter von der Tür entfernt war und die Scheinwerfer Donlins Gestalt erfassten, die mit dem Gesicht nach unten in der Auffahrt lag, sah er um sie herum Schlamm und Steine aufspritzen.

Jemand schoss mit einem automatischen Gewehr. Nicht auf Branyon oder seinen SUV, sondern auf Donlin.

Branyon sah, wie der leblose Körper seines Leibwächters unter den Einschlägen der Kugeln zuckte. Blut spritzte auf den braunen Schotter.

Der CIA-Stationschef schrie wieder vor Wut, dann stieg er aufs Bremspedal, rutschte über die losen Steine, durch Pfützen. Er würgte den Rückwärtsgang rein und jagte mit Vollgas die Auffahrt hinunter zur Straße. Dort wendete er in drei Zügen, schaltete in den ersten Gang und raste, das Gaspedal bis zum Anschlag durchtretend, in Richtung Westen davon.

Er kam keine hundert Meter weit. An der ersten Kreuzung tauchte ein großer Pritschenlaster mit Abdeckplane hinter einem Haus zu seiner Linken auf und rammte den SUV vorn links, sodass er über die Straße schleuderte. Branyon knallte mit dem Kopf so fest gegen den Türholm, dass er Sternchen sah.

Der Mercedes kam mitten auf der Kreuzung zum Stehen. Branyon war benommen, aber noch in der Lage, die Glock 26 zu ziehen. Er richtete sie auf die Bewegung im Scheinwerferlicht vor ihm, doch im selben Moment zerbarst das Beifahrerfenster. In der Erwartung, einen Bewaffneten zu erblicken, der auf ihn anlegte, riss er die

Waffe nach rechts, doch er sah etwas ganz anderes. Vor dem Beifahrersitz, nur etwa einen halben Meter von ihm entfernt, lag eine Blendgranate. Der Splint war gezogen.

Die Granate explodierte in dem beengten Raum, blendete Branyon mit Licht und legte mit einem lauten Knall sein Gehör lahm.

Chavez und Caruso beobachteten hilflos, was sich in fünfhundert Meter Entfernung abspielte. Es war schwierig, bei dem schlechten Licht und dem starken Regen alles zu erkennen, doch als mehrere Männer in Zivil den CIA-Chef aus seinem Wagen zerrten und durchs Scheinwerferlicht des Mercedes schleppten, sahen Chavez und Caruso, dass er Arme und Beine noch bewegte.

»Er lebt!«, sagte Chavez.

»Scheiße«, stieß Caruso frustriert zwischen den Zähnen hervor. »Eine Entführung.«

»Und das sind keine Bauerntölpel aus der Gegend«, setzte Chavez hinzu. »Alles läuft ab wie geschmiert.«

»Speznas«, sagte Dom.

»Oder was in der Art«, stimmte Chavez zu. »Wir können hier nicht weg, bis wir sehen, in welche Richtung sie fahren.«

»Und was tun wir dann?«

Chavez ließ den Land Cruiser an. »Donlin ist tot. Wir holen uns Branyon.«

»Alles klar.«

Die beiden Pritschenlaster fuhren auf der Hauptstraße in östlicher Richtung aus dem Dorf, direkt auf den Wald zu, der im schwachen Licht für die Amerikaner nicht mehr zu sehen war. Aber sie brauchten ihn nicht zu sehen, um zu wissen, dass direkt dahinter der Grenzzaun verlief, der Litauen von Weißrussland trennte, und sie brauchten keine großartigen Überlegungen anzustellen, um zu kapieren, was hier vorging.

Pete Branyon wurde über die Grenze gebracht.

Chavez legte den ersten Gang ein und fuhr los, den Hügel hinunter mitten durch das Ackerland, das sich südlich des Dorfes erstreckte. »Wenn wir auf keine natürlichen Hindernisse stoßen, können wir sie noch vor der Grenze einholen.«

»Sollen wir uns mit den Speznas eine Schießerei liefern?«, fragte Dom.

»Wenn die Russen den Stationschef kriegen, erfahren sie die Namen aller US-Agenten in diesem Land«, antwortete Chavez. »Und wenn sie Litauen besetzen, können sie das Land durchkämmen und unsere sämtlichen Informanten hochnehmen.«

Dom nickte, während sie über den unebenen Boden holperten, durch flache Schlammpfützen und über die niedrigen Dämme zwischen den Feldern preschten. Mühsam griff er nach einem der Gewehre auf dem Rücksitz. »Das werden wir nicht zulassen.«

49

Seit fünf Minuten bretterten Chavez und Caruso in ihrem Land Cruiser keine fünfhundert Meter von der weißrussischen Grenze entfernt über eine vom Regen aufgeweichte Weide. Obwohl sie angeschnallt waren, wurden sie kräftig durchgerüttelt und von den Stößen des großen Geländewagens, der sich schaukelnd, schlingernd und platschend seinen Weg bahnte, hin und her geschleudert.

Sie fuhren ohne Licht. Vor fünf Minuten war das noch kein sonderliches Problem gewesen, doch jetzt verdunkelte sich der Himmel endgültig, und beim Blick nach vorn erkannte Chavez, dass er in etwa einer Minute das freie Feld hinter sich lassen und in einen dichten Wald eintauchen würde. Spätestens dann musste er das Licht einschalten oder deutlich langsamer fahren.

Er wollte aber nicht langsamer fahren, und noch weniger wollte er das Licht einschalten, denn die beiden Laster waren direkt vor ihm und folgten einer Straße, die genau nach Süden in Richtung Grenze führte. Außer ihnen war hier draußen kein Auto unterwegs. Würde er also die Scheinwerfer des Land Cruiser einschalten, müssten Branyons Entführer zwangsläufig auf sie aufmerksam werden.

Ding begriff, wo sie hinwollten, und wäre am liebsten einfach rechts abgebogen und weiter über die Wiese gefahren, um den Lastern den Weg abzuschneiden. Aber das war nicht möglich. Ein drei Meter breiter Bach schlängelte sich diesseits der Straße, auf der Branyon verschleppt wurde, durch die Wiesen und Äcker, und der einzige Weg ans andere Ufer führte über eine kleine Brücke direkt vor ihm.

Das bedeutete, dass er zweihundert Meter hinter den Russen auf die Straße einbiegen und sie dann verfolgen musste. Soweit er aus der Entfernung beurteilen konnte, handelte es sich um eine Schotterstraße, doch er war überzeugt, dass er die Laster selbst auf Schotter einholen konnte, wenn ihm genug Zeit blieb. Das Problem war nur, dass die Straße kurz hinter der Brücke in den Wald führte, und weder er noch Dom hatten die geringste Ahnung, was sie in dem Wald bis zum Grenzzaun erwartete.

Und das war nicht ihr einziges Problem. Seit sie Branyons Verfolgung aufgenommen hatten, versuchte Dom, die US-Botschaft in Vilnius anzurufen. Er wollte Hilfe anfordern – Ortspolizisten, Militär oder sogar Marines oder CIA-Sicherheitsleute aus der US-Botschaft selbst. Doch das Telefon hatte noch immer kein Signal. Nach zwei vergeblichen Versuchen steckte er das Handy weg und zog das Satellitentelefon heraus. Er schaltete es ein und wählte die Nummer der Botschaft, doch zu seinem Erstaunen kam auch dieses Signal nicht durch.

»Machst du Witze? Auch kein Satellitensignal? Sind wir hier auf dem Mond oder was?«

Chavez fuhr weiter, die Augen auf die Wiese geheftet, falls plötzlich ein Hindernis auftauchte. »Sie haben das Satellitensystem gestört.«

»Gestört?«

»Ja. Jemand stört den Satellitenempfang. Entweder hat er leistungsstarke Geräte oder er sitzt ganz in der Nähe.«

»Vielleicht haben die Fremden was damit zu tun, die hier gesehen worden sein sollen«, sagte Dom. »Sie könnten in den Grenzorten ferngesteuerte Störsender installiert haben, die sie in dem Moment einschalten, wenn der

TABARIŠKĖS

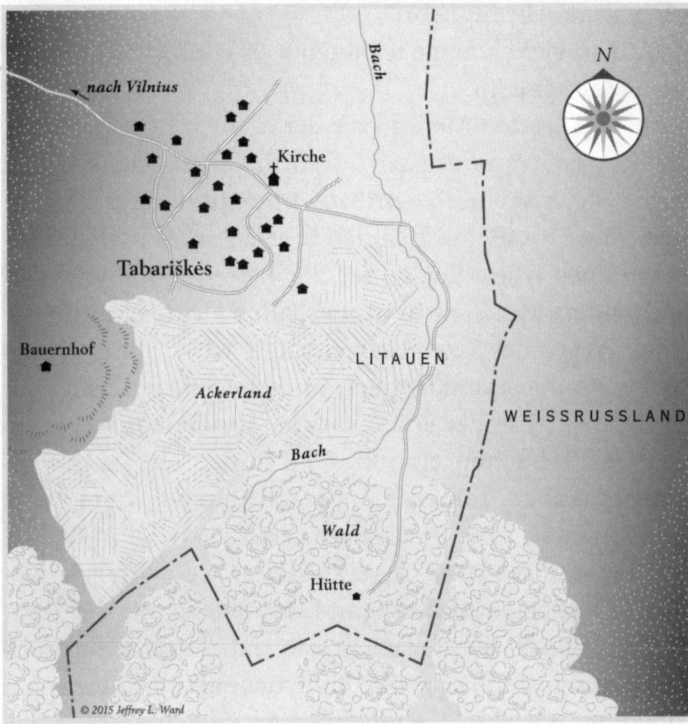

N
Bach
nach Vilnius
Kirche
Tabariškės
Bauernhof
LITAUEN
Ackerland
WEISSRUSSLAND
Bach
Wald
Hütte
© 2015 Jeffrey L. Ward

Zauber hier losgeht.« Er steckte das Satellitentelefon wieder weg. »Damit wären wir auf uns allein gestellt.«

»Ja«, bestätigte Chavez.

»Wie viele Typen hast du gezählt?«

Ding überlegte einen Moment. »Zusammen mit den Fahrern … acht bis zehn.«

»Auf so viele komme ich auch.« Er stieß einen Seufzer aus. »Mannomann.«

Auf den letzten Metern vor der kleinen Brücke musste Chavez das Tempo drosseln, weil die Sicht sehr schlecht wurde, doch sowie er den Bach überquert hatte und auf der Schotterstraße nach Süden fuhr, konnte er wieder beschleunigen. Die Rücklichter der Laster waren jetzt fast dreihundert Meter entfernt, deshalb drückte er aufs Gaspedal. Wegen des Regens sah er kaum, wo er hinfuhr, hielt das Lenkrad fest umklammert und konzentrierte sich nur auf die Lichter in der Ferne, falls sie abrupt stoppten.

»Wenn sie schon eine Bresche in den Grenzzaun geschlagen haben, fahren sie einfach durch«, sagte Dom. »Sollen wir sie über die Grenze verfolgen?«

»Nein«, antwortete Chavez. »Das wäre glatter Selbstmord. Sie haben dort bestimmt Leute stehen, die die Grenze gleich wieder dicht machen.« Er trat das Gaspedal noch weiter durch, denn er wollte Branyon und seine Kidnapper unbedingt noch rechtzeitig einholen.

Dom hatte die Karte der Gegend studiert, und als sie nur noch wenige Hundert Meter vom Waldrand entfernt waren, sagte er: »Die Grenze verläuft zweihundert Meter hinter den ersten Bäumen. Glaubst du, die Kidnapper werden Wachen aufstellen?«

Chavez dachte kurz darüber nach, dann nahm er Gas weg. »Ja, guter Hinweis. Die Typen sind gut ausgebildet. Wenn sie vor dem Zaun anhalten müssen, bevor sie ihn überwinden, werden sie Leute abstellen, die nach hinten sichern.«

Statt an die Seite zu fahren, hielt Ding einfach mitten auf der Straße an, sodass der Kühlergrill des großen SUV gerade so in den Wald eintauchte. Sie ließen die Fenster herunter, blieben noch einen Moment sitzen und lauschten auf irgendwelche Geräusche.

Sie hörten nichts, nur den anhaltenden Regen.

Caruso desaktivierte die Innenbeleuchtung, bevor sie leise die Türen öffneten und ausstiegen, jeder ein Gewehr in der Hand und eine Glock 17 im Hosenbund. Sie griffen in ihre Sporttaschen, zogen jeweils zwei Ersatzmagazine für das Gewehr und ein weiteres für die Pistole heraus und stopften sie in verschiedene Taschen.

Die beiden Campus-Agenten hatten nun je 90 Schuss Gewehrmunition und 52 Schuss Pistolenmunition. Das war eine Menge für fast jedes denkbare Szenario, ob sie allerdings acht bis zehn gut ausgebildete Kämpfer besiegen konnten, stand auf einem anderen Blatt.

Sie drangen westlich neben der in Nord-Süd-Richtung verlaufenden Straße in den Wald vor, um etwaige Wachposten zu umgehen, die auf der Schotterstraße zurückgelassen worden waren und nach nahenden Autos Ausschau hielten.

Während sie durch den Wald vorrückten, nahm der Regen immer mehr zu. Die Sicht wurde noch schlechter, aber der Regen machte es auch der Gegenseite schwerer, etwas zu sehen oder zu hören, deshalb war er ihnen willkommen.

Sie waren noch keine drei Minuten unterwegs, da packte Caruso seinen Partner am Unterarm, und beide gingen in die Hocke. »Licht voraus«, flüsterte er.

Ding blinzelte in die Dunkelheit. Er sah nichts, aber er traute Carusos Augen mehr als seinen eigenen, denn Caruso war fünfzehn Jahre jünger.

Sie hängten sich die Gewehre über den Rücken, fassten in ihre Schultertaschen und zogen Monokulare hervor –

Ding ein dickes, gummiummanteltes Gerät, das aussah wie ein halbiertes, wasserdichtes Fernglas mit einem Akkupack unten dran. Es handelte sich um eine FLIR-Wärmebildkamera, mit deren Hilfe man Wärmequellen in der Dunkelheit oder hinter einer dünneren Verhüllung erkennen konnte.

Doms Gerät war ein Nachtsichtmonokular der 4. Generation mit dreifacher Vergrößerung, das den dunklen Bereich vor ihm in weichen Grüntönen wiedergab. Die Bilder, die es lieferte, waren zwar weitgehend zweidimensional, doch bei Dunkelheit sorgte es für exzellente Aufhellung.

Zunächst sahen die beiden Männer nur Bäume, doch nach einem zweiminütigen Marsch tauchten fünfzig Meter vor ihnen die beiden Laster auf. Sie parkten vor einer Hütte zwischen den Bäumen. Neben der Hütte stand eine kleine, auf beiden Seiten offene Scheune.

Und gleich hinter den beiden Lastern und den beiden Gebäuden verlief der zweieinhalb Meter hohe Grenzzaun.

Die Campus-Männer schlichen etwas näher, bis jeder eine gute Position hatte – Ding hinter einer großen Kiefer, Dom am Boden hinter dichtem Wurzelwerk, das am Fuß eines halb umgestürzten Ahorns aus dem Schlamm ragte. Die beiden waren drei Meter voneinander entfernt, aber einander so nahe, dass sie sich per Handzeichen verständigen oder schnell die Köpfe zusammenstecken konnten, wenn gesprochen werden musste.

Chavez hielt sein FLIR-Monokular ans Auge. Sobald er es auf den richtigen Bereich gerichtet hatte, sah er mehrere Männer neben der Hütte vorbeilaufen. Die Bewegung hatte seine Aufmerksamkeit erregt, doch als die Männer auf der anderen Seite verschwanden und er sie aus den Augen verlor, schwenkte er zurück auf die beiden Laster. Der erste schien leer bis auf den Fahrer, der am Steuer saß. Auch im zweiten saß ein Fahrer, doch durch die Plane des Fahrzeugs konnte Ding auf der Ladefläche einen großen leuchtenden Klecks ausmachen. Das mussten mehrere Männer sein, mindestens drei oder vier, die dicht nebeneinander auf einer Bank saßen.

Einer war wahrscheinlich Branyon, umringt von Entführern.

Chavez schätzte, dass sich außer Branyon zehn Männer hier befanden, was dem Maximum ihrer früheren Schätzung entsprach, aber das bedeutete zumindest, dass keine weiteren Bewaffneten auf die Rückkehr der Lastwagen gewartet hatten und von den Entführern aufgelesen worden waren.

Während Chavez durch sein FLIR die Zufahrt, die Hütte und die Scheune beobachtete, behielt Caruso mithilfe seines Nachtsichtgeräts den Grenzzaun im Auge. Er lag nur sechzig oder siebzig Meter vom Zaun entfernt und hatte ihn bis auf den Teil, der durch die Hütte verdeckt wurde, gut im Blick. Soweit er es beurteilen konnte, war keine Bresche im Zaun.

Er kroch zu Chavez hinüber. »Den Zaun kannst du durch das Ding nicht sehen, oder?«

»Überhaupt nicht. Ich sehe Menschen, und ich sehe warme Lkw-Motoren. Mehr nicht.«

Caruso nickte. »Also, ich glaube nicht, dass die Ärsche ein Loch in den Zaun geschnitten haben. Glaubst du, die wollen rüberklettern?«

Im selben Moment, als er die Frage stellte, vernahmen sie ein Motorbrummen, das sich immer deutlicher aus dem Prasseln des Regens herausschälte.

Sie setzten wieder die Sichtgeräte ans Auge und richteten sie auf den Schauplatz des Geschehens. Drei Männer zerrten Branyon von dem hinteren Laster. Sie hatten ihm die Hände auf den Rücken gebunden und einen Sack über den Kopf gestülpt.

Und jenseits des Zauns kam ein großer Lastwagen mit Anhänger in Sicht. Auf dem Anhänger befand sich ein Kran mit einem Korb: eine mittelgroße Hubarbeitsbühne. Der Laster setzte im heftigen Regen umständlich durch den Matsch zurück, um den Anhänger in die richtige Position am Zaun zu bringen.

»Da hast du die Antwort«, sagte Chavez.

»Scheiße«, fluchte Caruso. »Sie wollen ihn rüberhieven. Wir müssen sofort angreifen.«

»Ja«, erwiderte Chavez, griff in seine Maxpedition-Tasche und zog eine Rolle Klebeband hervor. Er legte sein Gewehr auf den nassen Boden, zog ruhig einen langen Streifen von der Rolle und befestigte damit sein Infrarot-Monokular links an der Waffe.

Caruso sah ihm einen Moment lang dabei zu. »Was soll das werden, wenn es fertig ist?«

»Ein Nachtzielfernrohr für arme Leute, nehme ich an. Besser als nichts.«

»Wenn das ein Zielfernrohr werden soll, warum setzt du es dann nicht oben auf die Waffe?«, sagte Caruso.

»Weil ich für die Ferne immer noch das Eisenvisier brauche. Das hier ist für die Nähe bestimmt. Ich halte nach links, wenn ich schieße.«

Caruso zuckte mit den Schultern, zog Klebeband von Dings Rolle und brachte auf dieselbe Weise sein Nachtsichtgerät an seiner einfachen Kalaschnikow an.

Unterdessen sagte Chavez: »Wir müssen uns trennen. Vielleicht denken sie dann, wir wären mehr.«

Caruso nickte. »Okay. Du bist der bessere Schütze. Ich schlage einen Bogen nach Westen und versuche, sie zu umgehen und mich näher ranzupirschen.«

»Ich rücke näher an die Straße heran. Von dort habe ich alles besser im Blick. Ich greife aus etwa fünfundsiebzig Metern an, aus größerer Entfernung könnte ich bei den Bedingungen den Stationschef treffen. Ich warte, bis möglichst viele auf einem Haufen näher am Licht stehen, dann eröffne ich das Feuer, von links nach rechts. Und du feuerst von rechts nach links. Gib auf Branyon acht, klar?«

Caruso sah Chavez an. »Wir dürfen ihn nicht in die Hände der Russen fallen lassen.«

Chavez schüttelte den Kopf. »Denk nicht mal dran. Ich schieße nicht auf einen CIA-Beamten, und du auch nicht. Aber du hast grünes Licht für jeden Bewaffneten, den du siehst. Tu, was du musst.«

Dom nickte bedächtig. »Verstanden.« Und dann hielt er Ding die Hand hin. »Packen wir's an.«

Die beiden Männer klatschten sich ab und stießen die Fäuste aneinander. »Sechzig Sekunden«, sagte Chavez. »Ich gebe das Zeichen. Verbock es nicht.«

Dann rollte er sich nach rechts weg und kroch, das Gewehr auf dem Rücken, rasch davon.

50

Pete Branyon wusste, dass er sich mehrere Rippen gebrochen hatte, genauer gesagt, alle auf der rechten Seite. Bei jedem noch so flachen Atemzug spürte er ein unangenehmes, schmerzhaftes Ziehen. Ein Zahn war abgebrochen, mindestens einer, und so schlimm das war, es wurde dadurch noch schlimmer, dass er einen Knebel im Mund hatte und seit fünf Minuten angestrengt versuchte, den Zahn mit der Zunge an dem Stück Stoff vorbeizudrücken, bevor er ihn noch verschluckte. Deswegen, und weil seine Nase von einem Schlag geschwollen war und blutete, hatte er sich in den letzten Minuten fast nur aufs Atmen konzentriert.

Schließlich gelang es ihm, den abgebrochenen Zahn an dem Knebel vorbeizuschieben. Er rutschte auf die Unterlippe hinaus und blieb dort an dem geronnenen Blut kleben, das ihm aus der Nase gelaufen war.

Zehn Minuten zuvor hatte er einen Schlag mit einem Gewehrkolben seitlich an den Kopf bekommen, weil er versucht hatte, von der Pritsche des fahrenden Lasters zu springen. Die Rippen hatte er sich beim ersten Angriff gebrochen, als er benommen aus seinem Mercedes gezerrt wurde und mit der Seite gegen das Trittbrett des SUV geprallt war.

Wann er den Schlag auf die Nase bekommen hatte, wusste er nicht mehr, was bedeutete, dass es möglicherweise in den gut zehn Sekunden passiert war, nachdem ihn die Blendgranate außer Gefecht gesetzt hatte. Soweit er wusste, hatte er in dem Moment, als die Männer ihn packten, eine Faust oder einen Gewehrkolben auf den Rüssel bekommen.

Und trotz der Schmerzen und der anhaltenden Benommenheit dämmerte ihm jetzt, was die Entführer vorhatten. Sie wollten eine hydraulische Arbeitsbühne über den Zaun zwischen Weißrussland und Litauen schwenken, ihn hineinverfrachten und auf die andere Seite hieven.

Verdammt, dachte Branyon. Die Sorge um sein eigenes Schicksal war zweitrangig, ja, im Moment dachte er daran überhaupt nicht. Was ihm stattdessen durch den Kopf ging, waren die Namen all der Agenten in seinem Netzwerk, der inoffiziellen CIA-Mitarbeiter unter ihm, der Angehörigen des litauischen Geheimdienstes VSD, mit denen er im Land zusammengearbeitet hatte, und Dutzender anderer Agenten und Informanten sowie Codes, konspirative Wohnungen und andere vertrauliche Informationen.

Er durfte nicht zulassen, dass sie ihn über die Grenze brachten. Zumindest nicht lebend.

Als er jetzt in Richtung Hebebühne gestoßen wurde, die Arme so fest auf den Rücken gebunden, dass es ihm halb die Schultern auskugelte, beschloss er, einen zweiten Fluchtversuch zu unternehmen und davonzulaufen, diesmal in den dunklen Wald. Ihm war klar, dass er keine zwanzig Meter weit kommen würde, aber vielleicht hatte er Glück, und einer dieser unter Adrenalin stehenden Bewaffneten hob das Gewehr und schoss auf den flüchtenden Gefangenen.

Tote erzählten keine Geschichten, und Branyon hatte viele Geschichten im Kopf.

Sieben Meter vor dem Grenzzaun lockerte einer der beiden Männer, die ihn an der Schulter hielten, seinen Griff. Branyon hatte sich gefügig gezeigt, nachdem sie ihn bei seinem Fluchtversuch geschlagen hatten, und diese

Gefügigkeit hatte die Wachsamkeit des Mannes erlahmen lassen, zumal jetzt mindestens ein halbes Dutzend Komplizen in der Nähe standen.

Branyon machte noch zwei Schritte, dann duckte er sich, rammte seine linke Schulter kräftig in den Mann, der seinen Arm festhielt, und riss sich gleichzeitig von dem anderen los. Der zu seiner Linken stürzte in den Schlamm. Branyon drehte sich vom Zaun weg, an dem die Bewaffneten standen, und rannte auf der Schotterstraße in die Richtung, aus der die Laster gekommen waren.

Ding hatte den Schlüssel für den Toyota Land Cruiser aus der Tasche gezogen. Mit der anderen Hand richtete er seine Waffe auf die Gruppe von vier Männern, die etwa acht Meter von der Hebebühne entfernt am Grenzzaun standen, dann drückte er die Fernstarttaste an dem Schlüssel.

Eine Sekunde später leuchteten die Scheinwerfer des Land Cruiser, der zweihundert Meter weiter hinten stand, durch die Bäume, erhellten die Szene und warfen gespenstische Schatten. Mehrere Männer am Zaun fuhren herum und spähten in die Richtung, aus der das Licht kam.

Andere setzten dem Flüchtigen nach, der auf der Schotterstraße in Dings Richtung gerannt kam.

Ding erkannte, dass es Branyon war und dass es nur Sekunden dauern würde, bis die Verfolger ihn eingeholt hatten.

Das Scheinwerferlicht war nicht sehr hell, aber für Chavez hell genug. Über Kimme und Korn seiner AK-47 visierte er die Gruppe von Männern an. Er drückte den Feuerwahlhebel nach unten auf halbautomatisch und eröffnete das Feuer.

Als die Scheinwerfer des Land Cruiser aufblendeten, wusste Dom Caruso sofort, dass das Chavez' Zeichen zum

Losschlagen war. Er war viel weiter nach Westen vorgedrungen, als er vorgehabt hatte, aber das laute Prasseln des Regens und der relativ saubere Waldboden hatte ihm das Vorankommen leichter gemacht als erwartet.

Als Chavez von der anderen Seite das Feuer eröffnete, wollte Caruso schon auf den Mann schießen, der ihm am nächsten stand. Doch dann setzten sich die beiden Laster in Bewegung. Sie holperten in Richtung Hebebühne, entweder um die Männer dort aufzulesen oder ihnen Deckung zu geben.

Da kam Caruso eine Idee. Er nahm den Fahrer des ersten Lasters aufs Korn und gab aus fünfundfünfzig Metern einen Einzelschuss ab. In die rechte Schläfe getroffen, kippte der Mann gegen das Seitenfenster und sank dann auf den Boden des Führerhauses.

Der Laster rollte weiter auf die anderen Männer zu und lenkte die neun Bewaffneten zusätzlich ab, was Caruso, Chavez und Branyon sehr gelegen kam.

Caruso drückte den Feuerwahlhebel seiner Waffe mit dem rechten Daumen nach oben und stellte auf Dauerfeuer. Gerade als intensives Gewehrfeuer in Richtung Chavez einsetzte, richtete er das Gewehr auf mehrere Männer, die sich vor dem Zaun auf den Bauch geworfen hatten, und betätigte den Abzug.

Chavez lag hinter einem Baum, das Gesicht am Boden. Er war schwer beeindruckt, wie gut die Männer aus etwa siebzig Meter Entfernung schossen. Sie hatten sein Mündungsfeuer zwischen den Bäumen gesehen und ihn in Sekundenschnelle hier festgenagelt.

Da ihm keine andere Wahl als der Rückzug blieb, sprang er auf und rannte im Zickzack durch den Wald zurück. Er hörte das Knattern der Gewehre hinter sich und das scharfe Pfeifen der vorbeifliegenden Kugeln, doch er rannte fünf volle Schritte weiter, ehe er sich zu

Boden warf und zwischen zwei Bäume kroch. Dort legte er sich flach auf den Boden, drehte sich herum und spähte durch das FLIR, das er seitlich an sein Gewehr geklebt hatte.

Er sah die Männer in der Ferne. Einige lagen auf dem Bauch, andere knieten, und die meisten feuerten nach Westen in Richtung Caruso. Die Mündungsfeuer wirkten in seinem Sichtgerät riesig.

Er sah auch eine andere Gestalt, die östlich der Schotterstraße in einem schmalen Graben kauerte. Mit auf den Rücken gefesselten Händen. Das musste Pete Branyon sein.

Nach dieser Beobachtung rollte sich Chavez auf die andere Seite der Kiefer, hinter der er sich versteckte, und schoss im Dauerfeuer sein Magazin leer, wobei er den Bereich am Zaun bestrich, in dem sich die anderen Bewaffneten aufhielten. Als seine Waffe leer war, drückte er sich hinter den Baum und schob sein letztes Magazin ein.

Als Caruso nur noch ein paar Schuss in seinem zweiten Magazin hatte, spähte er kurz durch sein Nachtsichtgerät und sah, wie ein Mann aus dem Arbeitskorb der Hubbühne stieg, den Kopf über den Drahtzaun streckte und eine Pistole in die Richtung hob, in die Branyon auf der Schotterstraße gerannt war. Caruso zielte über Kimme und Korn, richtete das Visier auf das Mündungsfeuer der Pistole aus und bewegte seine Waffe eine Idee nach rechts. Er drückte drei Mal ab, und zwar so schnell hintereinander, wie es der Rückstoß der AK erlaubte.

Beim erneuten Blick durch das Sichtgerät entdeckte Caruso niemanden mehr, der über den Zaun spähte. Er konnte nicht mit Sicherheit sagen, ob er den Bediener der Arbeitsbühne getroffen hatte und ob da drüben noch jemand war, der mit dem Gerät umgehen konnte, aber zumindest hatte er Branyon etwas Zeit verschafft.

Dom ließ sein letztes Magazin einrasten, während er durch den Wald zurück in Richtung Chavez, Branyon und Land Cruiser rannte.

Pete Branyon lag mit dem Gesicht nach unten im Dreck, als um ihn herum heftiges Gewehrfeuer losbrach. Direkt vor ihm lag einer seiner Entführer auf der Seite und hielt sich mit der Hand verzweifelt eine Wunde am Hals zu. Blut spritzte zwischen seinen Fingern hervor.

Branyon war nie zuvor in ein Feuergefecht geraten, hatte nie zuvor einen Mann sterben sehen. Der Lärm war höllisch und kaum zu ertragen, und er sah für sich keinen Ausweg. Er wusste nicht, wer auf seine Entführer feuerte, doch er spielte kurz mit dem Gedanken, einfach aufzustehen und darauf zu hoffen, in den Kopf geschossen zu werden, sodass man ihn nicht über die Grenze schleppen würde.

Doch er verwarf den Gedanken. Da steckten Leute im Wald, die wie der Teufel für ihn kämpften. Allein schon deshalb musste er versuchen, am Leben zu bleiben. Das war das Mindeste, was er als Gegenleistung tun konnte.

Chavez war unterdessen durch den Wald geprescht, und zwar nach rechts, weg von Branyon, um die Aufmerksamkeit und das Feuer von dem Mann abzulenken, der mit gefesselten Armen in dem Graben lag. Er lief immer nur drei, vier Schritte am Stück, dann warf er sich zu Boden, rollte sich in Deckung, richtete sich kurz auf, zielte und schoss. Der Wald war so dicht, dass er die Waffe nicht einfach herumreißen und in Richtung Hütte und Laster feuern konnte – die Kugeln hätten nur die Bäume getroffen. Stattdessen wählte er seine Ziele aus, orientierte sich am Mündungsfeuer und gab dann drei oder vier Schüsse in die entsprechende Richtung ab. Er war sich bewusst, dass er angesichts der Zahl der Gegner zu viel Munition verbrauchte. Dadurch aber, dass er an vielen verschiedenen Stellen im Wald Mündungsfeuer aufblitzen ließ, hoffte er, die Gegenseite glauben zu machen, dass sie es mit mehr Gegnern zu tun hatte, und dazu zu bringen, die Köpfe einzuziehen und das Feuer zögerlicher zu erwidern.

Er machte noch einen Satz nach rechts, glitt zu Boden und zielte auf ein Mündungsfeuer in der Ferne. Er drückte den Abzug der AK-47, doch die Waffe blieb stumm.

Er hatte keine Munition mehr.

Im selben Augenblick hörte er rechts zwischen den Bäumen ein Geräusch. Er griff nach seiner Glock 17, die in seiner Jeans steckte, und zog sie heraus, doch bevor er sie in Anschlag bringen konnte, rief eine Stimme:

»Nicht schießen, Bruder! Ich bin's.«

Caruso glitt neben ihm in den zähen Schlamm und das nasse, verklebte Laub. Auch er hielt seine Pistole in der Hand. »Hast du was getroffen?«

»Ich bin gut, aber die Scheißkerle können auch schießen.«

Einen Meter über Carusos Kopf wurde ein großes Stück Kiefernrinde vom Stamm gepustet. Sie duckten sich tiefer.

»Ohne Scheiß«, sagte Caruso. »Wir haben ihre Reihen gelichtet. Ich glaube, es sind nur noch vier oder fünf übrig. Hast du den Stationschef gesehen?«

»Ja. In einem Graben neben der Straße. Und er hat noch gelebt.«

»Wie geht's jetzt weiter?«, fragte Dom.

Chavez zögerte nicht. Er zog den Wagenschlüssel aus der Tasche und drückte ihn Caruso in die Hand. »Du bist schneller, ich schieße besser.«

»Und?«

»Ich hole Branyon, du den Wagen. Mach das Licht aus und fahr bis auf zwanzig Meter an die Hütte heran. Ich werde mit Branyon dort sein … oder keiner von uns beiden. Wenn du uns nicht siehst, mach, dass du wegkommst, und schau dich nicht um.«

»Worauf du dich verlassen kannst«, sagte Dom nur und rannte durch den Wald zum Land Cruiser.

Chavez glaubte nicht, dass Caruso einfach wegfahren würde, wenn Branyon und er nicht an der verabredeten Stelle auftauchten. Nein, Caruso würde bis zum letzten Atemzug kämpfen, um seinen Partner und den Stationschef zu retten.

Chavez lud die Glock nach, sprang auf und lief durch den Wald zu der Stelle, wo er Pete Branyon zuletzt gesehen hatte.

In einer Feuerpause drückte sich Branyon mit seinen auf den Rücken gefesselten Armen aus dem Graben und rollte sich nach rechts unter die Bäume. Die letzten Schüsse, die er gehört hatte, waren zwanzig Meter hinter ihm am Zaun abgegeben worden. Das war alles andere als weit. Aber wenigstens schien der Weg vor ihm frei.

Kaum war er aufgestanden und losgerannt, krachte eine Salve aus mehreren Gewehren, die alle hinter ihm abgefeuert wurden.

Er beschloss, sich im Rennen hinzuwerfen, was mit Vorsicht geschehen musste, wenn man die Hände auf dem Rücken gefesselt hatte. Gerade als er abtauchte, hörte er, wie Geschosse in die Bäume um ihn herum klatschten.

Er fiel auf die Knie und stürzte nach vorn. Dann bekam er einen so gewaltigen Schlag gegen die rechte Schulter, dass er herumgewirbelt wurde und mit dem Rücken auf dem nassen Boden landete.

Es dauerte einen Moment, bis er begriff, dass er getroffen war, doch er blieb ruhig, was ihn selbst verwunderte. Er lag einfach nur da, starrte in die Dunkelheit über ihm, spürte den Regen im Gesicht und wartete darauf, dass dort, wo er den dumpfen Schlag gespürt hatte, der Schmerz anwuchs.

Doch da war kein Schmerz.

Er hörte wieder Schüsse, näher diesmal, auf der anderen Seite. Sekunden später sah er Lichtblitze, als jemand über ihm stand und schoss. Er wurde aus dem, was er sah, nicht schlau, denn das Licht hatte ihn geblendet, aber er fühlte Patronenhülsen auf seine Brust fallen, und er fragte sich, warum er nicht spürte, wie die Geschosse in seinen Körper eindrangen.

Dann aber packte ihn eine Hand an der verletzten Schulter. Ein Schmerz durchzuckte und blendete ihn, als ihn jemand vom Boden hochhob und dabei gegen die Wunde drückte.

Plötzlich stand er. Dann zog ihn jemand nach hinten, trieb ihn weiter, und die ganze Zeit über feuerte die Pistole in der Hand des Mannes, der ihn führte.

Branyon lief so schnell er konnte, war aber wackelig auf den Beinen und musste sich auf den anderen stützen, um nicht das Gleichgewicht zu verlieren.

Sie waren wohl eine halbe Minute gelaufen, als der Mann mit ihm neben einer Schotterstraße stehen blieb.

Hinten an der Hütte fielen vereinzelt noch Schüsse, doch der Mann erwiderte das Feuer nicht mehr.

»Schießen Sie!«, schrie Branyon.

»Keine Munition mehr. Unser Wagen muss jeden Moment hier sein. Hey, hat es Sie erwischt? Meine Hand ist voller Blut.«

Branyon erkannte die Stimme von Domingo Chavez.

Ein schwarzer Wagen hielt neben ihnen in der Dunkelheit. Branyon hörte, wie eine Tür aufging, und dann, wie eine Kugel die Windschutzscheibe durchschlug.

Chavez stieß ihn auf den Rücksitz, sprang hinter ihm hinein und prallte mit voller Wucht gegen seine verletzte Schulter.

Der CIA-Stationschef schrie vor Schmerz auf.

»Los!«, rief Chavez.

Und dann heulte der schwarze Wagen auf und raste, Schlamm und Wasser aufwirbelnd, rückwärts nach Norden los.

Branyon wollte sich aufsetzen, aber Chavez drückte ihn nach unten und deckte ihn mit seinem Körper. »Liegen bleiben, Branyon! Noch sind wir längst nicht aus dem Schneider!«

Der Land Cruiser bekam fünf Schüsse in Kühlergrill, Motor und Windschutzscheibe, bevor Caruso rückwärts aus dem Wald schoss und wendete, dann das Licht einschaltete und Gas gab. Sie rasten auf der Schotterstraße in nördlicher Richtung zurück nach Tabariškės, wo sie die zweispurige Asphaltstraße nehmen konnten, die bis nach Vilnius führte.

Chavez packte sein Verbandszeug aus, um Branyons Schulter zu verarzten. Ein blutiger Gewebelappen, groß wie ein Pfirsich, hing vom hinteren Deltamuskel des Mannes herab.

»Scheiße!«, brüllte Branyon. »Das tut weh!«

»Kann ich mir denken«, sagte Chavez. »Aber Sie sind in Ordnung. Das Schlüsselbein könnte gebrochen sein, aber das bringt Sie nicht um.«

»Scheiße«, fluchte Branyon, dem die Behandlung der Wunde kaum zu ertragende Schmerzen bereitete. Dann sagte er: »Donlin ist tot.«

»Ja«, erwiderte Ding. »Wir haben alles mit angesehen. Wir wollten Sie anrufen, aber Handy und Satellitentelefon waren gestört.«

Branyon sah Chavez überrascht an. »Sie machen doch Witze.«

»Nein, wieso? Die Russen haben versucht, einen CIA-Chef zu entführen und über die Grenze zu bringen. Wieso wundert es Sie da, dass sie auch die Kommunikation in dem Gebiet lahmlegen?«

Branyon zuckte erneut vor Schmerz zusammen, als Chavez QuickClot, eine blutstillende Wundauflage, auf den offenen Teil der Wunde aufbrachte. Als er sich wieder gefasst hatte, sagte er: »Weil es keine Russen waren.«

»Was soll das heißen?«, fragten Ding und Dom wie mit einer Stimme.

Branyon schüttelte nur den Kopf. »Es waren keine Russen. Es waren auch keine Weißrussen.«

»Sie haben viel Blut verloren, Mann«, sagte Ding. »Sie reden irre.«

Branyon wollte mit der Schulter zucken, aber der Schmerz brachte ihn fast zum Erbrechen. Nach ein paar Sekunden sagte er: »Ich weiß nicht, was für eine Sprache sie gesprochen haben, aber russisch war es nicht. Es könnte tschechisch gewesen sein, bulgarisch, ungarisch, kroatisch, irgend so was. Aber definitiv kein Russisch.«

»Haben sie etwas zu Ihnen gesagt?«

»Nicht das Geringste. Die haben sich mit dem Gewehrkolben verständlich gemacht.«

Die Männer fuhren im Regen weiter und ließen die Grenze hinter sich. Branyons Information brachte Dom und Ding zu Bewusstsein, dass sie keine Ahnung hatten, was zum Teufel gerade geschehen war.

51

John Clark steuerte sein Dingi zu dem Holzsteg, an dem ein schwarzer, 30 Meter langer Schoner lag, an dessen Bordwand in weißer Farbe der Name *Willie T* gepinselt war.

Die *William Thornton 2* war ein alter Lastensegler, der in eine Bar umfunktioniert worden war und vor Norman Island lag. Unter Seglern hier auf den Britischen Jungferninseln war sie eine Institution, ein Bumslokal, in dem es Alkohol und Frittiertes gab für jeden, der es bis zu ihrem Liegeplatz schaffte.

Ihre Namenspatronin war genau hier gesunken, als sie nicht viel älter war als die jetzige Version, und es war nur eine Frage der Zeit, bis auch die auf den Meeresgrund sank, doch heute Abend wurde ausgelassen gefeiert, so ausgelassen, dass Clark auf der gesamten Fahrt von seinem Ankerplatz auf der anderen Seite der Bucht hierher die Musik gehört hatte.

Im Augenblick sah es so aus, dass hauptsächlich junge Leute auf dem überfüllten Boot waren. Mädchen in Bikinis sprangen vom oberen Achterdeck ins Wasser und ernteten dafür, obwohl die Höhe kaum vier Meter betrug, tosenden Applaus, als hätten sie sich von einer Klippe in Acapulco gestürzt.

Clark kletterte aus seinem Dingi, schlüpfte an einer größeren Gruppe Teenager vorbei, die auf einem Steg tanzten, der nicht den Eindruck machte, als wäre er als

Tanzfläche gedacht, und bahnte sich einen Weg über das lärmerfüllte Hauptdeck der Bar. Gut hundert Leute drängten sich hier auf engstem Raum, und Clark wünschte, er wäre früher am Tag gekommen, dann wäre ihm die Quetscherei erspart geblieben. Doch er kam ziemlich locker durch, einfach deshalb, weil die meisten betrunken und gut gelaunt und deshalb ausnehmend friedlich waren, besonders gegenüber einem Mann, der gelernt hatte, andere allein durch Körpersprache und Blicke nachgiebig zu stimmen.

Am Tresen bestellte er ein Ginger Ale mit Cruzan Rum, dann zwängte er sich zurück durch die Menge, die um die Aufmerksamkeit des einzigen Barkeepers buhlte, um noch etwas zu trinken zu ergattern.

Er nippte an seinem Getränk und nahm die Szenerie in Augenschein, die ihm nicht weniger hätte zusagen können, dann stieg er eine Wendeltreppe zum Oberdeck hinauf.

Auch hier war es voll, aber nicht ganz so, und nach einer Minute fand er ein Plätzchen an der rostigen Reling. Er lehnte sich dagegen und blickte hinaus auf die Lichter der Schiffe an den Liegeplätzen in der Nähe der Bar.

Er zählte insgesamt 24 Boote, darunter neun Katamarane, und er fragte sich, ob einer davon wohl das gesuchte Boot war.

Er war nämlich per Ausschlussverfahren zu dem Ergebnis gelangt, dass er einen größeren Katamaran suchte. Walker hatte erwähnt, dass er von vier Gorillas und den beiden Russen bewacht wurde. Und obwohl Clark gesehen hatte, dass Kate und Noah nur von zwei Leuten entführt worden waren, konnte er sich nicht vorstellen, dass bei einer Operation, bei der ein halbes Dutzend Personen einen gefügigen Mann zur Arbeit begleiteten, für zwei widerspenstige Entführungsopfer nur ein oder zwei Wächter abgestellt wurden. Nein, er war fest davon überzeugt, dass Kate und Noah mindestens ebenso viele Aufpasser hatten wie Terry.

Vier bis sechs Täter, plus die beiden Opfer: Das Boot, das er suchte, musste also acht Personen Unterkunft bieten, und das unter Umständen einen Monat lang.

Dafür brauchte man ein Boot von beachtlicher Größe.

Laut Terry hatte sich Kate darüber gewundert, dass sie auf dem Boot nicht seekrank geworden sei, und das hatte Clark auf den Gedanken gebracht, dass sie auf einem Katamaran sein könnte. Wenn sie bisher nur Erfahrungen mit Einrumpfbooten hatte, würde ein Katamaran für ihr Empfinden viel weniger schwanken, entsprechend geringer war die Gefahr, dass ihr schlecht wurde.

Und da war noch ein weiterer Punkt. Die Entführer waren mit einem Privatflugzeug gekommen, erzwangen hier die Abwicklung eines Geschäfts im Umfang von acht Milliarden Dollar und waren, wenn Clark richtig vermutete, mindestens zu zehnt.

Da lag der Gedanke nahe, dass sie nicht zu knausern brauchten, was das Boot anging. Sie hatten kein Boot gemietet, sondern eines gekauft, und wahrscheinlich ein gut ausgestattetes und schnelles.

Dies alles im Hinterkopf, ließ Clark den Blick über die Liegeplätze wandern.

Da draußen lagen zwei Katamarane, die über 15 Meter lang waren und somit der Größe entsprachen, die ihm vorschwebte, doch an beiden prangten der Name eines Bootsverleihs. Außerdem sahen sie nicht schneller aus als alle anderen Boote, und so hielt er es für sehr unwahrscheinlich, dass eines von ihnen in die Sache verwickelt war.

Das Problem war, dass es auf den Britischen Jungferninseln gut 25 Jachthäfen dieser Größe oder darüber gab und mehrere Dutzend kleinere. Zudem schrieb kein Gesetz den Entführern vor, mit ihrem Boot in einem

Jachthafen zu ankern. Nein, Clark hielt es für möglich, wenn nicht sogar für wahrscheinlich, dass sie sich eine ruhige, versteckte Bucht auf einer der 70 Inseln gesucht hatten und dort vor Anker gegangen waren.

Wenn er auf der Suche nach ihnen einfach nur herumfuhr, würde er sie nie finden. In einem Jahr nicht.

Er brauchte Hilfe.

Zwischen der Schar junger Leute, die auf dem Oberdeck saßen oder standen, bemerkte er eine Gruppe Männer, die nicht wie Touristen aussahen. Sie waren älter als der Durchschnitt, was zu beurteilen Clark schon etwas schwerer fiel, da keiner von ihnen über fünfundvierzig war, aber etwas an ihrer Kleidung und ihrem Verhalten weckte seine Neugier. Er versuchte, über das Deck hinweg Fetzen ihres Gesprächs aufzuschnappen, scheiterte aber kläglich. Er hatte zwar ein getarntes Abhörgerät dabei, mit dem er noch aus 30 Metern Entfernung in normaler Lautstärke geführte Gespräche belauschen konnte, doch wenn er es hier benutzte und sich ins Ohr steckte, würden Rap-Musik und Partylärm sein Trommelfell zum Platzen bringen, ein Trommelfell, das immerhin schon zahllose Feuergefechte überstanden hatte.

Da er nicht hören konnte, was die Männer sprachen, versuchte er, aus ihren Gesten herauszulesen, *worüber* sie sprachen.

In den ersten ein, zwei Minuten drehte sich ihr Gespräch eindeutig um Frauen, und zwar um gut gebaute Frauen – das hatte schon fast etwas von einer Karikatur. Danach aber verriet ihm ihr Gebärdenspiel, was er wissen wollte.

Die Männer waren Skipper.

Überzeugt, dass er gefunden hatte, weswegen er auf die *Willie T* gekommen war, trat er auf die fünf Männer zu und beugte sich über ihren Tisch. »Guten Abend, Gentlemen. Darf ich Sie zu einem Drink einladen?«

Die Männer schauten verdutzt auf, aber keineswegs argwöhnisch oder abweisend. Clark war hier in der Karibik, und die Männer waren Bootsführer, also stand ihre Antwort für ihn von vornherein fest. Die einen nickten, die anderen sagten Ja. Clark entfernte sich, und eine Minute später setzte er sich mit sechs Rum-Drinks zu ihnen. Jetzt gehörte er zu ihrer Runde, jedenfalls solange die Getränke vorhielten.

Die Skipper waren recht nett und bezogen Clark in ihre Unterhaltung mit ein, zeigten aber kein sonderliches Interesse an ihm. Er fragte sie nach ihren Booten und gewann sofort den Eindruck, dass zumindest einer brauchbare Informationen liefern konnte. Zwei von ihnen machten hier unten Ferien, besaßen aber eigene Boote und segelten regelmäßig. Die anderen drei waren Skipper, die man mieten konnte, ein US-Amerikaner, ein Uruguayer und ein Jamaikaner. Sie lebten das ganze Jahr hier und verdienten ihr Geld mit Touristen, die sie als Bootsführer für ihre gecharterten Jachten anheuerten und sich von ihnen zu ihren Wunschzielen steuern ließen. Alle drei waren momentan angeheuert, doch ihre Kunden steckten in ihren Kabinen irgendwo da draußen im Jachthafen, und sie hatten sich hier getroffen, um etwas zu trinken und Mädchen zu beobachten.

Clark musste fast schreien, um die grauenhafte Musik zu übertönen; eine Sängerin quäkte irgendwas von Milkshakes, wobei Clark nicht einmal den eintönigen Refrain verstand. Er erzählte den fünf Männern, dass er ein Irwin-Boot mieten und zwischen den Inseln herumsegeln wolle.

Der Skipper direkt neben ihm, ein Amerikaner aus Florida, nickte fast so, als wäre er interessiert, und fragte: »Können Sie denn ein Boot führen?«

Clark zuckte mit den Schultern. »Es geht so. Ich hatte mal eine Zwölf-Meter-Motorjacht, oben in der Chesapeake

Bay. Und in meiner Zeit bei der Navy bin ich gelegentlich gesegelt.«

Die Männer tauschten wissende Blicke. Offensichtlich hatte er sie nicht beeindruckt.

Ein anderer, einer mit britischem Akzent, sagte: »Ihr Boot war wohl ein rostiger, alter Eimer, was?«

Clark lachte gut gelaunt. Er wusste, dass ihn diese Männer für einen »Pächter« hielten, einen Mann, der ein- oder zweimal im Jahr auf die Inseln kam und ein Boot charterte und somit in ihren Augen kein richtiger Skipper war. Wahrscheinlich hielten sie Leute wie ihn sogar für eine Plage.

»Noch eine Runde?«, fragte er, und ihre Blicke wurden milder.

»Gerne«, sagte der große, hagere Jamaikaner.

Nachdem Clark mit einer weiteren Lage Rum zurückgekehrt war, beugte er sich näher zu dem neben ihm sitzenden Amerikaner hinüber. Die anderen hatten untereinander ein Gespräch angeknüpft und schlossen Clark aus. Er fragte den Mann, wo er in letzter Zeit gesegelt sei, und erhielt von ihm zur Antwort, dass er jeden Tag mindestens zwei oder drei verschiedene Inseln und Jachthäfen anlaufe.

Clark nickte, dann sagte er: »Ein großer Katamaran. Schnell und teuer. Ein halbes Dutzend Männer an Bord, vielleicht mehr. Haben Sie so einen gesehen?«

Der Mann sah Clark an. »Äh … wieso?«

»Sagen wir mal, ich bin auf der Suche nach jemandem.« Clark legte die rechte Hand auf den Tisch. Sie hielt einen 50-Dollar-Schein.

Der Skipper senkte den Blick und hob ihn wieder zu Clark. »Was für ein Katamaran?«

»Ich habe keine Ahnung. Dürfte erst diese Woche aufgetaucht sein. Das Boot selbst muss nicht neu in der Gegend sein, aber die Besatzung ist es mit Sicherheit. Ich vermute, dass sie nicht alle wie Segler aussehen.«

Der Mann fasste langsam nach dem Geldschein, doch Clark zog ihn weg. »Geben Sie mir was, dann gebe ich Ihnen was.«

»Wer sind Sie?«

»Ein Trottel, der Ihnen für eine Antwort auf eine leichte Frage hundert Dollar gibt.«

Ein zweiter Fünfziger erschien in Clarks Hand.

Der Amerikaner nickte langsam. »Ein Bekannter hat mir erzählt, dass er genau so was gesehen hat, was Sie suchen. Im Ernst. Ganz genau so was.«

»Ich muss mit dem Mann reden.«

»Für hundert Dollar Finderlohn bringe ich Sie zu ihm. Er wird auch hundert wollen.«

»Wenn die Info was taugt, bekommt er auch hundert Dollar«, erwiderte Clark.

Der Skipper schnappte sich die beiden Scheine, dann grinste er breit und blickte über den Tisch. »Diego?«

Der Uruguayer, ein braun gebrannter Mann mit Dreadlocks, schaute herüber.

Der Amerikaner sagte: »Dieses 20-Meter-Kanonenboot, an dem du neulich vorbeigekommen bist. Wo hast du es noch mal gesehen?«

»Letzte Nacht an der Südspitze von Guana Island«, antwortete der Gefragte vom anderen Tischende. »Es lag in einer kleinen Bucht westlich von Monkey Point.«

Clark legte den Kopf schief. »Ein *Kanonenboot*?«

Der Amerikaner lachte. »Es hat keine Kanonen oder so an Bord. Das ist ein Rennboot-Typ. Verdammt schön. Sieht aus wie ein Zwischending aus Katamaran und Raumschiff.«

Clark hob die Augenbrauen. Er hatte nichts in der Art zwischen den Britischen Jungferninseln herumsegeln sehen, da war er sich sicher.

»Was für eine Farbe hatte es?«, fragte er Diego.

»Kobaltgrau. Es heißt *Spinnaker II*.«

Clark hätte nicht im Traum daran gedacht, nach dem Namen des Bootes zu fragen. Mit so vielen Informationen hatte er nicht gerechnet. Er forderte sein Glück heraus. »Haben Sie zufällig gesehen, wer an Bord war?«

»Ein Haufen Typen. Weiße, Schwarze. Wie Rennsegler haben sie nicht ausgesehen. Das waren Pächter, so viel ist sicher.«

Clark war verwirrt. »Woher wissen Sie, dass es Pächter waren?«

»Der Blödmann hat an der verkehrten Stelle geankert. Wer so ein Boot hat, der will auch, dass die Leute es sehen. Der Ankerplatz war aber so gewählt, als wollten sie es verstecken.«

Clark nickte, dann fragte er: »Wie schnell ist so ein Katamaran?«

»Verdammt schnell. Der macht locker 35 Knoten.« Damit wandte sich Diego wieder dem Gespräch mit den anderen Männern zu.

Clark nickte erneut, als ob er sich nur für das Boot als solches interessierte.

Der Amerikaner flüsterte ihm zu: »Diegos hundert Dollar können Sie mir geben. Ich sorge dafür, dass er sie bekommt.«

Clark hätte ihm am liebsten geantwortet, dass er sich ins Knie ficken soll, doch er wollte es sich mit den Einheimischen nicht verderben. Gut möglich, dass er dem Typ noch mal über den Weg lief. Er wedelte mit dem Geld. »Sie geben es ganz sicher weiter, okay?«

»Aber klar. He, glauben Sie, es ist das Boot, das Sie suchen?«

Clark hatte in der Tat das Gefühl, dass es das richtige Boot war. Doch er schüttelte den Kopf. »Ich glaube nicht. Trotzdem würde ich es gern mal sehen. Klingt interessant.«

52

Jack Ryan junior saß an seinem Schreibtisch vor drei großen Bildschirmen voller Informationen. Sein Blick wanderte hin und her, dann begrub er das Gesicht in den Händen und rieb sich die Augen.

Es war ein langer und fruchtloser Tag gewesen, dabei hatte er so vielversprechend begonnen. Er hatte aus vielen verschiedenen Quellen verheißungsvolle Informationen bekommen, doch bis jetzt hatte sich nichts daraus ergeben.

Die Videoaufnahmen der Kameras auf Tarpon Island hatten ihn keinen Schritt weitergebracht. Die Entführer der Walkers, beide offensichtlich weiß und groß gewachsen, wussten, wie man mit einfachen Mitteln wirkungsvoll sein Gesicht verbarg. Sie hatten beide Hüte und Sonnenbrillen getragen, wahrscheinlich weil sie wussten, dass bald irgendein Arschloch an seinem Schreibtisch sitzen, jede Aufnahme angestrengt nach Hinweisen absuchen und Bilder durch die besten Gesichtserkennungsprogramme der Welt jagen würde.

Jack war dieses Arschloch, und er hatte nichts herausgefunden.

Wenn er ihnen bei ihrem dreisten Coup zusah, konnte er nur staunen, wie ruhig und lässig sie zu Werke gingen. Die Frau folgte ihren Opfern mit einem strahlenden Lächeln ins Haus. Dann erschien ihr Komplize auf dem Weg, der vom Strand heraufführte, und schlenderte in die große Villa, als gehörte sie ihm.

Die beiden machten so etwas nicht zum ersten Mal. Sie wirkten bei der Entführung ganz in ihrem Element.

Dies brachte Jack auf die Idee, im Rückgriff auf Informationen von Interpol und SIPERNet andere ungelöste Entführungsfälle in aller Welt unter die Lupe zu nehmen. Er sah sich Überwachungsvideos von 60 Verbrechen an und las die Berichte über 100 weitere, stieß aber auf keine andere Entführung, die Parallelen zu dieser hier aufwies.

Er hatte den Lunch ausfallen lassen und weiter nach Informationen über die Entführer der Walkers gesucht, aber nichts zutage gefördert, nur immer neue Zweifel. Seine Vermutung, dass die beiden Täter erfahrene Kidnapper waren, stand im Widerspruch zu der Tatsache, dass ihre Beschreibung auf keinen Verdächtigen in den von ihm untersuchten Fällen passte. Trotzdem stand für ihn fest, dass sie auf anderem Gebiet Erfahrung gesammelt haben mussten, nur deshalb konnten sie geradezu vor Selbstsicherheit strotzen, wenn sie ein Kind und seine Mutter aus ihrem Haus entführten.

Nachdem er sich den ganzen Morgen mit den Entführern beschäftigt hatte, widmete er sich am Nachmittag Andrej Limonow. Stundenlang versuchte er, den Weg seines Flugzeugs zurückzuverfolgen, bevor es in Luxemburg eingetroffen war, und festzustellen, wo er sonst noch gewesen sein und mit wem er gesprochen haben könnte. Aber auch diese Nachforschungen waren ergebnislos geblieben. Soweit er beurteilen konnte, hatte die Bombardier, die Limonows Strohfirma gehörte, fast den gesamten vorigen Monat bei einem Flughafenbetreiber auf dem Biggin Hill Airport gestanden, einem Geschäftsflughafen 20 Minuten südöstlich der Londoner Innenstadt.

Die Maschine war nirgendwo hingeflogen, was darauf hindeutete, dass sich Limonow in dieser Zeit in London aufgehalten hatte, aber das half Ryan nicht viel weiter.

Ein erneuter Misserfolg.

Außerdem hatte er den Tag über mehrmals mit Christine von Langer telefoniert. Ysabel war aus ihrem künstlichen Koma geholt worden und befand sich auf dem Weg der Besserung, was natürlich eine wunderbare Neuigkeit war. Allerdings würde sie noch mindestens zwei weitere Wochen im Krankenhaus bleiben müssen.

Christine war an Ysabels Krankenbett geblieben, obwohl sich die beiden überhaupt nicht kannten. Die amerikanische Millionärswitwe hatte auf einem kleinen Vinyl-Sofa geschlafen und Krankenhauskost gegessen, die zugegebenermaßen zwar besser war als in den Vereinigten Staaten, aber doch weit von dem entfernt, was sie gewohnt war.

Jack bedankte sich überschwänglich bei ihr, und sie drückte ihr Bedauern darüber aus, dass sie nicht mehr tun könne.

Jack fand, dass sie eine Menge tat. Ja, er war davon überzeugt, dass sie heute verdammt viel mehr geleistet hatte als er.

Genau in dem Moment, als er, die Ellbogen auf den Schreibtisch gestützt, dasaß, sich die Augen rieb und für heute frustriert aufgeben wollte, steckte Gavin Biery den Kopf in sein Kabuff.

»Wie geht's ihr?«

Jack schaute auf. »Ach, hallo. Ysabel? Sie wird wieder gesund. Irgendwann. Ich weiß nicht, ob sie richtig Glück oder richtig Pech gehabt hat.«

Gavin setzte sich auf den zweiten Stuhl an Jacks Schreibtisch. »Glück, dass sie noch am Leben ist. Ich schätze, nur darauf kommt es jetzt an. Alles andere ist egal.«

»Ja.« Jack bemerkte, dass Gavin einen Ordner in der Hand hielt. »Bitte sag mir, dass in dem Ordner etwas ist, was ich sehen möchte.«

»Also gut. In dem Ordner ist etwas drin, was du sehen möchtest.«

»Und was?«

»Die Telefonnachweise eines gewissen Luigi Vignali.«

»Wer zum Teufel ist …« Jack hielt inne und fuhr im Stuhl hoch. »Salvatore?«

»Ganz recht. Salvatore ist nicht sein richtiger Name. Was ja nicht sonderlich überrascht.«

»Was hast du über ihn rausgekriegt?«

Gavin kicherte. »Der Typ ist ein schlimmer Finger.«

»Du hast etwas Belastendes über ihn gefunden?«

»Ja, aber ich weiß nicht recht, wo ich anfangen soll. Vielleicht mit den Drogendelikten, oder mit der Diebstahlgeschichte.« Gavin senkte den Blick auf die Akte. »Diverse Festnahmen wegen Landfriedensbruchs in ganz Europa. Meist ging es dabei um die Belästigung von Prominenten in seiner Eigenschaft als Paparazzo, aber er hat sich auch stark in der Umwelt- und Antiglobalisierungsbewegung engagiert. In Paris ist er bei einer Protestaktion gegen Kernkraftwerke festgenommen worden, in Frankfurt bei einer Sitzblockade vor der Europäischen Zentralbank. Außerdem gab es eine Anklage wegen versuchter Brandstiftung beim Weltwirtschaftsforum in Davos.«

»Versuchte Brandstiftung? Was bedeutet das denn?«

»Er hat einen Molotowcocktail auf einen Bus voller reicher Konferenzteilnehmer geworfen, hatte den Lappen aber nicht mit Benzin getränkt, sodass die Flamme in der Luft ausgegangen ist.«

»Genial«, sagte Jack. Dies alles war auf den ersten Blick für seine Ermittlungen nicht relevant, verriet aber doch einiges über Charakter und Tüchtigkeit des Italieners. Jack war enttäuscht. Er hätte gern gehört, dass der Mann mit dem russischen Geheimdienst in Verbindung stand. »War's das?«

Gavin senkte wieder den Blick. »So ziemlich. Einmal hat er seine Mutter krankenhausreif geschlagen und ging dafür ein paar Tage in den Bau, aber Mama hat die Anzeige zurückgezogen.«

»Mann«, brummte Ryan.

»Sind Mütter nicht die Besten?«, witzelte Gavin. »Da wäre noch ein interessantes logistisches Detail. Ich habe sein Telefon geortet und festgestellt, dass er nicht in Rom ist.«

»Wo dann?«

»Er ist heute nach Brüssel geflogen und hat in einem Hotel im Europaviertel genächtigt. Ich habe auf die Gästeliste des Hotels zugegriffen. Er wohnt dort unter dem Namen Salvatore. Hat für eine Woche reserviert. Hotel Stanhope.«

»Was ist in Brüssel los?«, fragte Jack.

»Wie meinst du das?«

»Er verdient sein Geld damit, dass er Prominente fotografiert. Ist in Brüssel irgendwas los, was für einen Paparazzo von Interesse sein könnte?«

Gavin zuckte nur mit den Schultern. »Keine Ahnung, Ryan.«

Jack überlegte. »Ich auch nicht.«

Computerfreak und Geheimdienstanalytiker saßen einen Moment lang schweigend da. Keiner von beiden hatte den Finger am Puls des Geschehens in der Promiszene.

»Ich könnte ja ein paar Recherchen anstellen«, schlug Gavin vor.

»Wie?«, fragte Jack.

»Keine Ahnung. Den Fernseher einschalten oder so.«

Jack grinste, zum ersten Mal seit Luxemburg. »Ich frage mich, ob uns Gerry erlauben würde, zu Recherchezwecken die Zeitschrift *People* anzuschaffen.«

»Er hat Clark eine Wahnsinnsjacht genehmigt, da wette ich, dass er nichts dagegen haben wird.«

Jack fuhr auf seinem Stuhl herum und studierte den Brüsseler Veranstaltungskalender für die nächsten Tage. Es gab Konzerte und Theateraufführungen, politische Konferenzen und Firmenkongresse, da er aber keine Ahnung hatte, wonach er suchte, wusste er nicht recht, wie er die Suche eingrenzen sollte.

Er zuckte mit den Schultern. »Es gibt nur eine Möglichkeit, herauszufinden, was er vorhat. Man muss rüberfliegen und ihn observieren. Oder rüberfliegen, ihn an der Gurgel packen und die Information aus ihm herausquetschen.«

»Ich weiß, welche Methode dir lieber wäre«, sagte Gavin.

»Ja. Er hat etwas mit den Leuten zu schaffen, die Ysabel wehgetan haben. Ich weiß nicht, ob er wusste, was da vorging, oder ob er nur benutzt wurde.« Jack zuckte erneut mit den Schultern. »Und es ist mir, glaube ich, auch egal. Ich muss versuchen, über ihn an die anderen ranzukommen.«

Gavin lehnte sich etwas vor. »Gerry wird dich nie und nimmer allein nach Europa zurückfliegen lassen.«

Jack wusste, dass das stimmte.

»Weißt du was?«, sagte Gavin zu seinem Erstaunen. »Ich rede mit ihm, vielleicht erlaubt er, dass ich dich begleite und dir den Rücken freihalte.«

Jack schenkte Gavin ein herzliches Lächeln. Wenn Gerry ihn nicht alleine fliegen ließ, dann schon gar nicht in Begleitung eines übergewichtigen IT-Direktors, der stramm auf die sechzig zuging und bei Feldeinsätzen in den letzten Jahren sehr durchwachsene Leistungen gezeigt hatte. Er klopfte Gavin auf die Schulter. »Ich weiß das zu schätzen. Aber ich muss das erst mal alleine klären. Ich werde in Gerrys Büro marschieren und ihm sagen, wie wichtig es ist.«

»Viel Glück.«

Zehn Minuten später kam Jack wieder aus Gerrys Büro, einen Ausdruck bitterer Enttäuschung im Gesicht. Gerry hatte genau so reagiert, wie er befürchtet hatte: Er hatte seinen Wunsch, wieder nach Europa zu fliegen und Salvatore zu observieren, abgelehnt. Jack kehrte an seinen Schreibtisch zurück, klinkte sich in das Überwachungssystem des Hotels Stanhope in Brüssel ein und fing damit an, durch die verschiedenen Überwachungskameras zu scrollen.

Und wenn er die ganze Nacht hier sitzen musste, er würde etwas herausbekommen.

53

Kurz nach Mittag passierte John Clark mit seinem 17 Meter langen Segelboot Monkey Point an der Südspitze von Guana Island. Er kannte nicht die genaue Lage der Bucht, die der Skipper erwähnt hatte, doch die Insel war so klein, dass er sie in weniger als einer Stunde komplett umsegeln konnte.

Doch das war gar nicht nötig. Fünf Minuten später hatte er gefunden, was er gesucht hatte. Ein wuchtiger, aber schnittiger Katamaran, größer und imposanter als alles, was er bislang in den Gewässern um die Britischen Jungferninseln gesehen hatte, lag in einer kleinen Bucht auf der Südseite der Insel vor Anker, und zwar so versteckt, dass er von der Hauptsegelroute aus kaum zu sehen war.

Clark segelte im Abstand von einer Viertelmeile daran vorbei, unterließ es aber, mit dem Fernglas hinüberzusehen. Er blickte stur geradeaus und fuhr, am Ruder stehend, einfach weiter. Denn wenn es sich tatsächlich um das Boot handelte, auf dem die Entführungsopfer festgehalten wurden, war es sehr wahrscheinlich, dass in diesem Augenblick jemand an Deck, im Cockpit oder oben auf der Flybridge des Katamarans stand und ihn mit einem optischen Gerät beobachtete, dem keine Bewegung verborgen blieb. Solange er einen ungezwungenen Eindruck machte und sich aufs Segeln konzentrierte, statt die Buchten nach versteckten Booten abzusuchen, würde er keinen Verdacht erregen.

Eine Stunde später lag drei Buchten weiter auch Clarks Boot vor Anker, und er selbst saß in seinem Dingi und steuerte auf einen einsamen, abgeschiedenen Strand auf der Südwestseite von Guana Island zu.

Dort angekommen, klappte er den Außenbordmotor hoch und zog das drei Meter lange Boot auf den Sand, schulterte einen kleinen Rucksack und marschierte los.

Die Insel war bis auf ein einzelnes Urlaubshotel praktisch menschenleer und bestand hauptsächlich aus hohen, teils steilen Hügeln, verfügte aber über ein passables Netz von urigen Wanderpfaden. Clark folgte einem dieser Pfade über die Südspitze der Insel und brauchte fast eine Stunde, um die kleine Landzunge zu queren, die in das traumhafte Wasser hinausragte, ehe er schließlich unterhalb der Kuppe eines steilen Hügels anlangte. Er zog sein GPS zu Rate, verließ den sandigen Pfad und drang in die Mangroven daneben vor.

Nachdem er sich zehn Minuten lang mühsam durchs Dickicht gekämpft, dabei um die hundert Eidechsen gesehen und sich an Kakteen so die Arme und Beine zerkratzt hatte, dass er gar nicht mehr auf die Schmerzen achtete, duckte er sich in den Sand und legte die restliche Strecke bis zur Kuppe kriechend zurück.

Oben angekommen, blickte er über eine kleine Bucht. Tortola lag weit im Süden, und zu seiner Linken setzte gerade eine zweimotorige Pilatus zum Landeanflug auf den Flughafen an, auf dem Sherman und er drei Tage zuvor angekommen waren.

Doch er war nicht hier, um sich Tortola anzusehen. Denn viel näher, in der kleinen Bucht unter ihm, lag die *Spinnaker II* noch an derselben Stelle, wo er sie vor zwei Stunden entdeckt hatte. Als Erstes suchte er mit seinem Fernglas den Strand vor ihm ab. Das Letzte, was er jetzt gebrauchen konnte, war, dass ihn Landgänger von der *Spinnaker II* entdeckten.

Da. Zwei Männer saßen in Campingstühlen unter einem Baum. Beide hatten ein Fernglas im Schoß und eine Flasche Bier in der Hand. Sie wirkten ziemlich entspannt, aber möglicherweise lag das einfach nur daran, dass außer Eidechsen und Vögeln nirgendwo ein Lebenszeichen zu erkennen war.

Überzeugt, dass ihn die beiden Männer nicht sehen konnten, richtete er den Blick auf die *Spinnaker II.* Das Deck war leer, doch er bemerkte zwei Männer im Cockpit und einen weiteren Mann auf der Flybridge. Sie hatten alle die Hemden ausgezogen, waren groß, muskulös und relativ jung. Auch der Mann auf der Flybridge hielt offensichtlich Wache. In den fünf Minuten, die Clark ihn beobachtete, suchte er zweimal mit dem Fernglas die Wasserstraße im Süden ab.

Clark zählte fünf Männer: zwei am Strand und drei auf dem Boot. Sie machten einen gelassenen Eindruck, sahen aber so aus, als könnten sie jederzeit den Schalter umlegen und unangenehm werden. Wie Russen kamen sie ihm nicht vor. Einer war schwarz, und ein anderer hatte einen dunkleren Teint als alle Speznas-Angehörigen, die er jemals gesehen hatte.

Er hatte nur Indizien, die darauf hindeuteten, dass diese Männer die Walkers in ihrer Gewalt hatten, und nicht einmal genug, einen Schritt weiterzugehen. Er brauchte mehr Informationen darüber, was auf dem Boot vorging.

Um 15 Uhr brach er ab und stieg wieder den Hügel hinunter. Er würde in der Nacht wiederkommen.

Clark kehrte auf seine Irwin zurück und schlief ein paar Stunden. Nach dem Aufwachen grillte er sich auf dem Gasgrill ein Steak und machte sich in der Kombüse einen Salat. Dann setzte er sich ins Cockpit vor das Ruder und aß, wohl wissend, dass ihm eine lange Nacht bevorstand.

Gegen zehn packte er alles zusammen, was er in seinem Versteck oberhalb der *Spinnaker II* brauchte: Wasser, Proviant, Fernglas, Nachtsichtgerät, Mückenspray und ein Messer. Er war sich bewusst, dass er in eine Situation kommen könnte, die ihm keine andere Wahl ließ, als das Boot sofort im Alleingang anzugreifen. Zwar rechnete er sich gegen fünf Mann keine allzu guten Chancen aus, doch andererseits würde er nicht tatenlos zusehen können, wenn einer der Geiseln Gefahr drohte. Deshalb packte er für alle Fälle auch Schwimmflossen, Tauchermaske und Schnorchel ein und seine Pistole.

Um halb elf war er abmarschbereit. Er stand im Cockpit, trank eine Flasche Gatorade aus und lud gerade seinen Rucksack in das Dingi, als er das Schnurren eines Kleinmotors hörte, das leise über das Wasser drang. Er trat aufs Deck hinaus und ging ein paar Schritte, bis er erkannte, dass das Geräusch nicht vom Land, sondern vom Meer draußen kam. Da keine andere Jacht hier ankerte und kein vernünftiger Mensch mit einem Dingi den weiten Weg von Tortola hierher zurücklegen würde, war ihm sofort klar, dass er das Dingi der *Spinnaker II* hörte und dass es auf sein Boot zusteuerte.

Da seine Mastlichter brannten, konnte er nicht weiter als fünfzehn Meter in alle Richtungen sehen, deshalb holte er eine Taschenlampe aus dem Cockpit und kehrte an Deck zurück.

Seine SIG-Sauer-Pistole steckte in seinen Shorts rechts unter seinem T-Shirt, ein Klappmesser in der Cargotasche an seinem linken Bein. Ersatzmagazine waren in seiner Gesäßtasche verstaut. Er war kampfbereit, sich aber auch bewusst, dass er etwaigen Bewaffneten in dem nahenden Dingi ein leichtes Ziel bot, wenn er auf dem beleuchteten Deck stehen blieb.

Doch wenn er andererseits jetzt übers Deck rannte und in Deckung ging, war doch ziemlich offensichtlich, dass er nicht nur irgendein Segler war, der in dieser Bucht ein wenig Ruhe und Entspannung suchte.

Dann kam das Dingi in Sicht. Zwei Männer waren an Bord, und Clark erkannte in ihnen die beiden, die er auf dem grauen Katamaran gesehen hatte. Einer winkte ihm im Näherkommen und rief mit deutlichem Akzent: »Abend, Skipper!«

Sie warfen Clark ihre Leine zu. Er fing sie auf und befestigte sie an einer Klampe.

»Guten Abend«, antwortete er, bemüht, aufgeräumt und arglos zu klingen.

Sie kamen an Bord geklettert. Beide waren Mitte dreißig und durchtrainiert. Einer hatte kurzes, braunes Haar und einen stattlichen Bart, der andere war völlig kahl und an beiden Armen von oben bis unten tätowiert. Der Bärtige bewegte sich mit der Selbstsicherheit und Gewandtheit eines Mannes, der in seinem Element war, während sich der Glatzkopf auf Booten nicht sonderlich wohlzufühlen schien. Er brauchte eine Weile, bis er sich aus dem schaukelnden Dingi an Deck gehievt hatte, was für einen richtigen Seemann eine leichte Übung war.

Clark musterte die Tattoos der beiden, doch sie lieferten ihm keinen Hinweis.

»Wie geht's?«, fragte der Bärtige. Er war offensichtlich Südafrikaner, was Clark etwas überraschte. Sie gaben einander die Hand. Der Südafrikaner stellte sich als Kip vor, der Kahlköpfige als Joe.

»Gut«, antwortete Clark, immer noch den freundlichen Urlauber mimend. »Willkommen an Bord. Wollen Sie ein Bier?«

»Aber immer«, antwortete Joe.

Clark stieg in den Salon hinunter, griff sich drei Flaschen kaltes Caribe-Bier und kam wieder herauf. Während er sie herumreichte, sagte Kip: »Eine hübsche Ketsch haben Sie da. Sind Sie allein hier draußen?«

»Klar«, antwortete Clark. »Ich wollte gerade Schluss für heute machen.«

Der andere Mann ließ den Blick über das Boot gleiten. »Gemietet?«, fragte er mit amerikanischem Akzent.

»Ja. Nur für zwei Wochen.«

Clark spürte, dass er den Männern irgendwie verdächtig war. Das fand er merkwürdig, denn er war sich sicher, dass er auf dem Hügel nicht bemerkt worden war, und er konnte sich nicht vorstellen, wie sie sonst darauf kommen könnten, dass er sich für sie interessierte.

»Ziemlich einsame Ferien, die Sie hier machen«, sagte Kip.

Clark nickte. »Das kann man wohl sagen. Meine Freundin sollte eigentlich mitkommen, aber dann ist in letzter Minute etwas dazwischengekommen.«

Clark trug seinen Ehering, doch ein verheirateter Mann auf einem Boot, der von seiner Freundin sprach, erregte hier unten keinen Verdacht.

Die beiden Männer standen einfach da und starrten Clark an, ohne etwas zu sagen. Er begriff, dass sie ihm Angst einjagen wollten, und bei einem durchschnittlichen Mittsechziger wäre ihnen das wohl auch gelungen.

Clark hingegen würde nicht zögern, die beiden zu töten, wenn es nötig sein sollte. Er war nicht eingeschüchtert, nur verärgert.

Gleichwohl würde sich die Person, die ihm als Tarnidentität diente, ein etwas schmieriger Rentner, der hier zwei Wochen Segelurlaub machte, leicht von zwei Männern einschüchtern lassen, die sich in dieser Weise vor ihm aufbauten, und so schluckte Clark schwer und zuckte leicht mit dem Mund, als wäre er nervös.

»Hören Sie«, sagte der Mann, der sich Kip nannte. »Drüben auf Scrub Island gibt es einen hübschen Jachthafen und Segelklub. Nur ungefähr zwanzig Minuten von hier. Ein Mann, der hier unten allein unterwegs ist, wäre doch gut beraten, dort einen Ankerplatz zu nehmen, in die Bar raufzugehen und sich eine nette, reife Lady anzulachen.«

Clark schwieg dazu.

»Statt sich in dieser trostlosen kleinen Bucht zu verkriechen«, ergänzte der andere Mann.

Clark schüttelte den Kopf. »Ich verkrieche mich nicht.«

Der Südafrikaner zuckte mit den Schultern und trank noch einen Schluck von seinem Caribe.

Clark war klar, dass er nun seinerseits etwas fragen musste.

»Kommen Sie von der Küste?«

»Wir? Nein. Wir haben einen kleinen Kat in der nächsten Bucht.«

Ihr Katamaran war nicht klein, und er lag nicht in der nächsten Bucht, aber Clark nickte nur und nippte an seinem Bier. Die Situation wurde immer unbehaglicher, und Clark fuhr sich sogar ein paar Mal über die Stirn, wie um Schweiß wegzuwischen. Schließlich sagte er: »Hört mal, Jungs. Wie ich schon sagte, ich wollte gerade Feierabend machen.«

Die Männer tranken schweigend ihr Bier aus.

Auf dem Hauptdeck sagte der Glatzköpfige: »Bei Sturm ist die Bucht hier nicht wirklich sicher. Der Jachthafen ist viel sicherer.«

Kip setzte hinzu: »Das Boot ist wirklich schön. Es wäre ein Jammer, wenn ihm etwas zustößt.«

Clark legte den Kopf schief, weiter den nervösen Pensionär mimend. »Was sollte ihm denn zustoßen?«

»Was ich gehört habe, soll ein Unwetter aufziehen«, antwortete Joe mit bösartigem Unterton.

Clark nickte. Natürlich hatte er die Wetterberichte verfolgt. Nur klarer Himmel und mäßiger Wind waren vorausgesagt.

»Okay«, sagte er. »Dann werde ich wohl gleich morgen früh den Anker lichten und mir einen anderen Platz suchen. Einen passenderen.«

Kip zwinkerte ihm zu. »Klingt vernünftig, alter Knabe. Schönen Abend noch.« Er stellte die Flasche ab und ging zur Reling.

Joe stieg hinter Kip in das Dingi, und die beiden fuhren davon. Sie entschwanden dem Blick, sobald sie über den Lichtkegel der Mastlichter hinaus waren. Clark blieb an Deck stehen und lauschte noch eine Minute lang dem Motorengeräusch.

Dann kehrte er ins Cockpit zurück, setzte sich hin und dachte über das Gespräch nach. Er war überzeugt, dass die Männer keinen ernsthaften Grund hatten, ihm zu misstrauen. Wahrscheinlich waren sie einfach nur Arschlöcher, die den Befehl hatten, mögliche Gefahren von ihrem Unternehmen fernzuhalten, und Eigeninitiative zeigten.

Diese Typen waren keine Drahtzieher bei diesem Verbrechen. Sie waren nur Männer fürs Grobe, denen so viel Verantwortung übertragen war, dass sie es verbocken konnten. Natürlich hieß das nicht, dass sie unfähig waren, ihren Job zu erledigen, wenn es darum ging, auf Befehl ihres Chefs von ihren Waffen oder Fäusten Gebrauch zu machen.

Clark wartete bis Mitternacht, ehe er aufbrach. Natürlich hatte er ursprünglich vorgehabt, das Dingi zu nehmen, aber er wusste nicht, ob die beiden Schläger von der *Spinnaker II* in seiner Abwesenheit zurückkommen und das Boot inspizieren würden. Wenn sie sahen, dass das Dingi mitten in der Nacht am Strand lag, würde ihr Verdacht, dass Clark nicht der war, für den er sich ausgab, zur Gewissheit werden. Also zog er sich bis auf die Shorts aus, sprang mit seinem Rucksack ins Wasser und legte die Flossen an. Sekunden später strampelte er durchs dunkle Wasser Richtung Strand.

Er war außer Atem, als er dort ankam, doch er lag gut in der Zeit, und wenige Minuten später hatte er sich so weit erholt, dass er den langen Marsch antreten konnte.

Eine Stunde später erklomm er den steilen Hang, sank auf die Knie und legte die letzten Meter kriechend zurück. Als er über die Kuppe spähte, brauchte er einen Moment, um sich zu orientieren. Er blickte in die kleine Bucht unter ihm hinab, dann zog er das Nachtsichtgerät aus dem Rucksack.

Nachdem er das Gerät mehrmals über die Bucht geschwenkt hatte, ließ er enttäuscht die Schultern hängen.

Der große Katamaran war fort.

54

Präsident Jack Ryan setzte sich wieder an den runden Tisch im Konferenzraum in Kopenhagen, den 26 andere Regierungschefs umringten; die litauische Präsidentin war bereits in ihr Land zurückgekehrt.

Seine größte Verbündete in dieser Frage war fort, sagte er sich.

Bevor die Diskussion begann, versuchte er einzuschätzen, wer hinter ihm stand. Der Unterstützung Polens, Lettlands und Estlands wie auch anderer osteuropäischer Nato-Mitgliedsstaaten war er sich sicher. Außerdem zählte er auf Großbritannien und Deutschland, obwohl ihm Letzteres nicht eindeutig signalisiert hatte, dass es mit von der Partie war.

Hinter den meisten anderen Ländern stand ein Fragezeichen, aber er würde bald erfahren, woran er mit ihnen war.

Ryan hatte keine Jubelstürme nach seiner zehnminütigen Ansprache erwartet, dass man aber so schnell die Dolche zücken würde, damit hatte er auch nicht gerechnet. Gleich nach Wiederbeginn der Beratungen erteilte der Nato-Generalsekretär dem französischen Präsidenten das Wort, einem 60-Jährigen mit einem Funkeln in den Augen, das eine schnelle Auffassungsgabe verriet. Natürlich war er Sozialist und hundertmal liberaler als Ryan, aber stets respektvoll im Umgang mit dem amerikanischen Präsidenten. Er sprach französisch, aber seine

Worte gelangten, flink übersetzt, über einen Funk-Ohrhörer in Ryans linkes Ohr.

»Wir haben alle das Informationspapier gelesen, das Sie an uns verteilt haben, Präsident Ryan, aber offen gestanden stützt sich ein Großteil Ihrer Behauptungen lediglich auf Vermutungen. Sie werfen dem FSB vor, dass er nahezu bei allen unerfreulichen Vorfällen der letzten Wochen die Finger im Spiel hatte.«

Ryan wahrte einen gemäßigten Ton. »Ich habe fünf Vorfälle aufgeführt, von denen ich glaube, dass Russland sie inszeniert oder daran mitgewirkt hat. Zu meinem Bedauern muss ich sagen, dass zusätzlich zu diesen fünf Vorfällen viel weiteres Unheil auf der Welt geschehen ist. Ich habe Walerij Wolodin beispielsweise weder für den Bombenanschlag auf die Moschee in Tunesien am Dienstag noch für den Krieg der Drogenkartelle in Mexiko verantwortlich gemacht, um nur zwei Fälle zu nennen, die Schlagzeilen gemacht haben.«

Der französische Präsident winkte ab. »Wie dem auch sei, Ihre Anschuldigungen erscheinen mir ziemlich weit hergeholt. Und selbst wenn wir Ihren radikalen Vorschlag, Panzer des Bündnisses nach Litauen zu verlegen, einmal beiseitelassen, stimmt mich auch Ihre Forderung nach weiteren Sanktionen bedenklich. All das Gerede über die Reichen, die dem Volk die Macht entreißen. Im Grunde beschuldigen Sie die Russen, einen kriminellen Staat zu betreiben. Ein Schurkenregime.«

»In gewisser Hinsicht, ja.«

»Sie meinen damit nichts anderes als Korruption«, fuhr der französische Präsident fort. »Sollen wir jeden Staat ächten, in dessen System Korruption verbreitet ist?«

»Korruption ist im russischen System nicht verbreitet, Herr Präsident. Sie ist das System.«

»Wie auch immer, jedenfalls haben wir nicht über die inneren Angelegenheiten eines Landes zu richten, schon gar nicht, wenn es kein Nato-Mitglied ist. Wir müssen es den Russen überlassen, die organisierte Kriminalität in ihrem Land zu bekämpfen.«

»Verzeihen Sie«, sagte Ryan, um einen gleichmütigen Ton bemüht, obwohl sich seine Stimmung verdüsterte. »Aber wenn der Staat selbst eine kriminelle Organisation ist, wird er kriminelle Organisationen nicht wirkungsvoll bekämpfen.«

Nun ergriff der Ministerpräsident der Niederlande das Wort, ein gut aussehender Endfünfziger, der wie Ryan englisch sprach. »Mr. President, Sie reden so, als hätten die Russen nach ihrer Invasion in der Ukraine etwas vorzuweisen. Dieser Auffassung muss ich widersprechen. Seit einem Jahr werden sie erfolgreich in Schach gehalten. Sie sind nicht auf der Siegerstraße.«

Ryan nickte. »Gemessen an ihrem ursprünglichen Ziel? Nein, sie waren nicht erfolgreich, da haben Sie recht. Aber sehen Sie sich die Landkarte von vor zwei Jahren an, und dann sagen Sie uns, dass Russland heute nicht in einer besseren Position ist. Gemessen an der Karte von vor zwei Jahren ist es auf der Siegerstraße.«

»Ein berechtigter Einwand, Mr. President«, räumte der Niederländer ein. »Aber Sie verlangen von uns, dass wir einen Krieg mit Russland um Litauen riskieren.«

»Ich verlange nur, dass Sie sich an den Nato-Vertrag halten, den auch Ihr Land unterzeichnet hat«, entgegnete Ryan.

Der junge Niederländer zuckte leicht abschätzig die Schultern. »Wegen einer russischen Landbrücke, die durch Litauen zu einer russischen Exklave führt. Hören Sie, ich würde Sie bei Ihrem Vorhaben liebend gerne unterstützen. Die Rolle der Russen bei dem Flugzeugunglück ist bestürzend, und ihre Worte und Taten sind höchst bedauerlich. Außerdem gebe ich zu, dass die Nato schwach erscheinen wird, wenn wir nichts tun. Aber noch liegt kein Bündnisfall nach Artikel fünf vor, folglich sind wir nicht *verpflichtet,* etwas zu tun.«

»Aber wenn der Bündnisfall erst eingetreten ist, haben wir keine Möglichkeit mehr, etwas zu tun«, erwiderte Ryan. »Russland kann Litauen nach Belieben einnehmen.«

»Und mein Land kann es nicht verhindern«, sagte der niederländische Ministerpräsident. »Hören Sie, reden wir doch Klartext. Russland hat eine Dreiviertelmillion aktive Soldaten. Die Niederlande *17 000.* Sie haben 760 Angriffsflugzeuge und Abfangjäger. Wir 69. Sie haben 352 Kriegsschiffe. Wir 23.«

Er hielt kurz inne, räusperte sich und fuhr dann fort. »Sie haben 15 000 Panzer. Wir keinen einzigen.« Er lächelte, als hätte er Ryan gerade schachmatt gesetzt, dann wiederholte er eindringlicher: »*Keinen einzigen,* Mr. President.«

Und wer ist daran schuld, verdammt? Ryan sprach es nicht aus, dachte es aber so intensiv, dass er sich fragte, ob die Dolmetscher seine Gefühle nicht erspürten und an die Runde weitergaben. Europa als Ganzes hatte hoch gepokert und auf einen dauerhaften Weltfrieden gesetzt, oder zumindest auf einen dauerhaften Frieden in Europa, und die Wette war nicht aufgegangen. Jetzt musste Ryan ihnen die Zustimmung abringen, ein paar Tausend ihrer Soldaten in Marsch zu setzen, um einen Krieg in Europa zu verhindern, während Amerika die Hauptlast tragen würde.

»Ich gebe zu, dass Ihr Land und viele andere, die hier vertreten sind, Russland militärisch hoffnungslos unterlegen sind«, sagte er. »Umso mehr sollten Sie meinen Vorschlag annehmen. Wenn Wolodin nach Litauen spaziert ohne Reaktion unsererseits, wird er auch in Polen einmarschieren. Und dann auch vor den übrigen baltischen Staaten nicht mehr zurückschrecken. An diesem Punkt, da bin ich mir sicher, werden wir uns im Krieg befinden, nur ist die Frage, wie viele Panzer Sie dann haben werden. Immer noch keinen? Oder werden Sie dann radikal aufrüsten und 25 anschaffen?«

Der Niederländer funkelte Ryan zornig an.

Ryan fuhr fort: »Sie können einen größeren Flächenbrand verhindern, wenn Sie jetzt klare Kante zeigen.«

Der britische Premier ergriff das Wort. Er versicherte Präsident Ryan, dass das Vereinigte Königreich hinter ihm stehe und seine Vorschläge unterstütze, und beschwor dann die übrigen Teilnehmer, sich gut zu überlegen, welch schwerer Schlag es für die Nato wäre, sollte sie ein Mitgliedsland an russische Panzer verlieren. Nach ihm sprach der junge polnische Ministerpräsident. Er stieß in dasselbe Horn und versicherte Ryan, dass Polen bei diesem Kampf fest an seiner Seite stehen werde.

Doch danach meldete sich wieder der französische Präsident zu Wort. »Mein Nachrichtendienst sieht keinen bevorstehenden Angriff auf Litauen. Gewiss, es ist eine Provokation, dass Russland ausgerechnet jetzt so umfangreiche Truppenübungen durchführt, aber wie es scheint, tut es das alle paar Jahre.«

Ja, hätte Ryan am liebsten gesagt, und wie es scheint, marschiert es auch alle paar Jahre in ein Nachbarland ein. Aber er verkniff es sich und hielt den Mund.

»Deshalb sehen wir keine Krise, wie Sie sie uns schildern«, fuhr der französische Präsident fort. »Darüber hinaus stellt Frankreich momentan einen großen Anteil der Truppen und Waffen für die schnelle Nato-Einsatzgruppe VJTF, einen größeren als alle anderen bis auf die Vereinigten Staaten. Wir sind der Meinung, dass wir eine unverhältnismäßig große Last tragen müssten, wenn es zu einer russischen Invasion kommen sollte.«

Ryan überlegte, ob er diplomatisch antworten sollte.

Aber nicht lange.

»Herr Präsident«, sagte er. »Sie sagen, Russland werde

nicht angreifen und deshalb sei es nicht nötig, die VJTF nach Litauen zu verlegen. Und im nächsten Atemzug erklären Sie, dass Sie keine Verlegung der VJTF wollen, weil Ihre Soldaten am stärksten betroffen wären, falls Russland doch angreift.«

Ryan sah den französischen Präsidenten an, dann blickte er zur deutschen Kanzlerin, seiner guten Freundin Marion Schöngarth. Den Gesichtern der beiden war anzusehen, dass er mit seiner letzten Bemerkung Frankreich verloren und Deutschland gewonnen hatte.

Ein Vorstoß.

Die dänische Ministerpräsidentin war nie ein Fan von Ryan gewesen, wie er vom Umgang mit ihr wusste und nicht zuletzt auch von ihren Äußerungen über ihn in der Presse. Wenn jemand in der Runde regelrechte Hassgefühle gegen den US-Präsidenten hegte, dann sie. Sie zog das Mikrofon näher zu sich heran, ehe sie sprach, und Ryan griff zu seinem Glas Wasser, wohl wissend, dass er auf das, was nun kam, energisch würde reagieren müssen.

»Wenn wir Truppen nach Litauen verlegen, laden wir Wolodin förmlich zu einer Invasion ein«, sagte die dänische Ministerpräsidentin. »Wir liefern ihm damit den Vorwand, den er braucht. Wollen Sie das wirklich? Wollen Sie uns wirklich in einen gewaltsamen Konflikt hineinziehen?«

Ryan schüttelte den Kopf. »Wir laden Wolodin zu einer Invasion ein, wenn wir keinen Sperrverband nach Litauen schicken, denn darin sieht er nur eine Schwäche und einen Erfolg seiner Einschüchterungstaktik. Sie glauben, wir würden nichts tun, aber wir würden sehr wohl etwas tun. Wir würden ziemlich aktiv klein beigeben. Je früher wir erkennen, wie Walerij Wolodin die Welt sieht, desto eher werden wir verstehen, wie wir ihm entgegentreten müssen.«

»Verzeihen Sie, wenn ich offen ausspreche, was viele in diesem Raum denken, Mr. President«, entgegnete die dänische Ministerpräsidentin. »Ich glaube, hier geht es eher darum, wie *Sie* die Welt sehen. *Sie,* Präsident Ryan, sind der reaktionäre Eiferer. Walerij Wolodin ist niemand, den man fürchten muss. Er ist ein Westentaschendiktator mit einer veralteten und ineffizienten Armee.«

Ryan fragte sich, wie lange sich Dänemark gegen Russlands »veraltete und ineffiziente Armee« halten könnte. Seine 57 Panzer würden sich vermutlich wacker schlagen, doch wenn sie nur eine halbe Woche gegen Russland durchhielten, würde man noch in hundert Jahren von ihrem heroischen Kampf sprechen.

»Da muss ich leider widersprechen. Ja, er hat schlechte Karten auf der Hand, aber er spielt damit wie der beste Pokerspieler auf dem Planeten.«

»Wolodin hat dem dänischen Volk nichts getan«, sagte die Ministerpräsidentin. »Und nichts, was er in Litauen getan hat, rechtfertigt die Ausrufung des Bündnisfalls nach Artikel fünf, das gilt auch für seine Drohungen. Ich befürworte eine Verschärfung der Sanktionen – die Flugzeugkollision können wir als Begründung mit anführen. Aber ich möchte einen Mann wie Wolodin nicht gegen mich aufbringen.«

Jetzt ergriff die deutsche Kanzlerin Marion Schöngarth das Wort. »Unser Nachrichtendienst ist ziemlich gut, Mr. President. Vielleicht ist er nicht so gut wie die CIA, wenn es darum geht, Verbündete auszuspionieren, aber er kennt Russland.«

Ryan ignorierte die Spitze. Ein Whistleblower hatte eine CIA-Abhöraktion in Deutschland enthüllt, und Ryan hatte damit gerechnet, dass er hier damit konfrontiert werden würde. Er erwiderte nichts. Er hatte sich für den Wirbel bereits entschuldigt und wollte es dabei bewenden lassen.

Schöngarth fuhr fort. »Und mein Nachrichtendienst sagt, dass Wolodin auf ein Zeichen von uns wartet. Er wird all das tun, wovon Sie gesprochen haben, und zwar in der Hoffnung, einen eindeutigen Hinweis darauf zu bekommen, dass wir nicht zurückschlagen werden. Erst wenn wir eindeutig zu erkennen geben, dass wir nicht bereit sind, für Litauen zu kämpfen, erst dann wird er einmarschieren.«

Der spanische Ministerpräsident schrie förmlich in sein Mikrofon: »Dann blufft er nur. Sie haben es gerade gesagt. Wir müssen nur beharrlich behaupten, dass wir Vergeltung üben werden, dann wird er einlenken. Wir sollten keine Truppen bewegen, denn das wäre eine zu große Provokation. Das wird eine Reaktion herausfordern, die ausbleibt, wenn wir kühlen Kopf bewahren.«

Ryan kämpfte gegen seine wachsende Verzweiflung an. »Als wir ehemalige Ostblockstaaten in die Nato aufgenommen haben, wussten wir, dass es dazu kommen könnte. Die Nato ist keine Wirtschaftsgemeinschaft. Sie ist keine Organisation für Kulturaustausch. Sie ist ein Militärbündnis. Wir haben dieses Bündnis nicht geschlossen, um den Käsehandel zwischen unseren Ländern zu fördern. Nein, sondern um uns gegenseitig zu schützen.« Er machte eine Pause. »Und einer von uns läuft Gefahr, von der Landkarte getilgt zu werden.«

»Das Bündnis ist dazu da, einen Krieg in Europa zu verhindern«, sagte der französische Präsident. »Die ehemaligen Ostblockstaaten wollen Vergeltung an Russland.« Er trank einen Schluck Wasser. »Aber Vergeltung zu üben ist nicht Sache der Nato.«

»Hier geht es nicht um Vergeltung für Verbrechen, die mehr als ein Vierteljahrhundert zurückliegen«, sagte Ryan. »Hier geht es darum, Menschen und ihre Lebensgrundlagen und Zukunft vor einer aktuellen, unmittelbaren und existenziellen Bedrohung zu schützen.«

Und geduldig fügte er hinzu: »Ich bin fest davon überzeugt, dass eine Verlegung von Truppen nach Litauen die Gefahr, dass es dort zu einem Krieg kommt, drastisch verringert. Deswegen bin ich heute hier.«

Wieder ergriff die dänische Ministerpräsidentin das Wort. Langsam wurde das Ganze zu einem Kesseltreiben gegen Ryan. »Wenn es stimmt, dass er uns in einen Krieg hineinzuziehen versucht, wie Sie behaupten, besteht ja kein Grund zur Besorgnis«, sagte sie. »Außer Ihnen will nämlich niemand in diesem Raum einen Krieg führen. Also können wir uns auch nicht in einen hineinziehen lassen.«

Die Bemerkung war so vorhersehbar, dass Ryan nicht mehr weiterwusste. Er hatte bessere Argumente gegen ein Engagement erwartet als die, die er zu hören bekam. Sie kamen fast einer präventiven Kapitulationserklärung gleich.

Er beugte sich zum Mikrofon vor. »Es mag Ihnen lästig sein, dass wir Länder in die Nato aufgenommen haben, die das Bündnis jetzt tatsächlich um Hilfe anrufen, aber wo kommen wir denn hin, wenn wir nicht entschieden auf einen Verteidigungsfall nach Artikel fünf reagieren?«

»Wo kommen wir hin, wenn wir es tun?«, blaffte die dänische Ministerpräsidentin zornig.

Der italienische Ministerpräsident schaltete sich ein. »Sie haben gesagt, dass er ohne Krieg einmarschieren wird, wenn er merkt, dass er damit durchkommt. Also, er marschiert ein, und wir werden hineingezogen, oder er marschiert ein, und wir halten uns heraus. Nun … ich neige entschieden dazu, uns herauszuhalten. Natürlich werden wir diplomatisch intervenieren, eventuell auch wirtschaftlich. Wir werden zum Ausdruck bringen, dass man sich in der heutigen Zeit einfach nicht so verhält, und wir werden unsere moralische Überlegenheit demonstrieren.«

»Eine Demonstration unserer moralischen Überlegenheit wird den Litauern weit weniger helfen als eine Demonstration unserer Luftüberlegenheit«, entgegnete Ryan.

Eine Stunde später kam Präsident Ryan mit Scott Adler, seinem Nato-Botschafter und all den anderen aus dem Konferenzraum und stieg, nachdem er ein paar Hände geschüttelt hatte, in seinen gepanzerten Wagen. Auf der Fahrt ins Hotel rieb er sich die Augen unter der Brille, während sein stellvertretender Stabschef den Verteidigungsminister anrief. Ryan nahm ihm das Telefon ab und blickte aus dem Fenster. »Bob? Tja, Deutschland haben wir. Marion Schöngarth liebt mich nicht, aber sie weiß, dass ich richtigliege.«

»Gut«, sagte Burgess. »Deutschland ist wichtig.« Er wartete gespannt auf weitere Ergebnisse des Treffens. »Mr. President?«

»Dank meiner unwiderstehlichen Überzeugungskraft haben wir auch Polen für uns gewonnen«, fuhr Ryan fort. Natürlich würde Polen dem Antrag zustimmen, denn es saß mit dem Nachbarn Litauen im selben Boot.

»Das ist nicht komisch, Mr. President. Sagen Sie mir, dass Sie mehr erreicht haben.«

»Viele Länder halten sich bedeckt. Kanada wird uns folgen, Großbritannien auch. Die meisten Ost- und Mitteleuropäer haben eine gewisse Unterstützung zum Ausdruck gebracht.« Ryan zuckte mit den Schultern. »Aber es war ein schwieriges Publikum.«

Adler sah den Präsidenten von der Seite an. »Ich hatte mit einem besseren Abschneiden gerechnet.«

Ryan hob die Augenbrauen. »Anscheinend habe ich auch hier ein schwieriges Publikum.«

»Verzeihen Sie, Mr. President. Ich wollte damit nicht sagen, dass es Ihr Fehler war. Fast alle Sitzungsteilnehmer hatten sich schon vorher festgelegt.«

»Ich weiß, Scott. Das war schlimmer als einen Sack Flöhe hüten. Fangen wir mit denen an, von denen wir wissen, dass sie sich dagegen aussprechen werden. Spanien, Dänemark, Frankreich … die wollen auf keinen Fall Nato-Truppen bewegen, solange kein Verteidigungsfall nach Artikel fünf vorliegt.«

»Und wenn er vorliegt, ist die Invasion, wie in der Ukraine geschehen, fast eine vollendete Tatsache«, sagte Adler.

»Ganz genau. Italien wirkt skeptisch, Island scheint zu bezweifeln, dass es etwas bringt, aber ihre Stimmen könnten wir trotzdem bekommen, denn sie haben nicht die Befürchtung geäußert, dass es Schaden anrichten könnte.«

Ryan stieß einen Seufzer aus. »Wir brauchen einen vollständigen Konsens. Nur weil jemand dagegen ist, heißt das nicht, dass er morgen nicht die Hand hebt. Wenn sie die Integrität des Bündnisses wahren wollen, ziehen sie vielleicht trotz ihrer Vorbehalte mit. Aber offen gesagt … ich glaube nicht, dass wir unsere Truppen bekommen werden.«

Bob Burgess, der im Freisprechmodus mithörte, sagte: »Ich habe mit dem Commander des Marine Corps für Europa gesprochen. Er weiß, dass wir Nato-Truppen nach Litauen verlegen wollen, doch falls es nicht dazu kommt …«

»Ist er bereit?«, fragte Ryan.

»Er ist bereit«, versicherte Burgess. »Die Rotationstruppe Schwarzes Meer wird an die Ostgrenze verlegt.«

Ryan legte den Kopf schief. »Was ist mit Litauens Westgrenze? Der Grenze zu Kaliningrad?«

»Wir verfügen über eine Einheit der Special-Purpose Marine Air-Ground Task Force Crisis Response, die wir von der spanischen Luftwaffenbasis Morón aus entsenden können. Insgesamt ungefähr siebenhundert Mann. Dazu kommt ein FAST-Team im spanischen Rota, das ist ein Fleet Antiterrorism Security Team. Weitere rund hundert Marines, alle hervorragend ausgebildet.«

»Alles in allem achthundert Marines?«, fragte Ryan. »Das ist ja noch weniger als das Bataillon der Rotationstruppe Schwarzes Meer, das den Osten schützt.«

»Richtig«, erwiderte Burgess. »Aber wir rechnen nicht mit einer großen russischen Invasion aus Kaliningrad.«

»Warum nicht?«, fragte Ryan.

»Ganz einfach, Mr. President. Wegen Polen. Wenn die Russen Litauen von Kaliningrad aus angreifen, verringern sie ihre dortigen Verteidigungskräfte. Dann könnten die Polen, die ebenfalls eine Grenze zu Kaliningrad haben und über ein gutes Militär verfügen, Kaliningrad angreifen.«

»Das ist doch lächerlich, Polen will nicht über russisches Staatsgebiet herfallen.«

»Wir wissen das, aber die Russen sind paranoid.«

Ryan dachte darüber nach, dann nickte er. »Vielleicht könnten wir uns das zunutze machen.« Er verscheuchte den Gedanken mit einer Handbewegung. »Wie lange werden die Rotationstruppen und die Marines denn auf sich allein gestellt sein, bis wir ihnen Verstärkung schicken können?«

»Die Marine Expeditionary Unit vor der schottischen Küste verfügt über ein LHD. Entschuldigen Sie, Scott, das ist ein Hubschrauberträger. Außerdem haben sie zwei weitere, kleinere Transportschiffe. Ein paar Kriegsschiffe müssen ihnen Geleitschutz geben, bevor sie in die Ostsee einfahren. Sie können in fünf Tagen litauische Gewässer erreichen. Danach ist eine Brigade in Camp Lejeune so weit, dass sie nach Vilnius verlegt werden kann. Sie kann in zehn Tagen dort sein.«

Ryan überlegte. »Diese Expeditionseinheit in Schottland … wäre es möglich, dass sie sich innerhalb von einem

Tag seeklar macht und in die Nordsee ausläuft? Damit es so aussieht, als wäre das Teil ihrer Übung? Dann wäre sie viel näher dran, falls wir beschließen, Ernst zu machen, und es würde nicht unbedingt so aussehen, als ob wir ihren Einsatz in Erwägung ziehen.«

»Ich werde mit Nate Bradford, dem Kommandanten der Marines, reden«, sagte Burgess. »Die Maßnahme erscheint mir vernünftig. Wenn sich die Lage da drüben zuspitzt, zählt jede Stunde.«

»Wenn jemand CIA-Leute umbringt und versucht, Stationschefs über die Grenze zu verschleppen, hat sich die Lage bereits zugespitzt«, sagte Ryan. »Ich glaube, wenn wir in Litauen nicht das Nachsehen haben wollen, müssen wir die Dinge selbst in die Hand nehmen und dabei einplanen, dass wir hier in Kopenhagen scheitern. Falls vor der Abstimmung morgen nicht der Bündnisfall nach Artikel fünf eintritt, haben wir wenigstens etwas in der Hinterhand.«

Während Ryan dies sagte, tauchte nur 13 Kilometer östlich das russische U-Boot *Kasan* der Sewerodwinsk-Klasse unter der Brücke durch, die das schwedische Malmö mit der dänischen Hauptstadt verband.

Direkt über dem geräuschlosen Boot fuhren EU-Pendler in ihren Autos zwischen Dänemark und Schweden hin und her, nicht ahnend, dass sich im kalten Wasser unter ihnen ein riesiger Raubfisch versteckte.

In vierundzwanzig Stunden sollte die *Kasan* vor der Küste Kaliningrads feindliche Handlungen einleiten, und niemand im Westen wusste, dass sie überhaupt ihren Hafen in der Arktis verlassen hatte.

55

Vierundzwanzig Stunden nach der versuchten Entführung des CIA-Stationschefs Peter Branyon hatte niemand in Litauen mehr Ahnung darüber, was eigentlich geschehen war, als zum Zeitpunkt des Vorfalls selbst.

Chavez und Caruso waren sehr fleißig gewesen, nachdem sie den verletzten Branyon aus dem Grenzgebiet gebracht hatten. Sobald sie außer Reichweite der Störsender waren, die Handys und Satellitentelefone lahmlegten, rief Ding Branyons Stellvertreter in der US-Botschaft an. Als er ihn am Apparat hatte, reichte er Branyon das Telefon, und der Stationschef gab seinem Vize einen Lagebericht und Anweisungen, obwohl er wegen der Schmerzen mit Brechreiz zu kämpfen hatte und schließlich wegen des Blutverlustes das Bewusstsein verlor.

Die Campus-Männer fuhren Branyon ins Krankenhaus und übergaben ihn einer Gruppe von CIA-Sicherheitsleuten. Unterdessen raste ein zweites CIA-Team mit einem Trupp litauischer Soldaten nach Tabariškės, barg Donlins Leiche und untersuchte den Schauplatz der Schießerei an der Grenze.

Nach dem Verlassen des Krankenhauses kehrten Chavez und Caruso in ihre konspirative Wohnung zurück, wobei sie einen weiten Umweg fuhren, um festzustellen, ob sie verfolgt wurden.

Noch von unterwegs rief Chavez Mary Pat Foley an. Er

brauchte ihr den Vorfall nicht in aller Ausführlichkeit zu schildern, da sie bereits mit dem stellvertretenden Stationschef gesprochen hatte, setzte sie aber über ein paar wichtige Details in Kenntnis.

Als er fertig war, sagte Pat: »Was meinen Sie, Domingo? Meine erste Reaktion war, dass Sie beide noch heute Nacht dort rausmüssen.«

»Natürlich tun wir alles, was Sie sagen«, erwiderte Chavez. »Aber ich glaube, wir könnten uns hier noch nützlich machen.«

»Ich höre.«

»Im Moment haben Sie keinen Stationschef in der Stadt. Ich weiß, dass Branyon und Donlin reingelegt worden sind, allem Anschein nach von dem Agentennetz um Tabariškės. Ich weiß nicht, wie viele CIA-Leute in der Botschaft diesem Netz noch bekannt waren und jetzt enttarnt sind, aber wir haben keinen Grund zu der Annahme, dass auch wir an die Russen verraten worden sind oder an diese andere Gruppe, die offensichtlich für sie arbeitet. Ich würde vorschlagen, wir bleiben hier, arbeiten weiter unter der DataPlanet-Tarnung und machen im Verlauf des morgigen Tages die restlichen Fotos. In der Nacht könnten wir die hiesige Station unterstützen, und wenn wir nur hier in der Stadt die Augen offen halten.«

»In Ordnung«, sagte Mary Pat. »Das könnte ganz nützlich sein, aber ich möchte, dass Sie sich einen Fluchtplan zurechtlegen.«

»Glauben Sie mir«, erwiderte Chavez. »Solange die Russen von zwei Seiten über die Mauer spähen, bleiben unsere Koffer gepackt.«

Am nächsten Morgen um sechs wurden Chavez und Caruso vom DataPlanet-Van abgeholt, so wie jeden Tag, seit sie im Land waren. Doch als sie in den Wagen stiegen, spürten sie sofort, dass etwas nicht stimmte. Herkus Zarkus saß am Steuer und blickte stur geradeaus. Er war nicht so locker wie sonst.

Caruso und Chavez vermuteten, dass er irgendwie erfahren hatte, was am Vorabend geschehen war, und nun Angst hatte, zwei Amerikaner zu chauffieren, die sich mit einer ausländischen Spezialeinheit eine Schießerei geliefert hatten.

»Was ist los?«, fragte Dom, obwohl er die Antwort zu kennen glaubte.

Herkus ließ den Wagen im Leerlauf laufen und sah die beiden Männer an. »Jungs, es tut mir echt leid, aber ich bin nur gekommen, um euch den Wagen zu bringen. Ich kann heute nicht mit euch mitfahren.«

Dom nickte verständnisvoll, jetzt vollends überzeugt, dass Herkus die Zusammenarbeit mit ihnen, zwei amerikanischen Agenten, beenden wollte. »Ich verstehe«, sagte er.

Doch er verstand überhaupt nicht.

»Die Präsidentin hat alle im Alter zwischen achtzehn und vierzig aufgefordert, sich den Bürgerwehren anzuschließen«, erklärte Herkus. »Ich fahre morgen. Ich glaube zwar nicht, dass sie groß wissen, was sie mit uns anfangen sollen, da ich aber in der US Army gedient habe, sollten sie mich eigentlich zum General oder so was machen.«

Er kicherte über seinen Scherz, aber die beiden Campus-Männer sahen ihm seine Nervosität an.

Chavez begriff, dass er sich getäuscht hatte. Herkus hatte keine Angst davor, mit Amerikanern zusammen zu sein. Im Gegenteil, er wollte sich freiwillig melden und in noch größere Gefahr bringen. »Das ist sehr ehrenwert, aber Sie sind Elektrotechniker. Was zum Teufel wollen Sie denn gegen eine russische Invasion tun?«

»Hier ist jetzt meine Heimat, Jungs«, erwiderte Herkus. »Ich kann nicht verlangen, dass ihr das versteht, aber ich kann Litauen nicht den Russen überlassen. Lieber sterbe ich mit einer Waffe in der Hand, als weiter mit meinem Van herumzufahren und irgendwelche Internetleitungen zu reparieren.«

Chavez legte ihm eine Hand auf die Schulter. »Besser, Sie sterben gar nicht, mein Freund. Haben Sie denn eine Ahnung, wo man Sie hinschickt?«

Herkus zuckte mit den Schultern. »Ich habe gehört, dass man dreißig Jahre alte M16-Gewehre aus Reservebeständen ausgibt und Männer in Schützengräben schickt, die an der Grenze ausgehoben werden. Ich habe keine Ahnung, ob ich an die Grenze zu Kaliningrad oder zu Weißrussland komme.« Er zuckte wieder mit den Schultern. »Spielt ja auch keine Rolle.«

»Mit einem M16 hält man keinen Panzer auf, Herkus«, sagte Dom.

»Ich weiß.« Dom sah dem Amerikaner litauischer Abstammung an, dass er zwar Angst hatte, aber fest entschlossen war. »Mein Entschluss steht fest, Jungs«, sagte Herkus. »Ich kann nur hoffen, dass uns das, was ihr hier tut, aus der Klemme hilft.«

Herkus fuhr mit dem Van zu einer Bushaltestelle an der Neris, die Vilnius in zwei Hälften teilte, dann stieg er aus, und die beiden Campus-Agenten folgten seinem Beispiel. Er nahm einen gepackten Rucksack hinten aus dem Wagen und schulterte ihn, dann drückte er Ding und Dom die Hand und stieg, ohne sich noch einmal umzusehen, in einen wartenden Bus.

Ding rutschte hinters Steuer, und die beiden Männer fuhren davon, um wieder den ganzen Tag hochauflösende Fotos zu machen.

»Ist er mutig oder verrückt?«, fragte Caruso.

»Mutig, so viel steht fest«, antwortete Chavez. »Seine Chancen sind nicht die besten, aber wenn das mein Land wäre und die Gefahr bestünde, dass meine Familie morgen von einer russischen Marionette regiert wird, würde ich mich, glaube ich, genauso entscheiden.«

Caruso schüttelte den Kopf. »Ich würde kämpfen, aber nicht mit einem alten Gewehr in einem verschlammten Schützengraben.«

Chavez zuckte mit den Schultern. »Was immer wir auch hier tun, ich glaube langsam, dass wir damit ihre Kampfkraft stärken. Wir werden Herkus und seiner Seite den Kampf erleichtern. Je mehr wir uns ins Zeug legen, desto größer ist die Chance, dass er und ein paar Tausend Jungs wie er lebend wieder aus ihrem Schützengraben herauskommen.«

John Clark hatte seinen zweiten vollen Tag als Skipper hinter sich. Am Vortag war er im Morgengrauen zur Marina von Scrub Island gesegelt und hatte dort am hinteren Ende einer riesigen Ansammlung von Segelbooten festgemacht, gut 75 Wasserfahrzeugen aller Art, die, sauber aufgereiht, im ruhigen Wasser dümpelten. Er stieg in sein Dingi und hatte die halbe Strecke zum Kai zurückgelegt, ehe er mit Sicherheit ausschließen konnte, dass die *Spinnaker II* hier ankerte. Trotzdem ging er an Land und wartete darauf, dass die Hafenmeisterei öffnete.

Als es so weit war, tankte er sein Dingi auf und fragte die Angestellten so beiläufig wie möglich, ob sie ein 20-Meter-Kanonenboot gesehen hätten. Sie kannten die *Spinnaker II:* Sie sei das schnellste Segelboot auf den Jungferninseln und hätte ihren Heimathafen drüben auf der Insel Saint Thomas, die zu den Amerikanischen Jungferninseln gehöre.

Doch sie sagten auch, dass sie den Katamaran seit Monaten nicht mehr gesehen hätten.

Clark kehrte auf sein Boot zurück und segelte weiter. Er wollte bis zum Abend noch ein Dutzend Stellen anlaufen.

Am ersten Tag seiner Suche nach dem kobaltgrauen Katamaran kam ebenso wenig heraus wie bei den ersten sechs Stopps am zweiten Tag. Doch beim siebten Stopp, diesmal in einer Hafenkneipe in Spanish Town auf Virgin Gorda, erfuhr er von einem Skipper, dass ein kobaltgrauer Katamaran in den frühen Morgenstunden hier festgemacht habe und erst anderthalb Stunden vor seiner Ankunft wieder in See gestochen sei. Clark fragte, ob er gesehen habe, in welche Richtung er gefahren sei. Seine Fragen waren diesmal so gezielt, dass er ihnen unmöglich den Anschein harmlosen Geplauders geben konnte, doch er befürchtete, niemanden mehr zu treffen, der das Boot gesehen hatte.

Der Skipper, der an der Bar saß, antwortete, er habe nicht darauf geachtet, und widmete sich wieder seinem Drink.

Clark ging, und ein Mann, der in Hörweite gesessen hatte, griff in die Tasche und zückte ein Mobiltelefon.

Clark hatte den ganzen Nachmittag kleine Inseln, Buchten und Jachthäfen abgesucht, als er kurz nach sechs ein Boot mit Tauchern bemerkte, das in den Hafen von Little Dix Bay einlief. Er vermutete, dass es aus einem abgelegeneren Tauchgebiet bei Virgin Gorda zurückkehrte, und so steuerte er seine Irwin in die Bucht und folgte dem Boot zur Anlegestelle.

Seine Beharrlichkeit zahlte sich aus. Der Skipper des Taucherboots berichtete ihm, dass er die *Spinnaker II* in einer einsamen Bucht von West Seal Dog Island gesehen habe, einer unbewohnten, kleinen Felsinsel ein paar Meilen nordwestlich der Bucht.

Clark war klar, dass er sich dem Katamaran mit größter Vorsicht würde nähern müssen. Da die Besatzung bereits Verdacht gegen ihn geschöpft hatte, durfte er sich ihr auf keinen Fall zeigen. Er erwog sogar, in Spanish Town ein anderes Boot zu mieten, doch er befürchtete, dass die Besatzung der *Spinnaker II* sich in ihrem Misstrauen gegen ihn bestätigt sehen würde, wenn sie ihn auf einem anderen Boot sah und wiedererkannte.

Nach langem Hin- und Herüberlegen beschloss er, eine andere Insel in der Nähe anzulaufen, wo ihn die Geiselnehmer der Walkers unmöglich entdecken konnten, dort Anker zu werfen und die Nacht zu verbringen. Am nächsten Tag würde er sich in die anderen Boote einreihen, die zum Tauchen, Fischen und Schnorcheln eine Tagesfahrt nach West Seal Dog Island unternahmen.

In der Masse würde er nicht auffallen, sagte er sich. Er würde möglichst außer Sicht bleiben und sich unter die anderen Boote mischen.

Clark hatte in Spanish Town Proviant gefasst und wollte nun an einem abgeschiedenen Platz übernachten, nur für den Fall, dass die *Spinnaker II* West Seal Dog Island wieder verließ und eine Marina auf Virgin Gorda anlief, um dort die Nacht über zu bleiben. Kurz vor Sonnenuntergang fand er eine geeignete Stelle bei Mosquito Island und setzte den Anker.

Er hatte beschlossen, am nächsten Tag mit der Observation der *Spinnaker II* zu beginnen, am besten von einem Strand auf West Seal Dog Island aus, und später zu ihr hinüberzutauchen, allerdings nicht in der Nacht, sondern am Tag. Ein nächtlicher Angriff auf das Boot mochte am erfolgversprechendsten erscheinen, doch Clark ging davon aus, dass nachts alle fünf Männer, die er bei seiner Beobachtung gesehen hatte, an Bord waren. Wenn er jedoch morgens nahe genug herankam, konnte er zwei vielleicht schon am Strand ausschalten. Drei Männer anzugreifen, die zwar hellwach waren, aber nicht mit einem Überfall rechneten, war allemal besser als fünf, selbst wenn ein Teil von ihnen schlief, denn einer würde auf jeden Fall Wache halten.

Clark war von der langen Suche nach der *Spinnaker II* ziemlich erschöpft, aber er hatte sein Ziel erreicht. Jetzt konnte er nur eines tun: gründlich ausschlafen und sich auf die bevorstehende Konfrontation vorbereiten.

56

Tatjana Molchanowa hatte zuvor schon Regierungschefs interviewt, aber noch nie einen ausländischen Staatsmann, der auch nur annähernd so mächtig war wie ihr eigener Präsident. Heute sollte sich das ändern, und war die Aussicht, am Abend den amerikanischen Präsidenten zu treffen, schon aufregend genug, war mit der Begegnung noch etwas anderes verbunden, das sie buchstäblich elektrisierte.

Molchanowa sprach hervorragendes Englisch. Ihre Eltern waren Anfang der Neunzigerjahre nach Großbritannien ausgewandert, als dies jeder tat, der den Wunsch und auch die Mittel dazu hatte. Sie hatte neun Jahre in Sheffield verbracht und war erst zum Studieren in ihr Geburtsland zurückgekehrt. Seitdem lebte sie in Russland und sprach das Englische mit einer Art britischem Akzent, doch ihren Vokalen haftete noch eine russische Färbung an.

In Russland hatte es ihr zusätzliches Ansehen verschafft, dass sie den Verlockungen des Westens widerstanden hatte und in ihr Geburtsland zurückgekehrt war, weil sie sich als Russin fühlte und stolz darauf war.

Für Molchanowa war das ein gutes Verkaufsargument, aber es hatte nichts mit dem wahren Grund für ihre Rückkehr zu tun. Sie wollte Fernsehmoderatorin werden und wusste, dass sie es mit ihrem Akzent, obgleich er nur schwach war, als englischsprachige Journalistin nicht allzu weit bringen würde.

Das Interview fand im Salon einer Suite im Kopenhagener Hotel Radisson Blu Royal statt. Die Suite war nicht mit der des Präsidenten identisch und wurde nur für Treffen mit den Medien genutzt. Durch Möbelrücken hatte man eine passende Kulisse geschaffen, mit einem Fenster im Hintergrund, das auf den Vergnügungspark Tivoli hinausging.

Präsident Ryan erschien pünktlich und umringt von seiner großen Entourage, bestehend aus Secret-Service-Agenten und Mitarbeitern. Molchanowa war sofort von Ryans Körpergröße im Vergleich zu Wolodin beeindruckt – er war einen halben Kopf größer –, ebenso von seiner Ruhe und Unverkrampftheit, wieder im Vergleich zu ihrem eigenen Präsidenten. Ryan lächelte ungezwungen und drückte ihr sanft und respektvoll die Hand.

Sie hatte sich etwas überlegt, um das Eis zu brechen. »Mr. President, das russische Volk weiß es zu schätzen, dass Sie sich Zeit dafür nehmen, uns Ihren Standpunkt zu Fragen darzulegen, die für unsere beiden Länder von großer Bedeutung sind.«

Ryan nickte und erwiderte: »Ich freue mich, hier zu sein, Miss Molchanowa.«

»Wenn Sie erlauben, werden wir das Interview auf englisch führen und von Dolmetschern übersetzen lassen, bevor es morgen Abend gesendet wird«, sagte sie.

Darauf überraschte Ryan die Moderatorin von Kanal sieben, indem er in ein langsames, aber verständliches Russisch wechselte: »Bedauerlicherweise vergesse ich von Jahr zu Jahr mehr, was mein Russisch angeht. Man muss üben, und dazu fehlt mir die Zeit.«

Molchanowa hatte nicht gewusst, dass Ryan das Russische beherrschte, aber sie bewahrte Geistesgegenwart und nutzte die Gelegenheit, indem sie auf russisch sagte: »Sehr beeindruckend, Herr Präsident. Ich nehme an, Sie haben es in Ihrer Zeit bei der CIA gelernt?«

Ryan schüttelte den Kopf und wechselte wieder ins Englische. »Nein, Ma'am. Auf dem College.« Er lächelte. »Da Ihr Englisch aber tadellos ist, nehmen wir Dolmetscher, wie Sie es geplant haben.«

Während Ryan mit einem Mikro versehen wurde, kam Tatjana, die sich in dem Stuhl neben ihm fertig machte, zu Bewusstsein, dass sie den amerikanischen Präsidenten falsch eingeschätzt hatte. Sie hatte erwartet, dass er sofort versuchen würde, ihr die Zusicherung abzuringen, dass Kanal sieben seine Äußerungen ungeschnitten senden würde, oder dass zumindest seine Berater bei ihr und ihren Mitarbeitern darauf dringen würden. Aber der Stab des Weißen Hauses war den Wünschen der Produzenten und Techniker weitaus mehr entgegengekommen, als sie es von Interviews mit russischen Politikern der mittleren Ebene gewohnt war.

Und der Präsident selbst hatte nichts zu dem Thema gesagt. Sie fragte sich, ob sie erwartet hatte, dass er eine Art Gauner sei, oder wenn ja, ob das vielleicht daran lag, dass sie es gewohnt war, Gauner zu interviewen.

Die Kameras begannen zu laufen, und Tatjana sprach ihre einleitenden Worte. Dann wandte sie sich mit einem weißen Strahlelächeln und funkelnden Augen an Präsident Ryan.

»Mr. President, danke, dass Sie sich heute Abend Zeit genommen haben, wo heute doch ein sehr wichtiger Tag für Sie ist.«

»Es ist mir eine Freude, zu den Menschen in Ihrer russischen Heimat zu sprechen. Danke, dass Sie mir dazu Gelegenheit geben.«

»Aber gewiss.« Ihr Lächeln erlosch, und sie las ihre erste Frage vor. »Sie sind hier in Kopenhagen, um die Nato zu ersuchen, Kampftruppen an die russische Grenze zu Litauen zu verlegen. Wie, glauben Sie, wird dieser Schritt in Russland aufgenommen werden?«

»*Defensive* Kampftruppen, Miss Molchanowa«, erwiderte Ryan. »Das ist ein Unterschied.«

»Werden sie bewaffnet sein? Können ihre Waffen nicht zu offensiven wie defensiven Zwecken eingesetzt werden?«

»Jede Waffe ist nur ein Werkzeug. Aber die Nato ist ein striktes Verteidigungsbündnis. Wäre sie ein Offensivbündnis, wäre sie, denke ich, in den 67 Jahren seit Unterzeichnung des Nordatlantikpakts wahrscheinlich mindestens einmal in Europa in die Offensive gegangen. Das ist sie nicht. Ich hoffe, Ihre Zuschauer sehen das ein. Trotz all des Geredes darüber, dass der Westen vor ihrer Tür stehe und drauf und dran sei, auf sie einzuschlagen, hat die Nato in ihren an Russland grenzenden Partnerländern die bei Weitem geringste Militärpräsenz.«

»Aber das wollen Sie ändern, indem Sie Truppen nach Litauen schicken.«

»Ich fordere die Nato auf, ihre Einsatzgruppe mit sehr hoher Einsatzbereitschaft nach Litauen zu verlegen, ja. Russland hat dort 25 000 Soldaten an der Ostgrenze und ebenso viele an der Westgrenze stehen. Die Einsatzgruppe besteht aus 5700 Männern und Frauen.« Er lächelte. »Seien Sie unbesorgt, Miss Molchanowa. Wenn Ihr Präsident wirklich in Litauen einmarschieren und das Land erobern will, wie er es in Georgien getan hat, wie er es auf der Krim und in Donezk getan hat und wie er es in Estland versucht hat … dann kann er das auch schaffen, da bin ich mir sicher. Nur werden Sie dann für ihn im Fernsehen auftreten und Ihren Zuschauern erklären müssen, warum sie plötzlich mit dem Westen im Krieg liegen, warum die Sanktionen so verschärft worden sind, dass ihnen als Handelspartner nur noch Kuba, der Iran und Nordkorea bleiben, und warum kein Russe mehr im Ausland frei reisen kann.«

Ryan konnte in ihren Augen lesen, dass sie die perfekte Antwort auf seine Äußerung zu haben glaubte. »So viele

Drohungen gegen das russische Volk, Mr. President? Ist das klug?«

»Die Drohungen werden nur wahr gemacht, wenn die russische 6. Armee in einen unabhängigen Staat einmarschiert. Wenn Russland in Russland bleibt oder in seinem Satellitenstaat Weißrussland, dann wird niemand im Westen militärisch gegen Sie vorgehen. Das kann ich Ihnen versprechen.«

Ryan sah ihrer Miene an, was in ihr vorging, als die Kamera auf ihn gerichtet war. Sie hatte weder seine Argumente entkräftet noch seine Ruhe erschüttert und legte sich jetzt eine neue Taktik zurecht. Er schärfte sich ein, ruhig zu bleiben.

»Sie sagen, dass Russland vor dem Westen sicher sei, wenn es in Litauen keinen Krieg gibt, aber …«

»Nun, Sie haben auch 50 000 Soldaten an der Grenze zu Polen stehen, deshalb wäre es uns sehr lieb, wenn Sie auch in Polen nicht einmarschieren.«

Sie ging nicht darauf ein. »Aber überall in Europa und auch in Ihrem Land fordern Sie Vergeltungsmaßnahmen für das Flugzeugunglück Anfang der Woche über der Ostsee. Ich wüsste nicht, dass jemand Drohungen gegen Schweden ausgestoßen hätte, das andere Land, das in das Unglück verwickelt ist. Nur gegen Russland. Warum, Mr. President?«

»Weil die russische Militärmaschine ohne Transpondersignal geflogen ist, sodass es für die andere Maschine und die Flugsicherung praktisch unsichtbar war.«

»Die internationalen Flugstandards sind sehr klar, Mr. President. Militärflugzeuge brauchen nicht mit aktiviertem Transponder zu fliegen. Auch amerikanische Maschinen fliegen häufig ohne Signal, genau wie russische. Das ist Ihnen doch sicherlich bekannt, warum also messen Sie mit zweierlei Maß?«

»Weil es keine amerikanische Maschine war, die mit

einem Verkehrsflugzeug kollidiert ist. Es ist Aufgabe des Piloten, nach Flugzeugen am Himmel Ausschau zu halten, die sich an die Regeln halten. Russland führt gefährliche Flüge dieser Art in einem nie da gewesenen Umfang durch. Irgendwann musste es dazu kommen. Dieser Unfall war vermeidbar, und letztlich sollte Präsident Wolodin dafür verantwortlich gemacht werden.«

Sie verdrehte die Augen. »Sie glauben, Präsident Wolodin hat seinen Piloten aufgefordert, ein schwedisches Verkehrsflugzeug zu rammen?«

»Selbstverständlich nicht. Aber ich glaube zu wissen, dass er seiner Luftwaffe befohlen hat, die Zahl der Luftraumverletzungen zu erhöhen, und der Ostseeflotte, Handelsschiffe in internationalen Gewässern bei Kaliningrad zu bedrängen. Und er hat die Region Kaliningrad in nichts Geringeres als eine Militärbasis verwandelt, mit Raketenbatterien entlang den Grenzen.«

»Ich bin in Kaliningrad gewesen, Mr. President. Es ist keine Militärbasis. Es ist eine wunderschöne Gegend voller wunderbarer Menschen. Waren Sie schon einmal dort?«

»Nein, Miss Molchanowa. Ich gestehe, dass Sie mir viele Erfahrungen voraus haben.«

Sie reckte leicht triumphierend das Kinn.

»Zum Beispiel habe ich nie unter einem totalitären Regime gelebt. Das ist der Grund, warum ich und andere wie ich überall auf der Welt in Präsident Wolodins einseitigen Maßnahmen eine Gefahr für die Weltordnung sehen.«

Man musste der Russin zugutehalten, dass sie auf die herabsetzende Bemerkung nicht ungehalten reagierte. Sie sagte nur: »Präsident Wolodin führt kein totalitäres Regime. Seine Anhänger würden sagen, dass er einfach nur Wohlstand für alle Russen möchte. Einige im Westen scheinen damit große Schwierigkeiten zu haben.«

»In Russland gibt es 111 Milliardäre, während neunzig Prozent der Bevölkerung unter dem westlichen Lebensstandard leben«, entgegnete Ryan. »Im Gegensatz zu etlichen Berichten aus Russland, die ich gesehen habe, erreicht Walerij Wolodin nicht unbedingt immer, was er möchte. Ein weiteres Beispiel wäre Estland. Er wollte es haben, hat es aber nicht bekommen. Jetzt wissen wir, dass er Litauen möchte. Das ist der Grund, warum ich in Kopenhagen bei einem Krisengipfel bin.«

»In meiner Sendung hat der Präsident unmissverständlich erklärt, dass Litauen nicht imstande gewesen sei, einen russischen Transport in unsere Oblast Kaliningrad zu schützen, und dass es deshalb seine Pflicht sei, den Schutz seiner Bürger zu gewährleisten«, erwiderte sie.

»Der Vorfall am Bahnhof Vilnius wird noch untersucht, Miss Molchanowa. Ich würde keine voreiligen Schlüsse ziehen, was die Drahtzieher des Anschlags anbelangt.«

»Aber das liegt doch auf der Hand. Die Schuldigen waren polnische Aufständische, die im heimlichen Einvernehmen mit der litauischen Regierung einen russischen Militärtransport angegriffen haben.«

»In letzter Zeit hat es viele Anschläge gegeben, die nicht das sind, was sie zu sein scheinen.«

»Ich weiß nicht, wo Sie Ihre Fakten herbekommen«, sagte Molchanowa und schickte sich an, zum nächsten Thema überzugehen.

Doch Ryan sagte: »Dafür weiß ich, wo Sie Ihre herbekommen. Direkt aus dem Kreml. Falschinformationen spielen eine Schlüsselrolle bei Wolodins hybrider Kriegführung.«

»Sie glauben, dass ich hier einen Krieg führe?«

Er lächelte. »Ganz recht. Einen Informationskrieg.«

Sie lächelte nun ebenfalls und blickte in die Kamera. »Ich muss sagen, das ist das erste Mal, dass mir vorgeworfen wird, wie ein Soldat auszusehen.« Sie wandte sich wieder an den Präsidenten. »Sie haben neulich erklärt, das heutige Russland sei für die Welt gefährlicher als die Sowjetunion in den Achtzigerjahren. Möchten Sie das den russischen Zuschauern erklären?«

»Die Sowjetunion hatte das Potenzial, zu einer größeren Gefahr zu werden, doch in den Achtzigerjahren war sie mit der Weltordnung im Großen und Ganzen zufrieden«, antwortete Ryan. »Sie hatte ihren Teil, wir hatten unseren. Es gab zwar Stellvertreterkriege an den Rändern der Blöcke, aber keine größeren Verwerfungen. Das heutige Russland ist rigoroser, unzufriedener mit seiner Stellung und daher unberechenbarer. Wolodin ist die Personifizierung dieses Unbehagens, so wie Hitler die Personifizierung der Unzufriedenheit Deutschlands nach dem Ersten Weltkrieg war.«

»Dann sind wir jetzt also gefährlicher als die Nazis?«

»Nein, ich sagte …«

»Leider ist unsere Zeit um, Mr. President. Vielen Dank für das Gespräch.«

Ryan nickte und lächelte, ruhig bis zum Schluss. Er hatte gewusst, dass sie ihm am Ende noch eine Nase drehen würde, und sie hatte ihn nicht enttäuscht.

Die Scheinwerfer wurden ausgeschaltet und signalisierten das Ende des Interviews. Tatjana Molchanowa wartete, bis man ihr das Mikrofon abgenommen hatte, dann stand sie auf und gab Ryan die Hand.

Ryan murmelte ein flüchtiges Dankeschön und wandte sich zum Gehen, aber die russische Journalistin überraschte ihn.

»Mr. President, haben Sie vielen Dank, dass Sie sich Zeit für uns genommen haben, aber ich hätte da noch eine Bitte.«

Diese offenkundig gehirngewaschene Marionette des russischen Staates war Ryan mehr als nur etwas suspekt. »Und die wäre?«

»Wäre es möglich, dass wir irgendwo unter vier Augen reden?«

Ryan hätte fast losgelacht. »Nein. Kommt nicht infrage.«

Sie beugte sich etwas näher zu ihm, und er wusste, dass Joe O'Hearn nur zwei Schritte entfernt stand, gleich links neben dem Set, bereit, die schöne Frau zu Boden zu reißen wie ein Verteidiger beim Football einen gegnerischen Angreifer. Doch Joe hielt sich zurück, und Molchanowa flüsterte: »Ich bringe Ihnen eine persönliche und vertrauliche Botschaft von Präsident Wolodin.«

Ryan starrte sie einen Moment lang nur ungläubig an, dann sagte er: »Sie wissen, dass es für so etwas Kanäle gibt. Die hohe Kunst der Staatsführung wird normalerweise nicht von Fernsehmoderatorinnen ausgeübt.«

Molchanowa lächelte und ließ ihre makellos weißen Zähne aufblitzen. »Ich weiß, und Sie haben recht, die Situation ist sehr ungewöhnlich. Aber die Botschaft ist sehr konkret. Man hat mir gesagt, dass Sie den russischen Botschafter kontaktieren können. Er wird sich für mich verbürgen. Er weiß nur, dass ich den Auftrag habe, eine Botschaft zu überbringen. Ihren Inhalt kennt er nicht.«

Ryan seufzte. Er war nicht besonders versessen auf eine Botschaft von Wolodin. Wobei ihm eine Botschaft durchaus willkommen wäre, wenn auch nur die geringste Aussicht bestünde, dass sie einen Ausweg aus der drohenden Katastrophe im Baltikum eröffnete. Doch vermutlich lief das, was ihm die Frau mitzuteilen hatte, nur wieder auf eine für den Kreml typische Hinhalte- und Vernebelungstaktik oder ein Täuschungsmanöver hinaus.

»Würden Sie mich einen Moment entschuldigen?«, fragte er.

»Aber natürlich, Sir.«

Ryan ging zu Arnie Van Damm hinüber. Leute standen

herum und warteten darauf, den Präsidenten zu seinem nächsten Termin zu begleiten, einem Kaffee mit dem kanadischen Premier, doch Ryan raunte Arnie zu dessen sichtlicher Überraschung zu: »Ich muss mit Canfield telefonieren. Sofort.«

Mitten in einem Hotel in Dänemark gab der Präsident seinem Stabschef zu verstehen, dass er dringend per Handy mit dem CIA-Direktor sprechen müsse.

Es dauerte eine Minute, bis die sichere Verbindung stand, und da es in Virginia erst fünf Uhr morgens war, kam der Anruf für Canfield sehr überraschend. Ryan entschuldigte sich nicht für die frühe Störung, er hatte es zu eilig.

»Jay, ich brauche hier im Hotel ein sicheres Zimmer. Ich möchte, dass es mit Kameras und Abhörgeräten gespickt wird. Und zwar sofort.«

Canfields Antwort kam prompt. »Zimmer 1473. Ich sage Bescheid, dass Sie kommen.«

Ryan verstand nicht. »Was? Woher haben Sie …«

»Wir haben zwei Zimmer komplett verwanzt und mit Beobachtungskameras ausgestattet. Sie sollten da drin nicht mal an etwas Schmutziges denken, denn die Hälfte der Techniker bei der NSA wird es erfahren.«

»Wozu denn? Ich meine, wozu ist das gut, wenn der Präsident Sie nicht anruft und darum bittet?«

»Sie waren doch bei der CIA, Mr. President. *Shit happens,* erinnern Sie sich?«

Jack lächelte ins Telefon. »Zimmer 1473. Danke, Jay.«

Er unterbrach die Verbindung und beugte sich zu Van Damm hinüber. »Verschieben Sie meinen nächsten Termin um ein paar Minuten. Die russische Journalistin und ich werden in Zimmer 1473 gehen.«

Van Damm machte wie erwartet große Augen. Dann lehnte er sich seinerseits herüber und flüsterte: »Und ich dachte, das *Interview* sei eine schlechte Idee.«

»Keine Sorge. Es wird schon gut gehen.«

»Nixon hat das auch mal gesagt, oder?«

Jack lächelte verhalten. »Ich schätze, er hat es öfter gesagt.«

57

John Clark hatte beschlossen, sich im Cockpit seines Segelboots einzuquartieren, damit er besser hören konnte, was sich in der Bucht und darum herum abspielte. Unten in der Hauptkabine gab es natürlich bequemere Schlafgelegenheiten, aber dort bekam er überhaupt nicht mit, wenn jemand in die Bucht einfuhr oder irgendeine Gefahr im Anzug war. Im Cockpit war es etwas warm, aber Clark opferte gern etwas Komfort für mehr Sicherheit und schlief auf dem Polstersofa neben dem Ruder.

Mit mehr Leuten hätte man seine Operation hier unten viel straffer durchziehen können, aber schon vor Sams Tod war es schwierig gewesen, mehrere Operationen gleichzeitig durchzuführen. Und seit seinem Tod war es geradezu aberwitzig, dass die Feldagenten des Campus gleichzeitig auf drei verschiedenen Einsatzgebieten operierten. Und dennoch … Clark sah ein, dass auch der Gegner ein Wörtchen mitzureden hatte, und deshalb war er hier, während Jack in Virginia und Ding und Dom in Litauen anderen Aufgaben nachgingen.

Clark schätzte, dass seine die leichteste war, allerdings nur so lange, bis er an Bord des grauen Katamarans ging, um nachzusehen, ob die Walkers auch tatsächlich dort waren. Dann würde es hier unten interessant werden.

Aber noch nicht heute Nacht. Heute Nacht musste er schlafen, damit er morgen fit war für den Besuch auf der *Spinnaker II*.

Er dämmerte im Halbschlaf, als er ein Geräusch hörte und die Augen öffnete.

Ein paar Sekunden lang blieb er reglos liegen und versuchte festzustellen, was ihn aufgeschreckt hatte.

Er war drauf und dran, wieder einzuschlafen, setzte sich dann aber auf, weil er merkte, dass er aufs Klo musste.

Er erhob sich mit schweren Beinen und ging ein paar Schritte durchs Cockpit. Ein Schritt noch, und er hätte den Niedergang erreicht, der in den Salon hinunterführte. Doch dann hörte er wieder etwas, ganz nahe. Und diesmal war er sich seiner Sache ganz sicher. Er fuhr herum und zog dabei die Pistole aus seiner Leinenhose.

Aber er schaffte es nicht.

Er sollte nie erfahren, dass es ein 35 Zentimeter langer Boots-Schraubenschlüssel aus Chromstahl war, der ihn niederstreckte. Er hörte das Knacken, spürte den Schlag dicht hinter dem rechten Ohr und fühlte, wie er das Gleichgewicht verlor – und zu fallen begann. Er merkte nicht, dass ihm die Pistole entglitten war. Er hatte seine Hände nicht mehr unter Kontrolle und konnte sich nicht mehr aufrecht halten.

Wie schwerelos jetzt, begriff er nicht, wie er so tief fallen konnte, wo doch das Deck vor einer Sekunde noch direkt unter seinen Füßen gewesen war.

Der Schlag auf den Kopf, perfekt und brutal ausgeführt, raubte ihm innerhalb von einer Sekunde die Besinnung, sodass er bereits ohnmächtig war, als er das erste Mal auf die Stufen des Niedergangs prallte, auf halbem Weg nach unten. Im Fallen stieß er sich die Arme, die Hüfte und die gesamte mittlere Rückenpartie und schlug schließlich auf dem dunkel lackierten Fußboden des Salons auf, wo er reglos liegen blieb.

Mehrere Sekunden lang lag Clark, immer noch ohne Bewusstsein, alleine da, dann bekam er Gesellschaft. Zwei

Männer kamen den Niedergang in den Salon herunter. Sie trugen Neoprenanzüge und Kopfhauben, aber sonst keine Taucherausrüstung. Sie waren barfuß, und die Hauben ließen nur Mund, Augen und Nase frei. Das Glimmen einiger grüner Lämpchen am Funkgerät und anderen elektronischen Geräten an der Navigationskonsole wies ihnen den Weg.

Vor dem reglosen Körper blieben sie stehen und sahen auf ihn hinab.

Nach ein paar Sekunden zog der Amerikaner ein Tauchermesser aus einer Scheide an seinem Fußknöchel, kniete neben dem nur mit einer weißen Leinenhose bekleideten Mann nieder, griff in sein silbergraues Haar und hob seinen Kopf an. Dann setzte er die zehn Zentimeter lange Klinge an die Halsschlagader des Mannes.

»Warte«, sagte der Südafrikaner und sah sich im Salon um.

»Aber du hast doch gesagt, ich …«, erwiderte der Amerikaner.

»Vergiss, was ich gesagt habe. Ich weiß was Besseres. Wenn man ihn findet, wird man denken, der alte Wichser hat sich den Kopf angeschlagen, als er in Panik die Treppe runtergerannt ist. Es wird wie ein Unfall aussehen, und auf den Inseln werden weniger Cops herumrennen und Fragen stellen.«

»Warum sollte er in Panik geraten?«

»Weil er gemerkt hat, dass sein Boot sinkt.«

Jetzt sah sich auch der Amerikaner im Raum um. Er wusste, dass er bei dieser Sache nur Befehlsempfänger war und der Söldner aus Johannesburg das Sagen hatte, aber der Mann aus Cincinnati war klug genug zu erkennen, dass das Boot nicht am Sinken war.

Bevor er auf diesen offensichtlichen Umstand hinweisen konnte, sagte der Südafrikaner: »Schalt den Bilgealarm aus.«

»Wo ist der?« Der Amerikaner verstand nichts von Booten, wohl aber der Südafrikaner.

»Schon gut. Ich mache das.«

»Soll ich ihm das Genick brechen?«

»Ist er bewusstlos?«

»Ja, aber er könnte noch am Leben sein.«

»Ich möchte nicht, dass man an der Leiche noch mehr Spuren von Gewaltanwendung findet. Lass ihn so.«

»Ich finde, wir sollten ihn töten.«

»Und ich finde, du solltest tun, was ich dir sage, Mann. Ich habe ihm den Schädel geknackt wie eine Nuss, und ein Typ in dem Alter wird sich bei dem Sturz hier runter sämtliche Knochen im Leib gebrochen haben. Selbst wenn er wieder zu sich kommt, kann er nie und nimmer an Land schwimmen.«

Gemeinsam hoben sie den Zugangsdeckel zur Bilgepumpe im Boden und schalteten sie aus, dann suchten sie den Bilgepumpenalarm und desaktivierten ihn. Der Südafrikaner entdeckte unter dem Tisch mitten im Salon einen zweiten Alarm. Er steckte ihn aus und warf ihn auf den Fußboden.

Unterdessen hatte der Amerikaner im Schrank der Master-Kabine einen großen Werkzeugkasten gefunden und wühlte darin.

Wieder oben im Cockpit, sahen sich die beiden Söldner kurz um. Sie durften keine Spuren hinterlassen, die verrieten, dass sie hier gewesen waren. Der Amerikaner fand die SIG Sauer Kaliber .45 auf dem Fußboden und nahm sie als Trophäe an sich, und eine Minute später hatte der Südafrikaner zwei Gardinenstangen von der Wand in der Master-Kabine gerissen. Sie kehrten an Deck zurück, kletterten wieder an der Ankerkette hinunter und glitten ins Wasser. Ihre Tauchgeräte waren noch dort festgezurrt, wo sie sie zurückgelassen hatten. Sie legten ihre Tarierwesten und Flossen an. Sie tauchten unter das Boot und rammten die metallenen Gardinenstangen mit Gewalt nach oben durch die Borddurchlässe, durchstießen die Seeventile und hebelten die Schlauchschellen von den Ventilstutzen.

Dann durchstießen sie auch den Seewasserfilter, sodass neben der Bilgepumpe zusätzlich Wasser ins Boot strömte.

Alle diese Beschädigungen wurden unter dem Fußboden des Salons, der Kabinen und des Gangs zur Master-Kabine vorgenommen, sodass keiner, der morgen zu dem Wrack hinabtauchte, Anzeichen von Löchern oder Rissen entdecken würde.

Die beiden Männer brauchten viel länger, als ihnen lieb war. Zehn Minuten lang rammten sie die Gardinenstangen in die Ein- und Auslassöffnungen, aber schließlich hatten sie dem Rumpf des Bootes ein Dutzend größere Lecks beigebracht.

Das Boot krängte bereits stark nach backbord, als sie zu ihrem Dingi zurückschwammen, das in einer schmalen Bucht vierhundert Meter entfernt versteckt war.

58

Tatjana Molchanowa erhob sich, als Präsident Ryan eintrat. Im Unterschied zu ihrem Verhalten beim Interview drückte diese Geste ehrlichen Respekt aus. Ryan fragte sich, ob ihr klar war, dass sie den Kürzeren gezogen hatte, oder ob ihr Gebaren vor der Kamera nur darauf abgezielt hatte, sich den Kreml gewogen zu halten. Doch er schob den Gedanken beiseite. Für solche Überlegungen hatte er jetzt keine Zeit. Er würde das Denken und Verhalten von Journalisten in staatlich gelenkten Medien nicht ändern können. Der bloße Versuch wäre alberne Zeitverschwendung.

Ryan durchmaß den Raum, blieb aber drei Meter vor der Frau stehen, als hätte sie eine ansteckende Krankheit. Er fühlte sich unbehaglicher, als er erwartet hatte, durfte es sich aber nicht anmerken lassen. »So«, sagte er. »Hier bin ich, Miss Molchanowa. Ich höre.«

Molchanowa war sichtlich aufgeregt und stolz darauf, als Emissärin zwischen zwei Staatschefs zu fungieren. Mit vorgestrecktem Kinn sagte sie: »Präsident Wolodin schlägt ein Gipfeltreffen vor. Eine geheime Konferenz. Zwischen Ihnen, ihm und den Regierungschefs Deutschlands, Frankreichs und Großbritanniens. Nur zwischen Ihnen fünf. Präsident Wolodin würde sich gern mit Ihnen in Zürich treffen, sobald Sie es einrichten können. Falls Sie einen anderen Ort bevorzugen, ist er für jeden Vorschlag offen.«

»Das verstehe ich nicht ganz«, sagte Ryan. »Warum denn geheim?«

»Er sagt, dass bei dem Treffen Fragen bezüglich der Zukunft der Region erörtert werden sollen. Er versichert, dass er in der Bereitschaft anreisen werde, Zugeständnisse zum Wohle ganz Europas zu machen.«

»Können Fragen, die ganz Europa betreffen, nicht vor ganz Europa diskutiert werden?«

Ryan sah der Frau an den Augen an, dass sie keine Antworten auf seine Fragen parat hatte. Sie sagte nur: »Es tut mir leid, Mr. President. Das war die Botschaft. Soll ich sie Ihnen wiederholen?«

Ryan schüttelte den Kopf. »Ich denke, ich habe sie verstanden. Aber eine Frage hätte ich noch. Macht er dieses heimliche Angebot auch den anderen Regierungschefs?«

»Er bittet Sie, die Botschaft an die anderen weiterzuleiten.«

Ryan nickte nur leicht und starrte einen Moment lang schweigend an die Wand.

Molchanowa zeigte Anzeichen von Unbehagen. Schließlich fragte sie: »Haben Sie eine Botschaft, die ich Präsident Wolodin überbringen soll? Wenn ja, verspreche ich Ihnen, dass kein Dritter davon erfährt. Ich werde weder darüber berichten, noch werde ich jemandem davon erzählen.«

Ryan sah sie lange an, ehe er antwortete. »Ja.«

Sichtlich erregt sog sie etwas Luft ein. Dann nickte sie und fragte: »Wie lautet Ihre Botschaft, Mr. President?«

»Meine Botschaft lautet: Durch eine Journalistin ein geheimes Gipfeltreffen anzuregen ist kein staatsmännisches Verhalten. Im Umgang mit Stammesvertretern in Togo habe ich mehr politische Professionalität erlebt. Wenn er wie der Führer eines Erste-Welt-Landes behandelt werden will, sollte er versuchen, sich wie einer zu benehmen.«

Ihre Augen weiteten sich, ihre Kinnmuskeln verkrampften sich, aber sie erwiderte nichts.

»Das wäre meine Botschaft, Miss Molchanowa.«

»Mr. President, das kann ich ihm nicht sagen.«

Ryan zuckte mit den Schultern. »Dann lassen Sie es.« Er nickte ihr kurz zu, dann drehte er sich auf dem Absatz herum und verließ das Zimmer.

Ryan wurde von Arnie Van Damm und Scott Adler erwartet, als er fünf Minuten später in seiner Suite eintraf. »Ich hoffe, Sie haben alles gehört.«

»Jedes Wort«, sagte Van Damm. »Sie haben sie ganz schön abblitzen lassen. Wahrscheinlich zittert sie jetzt in ihren hohen Lederstiefeln und überlegt, wie sie das Wolodin beibringen soll.«

Ryan zog sein Jackett aus und hängte es über einen Stuhl, dann setzte er sich den anderen Männern gegenüber auf ein Sofa. »Er möchte mit bestimmten Nato-Ländern sprechen. Den Vereinigten Staaten, Frankreich, Deutschland, Großbritannien. Offensichtlich über Osteuropa. Aber er möchte die osteuropäischen Länder nicht dabeihaben.«

»Warum nicht?«, fragte Van Damm.

Jack Ryan kannte die Antwort. »Sitzt du nicht mit am Tisch, stehst du auf der Speisekarte.«

»Nicht zu fassen!«, rief Van Damm. »Er will Europa zerstückeln, genau wie im Kalten Krieg!«

Ryan nickte. »Er will eine Neuauflage von Jalta. Auf der Konferenz von Jalta am Ende des Zweiten Weltkriegs haben die Siegermächte Europa unter sich aufgeteilt.«

»Sie werden nicht in die Schweiz gehen, oder?«, fragte Adler.

»Natürlich nicht«, antwortete Ryan. »Wenn er ein Gipfeltreffen vorschlagen will, kann er das über offizielle Kanäle tun. Sollte es zustande kommen, werden Vertreter der Nato daran teilnehmen. Wir haben nicht 1945, und ich bin nicht Roosevelt.«

»Aber er hält sich für Stalin«, sagte Adler.

»Er glaubt, *wir* halten ihn für Stalin«, erwiderte Ryan. »Das Ganze ist nur ein Bluff, um seine Verhandlungsposition zu stärken.«

Ryan blickte aus dem Fenster auf Kopenhagen und schüttelte ungläubig den Kopf. »Was für ein Arschloch.«

Eine Stunde später saß Ryan in der Suite der deutschen Bundeskanzlerin Marion Schöngarth. Die beiden rührten das vor ihnen stehende Kaffeegeschirr nicht an, während Ryan über sein Gespräch mit der Journalistin von Kanal sieben berichtete.

Als er fertig war, sagte Schöngarth: »Er strebt eine Neuaufteilung Osteuropas an, eine erneute Teilung, als Ausgleich für Russlands Verluste nach dem Kalten Krieg. Vor dreißig Jahren hatten sie keinen Hebel, an dem sie ansetzen konnten, und mussten praktisch jedem Unabhängigkeit gewähren, der sie verlangte. Aber Wolodin, der neue starke Mann, glaubt, er könne einen Teil der russischen Verluste zurückfordern.«

Ryan stimmte zu.

»Er möchte das Baltikum«, fuhr sie fort. »Und um es zu bekommen, setzt er alle Hebel in Bewegung. Er bedroht Polen, aber Polen ist nur sein Druckmittel. Als wollte er sagen: ›Wenn ihr mir das Baltikum gebt, ziehe ich meine Panzer von der polnischen Grenze ab.‹«

»Ganz genau.«

Sie spann den Gedanken weiter. »Aber das bedeutet doch, dass die ganze Sache nur ein Bluff ist, richtig? Alles, was er bisher getan hat, ist nur der Versuch, den Einsatz zu erhöhen, den Westen einzuschüchtern und einem Handel geneigter zu machen.«

Ryan schüttelte nachdenklich den Kopf. »Leider spielt

es keine Rolle, ob er blufft oder nicht. Angenommen, er will gar nicht angreifen, sondern seine Ziele mit einem Hybridkrieg erreichen, indem er dem Westen ein geopolitisches Feiglingsspiel aufzwingt. Wenn es schiefgeht, wenn wir uns weigern, ihm den Weg frei zu machen, kann er das Säbelrasseln nicht einfach wieder einstellen. Er geht davon aus, dass wir einknicken, aber wenn wir nicht einknicken, kann er nicht mehr zurück. Er hat alle erdenklichen Kräfte an der Grenze Litauens aufgefahren. Er kann unmöglich die Bühne für einen Angriff bereiten und dann einen Rückzieher machen. Er ist ein sprunghafter Charakter und benutzt seine Sprunghaftigkeit als Mittel der Machtausübung. Er hat seine Truppen mobilisiert, seine Schiffe in Gefechtsbereitschaft versetzt und die baltischen Staaten im Fernsehen zu illegalen, nichtstaatlichen Akteuren erklärt. Wenn wir nicht nachgeben, muss er angreifen und darauf hoffen, dass der Westen die Lust verliert, sobald sich die Leichen türmen.«

»Und das wird auf eines hinauslaufen«, sagte Schöngarth und hielt kurz inne. »Auf einen Krieg mit Russland.«

»So scheint es jedenfalls.«

»Die Russen haben fünfhundert Iskander-Raketen in Kaliningrad«, fuhr sie fort. »Diese Raketen können mit Atomsprengköpfen bestückt werden. Allerdings wissen wir nicht, ob sie es tatsächlich sind. Ihre offizielle Reichweite beträgt 400 Kilometer, damit fallen sie nicht unter den INF-Vertrag über nukleare Mittelstreckenraketen, deren Untergrenze bei einer Reichweite von 500 Kilometern liegt. Aber die meisten Experten sind sich darin einig, dass die Iskander Ziele in 700 Kilometer Entfernung erreichen können, mit einer Treffgenauigkeit von fünf Metern. Ein Wort von Wolodin, und der Reichstag in Berlin löst sich in Rauch auf.«

»Ich weiß«, sagte Ryan. »Und in diesem Moment kreuzt ein russisches Atom-U-Boot mit ballistischen Raketen irgendwo vor der Küste der USA. Seine Präsenz verringert die Wahrscheinlichkeit, dass unsere Raketenabwehr eine anfliegende Bulawa-Rakete erfasst und zerstört. Es ist dort, weil Wolodin wollte, dass die Vereinigten Staaten im selben Boot sitzen wie Europa, wenn er das Gipfeltreffen zu territorialen Fragen vorschlägt.«

»Dann sind Sie in einer ähnlichen Situation wie wir, Mr. President«, sagte die Bundeskanzlerin.

»In einer ähnlichen, aber nicht in derselben. Anders als hier droht uns kein konventioneller Angriff, wie ich zugeben muss. Aber ich werde jeden einzelnen Soldaten, den wir in Europa haben, nach Litauen verlegen, um diesen Wahnsinnigen aufzuhalten.«

In diesem Augenblick trat Arnie Van Damm zu den beiden, entschuldigte sich bei der Bundeskanzlerin und beugte sich an Ryans Ohr. »Der französische Präsident ist am Telefon. Sie sollten rangehen.«

Mit einer Entschuldigung ging Ryan zu dem Tisch, auf dem das Telefon stand, und ergriff den bereits abgenommenen Hörer. »Hallo, Henri.«

»Hallo, Jack«, erwiderte der französische Präsident. »Ich wollte es Ihnen persönlich sagen. Wir werden einer Entsendung von Nato-Truppen nach Litauen nicht zustimmen.«

Ryan war nicht überrascht, aber doch enttäuscht. Fast eine Woche lang hatte er auf ein anderes Ziel hingearbeitet, und jetzt war er gescheitert.

»Die baltischen Staaten sind als Nato-Länder nicht zu halten«, fuhr der Franzose fort. »Wenn Russland in der Nato wäre, ja, dann würde das absolut Sinn ergeben. Aber solange Russland eine Bedrohung für kleine, ungeschützte Länder darstellt, die alle von Haus aus zur russischen Einflusssphäre gehören und weniger westlichen Idealen verhaftet sind … nun ja … ich bin nur um Polen besorgt. Wir werden den Gegenvorschlag unterbreiten, die Bereitschaft der Nato in Polen zu erhöhen. Damit machen wir einen Angriff dort unwahrscheinlicher.«

»Und einen Angriff in Litauen wahrscheinlicher«, entgegnete Ryan. »Damit signalisieren wir Wolodin, dass das Baltikum ihm gehört, wenn er die Finger von Polen lässt.«

»Meine Entscheidung steht«, sagte der französische Präsident. »Ich habe die Unterstützung mehrerer Mitgliedsländer.«

Davon bin ich überzeugt, dachte Ryan bei sich. Er dankte dem Präsidenten für den Anruf und verabschiedete sich. Er konnte jetzt nichts mehr tun.

Er kehrte zur Bundeskanzlerin zurück und teilte ihr die Neuigkeit mit. Minuten später waren er und seine Entourage auf dem Weg zurück in seine Suite.

Sie sprachen unterwegs nicht, denn Flure und Aufzüge waren von den Technikern der Spionageabwehr nicht für sauber erklärt worden. Doch kaum waren sie wieder in Ryans Suite, fragte Adler: »Was werden Sie jetzt tun?«

»Ich fliege nach Schweden«, antwortete Ryan. »Ich möchte Nicht-Nato-Staaten um Unterstützung bei unseren Maßnahmen bitten. Ihnen zeigen, dass wir ihre Sorgen ernst nehmen.«

Scott Adler schaltete sich ein. »Das wird ein schwieriges Unterfangen. Die Schweden haben ihr Militär fast abgeschafft. Sie werden nicht noch mehr Unruhe stiften wollen, als es Wolodin schon tut. Die sind zwar stocksauer, weil die Russen ihre Verkehrsmaschine vom Himmel geholt haben, doch abgesehen von einer kleinen, aber feinen Luftwaffe haben sie nicht mehr viel von einer Militärmacht. Wir beurteilen die derzeitige schwedische Verteidigungsfähigkeit nicht optimistisch.«

»Das heißt?«

»Das heißt: Falls Schweden ein ambitioniertes Aufrüstungsprogramm beschließt, dürfte es nach unserer Einschätzung in fünf Jahren in der Lage sein, sich zu verteidigen … eine Woche lang.«

»Also könnte Russland von Kaliningrad aus über die Ostsee dampfen oder aus der Nordsee nach Süden vorstoßen und Schweden für sich beanspruchen.«

»Nach Belieben, Mr. President.«

Jack Ryan rieb sich die Augen unter den Brillengläsern und zwar kräftig, wie um die aufsteigenden Frustgefühle niederzuhalten. »Wir werden sie besuchen und um Überflugrechte bitten. Um den Zugang zu Luftwaffenstützpunkten. Um Unterstützung bei der Versorgung unserer Navy in der Ostsee. Wir werden sie bitten, mit ihrer Luftwaffe unsere Mission in Litauen zu unterstützen. Wenn wir Nägel mit Köpfen machen und Truppen entsenden, dann brauchen wir jede Hilfe, die wir kriegen können.«

»Viel ist das nicht, Mr. President.«

»Nun, es ist alles, was sie haben. Irgendwann hätte ich Schweden gerne in der Nato. Wenn sie uns jetzt helfen, könnten Schweden und auch die anderen Nato-Länder sehen, dass dies eines Tages möglich sein wird.«

59

Clark träumte von den Schmerzen, bevor er aufwachte und sie spürte. Im Traum hatte er zu Hause im Bett gelegen. Ob neben Sandy, wusste er nicht, denn er konnte sich nicht umdrehen, um nachzusehen. Ein Lastwagen war, anscheinend ohne jede Rücksicht, in sein Schlafzimmer und auf sein Bett gerollt und hatte ihn dort eingeklemmt. Am meisten schmerzten seine Beine, weil sie übereinandergeschlagen waren. Die großen Räder drückten auf seinen Rücken, und die heißen Auspuffgase brannten seitlich an seinem Kopf, direkt hinter dem rechten Ohr.

Es war ein grässlicher Traum, aber noch schlimmer fühlte er sich nach dem Aufwachen. Er hatte Schmerzen am ganzen Körper, und seine Arme und Beine verrichteten ebenso widerwillig ihren Dienst wie schon im Traum.

Er spähte durch den Niedergang nach oben, sah den schwachen Schimmer einer fast mondlosen Nacht, aber sonst war er noch von Dunkelheit umhüllt.

Er wusste nicht, wie lange er hier gelegen hatte, und ebenso wenig wusste er, wie schwer er verletzt war, doch am schlimmsten peinigte ihn die Stelle hinter dem rechten Ohr, und so zwang er sich, die rechte Hand zu heben und sie zu betasten, wobei er betete, dass es nur eine äußere Schwellung war und keine innere, denn daran konnte man sterben, auch noch Stunden später.

Er befühlte die Stelle, wo der Schmerz am größten war, und tatsächlich, er spürte eine mächtige Beule. Das war an sich erfreulich, doch Clark empfand keine Erleichterung, denn als er die Hand zum Kopf führte, spritzte er sich Meerwasser ins Gesicht.

Hätte er nicht gerade eine Gehirnerschütterung erlitten und wäre er nicht eben erst aus einer Ohnmacht erwacht, in die ihn ein heftiger Schlag auf den Kopf versetzt hatte, hätte er viel schneller erkannt, dass er im Bauch eines sinkenden Bootes lag. So aber brauchte er mehrere Sekunden, um zu begreifen. Erst der salzige Geschmack auf seinen Lippen und die Tatsache, dass ihm Wasser in die Ohren lief und alle Geräusche dämpfte, brachte ihm zu Bewusstsein, in welcher Lage er sich befand.

Mit einem Mal waren die Schmerzen im Kopf, im Rücken und in den Beinen zweitrangig. Ganz gleich, wie sehr er litt, ganz gleich, in welchem Zustand er sich befand, wenn er sich jetzt zu bewegen begann, er hatte nur ein Ziel.

John Clark war ein Mann der Marine, gewiss, aber er verspürte nicht die geringste Verpflichtung, zusammen mit seinem Schiff unterzugehen.

Seine Beine waren wahrscheinlich nur geprellt, nicht gebrochen. Er war mit dem rechten Schienbein und dem linken Knie auf die Stufen des Niedergangs geprallt. Das wusste er auch ohne Zeitlupenwiederholung des Sturzes. Sein Rücken tat höllisch weh, wurde von Krämpfen geplagt, und er wusste beim besten Willen nicht, wie er schwimmen sollte, wenn eine der größten Muskelketten des Körpers den Dienst versagte und auf die Befehle des Gehirns nicht mehr reagierte, aber das war ein Problem, das er erst in ein paar Minuten lösen musste. Jetzt galt es erst einmal, aus dem Salon, dann aus dem Cockpit zu kommen und schließlich über Bord zu gehen, bevor die 17 Meter lange Irwin umkippte und ihn mit in die Tiefe zog.

Er zog sich aus dem Wasser und die Stufen des Niedergangs hinauf. Zu seiner Rechten schlugen knisternde

Funken aus dem Funkgerät und der elektronischen Wetterstation, als das Meerwasser sie erreichte.

John hatte schon Boote sinken sehen und wusste, dass sich nicht vorhersagen ließ, wie schnell es passierte. Wenn das Wasser in einem Boot um dreißig Zentimeter pro Minute stieg, konnte sich diese Rate sofort verdoppeln oder verdreifachen, wenn es weitere Öffnungen fand, durch die es in Räume unterhalb der Wasserlinie strömen konnte.

Und genau dies geschah jetzt. Erst vor zwei Minuten hatte er das Bewusstsein wiedererlangt, und schon war die Wasserhöhe im Salon von wenigen Zentimetern auf einen Dreiviertelmeter gestiegen.

Er erreichte glücklich das Cockpit. Dort belastete er zum ersten Mal seine Beine und stand auf. Er fühlte sich schwach und wackelig und benommen, als stünde er unter Drogen, aber er wusste, dass dies von dem Schlag auf den Kopf herrührte.

Aber nicht nur. Als er durch das Cockpit wankte und nach seiner Waffe und seinem Mobiltelefon suchte, bemerkte er, dass das Segelboot stark nach backbord krängte. Gegen sein Schwindelgefühl ankämpfend, setzte er die Suche nach den beiden Gegenständen, ohne die er nicht von Bord gehen wollte, noch eine Weile fort, doch dann erlahmten seine Kräfte, und er beschloss, sein Glück nicht ein zweites Mal herauszufordern.

Nur mit einer Leinenhose und Bootsschuhen bekleidet, schleppte er sich aufs Hauptdeck hinaus, sprang ins Wasser und versuchte, vom Boot fortzuschwimmen, wenigstens so weit, dass er nicht von einem Mast erschlagen werden konnte, wenn es kenterte.

Brustschwimmen ging wegen der heftigen Schmerzen im Rücken gar nicht, Kraulen auch nicht, und so legte er sich auf die Seite und schwamm einarmig. Mit Erleichterung stellte er fest, dass er zügig vorankam.

Als er nach ungefähr hundert Metern eine kurze Schwimmpause einlegte, konnte er das Aufblitzen weiterer elektrischer Kurzschlüsse an Bord beobachten. Schließlich flackerten die Mastlichter auf und erloschen dann in einem Funkenregen.

Das Boot legte sich auf die Seite wie ein sterbendes Tier und reckte den Kiel ins schwache Mondlicht.

Im selben Moment bemerkte er in der Ferne etwas, was sein Herz schneller schlagen ließ. Die Lichter eines Bootes. Es bewegte sich, doch ohne einen anderen Bezugspunkt war schwer zu sagen, ob es sich näherte oder entfernte.

Seine anfängliche Freude wich schon bald der Ernüchterung. Die Lichter in der Ferne würden ihm keine Rettung bringen. Die Topplichter ließen auf die Anordnung der Masten schließen, und die verriet ihm, dass er die *Spinnaker II* vor sich hatte, die gerade die Nordspitze von West Seal Dog Island umfuhr. Da er auch das weiße Hecklicht erkennen konnte, war er überzeugt, dass sie sich entfernte, und zwar in Richtung Nordosten, möglicherweise mit dem Ziel Anegada Island.

Schließlich verschwanden die Lichter in der Dunkelheit und mit ihnen eine Mutter und ihr Kind, die gegen ihren Willen festgehalten wurden und deren Befreiung der mögliche Schlüssel zur Lösung eines Rätsels war, das die ganze Welt betraf.

Clark schwamm weiter. Er musste sich jetzt auf seine persönliche Situation konzentrieren. Ihm war klar, dass er nichts von dem, was hier geschehen war, beweisen konnte. Seine Verletzungen legten den Verdacht nahe, dass er, ein älterer Bootspächter, auf dem Niedergang ausgerutscht war, als er unter Deck eilte, um nach einem Leck zu sehen. Dem Umstand, dass sein Bilgenalarm still geblieben war und nicht mit 140 Dezibel losgeschrillt hatte, würden die Ermittler keinerlei Bedeutung beimessen, denn nach ihrer Erfahrung hatte ihn der alte Pächter des Bootes wahrscheinlich gar nicht getestet, bevor er in See gestochen war.

Lange vor Tagesanbruch trieb der zerschrammte, mit blauen Flecken übersäte Körper eines Mannes, der zwar noch lebte, aber zu erschöpft und lädiert war zum Schwimmen, die letzten 200 Meter durch die sanfte Brandung und wurde wie Abfall ans Ufer gespült.

Clark kroch durch die morgendlichen Muschel- und Korallenablagerungen auf den Strand, wobei sich Seetang an seinen Armen und Beinen verfing.

Er war erschöpft, er war verletzt und im Moment ohne jeden Plan. Doch als er sich aufsetzte und Sand ausspuckte, sagte er sich, dass er den Kampf wiederaufnehmen würde. Er brauchte kein Krankenhaus. Er brauchte nur die drei wichtigsten Dinge, die er heute Nacht verloren hatte – sein Mobiltelefon, eine Spur, die zu seinem Zielobjekt führte, und seine Scheiß-Pistole.

Jack Ryan junior saß still und reglos wie eine Statue da, den Blick auf Salvatore geheftet, der an der Lobby-Bar im Hotel Stanhope saß. Der italienische Paparazzo hatte einen Drink vor sich stehen und sein Mobiltelefon in der Hand.

Jack starrte ihm angestrengt ins Gesicht und versuchte zu erraten, was in ihm vorging, was er vorhatte. War er gelangweilt, angespannt, aufgeregt, ängstlich? War heute für ihn nur ein normaler Arbeitstag, oder hatte er irgendeinen Auftrag erhalten?

Jack beugte sich vor, so nahe wie möglich an das Gesicht des Mannes heran, ohne dabei ein Auge von ihm zu wenden.

Nichts. Es war einfach zu schwierig, etwas erraten zu können, wenn man jemand nur am Computer-Bildschirm betrachtete.

Jack saß in seinem Kabuff, und die Kamera des von Gavin Bierys IT-Team angezapften Sicherheitssystems lieferte ihre Bilder in Echtzeit auf seinen Hauptmonitor.

Was Jack hier machte, war keine Observation. Im Grunde, so dachte er, war es ein Witz. Solange Salvatore nicht aufstand und etwas klar Ersichtliches tat, hatte er keine Ahnung, was zum Teufel da vorging.

Er hatte sich fast den ganzen Tag in der einen oder anderen Form mit Salvatore beschäftigt. Zunächst hatte er in der Vergangenheit des Mannes gewühlt. Salvatore war in seinem Berufsleben viel herumgekommen, hatte überall in Europa Tausende von Fotos gemacht und verkauft, und das fast ausschließlich von berühmten Leuten, die nur in Ruhe ihrem Tagewerk nachgehen wollten. Seine Arbeit war die eines typischen Promi-Jägers. Doch bei allen Nachforschungen hatte Jack keinen Hinweis darauf gefunden, dass Salvatore früher schon einmal in Brüssel gearbeitet hatte.

Mithilfe der sozialen Medien hatte er recherchiert, wo sich andere europäische Paparazzi derzeit aufhielten. Von den rund fünfzig, die er ausfindig machen konnte, weilte kein einziger in Brüssel, was in ihm den Verdacht nährte, dass dort im Moment nichts los war, was einen Paparazzo interessieren würde.

Der Italiener schien den langweiligsten Urlaub der Welt zu machen. Abends saß er meist nur in der Lobby-Bar herum, und tagsüber ging er aus, aber nicht nach einem bestimmten Muster, als würde er einer geregelten Arbeit nachgehen. Nein, er verließ nachmittags das Hotel und kehrte nach ein oder zwei Stunden wieder zurück.

Jack hatte keinen blassen Schimmer, was das sollte, aber er war fest davon überzeugt, dass Salvatore nur in Brüssel war, weil er in irgendeiner Funktion für die Russen arbeitete, wie er es offensichtlich in Rom getan hatte.

Er hatte Gerry das Ergebnis seiner Beobachtungen zur Kenntnisnahme geschickt, um ihn über seine Fortschritte im Fall Salvatore auf dem Laufenden zu halten, und dabei angedeutet, dass es sich vielleicht lohnen würde, wenn er doch noch nach Belgien reiste. Weil Gerry darauf nicht reagierte, setzte er alles auf eine Karte und ersuchte erneut ganz offen um die Genehmigung.

Und wie schon zuvor lehnte Gerry ab.

Jack kehrte an seinen Schreibtisch zurück und brachte den restlichen Tag damit zu, Kamerabilder aus Salvatores Hotel zu betrachten, bis er den Italiener schließlich um 22 Uhr Brüsseler Zeit in der Lobby entdeckte. Er war allein, trank Wodka mit Eis und spielte an seinem Mobiltelefon herum, wobei die Bilder der Überwachungskamera keinen Aufschluss darüber gaben, ob er auf eine Nachricht wartete oder nur herumhing.

Jack musste unbedingt wissen, was der Mann vorhatte, und es gab nur eine Möglichkeit, es herauszufinden. Er konnte nicht warten, bis Ding und Dom von ihrem Auftrag in Litauen zurückkehrten oder Clark mit seiner Arbeit auf den Jungferninseln fertig war. Was immer Salvatore in Brüssel trieb, Zeit war jetzt ein entscheidender Faktor.

Jack beschloss, sich über Gerry Hendleys ausdrücklichen Befehl hinwegzusetzen, hierzubleiben und auf Unterstützung der anderen Einsatzagenten zu warten.

Das würde ihn seinen Job kosten, daran hatte er keinen Zweifel. Gerry hatte ihm in der Vergangenheit einige Verfehlungen durchgehen lassen. Als Jack noch jünger war, hatte er sich bei Operationen Eigenmächtigkeiten geleistet, die nicht ganz im Sinne von Gerrys Befehlen waren, aber er hatte sie immer im Eifer des Gefechts begangen und unbestreitbar im Interesse der Operation.

Diesmal jedoch lag der Fall ganz anders. Er war aus Europa ins Hauptquartier des Campus zurückbeordert worden, hatte dann um die Erlaubnis gebeten, nach Europa zurückzukehren und Salvatore im Alleingang zu observieren, und Gerry Hendley, der Direktor des Campus, hatte unmissverständlich abgelehnt. Es führte kein Weg daran vorbei: Wenn Jack in ein Flugzeug nach Belgien stieg, wäre das unerlaubtes Entfernen von der Truppe und Befehlsverweigerung.

Er wäre draußen.

Aber er wusste, dass er es trotzdem tun würde.

60

John Clark saß im Salon eines kleinen Segelboots und lächelte das deutsche Ehepaar mittleren Alters an, das ihn vor einer Stunde an einem Strand von West Seal Dog Island aufgelesen hatte. Der Mann war nur mit einer knappen Badehose bekleidet, rosa wie eine Rose und rund wie ein Wasserball, während seine Frau zwar weit weniger freizügig bekleidet, aber nicht schlanker war.

Sie erwiderten Clarks Lächeln, was ihm verriet, dass sein zarter Hinweis, dass er gerne eine Weile ungestört wäre, nicht bei ihnen angekommen war.

Sie hatten ihn von der menschenleeren Felsinsel gerettet, nachdem er dort sechs Stunden lang, von Muskelkrämpfen, Blutergüssen und Kopfschmerzen geplagt, in der Sonne gesessen und sich ausgemalt hatte, wie schön es wäre, die Entführer der Walkers vor den Lauf zu bekommen.

Das Paar hatte ihn an Bord seines elf Meter langen Catalina-Boots gebracht, wo die Frau den Verbandskasten holte und seine Wunden versorgte und der Mann ihm in einem richtigen Bierkrug ein eisgekühltes Bier servierte. Clark dachte schon, seine Kopfverletzung sei so schwer, dass ihm das Gehirn einen Streich spiele.

Bald fragte das Paar, ob es ein Foto von ihm, ihrem Fang des Tages, machen dürfe. Die beiden waren mächtig stolz auf ihre Rettungstat, und Clark war davon überzeugt, dass in ihrer bayerischen Heimat das Lokalblatt darüber berichten würde. Er hatte widerstrebend eingewilligt und dann gefragt, ob er ihr Telefon benutzen dürfe, um seine Frau anzurufen.

Und so saßen sie jetzt da, Clark mit dem Telefon in der Hand, in das er bereits Gerry Hendleys Nummer eingetippt hatte, und die beiden Deutschen, die vor Stolz strahlten und ihn ansahen, als wollten sie ihn zu einem Präparator bringen und ausstopfen lassen, um ihn dann auf ihren Kaminsims zu stellen.

Clark lächelte noch breiter. »Verzeihung, aber könnten Sie mich vielleicht einen Moment allein lassen? Ich wäre letzte Nacht fast ums Leben gekommen, und so könnte es sein, dass mich die Gefühle übermannen, wenn ich mit meiner Frau spreche. Er wäre mir peinlich, vor Ihnen zu weinen.«

»Ach so!«, rief der Mann. Die Frau kontrollierte noch kurz den Eisbeutel und den Verband, den sie Clark um den Kopf gelegt hatte, dann scheuchte der Mann sie den kleinen Niedergang hinauf und kletterte hinterher. Er schloss sogar die Luke.

Clark stieß einen langen Seufzer aus, drückte die Anruftaste und löschte, während es klingelte, das Foto, das sie von ihm gemacht hatten.

Gerry meldete sich nach mehrmaligem Klingeln. »Hendley.«

»He, Gerry, hier ist John.«

»Mein Gott, John, ich habe den ganzen Morgen versucht, Sie anzurufen.«

»Nun ja, mein Telefon wird wahrscheinlich gerade von einem Hummer gepoppt.«

»Wie bitte … was meinen Sie damit?«

»Es liegt auf dem Meeresgrund.« John gab Gerry einen einminütigen Kurzbericht, denn er wusste nicht, wann das deutsche Ehepaar wieder nach ihm schauen würde, und er hatte nun wirklich keine Lust, ihnen etwas vorzuheulen.

Als er fertig war, sagte Gerry: »Du lieber Himmel, John. Wir müssen Sie da rausholen.«

»Mir geht es gut. Ich brauche nur eine neue Ausrüstung und einen Hinweis, wo die *Spinnaker II* jetzt steckt.«

»Ich ziehe die Jungs aus Litauen ab. Die sollen Ihnen helfen.«

»Bitte nicht! Was sie dort tun, ist wichtig. Die Befreiung der Walkers ist zwar auch wichtig, aber nicht von derselben Tragweite. Ich schaffe das schon alleine.«

Clark merkte, dass er schon wie Jack junior redete. Er musste etwas beweisen, das mit Logik und Vernunft, wie man behaupten könnte, nicht zu erklären war. Jack musste der Legende seines Vaters gerecht werden, Clark seiner eigenen Legende. Er und Jack, so erkannte er, hatten mit Zwängen zu kämpfen, die selbst auferlegt, aber deswegen nicht weniger real waren.

Das ärgerte ihn und erlaubte ihm gleichzeitig, mit seinem jüngeren Kollegen nicht ganz so kritisch ins Gericht zu gehen.

»Hören Sie«, sagte Gerry. »Als Sie sich heute Morgen nicht gemeldet haben, habe ich mir Sorgen gemacht und deshalb Adara runtergeschickt. Sie wird gegen 13.30 Uhr landen.«

»Gerry, ich brauche keine …«

»Warten Sie, hören Sie einfach zu. Es ist beschlossene Sache. Adara wird Sie unterstützen. Keine Widerrede. Sie wissen doch, was sie bei anderen Operationen geleistet hat. Sie ist mehr als imstande, operative Unterstützung zu leisten.«

Gerry wollte keine Einwände hören, und Clark erhob keine.

Clarks Vormittag bei den Deutschen endete, als Adara Sherman ihn mit einem in Spanish Town gemieteten Hubschrauber auf der Insel Virgin Gorda abholte. Clark erklärte dem Ehepaar, dass die attraktive junge Frau in dem roten Robinson-Helikopter für das Unternehmen arbeite, bei dem er angestellt sei, schwieg sich aber darüber aus, wieso sie zufällig hier in der Gegend war.

Auf dem Flug zurück nach Tortola berichtete ihm Adara, dass sie ein kleines Zwei-Zimmer-Haus in Flughafennähe gemietet habe und ihn jetzt dort hinbringen werde, damit sie sich seine Verletzungen ansehen könne.

Clark protestierte aus purer Gewohnheit, obwohl er überall Schmerzen hatte und sich vor Erschöpfung fast übergeben musste.

In dem Haus angekommen, öffnete Adara Sherman in der Küche geschäftsmäßig ihren rollbaren Erste-Hilfe-Rucksack und befahl Clark, das Hemd auszuziehen.

Sie sah sich seine blauen Flecken und Schrammen an. »Mein Gott! Sind Sie die Treppe runtergefallen?«

»Allerdings.« Er zuckte zusammen, als sie ihm mit einer Alkoholkompresse den Rücken abtupfte. »Werden Sie und das andere Junggemüse jetzt darauf drängen, mich in betreutes Wohnen zu stecken?«

Es war ein Scherz, und Adara lachte gern, auch in schwierigen Situationen, aber jetzt lachte sie nicht. Sie hatte die Beule hinter seinem Ohr entdeckt. »Oh … ich verstehe. Sieht so aus, als hätte jemand nachgeholfen.«

»Das ist meine Version, und bei der bleibe ich.«

»War das ein lederbezogener Knüppel?«

»Es hat sich eher wie ein Hammer angefühlt, aber ich bin mir nicht sicher. Wenn man eins über den Schädel kriegt, fühlt es sich wahrscheinlich immer wie ein Hammer an.«

Adara drückte ihm einen Eisbeutel auf die Beule hinterm Ohr, nachdem sie die anderen Wunden versorgt hatte.

»Wir müssen dieses Boot suchen«, sagte Clark. »Ich habe das Gefühl, dass es noch in der Gegend ist, aber es kann Tage dauern, bis wir es wieder finden.«

»John … wir haben ein Flugzeug. Wir können in zehn Minuten die ganze Inselkette überfliegen.«

»Die Gulfstream kann nicht im Tiefflug über die Britischen Jungferninseln donnern und nach einem Boot suchen. Das würde zu viel Aufmerksamkeit erregen.«

»Dann miete ich den Hubschrauber, mit dem wir hergekommen sind. Auf dem Flug zu Ihnen hat mit der Pilot gesagt, dass er den ganzen Tag Leute auf alle möglichen Inseln bringt.«

»Was wird er zu einem Aufklärungsflug sagen?«

Adara lächelte nur. »Vertrauen Sie mir, Mr. Clark. Ich denke mir eine gute Geschichte aus. Er hat gesagt, dass er morgen nur zwei kurze Charterflüge hat. Ich rufe ihn gleich an, und morgen früh mache ich mich mit ihm auf die Suche nach dem Katamaran.«

Clark zuckte erneut zusammen, als sie den Eisbeutel mit einer Elastikbinde befestigte. »Und was mache ich?«

»Das hier wird nur was bringen, wenn Sie sich ein paar Tage ausruhen. Ich merke doch, dass Sie große Schmerzen haben. Sie können wirklich von Glück sagen, dass Sie nicht mit einem Streckverband im Krankenhaus liegen oder Schlimmeres.«

»Aber …«

»Den Flug kann ich alleine machen. Ich weiß ja, wonach ich suche. Ich sehe besser als Sie. Nichts für ungut, aber das ist die Wahrheit. Wenn das Boot noch da draußen ist, werde ich es finden und Ihnen Bericht erstatten. Sie bleiben zwei Tage hier liegen und erneuern regelmäßig den Eisbeutel. Sie werden es mir danken, wenn Sie wieder ranmüssen.«

»Ms. Sherman, es geht mir wirklich gut.«

»Das sagt jeder am Tag nach einer Verletzung. Nach zwei Tagen, wenn das Blut in das weiche Zellgewebe sickert, werden die Schmerzen am schlimmsten.«

Clark wusste das aus lebenslanger, leidvoller Erfahrung. Rückschauend hätte er es lieber aus Büchern gelernt.

»Die sollen denken, dass Sie tot sind«, fuhr Adara fort. »Wenn Sie wieder in den Marinas und Häfen herumfragen, wird es nicht lange dauern, bis sie erfahren, dass Sie überlebt haben und immer noch hinter ihnen her sind.«

Das leuchtete Clark ein. Trotzdem erwiderte er: »Was soll ich denn zwei Tage lang tun?«

»Als Erstes rufen Sie Ihre Frau und Ihre Tochter an und sagen ihnen, dass Sie sie lieben.«

Clark schlug leicht beschämt die Augen nieder. »Natürlich.«

»Gut. Und was Sie sonst noch zu tun haben, brauche ich Ihnen ja wohl nicht zu sagen.«

»Was denn?«

Adara Sherman sah ihn scharf an. »Sie werden sich auf die nächste Begegnung mit den Männern vorbereiten, die Ihnen das angetan haben.«

Clark nickte. Nein, das brauchte ihm nun wirklich niemand zu sagen.

61

Walerij Wolodin sah zu, wie der Hubschrauber mit Tatjana Molchanowa vom vorderen Rasen abhob, in den Nachthimmel stieg, aus dem Schnee herabwirbelte und in Richtung Moskau verschwand.

Sie hatte ihm Jack Ryans Antwort überbracht. Mit nervöser, zittriger Stimme.

Blöde Zicke, dachte er bei sich. Ryan hatte ihr beim Interview das Nachsehen gegeben. Am Ende hatte sie trotz ein oder zwei Fangfragen ziemlich bedröppelt ausgesehen. *Und dann bringt sie mir vom amerikanischen Präsidenten diesen Scheiß?* Ryan hatte sich zu dieser taktlosen Antwort mit Sicherheit nur deshalb erdreistet, weil die Molchanowa bei dem Gespräch vor seinen Augen auf Zwergengröße geschrumpft war.

Wolodin würde dafür sorgen, dass sie bei Kanal sieben ersetzt wurde. Noch vor Ende des Monats würde sie per Mobiltelefon live über Straßenkriminalität in Grosny berichten.

Wolodin hatte keine äußere Reaktion gezeigt, als sie die unverschämte Aufforderung des amerikanischen Präsidenten ausrichtete, er möge sich endlich wie ein Staatsmann benehmen. Stattdessen hatte er ihr gedankt und sie, seine Wut verbergend, weggeschickt.

Jetzt würde er Ryan zeigen, wie ein richtiger Staatsmann handelte.

Die Tür zu seinem Büro ging auf, und er spürte, wie

seine Sekretärin eintrat. Sie blieb schweigend in der Tür stehen und wartete, bis er Notiz von ihr nahm, denn sie wusste genau, dass ihr Präsident in Ruhe nachdenken wollte, wenn er aus dem Fenster sah.

»Was gibt es?«, fragte Wolodin schließlich.

»Verzeihen Sie, Herr Präsident. Sekretär Grankin ist hier wie vereinbart.«

Wolodin wandte sich nicht vom Fenster ab. Er nickte nur kurz und sagte: »Führen Sie ihn herein.«

Grankin saß bereits in dem Sessel gegenüber dem Schreibtisch, als sich der russische Präsident endlich umdrehte und ihm seine Aufmerksamkeit widmete. Wolodin nahm Platz, griff zu seiner Teetasse und trank, den Sekretär des Sicherheitsrats unverwandt ansehend, einen Schluck.

Grankin war sichtlich nervös.

»Was gibt es Neues?«, fragte Wolodin.

»Die Nato wird keine Truppen nach Litauen verlegen, es sei denn, der Bündnisfall nach Artikel fünf wird ausgerufen.«

Wolodin nickte. »Sie wissen genau, dass Litauen schutzlos ist und dass es für eine Reaktion ihrerseits zu spät sein wird, wenn der Bündnisfall erst eingetreten ist. Wie ich die ganze Zeit vorausgesagt habe. Unser Druck hat ihnen klargemacht, dass sie nicht in einen Krieg mit Russland hineingezogen werden wollen. Wir können uns Litauen nehmen.«

Michail Grankins Gesicht zeigte keine Regung, aber er nickte langsam. Dann fragte er: »Hat der amerikanische Präsident dem Gipfeltreffen zugestimmt?«

Wolodin schüttelte den Kopf. »Nur leeres Geschwätz von wegen, dass man die üblichen diplomatischen Kanäle einhalten müsse.« Wolodin machte eine wegwerfende Handbewegung, als wäre dieser zentrale Aspekt ihres Plans nur eine Bagatelle und mit einem Mal ohne jede

Bedeutung. »Vergessen Sie den Gipfel. Wir werden uns Litauen nehmen, ohne dass viel geschossen wird. Das wird leichter als in Georgien.«

»Wann leiten wir denn die nächste Phase ein?«, fragte Grankin.

»Die letzte Phase der Operation Baltischer Winter Sechzehn wird auf der Stelle beginnen.«

Grankin nickte. »Der Flugzeugzusammenstoß war eine unnötige Komplikation. So etwas können wir nicht gebrauchen.«

Wolodin nickte ebenfalls, einen seltenen Ausdruck ehrlicher Enttäuschung im Gesicht. »Schade, dass der verfluchte Pilot der Iljuschin nicht mehr am Leben ist, sonst könnte ich ihn umbringen lassen. Aber im größeren Zusammenhang fällt der Vorfall nicht ins Gewicht. Eine Komplikation, zugegeben, aber alle militärischen Luftoperationen, die wir im letzten Jahr durchgeführt haben, haben ihren Zweck erfüllt. Russland ist gefürchtet, und deshalb wird Russland respektiert. Ein einzelner negativer Vorfall war ein kleiner Preis für die Macht, die wir hinzugewonnen haben.« Wieder machte er eine wegwerfende Handbewegung. »Jedenfalls wird nächste Woche um diese Zeit niemand mehr von einem Airbus-Unfall über der Ostsee reden, das versichere ich Ihnen.«

Grankin räusperte sich, zögerte. Wolodin sah ihm an, dass er etwas sagen wollte, aber nicht recht wusste, ob jetzt der passende Moment war.

»Was ist, Mischa?«

»Es geht um einen meiner besten Männer. Wladimir Koslow. Er arbeitet seit einem Monat an einem Sonderauftrag für Ihr Büro.«

»Tatsächlich? Ach ja … ich glaube, ich habe davon gehört.«

Grankin räusperte sich abermals. »Nun ja … jetzt, wo die Operation in Brüssel in die entscheidende Phase geht und der Baltische Winter anläuft ... Ich rechne in Bälde mit einer Erhöhung des Informationsbedarfs. Ich brauche Koslow unbedingt wieder hier.«

»Sie haben andere Leute im Sicherheitsrat.«

»Gewiss, Herr Präsident. Aber wir waren die ganze Zeit darauf bedacht, wichtige Aufgabenfelder unseres Vorhabens zu trennen und dem FSB und der GRU Informationen vorzuenthalten. Morosow ist in Brüssel. Mein Mann Koslow wird jetzt für andere Aspekte der Operation gebraucht.«

Wolodin schüttelte den Kopf. »Koslow ist Ihr Mann, wenn Sie ihn von mir zurückbekommen. Bis dahin bleibt er mein Mann. Sie werden ohne ihn auskommen müssen.«

Grankin sagte nichts mehr zu dem Thema. Er legte die Hände auf die Sessellehnen. »Wenn Sie mich dann entschuldigen. Ich werde die nötigen Anrufe tätigen, um die Operation in Gang zu setzen.«

Wolodin nickte. Grankin ging, und Wolodin kehrte ans Fenster zurück. Der Schneefall war etwas stärker geworden.

Seine Gedanken wanderten von der Operation im Baltikum zu der Operation in der Karibik. Am Morgen hatte er eine kurze SMS von Koslow erhalten, wonach alles nach Plan lief. Koslow war nicht weiter ins Detail gegangen, aber das wollte Wolodin auch gar nicht, noch hielt er es für nötig. Ihm genügte zu wissen, dass sein Geld in zwei oder drei Wochen sicher sein würde vor internen Bedrohungen und unsichtbar für alle externen Widersacher.

Wolodin hoffte, dass er es lange Zeit nicht würde anrühren müssen, aber er war sich bewusst, dass ihn das, was er im Moment tat, entweder zum Helden der Russischen Föderation oder zu ihrem meistgesuchten Verbrecher machen würde.

Auf beide Möglichkeiten musste er vorbereitet sein.

Branyons Schusswunde an der Schulter und Rippenbrüche waren in einem Krankenhaus in Vilnius behandelt worden. Dann, 36 Stunden nach dem Entführungsversuch, war er mit einem Learjet der Agency von Litauen zur Ramstein Air Base in Deutschland geflogen worden.

Ding hatte angenommen, dass der CIA-Stationschef die ganze Zeit bewusstlos gewesen war, während er und Dom die letzten der von Mary Pat Foley in Auftrag gegebenen 460 Fotos machten, doch dann erfuhr er, dass er fleißig telefoniert hatte, ehe er wegen der Schulteroperation unter Narkose gesetzt wurde.

Dings Mobiltelefon klingelte um 19 Uhr, als sie auf der Landstraße nach Vilnius zurückfuhren. Ein Blick auf das Display verriet ihm, dass es eine ihm unbekannte litauische Nummer war.

»Hallo?«

Eine Mann mit litauischem Akzent sagte auf englisch: »Mr. Chavez? Mein Name ist Linus Sabonis. Ich bin der Direktor des Departements für Staatssicherheit.«

Chavez begriff, dass der Anrufer das hiesige Pendant zum CIA-Direktor war. »Wie kann ich Ihnen helfen, Sir?«

Nach einer kurzen Pause kam zurück: »Ich denke, wir sollten uns treffen.«

Chavez und Caruso trafen sich mit Linus Sabonis in einem Zimmer im Hotel Kempinski am Kathedralenplatz. Sabonis hatte ein Dutzend bewaffneter Aufpasser dabei, daher wunderten sich Chavez und Caruso, dass sie dem höchsten Geheimdienstbeamten des Landes jetzt gegenübersaßen, ohne vorher durchsucht, abgetastet oder sonst wie überprüft worden zu sein. Sie waren einfach ins Zimmer marschiert, hatten ein paar Hände gedrückt und Platz genommen.

»Mein Freund Peter Branyon hat mir berichtet, was Sie getan haben.« Sabonis zuckte mit den Schultern. »Allerdings nicht, wer Sie sind, nur dass Sie derzeit nicht seiner Behörde angehören.«

Die Amerikaner erwiderten nichts.

Sabonis fuhr fort: »Ich danke Ihnen dafür, was Sie bereits für mein Land getan haben, aber ich möchte Sie um einen weiteren Gefallen bitten.«

»Wir helfen Ihnen gern, wo wir können«, sagte Chavez.

»Wir wissen von über hundert russischen Agenten oder Spionen, die hier aktiv sind ... allein in Vilnius, meine ich, nicht im ganzen Land. FSB-Leute und ihre Zuträger. Sie überwachen VSD-Mitarbeiter wie mich, aber auch Leute von der CIA, vom MI6 und andere Agenten, die auf unserer Seite stehen. Tatsächlich ist ihre Hauptaufgabe, ihre Gegner im Land zu neutralisieren. Uns mit Maßnahmen der Überwachungsabwehr zu beschäftigen.«

»Sie meinen, dass hier ein Geheimdienstpatt herrscht, das der Gegenseite zugutekommt, weil sie bloß auf eine Invasion zu warten braucht und dann die gegnerischen Geheimdienste völlig problemlos ausschalten kann«, sagte Dom.

»Ganz genau«, sagte Sabonis. »Nur dass ein Umstand die Lage zusätzlich kompliziert. Hier in der Hauptstadt ist eine weitere gegnerische Gruppe aktiv. Meine Leute haben herauszufinden versucht, wer diese Leute sind und was sie tun. Ganz offensichtlich stehen sie auf der Seite der Russen, aber sie sind keine Russen und auch von keiner anderen Botschaft hier.«

»Woher wissen Sie von ihnen?«

»Uns sind Gerüchte zu Ohren gekommen, draußen in den Grenzstädten und neuerdings auch hier in Vilnius. Ich rede aber nicht von den grünen Männchen, bei denen es sich in Wahrheit um russische Militärangehörige handelt. Nein, es ist eine Art ausländische Hilfstruppe.«

»Wie die Jungs, mit denen wir es letzte Nacht zu tun hatten?«, fragte Dom.

»Ganz recht«, sagte Linus Sabonis. »Vermutlich sind Sie beide die Einzigen aus unserem Lager, die tatsächlich mit ihnen in Berührung gekommen sind.«

»Haben Sie eine Vermutung, was die hier tun?«, fragte Dom.

»Meiner Ansicht nach sind sie hier, weil der FSB weiß, dass wir seine eigenen Leute kennen. Sie werden hier in der Hauptstadt in Bereitschaft gehalten, um in irgendeiner Weise die Invasion zu unterstützen. In welcher, kann ich nicht sagen.«

»Sie sind verdammt gut ausgebildet«, sagte Ding. »Ich war mir sicher, dass es sich um eine Art Speznas-Einheit handelt, bis wir von Branyon erfahren haben, dass es nicht mal Russen sind. Ich könnte mir denken, dass sie hier sind, um die Verteidigung des Landes zu schwächen. Durch politische Morde und andere Aktionen, die sich nicht nachweisen lassen. Offensichtlich sind sie auch für Entführungen ausgebildet. Sie haben ein Problem, Direktor.«

»Deswegen wollte ich mit Ihnen sprechen. Ich möchte, dass Sie diese Leute irgendwie aus der Deckung locken. Nur um herauszubekommen, wer sie sind. Wenn es uns gelingt, einen weiteren Akteur hier im Land zu identifizieren, geben wir das an die internationale Presse weiter. Vielleicht können wir das Land, aus dem diese Kräfte kommen, so unter Druck setzen, dass es sie abzieht.«

»Ich verstehe«, sagte Chavez. »Sie wollen uns als Köder benutzen.«

Sabonis zuckte mit den Schultern. »Hier bei uns ist es ein Vorteil, wenn einen der Gegner nicht kennt. Mein erster Gedanke war, die Sache durchzuführen, ohne Sie vorher um Erlaubnis zu bitten. Da die Russen mich kennen, würde es genügen, in einem Café an Ihren Tisch zu gehen und mich zu Ihnen zu setzen, um den FSB auf sie aufmerksam zu machen. Ab da hätte Sie der Gegner im Visier.«

Auf diese Weise gezwungen zu werden, den Köder zu spielen, missfiel Dom. »Und Sie haben es deshalb nicht getan, weil Sie nicht wussten, ob uns dann nur die FSB-Leute beschatten würden, die Sie ja schon kennen«, sagte er. »Oder die anderen Jungs.«

»Ja, um ehrlich zu sein. Es sind schlimme Zeiten für mein Land, wie Sie sich vorstellen können. Ich will nur das Beste für Litauen.« Er beugte sich vor. »Aber jetzt, wo ich Ihnen gesagt habe, wozu ich Sie brauche, interessiert es Sie vielleicht, dass ich einen Plan habe, wie Sie das Interesse der richtigen Leute wecken könnten. Nur um sie aus der Deckung zu locken.«

»Und wie?«, fragte Chavez.

»Seit der Schießerei an der Grenze observiert eine Gruppe Männer das Haus, in dem sich Peter Branyons Wohnung befindet. Das hat uns ein Anwohner berichtet, der überdies behauptet, dass diese Männer eine andere Sprache als das Russische sprechen. Ich kann nur vermuten, dass sie Branyons Adresse bei der Entführung herausgekriegt haben. Ein Schlüssel, eine Quittung, ein Abholschein von der Reinigung, irgendwas, was er bei sich getragen hat. Vom FSB sind sie nicht, da sind wir uns sicher, weil sie mit niemandem in der Stadt, den wir kennen, kommunizieren und weil wir den FSB ins Patt gesetzt haben. Unser erster Gedanke war, sie von der örtlichen Polizei festnehmen und überprüfen und eventuell auch verhören zu lassen, aber dann habe ich mir gesagt, dass sie bestimmt nicht ohne gute Legenden und glaubwürdige Papiere hier sind. Nein, wir müssen sie auf frischer Tat ertappen … bei irgendwas, das wir als Druckmittel gegen sie verwenden können.«

»Noch einmal«, sagte Caruso. »Sie wollen sie mit unserer Hilfe in eine Falle locken?«

Sabonis nickte. »Wenn Sie beide in Branyons Wohnung fahren, wird irgendwie klar, dass Sie nachrichtendienstliche Ermittlungen anstellen oder eine Operation durchführen, und vielleicht erkennt man in Ihnen sogar die beiden Männer von der Schießerei an der Grenze. Dann kann man davon ausgehen, dass sich die Hilfstruppe an Ihre Fersen heften wird. Sie wird wissen wollen, wer Sie sind. Immerhin haben fünf von ihnen ihr Leben lassen müssen, weil sie von Ihrer Existenz nichts gewusst haben.«

»Und wenn uns diese Leute verfolgen, schlagen Ihre Männer zu und machen sie dingfest«, sagte Dom.

Direktor Sabonis zündete sich eine Zigarette an. Bis jetzt waren die Campus-Männer in Litauen noch keinem einzigen Nichtraucher begegnet. »Wenn das alles so einfach wäre, würden wir genau das tun«, sagte Sabonis. »Aber wie gesagt, meine Leute werden alle beschattet. Wenn sie Ihnen zu Hilfe kommen, wird auch der FSB auf Sie aufmerksam.«

Die Sache nahm eine Richtung, die Dom überhaupt nicht gefiel. »Sie wollen also, dass wir uns irgendwelchen Schurken zu erkennen geben, die wir noch gar nicht identifiziert haben, und dann … was dann? Sollen wir sie selbst erledigen?«

Sabonis schüttelte den Kopf. »Nein, natürlich nicht. Sie beide dienen nur als Lockvögel. Den Rest erledigen andere Leute aus Ihrer Organisation.«

Dom hatte auf der Sofakante gesessen, aber jetzt lehnte er sich zurück und sah enttäuscht weg.

Chavez lächelte nur. »Direktor Sabonis, die beiden Männer, die hier vor Ihnen sitzen, repräsentieren faktisch die gesamte operative Kapazität unserer Organisation.«

Der Chef des litauischen Nachrichtendienstes ließ nur ein Seufzen vernehmen. Er beriet sich kurz mit einem seiner Leute, natürlich auf litauisch, dann wandte er sich wieder den Amerikanern zu. »Wenn Sie die Männer dazu bringen, Sie zu verfolgen, können wir dafür sorgen, dass die Polizei eine Straßensperre errichtet. Der FSB observiert nicht jeden einzelnen Polizisten in der Hauptstadt.«

Caruso blickte zu Chavez. »Die Typen, mit denen wir uns an der Grenze ein Feuergefecht geliefert haben, können was. Und sie sind absolut skrupellos … Sie würden eine Straßensperre der Polizei in null Komma nichts zu Kleinholz machen.«

Chavez nickte. »Du hast recht. Die haben keine Skrupel zu töten, und sie sind hervorragend dafür ausgebildet.«

Sabonis machte eine wegwerfende Handbewegung. »Ich rede nicht von Polizisten, die Strafzettel ausstellen. Ich kann eine Einheit der ARAS bekommen, das ist die Anti-Terror-Polizei des Innenministeriums. Diese Männer eignen sich nicht für Überwachungsaufgaben, deshalb können wir damit nicht dienen, aber das sind ernst zu nehmende Kämpfer. Wenn Sie diese mysteriösen Eindringlinge zu ihnen führen, werden sie sie festnehmen … oder tun, was getan werden muss, um die Gefahr abzuwenden.«

Chavez nickte. »Ich weiß nicht, was für eine Wahl wir haben oder was für eine Wahl Litauen hat. Ganz gleich, in welchem Auftrag diese Leute hier agieren, sie teilweise oder komplett aus dem Verkehr zu ziehen ist das Risiko wert.«

Und Caruso setzte hinzu: »Wenn wir das für Sie tun, ist es, denke ich, nur recht und billig, wenn Sie uns mit Waffen ausstatten.«

Sabonis nickte. »Kein Problem. Sie können sich aus dem Arsenal der ARAS etwas auswählen.« Er stand auf. Offensichtlich hatte er noch andere Verpflichtungen. »Sehr schön. Ich lasse Sie jetzt mit meinem Mitarbeiter allein, damit Sie die Details der Operation besprechen können. Ich danke Ihnen für den Dienst, den Sie Litauen erweisen. Ich hoffe, Sie können, wenn diese Krise vorüber ist, wiederkommen und sich davon überzeugen, wie schön und friedlich es hier ist.«

Die Männer gaben einander die Hand, und die Campus-Agenten verliehen ihrem Wunsch Ausdruck, eines Tages wiederzukommen, obwohl sich beide fragten, ob diese Stadt nicht schon in wenigen Tagen hinter dem neuen Eisernen Vorhang liegen würde.

62

Präsident Jack Ryan hatte versucht, auf dem Heimflug von Europa möglichst viel Schlaf zu bekommen, damit er nach der Ankunft in Washington mit Vollgas durchstarten konnte. Auf viereinhalb Stunden hatte er es gebracht, was weniger war, als er gehofft, aber mehr, als er befürchtet hatte, doch seine innere Uhr war durch den Zeitunterschied aus dem Takt geraten.

Der Präsident wurde von der internationalen Presse scharf dafür kritisiert, dass er nach seinem Scheitern beim Nato-Gipfel in Schweden Zwischenstation gemacht hatte. Viele bezeichneten seine Handlungsweise als zynisch und hielten ihm vor, vor dem eigenen Versagen davonzulaufen. Von der halben Presse auf dem Kontinent hagelte es Beschimpfungen, die in dem Vorwurf gipfelten, er missbrauche die Toten des Swedish-Airlines-Flugs als Schachfiguren in seinem militaristischen Spiel.

Doch sein Treffen mit dem schwedischen Ministerpräsidenten war erfreulich gelaufen. Ryan hatte zwar nicht erwähnt, dass er unilaterale Maßnahmen in Litauen erwäge, jedoch seine Bereitschaft durchblicken lassen, dem baltischen Staat in irgendeiner Weise gegen die Russen beizustehen.

Der Ministerpräsident hatte seinen Zorn auf Russland hinsichtlich des Todes seiner Landsleute von Flug SA44 zum Ausdruck gebracht und Ryan per Handschlag versichert, dass er im Parlament seines Landes persönlich nach Kräften für eine Unterstützung Amerikas werben werde, falls es im Baltikum eingreife.

Jetzt, um halb fünf nachmittags, saß Ryan im Oval Office, und das verblassende Licht des späten Oktobertags drang noch durch die Fenster hinter ihm, doch nach all den Zeitumstellungen fühlte er sich wie um Mitternacht nach einem langen Arbeitstag.

Und zur Müdigkeit gesellte sich auch noch die Sorge um die 2000 Marines, die er auf gefährliche Mission zu schicken gedachte. 2000 gegen 50 000, das war eine zu starke Vereinfachung. Die Litauer hatten eigene Truppen in Brigadestärke von rund 4000 Mann, dazu kamen weitere 5000 freiwillige Milizionäre, die für Aufgaben hinter der Front eingesetzt werden konnten: Straßensperren, Rückraumsicherung und dergleichen.

Und die Marines würden Unterstützung bekommen von Flugzeugen der US-Luftwaffe aus ganz Europa, vielleicht sogar von B-52-Bombern und anderen Plattformen, die aus den USA hinübergeflogen wurden.

Trotzdem würden die Marines im Baltikum deutlich in der Unterzahl sein, und viele würden sterben.

Ryan wollte gerade nach seinem Kaffee greifen, als sich seine Sekretärin über die Gegensprechanlage meldete. »Mr. President, Direktorin Foley und Minister Burgess sind hier.«

Ryan drückte eine Taste. »Bitte schicken Sie sie herein.«

Ryan setzte sich mit den beiden Besuchern auf das Sofa vor dem Schreibtisch, denn er nahm an, dass sie ihm verteidigungsrelevantes Aufklärungsmaterial zeigen wollten. Er wusste nicht genau, warum sie so kurzfristig um das Treffen gebeten hatten, hatte aber vermutet, dass es um Satellitenfotos von Weißrussland ging.

Doch die beiden hatten kein Material dabei.

»Mr. President«, begann Mary Pat. »Techniker von der

National Geospatial-Intelligence Agency arbeiten seit drei Jahren an einem Projekt, auf das wir Ihr Augenmerk lenken möchten, denn wir glauben, dass es uns in der jetzigen Situation helfen könnte.«

»Ich bekomme Briefings über laufende NGA-Projekte«, erwiderte Ryan. »Um welches handelt es sich?«

»Um eines, über das Sie noch nicht unterrichtet worden sind«, antwortete Burgess. »Das Verteidigungsministerium hielt das Projekt vor zwei Jahren noch für Zukunftsmusik, deshalb fand es wenig Beachtung und erhielt nur bescheidene Finanzmittel. Aber jetzt haben wir im Pentagon gesehen, was dieses System leisten kann, und wollen Ihren Segen für seinen Einsatz.«

Ryan hob die Augenbrauen. »Erzählen Sie.«

Mary Pat hatte ihm noch immer nichts zu zeigen, was er merkwürdig fand. »Das Projekt heißt EARLY SENTINEL«, sagte sie. »Es kombiniert die aktuellsten Satelliten- und GPS-Daten und Erkenntnisse der Fernmelde- und elektronischen Aufklärung mit hochwertigem Bildmaterial von Kampfgebieten sowie ballistischen Flugbahndaten.«

»Zu welchem Zeck genau?«

»Um die Entsendung von Truppen in Kampfgebiete radikal zu beschleunigen und die Effizienz der Truppen zu erhöhen.«

»Ist das … Ist das ein Computerprogramm?«

»Ja, Mr. President.«

»Und das Programm wird die Dislozierung um wie viel beschleunigen?«

»Im Vergleich zu vor nur vier Jahren um das Fünffache. Was früher einen Tag gedauert hat, lässt sich jetzt in weniger als fünf Stunden bewerkstelligen.«

Ryan reagierte skeptisch. »Sie machen Scherze?«

»Ich habe es im Einsatz gesehen«, sagte Burgess. »Es ist wirklich so gut, wie die NGA von Anfang an behauptet hat.«

»Wie funktioniert es?«

»Ich will Ihnen ein einfaches Beispiel geben«, antwortete Mary Pat. »Nicht weil ich fürchte, Sie zu überfordern, Mr. President, sondern weil ich selbst nicht alles verstehe. Die NGA hat ihr System mit allen Daten bezüglich der in Kaliningrad und Weißrussland in Stellung gebrachten Truppen gefüttert, einschließlich der Waffensysteme und logistischen Anforderungen sowie Dutzender und Aberdutzender anderer Kriterien. Außerdem gibt die NGA alle ballistischen und Wirkungsdaten der Waffen unserer Truppen ein. Sie hat vom Pentagon und der Defense Intelligence Agency Informationen erhalten über den vermutlichen russischen Angriffsplan und Besonderheiten von Gelände, Geografie, Meteorologie, Bebauung, Bodenbeschaffenheit und Hunderte von anderen Daten.«

Burgess nickte. »Sogar über die Luftfeuchtigkeit, über den Laubanteil, der um diese Jahreszeit noch an den Bäumen hängt, ja sogar Daten über das Wind- und Regenaufkommen.«

»Weiter«, befahl Ryan.

»Alle diese Daten generieren konkrete, positionsbezogene Einsatzbefehle bis hinunter zum einzelnen Frontkämpfer«, sagte Mary Pat. »Wir können einem bestimmten Schützen der Marines beispielsweise sagen, an welchem Fenster in welchem Wohnhaus er Posten beziehen soll, damit er freie Sicht hat auf einen bestimmten Kirchturm, in dem sich ein russischer Scharfschütze einnisten könnte, und auch auf die Landstraße, um seinem Stab berichten zu können, ob schwere Lkws vorbeifahren. Wir haben für alle unterschiedlichen Waffen auf dem Schlachtfeld individuelle Feuergeometrien ausgearbeitet, einschließlich Indirektfeuerwaffen, Laserzielgeräten und anderen technischeren Waffen.«

Wieder fiel ihr Burgess in die Rede. »Wenn also der Zeitpunkt der Stationierung kommt, informieren wir den

Bataillonskommandeur. Der instruiert seine Kompaniechefs und die wiederum ihre Leute und so weiter. Wenn die Hubschrauber, Ospreys und C-130 in Litauen eintreffen, werden wir dort ein Bataillon von Marines haben, von denen jeder einzelne genau weiß, wo er zu sein hat.

Die NGA hat festgestellt, dass die Angriffsoptionen der Russen sehr begrenzt sind. Das ist hauptsächlich dem Gelände geschuldet. Panzer können nicht nach Belieben irgendwo über die Grenze rollen. Sie brauchen ein Gelände, das hoch genug liegt und trocken genug ist, damit sie nicht im Morast versinken.

Die Logistikkräfte werden natürlich die meiste Arbeit haben, aber sobald alle in Stellung sind, wird jeder bis hinunter zum 18-jährigen Schützen wissen, dass er, wenn er sich nur richtig ausrichtet, das optimale Lagebild für seine Position hat.«

Ryan blieb skeptisch. »Die Landkarte ist nicht das Gelände.«

»Schon richtig«, sagte Burgess. »Aber das hier ist keine Landkarte. Wir hatten Agenten in Litauen, die in den vergangenen zwei Wochen Hunderte von hochwertigen Fotos gemacht haben, die wir in das System einspeisen, um die Genauigkeit weiter zu erhöhen.«

Burgess hatte sich auf Widerstand des Präsidenten eingestellt. »Die NGA hat im Pentagon viele Zweifler, wie Sie sich vorstellen können, mich eingeschlossen. Und natürlich ist uns klar, dass Faktoren mit hereinspielen, die wir nicht beeinflussen können. Aber unsere Kriegsplaner, die sich seit Wochen mit dem litauischen Operationsgebiet beschäftigen und laufend Präzisierungen vornehmen, sobald unsere Satelliten uns zeigen, wer zu den Militärübungen aufkreuzt … sie sind davon überzeugt, dass EARLY SENTINEL die effizienteste und effektivste Möglichkeit darstellt, unsere Kräfte einzusetzen und mit unseren Marines einen

Sperrverband gegen einen zahlenmäßig weit überlegenen Gegner zu bilden.«

»Die wichtigste Besonderheit des Programms, Mr. President, ist das Element der Täuschung«, sagte Mary Pat Foley.

»Das Element der Täuschung?«

»Ja, Sir. Bei einer fünffachen Beschleunigung der Stationierung können wir unsere Einheiten so lange zurückhalten, bis wir wissen, dass der Angriff unmittelbar bevorsteht. Die Russen werden keine Hindernisse vor sich sehen und ihre Bewegungen entsprechend planen.«

»Und dann, wenn sie über die Grenze sind, stehen sie plötzlich gut ausgebildeten Marines gegenüber, die vor vier Stunden noch nicht da waren«, sagte Ryan.

»Genau.«

»Ich möchte sehen, wie das funktioniert«, sagte Ryan, der von dem neuen Programm so angetan war, dass er seine Müdigkeit vorübergehend vergaß.

Mary Pat schien nicht überrascht zu sein. »Ich zeige es Ihnen sehr gern, Mr. President. Ich kann eine PowerPoint-Präsentation erstellen lassen und Ihnen dann vorführen.«

Ryan schüttelte den Kopf. »Sie missverstehen mich, Mary Pat. Ich möchte auf der Stelle ins Pentagon oder in das NGA-Gebäude in Springfield, falls das dazu erforderlich ist. Ich möchte an einem Schreibtisch sitzen, und ich möchte es sehen. Ich werde unseren Militärs nicht in Einzelheiten hineinreden. Wenn das Pentagon EARLY SENTINEL einsetzen will, dann werden wir es tun. Aber ich möchte es sehen.«

Mary Pat nickte, noch immer nicht überrascht, dass Ryan, ein ehemaliger CIA-Analytiker, sich selbst ein Bild machen wollte, bevor er über das weitere Vorgehen entschied.

Die *Granite*, die Kerosin von Houston nach Tallinn in Estland transportierte, hatte den Danziger Hafen, wo sie einen Zwischenstopp eingelegt hatte, vor drei Stunden verlassen und fuhr jetzt westlich von Kaliningrad in internationalen Gewässern Richtung Nordosten.

Der Kapitän der *Granite* war Südkoreaner, und seine Mannschaft bestand fast ausschließlich aus Malaysiern. Er hielt sich mit Absicht östlich der regulären Schifffahrtsrouten, weil er hoffte, dadurch den schweren Seen zu entgehen, die ein ostwärts ziehender Sturm verursachen würde. Er behielt seine Navigationscomputer im Auge, ging kein Risiko ein, mied andere Schiffe und Staatsgrenzen.

Er war wachsam, doch er sah weder das Boot, das ihm den Tod bringen, noch die Waffe, durch die er sterben sollte. Das Boot war die *Wyborg*, ein russisches U-Boot der Kilo-Klasse, das seit fünfunddreißig Jahren im Dienst stand. Und die Waffe war ein Torpedo vom Typ 53-65, 7,2 Meter lang und 2300 Kilo schwer.

Das U-Boot fuhr hinter der *Granite*, was nicht die beste Angriffsposition war, aber der mächtige Tanker lief nur mit zwölf Knoten. Der Torpedo würde, wie der Kommandant der *Wyborg* wusste, mit 48 Knoten attackieren, und sein akustischer Zielsuchmechanismus würde keine Mühe haben, die Signatur des großen und lauten Frachtschiffs, das allein in diesem Meeresabschnitt unterwegs war, zu erkennen.

Die *Granite* war das elfte Schiff, das die *Wyborg* in den letzten zwei Tagen aufgespürt hatte. Der Kommandant hatte Befehl, ein Handelsschiff zu finden, das an den Kaliningrader Gewässern entlangfuhr, sich im Idealfall zweifelsfrei innerhalb dieser Gewässer befand, und es zu zerstören. War das Schiff über hundert Meter lang, umso besser.

Die *Granite* war 185 Meter lang, fuhr 260 Meter innerhalb der russischen Hoheitsgewässer, und der Kommandant des U-Boots wusste, dass ihr Wrack nach dem Verlust der Manövrierfähigkeit tiefer in die Sperrzone hineintreiben würde.

Also musste die *Granite* dran glauben.

Er feuerte einen Torpedo ab. Hätte das Überwasserschiff eine wie auch immer geartete Bedrohung dargestellt, hätte er mit einer Salve von mindestens zwei Torpedos angegriffen, doch das 5000 Meter entfernte Schiff war ein leichtes Ziel und völlig wehrlos.

Der Torpedo war so ausgelegt, dass er alle möglichen Gegenmaßnahmen überwinden konnte, was diesen Angriff zu einem Kinderspiel machte. Das Geschoss peilte die unverwechselbare akustische Signatur seines Zieles an, folgte dann dem Kielwasser des Tankers und verringerte den Abstand zu ihm.

In der letzten Phase des Angriffs tauchte der Torpedo aus zehn Meter Tiefe in zwanzig Meter Tiefe, schlüpfte unter die *Granite* und positionierte sich direkt unter dem Rumpf. Dann zündete sein Magnetzünder.

Die Explosion der *Granite* war eindrucksvoll. Das U-Boot beobachtete sie nicht in Echtzeit, denn nach dem Abschuss war es vorschriftsmäßig getaucht und befand sich nun in 80 Meter Tiefe und somit weit unterhalb der Seerohrtiefe. Doch die Sonargasten lauschten der Explosion und dem anschließenden Tod des Schiffes.

Niemand an Bord wusste, warum sie das getan hatten. Der Befehl zum Aufspüren und Vernichten war vom Kommandeur der Ostseeflotte in Kaliningrad gekommen, und wie üblich war keine Erklärung mitgeliefert worden. Doch unter den Seeleuten machte das Gerücht die Runde, der russische Nachrichtendienst habe herausgefunden, dass der von ihnen angegriffene Tanker ein amerikanisches Spionageschiff sei, das elektronische Aufklärung betreibe und aus der drahtlosen Kommunikation, die so nahe an der Kaliningrader Küste durch den Äther schwirrte, Informationen über russisches Marinepersonal abfange.

Andere – nicht viele, aber doch einige – glaubten, dass Walerij Wolodin wahnsinnig geworden sei und die Welt förmlich zum Krieg einlade.

Die *Wyborg* folgte weiter ihren Befehlen, fuhr nach Süden und überließ die brennende, in Richtung Kaliningrad treibende *Granite* mit der gesamten Besatzung ihrem Schicksal.

63

Die USS *James Greer* suchte nicht die Aufmerksamkeit der Öffentlichkeit. Vielmehr hätte Commander Scott Hagen, der Kapitän des Lenkwaffenzerstörers, einen Monatssold dafür gegeben, hätte er irgendwo unauffällig durch die Ostsee schippern können, anstatt hier zu liegen, umkreist von Zivilschiffen, Flugzeugen aus einem halben Dutzend Staaten und sogar Hubschraubern, die ein Dutzend der weltgrößten Nachrichtenmedien gechartert hatten.

Aber der große, mächtige Zerstörer weilte nun schon den vierten Tag an der Absturzstelle von Flug 44 der Swedish Airlines, barg Wrackteile aus dem verkehrsbelebten Meer und lieferte den Kamerateams damit eindrucksvolle Bilder.

Und als wäre dies für Hagen nicht schon schlimm genug gewesen – sein Albtraum, in einem Meer voller sehr realer Gefahren das Überraschungsmoment zu verlieren, war wahr geworden –, fand in der Offiziersmesse seines Schiffes nun auch noch eine improvisierte Pressekonferenz statt. Zwanzig Reporter, Fotografen und Tontechniker drängten sich um drei junge Sonargasten, die, zwei Männer und eine Frau, mit großen Augen und sichtlichem Unbehagen an einem Tisch saßen.

Die drei Seeleute – ein Obermaat, ein Fähnrich zur See und eine leitende Sonartechnikerin – hatten mithilfe eines Laptops und des Schleppsonars des Schiffes einen »Black-

Box-Detektor« kreiert, mit dem sie in großer Tiefe nach dem Flugdatenschreiber der abgestürzten Verkehrsmaschine suchen konnten. Dazu hatten sie das akustische Signal, das der Sender des Flugschreibers abstrahlte, an das Schleppsonar der *James Greer* gesandt und es dadurch darauf programmiert, den durch Schiffe, Fische, Schweinswale oder Wellenbewegungen verursachten Lärm unter Wasser zu ignorieren und nur auf das charakteristische Ping zu lauschen.

Zwei Tage lang hatte man das Gebiet systematisch abgesucht, dann war der Flugschreiber geortet. Ein Forschungsschiff, das an der Absturzstelle eines Flugzeugs aus dem Zweiten Weltkrieg vor der finnischen Küste im Einsatz gewesen war, hatte sich an der Suche beteiligt, den Flugschreiber mithilfe seines Tauchboots nach oben geholt und dadurch die Möglichkeit eröffnet, das übrige Bergungsgerät vor Ort zum Einsammeln größerer Wrackteile zu verwenden.

Und jetzt gaben die Seeleute, die an der erfolgreichen Suche nach dem wichtigen Aufzeichnungsgerät beteiligt gewesen waren, eine Pressekonferenz, doch statt sich vor den Weltmedien in ihrem Erfolg zu sonnen, sahen alle drei so aus, als wären sie an jedem anderen Ort der Welt lieber als hier im Scheinwerferlicht, um unter den Augen ihres Kapitäns, der vom Durchgang aus zusah, Fragen zu beantworten, ohne dabei die kleinste Geheiminformation preiszugeben.

Und wenn die drei Sonartechniker den Augenblick nicht gerade genossen, so fühlte sich Commander Hagen noch unbehaglicher. Er hatte besonders sensible Bereiche seines Schiffes absperren und an Türen und Luken Wachen postieren müssen für den Fall, dass besonders neugierige Reporter sich selbstständig zu machen versuchten, und er musste seine drei jungen Seeleute im Auge behalten, damit sie nicht versehentlich Geheimnisse ausplauderten, was leicht passieren konnte, wenn man wie sie keine Erfahrung mit Pressekonferenzen hatte.

Doch die Navy hatte die Veranstaltung befohlen, und während die Crew ihr Bestes tat, sah Commander Hagen nur ständig auf die Uhr und sehnte das Ende dieses Tages herbei.

Das Schlimmste war nicht die Publicity oder die Gefahr, dass ein Reporter einen Niedergang hinunterschlich, auch nicht der Umstand, dass seine Leute den Flugschreiber hatten suchen müssen, statt ihrer eigentlichen Aufgabe hier in der Ostsee nachzugehen.

Nein, es waren die Toten, die Hagen am meisten zu schaffen machten, und die Toten waren es auch, die ihm am längsten nachgehen sollten. Die *Greer* hatte in der vergangenen Woche 31 Leichen oder Leichenteile geborgen, obwohl das nicht ihre Hauptaufgabe hier war. Immer wieder wurden vom Ausguck im Wasser treibende Objekte gesichtet, bei denen es sich um menschliche Überreste zu handeln schien, und obwohl die Barkassen häufig nur Kleider, Koffer oder bunte Flugzeugsitze fanden, mussten seine Seeleute in 31 Fällen Tote bergen. Männer, Frauen, Kinder … nicht identifizierbare menschliche Überreste.

Hagen wusste, dass diese Aufgabe wichtig und sein Schiff gut dafür geeignet war, und trotzdem … er hasste diesen Scheiß.

Ein Klaps auf die Schulter holte ihn in die Gegenwart zurück, und er drehte sich um. Vor ihm stand sein Stellvertreter, eine blaue Mappe in der Hand und einen ernsten Ausdruck im Gesicht. »Nachricht vom CNO, Sir.«

Hagen erwartete eigentlich keine Nachricht vom Chief of Naval Operations, und so folgte er Lieutenant Commander Kincaid zurück in seine Kabine. Dort schlug er rasch die Mappe auf und begann zu lesen.

Nach einer vollen Minute schaute er auf und sah seinen Stellvertreter an. »Ein russisches Boot der Kilo-Klasse hat ein unter maltesischer Flagge fahrendes Frachtschiff beschossen, das möglicherweise in russischen Gewässern vor Kaliningrad unterwegs war.«

»*Beschossen,* Sir?«

»Torpediert. Versenkt.«

»Heilige Scheiße! Mit Absicht?«

Hagen erwiderte den Blick seines Stellvertreters kommentarlos. Der andere hob die Hände.

»Verzeihung, Sir. Einen Torpedo feuert man nicht versehentlich ab. Ich dachte nur ... *Warum?*«

»Keine Ahnung. Wir sollen so schnell wie möglich litauische Gewässer anlaufen. Vorläufig handelt es sich um eine Präsenzmission. Weitere Befehle folgen.«

»Die russische Ostseeflotte verfügt über zwei Boote der Kilo-Klasse, Sir«, sagte der Stellvertreter. »Ich schlage vor, wir lassen die UH-60 Romeos weit vorausfliegen und nach ihnen suchen, nur um auf Nummer sicher zu gehen.«

»Einverstanden. Es besteht zwar kein Grund für eines der Kilo-Boote, nach Norden bis Litauen vorzustoßen, aber sie hatten auch keinen Grund, einen maltesischen Tanker zu versenken. Finden wir sie also, bevor sie uns finden.«

Hagen spähte durch den Gang zu der Journalistenschar. »Phil, genug mit dem Werbezirkus. Ich möchte, dass diese Leute verschwinden und in spätestens zehn Minuten von Bord sind. Wir haben zu arbeiten.«

»Aye-aye, Sir.«

Dreißig Minuten später hatte die *James Greer* die Fahrt über die Ostsee angetreten, ohne dass über die 1-MC, die bordeigene Lautsprecheranlage, eine Durchsage zu ihrem neuen Auftrag gemacht worden wäre.

Lieutenant Damon Hart, ein 30-jähriger Spezialist für Unterwasserwaffen, bemerkte, dass das Schiff zügige Fahrt machte, obwohl sein Offiziersquartier mehrere Decks unter der Brücke lag. Es war fast Mittag, doch er war gerade erst aus seiner Koje geklettert.

Er schob schon die ganze Woche Schichtdienst. Fünf Stunden Schicht, dann zehn Stunden frei. Letzte Nacht hatte er Dienst gehabt und anschließend alleine in der Messe gegessen, bevor er in seine Koje geklettert war, um ein paar Stunden zu schlafen.

Jetzt war er ausgeruht, aber noch etwas verschlafen. Er rieb sich die Augen und nahm gerade an dem kleinen Schreibtisch Platz, den er sich mit einem Kameraden teilte, als er auf dem Gang eilige Schritte vernahm. Er schaute auf, als die Tür aufflog und einer seiner Stubenkameraden, der Kommunikationsoffizier Tim Matsui, hereinstürmte.

»Weps!«, schrie Matsui geradezu. »Du wirst es nicht glauben!«

Hart war Waffenoffizier, deshalb nannte ihn jeder auf dem Schiff Weps, sogar der Kapitän.

Er gähnte. »Ich weiß, Kamerad. Heute ist Dienstag. Burger-Tag. Ich kann es nicht erwarten.« Dienstags herrschte in der Messe besonders großer Andrang. Die Cheddar-Cheeseburger des Kochs waren legendär.

Matsui schüttelte den Kopf, einen Ausdruck im Gesicht, den Hart noch nie bei ihm gesehen hatte.

»Ist heute kein Burger-Tag?«, fragte er.

Matsui setzte sich auf die Koje neben ihn. »Ein Boot der Kilo-Klasse hat heute Morgen um sieben vor der Küste von Kaliningrad einen Tanker torpediert. Nur ein rauchender Ölteppich ist von ihm übrig.«

Hart blinzelte erstaunt. »Ohne Scheiß? Ganz sicher?«

»Eine polnische Korvette war ganz in der Nähe. Sie hat das Signal des Torpedos aufgefangen, bevor er das Schiff getroffen hat. Sie hat ihn als Typ 53-65 identifiziert. Muss also von einem der russischen Kilo-Boote stammen. Der Tanker befand sich in internationalen Gewässern, das steht außer Frage. Wir fahren jetzt nach Litauen, um den Schiffsverkehr an der Grenze zu Kaliningrad zu schützen. Und möglicherweise schicken sie uns in internationale Gewässer, um das Kilo-Boot zu jagen.«

In den neun Jahren, die Hart bei der Navy war, hatte er tagaus, tagein für einen solchen Fall trainiert. Jetzt wurde ihm bewusst, dass er nie wirklich damit gerechnet hatte, dass er eintreten würde.

»Hast du gehört, was ich sage?«, fragte Matsui. »Sieht so aus, als ob der Scheiß echt wahr wird.«

Hart konnte immer noch nicht recht glauben, dass sie tatsächlich ein russisches U-Boot jagen sollten. Wahrscheinlich sollten sie in dem Gebiet nur ihre Muskeln spielen lassen. Wie zu sich selbst sagte er: »Ich kann ein Kilo killen.«

Es war eine Bestätigung, doch sein Stubengenosse antwortete.

»Und ob du das kannst, Weps! Du hast das Lametta und den ganzen Scheiß nicht fürs Burger-Fressen bekommen.«

Augenblicke später meldete sich der Kapitän über die 1-MC und gab durch, dass er Befehl gegeben habe, Kurs auf Litauen zu nehmen. Er beschloss seine Durchsage mit einem Hinweis auf die operative Sicherheit.

»Ab sofort gilt eine Kommunikationssperre. Über unsere Position, unser Fahrtziel oder unseren Auftrag darf nichts nach draußen dringen. Niemand nutzt die sozialen Medien, egal wozu. Denken Sie daran … unbedachte Tweets versenken Flotten.«

64

Das Konferenzzimmer im Situation Room war voll. Für nationale Sicherheitsfragen zuständige Beamte mit Kabinettsrang umringten den Tisch, und hinter ihnen säumten Berater und Militärs die Wände. Weitere Männer und Frauen standen in den Ecken.

Jack Ryan sah sich in dem überfüllten Raum um und nahm sich vor, ihn noch in seiner Amtszeit endlich umbauen zu lassen.

Nicht dass die Probleme dieser Welt über die physikalischen Dimensionen des Raums seit seiner Einrichtung 1961 so hinausgewachsen wären, dass er sie nicht mehr zu fassen vermochte. Es war eher so, dass die Informationsmenge, die in Krisenzeiten in diesen Raum strömte, kaum noch zu bewältigen war. Sie erforderte mehr Leute, mehr Experten auf mehr Gebieten, mehr Bildschirme und mehr Platz für visuelle Hilfsmittel als in vergleichbaren Krisen vor zwanzig oder dreißig Jahren.

Ryan hatte dreißig Leute vor sich und kam sich vor wie der Quarterback eines zu großen und unbeweglichen Football-Teams, das auf einem viel zu kleinen Feld zu spielen versuchte.

Es war ein beklemmendes Gefühl.

Verteidigungsminister Bob Burgess hatte jetzt das Wort. Er saß links neben Ryan und sprach ihn direkt an, achtete aber darauf, dass er von allen Anwesenden verstanden werden konnte. »Die Russen behaupten, der

Tanker wäre in Kaliningrader Gewässer eingedrungen und hätte auf Funkrufe nicht reagiert.«

Ryan betrachtete die Karte auf dem Bildschirm am anderen Ende des Raums. Es war der einzige Bildschirm, den er sehen konnte, da sonst überall Leute an den Wänden standen. »Was sagen die Russen? Was haben sie angeblich geglaubt, was der Tanker vorhatte?«

»Einen terroristischen Anschlag. Angeblich haben sie einen Anschlag auf die russischen Truppen in Kaliningrad befürchtet, einen Anschlag wie den in Vilnius.«

»Das ist doch Schwachsinn.«

»Das richtet sich an die eigene Bevölkerung«, sagte Mary Pat. »Wolodin ist drauf und dran, einen Krieg anzuzetteln, und macht mit derselben nationalistischen Parole Stimmung wie schon letztes Jahr … ›Wir werden angegriffen!‹ Nur dass er es jetzt wörtlich meint und behauptet, dass sein Volk tatsächlich angegriffen wird.«

»Gemäß Ihrer Anordnung habe ich den Chief of Naval Operations bereits angewiesen, die Überwasserschiffe, die am nächsten dran sind, nach Litauen zu schicken«, sagte Burgess. »Als Erstes wird die *James Greer* dort eintreffen, ein Lenkwaffenzerstörer.«

»Ich habe die *Greer* heute Morgen auf CNN gesehen«, sagte Ryan. »Sie hat an der Absturzstelle von Flug SA44 geholfen.«

»Ja. Sie hat die Absturzstelle bereits verlassen und bringt sich so schnell wie möglich in Position. Um sieben heute Abend wird sie dort sein. Der Kapitän wartet auf Befehle. Er weiß, dass er entweder litauische Gewässer schützen oder eine aktivere Rolle in internationalen Gewässern spielen wird.«

Ryan nickte. Die letzte Entscheidung darüber lag bei ihm, aber er wollte nichts überstürzen.

Burgess fuhr fort: »Außerdem wissen wir von der DIA Neues über die drei Generäle, von denen wir gesprochen haben. Zwei sind aus dem Militärbezirk West, einer aus dem Militärbezirk Süd.«

»Sie haben gesagt, die DIA sei davon überzeugt, dass diese Männer vor einem Angriff auf Litauen vor Ort sein würden«, erwiderte Ryan.

»Richtig, und wir haben alle drei lokalisiert. Einer ist in Weißrussland und einer in Kaliningrad.«

»Und der dritte?«

»War bis vorgestern in Weißrussland, ist dann aber abgereist.«

»Wo ist er jetzt?«

»Ob Sie's glauben oder nicht: in Odessa, zum Urlaub machen.«

»Urlaub?«

»Er ist in einem neuen Ferienhotel für Militärs. Heute Morgen kam auf Kanal sieben ein Bericht darüber. Er und ein paar andere Spitzenmilitärs wurden erwähnt.«

Auf den ersten Blick ergab das für Ryan keinen Sinn. »Wofür wäre er bei einer Invasion zuständig?«

»Schwere Artillerie. Bei allen anderen Kampfhandlungen war er damit betraut.«

Jack lächelte jetzt verhalten. Es war kein fröhliches, sondern ein verwundertes Lächeln.

»Was ist?«, fragte Adler.

»Dieser General ... er ist ihr Patton.«

Burgess begriff sofort. »Ein Täuschungsmanöver.«

»Verzeihung«, sagte Scott Adler. »Patton?«

Ryan klärte ihn auf. »Vor der Invasion in der Normandie behielten die Deutschen vor allem einen Mann im Auge. Amerikas verwegensten General. Sie hielten es für selbstverständlich, dass er an der Invasion beteiligt sein würde.

Eisenhower war sich darüber im Klaren, und so schickte er George Patton nach Nordengland, gab ihm eine Phantom-Armee und benutzte ihn für ein reines Täuschungsmanöver. Er wirkte an der Invasion nicht mit, weil er nach

Ikes Meinung von größerem Nutzen war, wenn er den Feind vom tatsächlichen Angriff ablenkte.

Dieser russische General dürfte fähige Führungskräfte haben, die den Job für ihn erledigen können. Die Russen schicken ihn in die Ferien nach Odessa und hängen es an die große Glocke, dass er weit vom Schuss ist, damit wir glauben, dass nichts passieren wird.«

Scott Adler begriff, was das zu bedeuten hatte. »In den letzten Wochen haben sie regelrecht in die Welt hinausposaunt, dass sie über die Grenze kommen werden. Und jetzt plötzlich greifen sie zu Tricks.« Er fragte nicht, warum, denn er kannte den Grund. »Die Invasion ist beschlossene Sache. Der Westen hat klein beigegeben, wie sie erwartet haben, und jetzt machen sie den nächsten Schritt.«

Jack Ryan stimmte zu. »Sie *müssen* ihn machen. Wir sollen in unserer Wachsamkeit ein oder zwei Tage nachlassen, während sich der alte Bock am Strand sonnt. Das bedeutet, dass sie jetzt kommen.«

»Ich werde unseren Nato-Botschafter alarmieren«, sagte Burgess. »Er kann noch einmal auf eine Truppenentsendung drängen.«

»Nein«, entgegnete Ryan eilends. »Die Nato wird erst Truppen entsenden, wenn es zu spät ist. Dieser Zug ist abgefahren. Sie wird, wenn überhaupt, erst handeln, wenn der Bündnisfall nach Artikel fünf bereits eingetreten ist.«

»Was wollen Sie tun?«, fragte Adler.

»Wir werden die Rotationstruppe Schwarzes Meer nach Litauen verlegen.« Er wandte sich an Burgess. »Am besten schon gestern. Bringen Sie auch die Einheiten der Marines in Spanien auf den Weg. Und geben Sie dem Regiment in Camp Lejeune grünes Licht. Sie haben gesagt, dass sie in zehn Tagen in Litauen sein könnten. Die Uhr tickt.«

Burgess wandte sich an einen Berater, einen uniformierten Colonel, auf dessen Namensschild BROWN stand.

»Los, Brownie.« Burgess blickte wieder zu Ryan. »Was ist mit der Marine Expeditionary Unit in der Nordsee?«

Ryan nickte. »Schickt sie nach Osten – in Richtung Ostsee. Offenbar müssen wir erst ein paar russische U-Boote ausschalten, bevor ich 2000 Marines in russische Gewässer verlegen kann. Aber sie werden Tage brauchen, bis sie dort sind.« Er wandte sich an den Staatssekretär für die Navy. »Sie müssen dafür sorgen, dass unsere Schiffe, die nach diesen U-Booten suchen, alles bekommen, was sie brauchen. Wenn ich mit den Schweden, den Polen oder sonst jemandem telefonieren soll, damit wir mehr ausländische Unterstützung bekommen, sagen Sie mir nur Bescheid.«

»Danke, Mr. President.«

»Und Bob.« Er blickte wieder zu Burgess.

»Ja?«

»Behalten Sie diesen General in Odessa im Auge. Falls Sie sich erinnern: Patton war zwar bei der Invasion in der Normandie nicht dabei, aber ein paar Monate später in den Ardennen hat er gegen die Deutschen kräftig mitgemischt.«

»Ich verstehe, Mr. President.«

Die Verlegung der Rotationstruppe Schwarzes Meer war seit Tagen vorbereitet worden, sodass ihr kommandierender Lieutenant Colonel nur noch den Startschuss zu geben brauchte, als der Befehl des Marine Corps Commander im Hauptquartier der MARFOREUR, der Marine Forces Europe, in Deutschland eintraf.

Lieutenant Colonel Rich Belanger war Kommandeur des 3. Bataillons des 5. Regiments der 1. Marineinfanterie-Divison. Unter dem Namen »Darkhorse« bekannt, hatte das Bataillon in den letzten fünfzehn Jahren im Mittleren Osten Aufständische bekämpft. Mit seinen siebenundvierzig Jahren war Belanger ein Vierteljahrhundert älter als ein Großteil seiner Männer, und dass ein Soldat mit seiner Erfahrung die Dinge meist aus einem anderen Blickwinkel sah als seine jüngeren Untergebenen, war normal. Doch nun kam seinem Alter eine ganz besondere Bedeutung zu. Als angehender junger Leutnant hatte er sich nämlich fast ausschließlich mit der sowjetischen Militärdoktrin und der Militärtechnik des Ostblocks beschäftigt. In den späten Achtzigerjahren war es kein Geheimnis gewesen, wer der Hauptgegner der Vereinigten Staaten war und wo ein möglicher Krieg wahrscheinlich stattfinden würde.

Doch für die jungen Männer in seinem Bataillon stellte sich die Welt heute ganz anders dar. Die kampferprobten Marines kannten die Brutalität des Krieges aus Afghanistan und dem Irak, doch hier in Europa würden sie es mit einer ganz anderen Art von Gegner, Gelände und Kriegsführung zu tun bekommen, falls die Russen in ein Nato-Land einmarschieren sollten.

Kaum hatte Belanger erfahren, dass das berühmte Darkhorse-Bataillon der Rotationstruppe Schwarzes Meer zugeteilt werden sollte, hatte er daher damit begonnen, seine Marines umzupolen, ihre Denkweise zu verändern und ihnen klarzumachen, dass sie einen ganz anderen Kampf führen würden, denn nur er konnte ermessen, was auf sie zukam.

Afghanistan war schlimm. Der Feind war real und die Gefahr allgegenwärtig. Gleichwohl hatte in Afghanistan nie jemand von feindlichen Panzern oder, noch schlimmer, von feindlichen Flugzeugen gesprochen.

Hier in Europa, mit Russland als Gegner, wurde praktisch nur von Panzern und Flugzeugen gesprochen.

Der Gegner war ein völlig anderer.

Die Sprengfalle eines Aufständischen in Afghanistan konnte eine Gruppe außer Gefecht setzen, aber eine Batterie russischer 2S19-Panzerhaubitzen konnte eine ganze Kompanie ausschalten.

Als Belanger vorgewarnt wurde, dass seine Truppe

nach Ostlitauen verlegt werden könnte, und zwar allein, tat er etwas Überraschendes. Er widmete seine Zeit fast ausschließlich seinen Logistik- und Nachschubeinheiten und überließ seinen Kompaniechefs die Überprüfung der Waffen und sonstigen Ausrüstung.

Er erklärte seinen Infanterieführern genau, was er von ihnen erwartete, und überließ ihnen die Umsetzung. Dann konzentrierte er sich auf die Beschaffung wichtigen militärischen Geräts, von dem sich, wie jedermann wusste, niemand im Operationsgebiet des European Command gerne trennte.

Er befahl seinen Logistik- und Nachschuboffizieren, jede Panzerabwehrwaffe zu organisieren, die sie kriegen konnten. Er rüffelte den Logistikoffizier persönlich für seine Laschheit in den ersten zwölf Stunden, setzte ihn auf die schwarze Liste, weil er Zeit vergeudet hatte, und befahl ihm, endlich in die Gänge zu kommen und sich etwas einfallen zu lassen.

Das wirkte.

Eine Woche später hatte das Darkhorse zusätzliche TOW- und Stinger-Raketen, mehr MG-Munition, zusätzliche 120-Millimeter- und 81-Millimeter-Mörsergranaten und haufenweise Nebelmunition. Der Logistikoffizier hatte sogar einen Vorrat an alten rumänischen Landminen aufgetrieben.

Lieutenant Colonel Rich Belangers Logistiker hatte in der letzten Woche praktisch jede Minute darauf verwandt, sein Bataillon zu »verstärken«, sowohl offiziell, indem er zusätzliche Panzer beschaffte, die in Stuttgart stationiert, aber nicht an die Nato gebunden waren, als auch inoffiziell, indem er alles, von zusätzlichen verschlüsselten Funkgeräten bis zu Verbandsmaterial, organisierte, wem auch immer er und seine Leute die Sachen abschwatzten. Sie »borgten« sich sogar amerikanische

Javelin-Panzerabwehrraketen, die in Munitionsbunkern der US Army lagerten.

Belanger studierte die Liste, die ihm sein Logistikoffizier vorgelegt hatte, dann schaute er lächelnd vom Schreibtisch auf.

»Muss ich das alles abzeichnen, Captain?«

Der Captain schüttelte den Kopf. »Es wäre wohl besser, Sie tun es nicht.«

Augenzwinkernd sagte Belanger: »Ihr Stil gefällt mir. Sie sind von der schwarzen Liste gestrichen.«

Belanger wusste, dass er später ein paar Telefonanrufe bekommen würde, aber es war leichter, um Entschuldigung als um Erlaubnis zu bitten.

Als die Verlegung nach Litauen begann, war das Darkhorse-Bataillon schneller und besser ausgerüstet als in Belangers kühnsten Träumen. Tage zuvor war die Rotationstruppe Schwarzes Meer nach Polen umgezogen, und da es von dort keine 500 Kilometer bis zum späteren Einsatzgebiet waren, konnte sie die zweite Etappe praktisch ohne fremde Hilfe bewältigen. Belanger hatte sein Bataillon so organisiert, dass es nach dem Eintreffen im Gefechtsraum nötigenfalls sofort einsatz- und kampfbereit war.

Das Bataillon bestand aus einer Stabs- und Unterstützungskompanie, einer Waffenkompanie und drei Schützenkompanien: India, Kilo und Lima. Ihre Panzer waren zwei Tage zuvor an die polnische Grenze gebracht worden, zusammen mit Fahrzeugen der Stabs- und Unterstützungskompanie, sodass die Fahrt nach Vilnius nur drei Stunden erforderte.

Ein Dutzend Kipprotor-Flugzeuge vom Typ HV-22 Osprey und sechs Transportflugzeuge vom Typ C-130 Hercules landeten ab Mitternacht auf Flugplätzen in Vilnius, Paluknys und Molėtai, begleitet von Harrier-Jets und Cobra-Hubschraubern, die bewaffnete Luftunterstützung leisteten für den Fall, dass die Russen Flugzeuge über die Grenze schickten. Belanger wusste nicht, wie lange er die Luftunterstützung bekommen würde, doch auf dem Hinflug war er dafür dankbar, da ungewiss war, was er vorfinden würde, wenn sie ihre Stellungen bezogen.

Der Rest der Stabs- und Unterstützungskompanie reiste zusammen mit Bohnen, Munition und Verbandsmaterial in zusätzlich gepanzerten Humvees und 7-Tonnen-Lastern aus Polen. Diese Bodentruppe hatte keine Schützenkompanie dabei, doch alle Einheiten des Marine Corps waren dafür ausgebildet, sich selbst zu schützen, selbst die Mechaniker und Wartungsleute, die die Lastwagen der Stabskompanie fuhren. Im Corps galt jeder Marine zunächst als Schütze, und die Lkw-Fahrer verstanden sich immer als Gewehr- und MG-Schützen, die auch etwas vom Schrauben verstanden, und nicht umgekehrt.

Rich Belanger reiste nicht mit seiner Stabskompanie. Er gelangte an Bord der dritten Osprey in den litauischen Luftraum, und er trug dieselbe Grundausrüstung wie alle seine Männer: einen M4-Karabiner, acht 30-Schuss-Magazine, eine Beretta-M9-Pistole und Schutzweste.

Die Sicherheitsmaßnahmen bei dieser Operation waren so gut wie nur irgend möglich, doch es war unmöglich, 1200 Marines und ihre Ausrüstung zu verlegen, dabei zivile Flughäfen zu benutzen, Städte zu überfliegen und mit Humvees und Panzern Straßen zu befahren, ohne dass der Feind davon Wind bekam. Belanger war klar, dass die Russen von diesem überraschenden Einsatz erfahren würden, noch bevor in Moskau der Tag anbrach, und er fragte sich, was dies für ihn und seine Männer bedeuten würde. Würde sich die 6. Armee aus Weißrussland nach Russland zurückziehen und in Kaliningrad in ihre Kasernen zurückkehren, oder würde das Eintreffen der Marines das Gegenteil bewirken und die Russen zum Angriff ermuntern, falls sie ihn nicht ohnehin geplant hatten?

Belanger hatte die vom Computerprogramm EARLY SENTINEL in der NGA generierten GPS-Koordinaten der von ihm zu beziehenden Stellungen erhalten, doch soweit er wusste, handelte es sich dabei nur um Informationen von Planern im Pentagon, wie sie bei einer solchen Truppenverlegung üblich waren. Trotzdem staunten er, seine Kompaniechefs und deren Lieutenants, wie konkret die Einsatzbefehle waren.

Doch Belanger positionierte seine Männer nicht an den angegebenen Punkten, sondern ließ sie Stellungen unmittelbar nördlich von Vilnius beziehen. Dort wurden insgesamt drei Lager errichtet, eines für jede seiner drei Schützenkompanien. Jedes Lager verfügte auch über unterstützende Panzer, Cobra-Kampfhubschrauber und Züge mit Panzerabwehrwaffen und Mörsern der Waffenkompanie. Von hier aus konnten sie schnell in weiter vorgeschobene Bereitstellungsräume vorrücken, wenn über die Positionen der russischen Kräfte jenseits der Grenze genauere Erkenntnisse vorlagen.

Sobald feststand, wo die russischen Panzerspeerspitzen die Grenze durchbrechen würden, würde Belanger seinen drei Kompanien entsprechende Befehle erteilen, die Lücken hinter und zwischen den spärlichen litauischen Truppen, die bereits an der Grenze standen, schließen und alles tun, um sich auf den russischen Angriff vorzubereiten.

Drei Stunden nach seiner Ankunft ging Belanger in seiner Kommandozentrale auf und ab. Es war ein Gymnasium und um einiges schöner als die meisten Plätze, an denen er bei seinem halben Dutzend Einsätzen in Afghanistan und im Irak gearbeitet hatte. Gleichwohl wusste Belanger, dass er sich in Reichweite russischer Raketenbatterien in Weißrussland und ballistischer Raketen in Kaliningrad befand.

Im Auf- und Abgehen dachte er über seine taktische Lage nach. Als Gefechtsfeld-Kommandeur war er sich darüber im Klaren, dass er und seine 1200 Männer vom Ansturm der Russen mehr oder weniger überrollt werden würden, wenn sie feste Stellungen bezogen. Die Politik entschied über seine langfristigen Aussichten, doch auf kurze Sicht war er selbst für sein Schicksal verantwortlich, und er wusste, dass es nur einen Weg zum Erfolg gab, nur eine Möglichkeit, die nächsten drei Tage gegen diesen Gegner zu überstehen.

Feuern und verschwinden.

Er und seine Männer würden länger leben, wenn sie ständig in Bewegung blieben, doch was sie jetzt am dringendsten brauchten, waren Informationen, die ihnen verrieten, *wohin* sie sich bewegen mussten.

65

Eine halbe Stunde vor Mitternacht stand Chavez vor einem verschlossenen Metalltor unter dem Torbogen von Pete Branyons Wohnhaus an der Ligoninės-Straße in der Altstadt von Vilnius. Hinter ihm lag ein offener Parkplatz und dahinter ein kleiner Park mit kahlen Bäumen. Jenseits des Parks reihten sich alte Häuser, und in einem dieser Häuser befand sich, wie Ding vom litauischen Nachrichtendienst erfahren hatte, eine unbekannte Zahl von Ausländern, die Branyons Wohnung observierten.

Es wurde darüber spekuliert, ob diese Leute auf Branyons Rückkehr warteten oder ob sie Näheres über die beiden Männer erfahren wollten, die Branyon am Tag zuvor befreit hatten. Ding hielt Letzteres für wahrscheinlicher, weil diese Leute offenkundig mit den Russen zusammenarbeiteten und die Russen ihnen vermutlich versichert hatten, dass sie alle Operationen ausländischer Geheimdienste in der Gegend überwachten. Die rasche Befreiung des CIA-Beamten dürfte sie deshalb einigermaßen überrascht und zudem ziemlich beunruhigt haben, da sie ihnen vor Augen geführt hatte, dass sie über die Gegenseite doch nicht so gut Bescheid wussten, wie sie geglaubt hatten.

Branyons Wohnung bot sich an, um nach seinen Rettern Ausschau zu halten.

Ding blickte gemächlich die ruhige, nur von Straßenlaternen beleuchtete Straße hinauf und hinunter, dann schloss er mit einem Schlüssel, den ihm der stellvertretende Stationschef gegeben hatte, das Tor auf. Er zog seine Pistole und ging unter dem Bogen durch. Er gelangte auf einen kleinen Innenhof und betrat das Treppenhaus, das zu Branyons Wohnung im zweiten Stock hinaufführte.

Aus Dings Ohrhörer drang: »Okay, du bist aus meinem Blickfeld verschwunden.«

»Verstanden«, antwortete Ding und stieg die Treppe hinauf.

Dom Caruso steckte in einer mit Graffiti übersäten Laube in derselben Straße wie die Männer, die Branyons Wohnung observierten, etwas unterhalb und rund dreißig Meter rechts von ihrer Position. Er saß im Schneidersitz da, eine halb leere Bierflasche in der Hand und drei volle neben sich. Er war wie ein Penner angezogen oder jedenfalls so, wie er sich einen Penner in Litauen vorstellte, obwohl er noch nicht lange genug hier war, um es wirklich zu wissen. Er trug eine alte Jacke, die er am Nachmittag auf einem Flohmarkt gekauft hatte, und einen ramponierten Filzhut. Außerdem hatte er seinen Dreitagebart mit Holzkohle geschwärzt, damit er nach mehr aussah.

Die meiste Zeit saß er nur da und nuckelte an seinem Bier, doch von Zeit zu Zeit warf er einen verstohlenen Blick durch sein Fernglas oder sein FLIR-Wärmebild-Monokular, die er zu diesem Zweck jedes Mal aus der Jackentasche zog. Beim ersten Kontrollblick, nachdem Ding im Haus verschwunden war, brauchte er einen Augenblick, um das Fernglas auf den Land Cruiser zu richten, in dem Chavez vorgefahren war.

Er stand auf dem Parkplatz neben dem Eingang zu Branyons Haus, und trotz der Entfernung konnte Dom durch das Glas die Einschusslöcher erkennen. In seinen Ohrhörer war ein hochempfindliches Mikrofon eingebaut, das sogar Geflüster an Dings Ohrhörer übermittelte.

Er führte die Bierflasche zum Mund und sagte: »In einem zerschossenen Auto vorzufahren ist schon ein starkes Stück, findest du nicht?«

Chavez kicherte leise, während er die Stufen erklomm. »Dezentes Vorgehen hat mir noch niemand vorgeworfen. Wir wissen, dass wir viele Gegner haben, und wir wissen, dass sie taktisch geschult sind … aber wir wissen nicht, ob sie besonders intelligent sind.«

»Schon gut«, sagte Dom. »Mach weiter.«

In Branyons Wohnung angekommen, machte Ding Licht, um der geheimnisvollen Gegenseite zu signalisieren, dass er da war, falls sie es noch nicht gemerkt hatte.

Dom blieb im Dunkeln und suchte die Umgebung nach Lebenszeichen ab.

Fünf Minuten nachdem Chavez die Wohnung betreten hatte, sah Dom zwei Männer durch den Park gehen. Einer hatte eine Flasche in der Hand, und beide schwankten leicht, aber Dom behielt sie im Auge, falls es nur eine List war.

Die Männer gingen weiter und verschwanden wieder von der Bildfläche, ohne auch nur einmal in seine Richtung geblickt zu haben.

Weitere Minuten verstrichen. Dom wechselte ständig zwischen seinem normalen Fernglas, das hier wegen der Straßenbeleuchtung gute Dienste leistete, und seinem Monokular, mit dessen Hilfe er alle Fenster, Dächer und dunklen Ecken rund um den Platz nach den Wärmesignaturen eventuell dort lauernder Personen absuchte.

Ding öffnete die Jalousien im zweiten Stock und schaute auf den kleinen Park heraus.

»Kumpel«, sagte Dom. »Man sieht deine Silhouette. Du bietest ihnen ein Ziel.«

»Ich will sie nur dazu bringen, dass sie anbeißen«, erwiderte Ding, schloss nach ein paar Sekunden die Jalousien wieder und löschte das Licht in der Küche.

Caruso, der nichts Verdächtiges bemerkte, sagte: »Wenn die Beschatter in der Wohnung zu meiner Linken interessiert sind, müssten sie jetzt zu dir rüberlinsen.«

In diesem Moment hörte Dom, wie auf dem Parkplatz hinter der Laube ein Auto angelassen wurde. Er wusste, dass der Parkplatz von Bewohnern der Häuser auf dieser Straßenseite benutzt wurde, was bedeuten konnte, dass einer aus dem gegnerischen Observationsteam am Steuer saß. Dom vergewisserte sich rasch, dass seine Ausrüstung gut versteckt war, dann huschte er zum Eingang eines Friseurladens neben der Laube.

Sekunden später rollte ein Wagen vom Parkplatz in die Ausfahrt. Er hatte das Licht ausgeschaltet. Am Ende der Ausfahrt hielt er an und blieb dort im Leerlauf stehen.

»Okay, Ding«, meldete Dom. »Du hast es so gewollt. Neben mir im Dunkeln steht ein Wagen mit Fließheck und laufendem Motor. Sieht so aus, als würden zwei drin sitzen, bin mir aber nicht sicher.«

»Wird aber auch Zeit«, sagte Ding. »Ich wollte mir schon ein Sandwich schmieren. Halte nach anderen Ausschau.«

»Die haben dich von gegenüber bemerkt ... Warum warten, bis eine ganze Busladung anrollt?«

»Ich möchte, dass es gut aussieht. Ich bleibe noch ein paar Minuten hier, dann mache ich den Abflug. Wenn mir jemand folgt, hängst du dich dran.«

»Verstanden«, sagte Dom und nippte an seinem Bier.

Dom hatte einen halben Block die Straße rauf eine Honda CBR 250 R Baujahr 2011 geparkt. Ein wendiges Einsteigermodell, mit dem man keine Geschwindigkeitsrekorde brach, in den verwinkelten Gassen von Vilnius aber gut vorankam und, was am wichtigsten war, nicht auffiel.

Nach weiteren fünf Minuten schaltete Ding die restlichen Lichter in Peter Branyons Wohnung aus und erschien kurz darauf unten im Torbogen, zwei Koffer in den Händen. Er lud die Koffer hinten in den Land Cruiser und setzte sich ans Steuer.

Dom, der alles beobachtete, flüsterte hinter seiner Bierflasche: »Was ist in den Koffern?«

»Nur ein paar Bücher, damit sie schwerer aussehen. Werde ich noch beobachtet?«

»Positiv. Der Wagen steht links von mir, acht, neun Meter entfernt, aber ich habe mich in einem Ladeneingang versteckt, sodass sie mich nicht sehen können. Zu meinem Motorrad kann ich aber erst, wenn sie dir nachgefahren sind.«

»Okay. Aber halt nach anderen Autos Ausschau. Wenn sie genug Leute haben und unbedingt herausfinden wollen, wer ich bin und was ich tue, werden sie gleich mehrere Überwachungsfahrzeuge aufbieten. Ehrlich gesagt, würde ich gern möglichst viele von diesen Arschlöchern hinter mir versammeln und in die Straßensperre der Polizei locken.«

»Verstanden«, erwiderte Dom und hörte im selben Moment auf dem Parkplatz mehrere Autotüren schlagen. »Sei vorsichtig mit deinen Wünschen. Du wirst einen ganzen Autokorso anführen.«

Minuten später fuhr Chavez auf der anderen Seite des Parks los, steuerte den von Kugeln durchsiebten Land Cruiser in Richtung Caruso und gegnerische Fahrzeuge und bog dann rechts ab.

Kaum war er verschwunden, tauchten links neben Caruso drei Wagen auf. Ein grauer Škoda mit Fließheck, ein schwarzer Ford-Viertürer und ein schwarzer BMW-SUV.

»Okay, Ding«, sagte Caruso. »Ich habe drei Wagen gesehen, die dir folgen.« Er beschrieb die Autos, während er zu seinem Motorrad rannte.

»Der BMW fährt ganz hinten, stimmt's?«

»Woher weißt du das?«

»Škoda und Ford sind prollig, BMW ist Chefsache. Kein Teamleiter setzt sich hinten in einen popeligen Fließhecker und lässt seine Gorillas im BMW fahren.«

Dom pfiff leise in sein Mikro. »Du machst das schon zu lange.«

»Wem sagst du das«, erwiderte Ding. »Schließ zu uns auf, aber gib acht, dass sie dich nicht bemerken.«

Chavez musste durch das nächtliche Vilnius fahren und dabei so tun, als sähe er die drei Wagen hinter ihm nicht. Ihre Insassen, vorausgesetzt, sie gehörten zu derselben Truppe, mit der Caruso und er letzte Nacht an der Grenze aneinandergeraten waren, hatten bewiesen, dass sie mit ihren Waffen umgehen konnten. Aber als Beschatter waren sie weniger gut.

Chavez durfte die drei Verfolger nicht verlieren. Der ganze Zweck der Übung bestand ja darin, sie zu einer Polizeisperre auf der Drujos-Straße, unmittelbar östlich der Altstadt, zu lotsen. Die Stelle war ausgewählt worden, weil sie einerseits so nahe an der Stadt lag, dass Chavez und Caruso das Risiko, dass die Beschatter aufgaben und in ihre Wohnung zurückkehrten, als gering einstuften, und andererseits weit genug von Wohnhäusern und öffentlichen Plätzen entfernt war, dass eine Schießerei kein Blutbad unter Zivilisten anrichten würde.

Chavez sprach im Land Cruiser mit normaler Stimme, denn er wusste, dass Dom ihn in seinem Ohrhörer hören würde. »Ich habe noch zwei Kilometer bis zur Straßensperre. Sind immer noch nur die drei hinter mir?«

Dom musste lauter sprechen, aber sein Helm dämpfte einen Großteil des Motorlärms und Windgeräuschs. »Positiv. Sie fahren hintereinander und folgen dir wie einem Rattenfänger.«

»Gut, halt weiter nach anderen Ausschau. Wir wissen nicht, wie viele es sind, und wir wissen nicht, inwieweit sie hier mit den Russen zusammenarbeiten, wenn überhaupt.«

»Verstanden.«

Der Plan, den Chavez und Caruso mit der ARAS-Einheit ausgearbeitet hatten, die die Straßensperre durchführte und die ausländischen Agenten festnehmen sollte, sah vor, dass Chavez mit dem Land Cruiser unter der Fußgängerbrücke, die über die vierspurige Schnellstraße führte, durchfuhr und dann die Abzweigung in die kleinere Vitebsko-Straße links liegen ließ. Sobald er daran vorbei war, würden sechs Streifenwagen mit jeweils zwei Beamten darin auf die Schnellstraße rasen und die Fahrbahn blockieren. Ein weiteres halbes Dutzend Männer würde oben auf der Fußgängerbrücke stehen, bewaffnet mit starken Scheinwerfern, HK-G36-Gewehren und Benelli-Schrotflinten.

Die ARAS-Einheit bestand insgesamt aus achtzehn Mann, was Chavez für suboptimal hielt, doch aller Voraussicht nach würden ihnen die Verfolger in den drei Autos nichtsahnend in die Falle gehen, sodass sich das Risiko in Grenzen hielt.

Auf diesem Teilstück der Schnellstraße herrschte im Moment praktisch kein Verkehr, und darüber waren Chavez und Caruso froh. Denn wenn die ARAS-Einheit die Straße erst einmal abgeriegelt hatte, kam niemand mehr durch, und sollten es die Verfolger in den drei Autos auf einen Kampf ankommen lassen, hätten, wenn viel Verkehr geherrscht hätte, Zivilisten ins Kreuzfeuer geraten können.

Ding rief Dom über seinen Ohrhörer. »Okay, ich sehe jetzt vor mir die Fußgängerbrücke. Du musst dich zurückfallen lassen, sonst gerätst du ins Schussfeld, wenn die Ballerei losgeht.«

Caruso befolgte die Anweisung, bremste das Motorrad auf Schneckentempo herunter und sah zu, wie sich die Rücklichter des BMW SUV immer weiter entfernten.

Er beschloss kurzerhand, die Straße zu sperren, damit auch kein anderer näher herankam, drehte das Motorrad herum und richtete den Scheinwerfer nach hinten. Dann zog er eine Taschenlampe aus der Jacke, stieg vom Motorrad, postierte sich auf der nächsten Fahrspur und wartete auf Autos.

Chavez fuhr unter der Fußgängerbrücke durch, hinter der die Falle des Anti-Terror-Teams zuschnappen sollte, dann an der Vitebsko-Straße zu seiner Linken vorbei und weiter geradeaus. Er blickte in den Rückspiegel und sah die Lichter des ersten Verfolgers rund hundertfünfzig Meter hinter sich. Er fuhr direkt in die Falle.

Der graue Škoda war erst halb unter der Fußgängerbrücke durch, als mehrere Polizeiautos vor ihm quer auf die Straße rasten, mit quietschenden Reifen stoppten und alle vier Fahrspuren blockierten. Der Škoda kam schleudernd zum Stehen, ebenso der schwarze Ford-Viertürer dahinter.

Männer sprangen aus den Polizeiautos und richteten Gewehre auf die beiden Fahrzeuge, während der schwarze BMW X3 dahinter eine kontrolliertere Bremsung hinlegte und noch vor der Brücke zum Stillstand kam. Die Männer auf der Brücke richteten Scheinwerfer auf alle drei. Ein Teil blickte nach Osten zu den beiden Autos, die in der Falle saßen, ein anderer nach Westen zu dem BMW. Achtzehn Männer in schwarzen Schutzwesten, bewaffnet mit Gewehren oder Schrotflinten, schrien den drei Fahrern zu, sie sollten ihre Motoren abstellen.

Der BMW reagierte als Erster. Seine Reifen quietschten, als der Fahrer den Rückwärtsgang einlegte und das Gaspedal bis zum Anschlag durchtrat. Polizisten auf der Brücke brüllten, befahlen dem Fahrer anzuhalten, doch der SUV jagte rückwärts davon, umweht vom Qualm seiner Reifen. Ein Beamter auf der Brücke feuerte eine Schrotladung in den Kühler, um den Wagen lahmzulegen, doch der fuhr weiter.

Ein Einsatzleiter gab den Befehl, das Feuer auf den BMW zu eröffnen, doch er hatte noch nicht ausgesprochen, als aus dem Škoda und dem Ford, die nur acht bzw. fünfzehn Meter von der Straßensperre entfernt standen, gleichzeitig Schüsse abgegeben wurden. Die Insassen feuerten durch die Windschutzscheibe und aus den Seitenfenstern, sehr zur Überraschung der Polizei, die weder mit einer solchen Verwegenheit noch mit einer solchen Feuerkraft gerechnet hatte.

Schwarz gekleidete ARAS-Männer gingen hinter ihren Wagen in Deckung und erwiderten das Feuer, und auf der Brücke wechselten alle auf die Ostseite und nahmen den Škoda und den Ford unter Beschuss. Der BMW, der bislang nur eine wirkungslose Schrotladung abbekommen hatte, war so gut wie vergessen. Im Rückwärtsgang jagte er, immer schneller werdend, auf der nach Osten führenden Fahrspur in Richtung Westen davon.

400 Meter hinter der Straßensperre fuhr Ding Chavez an die Seite. Er hörte den ersten Knall einer Schrotflinte, dann das Knattern automatischer Gewehre und schließlich die Kakofonie unterschiedlicher Waffen, die, gut fünfundzwanzig an der Zahl, alle gleichzeitig feuerten.

»Heilige Scheiße, Dom! Es wird laut!«

»Ich höre es«, bestätigte Caruso, der 800 Meter von der Straßensperre und 1200 Meter von Chavez entfernt war. »Wir können nicht näher ran, sonst riskieren wir, von den bösen Jungs und der ARAS ins Visier genommen zu werden.«

»Genau. Bleib, wo du bist. Gib acht, dass sich niemand davonmacht.«

»Zu spät, Chavez«, erwiderte Caruso augenblicklich. »Der schwarze BMW kommt in meine Richtung!«

Chavez schlug mit der Hand auf das Lenkrad. Er hatte

eine MP5-Maschinenpistole, neun Millimeter, neben sich auf dem Beifahrersitz liegen, und Dom war, da er das Motorrad fuhr, nur mit einer geliehenen Beretta-Pistole, neun Millimeter, bewaffnet. Aber er konnte seinem Partner unmöglich zu Hilfe kommen, ohne mitten durch das Feuergefecht zu fahren. »Mach, dass du von der Straße runterkommst«, sagte er. »Und fahr ihnen nach, wenn du kannst. Aber greif sie nicht an.«

»Verstanden.«

Wieder schlug Chavez wütend aufs Lenkrad, weil er nichts tun konnte, doch dann kam ihm eine Idee. Er legte einen Gang ein, fuhr los und hielt nach einer Ausfahrt Ausschau, die von der Schnellstraße links abging. Gleichzeitig schaltete er die Moving Map auf dem Multifunktionsdisplay des Toyota ein. »Dom, ich versuche, durch die Stadt zurück in deine Richtung zu fahren. Halt mich auf dem Laufenden, wo du bist.«

»Roger. Sie fahren gerade an mir vorbei. Ich hänge mich an sie dran.«

Der BMW hatte gewendet, nachdem er eine Minute zuvor an Dom vorbeigefahren war, raste aber weiter auf der falschen, nach Osten führenden Spur gen Westen. Die wenigen Autos, die auf der Schnellstraße unterwegs waren, wichen entweder auf den Mittelstreifen aus oder legten eine Vollbremsung hin, wenn ihnen der BMW und das ihn verfolgende Motorrad entgegenkamen.

Chavez hatte Dom angewiesen, außer Sichtweite der von ihm verfolgten Männer zu bleiben, aber das war unmöglich. Doms Scheinwerfer war das einzige Licht hinter dem BMW, da die Straße zwei Kilometer hinter ihnen komplett für den Verkehr gesperrt war. Stattdessen blieb Dom so weit hinter dem BMW, dass es ihnen schwerfallen dürfte, durch die Heckscheibe auf ihn zu schießen, und doch so nahe an ihm dran, dass er sehen konnte, wohin sie fuhren. Er hoffte, dass sie bald von der Schnellstraße in die belebten und engeren Straßen der Stadt abbogen, wo er sie unauffälliger verfolgen konnte.

Sein Wunsch ging bald in Erfüllung. Der BMW fuhr mit hohem Tempo rechts ab in die einspurige Aušros-Vartų-Straße, die sich wie ein Rückgrat durch die hügelige und verwinkelte Altstadt zog. Dom bog hinter ihnen ab und schloss dann dichter auf, um sie nicht zu verlieren. Die Mietwohnung, die er sich mit Ding teilte, lag nur ein paar hundert Meter von hier entfernt, sodass er die Gegend gut genug kannte, um zu wissen, dass es Dutzende, wenn nicht Hunderte von Einfahrten, Torwegen, schmalen Gassen und überdachten Parkplätzen gab, wo sie sich verstecken konnten.

Er sprach laut in seinen Helm, damit Ding ihn verstehen konnte. »Wir sind von der Schnellstraße abgebogen und fahren jetzt durch die Altstadt nach Norden. Keine Ahnung, ob sie ein bestimmtes Ziel haben oder nur versuchen, mich abzuschütteln.«

Chavez antwortete einen Augenblick später. »Ich rase wie eine gesengte Sau in deine Richtung. Wenn du mich vor sie hinlotst, kann ich dich in der Verfolgung vielleicht ablösen.«

»Kumpel«, erwiderte Dom. »Du bist der Typ mit dem GPS, und ich sitze hier auf einem Bock und versuche, bei sechzig Sachen achtsilbige Straßennamen zu entziffern.«

»Alles klar, Dom. Dann gib mir nur die Himmelsrichtung durch und sag, was du siehst. Ich versuche, es auf der Karte zu finden.«

Dom folgte dem BMW durch die Altstadt nach Norden. Der Fahrer drosselte das Tempo auf die zulässige Höchstgeschwindigkeit, suchte aber wohl einen Weg aus dem Stadtteil, denn er bog mehrmals in unterschiedliche Richtungen ab. Dom gab jede Richtungsänderung einzeln durch, sodass Ding sogar in der Lage war, den Kartenausschnitt auf dem Display des Land Cruiser zu verschieben und Dom durch eine angrenzende Gegend zu dirigieren, sodass die Insassen des SUV den Eindruck gewinnen mussten, sie hätten ihn abgehängt.

Dom befolgte Dings Anweisungen und nahm eine Parallelgasse zu der Straße, auf der sich der BMW befand, doch als er am anderen Ende herauskam, war von dem schwarzen SUV nichts zu sehen.

»Scheiße!«, rief Dom. »Ich habe ihn verloren.«

Ding konsultierte die Karte, während Dom weiterfuhr. »Ist schon okay. Es gibt nur eine Abzweigung, die er genommen haben kann. Dreh um, bieg links in die Subačious-Straße ein und dann gleich noch mal links in die Kazimiero-Straße.«

Dom kam der Aufforderung nach, nur um sich dann in einer stockdunklen, gewundenen Gasse mit Kopfsteinpflaster wiederzufinden. »Hier ist er nicht.«

»Bleib auf dieser Straße«, sagte Ding. »Er muss vor dir sein.«

Dom gab Gas, holperte in halsbrecherischem Tempo übers Kopfsteinpflaster, jagte unter zwei Bögen durch, die Häuser beiderseits der schmalen Gasse miteinander verbanden. Dreißig Sekunden lang raste er durch die Dunkelheit, dann blickte er nach links und sah den Widerschein von Rücklichtern. Der BMW hatte in einem Innenhof geparkt. Er ging vom Gas, um zu wenden, doch schon im nächsten Moment schoss der BMW wieder auf die Straße heraus und in die andere Richtung davon. Während Caruso umdrehte, dröhnte ein Schuss durch die Gasse. Dreißig Zentimeter über seinem Kopf spritzte zweihundert Jahre altes Mauerwerk aus einer Hauswand.

Er nahm die Verfolgung auf. Sie fuhren in die Richtung, aus der sie gekommen waren. Weitere Schüsse fielen, Funken stoben vor dem Motorrad vom Pflaster auf. Dom nahm Tempo weg, bog scharf in einen Torbogen ab, der unter einem Haus durchführte, und schoss auf der anderen Seite wieder hinaus. Er gelangte an eine Treppe, die in die Richtung führte, in die der BMW gefahren war, und so rumpelte er mit dem Motorrad die Stufen hinunter. »Sie schießen auf mich. Siehst du irgendeine andere Parallelstraße, auf der ich aus der Schusslinie bleiben kann?«

Ding dirigierte ihn von der Treppe zu einer Gasse, die nach Süden führte. Dom hatte sie kaum erreicht, da sah er keine fünfzig Meter vor sich den BMW. Die gepflasterte Gasse war schmal und auf beiden Seiten von alten Mauern gesäumt. »Da ist er! Auf der Dvasios Richtung Süden. Er fährt wie eine gesengte Sau.«

»Auf der Dvasios Richtung Süden? Ganz sicher?«

»Ja, wieso?«

»Weil ich auf der Dvasios nach Norden fahre, und ebenfalls wie eine gesengte Sau.«

»Ich habe keine Ahnung, wie lang die Straße ist, aber du solltest besser ...«

Dom verstummte, als er hinter dem vor ihm fahrenden BMW einen großen SUV ohne Licht um die Kurve biegen sah. Beide Wagen fuhren mindestens 70 Stundenkilometer und waren einander schon so nahe, dass kein Ausweichen mehr möglich war.

Ding Chavez war in den letzten fünf Minuten kreuz und quer durch die Altstadt gekurvt und hatte versucht, sich vor Caruso und den von ihm verfolgten Wagen zu setzen. Jetzt hatte er es endlich geschafft, doch er wusste nicht recht, was er tun sollte. Als ihn nur noch 25 Meter von dem BMW trennten, ließ er das Steuer los, warf sich seitlich über die Mittelkonsole des Land Cruiser und drückte den Kopf in den Beifahrersitz. Gleichzeitig trat er auf die Bremse, aber nicht mit voller Kraft. Er wollte nur den Aufprall mildern.

Der Zusammenstoß mit dem großen BMW-SUV war heftig. Ding wurde zur Seite geschleudert, Glas splitterte, und Metall zerriss wie Papier. Die Airbags des Toyotas hatten sich aufgeblasen, aber über Chavez, der seitlich mit dem Kopf auf dem Beifahrersitz lag. Sie erschlafften sofort wieder automatisch, und Chavez setzte sich rasch auf, die MP5 in den Händen. Er richtete sie über das Armaturenbrett hinweg auf das Fahrzeug vor ihm.

Der Kühler des Land Cruiser war geplatzt, und heißer Dampf schoss in die Luft und nahm Chavez die Sicht, doch nach ein paar Sekunden konnte er den Fahrer des BMW ausmachen, der nur zwei, drei Meter entfernt verzweifelt versuchte, den abschwellenden Airbag zur Seite zu drücken und die Pistole durch die geborstene Windschutzscheibe zu stecken.

Chavez entsicherte die Maschinenpistole, eröffnete das Feuer und jagte dem Mann Neun-Millimeter-Vollmantelgeschosse in den Schädel.

Der Beifahrer gab einen Schuss auf Chavez ab, verfehlte ihn aber. Chavez orientierte sich am Mündungsfeuer, um trotz Dampf und Rauch sein Ziel zu finden, und feuerte mehrmals, dann duckte er sich für den Fall, dass der Mann das Feuer erwiderte.

Er löste seinen Sicherheitsgurt, öffnete die Fahrertür und ließ sich auf die Straße hinausfallen. Kaum auf dem harten Kopfsteinpflaster aufgeschlagen, riss er, den Geruch von Kühlflüssigkeit und Motoröl in der Nase, die MP5 herum und richtete sie auf den BMW.

Ein Mann in Bluejeans und dicker Jacke war hinten aus dem BMW gehechtet und rappelte sich gerade vom Boden auf, wobei er eine Pistole aus der Jacke zog. Chavez legte auf ihn an. »Keine Bewegung!«

Der Mann bewegte sich trotzdem, und Chavez traf ihn in die Stirn und schickte ihn aufs Kopfsteinpflaster zurück.

»Scheiße!«, fluchte er. Er brauchte mindestens einen dieser Typen lebend.

Er richtete sich auf, froh, dass sein Körper bei dem Zusammenstoß unversehrt geblieben war und den Dienst nicht versagte, dann schlich er vorsichtig um den demolierten BMW herum, geduckt, die Waffe im Anschlag.

Ein Mann war auf alle vieren von der Unfallstelle weggekrochen und lag nun zehn Meter entfernt mitten auf der Gasse.

Dom Caruso kniete auf dem Verletzten, drückte ihm ein Knie ins Kreuz und seine Beretta an den Hinterkopf. Er schaute zu Ding auf. »Sieh mal, was ich gefunden habe.«

Die letzten fünf Minuten waren ein logistischer Albtraum gewesen, aber jetzt waren Chavez und Caruso mit dem Verletzten allein, so wie sie es gewollt hatten.

Das einzige noch fahrtüchtige Fahrzeug war die Honda, also stieg Dom wieder auf und fuhr damit zu dem auf der Straße liegenden Mann. Irgendwie hatte er sich bei dem Zusammenstoß auf dem Rücksitz des BMW den Fußknöchel gebrochen und konnte weder stehen noch gehen. Nachdem sie ihn nach Waffen durchsucht hatten, fesselte ihm Ding mit Klebeband die Hände, verband ihm die Augen und setzte ihn hinten aufs Motorrad. Dom fuhr mit ihm nach Süden, von Ding mit dem Auftrag versehen, einen Platz für ein verschärftes Verhör zu suchen.

Gleich auf der anderen Seite der Daukšos-Straße, einer in Ost-West-Richtung verlaufenden Hauptverkehrsader, nur einen Block vom Unfallort entfernt, fuhr Dom eine private Auffahrt zu ein paar heruntergekommenen Mietshäusern hinauf. Dort, hinter einem Parkplatz und einer Batterie Mülltonnen, fand er einen frei stehenden Schuppen von der Größe einer Garage. Er sah aus, als wäre er seit Jahrzehnten nicht mehr benutzt worden – er war von Unkraut umwuchert, und die Fensterscheiben waren zerbrochen –, doch als er die wackelige Holztür eintrat und mit seiner Taschenlampe in den Raum leuchtete, sah er, dass er sich für eine kurze Unterhaltung eignete.

Ding tauchte fünf Minuten später auf, außer Atem vom Joggen. Inzwischen hatte Dom dem Mann Jacke und Hemd ausgezogen und seine Taschenlampe so auf den Sims eines vernagelten Fensters gelegt, dass sie ihn genau anstrahlte.

Der Mann zitterte und stöhnte. Der grotesk angeschwollene Knöchel bereitete ihm offensichtlich große Schmerzen, aber Dom hatte nichts unternommen, dem Mann zu helfen.

Ding betrat den kleinen Raum, sah sich um und nahm dem Mann die Augenbinde ab. Der Mann blinzelte mehrmals und schaute sich dann ebenfalls um.

In Dings Augen hätte er durchaus Russe sein können. Er war in den Dreißigern, hatte einen ungepflegten Vollbart, der ein paar Nuancen röter war als sein rotbraunes Haar, ein markiges Kinn, wie Chavez trotz des Bartes sehen konnte, und die platte Nase eines Boxers, der weit mehr Kämpfe verlor als gewann.

Er hatte weder Tattoos noch irgendwelche anderen Erkennungsmerkmale an Oberkörper oder Armen.

Dom kniete sich vor ihn hin, sah ihm ins Gesicht und fragte mit einem drohenden Ton in der Stimme:

»Sprichst … du … englisch?«

Der Mann schüttelte nur leicht den Kopf, als hätte er nichts verstanden, sagte aber nichts.

Dom seufzte. »Was fangen wir mit ihm an?«

Chavez antwortete von hinten: »Er ist für uns nutzlos. Schneid ihm den Schwanz ab, schieß ihm in den Kopf und wirf ihn in den Fluss.«

Dom nickte. »Alles klar.«

»Nein, ich spreche englisch!«, schrie der Mann mit starkem Akzent, die Augen vor Entsetzen geweitet.

»Was sagt man dazu?«, bemerkte Dom grinsend. »Er hat schnell gelernt.«

»Ich gebe diesen Zehn-Sekunden-Crashkurs für die englische Sprache seit dreißig Jahren«, sagte Chavez und kniete sich seinerseits vor den Verletzten hin. »Okay, Chef. Ihr Jungs dürft euch immer entscheiden, jetzt bist du dran. Willst du leben oder willst du sterben?«

»Ich will leben«, antwortete der Mann. Er schien sich seiner Sache sicher zu sein.

»Gut«, sagte Chavez. »Erst mal, bist du Russe?«

»Russe? Nein, aus Serbien. Wir sind alle Serben.« Er schlug kurz die Augen nieder. »Waren alle Serben.«

»Serben?«, sagte Caruso überrascht. »Wir sind hier tausend Meilen von Belgrad entfernt.«

»Aber ihr arbeitet für den FSB?«, fragte Chavez.

»Nein.«

»Wer hat euch ausgebildet?«

»Die serbische Armee.«

»Quatsch«, entgegnete Chavez. »Du hast eine Speznas-Ausbildung.«

Der Mann schwieg, dann sagte Dom: »Der Fluss ist gleich um die Ecke.«

Der Verletzte schwenkte sofort um. »Ja, dreißig von uns sind in Russland ausgebildet worden. Zehnte GRU-Speznas-Brigade in Krasnodar.«

»Was macht ihr hier?«

Der Mann zuckte mit den Schultern. »Wir kämpfen in der Ukraine für Russland. Tschetnik-Bataillon. Die Besten aus unserer Einheit hat man zum Speznas-Training nach Russland geschickt, und dann hat es geheißen, dass wir ins Baltikum müssen, zu destabilisierenden Operationen.« Er sah die beiden Männer an. »Sie haben gesagt, dass Sie mich nicht töten.«

»Sag uns die Wahrheit, dann bringen wir dich ins Krankenhaus.«

»Wie kann ich Ihnen glauben?«

»Du kannst mir glauben, dass ich dir sonst eine Kugel ins Auge jage wie deinen Kameraden.«

Der Mann sah eine Weile vor sich hin. »Sie haben uns gesagt, dass Russland angreifen wird. Wir waren die Vorhut.«

»Letzte Nacht in Tabariškės habt ihr versucht, den Amerikaner zu entführen«, sagte Caruso.

Er schüttelte den Kopf. »Andere aus meiner Einheit. Ich nicht.«

»Habt ihr die *Independence* in die Luft gesprengt?«

»Die was?«

Es war offensichtlich, dass der Mann mit der Frage nichts anfangen konnte.

»Was ist mit dem Zug?«, fragte Chavez.

»Welchem … welchem Zug?«

»Jetzt will er uns verscheißern«, sagte Caruso und bestätigte, was Chavez dachte.

»Wie heißt du?«, fragte Chavez.

»Luka.«

»Hör zu, Luka. Du darfst uns nicht anlügen. Ich habe gerade drei Männer erschossen. Unter den gegebenen Umständen würde es alles einfacher machen, wenn wir noch einen erschießen. Wir haben kein Auto. Und ich habe echt keine Lust, dich ins Krankenhaus zu tragen.«

Luka legte den Kopf auf den Boden. »Wir hatten den Befehl, den russischen Truppentransport zu beschießen. Und das Abzeichen der Ulanen des Polnischen Volkes zu tragen.«

»Bingo«, murmelte Dom nur leise.

Eine Minute später trat Ding aus dem Schuppen hinaus in die Dunkelheit. Er wählte die Nummer von Linus Sabonis' Mobiltelefon, um ihm zu sagen, dass er den serbischen Gefangenen abholen solle, und mitzuteilen, was er soeben erfahren hatte, doch Sabonis ging nicht ran. Er versuchte es noch einmal, doch wieder meldete sich nur die Mailbox.

Frustriert rief er Sabonis' Stellvertreter an. Er meldete sich nach dem fünften Klingeln. Ding begann zu erzählen, was geschehen war, doch noch bevor er berichten konnte, wie sie den flüchtenden BMW verfolgt hatten, wurde er von dem Mann unterbrochen.

»Tut mir leid, ich muss los.«

Das Desinteresse des Mannes verblüffte Ding. »Haben Sie etwas Wichtigeres zu tun?«

»Allerdings.« Es folgte eine kurze Pause. »Russische Truppen sind aus Kaliningrad nach Litauen eingedrungen.« Der Mann legte auf.

Ding eilte in den Schuppen zurück und sah Dom an. »Es geht los, Bruder«, sagte er. »Wir sind offiziell in einem Land, das angegriffen wird.«

Dom schaute auf Luka hinab. »Du musst jetzt allein klarkommen, Arschloch. Kriech die Straße runter und besorg dir ein Taxi, das dich ins Krankenhaus bringt, oder warte darauf, dass dir russische Panzer den Arsch retten. Wir verschwinden jetzt.«

»Ich bin verletzt! Ich kann nicht gehen!«

»In deiner Haut möchte ich jetzt nicht stecken«, sagte Caruso, dann ließen sie den Verletzten ohne ein weiteres Wort in dem Schuppen zurück.

66

Jeder hatte gedacht, der russische Angriff auf Litauen würde mit Raketenbeschuss aus Weißrussland und Kaliningrad beginnen. Dann würden Panzer und Truppen die Grenzübergänge durchbrechen. Kampfflugzeuge und Kampfhubschrauber würden die Bodentruppen dabei unterstützen, und Artillerie würde ihnen schließlich den Weg frei schießen.

Doch er begann ganz anders.

Ein planmäßiger russischer Militärzug, der Litauen durchquerte, legte an einem Rangierbahnhof im Paneriai-Wald, unmittelbar südwestlich von Vilnius, unweit des Flughafens, einen unplanmäßigen Stopp ein. Wegen der Durchfahrt des russischen Zugs waren die Sicherheitskräfte der Bahnpolizei an der Strecke durch einen Schützenzug der litauischen Landstreitkräfte verstärkt worden, doch diese dreißig Mann plus einem Dutzend leicht bewaffneter Wachleute waren kein ebenbürtiger Gegner für die 96 Elitekämpfer von Russlands Direktorat »A« des Zentrums für Spezialoperationen des FSB, die sich im Zug befanden. Diese auf Terrorismusbekämpfung spezialisierte Sondereinsatztruppe wurde in Russland »Spezgruppa A« genannt, war weltweit aber unter dem Namen »Alpha-Gruppe« bekannt. Sie stellte die »grünen Männchen«, die ein Jahr zuvor in der Ukraine aufgetaucht und in den letzten Wochen von litauischen Bürgern angeblich im Grenzgebiet gesehen worden waren. Die meisten dieser Sichtungsmeldungen waren falsch, denn es hatte nur wenige Grenzübertretungen gegeben. Die grünen Männchen hatten bis jetzt gewartet, ehe sie innerhalb Litauens in Aktion traten.

Die 96 Angehörigen der Alpha-Gruppe in dem Zug hatten in dieser ersten Nacht der Invasion zwei wichtige Aufgaben zu erfüllen. 48 von ihnen sollten Fahrzeuge besteigen, die hier am Bahnhof auf sie warteten, und in die Hauptstadt fahren. In acht Gruppen zu je sechs Mann aufgeteilt, sollten sie in aller Eile Straßen absperren und Kontrollpunkte errichten, wobei es vor allem darauf ankam, sich den Einwohnern von Vilnius zu zeigen, wenn sie am Morgen zur Arbeit fuhren. Die Russen wollten im Land Verwirrung stiften und den Eindruck erwecken, dass die Invasion bereits die Hauptstadt erreicht habe, bevor überhaupt jemand wusste, dass Krieg herrschte. Diese acht Gruppen, die an bestimmten Staupunkten arbeiteten, konnten die Neuigkeit bei Tagesanbruch unters Volk bringen und das Leben in der Stadt, vielleicht sogar im ganzen Land, bis zum späten Vormittag zum Erliegen bringen.

Wie vieles in Russlands Hybridkrieg war die Operation hauptsächlich Augenwischerei und darauf ausgerichtet, vor Ort Fakten vorzugaukeln und dadurch neue Fakten zu schaffen.

Die anderen 48 Mann der Alpha-Gruppe waren mit einer konkreteren Operation betraut. Auch sie sollten in Fahrzeuge steigen, die am Bahnhof warteten, dann aber auf Nebenstraßen durch den Wald zu dem vier Kilometer entfernten Internationalen Flughafen Vilnius fahren. Dort sollten sie sich in vier Gruppen zu jeweils zwölf Mann aufteilen. Zwei Gruppen sollten die beiden Enden des Rollfelds besetzen, die Sicherungskräfte weglocken und etwaig vorhandenes Militär angreifen. Gleichzeitig sollten die Gruppen drei und vier von zwei Seiten den Terminal attackieren, das Gebäude besetzen und in der Halle von der Größe eines Einkaufszentrums Verteidigungsstellungen errichten. Anschließend sollten die beiden Gruppen gemeinsam den Tower einnehmen und dadurch den Flughafen unter ihre Kontrolle bringen.

Wenn alles nach Plan lief, würden noch vor Tagesanbruch Speznas-Einheiten vom Militärgeheimdienst GRU landen und die bereits vor Ort befindlichen Kräfte der Alpha-Gruppe mit Nachschub versorgen und verstärken.

Doch zunächst mussten die Russen den Zug verlassen und zum Flughafen gelangen. Die litauischen Soldaten, die das Gelände schützten, wunderten sich zunächst nur darüber, dass der lange russische Zug das Tempo drosselte, als er sich dem kleinen Bahnhofsgebäude inmitten des Bahnbetriebshofs näherte. Der erste Befehl, den der befehlshabende Leutnant gab, galt seinem Stellvertreter: Er solle im Stützpunkt anrufen und fragen, was da los sei. Erst als die Bahnpolizisten, die es gewohnt waren, dass der russische Zug mit 100 Stundenkilometern durch den Bahnhof donnerte, sich zu Boden warfen oder hinter Waggons und Betonwänden in Deckung gingen, dämmerte den Soldaten der Litauischen Landstreitkräfte, dass sie in Gefahr waren.

Die Soldaten folgten dem Beispiel der Bahnpolizisten und suchten Deckung, wenn auch langsam, und als schwarz gekleidete Russen aus dem noch fahrenden Zug sprangen und auf alles schossen, was sich bewegte, begriff der 23-jährige Leutnant, dass er nicht auf Befehle seiner Vorgesetzten zu warten brauchte.

Er verstand. Der beschissene Krieg, von dem das ganze Land sprach, hatte gerade begonnen, vor seinen Augen.

Scharfschützen der Alpha-Gruppe kletterten auf die Dächer mehrerer Eisenbahnwagen und brachten ihre langen, mit Infrarotzielfernrohren ausgestatteten Gewehre vom Typ Sako TRG 22 in Anschlag. Innerhalb von Sekunden hatten sie Ziele rund um das Bahnhofsgebäude und weiter hinten im Betriebshof erfasst, während sich unter ihnen speziell geschulte Angreifer in rasendem Tempo vorarbeiteten.

Vom Dach des Bahnhofs bellte ein litauisches Maschinengewehr los und beharkte den Zug mit 7,62-Millimeter-Geschossen. Ein Russe wurde in den Ellbogen getroffen, sein Arm am Gelenk abgerissen. Er stürzte zu Boden und verblutete innerhalb von Minuten.

Doch das große Maschinengewehr FN-MAG, die stärkste Waffe der Litauer gegen die nunmehr 95 Eindringlinge, wurde nach diesem einen Treffer schnell zum Schweigen gebracht. Ein Angreifer am Boden feuerte mit einem unten an seiner Kalaschnikow montierten Granatwerfer eine hochexplosive 40-Millimeter-Granate ab, die mitten in der mit Sandsäcken befestigten Stellung landete. Der litauische MG-Schütze wurde getötet, sein Nachlader verwundet.

Zwei Minuten nach dem ersten Schuss hatte die Führungsgruppe der russischen Angreifer das Bahnhofsgebäude erreicht und dabei mehrere Gleise überquert. Sie bestand nur noch aus zwei Mann, die vier anderen lagen tot oder verwundet auf den Gleisen. Doch sobald die Angreifer in das Gebäude eindrangen, zogen sich die noch lebenden Litauer zurück und flüchteten zu zwei großen Lagerhäusern im Nordosten und von dort in den Wald dahinter.

Die Russen setzten ihnen nicht nach. Sie hatten Befehl, Munition zu sparen. Nur die Scharfschützen blieben auf den Eisenbahnwagen und beobachteten die Umgebung durch ihre Infrarotzielfernrohre, um einem eventuellen Gegenangriff zu begegnen. Unterdessen liefen ihre Kameraden am Boden zu einem verschlossenen Tor im Nordwesten des Bahnhofs, schossen es mit einer Schrotladung auf und betraten einen großen Parkplatz. Auf zwei Peterbilt-Autotransportern warteten hier zwanzig fabrikneue Volvo XC-90 auf ihre Auslieferung an Autohändler im gesamten Baltikum. Leute vom russischen FSB, die für eine schwedische Spedition arbeiteten, hatten absichtlich die Zollformalitäten hinausgezögert, sodass die Fahrzeuge bis vorgestern im Hafen von Klaipėda festgesteckt hatten und rechtzeitig zur Abholung mit dem Zug hier eingetroffen waren.

Der Kommandeur des Spezialkommandos verteilte Autoschlüssel an die Fahrer. Die Kämpfer quetschten sich und ihre schwere Ausrüstung in die Volvos, wobei sie alle drei Sitzreihen und jeden Zentimeter Stauraum nutzten, dann verließen sie das Bahnhofsgelände. Die Toten und Verwundeten blieben zurück.

Lieutenant Colonel Rich Belanger erfuhr von der erfolgreichen Infiltration durch russische Spezialkräfte auf dieselbe Weise, wie er im Feld fast immer von aktuellen Entwicklungen erfuhr: scheibchenweise, vermischt mit Mutmaßungen und Falschberichten, die als authentische, brauchbare Informationen ausgegeben wurden. Seine Marines hatten östlich von Vilnius Stellung bezogen und erfuhren von dem Gefecht auf dem Bahnhof erst eine halbe Stunde nach dem Überfall, als das russische Kommando den Bahnhof längst wieder geräumt hatte. Niemand wusste, wohin es verschwunden war, aber Belanger war klar, dass er sich, so beunruhigend Feindtätigkeit in seinem Rücken auch sein mochte, weiter auf seine Aufgabe konzentrieren musste, die das Einzige war, worüber er eine gewisse Kontrolle hatte. Auf die weißrussische Grenze, rund 15 Kilometer vor ihm, und auf die 25 000 russischen Soldaten, die dort standen.

Die Litauer mussten mit den Russen, die tief in ihr Land eingedrungen waren, alleine fertigwerden.

67

Chavez und Caruso näherten sich, hintereinander auf dem Motorrad sitzend, um 2.30 Uhr dem Flughafen. Sie trugen nur ihre Schultertaschen bei sich, die sie bei ihrem Einsatz am Abend dabeigehabt hatten. Ihre restliche Ausrüstung befand sich in der konspirativen Wohnung in der Altstadt von Vilnius, doch sie hatten beschlossen, von einem Abstecher dorthin abzusehen und möglichst schnell aus Litauen zu flüchten. Sie hatten alle operativen Sicherheitsvorkehrungen eingehalten, sodass nichts Verräterisches in der Wohnung zurückblieb, und die Laptops und sonstigen elektronischen Geräte waren verschlüsselt und von Gavin Biery so eingerichtet worden, dass er ihre Festplatten aus der Ferne löschen konnte, wenn das gewünscht wurde.

Eine konspirative Wohnung ohne vorheriges Großreinemachen zu verlassen war nicht optimal, doch in Anbetracht der bruchstückhaften Informationen über einen Angriff, der irgendwo im Land im Gang war, hatte Chavez beschlossen, die Operation abzubrechen und aus dem Land zu verschwinden, solange noch Zeit war.

Ein paar Blocks vor dem Flughafen hielten die beiden Männer an einem Gully an und zerlegten die Waffen, die sie vom VSD bekommen hatten. Als Chavez das Verschlussgehäuse der MP5 in dem vergitterten Schacht versenkte und dem Platschen unten lauschte, sagte er: »Schade, dass wir keine Zeit haben, Herkus Zarkus zu suchen und ihm die Waffen zu geben. Es kann nie schaden, ein oder zwei in Reserve zu haben.«

Auch Caruso ließ die Einzelteile seiner Pistole ins Wasser fallen. »Das Einzige, was wir für ihn tun könnten, wäre, realistisch betrachtet, ihm eins über den Schädel zu ziehen und ihn hier rauszuschmuggeln.«

Sie ließen das Motorrad auf dem Parkplatz neben dem Terminal stehen und eilten zum Sicherheitsbüro des Flughafens. Die angespannten Gesichter der bewaffneten Beamten verrieten, dass sie von dem Angriff auf ihr Land wussten. Doch wie Chavez und Caruso hatten sie keine konkreten Informationen. Sie konnten nur vermuten, dass die Invasion entweder weit im Westen an der Grenze zu Kaliningrad oder 40 Kilometer entfernt an der weißrussischen Grenze begonnen hatte. Eine schlimme Sache, gewiss, aber keiner von ihnen ahnte, dass sie selbst in unmittelbarer Gefahr waren.

Die Amerikaner erklärten, dass am Privat-Jet-Terminal eine Maschine auf sie warte. Ein Anruf wurde getätigt, und wenig später wurden die Männer durch einen Metalldetektor geschleust und auf den Weg gebracht.

Caruso bemerkte den neidischen Blick der Männer, die offensichtlich nur zu gerne einen Privatjet bestiegen und das Land verlassen hätten.

Die beiden Campus-Agenten waren gerade wieder ins Freie getreten, um zu der Gulfstream hinüberzugehen, die 200 Meter entfernt auf dem Vorfeld parkte, als plötzlich ein Alarm losheulte. Zuerst dachte Caruso, sie hätten die falsche Tür erwischt und ihn selbst ausgelöst, doch gleich darauf kam eine Durchsage auf litauisch über die Lautsprecher. Sie verstanden zwar kein Wort, doch was immer der Sprecher sagte, er klang verdammt viel aufgeregter als jemand, der nur bekannt gab, dass auf einem verschlafenen Flughafen zwei Idioten eine falsche Tür benutzt hätten.

Dom und Ding beschleunigten ihre Schritte in Richtung der Gulfstream, die hell erleuchtet in einiger Entfernung vor dem Privat-Jet-Terminal stand.

Sie hatten noch 100 Meter zu gehen, als weit im Süden, jenseits der Rollbahn, ein einzelner Gewehrschuss zu hören war. Sie spähten in die Richtung. Hinter den Pistenlichtern zuckten mehrere Lichtblitze auf, und im nächsten Moment drang das Geknatter von Schüssen zu ihnen.

»Was zum Teufel …?«, entfuhr es Dom. »Das können doch nicht schon die Russen sein.«

»Und wieso nicht?«, erwiderte Ding und begann zu rennen.

Eine Explosion erschütterte den Terminal hinter ihnen – vermutlich eine 40-Millimeter-Granate. Die Antwort waren abgehackte Feuerstöße und Einzelschüsse aus automatischen und halbautomatischen Waffen. 50 Meter vor ihrem Ziel hörten die Männer auch vom Nordende des Flugfeldes anhaltendes Gewehrfeuer.

»Sie haben die Landebahn umzingelt!«, rief Caruso. »Wir werden unter Beschuss geraten, ganz egal wohin wir rollen!«

Ding sah hinter dem Cockpit-Fenster Campus-Pilotin Helen Reid an den Steuerknüppeln sitzen, und als er vorn um die Maschine herumrannte, stand Copilot Chester »Country« Hicks in der offenen Tür. Er hatte eine HK-UMP-Maschinenpistole an der Seite hängen und blickte nach Süden, von wo die lautesten Schüsse kamen.

Country war nicht dafür ausgebildet, das Flugzeug zu verteidigen, wie Adara Sherman, die sonst für die Sicherheit der Gulfstream zuständig war, doch als ehemaliger Pilot des Marine Corps konnte er mit einer Vielzahl unterschiedlicher Waffen umgehen.

Die beiden Campus-Männer stürzten die Gangway hinauf und an Country vorbei, der sofort die Luke schloss. Chavez steckte den Kopf in das kleine Cockpit des luxuriösen Jets. »Im Terminal wird geschossen, und an beiden Enden der Rollbahn auch. Was wollen Sie tun?«

»Haben sie Boden-Luft-Raketen?«, fragte Reid.

»Keine Ahnung.«

»Panzerbüchsen?«

»Was weiß ich. Ich habe nur automatische Handfeuerwaffen und 40-Millimeter-Granaten gehört.«

Chavez musste aus dem Cockpit zurücktreten, damit Country auf den rechten Sitz klettern konnte, dann lehnte er sich wieder hinein. Reid gab bereits Schub auf das Backbordtriebwerk, um die Maschine nach steuerbord zu drehen. Rechts neben ihr schnallte sich Country an und spähte aus allen Fenstern, um festzustellen, welche Richtung am sichersten war.

»Am heftigsten wird momentan im Süden geschossen. Sieht aus wie das Feuerwerk am 4. Juli. Aber sobald sie durch den Terminal durch sind, gerät die Mitte der Rollbahn unter Feuer.«

»Dann wollen wir hier keine Wurzeln schlagen. Ich nehme den Schnellabrollweg zur Mitte der Rollbahn, halte an, gebe vollen Schub, bleibe aber auf der Bremse. Ich probiere einen Kurzstart nach Norden.«

»Gewinnen wir genug Höhe, um den Schüssen am Nordende der Rollbahn zu entgehen?«, fragte Chavez.

Sie rollten bereits so schnell, dass er sich mit beiden Händen festhalten musste.

»Nein«, antwortete Captain Reid. »Wir werden am Ende der Rollbahn so gut wie keine Höhe haben.«

»Wir können scharf nach rechts schwenken«, schlug Country vor.

Sie nickte. »Scharf nach rechts. Sobald wir abgehoben haben, geht es in einen steilen Steigflug nach Osten.« Sie blickte zu Chavez. »Sie und Dom sollten sich besser anschnallen.«

Chavez eilte in die Kabine zurück und setzte sich auf

den Platz neben Caruso. Caruso schaute aus dem Fenster. »Was sagen sie?«

»Dass das Bordessen später kommt.«

Dom lachte trotz aller Anspannung. »Macht nichts. Ich habe eh das Gefühl, dass mir bald der Appetit vergehen wird.«

Die Gulfstream erbat vom Tower keine Startfreigabe, denn Reid konnte hinter den Fenstern des Kontrollturms deutlich Schüsse aufblitzen sehen. Da oben war ein Feuergefecht im Gang, und da sie noch nie von gut bewaffneten Fluglotsen gehört hatte, ging sie davon aus, dass der Tower in wenigen Augenblicken in russischer Hand sein würde. Stattdessen betätigte sie die Bremsen, stellte beide Triebwerke auf vollen Schub und wartete, bis sie zu kreischen begannen.

Sie löste die Bremsen, und das schlanke, weiße Flugzeug schoss vorwärts. Mit den Fußpedalen steuerte sie in die Mitte der Startbahn. Chester »Country« Hicks las laut die Geschwindigkeit ab, während ihre Augen ständig zwischen dem Mittelstreifen, an dem sie sich orientierte, und den Lichtblitzen am dunkeln Ende der Rollbahn hin und her sprangen. Mit jeder Sekunde schien das Gewehrfeuer näher zu kommen, und ihr Flugzeug raste einem Gefecht entgegen, dem es nicht ausweichen konnte.

Normalerweise bestand Reid beim Start auf Ruhe im Cockpit: keine Unterhaltung, gesprochen wurde nur, was für die Bedienung des Flugzeugs nötig war. Doch dies war kein gewöhnlicher Start. »Wenn wir getroffen werden, müssen wir wissen, wo wir im Süden runtergehen können«, sagte sie.

»Neunzig Knoten«, sagte Country. »… äh, wenn es schlimm ist, werden wir uns eine Landstraße suchen müssen. Wenn wir nach Polen rüberhüpfen können, sollten wir das tun. Hundert Knoten.«

Reid brauchte 120 Knoten zum Abheben, doch vor ihr stob ein Funkenregen über die Startbahn. »Sie beschießen uns.« Sie drückte das rechte Pedal nach unten, entfernte sich vom Mittelstreifen und raste auf den rechten Rand der Rollbahn zu.

»Eins zehn«, meldete Country und fügte hinzu: »Gleich sind Sie in der Botanik.«

Ringsum spritzten Funken hoch. Reid hatte absolut keine Ahnung, warum die russische Armee auf sie schoss, aber vermutlich hatten die Angreifer den Befehl, kein Flugzeug starten zu lassen.

Als sie den rechten Rand der Rollbahn vor der Flugzeugnase nicht mehr sehen konnte, wartete sie noch einen Augenblick lang, dann verstärkte sie wieder den Druck auf das Steuerhorn.

Countrys nächste Meldung klang so, als ob sie nur aus einem Wort bestünde: »Einszwanzigabheben.«

Reid zog kräftiger, und nur wenige Meter bevor die Maschine über den rechten Rand hinaus ins Gras gerauscht wäre, stellte sie die Nase steil. Die Hinterräder hoben noch dichter vor dem Gras von der harten Piste ab, aber die Maschine war jetzt in der Luft, nur 300 Meter vor dem Nordende der Startbahn.

Sobald sie etwas Höhe gewonnen hatten, kaum mehr als zehn Meter, brachte Reid die Gulfstream in eine Schräglage von 20 Grad nach rechts.

»Gear up«, sagte Country und fuhr das Fahrwerk selbst ein.

Aus den 20 Grad Schräglage wurden 30, dann 40, und bald schwebten sie in Richtung Südosten davon.

Reihen von Leuchtspurgeschossen jagten an Reids linkem Fenster vorüber.

Eine Minute später streckte Dom Caruso den Kopf zwischen den beiden Piloten herein.

»Ich gebe euch beiden ein Bier aus, aber erst, wenn wir wieder unten sind.«

Hicks lachte nur, bemüht, den Coolen zu geben. Im Unterschied zu dem ehemaligen Marine und Geheimdienstler war Helen Reid ein solches Verhalten fremd. »Gentlemen«, sagte sie. »Wie wär's, wenn wir das Machogehabe lassen, bis wir den litauischen Luftraum verlassen haben? Wer weiß, vielleicht sind schon ein paar MiGs hinter uns her, während wir hier reden.«

»Sie haben recht«, sagte Caruso. »Aber in ein paar Minuten sind wir in polnischem Luftraum.«

»Korrigieren Sie mich, wenn ich mich irre«, entgegnete sie. »Aber vor einer halben Stunde hatten Sie noch keine Ahnung, dass Russland Litauen angegriffen hatte. Woher wollen Sie wissen, dass es nicht auch Polen angegriffen hat?«

Nachdenklich wandte sich Caruso zum Gehen.

»In drei Stunden landen wir in Brüssel«, rief ihm Reid nach. »Ihr Jungs solltet euch etwas ausruhen.«

Caruso drehte sich zu ihr um. »Brüssel? Warum fliegen wir nach Brüssel?«

Country schnippte mit den Fingern. »Bei all der Aufregung habe ich ganz vergessen, es Ihnen zu sagen. Sie sollen Gerry anrufen. Er braucht euch Jungs in Belgien.«

68

Jack Ryan junior stand am Gate 3 des Dulles International Airport und wartete auf den Lufthansa-Flug um 17.50 Uhr nach Brüssel. Er trug Anzug und Krawatte und hatte eine Rolltasche bei sich, aber weniger aus operativen Gründen, als vielmehr um seiner Tarnung als Geschäftsmann auf Geschäftsreise gerecht zu werden. In Brüssel würde er den Anzug wahrscheinlich nicht tragen. Er beabsichtigte, sich im Hotel umzuziehen, damit er seiner Zielperson in farblich neutralen, unauffälligen Klamotten folgen konnte, die zudem bequem und warm waren. Schließlich würde das eine Ein-Mann-Show werden, deshalb musste er für alles gewappnet sein.

Auf allen Fernsehgeräten am Gate lief CNN, und ausnahmslos alle Berichte beschäftigten sich mit dem russischen Überfall auf Litauen. Ein Reporter hatte soeben unbestätigte Berichte zitiert, wonach amerikanische Truppen östlich und westlich der Hauptstadt stünden, was, wenn es stimmte, Jack überraschte, da die Nachrichten der letzten beiden Tage davon geprägt gewesen waren, wie kläglich der Versuch seines Vaters, Nato-Truppen nach Litauen zu verlegen, gescheitert sei.

Jack fragte sich, ob sein Vater Litauen im Alleingang zu Hilfe geeilt war. Ähnlich sehen würde es ihm. *Mein Gott, Dad. Viel Glück dabei.*

Das Personal am Gate forderte die Familien mit Kindern auf, an Bord zu gehen. Jack flog erster Klasse. Da man ihn bald aufrufen würde, stand er auf und zückte sein Mobiltelefon, um die App mit seiner Bordkarte zu öffnen, doch im selben Moment sah er, dass Gerry anrief.

Er schloss die Augen.

Im ersten Moment wollte er nicht rangehen, aber er konnte sich nicht einfach so aus seinem Job stehlen. Es war klar, dass er gefeuert werden würde, aber ebenso klar war, dass Gerry ihn nicht gewaltsam daran hindern würde, nach Europa zu fliegen. Er konnte ihm ja schlecht die Cops auf den Hals hetzen, damit sie ihn aus dem Flugzeug zerrten und ins Weiße Haus vor seinen Vater schleppten.

Oder doch?

Jack ging ran. Er bemühte sich um einen arglosen Ton, obwohl er wusste, dass gleich alles, was er sich in den letzten fünf Jahren beim Campus aufgebaut hatte, in sich zusammenstürzen würde.

»Hi, Gerry.«

»Heute ist Ihr Glückstag, Jack.«

Den Eindruck hatte Jack ganz und gar nicht. »Inwiefern?«

»Ding und Dom verlassen in diesem Augenblick Vilnius. Ich habe eben mit ihnen telefoniert und sie über Ihre Situation informiert. Sie werden sich mit Ihnen in Brüssel treffen, sobald sie dort sind. Sie haben grünes Licht für eine Überwachungsoperation gegen Salvatore.«

Jack bekam so weiche Knie, dass er sich mit einer Hand an der Wand abstützen musste. In seinem Kopf ging es drunter und drüber, während er versuchte, die Neuigkeit zu verarbeiten. Später würde er erleichtert aufatmen, doch jetzt galt es, Gerry gegenüber Gelassenheit zu zeigen. Schließlich antwortete er: »Okay. Freut mich zu hören, dass die Jungs aus dem Kriegsgebiet raus sind. Das ist die Hauptsache.«

»Genau«, sagte Gerry.

Einen Augenblick herrschte Stille in der Leitung. Jack hob den Kopf. Auf dem Bildschirm am Gate stand zu lesen: »Erste Klasse, willkommen an Bord.« Er fragte: »War sonst noch was, Gerry?«

Nach einer erneuten Pause antwortete der Direktor des Campus: »Ich weiß, wo Sie sind, Jack. Ich weiß, was Sie vorhaben.«

Jack schloss die Augen. *Verdammt.* »Ja, Sir. Es tut mir leid, ehrlich. Ich wäre lieber nicht hier, aber ich bin überzeugt, dass ich das Richtige tue.«

»Für die Operation, vielleicht. Aber nicht im Hinblick auf unsere langfristigen Ziele. Sie laufen Gefahr aufzufliegen.«

»Die Operation ist das Einzige, was zählt«, entgegnete Jack. »An dem Tag, an dem die Organisation auf mich aufpassen muss, weil ich bin, wer ich bin, muss ich den Campus verlassen. Bei diesem Einsatz steht zu viel auf dem Spiel, als dass man den Campus in einen Babysitter-Service für den Präsidentensohn umfunktionieren könnte.«

Gerrys Stimme blieb ruhig und gelassen, hatte aber einen ärgerlichen Unterton. »Fliegen Sie nach Brüssel. Tun Sie, was Sie tun müssen, aber vergessen Sie nicht, dass Ding Chavez jetzt die Operation leitet. Wenn Sie zurück sind, setzen wir uns zusammen und reden.«

»Ja, Sir. Auf Wiederhören.« Jack legte auf, reihte sich in die Schlange ein und ging an Bord der 777. Kaum auf seinem Platz in der ersten Klasse, zückte er ein Notebook und machte sich Notizen zu der bevorstehenden Operation. Chavez mochte ab sofort die Operation leiten, aber er würde ihn brauchen, um schnell in die Gänge zu kommen.

Jack Ryan junior war sich darüber im Klaren, dass diese Operation möglicherweise seine letzte beim Campus war, deshalb wollte er sie unbedingt zu einem erfolgreichen Abschluss bringen.

Präsident Jack Ryan hatte noch nie mit dem weißrussischen Präsidenten Semjonow gesprochen, denn er hatte wenig Veranlassung dazu gesehen. Weißrussland hatte seine Rolle in der Weltpolitik gefunden – als Marionettenstaat Russlands. Ryan machte dem Land daraus nicht unbedingt einen Vorwurf. Es war mit dem größeren Nachbarn kulturell und historisch eng verbunden und ihm mehr oder weniger ausgeliefert. Zudem hatten Probleme der Regierungen in Minsk und Moskau mit den westlichen Nachbarn über die Jahre so viel Misstrauen entstehen lassen, dass es aus Semjonows Sicht sinnvoll war, nicht etwa im Westen, sondern im Osten Schutz zu suchen.

Die Vereinigten Staaten pflegten diplomatische Beziehungen mit der Regierung in Minsk und unterhielten dort auch eine Botschaft, nur hatte Ryan den weißrussischen Vasallenstaat nicht dadurch aufwerten wollen, dass er mit ihm Gespräche auf höchster Regierungsebene führte.

Doch das spielte jetzt keine Rolle. Er wollte mit dem weißrussischen Präsidenten sprechen, und er hatte die Absicht, Klartext zu reden.

Hier ging es nicht um Diplomatie. Es ging um Krieg.

Sobald der Dolmetscher bestätigt hatte, dass Semjonow in der Leitung war, entbot ihm Präsident Ryan einen kurzen und hinreichend höflichen Gruß, den der weißrussische Präsident durch den Dolmetscher erwiderte, verbunden mit einer kurzen Erklärung, wie besorgt Weißrussland über die Berichte sei, wonach Einheiten von Marine Corps und Air Force an der Grenze zu seinem Hoheitsgebiet eingetroffen seien.

Ryan wollte davon nichts wissen. »Präsident Semjonow, ich habe Sie nicht angerufen, um mir Ihre Kritik anzuhören. Sie haben 25 000 russische Soldaten in Ihr Land gelassen zu dem alleinigen Zweck, über einen friedlichen Nachbarn herzufallen. Vielleicht sogar zwei friedliche Nachbarn. Es ist Ihr gutes Recht, in Ihr Land zu lassen, wen Sie wollen, aber ich halte es für meine Pflicht, Sie auf die möglichen Folgen Ihres Tuns hinzuweisen. Ich habe meinen Streitkräften bereits einen Befehl zu den Einsatzregeln in dieser Krise gegeben. Ich habe ihnen gesagt, dass in dem Moment, wenn eine Rakete, ein Flugzeug oder ein Geschoss aus Weißrussland kommend über die Grenze fliegt, die amerikanischen Streitkräfte autorisiert sind, auf jedes militärische Ziel innerhalb Weißrusslands zu schießen. Das bedeutet nicht, dass sie einen einzelnen Raketenwerfer zerstören und dann aufhören werden. Nein, Herr Präsident. Das bedeutet, dass, sobald auch nur ein einziger Raketenwerfer aus Ihrem Land auf meine Truppen feuert, diese autorisiert sind, sämtliche militärischen Ziele in Weißrussland anzugreifen. Wir werden keinen Unterschied machen zwischen russischen und weißrussischen Soldaten, zwischen russischen und weißrussischen Waffen oder zwischen russischen und weißrussischen Befehls- und Kontrolleinrichtungen. Wir werden Ihre Brücken, Straßen und Flugplätze angreifen, wenn wir sie für militärische Ziele erachten.

Sie haben sich in dieser Sache für eine Seite entschieden und müssen die Verantwortung dafür tragen, was Ihrem Land widerfährt, wenn Ihr Partner die Streitkräfte der Vereinigten Staaten oder unsere litauischen Verbündeten bedroht.«

Der weißrussische Präsident hatte offensichtlich angenommen, der amerikanische Präsident rufe an, um ihn zu bitten, den Russen den Durchgang durch sein Land zu erschweren, und um ihn durch ein Angebot dazu zu bewegen, die Bewegungsfreiheit des russischen Militärs einzuschränken. Doch nun begriff er, dass nichts dergleichen geschehen würde. Von Jack Ryan kamen nur Drohungen. Er war kriegslustig und aggressiv.

»Herr Präsident«, sagte Semjonow. »Sie wissen sehr gut, dass mein kleines Land außerstande ist, dem russischen Militärbezirk West etwas zu verweigern.«

»Ich sehe darin eine politische Entscheidung, Präsident Semjonow«, entgegnete Ryan. »Sie haben sie eingeladen und mit offenen Armen empfangen und dadurch Wolodins Verbrechen Vorschub geleistet. Ich habe nichts von Ihnen gesehen, was Sie von ihm unterscheiden würde.«

Ryans Ton wurde schärfer, und er konnte nur hoffen, dass der Dolmetscher das rüberbrachte. »Herr Präsident, für meine Truppen wäre es sehr gefährlich und mit hohen Kosten verbunden, in Kaliningrad einzumarschieren, denn das ist russisches Territorium. Aber wir können und wir werden in Weißrussland einmarschieren, wenn wir uns dazu gezwungen sehen.«

»Was? In mein Land einmarschieren?«

»Wenn wir es für nötig erachten, um Gefahr von Litauen abzuwenden.«

In der Leitung herrschte Stille. Der weißrussische Präsident überlegte, was er sagen sollte.

Ryan beendete das Schweigen. »Noch ein Letztes, Herr Präsident. Meine Chefdiplomaten haben mich daran erinnert, dass sich Ihre Privatbüros im Palast der Republik befinden. Und meine Generäle haben mich davon unterrichtet, dass dort auch ein Teil Ihres Militärapparats untergebracht ist.« Ryan ließ die Worte im Raum stehen, noch lange nachdem der Dolmetscher sie übersetzt hatte. Dann setzte er hinzu: »Im Interesse Ihrer persönlichen Sicherheit empfehle ich Ihnen, für die Dauer Ihres Krieges mit Ihrem Nachbarland woanders unterzukommen.« Und dann, nach einer abermaligen Pause: »Im Falle eines Unglücks würde ich dieses Telefongespräch nur sehr ungern mit Ihrem Nachfolger wiederholen.«

Der weißrussische Präsident brüllte ins Telefon. »Was Sie da sagen, ist ungeheuerlich!«

Ryan legte den Köder aus. »Wenn Sie sich öffentlich von Walerij Wolodin distanzieren, nicht von der Russischen Föderation, sondern nur von ihrem gegenwärtigen Präsidenten, und wenn Sie Maßnahmen ergreifen, die Russlands Zugang zum Westteil Ihres Landes spürbar einschränken – seien sie auch nur logistischer, verwaltungstechnischer oder politischer Art –, dann würde ich die Rolle Ihres Landes in diesem Konflikt in einem ganz anderen Licht sehen und die Kampfhandlungen der US-Streitkräfte entsprechend anpassen.«

Nach einer weiteren Pause sagte er: »Doch bis dato haben Sie sich als Führer eines Vasallenstaates erwiesen, sodass ich an Ihr selbstständiges Denken wenig Hoffnung knüpfe. Ich kann nur beten, dass Sie mich Lügen strafen, denn das Leben von Millionen Menschen in Ihrer Region steht auf dem Spiel.«

Hier endete das Gespräch.

Ryan legte den Telefonhörer auf die Gabel zurück und wandte sich Scott Adler zu, der neben dem Schreibtisch des Präsidenten im Oval Office saß. Adler hatte die Übersetzung aus dem Weißrussischen nicht gehört, von der er in wenigen Augenblicken eine Niederschrift erhalten würde, wohl aber Ryans Worte, und die hatten ihm ein leichtes Grinsen entlockt. »Dem haben Sie eine kräftige Abreibung verpasst, Mr. President.«

»Es gab eine Zeit, da war ich der Regierungschef. Als das nicht reichte, wurde ich der Chefdiplomat des Landes. Doch auch die Diplomatie ist auf der Strecke geblieben. Jetzt ist es an der Zeit, dass ich mich auf meine Rolle als Oberbefehlshaber konzentriere. Das State Department soll weiter Tag und Nacht versuchen, diesen Krieg zu stoppen, aber mein einziges Anliegen ist jetzt, diesen Krieg zu gewinnen. Semjonow ist ein mieser Schurke, der nur vor noch größeren Schurken Respekt hat. Deswegen ist er Wolodins Befehlsempfänger. Ich musste ihm klarmachen, dass ich nicht der lockere Strahlemann aus dem Fernsehen bin, sondern dass ich einen Schädel zertrümmern kann, wenn ich muss.«

Adler nickte. »In meiner diplomatischen Ausbildung am Foreign Service Institute habe ich zwar etwas anderes gelernt, aber was ich dort gelernt habe, hat mir im Umgang mit Weißrussland, wie ich zugeben muss, wenig geholfen.«

Ryan schmunzelte und stand auf. »Ich habe nur einen weiteren korrupten slawischen Staatschef in Rage gebracht, mehr habe ich bisher nicht erreicht. Wir müssen abwarten, was passiert.« Er sah auf seine Uhr. »Entschuldigen Sie, Scott. Ich habe jetzt eine Besprechung mit den Joint Chiefs, dann muss ich rüber zur UNO und bekannt geben, dass ich unabhängig von der Nato Truppen entsandt habe. Ich habe das Gefühl, dass das Gespräch mit Semjonow sich für mich noch als das positivste und freundlichste am heutigen Tag erweisen wird.«

»Mr. President«, erwiderte Adler. »Damit der Konflikt räumlich und zeitlich begrenzt bleibt und nicht irgendwie ausufert, müssen polnische Truppen über die Grenze, um Litauen zu helfen. Und wir müssen die Nato dazu bringen, sich uns anzuschließen, denn jetzt haben wir den Bündnisfall. Außerdem wäre es verdammt hilfreich, wenn uns Schweden etwas Luftunterstützung leistet. Meines Erachtens sollte ich mich jetzt auf diese drei Punkte konzentrieren.«

»Einverstanden. Heute Abend werden wir sehen, wie weit wir gekommen sind.«

69

Russlands nächster Vorstoß nach Litauen erfolgte nicht über Land, sondern auf See. Nachdem die Russen am Tag zuvor den unter maltesischer Flagge fahrenden Öltanker *Granite* versenkt hatten, war die winzige litauische Marine aus ihren Häfen und Ankerplätzen vor der Küste ausgelaufen und fast bis zur Außengrenze der litauischen Hoheitsgewässer gefahren, eine Machtdemonstration, die die Russen von einem Eindringen in die litauische Zwölf-Meilen-Zone abschrecken sollte, sofern sie das planten.

Damit taten die Litauer allerdings genau das, was die Russen von ihnen erwartet hatten. Die Regierung in Vilnius hatte nicht begriffen, dass die *Granite* aus einem einzigen Grund versenkt worden war: um so viele litauische Kriegsschiffe wie möglich aus ihren Häfen in die internationalen Gewässer zu locken, damit sie dort vernichtet werden konnten, ohne dass sich die russischen U-Boote dem Risiko aussetzen mussten, innerhalb der litauischen Hoheitszone ertappt zu werden.

Das erste Schiff, das einer russischen Warschawjanka – der weiterentwickelten Version der von der Nato »Kilo-II-Klasse« genannten russischen U-Boote – zum Opfer fiel, war die *Kuršis*, ein Minensuchboot der Hunt-Klasse, das die Litauer fünf Jahre zuvor vom Vereinigten Königreich erworben hatten.

Mit ihren 60 Metern Länge war sie ein recht eindrucksvolles Schiff. Sie war mit einem zwar älteren, aber noch voll funktionsfähigen Sonar zum Aufspüren von U-Booten ausgestattet, besaß aber nur geringe Feuerkraft, von ein paar Mini-Kanonen und Maschinengewehren auf dem Deck abgesehen. Gegen Unterwasserangriffe war die *Kuršis* jedenfalls nicht gewappnet.

Aber die *Kuršis* war hinausbeordert worden, um den Russen klarzumachen, dass sie Ernst zu machen gedachten, und genau deshalb wurde sie nur drei Stunden nachdem sie ihre Patrouillenfahrt im Südwesten der litauischen Hoheitsgewässer aufgenommen hatte, von einem russischen Torpedo versenkt.

Ungefähr zur selben Zeit, während der die *Kuršis* sank, geriet die litauische *Žemaitis* in den Fokus eines weiteren russischen Kilo-U-Boots. Doch im Gegensatz zur *Kuršis* verfügte dieses Multifunktionspatrouillenboot der Flying-Fish-Klasse, das die Litauer den Dänen abgekauft hatten, über eine recht ordentliche U-Boot-Abwehrkapazität, darunter ein modernes Sonarsystem und moderne MU90-Torpedos. Nur ließ sich die Crew der *Žemaitis* durch den Angriff auf die *Kuršis* dazu hinreißen, in Angriffsstellung auf das U-Boot zu gehen, das so viele ihrer Landsleute getötet hatte – und das sollte sich als fataler Fehler erweisen.

Die *Žemaitis* entdeckte das Warschawjanka-U-Boot, welches das litauische Minensuchboot vernichtet hatte, fokussierte sich voll und ganz auf diesen Kontakt und bereitete den Abschuss eines Torpedos auf das identifizierte Ziel vor. Doch bevor der Kommandant den Befehl zum Abschuss geben konnte, brüllte ihm sein Sonartechniker die Warnung zu, sein System habe soeben zwei neue Torpedo-Kontakte entdeckt und dass sie sich aus einem Winkel näherten, der vermuten ließ, dass sie von außerhalb der Zwölf-Meilen-Zone abgefeuert worden seien.

Und zwar genau mit Kurs auf die *Žemaitis*.

Die *Žemaitis* hatte gewisse Torpedo-Abwehrausrüstungen an Bord, und ihr Kapitän hatte oft genug trainiert, wie er sein Schiff große und verwirrende »wake patterns« erzeugen lassen konnte, also Kielwasserströmungen, um die in Torpedos des Typs 53 verbauten sogenannten Wake-homing-Sensoren zu täuschen. Aber die elektronischen Gehirne der Torpedos erkannten den Täuschungsversuch. Der erste Torpedo raste unter den Rumpf des 60 Meter langen, schnellen Patrouillenboots. Die Explosion zerriss die *Žemaitis* in zwei Teile. Der zweite Torpedo detonierte unter den beiden Trümmerteilen und sorgte dafür, dass kein einziges Besatzungsmitglied überlebte.

Gegen fünf Uhr morgens ruhten bereits vier litauische Marineschiffe – zwei alte Minensuchboote, das schnelle Patrouillenboot der Flying-Fish-Klasse und ein schnelles Patrouillenboot der Storm-Klasse – auf dem Grund der Ostsee. Zusammen hatten die beiden Warschawjankas acht Torpedos abgeschossen, 84 Seeleute getötet und weitere 57 als Schiffbrüchige zurückgelassen, von denen viele schwere Verwundungen erlitten hatten.

Während all das nordwestlich von Kaliningrad geschah, lag Russlands Geheimwaffe westlich der Oblast Kaliningrad, doch weit draußen in den internationalen Gewässern, in einer Tiefe von rund 70 Metern auf der Lauer.

Die *Kazan,* ein U-Boot der Sewerodwinsk-Klasse, die gerade von der Nordmeerflotte kommend hier auf Position gegangen war, hatte den Befehl, sich am ersten Tag der Kämpfe abseits zu halten. Die *Kazan* sollte geschont werden, damit sie sich später um die wirklich großen Fische kümmern konnte.

Die Sonartechniker an Bord der *Kazan* verfolgten und klassifizierten Dutzende aktiver Kontakte, aber wirklich interessant waren für sie nur ganz wenige Daten. Weiter südlich von der Position der *Kazan* lag die polnische Marine, nicht weit von der Außengrenze der polnischen Hoheitsgewässer entfernt. Die beiden Fregatten der Oliver-Hazard-Perry-Klasse sowie eine Korvette der Kaszub-Klasse stellten signifikante Gefahren für die russische Ostseeflotte dar, hatten aber bislang keine aggressiven Bewegungen in Richtung Kaliningrad unternommen, weshalb die *Kazan* weiterhin still und geduldig abwartete.

Auch Polen verfügte über ein U-Boot, das eine potenzielle Gefahr hätte darstellen können, aber der russische Militärgeheimdienst GRU hatte erst kürzlich Fotos aufgenommen, die das U-Boot beim Einlaufen in das Trockendock zeigten, wo es einen Monat lang repariert werden sollte.

Der Kapitän der *Kazan* hatte einen langen Weg hinter sich, der ihn zu diesem Schauplatz führte, und obwohl er sich auf die Herausforderung freute, die vor ihm lag, war er keineswegs enttäuscht, dass man die *Kazan* in Reserve hielt, während die älteren Warschawjankas bei dieser größten Seeschlacht seit Jahrzehnten allen Ruhm des Tages einheimsen durften.

Nein, überhaupt nicht. Denn er wusste, dass die eigentliche Herausforderung erst begann, wenn sich die amerikanische Überwasserflotte zusammen mit Anti-U-Boot-Flugzeugen am Himmel blicken ließ. Er sollte sich für die Polen und Amerikaner schonen, und wenn er seinen Job gut machte, würde niemand ahnen, dass er hier auf der Lauer lag, bis es für beide Gegner zu spät war, um ihn noch aufhalten zu können.

Die Warschawjankas würden in diesem Krieg draufgehen, daran hatte er nicht den geringsten Zweifel. Aber er selbst hatte die unumstößliche Absicht, den Konflikt zu überstehen. Und sobald der Westen um Frieden bettelte, würde er mit seiner *Kazan* in den Hafen von Kaliningrad rauschen, wo man ihm einen Heldenempfang bereiten würde.

Jack Ryan junior passierte die belgische Zollkontrolle, bekam den Pass abgestempelt und ging an der Gepäckausgabe vorbei. Er hatte für diese Reise nur einen kleinen Rollkoffer mitgenommen, den er als Handgepäck mit an Bord hatte nehmen dürfen, was ihm bei der Ankunft viel Zeit sparte.

Er war erleichtert, als er vom Zoll durchgewinkt wurde, ohne sein Gepäck durchsuchen lassen zu müssen, obwohl er ein paar Überwachungsgeräte eingepackt hatte – wie eine FLIR-Wärmebildkamera, Nachtsichtgeräte und ein leistungsfähiges Fernglas der Spitzenklasse. Er war überzeugt, bei einer genauen Untersuchung seiner Besitztümer wäre er als Wirrkopf eingestuft worden, aber nichts, was er dabeihatte, war in irgendeiner Weise illegal, weshalb er sich keine allzu großen Sorgen gemacht hatte. Aber er wollte mit der Überwachung hier so schnell wie möglich beginnen, und deshalb war er froh, keine weitere Verzögerung erdulden zu müssen.

Als er aus dem Ankunftsterminal auf die Straße trat, verzog er das Gesicht zum breitesten Grinsen seit zwei Wochen. Dom und Ding erwarteten ihn. Sie standen neben einem brandneuen, schwarzen Audi Q3. Jack hatte die beiden seit sechs Wochen nicht gesehen, weshalb zunächst einmal eine Runde kräftiger Umarmungen und Schulterklopfen angesagt war. Dann stiegen alle in den Audi; Chavez setzte sich hinters Steuer und lenkte den Wagen aus dem Flughafenbereich.

»Seit wann seid ihr hier?«, fragte Jack.

»Grade lang genug, den Wagen zu mieten und unser Gepäck ins sichere Haus zu bringen«, antwortete Caruso. »Eine Menge Aufregung, bis wir aus Litauen herausgekommen sind.«

»Wie schlimm war es denn?«

»Sagen wir mal so«, erklärte Ding. »Die G550 wird hier am Boden bleiben müssen, bis die sechs Einschusslöcher im Höhenleitwerk geflickt sind.«

»Du machst Witze, oder?«

»Nö. Russische Speznastruppen griffen den Flughafen Vilnius an, gerade als wir abhauen wollten.«

Wieder verspürte Jack einen schmerzhaften Stich, dass er nicht bei seinen beiden Freunden gewesen war, als sie ihn brauchten. Es war ein ähnliches Gefühl wie das, das er empfand, wenn er jetzt an Ysabel dachte. Sie lag keine zweihundert Kilometer entfernt im Krankenhaus, aber er plante nicht, sie zu besuchen, bevor diese ganze Sache vorbei war.

Schließlich war sie nicht in Sicherheit, solange er in ihrer Nähe war.

Jack schüttelte das Gefühl ab. »Na ja, nach allem, was ihr durchgemacht habt, Jungs, dürfte euch diese Operation vielleicht ein bisschen langweilig vorkommen. Wir werden einen Heroinsüchtigen beschatten, von dem wir hoffen, dass er sich mit bestimmten Arschlöchern trifft, denen ich letzte Woche in Luxemburg in die Quere gekommen bin.«

»Ein bisschen Überwachungsarbeit macht uns nichts aus«, sagte Chavez. »Sherman hat uns eine Wohnung angemietet, ein paar Blocks südlich vom Hotel Stanhope, wo Salvatore abgestiegen ist. Von unserer Position aus können wir den Haupteingang beobachten, aber natürlich hat uns Gavin auch schon in die Überwachungskameras des Hotels eingeloggt. Wir lassen den Burschen auf einem Laptop überwachen, während wir dich abholen gingen. Es wird alles aufgezeichnet; wir können uns das anschauen, wenn wir wieder im Apartment sind, nur für den Fall, dass wir etwas versäumt haben.«

»Was hat er heute getrieben?«

»Soweit wir wissen, ist er noch nicht aus seinem Zimmer gekommen.«

Jack nickte. »Ja, klar, er war letzte Nacht noch spät unterwegs. Gavin hat mir die Feeds auch geschickt, sodass ich ihn im Flugzeug eine Weile beobachten konnte. Drinks an der Bar in der Lobby, dann gegen zehn Uhr ging er noch mal raus. Ich weiß nicht, wann er dann wieder in sein Zimmer zurückgekehrt ist.«

»Drei Uhr früh«, antwortete Chavez. »Aber er war während der Nacht nicht operativ.«

»Wie willst du das wissen?«

»Der Bastard kam sturzbesoffen ins Hotel zurück. Er hat sich in irgendeiner Bar vollllaufen lassen. Was immer er hier zu tun hat, bedeutet offenbar, dass er oft stundenlang warten und herumhängen muss. Falls er hier ist, um Fotos von Berühmtheiten zu schießen, ist sein VIP offenbar noch nicht eingetroffen. Und wenn es einen anderen Grund für seinen Besuch gibt, befindet er sich wahrscheinlich in Wartestellung. Vielleicht wartet er auf irgendwelche Instruktionen.«

In dem Apartment angekommen, das ihnen als Sichere Wohnung diente, setzten sich die drei Männer erst einmal an einen Tisch. Chavez sagte: »Wir wollen wissen, was du in der Zwischenzeit getrieben hast, und wir haben auch ein paar interessante Storys über das zu erzählen, was sich im Baltikum zugetragen hat. Bei dieser Op habe ich den Eindruck, dass wir eigentlich unsere Rahmenbedingungen hier nicht kennen. Deshalb sollten wir uns den Small Talk ersparen und uns sofort an die Arbeit machen.«

Jack nickte. »Ja, sicher. Salvatore hat sein Hotelzimmer für weitere drei Tage gebucht, aber was immer er hier zu tun hat, kann sich jederzeit ereignen. Wir müssen aktiv werden, bevor er operativ wird. Ich habe keine Ahnung, wann das sein wird, aber wenn es so weit ist, will ich in der Lage sein, ihn zu tracken. Ich habe einen GPS-Tracker und ein Remote Administration Tool mitgebracht. Das RAT können wir in sein Telefon setzen, um seine Gespräche abzuhören und seine SMS zu lesen.«

Chavez hob eine Augenbraue. »Und bestimmt hast du dir auch schon einen genialen Plan ausgedacht, wie du ihm das Handy lange genug abnehmen kannst, um es zu verwanzen?«

»Ich stelle mir einen Direktzugriff vor. Ich konfrontiere ihn mit Rom, und währenddessen schiebe ich ihm das RAT und den GPS-Sender unter. Das einzige Problem dabei ist, dass ...«

Chavez brachte den Satz für ihn zu Ende. »... dass er erschrickt, wenn er dich zu sehen bekommt, und dann womöglich für die ganze Mission kalte Füße bekommt.«

»Genau«, sagte Jack und nickte. »Vielleicht kann ich ihn mit ein bisschen Druck dazu bringen, mir die Informationen zu geben, die ich haben will, aber genauso gut könnte es sein, dass er überhaupt nichts mehr sagt oder dass er einfach nur lügt.«

»Ich hätte da eine bessere Idee«, warf Caruso ein. »Aber dafür müssten wir sein nächstes Besäufnis abwarten.«

Chavez nickte. »Wir können die Zeit heute nutzen, uns in Stellung zu bringen. Aber erzähl erst mal, welchen Plan du dir ausgedacht hast.«

Salvatore kippte den Rest seines Stella Artois hinunter und wischte sich den Schaum vom Mund, dann hob er seinen Rucksack vom Boden auf und warf ihn sich über die Schulter. Er glitt vom Barhocker und trat aus dem kleinen Bistro auf die Straße hinaus.

Draußen lehnte er sich an den Pfosten eines Wegweisers am Rand des Gehwegs und blickte sich um. Hier, in der Nähe des Brüsseler Europaviertels, reihten sich in beiden Richtungen so viele Brasserien, Weinlokale, Pubs, italienische Restaurants und sogar Fast-Food-Restaurants aneinander, dass es ihm schwerfiel zu entscheiden, wohin er jetzt gehen sollte. Es war gerade erst elf Uhr abends, also noch früh genug für eine weitere Bar oder vielleicht sogar für zwei, bevor er wieder in sein Hotelzimmer zurückkehrte.

Allerdings verspürte er den starken Drang, sich zu erleichtern, weshalb er einfach in die nächstbeste Bar trat, ein ziemlich rustikales Lokal in der Fußgängerzone. Nur ein paar ältere Männer saßen an der Theke; die wenigen Tische waren nicht besetzt. Er ging durch den Schankraum und folgte dem Zeichen zur Herrentoilette im Untergeschoss.

Die Treppe nach unten war schmal; die Wände zeigten die unverputzten Ziegelsteinmauern. Unten musste er ein paar aufgestapelten Bierfässern ausweichen, dann schob er die schmale Falttür zur winzigen Herrentoilette auf. Es gab nur eine ziemlich verschmutzte Toilette; er stellte sich davor, zog den Reißverschluss auf und schloss die Augen.

Er hatte keinerlei Geräusch gehört, bis die Falttür hinter ihm aufgeschoben wurde. Der Raum war gerade groß genug für eine Person, weshalb er dem Mann über die Schulter erklären wollte, er solle sich verpissen, aber bevor er auch nur den Kopf drehen konnte, um sich diesen Blödmann genauer anzuschauen, wurde das Licht ausgeschaltet. Eine Hand packte ihn hart am Nacken und drückte ihn über das WC hinweg mit dem Gesicht an die Wand.

Salvatore spürte eine Messerspitze im unteren Teil des Rückens.

Der Mann flüsterte ihm wütend etwas ins Ohr, aber in einer fremden Sprache, die er nicht verstand. Salvatore stieß hervor: »Englisch? Englisch?«

Hastig bellte ihm der Mann auf englisch ins Ohr: »Dein Geld! Gib mir Geld!«

Salvatore konnte nicht fassen, dass er hier, mitten in Brüssel, mit dem Messer bedroht und ausgenommen wurde. Er spürte, wie ihm der Geldbeutel aus der Gesäßtasche seiner Hose gezogen wurde. Der Rucksack wurde ihm von der Schulter gerissen; er hörte, wie jemand seine Sachen durchwühlte. Er hielt die Augen fest geschlossen, sagte kein Wort und unterdrückte den Drang, die Wand anzupissen, an die er gepresst wurde.

So schnell er gekommen war, so schnell verschwand der Angreifer wieder. Zuerst spürte Salvatore nur, dass er nicht mehr gegen die Wand gedrückt wurde, dann wurde sein Geldbeutel in das Handwaschbecken an der rechten Wand geworfen. Schließlich wurde auch das Messer von seinem Rücken genommen. Bevor Salvatore auch nur daran denken konnte, sich umzublicken, hörte er, wie sein Rucksack draußen im Kellerflur auf den Boden geworfen wurde.

Eine Minute später verließ er die Bar mit dem Rucksack über der Schulter. Er beschwerte sich nicht beim Wirt und zeigte den Überfall auch nicht an. Schließlich hatte sein Aufenthalt hier in der Stadt Gründe, die es nicht ratsam erscheinen ließen, dass sein Name in Polizeiberichten auftauchte.

Kurze Zeit später saß er in seinem Hotelzimmer, überprüfte seinen Geldbeutel und entdeckte, dass tatsächlich alles Geld verschwunden war. Aber seine Kreditkarten waren noch da, ebenso sein italienischer Führerschein. Er öffnete den Rucksack. Zu seiner Erleichterung entdeckte er die paar Euroscheine, die er als Reserve in einer der Außentaschen aufbewahrte. Sogar die Kameras und das Handy waren noch da. Das hätte in einer solchen Situation die meisten Leute beruhigt, aber dem Italiener waren die meisten dieser Gegenstände weit weniger wichtig als etwas anderes. Hektisch tastete er den Boden des Rucksacks ab, bis seine Fingerspitzen an einen kleinen Beutel stießen. Zum ersten Mal seit dem Überfall seufzte er erleichtert auf, als er den Beutel herauszog und entdeckte, dass sein Stoff nicht angetastet worden war.

Nach der Operation, bei der Dom Caruso den Tracker in Salvatores Rucksack platziert und die Überwachungssoftware in sein Handy hochgeladen hatte, ging Dom kreuz und quer durch die Stadt, um eine eventuelle Beschattung aufzudecken. Seine Route führte ihn auch an Chavez und Ryan vorbei, die jeweils in verschiedenen Cafés, die so spät noch geöffnet hatten, im Freien vor einem Bier saßen.

Erst als das Team völlig überzeugt war, dass Dom nicht beschattet wurde, kehrten die drei Männer in ihre Wohnung in der Rue du Commerce zurück.

Dom meinte: »Es ist sicherlich nicht die subtilste Art und Weise, jemanden zu verwanzen, aber es wird funktionieren. Ich denke mal, er wird überzeugt sein, dass ich nur ein Straßendieb war, der ihm in die Kneipe gefolgt ist.«

»Guter Einfall und gut ausgeführt«, sagte Chavez anerkennend.

»Danke.« Dom hielt ein Bündel Euronoten hoch. »Meine Tageseinnahme: 65 Euro! Muss ich das Gerry melden, oder können wir uns davon morgen ein paar Pizzas zum Abendessen leisten?«

Das war ein Scherz, aber nur Chavez lachte darüber, denn Jack war bereits dabei, Salvatores Position auf seinem Laptop zu checken. »Er ist wieder in seinem Zimmer im Stanhope.« Er aktivierte die App auf seinem Smartphone, die ihn informierte, sobald der Italiener sein eigenes Handy benutzte. »Und das RAT macht seinen Job. Wir sehen seine Aktivität, sobald er telefoniert oder eine SMS absetzt, aber bisher hat er beides nicht benutzt.«

»Und was ist mit Fotos, E-Mails und alldem Zeug?«, wollte Chavez wissen.

Jack durchsuchte sämtliche Apps auf Salvatores Smartphone, deren Icons auf Jacks Monitor dargestellt wurden. »Er hat hier in Brüssel kein einziges Foto aufgenommen. Aber das heißt nicht, dass er hier keine Aufklärungsarbeit macht, denn dafür könnte er auch seine Kameras verwenden. Und er hat nicht mal eine E-Mail-App auf diesem Ding hier installiert. Entweder ist er ein totaler Technikfeind …«

»… oder er nimmt es mit der operativen Sicherheit sehr genau«, ergänzte Dom.

»Genau«, nickte Jack. »In Rom hat er mich mit seinen Fähigkeiten als Schlapphut nicht sonderlich beeindruckt, aber vielleicht ist die Operation hier in Brüssel für ihn wichtiger. Wir können ihn nur im Auge behalten und schauen, auf was er sich hier einlässt.«

70

Wlad Koslow stand in der Tür von Terry Walkers Schlafzimmer und beobachtete mit völlig unbewegter Miene, wie Walker seiner Frau und seinem Sohn über das Walkie-Talkie tränenreich Gute Nacht sagte.

Das war seit der zweiten Nacht, die Koslow hier auf den Inseln verbracht hatte, schon zur Routine geworden. Jeden Abend um halb acht brachten er und seine vier Sicherheitsleute Walker und Limonow zur Mietvilla auf dem Saint Bernard's Hill zurück, wo Koslow den beiden Sicherheitsmännern, die in der Villa stationiert waren, ihre Ankunft anmeldete. Dann teilten sich die sechs Männer von Steel Securitas in drei Zweierteams auf. Zwei Männer gingen schlafen, zwei bewachten das Innere der Villa, und die übrigen zwei patrouillierten den Garten.

Limonow aß etwas und zog sich dann in sein Zimmer zurück, während Koslow in Walkers Zimmer trat und ihm das Walkie-Talkie für das dreiminütige Gespräch mit seiner Familie gab. Sobald die drei Minuten vorbei waren, nahm Koslow dem Finanzmakler das Gerät aus der Hand, verließ den Raum und schloss Walker für die Nacht darin ein.

Auch heute Abend lief alles nach dieser Routine ab, bis Koslow in die Küche zurückkehrte, den Wodka aus dem Kühlschrank nahm und sich ein Glas eingoss. Gerade als er das Glas an den Mund hob, klingelte sein Handy.

»Allo?«

Koslow erkannte Präsident Wolodins Stimme sofort. »Erstatten Sie mir Bericht.«

Koslow hatte vom Präsidenten persönlich nichts mehr gehört, seit er und Limonow aus London abgereist waren.

Er räusperte sich hastig. »Alles verläuft wie geplant, Herr Präsident.«

»Walker macht Ihnen keine Probleme?«

»Nein.«

»Und Limonow? Geht er genau so vor, wie vereinbart wurde?«

»Ja, Herr Präsident.«

»Dann ... gibt es also wirklich keine Probleme?«

»Nein, Herr Präsident. Na gut, ja. Wir hatten ein kleines Sicherheitsproblem, aber das haben wir bereits beseitigt.«

»Ich zahle Sie dafür, dass es *keine* Sicherheitsprobleme gibt.«

»Entschuldigen Sie, Herr Präsident, aber Sie bezahlen mich, damit ich mich um sie kümmere, wenn sie auftreten. Ein Mann, ein Amerikaner, interessierte sich für das Boot, auf dem wir Walkers Familie gefangen halten. Ich habe ein paar unserer Söldner zu ihm geschickt, um ihn zu warnen, aber er ließ nicht locker. Als klar wurde, dass er zum Sicherheitsproblem werden würde, haben wir das Problem leise und unauffällig eliminiert.«

»Wer war er?«

»Das konnten wir nicht feststellen, aber wir haben uns vergewissert, dass er allein operierte. Er ist jetzt endgültig aus dem Spiel; es gibt keinen Grund zur Sorge mehr.«

Wolodin bellte wütend: »Seien Sie doch nicht so naiv, Koslow! Der Mann hat mit Sicherheit irgendwelche Komplizen, die nach ihm suchen werden!«

»Selbst wenn das eintreten sollte, werden sie uns nicht verdächtigen, und sie werden uns auch nicht finden.«

»Hören Sie mir genau zu! Ich befehle Ihnen, sich mehr Unterstützung zu beschaffen. Sie wissen, dass diese Sache für mich von größter Bedeutung ist. Wenn bei dieser Operation irgendetwas schiefgeht …«

»Es wird nichts schiefgehen, Herr Präsident.«

»Wenn Sie mich noch einmal unterbrechen, Koslow, wird Grankin jemanden schicken, der Ihnen die Zunge aus dem Maul schneidet!«

Eine kurze Pause trat ein. *»Izvinite.«* Sorry.

»Wenn bei dieser Operation irgendetwas aus dem Ruder läuft, Koslow, werde ich Sie persönlich dafür zur Rechenschaft ziehen. Sie können sich sicherlich vorstellen, was das heißt.«

»Das kann ich, Herr Präsident. Ich werde Spezialisten zur Unterstützung heranziehen, sodass wir eine *weitere* Ebene haben, die uns bei unserer Operation hier in den Britischen Jungferninseln unterstützt.«

»Und Sie werden das jetzt sofort tun.«

»Jawohl, Herr Präsident.«

Der Sikorsky MH-60R »Romeo« flog so langsam, dass er fast nur noch schwebte, knapp hundertfünfzig Meter über den blauen Gewässern der östlichen Ostsee. Mit seinem grauen Anstrich verschmolz der Helikopter fast mit dem grauen Himmel, was ein netter Effekt für ein Fluggerät war, das niemandem auf der Meeresoberfläche seine Anwesenheit ankündigen wollte und auch keinem knapp darunter, der durch ein Periskop die Umgebung absuchte.

Dieser spezifische Hubschrauber mit dem Rufzeichen Casino One-One stand nicht allein am Himmel, sondern teilte ihn sich mit seinem Partner Casino One-Two, der 30 Kilometer weiter westlich Patrouille flog.

Der Auftrag beider Hubschrauber war das Aufspüren feindlicher U-Boote, ihre Klassifizierung, Verfolgung und letztendlich auch ihre Zerstörung. Um diese Zielvorgaben zu erfüllen, ging Casino One-One alle paar Minuten auf rund 150 Meter über der Wasseroberfläche herab und senkte ein AN/AQS-22-Airborne-Low-Frequency-Sonar an einem Kabel durch die Wasseroberfläche hinunter. Das aktive Sonarsignal durchsuchte die Gewässer nach den beiden U-Booten, die man am Vorabend identifiziert hatte.

Bisher hatte keiner der beiden Hubschrauber irgendwelche Kontakte festgestellt, die über die normale Kommunikation zwischen den in diesem Meeresabschnitt zahlreichen Schiffen hinausgingen.

Jedes Mal, wenn Casino One-One bei seinem Patrouillenmuster nach Osten zurückkehrte, konnte seine Besatzung, zwei Männer und eine Frau, im Vorbeiflug die Rettungsaktion beobachten, die noch immer in den Gewässern dicht vor der litauischen Küste im Gange war. Am Vorabend waren innerhalb von drei Stunden vier Schiffe versenkt worden. Jeden Abend sah die Crew des Hubschraubers beim Überflug die Beweise für dieses Gemetzel. Der Anblick sorgte dafür, dass sie noch entschlossener war, ihre Mission erfolgreich auszuführen.

Denn schließlich war auch die Crew auf einem Schiff stationiert, das auf dem Weg zu diesem Meeresgebiet war.

Die *James Greer* hatte bei der Rettungs- und Bergungsaktion der vier litauischen Marineschiffe keine spezifische Aufgabe zu erfüllen; das musste anderen Schiffen überlassen bleiben. Der Zerstörer mit seinen Lenkraketen stellte für die russischen U-Boote in diesem Gebiet die größte Gefahr dar, weshalb sich die *Greer* und ihre beiden MH-60R Romeos darauf konzentrierten, den Feind aufzuspüren, zu überwachen und in einen Kampf zu verwickeln. Das amerikanische Kriegsschiff ging bei seiner Suche von bestimmten Annahmen aus. Erstens war bekannt, dass die russische Ostseeflotte über ein Lada-U-Boot verfügte, das aber derzeit in Kaliningrad im Reparaturdock lag. Das bedeutete, dass die beiden U-Boote der Kilo-II-Klasse, von den Russen Warschawjankas genannt, höchstwahrscheinlich die Verursacher der fünf Torpedo-Angriffe der vergangenen zwei Tage waren.

Kannte man die Identität der Zielobjekte, dann kannte man auch ihre offensiven und defensiven Fähigkeiten. Die Kilos feuerten Torpedos des Typs 53-65, die eine effektive Reichweite von 25 Kilometern hatten. Daraus ergab sich, dass die beiden MH-60 Romeos die Gewässer in einem weiten Umkreis von deutlich mehr als 25 Kilometern von der *Greer* entfernt absuchen mussten, wenn sie sichergehen wollten, dass ihr eigenes Trägerschiff nicht in die Reichweite der lauernden russischen U-Boote geriet.

Gegenwärtig lag die *Greer* fast 30 Kilometer nordwestlich von den Hubschraubern entfernt, sodass die Romeos wie eine Art Vorhut dafür sorgten, dass genügend Abstand zu möglichen Gefahrenquellen vorhanden war.

Ein rumpfmontiertes Sonar, ein Schleppantennensonar oder ein Sonar für variable Tiefen kann unter die verschiedenen Thermalschichten abgesenkt werden, die den U-Booten als Versteck dienen. Sämtliche Systeme waren derzeit passiv konfiguriert, damit die *James Greer* dem Feind ihre Position nicht verriet, aber da die Romeos aktive Sonare benutzen mussten, gab es nur geringe Zweifel, dass die Kilos sehr wohl wussten, dass sich eine neue Komponente an der Überwassersuche nach ihnen beteiligte, und dass sie darauf entsprechend reagieren würden.

Und das bedeutete, dass sie entweder zu entkommen oder sich zu verstecken versuchten – oder dass sie angreifen würden.

Casino One-One unternahm einen weiteren Dip zur Wasserfläche hinunter, und wieder registrierte der Sensoroperator an Bord negativen Kontakt. Die Romeos näherten sich allmählich den russischen Hoheitsgewässern vor Kaliningrad, und obwohl der Pilot von Casino One-One vermutete, dass sich die Kilos in die Sicherheit ihrer eigenen Zwölf-Meilen-Zone geflüchtet hatten, ließ er in seiner Wachsamkeit nicht einen Moment nach. Ein Kilo, das irgendwo unter ihm lag, konnte vermutlich seine Rotoren hören und dann entweder noch tiefer abtauchen und fliehen oder auftauchen und angreifen. Es war bekannt, dass russische Kilos tragbare SA-14-Luftverteidigungssysteme an Bord hatten, schultergestützte Kurzstrecken-Boden-Luft-Raketen, die von einem auf dem Kontrollturm stehenden Operator abgefeuert werden konnten.

Die Kilos waren also nicht nur für die Überwasserschiffe eine Gefahr. Dem Piloten der Casino One-One war vollkommen klar, dass auch sein Hubschrauber einem russischen U-Boot zum Opfer fallen konnte.

Commander Scott Hagen las den neuesten Operationsbefehl gründlich durch, den er vom Kommando der 6. Flotte in Neapel erhalten hatte, und stieß einen langen Seufzer aus. Diesen Befehl würde er seiner Besatzung als halb gute, halb schlechte Nachricht verkaufen müssen, obwohl ihm vollkommen klar war, was der Befehl bedeutete: Er würde ein gewaltiges Feuer unter seinem Hintern und dem kollektiven Hintern seiner Crew entfachen.

Als ob sie noch einen besonderen Ansporn gebraucht hätten, zwei U-Boote aufzuspüren, von denen sie jederzeit versenkt werden konnten!

Die USS *Normandy*, ein Kreuzer der Ticonderoga-Klasse, und die USS *Mustin*, ein Lenkraketenzerstörer der Arleigh-Burke-Klasse, die eine Generation älter als die *James Greer* war, pflügten in diesem Moment mit voller Kraft voraus durch die Nordsee, um sich zu einem amphibischen Angriffsschiff der Wasp-Klasse zu gesellen, bei dem bereits ein amphibisches Transportdock der San-Antonio-Klasse und ein Docklandungsschiff der Harpers-Ferry-

Klasse eingetroffen waren. Gemeinsam sollten die fünf Schiffe eine amphibische Bereitschaftsgruppe bilden; der kleine Verband sollte um Jütland herum, weiter durch den Öresund zwischen Dänemark und Schweden in die Ostsee fahren.

Bis sie in den Gewässern vor Litauen anlangten, würden ungefähr zweieinhalb Tage vergehen. Commander Hagen wusste, dass die Ankunft des großen Kreuzers und des potenten Lenkraketenzerstörers für den bevorstehenden Kampf gegen die russische Ostseeflotte eine enorme Hilfe darstellten. Diese beiden Schiffe würden kurz vor den drei anderen Schiffen eintreffen, die 2000 US-Marines an Bord hatten. Der Zeitplan setzte Hagen unter gewaltigen Druck: Er musste dringend, nämlich spätestens bis zum Eintreffen der Taskforce, dafür sorgen, dass diese Gewässer ausreichend sicher für eine amphibische Landung waren.

Aus diesem Grunde hatte er einen seiner untergebenen Offiziere zu sich beordert. Ein kurzes Klopfen an der Tür; er blickte auf und sah einen Lieutenant mit jugendlich-frischem Gesicht und blondem Haar eintreten, der einen leicht nervösen Eindruck machte. Hagen hatte für das Gespräch an diesem Nachmittag die Personalakte des jungen Offiziers gelesen und wusste daher, dass der Mann dreißig Jahre alt war, obwohl er keinen Tag älter als sechzehn aussah.

Heutzutage sehen selbst die Lieutenants wie Kinder aus, dachte er. *Du wirst alt, Scott.*

»Kommen Sie rein, Weps. Setzen Sie sich.«

Lieutenant Damon Hart folgte der Anweisung und setzte sich auf einen der Stühle vor dem Kapitänstisch.

»Ich habe Sie um Mitternacht in der Operationszentrale gesehen. Haben Sie die ganze Nacht durchgearbeitet?«

»Ja, Sir.«

»Ich werde mich kurz fassen, und wenn ich fertig bin,

will ich, dass Sie etwas essen und sich dann ein paar Stunden in die Koje hauen. Sie müssen fit und bereit sein, wenn wir uns den russischen Gewässern nähern.«

»Wir verfolgen sie, Sir?«

»Jetzt noch nicht. Aber da sie für die Angriffe auf die Litauer aus ihrem Gewässer gekommen sind, gibt es keinen Grund anzunehmen, dass sie in ihren Hoheitsgewässern bleiben werden, wenn wir uns ihnen nähern.«

»Nein, Sir. Aber ich kann mir nicht vorstellen, dass sie sich wirklich mit uns anlegen wollen. Unsere Torpedos sind besser, und wir haben auch genügend Material in der Luft, um sie aus der Distanz ausschalten zu können. Mir ist klar, dass ihre Dieselboote schwer zu finden sind, aber wenn sie sie hinausschicken, damit sie sich am Spiel beteiligen, selbst wenn es nur für eine Sekunde ist, werden wir sie auslöschen. Das wissen sie, und deshalb kommt es für sie nicht infrage, das zu tun.«

»Ihr Optimismus in allen Ehren, aber auf Logik können Sie sich hier nicht verlassen. Ich bin mir sicher, die Kapitäne der Kilos wissen, dass wir bessere Waffenplattformen haben als sie. Aber wir wissen nicht, welche Befehle sie von oben bekommen haben. Durchaus möglich, dass Moskau den Kilos in genau diesem Moment den Befehl durchgibt, Hurra zu brüllen und uns eine volle Ladung in den Bauch zu jagen.«

Der Lieutenant nickte bedrückt. Damon Hart war ein Absolvent des neuen Naval Surface and Mine Warfighting Development Center, einer Spitzenausbildung für junge Offiziere der Überseekriegsführung, für die nur die Allerbesten ausgewählt wurden. Sie erhielten ein Training, das ihre Fähigkeiten noch weiter verbessern sollte. Danach wurden sie zur Flotte zurückgeschickt, mit der Mission, die Marine-Kriegsführung in der gesamten Navy auf eine neue Stufe zu heben.

Hart war der Waffenoffizier der *James Greer,* kurz

»Weps« genannt. Als »Warfare Tactics Instructor« hatte er dafür zu sorgen, dass jeder mit Seekriegführung befasste Offizier auf dem Schiff genauestens über jede einzelne Waffe des Feindes, seine Taktik und Verfahrensweisen Bescheid wusste und auch die Navy-Doktrin für das Aufspüren und die Vernichtung von unterseeischen Bedrohungen genauestens kannte. Die Tatsache, dass Hart sich mit allen Details der feindlichen Waffen auskannte, bedeutete nicht unbedingt, dass er auch die Psychologie des Feindes verstand. Sein Kapitän wollte daher nur sicherstellen, dass Hart auf den Krieg vorbereitet war. Denn der Krieg folgte nicht immer dem gesunden Menschenverstand oder gar rationalem Verhalten.

Hagen fügte hinzu: »Weps, Sie sind der für die U-Boot-Kriegsführung am besten ausgebildete Offizier in der Flotte, und Sie sind auf meinem Schiff. Ich werde Sie so scharf herannehmen, dass Ihnen die Ohren bluten, bis diese Sache hier vorbei ist, und Sie werden jeden gnadenlos antreiben, auch mich selbst, wenn nötig, damit wir diese Russen auf die richtige Weise bekämpfen. Haben wir uns verstanden?«

»Jawohl, Sir.«

»Gut. Die Kilos griffen alle vier Schiffe letzte Nacht bei Dunkelheit an. Das heißt nicht zwangsläufig, dass sie wieder bis nach Einbruch der Dunkelheit warten, aber sie werden auf jeden Fall versuchen, jeden nur denkbaren Vorteil für sich zu nutzen. Wenn sie erneut zuschlagen, wird es vielleicht erst nach Anbruch der Nacht sein. Deshalb will ich, dass Sie sich bis dahin ausruhen.«

Wenig später saß Hart in der Offiziersmesse und futterte. Er hatte sich allein in eine stille Ecke gesetzt, ein halb gegessenes Hähnchen-Salat-Sandwich auf dem Teller und zwei große Taschenbücher auf dem Schoß. Das untere war ein zerlesenes Exemplar der RP 33, des *Fleet Oceanographic and Acoustic Reference Manual*, einer Art Bibel der

Untersee-Wissenschaft aus der Perspektive eines Praktikers der U-Boot- und Anti-U-Boot-Kriegsführung. Hart kannte das verdammte Buch mehr oder weniger auswendig, hatte es aber immer zur Hand, um schnell nachschlagen zu können.

Darüber lag die neueste Ausgabe der *Introduction to Physical Oceonography*. Während er sein Sandwich kaute, schlug er darin bestimmte Informationen über den Salzgehalt der Ostsee nach, die er möglicherweise in diesem Teil des Meeres benötigen würde.

Hart plante, ein paar Stunden lang weiterzulesen, um seinem Gehirn so gut wie möglich jede Information einzuprägen, die er benötigte, um ein Untersee-Zielobjekt in diesen Gewässern verfolgen zu können. U-Boot-Kriegsführung verläuft sehr schnell, manchmal zählt jede Sekunde. Wenn sie heute Nacht tatsächlich auf ein Kilo stießen, wollte Hart auf keinen Fall mit zwei zerfledderten Büchern in der Hand gesehen werden, in denen er erst einmal nachschlagen musste, was zu tun sei.

Erst 18 Stunden war es her, seit die Infiltration russischer Speznastruppen mit Truppentransportzügen begonnen hatte. Zwar blieben die militärischen Ergebnisse weit hinter der Zielsetzung zurück, die die Russen für ihre Operation festgelegt hatten, und auch in den letzten 18 Stunden waren sie dem Ziel nicht mehr näher gekommen. Aber mit Blick auf die litauische Bevölkerung hatte der Plan die erwünschte katastrophale Wirkung. Gerüchte über Bataillone von Russen in der Hauptstadt wurden in Windeseile über Radio und Fernsehen, über die sozialen Netze sowie durch die ausländische Presse verbreitet.

Wie so oft bei späten Eilmeldungen lagen die medial verkündeten Wahrheiten und die Realität ziemlich weit auseinander. Um sieben Uhr morgens wurden die Russen am Flughafenterminal und beim Tower bei einem Feuergefecht mit den vereinigten Kräften der litauischen Anti-Terror-Einsatzgruppe ARAS und einer Eliteabteilung der litauischen Spezialeinsatztruppe überwältigt. Die Russen hatten das bessere Training und sich in soliden Verteidigungspositionen festgesetzt, aber die Litauer waren ihnen zahlenmäßig und mit Blick auf die Ausrüstung überlegen; außerdem verfügten sie über sehr große Vorräte an Tränengas.

In dem dreistündigen Gefecht kamen einundzwanzig Russen ums Leben; die Litauer allerdings verloren fünfundvierzig Mann, vor allem in der Anfangsphase des Angriffs und bei einem katastrophalen Gegenangriff, der von den gut motivierten, aber völlig deklassierten Sicherheitstrupps des Airports vorgetragen wurde.

Aufgrund der Schäden an der Radaranlage auf dem Dach des Terminals und der zähen Tränengaswolke, die im Treppenhaus des Towers hing, blieb der Flughafen fast den ganzen Tag über geschlossen. Aber als die Russen erst einmal die Kontrolle über die Flughafenanlage verloren hatten, sahen sich die russischen Truppentransporter, die im Osten über Weißrussland Warteschleifen flogen, gezwungen, mitsamt ihren Luftlandetruppen zum Flughafen in Smolensk zurückzukehren.

Die Speznas-Operation, durch die bestimmte Engpässe in der Hauptstadt temporär unter Kontrolle gebracht werden sollten, verlief erfolgreicher als die Operation am Flughafen. Hier gelangten mehr als vierzig Mann zu ihren Zielpunkten und richteten im morgendlichen Berufsverkehr ein Chaos an, als kleinere Feuergefechte zwischen russischen Alpha-Gruppen und der litauischen Polizei offenbar überall in der Stadt aufflammten.

Aber auch hier erreichte die russische Operation ihre Ziele nicht. Die Einheit hatte den Befehl bekommen, zwei Stunden lang in den Straßen der Stadt für Chaos zu sorgen und sich dann zu einem großen, bewaldeten Parkgelände im Norden der Stadt zurückzuziehen, wo eine Gruppe von speziell für diese Mission ausgebildeten serbischen Paramilitärs mit gestohlenen Fahrzeugen, Kleidung, medizinischer Ausrüstung und sonstigem Nachschub wartete. Die Serben waren schon eine Woche zuvor mit Touristenvisa eingeschleust worden, und noch zwölf Stunden bevor der russische Militärtransportzug im Land ankam, hatten die Serben die Nachricht abgesetzt, dass alles bereit sei. Aber als die sechsundzwanzig überlebenden Soldaten der russischen Spezialtrupps am Treffpunkt auf dem Parkplatz am Rand des Waldes ankamen, fanden sie dort nur sechs Serben in drei Fahrzeugen und nur sehr wenig Ausrüstung und Nachschub vor. Immerhin konnten die Serben mit einer plausiblen Erklärung für das Scheitern ihrer Mission aufwarten: Sie seien am Vorabend von litauischen Polizeikräften überfallen worden, wobei ein Dutzend ihrer Leute getötet oder verwundet worden seien.

Als die Überreste der russischen und serbischen Speznas versuchten, aus dem Park abzurücken, stellte sich ihnen eine Abteilung der litauischen Landwehr entgegen, schlecht ausgebildete und noch schlechter ausgerüstete junge Männer, die nur ihre zahlenmäßige Überlegenheit auf ihrer Seite hatten.

Bei dem folgenden Blutbad tötete der vereinigte russisch-serbische Speznastrupp mehr als fünfzig litauische Freiwillige, erlitt aber selbst ebenfalls hohe Verluste. Als den wenigen überlebenden Speznas, allesamt Russen, die Munition ausging, zogen sie sich blutend und praktisch geschlagen in den Park zurück.

71

Lieutenant Colonel Rich Belanger hatte den größten Teil seines ersten vollen Tages damit verbracht, in einem LAV-25 herumzukurven, einem der vierachsigen Radpanzer seines Aufklärungszugs, und die Vorbereitungen seiner Marines zu überprüfen. Er hielt an sämtlichen Kompanieposten seiner Abteilung an, um mit jedem Kompaniechef persönlich zu sprechen.

Die Stellung der India-Kompanie, genannt »Diesel«, war ein altes Bauernhaus; die Männer hatten sich ganz in der Nähe am Waldrand eingegraben. Der Kommandoposten der Kilo-Kompanie, genannt »Sledgehammer«, lag hinter der Frontlinie mit einer Panzerreserve, bereit, einen Gegenangriff einzuleiten, sollte dies befohlen werden. Die Lima-Kompanie, genannt »Havoc«, lag weiter südlich von den anderen Stellungen im Wald in für Überfälle geeigneten Positionen. Sie hatte freien Blick auf die E28, die wichtigste Ost-West-Autobahn. Der gesunde Menschenverstand besagte, dass die Russen diese Straße für einen direkten Vorstoß auf Vilnius benutzen würden.

Die Waffeneinheit, die auf das Rufzeichen »Vandal« hörte, hatte ihre schweren M2-Maschinengewehre Kaliber .50 unter den drei anderen Kompanien verteilt und ihre 120-Millimeter- und 81-Millimeter-Mörser ein gutes Stück hinter dem Bataillon in Stellung gebracht, bereit, über die eigenen Linien hinweg einen wahren Stahlhagel auf den russischen Vorstoß niedergehen zu lassen. Vandals

Kompaniechef würde während des Gefechts vom Darkhorse-Kommandostand aus seine Geschütze, einschließlich der Flugabwehrraketen und der Mörser, befehligen. Im selben Kommandostand hatte der Aufklärungsoffizier von Darkhorse gerade das satellitengestützte Kommunikationssystem hochgefahren und getestet und war nun dabei, die neuesten Aufklärungsdaten von EUCOM herunterzuladen.

Bis zum frühen Nachmittag war Lieutenant Colonel Belanger, dessen Funkrufzeichen »Darkhorse Six« lautete, zuversichtlich, dass sein Bataillon kampfbereit war. Aber seine Sorge ging weit über die 1200 Mann hinaus, die seinem Befehl unterstanden. Kleine, sporadisch auftretende Gruppen der litauischen Landmiliz unternahmen überall im östlichen Landesteil immer wieder Vorstöße, ohne sich, soweit Belanger erkennen konnte, groß um die Zielvorgaben oder Anweisungen der ihnen zugeordneten Verbindungsoffiziere zu scheren.

Die Operationen der litauischen Landwehr erstreckten sich von den südlich von Vilnius liegenden Gebieten über die halbe Strecke zur lettischen Grenze. Besondere Sorgen bereitete es Belanger, dass die alten Fahrzeuge der Milizionäre die Straßen verstopfen könnten, wenn sie versuchten, in die Grenzregionen zu gelangen, oder, was noch schlimmer wäre, dass Ströme ziviler Flüchtlinge mit ihren Autos vor dem russischen Vorstoß tiefer ins Landesinnere zurückzuweichen versuchten. Sollte Belanger zu rascher Aktion gezwungen sein, würde das seinen Vorstoß beträchtlich behindern und verlangsamen.

Und das war nur eine seiner vielen Sorgen an diesem Tag. Der für Belanger zuständige USMC-Colonel, der Kommandant der Schwarzmeer-Rotationstruppe, hatte seinem Aufklärungsoffizier eine Menge zusätzlicher Pflichten zur Informationsbeschaffung aufgehalst. Eine der wichtigsten war, das Regiments-Hauptquartier der Rotationstruppe stets mit den neusten Informationen aus Vilnius auf dem Laufenden zu halten.

Den ganzen Morgen über und bis in den Nachmittag hinein gab Belangers eigener Aufklärungsoffizier Informationen an das Regiment in Stuttgart weiter, wonach eine Gruppe feindlicher Speznas in einem russischen Militärzug ins Land eingedrungen sei und sich nun daranmache, in der Hauptstadt mit Sabotageaktionen für Chaos zu sorgen.

Schließlich rief der Aufklärungsoffizier Belanger in seinem LAV C2 an, als dieser gerade zwischen den Stellungen seiner Kompanien herumfuhr, und erklärte ihm, die Berichte der litauischen Armee würden allmählich immer deutlicher mit den Nachrichten übereinstimmen, die sie im Internet und über CNN zu sehen bekämen. Vom ursprünglichen russischen Infiltrationstrupp am Bahnhof seien nur ein paar Saboteure übrig geblieben; diese seien jedoch aus der Stadt vertrieben worden und hätten sich in die Wälder im Norden der Stadt zurückgezogen. Ihre Rolle bei der ersten Infiltration Litauens schien damit zu Ende zu sein.

Im Fernsehen präsentierte die litauische Regierung ein paar Dutzend russische Gefangene, die vor dem Flughafen standen. Ihre Niederlage war klar zu sehen; sie ließen den Kopf hängen, und ihre Hände waren hinter dem Rücken mit Plastikbändern gefesselt.

Belanger musste nur einen Blick auf sie werfen, um zu erkennen, dass es sich um Männer der Alpha-Gruppe handelte, den besten Truppen, die Russland im Angebot hatte. Die meisten Laien in Litauen nahmen den Sieg über die russischen Kommandos als Beweis dafür, dass ihr kleines Land mit allem fertigwerden könne, was ihnen die Russen servierten. Aber der Lieutenant Colonel der Marines sah diese Nachrichten viel nüchterner.

Ihn machte die Tatsache stutzig, dass die Russen einfach hundert Männer der Alpha-Gruppe opfern konnten, um einen Vorstoß ins Zentrum Litauens auszuführen, bevor der Krieg auch nur richtig begonnen hatte; in seinen Augen war das kaum besser als eine Selbstmordmission. Was wiederum bedeutete, dass Russland Tausende verschiedener Speznas-Soldaten der GRU und des Innenministeriums an den Frontlinien einsetzen konnte. Das waren Truppen, mit denen er es mit Sicherheit in den nächsten Stunden oder Tagen zu tun bekommen würde, denn ihm war vollkommen klar, dass noch viel mehr dieser schwarz gekleideten Hundesöhne direkt jenseits der Grenze vor ihm bereitstanden.

Über die Informationskanäle traf die Nachricht ein, dass irgendwelche Analysten im Pentagon einen Abschnitt der weißrussischen Grenze von fast 70 Kilometern Länge identifiziert hätten, in dem die russische Armee ihre Kräfte zusammenzog; das sei wahrscheinlich der Abschnitt, an dem die Russen die Grenze überschreiten würden. Weiter nach Norden oder Süden würden sie in Gebiete gelangen, die weitab von befahrbaren Straßen lagen oder zu weit von Vilnius, ihrem Hauptziel, entfernt.

Innerhalb dieser Zone gab es vier Hauptarterien, die über die Grenze führten. Zwar benötigten russische Panzer keine geteerten Straßen, um angreifen zu können, aber die Infanterie, der Nachschub und die schwere Artillerie waren auf Trucks angewiesen und würden daher notwendigerweise eine oder mehrere dieser Straßen benutzen müssen. Somit lag nahe zu vermuten, dass der Angriff von einem dieser Gebiete aus erfolgen würde. Ohne die Infanterie, die Artillerie und einen ständigen Nachschub würden die Panzer in den dichten Wäldern und der zerklüfteten Landschaft Litauens mit ihren Äckern und Wiesen harte Zeiten erleben.

Damit ließ sich der Ort des Vorstoßes sogar noch weiter eingrenzen, folgerten Belanger und sein Aufklärungsoffizier. Da Belanger sein Darkhorse-Bataillon bereits in drei eigenständige Einheiten aufgeteilt und in drei wohlüberlegten Positionen in der Nähe der vier Straßen in Stellung gebracht hatte, waren sie auf dieses Szenario vorbereitet.

Natürlich würde eine Schützeneinheit eine russische Invasion in Divisionsstärke nicht aufhalten können. Aber Belanger musste jemanden in Bereitschaft haben, der den Feind in ein Gefecht verwickeln konnte, während die Aufklärungsoffiziere die Satellitendaten überprüften, um bestätigen zu können, dass es sich dabei *wirklich* um die Speerspitze des russischen Vorstoßes handelte.

Der Abend dämmerte schon, als der Anruf von EUCOM dann endlich kam, auf den er seit zwölf Stunden wartete. Das in Luftfahrzeugen installierte Echtzeit-Video-Überwachungssystem hatte Aufnahmen der feindlichen Truppen in Weißrussland geliefert, aus denen ersichtlich wurde, dass der Vorstoß zur Grenze begonnen hatte und dass er an zwei Stellen gleichzeitig erfolgen würde: von der anderen Seite der Grenze in der Nähe der litauischen Stadt Magunai im Norden, und weiter südlich entlang der Autobahn E28, die von der weißrussischen Hauptstadt Minsk nach Vilnius führte.

Damit war Lieutenant Colonel Belanger sofort klar, dass sein Bataillon an zwei Fronten zu kämpfen haben würde, die fünfzig Kilometer auseinanderlagen. Obwohl es ihm zutiefst widerstrebte, würde er seine Kräfte aufspalten müssen.

Eine Hälfte der dürftigen litauischen Widerstandstruppen befand sich größtenteils bereits am Grenzübergang der E28 in Stellung; das war die kürzeste Entfernung von Weißrussland nach Vilnius, weshalb das Gebiet bereits von Landwehrkräften verteidigt wurde, die mit 105-Millimeter-Haubitzen aus dem Zweiten Weltkrieg, ein paar neueren 155-Millimeter-Haubitzen aus Deutschland und Dutzenden von Mörsern unterschiedlichen Gewichts ausgerüstet waren. Tausende Soldaten saßen bereits in den Gräben und in Sandsackbefestigungen entlang der Straßen, aber der umliegende Raum war weit offen, sodass die russischen Panzer über Felder und Wiesen auf die Hauptstadt zurollen konnten.

Belanger war klar, dass sie direkt über die Litauer hinwegpflügen würden, sofern die Verteidiger nicht eine Menge Unterstützung von Darkhorse bekamen.

Nein, die landeseigene Verteidigung würde keinesfalls ausreichen, trotzdem beschloss Belanger, seine India-Kompanie, ebenso eine Teileinheit seiner Waffen-Kompanie, ein paar Panzer und die Cobra-Kampfhubschrauber im Süden an den vom EARLY-SENTINEL-Einsatzprogramm vorgegebenen Positionen zu belassen. Jeder Panzerabwehrrakete, jedem Mörser, jedem schweren Maschinengewehr und jeder Schützeneinheit waren ein zehnstelliges Grid und Daten für indirektes Feuer zugewiesen worden. Kampfgräben wurden ausgehoben, Kriegsgerät wurde unter Deckung gelegt, und für die Maschinengewehre und Schwerwaffen wurden Entfernungsskizzen erarbeitet, um die Verteidigungsstellungen mit detaillierten Angaben zur Zielentfernung zu unterstützen.

Die Kilo- und Lima-Infanterieeinheiten sowie mehrere schwere Waffen sowie Panzerabwehrraketen und -geschosse von der Waffen-Kompanie wurden weiter nördlich nach Magunai verlegt, wo ihnen überall in der Stadt sowie in nahe gelegenen Bauernhöfen und Wäldern Verteidigungspositionen zugewiesen wurden. Lima lag weiter vorn, in Sichtweite der weißrussischen Grenze, während Kilo im Südwesten blieb und sich als Belangers Gegenangriffstrupp bereithielt oder den ganzen Weg zur südlichen Front rasen sollte, um im äußersten Notfall India zu unterstützen.

Belangers Aufklärungsoffizier stellte fest, dass die nördliche Zone, wo der russische Grenzüberschritt erwartet wurde, von den Litauern praktisch nicht verteidigt wurde. Was wiederum bedeutete, dass es dort hauptsächlich an den Marines liegen würde, den russischen Angriff aufzuhalten.

Belanger verlegte seinen Frontkommandoposten in eine Unterstützungsposition hinter seiner Lima-Kompanie, dann ordnete er an, dass die Fliegerleitoffiziere sowie ein paar JTACs – Joint Terminal Attack Controllers, die er von anderen Einheiten erbettelt hatte – in vorgeschobenen Positionen auf sämtliche befestigten Stellungen seiner Kompanie verteilt wurden.

Gegen neun Uhr abends wurden die Marines der India-Kompanie in ihren südlichen Positionen von ihren litauischen Partnern informiert, dass sie jenseits der Grenze zahlreiche Lichter gesichtet hätten, welche offenbar von Hunderten Fahrzeugen stammten. Und im Norden, in der Nähe der Lima-Zone und Belangers Kommandoposten, war ein Leuchten zu sehen, das sich breit über die sanft gewellten Äcker erstreckte. Dort bezogen offenbar die russischen Panzereinheiten Position.

Belanger selbst stand zu diesem Zeitpunkt im Chemieraum im zweiten Stock einer mit Brettern vernagelten Grundschule in Magunai, so dicht an der Frontlinie, wie ein gefechtsführender Kommandant nur sein durfte. Die vordersten Elemente seines Bataillons, seine Kundschafter-Scharfschützen, lagen in Prienai, knapp zwei Kilometer weiter östlich, aber seine Haupttruppe war überall um ihn herum in den Straßen, Häusern, Läden und draußen in den Höfen des winzigen Weilers verteilt. Seine schweren und mittelschweren Mörser standen einen Kilometer auf einem unbefestigten Feldweg hinter ihm, gut getarnt hinter einem Baumdickicht.

Glaubte man den Schätzungen der Aufklärung, mochten direkt vor Darkhorse bis zu achtzig russische T-90-Panzer stehen. Jeder einzelne Panzer war mit neuesten

Feuerleitcomputern, Nachtsicht- und Wärmebildgeräten, Reaktivpanzerung und einem Periskop mit Tag- und Infrarotnachtkanal ausgestattet, das eine Sichtweite von bis zu zehn Kilometern ermöglichte. Belanger hatte seinerzeit die anti-sowjetische Militärdoktrin genau studiert, und in dem bevorstehenden Kampf würde er alles Wissen dringend brauchen, das ihm die alten Hasen in den Panzerabwehrkursen der Marines vermittelt hatten. Die meisten dieser Veteranen hatten im Golfkrieg gegen Panzer der zweiten T-72-Generation gekämpft. Verdammt, er selbst hatte eine Menge T-72 mit eigenen Augen gesehen, als er gegen die Aufständischen im Irak kämpfte, aber alle waren ausgebrannt und von den Widerständlern vollkommen leer geräumt gewesen.

Belanger war sich deshalb bewusst, dass er im Grund nur ein einziges Element auf seiner Seite hatte. Dasselbe Element, das seinen Armeebrüdern damals in Bastogne den Arsch gerettet hatte: die wunderbare, immer wieder aufs Neue verblüffend wirkungsvolle Unterstützung aus der Luft durch die amerikanische Air Force und die Luftwaffen der Koalition. Harriers, F-18, Cobra und Apache-Kampfhubschrauber standen ihm für seine Aufgaben zur Verfügung. Und jetzt, wo es im Osten immer heller wurde, war er sich verdammt sicher, dass er schon sehr bald eine Menge Arbeit für sie haben würde.

Eine Stimme kam aus dem Funkgerät im Rucksack seines Funkers.

»Havoc Six, Banshee Two, over?«

Belanger und sein Einsatzoffizier hatten sich gerade eine digitale Karte angesehen, aber Belanger drehte sich sofort um, als er den Funkspruch hörte. Banshee Two war, wie er wusste, eines seiner besten Scharfschützenteams und wurde von Sergeant McFarland befehligt. Das Team lag in einem Wäldchen neben einem offenen Feld in Stellung, zwei Kilometer von den Verteidigungsstellungen der

Lima-Kompanie in Prienai und einen Kilometer von Belangers eigener Position im vorgeschobenen Kommandoposten entfernt.

Limas Kompaniechef war ein Bursche namens Ludlow; sein Rufzeichen war Havoc. Belanger hörte sich Ludlows Antwort an.

»Banshee Two, hier Havoc. Six actual hört.«

»Roger. Frage: Erbitte Bestätigung von Six actual, dass sich südwestlich von Phasenlinie Rot keine eigenen Luftfahrzeuge befinden.«

»Roger, Banshee, hier ist Six actual. Verstanden und bestätigt. Darkhorse-Fires sagt, alle eigenen Luftkräfte stehen an ihren FARPs oder startklar auf den Startbahnen.« Damit bestätigte der Lima-Kompaniechef, dass alle eigenen Hubschrauber auf ihren vorgeschobenen Einsatzpunkten und die Flugzeuge startbereit auf den Startbahnen stünden.

»Verstanden. In diesem Fall, Achtung: Kontakt, ein feindliches unbemanntes Flugobjekt. Drohne fliegt in östlicher Richtung und überquert Phasenlinie Weiß. Wird Phasenlinie Rot in ungefähr drei Minuten überqueren. Flughöhe 200 Meter. Fluggeschwindigkeit ungefähr 25 Stundenkilometer.«

Belanger hörte weiter zu, als Ludlow noch ein paar Fragen über die Drohne stellte. Ihr Verhalten, ob sie groß genug war, um Waffen zu tragen, oder ob es nur eine feindliche Aufklärungsdrohne sei.

Nachdem er dem Gespräch noch ein paar Minuten gelauscht hatte, stieß Belanger einen langen, frustrierten Seufzer aus und nahm seinem Funker das Headset ab. »Banshee Two, hier Darkhorse. Können Sie mit SASR angreifen?«, fragte er, womit er das Scharfschützengewehr M82 Kaliber .50 meinte.

»Negativ, Sir. Ihre Fluggeschwindigkeit ist viel zu hoch. Schlage vor, entweder eine unserer mannschaftsbedienten Waffen zu verwenden oder eine Stinger abzuschießen. Sonst wird die Drohne in ungefähr zwei Mikes freie Sicht auf alle eigenen Positionen der Lima-Kompanie haben.«

Belanger antwortete sofort. »Banshee Two, Darkhorse hat alles verstanden. Setzen Sie Ihre Mission fort, scannen Sie alle Aktivitäten in Ihrer Zone und berichten Sie auf diesem Netz. Trennung, Trennung. Vandal Three, hier ist Darkhorse Six.«

Vandal Three war die MG-Einheit, die der India-Kompanie zugeteilt war.

»Vandal Three hört«, kam die Stimme des MG-Truppführers.

»Sehen Sie die Drohne?«

»Positiv, Darkhorse.«

Belanger zögerte keine Sekunde. »Schießen Sie das Ding ab.«

Belanger glaubte fast, das Grinsen im Gesicht des MG-Schützen hören zu können, als er über Funk antwortete: »Vandal Three hat alles verstanden. Feuer frei. Zeit jetzt.«

Das tiefe Wummern der M2 echote durch den Wald bis zum Dorf hinüber. Das MG feuerte in kurzen Stößen zu je fünf Schuss. Pause. Dann feuerte es noch einmal. Belanger konnte die Stellung selbst nicht sehen, wusste aber, dass der Schütze die »Four-in-One«-Munition benutzte, bei der jeweils vier Geschosse im Verbund mit einem Leuchtspurgeschoss abgefeuert wurden, um dem Schützen eine bessere Zielfindung zu ermöglichen. Das war die Art von Feuerdisziplin, die er seinen Kompaniechefs und Zugführern immer gepredigt hatte. Er dachte kurz nach, versuchte sich zu erinnern, wer hinter der Waffe stehen mochte. Er kannte zwar seine Leute ziemlich gut, aber es waren eben doch sehr viele, daher brauchte er manchmal eine Weile, bis er sich an einen einzelnen Mann erinnerte.

Doch, ja: Das musste Sergeant Ascherbrock sein, der diese MG-Sektion führte. Ascherbrock kannte sich mit dem ganzen Scheiß bestens aus.

Nach gerade einmal zehn Sekunden verstummten die Feuerstöße.

»Darkhorse Forward an Darkhorse Six«, meldete sich Sergeant Ascherbrock.

»Hier Darkhorse Six, ich höre.«

»Roger, Sir. Drohne ist ausgeschaltet, ging in dem Feld einen Klick westlich von unserer Position nieder. Brauchen Sie ein Grid?«

»Negativ, wir haben die Positionsangaben.«

Belanger nickte und erlaubte sich ein leichtes Lächeln. Die Männer, die hier oben bei ihm im vorgeschobenen Darkhorse-Kommandoposten standen, boxten die Fäuste in die Luft.

Der Lieutenant Colonel verdrehte die Augen. »Glückwunsch, Leute, aber drehen wir das doch eine Stufe runter. Wir haben gerade mal ein winziges Staubkörnchen im riesigen Arsenal der Russen weggepustet.«

Der Aufklärungsoffizier meinte: »Mit irgendwas müssen wir anfangen, Sir, und ich habe nichts dagegen, wenn wir den Russen ein paar Augen auskratzen.«

»Weiß ich, zum Teufel, aber ich wette, die Videofeeds führen ihnen in diesem Moment unsere Frontlinien in Technicolor vor.«

»Spielt keine Rolle, Sir, diese Scheißkerle haben gerade einen Darkhorse-Kick in den Arsch gekriegt.«

Belanger unterdrückte ein Kichern. Wenn er diese Nacht überlebte, würde er sie wohl nie mehr vergessen.

Sein Lachen dauerte nicht lange, weil er wusste, was nun kommen würde, und es kam sofort.

Das Kreischen heranfliegender Raketen füllte ihm die Ohren.

72

Seit sechs Tagen lag Martina Jaeger ihrem Bruder unablässig in den Ohren, dass sie sich zu Tode langweile, weil es in Amsterdam für sie nichts zu tun gebe. Braam hatte sie jedes Mal mit dem wenig hilfreichen Hinweis zu trösten versucht, dass sie Abwechslung genug gehabt habe, schließlich habe sie in sämtlichen Technoclubs in der Stadt abgefeiert, in den besten Restaurants gegessen und sich die besten Drogen reingezogen. Außerdem sei sie jeden Tag neunzig Kilometer übers Land geradelt und habe ihr Gewehr im Schießstand schrottreif geschossen.

Das sei ja alles richtig, hatte sie erwidert, aber sie hätte sich in den vergangenen Wochen so sehr an die knallharten Operationen für die Russen gewöhnt, bei denen sie und Braam Rücken an Rücken hatten kämpfen müssen, dass ihr die auftragslosen Zeiten total öde und sinnlos vorkämen.

Sie brauche endlich wieder mal echte Action.

Braam allerdings genoss es, wieder in Amsterdam zu sein. Er trainierte täglich in seinem Fitnessclub und lieferte sich Ringkämpfe im örtlichen Dojo, radelte mit seiner Schwester übers Land und lag im Übrigen stundenlang vor dem Fernseher. Das lässige Leben würde er noch eine weitere Woche ganz gut aushalten können, bevor ihn eine ähnliche Rastlosigkeit überkam, die sich bei Martina schon seit dem zweiten Tag zu Hause zeigte.

Dennoch freute er sich, vor allem für seine Schwester, als er an diesem Abend in seinem WhatsApp-Postfach eine Textnachricht entdeckte. Er wusste sofort, dass sie von den Russen kommen musste, und dass sie keinen Kontakt aufnahmen, um sich nach dem Wetter in Amsterdam zu erkundigen, war ja wohl ebenfalls klar.

Nein – er und seine Schwester würden wohl einen neuen Auftrag bekommen.

Braam öffnete die Nachricht und las sie durch. Er selbst war mit dem Auftrag zufrieden, aber Martina würde wohl erst einmal herumzicken und ein bisschen Überredung brauchen.

Er rief aus seinem Zimmer zu ihr hinüber: *»Goed nieuws, zus!«* Gute Nachricht, Schwesterchen. »Sie wollen, dass wir noch mal auf die Jungferninseln fliegen.«

Martina stöhnte verärgert auf. »Nein! Sag ihnen, das kommt nicht infrage. Wir waren grade eben erst dort, und es war mindestens genauso todlangweilig wie hier.«

Braam las ihr die Nachricht laut vor. »›Wir möchten, dass Sie sofort auf die Britischen Jungferninseln zurückkehren, um eine laufende Operation zu unterstützen.‹« Braam blickte auf. Martina war inzwischen hereingekommen und ließ sich übertrieben gelangweilt auf das Sofa fallen. »Klingt so, als würde es dieses Mal mehr Action geben.«

Martina setzte sich aufrecht. »Für mich hört sich das nicht so an. Wenn es eine nasse Operation wäre, würden sie das Ziel ganz klar nennen. Das haben sie bisher immer getan.«

Braam zuckte die Schultern. »Ich frage erst mal nach den Einzelheiten.«

»Mach, was du willst, aber ohne mich.«

Braam tippte ein paar Sätze ein, wobei ihm Martina vom Sofa aus zusah. Die Russen antworteten sofort. Braam las ihr die Antwort vor. »Das Management sorgt sich über gewisse feindliche Akteure im Umfeld, die versuchen, unsere Operation zu infiltrieren. Ihre Expertise ist erwünscht, um die Bedrohung zu eliminieren.« Braam blickte Martina an. »Na bitte. Ganz klar eine nasse Operation.«

»Nein, es ist noch so eine bescheuerte Babysitter-Operation.«

»›Die Bedrohung eliminieren‹? Was sollte das sonst bedeuten?«

Sie betrachtete ihren Bruder eine Weile nachdenklich, seufzte und rollte sich so theatralisch vom Sofa, wie sie sich hatte hineinfallen lassen. Ihr Bruder kannte sie und wusste, dass sie mit dem Auftrag nicht zufrieden war, ihn aber trotzdem übernehmen würde.

»Es bedeutet entweder, dass er jemanden eliminieren lassen will, oder dass ich *ihn* eliminiere, weil er meine Zeit vergeudet.«

Braam zuckte die Schultern. »Ich jedenfalls freue mich, dass wir noch einmal auf die Jungferninseln zurückkehren. Dieses Mal solltest du wirklich den Anegada-Hummer versuchen. Allein der ist die Reise wert.«

Martina Jaeger legte in gespielter Fassungslosigkeit den Kopf schief. »Ist doch idiotisch, nur für ein Abendessen um die halbe Erde zu fliegen! Aber wenn man den Trip macht, um jemanden umzunieten und dafür auch noch gut bezahlt zu werden – *das* ist die Reise wert.«

»Ich lasse dich auf den Abzug drücken, wenn du mir meinen Hummer lässt. Dann haben wir beide unser Vergnügen.«

Sie zauste ihrem Bruder das Haar, als sie an ihm vorbeiging, um in ihrem Schlafzimmer ihre Sachen zu packen.

Jack Ryan junior schlief tief bis Mittag, dick in die Decke gewickelt und ein großes Kissen über dem Kopf, um das Tageslicht abzuschirmen. Er hatte allein die Nachtschicht übernommen, acht langweilige Stunden Nachtwache, um den beiden, die gerade erst aus Litauen eingetroffen waren, Gelegenheit zu geben, Schlaf nachzuholen. Aber jetzt waren sie wach und munter, während er im hinteren Zimmer ihrer Wohnung im zweiten Stock auf einem der beiden Doppelbetten lag.

Die Zielperson hatte den Nachmittag im Hotel verbracht, sich dann aber am Abend wieder sinnlos betrunken. Durch sein Spektiv hatte Jack sogar einen Blick auf den Mann werfen können, der in der Hotelbar saß, obwohl ihm die Videoaufzeichnung der Überwachungskamera im Hotel im Wesentlichen dieselbe Information lieferte. Aber es war trotzdem ein gutes Gefühl, hier zu sein, keine hundert Meter von Salvatore entfernt, nachdem er drüben in Virginia den Mann tagelang nur aus 5000 Kilometern Entfernung hatte beobachten können.

Die ganze Nacht lang hatte Jack auf seinem Computer mit halbem Ohr die BBC-Nachrichten verfolgt, um stets darüber informiert zu sein, was in Litauen los war. Natürlich hätte er lieber die Nachrichten angeschaut, aber er benutzte nachts in einer sicheren Wohnung niemals den Fernseher, um zu vermeiden, dass das flackernde Licht durch die Vorhänge schien und womöglich die Aufmerksamkeit von Leuten in den umstehenden Gebäuden erregte, die mit Gegenüberwachung beschäftigt waren.

Aber BBC-Radio war eine gute Informationsquelle, und als Jack gegen sieben Uhr morgens ins Bett fiel, war bestätigt worden, dass die US-Marines und litauischen Landstreitkräfte in schwere Gefechte mit den russischen Truppen verwickelt waren, die in die kleine baltische Nation eingedrungen waren. Die Flugzeuge der Air Force und der Navy flogen unablässig Einsätze, und selbst Polen mischte sich inzwischen ein und schickte F-16-Jäger, MiG-29 und sogar alte Su-22-Flugzeuge los, die Angriffe auf Raketenabschussbatterien in Kaliningrad flogen.

Jack fragte sich, ob die amerikanischen Flugzeuge keine Schwierigkeiten damit hatten, Freund und Feind auseinanderzuhalten, da die aus russischer Produktion stammenden MiGs auf beiden Seiten Einsätze flogen.

Die BBC-Experten im Radio hatten sich überrascht gezeigt, dass die russische Invasion ausschließlich aus östlicher Richtung erfolgt war. In der russischen Oblast Kaliningrad standen schließlich rund 25 000 kampfbereite Soldaten, die nur darauf warteten, von Westen her einzumarschieren, aber bisher waren sie auf ihrer Seite der Grenze geblieben. Ein paar Experten hielten es nur für eine Frage der Zeit, bis sie nach Osten vorstießen, aber manche verkündeten eine andere Lehrmeinung. Russland, dozierten sie, müsse damit rechnen, dass sich die Nato irgendwann einschalte, und die russische Führung glaube daher, dass Kaliningrad von Vergeltungsschlägen der Nato verschont bleiben würde, wenn die Invasion ausschließlich von Weißrussland aus erfolgte.

Als Chavez und Caruso aufwachten, reichte Jack ihnen eine Tasse Kaffee und fasste für sie die Nachrichten über Litauen zusammen. Dann erzählte er ihnen, dass sie, während sie schliefen, hier in Brüssel absolut nichts verpasst hätten. Kurz danach legte er sich selbst schlafen und hoffte, später ausgeruht und einsatzbereit zu sein, wenn Salvatore endlich etwas unternahm, egal was, damit sich die Reise nach Brüssel für die drei Amerikaner wenigstens lohnte.

Er hoffte sehr, dass das später am Tag geschehen würde, und drückte sich noch beim Einschlafen die Daumen.

Er hatte ungefähr vier Stunden lang geschlafen, als ihn jemand am Bein rüttelte. Sofort fuhr er aus dem Schlaf hoch, ballte die Fäuste und riss den rechten Arm zum Hieb zurück.

»Hey, entspann dich, Mann. Ich bin's nur.«

Jacks schlaftrunkene Augen fokussierten sich auf Dominic, der im abgedunkelten Schlafzimmer neben dem Bett stand. Er trug eine schwarze Jacke und eine braune Rollmütze. »Es geht los. Salvatore hat gerade einen Anruf bekommen. Klang so, als könnte es sein russischer Kontakt gewesen sein.«

Jack stieg eilig in seine Jeans und lief aus dem Zimmer. Ding wartete im Wohnzimmer auf ihn. Auch Chavez trug eine dunkle, gefütterte Jacke und eine schwarze Strickmütze. Die Autoschlüssel lagen neben ihm auf dem Tisch am Fenster.

»Hör dir das an«, sagte Chavez und startete eine Audiodatei auf seinem Laptop. Eine Stimme mit schwerem Akzent sagte auf englisch: »Gehen Sie zum Sofitel Brussels Europe, vierter Stock. Dort werden Sie jemanden treffen, der Ihnen weitere Anweisungen gibt. Warten Sie im Flur.«

Eine andere Stimme antwortete, die Jack sofort erkannte: Salvatore. »In Ordnung. Wo ist es?«

»Nehmen Sie ein Taxi. Der Fahrer wird wissen, wo es ist. Zehn Minuten von Ihrem Hotel entfernt.«

»Bin schon unterwegs.«

Ding blickte durch das Spektiv am Fenster zur Straße. Es war auf den Haupteingang des Stanhope weiter oben in der Straße fokussiert. »Er steigt gerade in ein Taxi. Wir müssen uns beeilen.«

Jack stieg hastig in seine Tennisschuhe, schlüpfte in seine braune Lederjacke und zog eine graue Skullcap über die Haare.

Alle drei bewaffneten sich mit ihren Smith & Wesson M&P Shield 9-Millimeter-Pistolen und schoben sie in die verdeckten Holster unter den Hemden. Jeder hatte auch ein Erste-Hilfe-Pack und zwei Reservemagazine mit jeweils acht Patronen dabei.

Ihre Rucksäcke standen fertig gepackt an der Wohnungstür. Innerhalb von knapp 30 Sekunden rannten die drei Campus-Agenten die Treppe hinunter. Draußen auf dem Parkplatz hinter dem Gebäude stiegen sie in ihren schwarzen Audi Q3. Chavez setzte sich ans Steuer, Caruso auf den Beifahrersitz, während Jack hinten saß. Dom und Jack öffneten sofort ihre Laptops.

Während sie losfuhren, schickte Jack eine SMS an Gavin. »Gästeliste, Sofitel Hotel. Abgleich mit Daten aller bekannten Kontakte von Michail Grankin, von Andrej Limonow und von sonstigen bekannten FSB-Agenten, Kreml-Leuten oder dem russischen organisierten Verbrechen.«

Jack wusste, dass Gavin bereits umfassende Datenbanken der bekannten Beteiligten der verschiedenen Akteure angelegt hatte, deren Namen bei dieser Operation irgendwann aufgetaucht waren. Außerdem verfügte Gavin auch über eine sehr große und gut gepflegte Datenbank der bisher bekannt gewordenen Personen des russischen organisierten Verbrechens. Schon nach 20 Sekunden bestätigte Gavin, dass er Jacks Anforderung erhalten hatte.

Während Jack auf Gavins Antwort wartete, rief er die Webseite des Sofitels auf und schaute sich die Liste der Konferenzen an, die dort in den nächsten paar Tagen stattfinden sollten. Eine Sitzung der Sponsorengruppe eines örtlichen Symphonieorchesters. Eine Konferenz über Gentherapie. Nichts, was für einen Paparazzo oder für einen russischen Geheimagenten interessant sein könnte.

Chavez meinte: »He, Jack, ich weiß nicht, ob das wichtig ist, aber wir fahren im Moment praktisch durch das Herz der Europäischen Union.«

Jack blickte vom Display auf. In der Nähe ragte das gewaltige Berlaymont-Gebäude in die Höhe, der Sitz der Europäischen Kommission. Auf der anderen Straßenseite fuhren sie am Charlemagne-Gebäude vorbei, einem weiteren Bürokomplex der EU.

Dom sagte: »Vielleicht ist das, was wir suchen, gar nicht im Hotel. Das ist womöglich nur der Treffpunkt. Vielleicht planen sie eine Art Überwachungsoperation irgendwelcher EU-Institutionen.«

Jack zuckte die Schultern. »Schon möglich. Aber hier könnte es Tausende Ziele für russische Spionage geben. Bestimmt würden sie jedes einzelne Büro im Umkreis von zehn Straßenblocks ausspionieren, wenn sie nur könnten. Wir müssen einfach abwarten, bis wir herausfinden, welchen Auftrag Salvatore ausführen soll.«

Gavin rief an; Jack meldete sich sofort. »Hast du etwas für mich, Gavin?«

»Nichts, rein gar nichts, Ryan, tut mir leid. Wenn irgendein uns bekannter Akteur aus der russischen Spionageszene oder einer seiner Kontakte im Hotel abgestiegen ist, hat er unter einer Legende eingecheckt, die noch von keinem der Five-Eyes-Geheimdienste markiert wurde.«

»Scheiße. Okay, Gav. Ich melde mich später noch mal.« Noch während er redete, sah Ryan weitere hohe Gebäude an sich vorüberziehen. Das Lex-Gebäude, ein weiteres ultramodernes Hochhaus der Europäischen Union, ragte über ihnen in die Höhe. Davor hatte sich eine kleine Gruppe Demonstranten versammelt, die irgendwelche Plakate in den Händen hielten. Jack konnte sie zwar nicht entziffern, aber sie brachten ihn auf einen Gedanken. »Warte! Bist du noch dran?«

Gavin Biery hatte noch nicht aufgelegt. »Ja. Was gibt's?«

»Vergiss mal kurz die Russen. Schau doch mal nach, ob irgendein bekannter Kumpel von Salvatore im Hotel abgestiegen ist. Jemand von diesen Protestgruppen, mit denen er zu tun hat. Greenpeace, Globalisierungsgegner, solche Typen.«

»Scheiße, Ryan, das wird eine Weile dauern. Diese Daten kann ich nicht auf Knopfdruck aufrufen wie die über die Russen.«

»Es ist wichtig, Gavin. Wir können uns die Arbeit teilen, wenn du mir die Hälfte der Namenslisten schickst.«

»Nein, ich versuche erst mal was anderes. Ich packe die Gästeliste in eine Datei und gleiche sie mit den Interpol-Datenbanken ab. Mal sehen, ob jemand dabei ist, der schon mal verhaftet wurde. Dann kann ich die Einzelergebnisse überprüfen, um zu sehen, warum sie verhaftet wurden. Derzeit sind ungefähr zweihundertzwanzig Gäste im Hotel abgestiegen, also gib mir ungefähr …«

Gavin unterbrach sich plötzlich. Dann sagte er voller Staunen: »Na, wer hätte das gedacht.«

»Was ist?«

»Zimmer 514 im Sofitel. Gebucht auf den Namen Luigi Vignali.«

Jack hatte den Namen schon mal gehört. »Warte … aber das ist Salvatores echter Name!«

Jetzt klang Gavins Stimme einfach nur verblüfft. »Genau. Aber was meinst du … wieso bucht er zwei verschiedene Hotelzimmer? Was soll das denn?«

Jack dachte kurz nach; er wusste, dass die Zeit sehr knapp wurde. Er hatte selbst gehört, wie Salvatore die Nachricht empfing, zum Sofitel zu gehen, und dass er offenbar nicht gewusst hatte, wo sich das Hotel befand. Es ergab einfach keinen Sinn, dass er dort ein Zimmer unter seinem Namen gebucht haben könnte, zusätzlich zu dem, das er im Stanhope belegte.

Jack blickte plötzlich auf. Das Hotel lag direkt vor ihnen.

»Das bedeutet, dass Salvatore direkt in eine Falle läuft«, sagte er. »Jemand rief ihn an, damit er zu diesem Hotel kommt. Ein Hotel, in dem der Anrufer bereits ein Zimmer auf Salvatores Namen gebucht hat. Und damit bringt er Salvatore mit diesem Hotel in Verbindung.«

»Aber wer könnte das sein?«, fragte Chavez.

Plötzlich drehte sich Caruso zu Jack um und starrte ihn an. »Der Anschlag auf den Flüssiggastanker in Litauen!«

»Was ist damit?«

»Dort wurde eine Leiche angetrieben, eine Taucherin. Die Litauer dachten, sie sei nur eine Strohpuppe gewesen. Bestimmt hat sie selbst geglaubt, es sei eine der Aktionen ihrer Protestbewegung. In Wirklichkeit wurde sie von den Russen dorthin gelockt und dann umgebracht. Um die Spur zu verwischen, dass die ganze Sache von Anfang an eine Operation des russischen FSB war.«

Jack hatte zwar von dem Bombenanschlag in Klaipėda gehört, kannte aber keine Einzelheiten. Dieser Sache war er nicht nachgegangen. Soweit er wusste, hatte sie nichts mit seiner eigenen Operation zu tun. »Willst du damit sagen, Salvatore sei von jemandem hierhergerufen worden, um ihn als Sündenbock für einen weiteren Anschlag zu benutzen?«

»Ja. Wir wissen doch, dass ihn die Russen schon einmal benutzt haben.«

Jack blickte wieder auf das Display und gab »Brüssel Konferenzen« und das heutige Datum ein.

Ein erster Blick zeigte ihm, dass mehr als zwei Dutzend Meetings oder Konferenzen in Brüssel stattfanden, die meisten in Räumen, die sich in den verschiedenen Gebäuden hier im Europaviertel befanden. Er scrollte die Liste langsam durch, las jeden einzelnen Eintrag, doch plötzlich blieb sein Blick an einem Ergebnis hängen. »Heute Morgen begann die European Oil and Gas Conference. Hier steht, es sei das Jahrestreffen mit dreihundert Teilnehmern, Männer und Frauen, die allesamt ganz oben in der europäischen Öl- und Gasbranche tätig sind, sowie viele Minister vom ganzen Kontinent.«

»Wo findet es statt?«, erkundigte sich Caruso.

Jack tippte den Namen des Veranstaltungsorts in Google Maps ein. Während er das Ergebnis studierte, bog Chavez in den Parkplatz an der Place Jourdan ein, direkt vor dem Eingang des Sofitel.

Jack blickte vom Laptop auf. »Das Konferenzzentrum liegt direkt neben dem Sofitel. Hinter der Ecke rechts von uns.« Er hielt das Telefon ans Ohr. »Gavin, schick mir den Echtzeit-Feed vom vierten Stock des Hotels.«

Nichts tat sich auf Jacks Laptop. »Gavin?«

Gavin meldete sich über das Telefon. »Ich komme nicht ran. Hat da jemand die Feeds gehackt? Nein, das kann es nicht sein … Ah … Das gesamte System der Überwachungskameras im Hotel ist ausgefallen. Das muss physisch von jemandem im Hotel ausgeschaltet worden sein. Jungs, ich weiß nicht, was da los ist, aber seid vorsichtig, wenn ihr reingeht.«

Die drei Amerikaner stiegen hastig aus dem Audi. Keiner hatte eine Ahnung, was sie im vierten Stock des Hotels erwartete. Nur eines war ihnen völlig klar: Salvatore war nicht in das Hotel gegangen, um Fotos von Berühmtheiten zu schießen.

73

Salvatore setzte sich auf die Kante des Sofas, das mitten in der Hotelsuite stand. Blanke Verwirrung stand in seinem Gesicht geschrieben. Er hatte nicht die geringste Ahnung, was hier abging, nur den vagen Verdacht, dass man ihn irgendwie hereingelegt hatte und dass er sich jetzt in ziemlich großen Schwierigkeiten befand.

Noch vor drei Minuten hatte er wie befohlen draußen auf dem Flur gewartet, als sich eine der Zimmertüren geöffnet hatte und eine attraktive Brünette herausgekommen war. Sie trug einen blauen Blazer mit passendem blauem Rock, hatte ihn angelächelt und ihn an der Hand genommen.

Er war verwirrt gewesen, aber eher angenehm verwirrt, denn er dachte, dass er sie vielleicht von irgendwoher kannte, und außerdem hatte sie so glücklich ausgesehen.

Sie hatte ihn in das Wohnzimmer der großen Suite geführt, aus der sie gekommen war, und hatte ihm erklärt, dass sie für denselben russischen Agentenführer arbeite, der auch Salvatore kontaktiert habe, und dass das, was sie hier in Brüssel zu tun hätten, für die Umwelt ein großer Schritt vorwärts sei.

Für die Umwelt?

Sie behauptete, sie wüsste Bescheid über die Arbeit, die er in der Vergangenheit geleistet habe. Die Demonstrationen, seine Verhaftungen. Bestimmt würde er noch mehr tun wollen?

Salvatore nickte zerstreut, schließlich war er mehr an seiner Bezahlung interessiert als am Schutz der Umwelt. Erst jetzt blickte er sich in der geräumigen Suite um. Die Möbel waren umgestellt worden; ein Tisch und ein Stuhl standen an der Wand neben der Schlafzimmertür zu seiner Rechten, unter einer weißen Flagge, die an die Wand geheftet worden war. Auf der Flagge wurde der Planet Erde als globusförmiges Gewirr von ineinander verschlungenen Pipelines dargestellt, aus dem oben ein Ölförderturm herausragte. Ein roter Blutstropfen fiel unten aus dem kugelförmigen Erdgebilde zum unteren Rand der Flagge und schwebte direkt über der Schrift *Le Mouvement pour la Terre.*

Salvatore blinzelte überrascht, als weitere Leute aus dem Schlafzimmer neben der Flagge in den Wohnraum kamen. Die Männer trugen dunkle Anzüge mit Krawatte, die Frauen konservative Geschäftskostüme. Alle waren jung, niemand schien älter als fünfunddreißig zu sein, aber ansonsten sah er keinerlei Ähnlichkeiten zwischen ihnen. Eine der Frauen war schwarz, eine zweite Asiatin. Von den sechs bewaffneten Männern trugen die meisten kurz geschnittene Bärte, nur ein paar waren glatt rasiert. Salvatores Fotografenblick registrierte fast automatisch, dass ein paar Frauen ausgesprochen attraktiv waren.

Er zählte zehn Personen, die nun locker verteilt im Raum standen.

Er hätte die Waffen nicht zu sehen brauchen, die an der Wand neben der Schlafzimmertür lehnten, um zu wissen, was hier los war, aber sie bestätigten seine Vermutung und verstärkten die mulmigen Gefühle in seinem Magen. Es handelte sich um zehn Gewehre, die alle irgendwie ähnlich aussahen – professionelle Sturmgewehre. Von Waffen hatte Salvatore keine Ahnung, aber das war hier auch gar nicht nötig, denn die Flagge an der Wand sagte ihm etwas über das, was hier vor sich ging. Denn die Flagge war so etwas wie das fehlende Teilchen des Puzzles.

Salvatore war sich sicher, dass er die Gruppe und die Flagge schon einmal gesehen hatte. Im Fernsehen.

Die Explosion des Flüssiggastankers in Litauen war von genau dieser Gruppe von Männern und Frauen herbeigeführt worden – ein Ereignis, das den Krieg ausgelöst hatte, der gerade begonnen hatte, keine zwei Tagesfahrten mit dem Auto von der Stelle entfernt, an der er jetzt saß. Die Spanierin, die ihn ins Zimmer geführt hatte, war die maskierte Frau gewesen, die das Statement im Fernsehen verlesen hatte, mit dem die Gruppe die Verantwortung für den Angriff übernahm. Er hatte ihre Stimme sofort wiedererkannt. Salvatore verfolgte die internationalen Nachrichten nicht besonders eifrig, aber *diese* Story hatte man wirklich nicht verpassen können.

Während die anderen schweigend im Raum standen, setzte sich die Spanierin neben ihn auf die Couch. Sie erklärte ihm, sie hätten eine Mission und er, Salvatore, sei von ihrem »russischen Sponsor« auserkoren worden, sich ihnen anzuschließen. Sie würden ihm ihre Mission enthüllen, sobald sie eine Video-Pressemitteilung aufgezeichnet hätten.

Aber in Wahrheit brauchte Salvatore diese Enthüllung nicht: Er kannte ihre Mission, vielleicht sogar besser als sie selbst.

Salvatores russischer Kontakt hatte ihn die ganze Woche über damit beschäftigt, das Gebäude und die Umgebung des Albert Borschette Congress Center zu fotografieren, sich mithilfe seines Presseausweises Zutritt zu Konferenzen zu verschaffen, die dort gerade stattfanden, und die Sicherheitsvorkehrungen, die Platzierung der Videokameras, sogar die Dicke der Wände und die Beschaffenheit der Deckenverkleidung zu dokumentieren.

Die ganze Woche über war ihm klar gewesen, dass die Russen etwas mit dem Borschette Congress Center planten, aber er hatte sich nur gedacht, dass sie das Center vielleicht verwanzen oder ihre eigenen Kamerasysteme für die bevorstehende Europäische Öl- und Gaskonferenz installieren wollten.

Jetzt erst wurde ihm klar, dass die Männer und Frauen, die den LNG-Tanker in die Luft geblasen hatten, Teil dieses ganzen Arrangements waren, und natürlich wusste er auch, dass sie sich hier in einem Hotel aufhielten, das direkt neben dem Konferenzzentrum lag. Und jetzt endlich begriff er ohne den geringsten Zweifel, was geschehen würde. Sie würden einen terroristischen Anschlag verüben, genau hier, genau jetzt, und er würde bei der ganzen Sache Mitwisser und Mittäter sein.

Er sprang auf, so schnell, dass er damit einige der Männer und Frauen überraschte, aber eben nicht alle. Ein paar stürzten sich sofort auf ihn, packten ihn an den Armen und versuchten, ihn wieder auf die Couch zurückzustoßen. Aber der plötzliche Adrenalinstoß, der durch Salvatores Adern schoss, war so stark, dass er sich losreißen konnte und dabei zwei der Frauen zu Boden stieß.

Er rannte zur Tür, riss sie auf und riss sich zugleich von mehreren Händen los, die ihn von hinten zu packen versuchten.

Er war schon halb in den Flur hinausgestolpert, als er den groß gewachsenen Mann erblickte, der vor ihm mitten im Flur stand und eine Pistole direkt auf seine Stirn richtete.

Der Italiener hob die Hände; Hände packten ihn von hinten und zerrten ihn wieder in das Hotelzimmer zurück.

Jetzt wurde er vollends von Panik überwältigt. Mit Armen und Beinen wild um sich schlagend, versuchte er zu schreien, aber eine starke Männerhand wurde auf seinen Mund gepresst.

Dann spürte er einen scharfen Stich, als ihm die Nadel einer Spritze in den Unterarm gestoßen wurde. Er versuchte, den Arm wegzureißen, aber die Spanierin warf sich mit ihrem ganzen Körpergewicht auf ihn und hielt sein Handgelenk fest gepackt, sodass er den Arm nicht mehr bewegen konnte. Fassungslos starrte Salvatore auf seinen Arm: Einer der Männer drückte auf die Spritze, und eine klare Flüssigkeit verschwand unter seiner Haut.

Und Sekunden später verflog Salvatores Horror, seine Angst und sein Entsetzen wichen einem Gefühl unendlicher Ruhe. Er wusste, dass sie ihm Heroin injiziert hatten, und er wusste auch, dass dieser Schuss vermutlich stark genug war, um ihn ins Nirwana zu schicken, aber es fühlte sich schon jetzt sehr angenehm an, weshalb er sich einfach entspannte und die Augen schloss.

Während Ding den Lift nahm, rannten Dom und Jack die Gästetreppe zum vierten Stock hinauf. Keiner hatte die Waffe gezogen, aber alle drei hatten die Jacken geöffnet und ihre Hemden über den Gürtel gezogen, um jederzeit schnell an die verdeckten Holster zu kommen, falls es nötig werden sollte.

Die beiden Cousins hatten die Treppe hinter sich und spähten vorsichtig um die Ecke in den Flur. Jack beugte sich zuerst vor; er sah einen langen Flur vor sich, der am anderen Ende im rechten Winkel abbog. Niemand war zu sehen, weshalb er den Flur entlangrannte, dicht gefolgt von Dom. Am Ende des Flurabschnitts spähte er wieder vorsichtig um die Ecke. Chavez winkte ihm vom anderen Flurende zu. Er hatte die Waffe gezogen und deutete auf eine Zimmertür.

Jack und Dom liefen leise zu ihm und gingen hinter ihm in Deckung. Ding hielt die Pistole auf die Tür gerichtet und erklärte flüsternd: »Habe einen Mann gesehen, in den Vierzigern, im Geschäftsanzug. Bewaffnet, hat auf jemanden im Zimmer gezielt. Den konnte ich aber nicht sehen. Dann ist er eingetreten und hat die Tür hinter sich geschlossen. Von drinnen kommen Geräusche. Mehrere Personen, glaube ich.«

Den Campusleuten war sofort klar, was zu tun war. Sie gingen rechts von der Tür in einer taktischen Formation in Stellung, mit Ding an der Spitze. Er streckte die Hand aus und versuchte, die Tür zu öffnen, aber sie war verschlossen.

Ding nickte Jack zu, der in die Hocke ging und sich bis unter das Schlüsselloch schob. Dort holte er Gavins Entriegelungsgerät heraus und schob die Karte durch den Kartenleseschlitz. Ein Tastendruck auf dem Gerät aktivierte die Karte.

Als die Diode am Schloss grün aufleuchtete, drückte Dom den Türgriff herab. Jack kroch schnell auf seine Position am Ende der Dreierformation zurück, und dann stürmten alle drei in die große Suite.

Zuerst sahen sie Salvatore, der bewegungslos auf einem Sofa lag, das mitten im Raum stand. Rechts vom Sofa stand eine sehr große Gruppe von maskierten und bewaffneten Leuten vor einem grellen Licht. Vor der ihnen gegenüberliegenden Wand stand eine Kamera, die ein unmaskierter Mann in Geschäftsanzug gerade auf die Gruppe ausrichtete.

Die drei Amerikaner waren mitten in die Aufzeichnung eines Videos geplatzt.

Die Campusleute hatten nicht ahnen können, was sie in der Hotelsuite vorfinden würden, die auf den Namen Luigi Vignali gebucht worden war – aber keiner von ihnen hatte damit gerechnet, sich plötzlich zehn Leuten gegenüberzusehen, die mit Sturmgewehren in den Händen für eine Gruppenaufnahme posierten.

Chavez, Caruso und Ryan stürmten mit schussbereit

erhobenen Pistolen in den Raum. Aber die rechts von ihnen stehenden Männer und Frauen – Ding konnte schier nicht fassen, mit wie vielen Bewaffneten sie es hier zu tun bekamen – hielten alle AK-47 mit klappbaren Schäften in den Händen. Als sie hörten, dass die Tür aufflog, drehten sie sich verblüfft um.

Instinktiv wollte Chavez sie anbrüllen, sofort die Waffen fallen zu lassen, aber schon einen Herzschlag später wurde ihm klar, wie sinnlos das wäre. Das hier war irgendein terroristischer Outfit, und schon ihre ersten spontanen Reaktionen ließen keinen Zweifel daran, dass sie sich nicht auf Verhandlungen einlassen würden.

Nein, das hier war ein Feuergefecht – und alles, was bisher fehlte, war das Feuer.

Doch schon war aus dem hinteren Teil der Gruppe das harte Knacken einer Kalaschnikow zu hören, was auch die letzte Hoffnung beiseitefegte, dass sich die Leute überreden lassen würden, auf Waffengewalt zu verzichten.

Der erste Campusmann, der feuerte, war Chavez, hauptsächlich deshalb, weil er als Erster in den Raum gestürmt war. Er traf einen großen Mann direkt in die Brust, der an die Wand geschleudert wurde. Die anderen rissen die Gewehre hoch, während sie sich gleichzeitig auf den Boden fallen ließen. Caruso schoss auf den älteren Mann im Anzug, der sich gerade hinter dem Kamerareifuß niederkauern wollte; die Kugel erwischte ihn von hinten in der Schulter. Er warf sich auf den Boden und verschwand durch die Badezimmertür auf der linken Seite der Suite.

Als Jack in den Raum stürmte, fand er sich bereits unter Beschuss. Ein 5,45-Millimeter-Geschoss riss einen großen Holzsplitter aus der Türzarge, der in Jacks Gesicht flog. Trotzdem schaffte er es, über die Couch hinweg zu feuern und einem der Bewaffneten, die dahinter Deckung gesucht hatten, eine Kugel in die Brust zu jagen.

Doch dann eröffneten alle anderen AKs das Feuer, sodass die Zimmertür zu einem tödlichen Trichter wurde. Alle drei Amerikaner warfen sich auf den Boden und krochen hastig rückwärts aus dem Zimmer.

Im Flur blieben sie so tief wie möglich am Boden, während über ihnen die Kugeln in Mauern und Türrahmen einschlugen und ein Hagel von Putz und Holzsplittern auf sie niederging.

Und dann kam die Explosion. Ein gewaltiges BUMM!, das eine enorme Wolke aus Rauch und Trümmern durch die Tür blies, über die drei Amerikaner auf dem Boden hinweg wallte und sie zwang, ihre Köpfe mit beiden Händen zu schützen, als nun auch große Putzstücke von der Flurdecke herabprasselten.

Chavez hatte den Eindruck, dass es sich um eine improvisierte Sprengladung gehandelt hatte. Die Gewalt der Detonation war viel größer, als von jeder Granate oder RPG zu erwarten gewesen wäre, die er jemals gehört hatte, selbst wenn man den geschlossenen Raum einer Hotelsuite berücksichtigte.

Es dauerte mindestens zehn Sekunden, bis sich der Staub so weit gelegt hatte, dass man etwas sehen konnte. Jack wagte einen schnellen Blick um die Türzarge herum in den Raum. Kaum konnte er durch all den Rauch weit genug ins Zimmer blicken, als ihm auch schon ein großer, heller Schein auffiel, der von der Wand hinter dem Sofa zu kommen schien. Seltsam, dass er ihn zuvor noch nicht bemerkt hatte.

Er blinzelte den Staub aus den Augen, wartete ein paar Sekunden, bis sich Staub und Rauch noch weiter gelegt hatten, dann schaute er noch einmal hin. Erst jetzt wurde ihm klar, was er da sah.

Die Explosion hatte ein Loch in die Wand hinter der Couch gerissen, groß genug, mit einem Kleinwagen hindurchzufahren.

Und alle Maskierten samt ihren Waffen waren verschwunden.

Die Sicherheitsvorkehrungen bei der Europäischen Konferenz für Öl und Gas im Albert Borschette Congress Center waren dieses Jahr besonders streng. Unter den dreihundert Teilnehmern befanden sich Minister aus ganz Europa sowie die Bosse von milliardenschweren Energiekonzernen.

Die politische Dimension des Großereignisses trug noch weiter zur Verschärfung der Sicherheitsvorkehrungen bei. Abgesehen von den typischen Demonstrationen der Umweltschützer, die bei sämtlichen gesamteuropäischen Treffen von Energiepolitikern und Unternehmern längst üblich waren, hatten auch die jüngsten Konflikte in der Ukraine und in Litauen größte Sorge um die Sicherheit der Teilnehmenden ausgelöst.

Um sie gewährleisten zu können, hatte die belgische Polizei uniformierte Polizisten und Spezialtaktik-Teams abkommandiert. Außerdem hatte die EU externe Firmen mit der Sicherung des Veranstaltungsorts beauftragt.

Beim Betreten und Verlassen des Kongresszentrums mussten die Teilnehmenden nicht nur durch die Sicherheitsschranken; auch ihre Taschen wurden durchsucht. Sie erhielten Kunststoff-ID-Badges und mussten sich von Bombenspürhunden beschnüffeln lassen.

Im Europa des Jahres 2016 musste man eben im Interesse der Sicherheit auch so manche Unannehmlichkeiten erdulden.

Überall im Center genossen die Konferenzteilnehmer die letzten Minuten der Mittagspause, bevor um ein Uhr die erste Nachmittagssitzung beginnen sollte. Im Atrium checkten die Männer und Frauen ihre E-Mails oder unterhielten sich im Coffeeshop. Andere standen außerhalb der verglasten Lobby in den ausgewiesenen Raucherzonen.

Alle achteten immer auf ihre Badges, ohne die sie angesichts der strengen Sicherheitseinrichtungen nicht mehr ins Hauptgebäude zurückkehren konnten.

Und Dutzende hielten sich in den Toilettenanlagen in den drei unteren Stockwerken auf.

Der riesige Konferenzraum war daher zu weniger als einem Drittel gefüllt, als eine drei mal zwei Meter große Sektion der Südwand hinten im Saal nach innen explodierte und ziegelsteingroße Trümmerteile über zwanzig Meter weit über die Tische herabprasselten, auf denen Bedienstete gerade die Getränke für die Nachmittagssitzung bereitstellten.

Natürlich reagierten die Männer und Frauen im Saal auf die Explosion, die meisten verfielen zunächst in eine Art Schockstarre, andere reagierten eher mit einer Mischung aus Überraschung und Ungläubigkeit als aus tatsächlicher Angst. Welcher Terrorist würde denn schon eine Bombe in einer Wand deponieren und sie dann in einem kaum besetzten Konferenzsaal detonieren lassen?

Erst der Anblick der maskierten Gestalten in ihren Anzügen und Krawatten, die nun in dem Loch erschienen und über die Trümmer in den Saal stiegen, machte den Konferenzteilnehmern klar, was geschah. Eine Kellnerin, die gerade an dem der Explosion nächststehenden Tisch neue Wasserflaschen bereitgestellt hatte, wurde brutal über den Tisch geschleudert und blieb blutüberströmt liegen. Die Maskierten stiegen über sie hinweg, als sie durch das Loch kamen, ohne auch nur einen Blick auf die leblose Gestalt zu ihren Füßen zu werfen. Vielmehr richteten sie sofort ihre Sturmgewehre auf den großen Saal vor ihnen.

Sekunden später knatterten ihre Gewehre los, und überall im Saal brach Panik aus.

Nun stiegen auch maskierte Frauen in Geschäftskostümen durch das Loch und gingen durch die Staubwolken in den Saal hinein. Eine Konferenzteilnehmerin, die zu früh zu ihrem Tisch gekommen war, ging hinter einem umgestürzten Stuhl in Deckung, aber eine der bewaffneten Frauen in einem blauen Kostüm hob eiskalt die Waffe und erschoss sie aus nächster Nähe.

Aber als sie die vielen leeren Tische sahen, wurde den acht Bewaffneten sofort klar, dass sie ihre Aktion zu früh begonnen hatten. Ein paar Angreifer stürmten deshalb zum Saalausgang und hinaus ins Atrium des Konferenzzentrums.

Nun stiegen auch die beiden letzten Maskierten durch das Loch und benutzten dann die Reste der Backsteinmauer als Deckung, um die drei mit Pistolen bewaffneten Männer in Schach zu halten, von denen sie in der Hotelsuite überrascht und damit zu dem verfrühten Angriff auf das Konferenzzentrum gezwungen worden waren.

74

Ding Chavez nutzte die dichte Rauch- und Staubwolke als Deckung, um weiter in die Suite zu stürmen. Er schwenkte sofort nach links, in Richtung Badezimmer, in das sich der ältere Mann mit der Kugel in der Schulter kurz zuvor gerettet hatte.

Er fand den Mann auf dem Boden neben der Toilette. Ein Detonator lag neben ihm auf den Marmorfliesen; Toilettensitz, Boden und sogar die Wand dahinter waren blutverschmiert. Der Mann versuchte gerade, die Blutung an der Schulter mit einem Handtuch notdürftig zu stoppen, als Chavez ihn überraschte.

Der Mann griff sofort nach seiner blutverschmierten Handwaffe; Ding brüllte: »Nein!«

Aber schon hob der Mann die Waffe. Ding jagte ihm eine Kugel direkt ins Gesicht.

Außerhalb der Suite kauerten zwei Maskierte mit ihren AKs hinter dem unteren Mauerrest des Explosionslochs. Sie hielten die Waffen über den Lochrand und feuerten praktisch blind auf den Eingang der Suite, hinter dem Dom und Jack in Deckung standen. Ding sah, was die Maskierten planten, und erkannte, dass sie noch gar nicht bemerkt hatten, dass er sich bereits im Badezimmer befand. Er schlich aus dem Bad und zur hinteren Wand.

Dort blieb er kurz stehen, außer Sicht der Männer, die durch das gezackte Loch in der Ziegelsteinmauer von der Seite des Kongresszentrums aus in die Suite schossen. Sie befanden sich ungefähr sieben Meter von ihm entfernt, aber bevor er sich ihnen nähern konnte, musste er dafür sorgen, dass seine eigenen Leute wussten, was er plante.

Ding hatte nicht vor, durch das Loch zu stürmen und die Männer anzugreifen, solange die Gefahr drohte, dass Caruso oder Jack ihre Pistolen um die Türzarge streckten und blind auf das Explosionsloch feuerten.

In diesem Moment beugte sich Jack kurz aus der Deckung und zielte auf das Loch. Dabei entdeckte er Ding hinten in der linken Ecke des Raums. Jack nickte ihm zu, dann korrigierte er seine Schusslinie ein wenig, als plötzlich die beiden Terroristen aufstanden, die AKs im Anschlag.

Jack feuerte dreimal, traf einen der Männer in die Hand, ging aber dann blitzschnell wieder in Deckung, als der andere Maskierte zurückschoss.

Das war Chavez' Chance. Er steckte die Pistole ins Holster, schlich geduckt an der Wand entlang und kroch schließlich auf Händen und Knien weiter, bis er direkt unter dem Loch ankam. Dort rollte er sich auf den Rücken, zog die Pistole erneut und wartete.

Sekunden später tauchte der Lauf einer AK direkt über ihm in dem großen Loch auf, keinen Meter von Chavez' Gesicht entfernt.

Er zog die Strickmütze vom Kopf, wickelte sie als eine Art Topfhandschuh um die linke Hand, griff nach oben und riss den heiß geschossenen Lauf der AK nach vorn, sodass der Schütze aus dem Gleichgewicht gerissen wurde. Als er die Waffe unter Kontrolle hatte, richtete er sich auf und hielt dem verblüfften Mann die kleine Pistole direkt unter das Kinn.

Mit einem einzigen Hohlspitzgeschoss blies Ding dem Terroristen praktisch den Kopf weg.

Er riss die AK aus den plötzlich kraftlos gewordenen Händen.

Hinter ihm, von der Tür her, hörte er Dom brüllen: »Du bist gesichert!«

Jetzt stürmten auch die beiden anderen Amerikaner in die Suite und zum Explosionsloch hinüber. Dom und Jack setzten mit einem Sprung über den Mauerrest hinweg; Jack entdeckte den Mann, den er in die Hand getroffen hatte. Der Mann saß mit gekreuzten Beinen auf dem Boden und versuchte verzweifelt, die AK-Schulterstütze von der unbrauchbar gewordenen rechten Seite zur linken Schulter zu verlagern.

Jack gab ihm zwei weitere Kugeln, womit sein Magazin allerdings leer geschossen war.

Dom rief Jack zu: »Nimm seine AK, aber gib mir deine Reservemagazine.«

Jack entriss dem Toten die Kalaschnikow und folgte seinem Cousin. Er hatte nur noch ein Reservemagazin für die Pistole übrig, das er nun unter dem Hemd hervorzog und Dom zuwarf, während sie durch den riesigen Konferenzsaal rannten. Sie orientierten sich am Lärm der Schüsse, die offenbar direkt hinter dem Durchgang zum Atrium abgegeben wurden. Dom lud nach und rannte weiter, Chavez hinter sich lassend.

Die 25-jährige Spanierin Nuria Méndez war die Anführerin des Earth Movement. Der heutige Angriff sollte der Höhepunkt ihres politischen Engagements sein; er sollte der Öl- und Gasindustrie einen vernichtenden Schlag versetzen – ein Angriff, der größer und wichtiger war als der Anschlag in Litauen vor zweieinhalb Wochen.

Wie in Litauen klopfte ihr Herz voller Stolz, dass sie die Ehre hatte, an diesem Ereignis mitzuwirken, obwohl sie das ursprünglich nicht geplant hatte. Wie schon in Klaipėda hatte ihr russischer Sponsor auch für diesen Anschlag alles bis ins letzte Detail vorbereitet und arrangiert. Er hatte sogar die anderen Mitglieder ihres Teams ausgewählt. Ein paar Männer dieser Gruppe – genau genommen sogar alle, wie ihr erst allmählich klar geworden war – waren gar keine Umweltschützer. Sie waren irgendwelche Profikiller aus Osteuropa, die ihre Befehle von den Russen bekamen.

Nuria war das völlig egal; sie war froh, diese Männer an ihrer Seite zu wissen. Nur das Endergebnis zählte – heute würden die Leute, die die europäischen Ölpipelines kontrollierten und damit die natürlichen Lebensräume der Erde zerstörten, leiden und sterben müssen, und um dieses Ziel zu erreichen, würde sie sogar mit dem Teufel persönlich paktieren.

Sie rannte durch das Atrium und schoss auf einen Mann, der gerade in einen der vom Atrium wegführenden Flure zu fliehen versuchte; ihre Kugel ging knapp über seinen Kopf hinweg. Nuria selbst war keine trainierte, erprobte Terroristin, aber clever genug, sich jetzt darüber klar zu werden, dass all die Versprechungen, die ihr der russische Wohltäter im Hinblick auf den Ablauf des Anschlags gegeben hatte, nichts als Lügen gewesen waren. Da saßen keine dreihundert Männer und Frauen im Saal, die »brav wie Lämmer auf die Schlachtung« warteten. Stattdessen rannte sie jetzt eine Rolltreppe hinunter, weit entfernt von dem fast leeren Konferenzsaal, wo doch die kollektive Hinrichtung der Umweltsünder hätte stattfinden sollen, und bemühte sich verzweifelt, die große, ungewohnte Waffe trotz ihrer heftigen Rückstöße unter Kontrolle zu halten. Tatsächlich hatte sie bisher mit ihren Schüssen höchstens vier Leute erwischt – ein schwacher Abglanz der vielköpfigen Trophäengalerie, die man ihr in Aussicht gestellt hatte.

Sie konnte nur hoffen, dass die Osteuropäer irgendwo in diesem riesigen Tagungskomplex ein echtes Blutbad unter den verbrecherischen Männern und Frauen anrichteten.

In diesem Moment blickte sie nach links und sah die großen Glastüren, die in eine Art Lobby führten. So weit sie von der Rolltreppe zum ersten Stock sehen konnte, saßen dort, in einem relativ eng begrenzten Raum, Dutzende Männer und Frauen in der Falle.

Sie drehte sich um und rannte die Rolltreppe hinauf – von oben würde sie freien Schuss auf all diese Verbrecher haben.

Jack Ryan junior rannte einen Flur im zweiten Stock entlang, wobei er gegen den Strom der Männer und Frauen ankämpfen musste, die in panischer Angst und mit vor Schock weit aufgerissenen Augen flohen. Jack trug zwar die Art Waffe, mit der die Terroristen viele Konferenzteilnehmer erschossen hatten, aber keine Maske, weshalb nur wenigen auffiel, dass er ein Sturmgewehr in den Händen hielt.

Er hatte ungefähr die Hälfte des Flurs hinter sich, als eine Seitentür aufschwang und ein beleibter Mann mit silbergrauem Haar und grauem Anzug herausgerannt kam, dann aber frontal an die gegenüberliegende Wand prallte und zusammenbrach.

Jack erkannte sofort, dass der Mann gerade von einer AK durchsiebt worden war.

Er kniete nieder, zielte auf die Türöffnung und sah eine Sekunde später eine Frau herauskommen. Sie war maskiert und trug einen roten Rock und eine weiße Bluse. Sie drehte sich in die andere Richtung, hob die AK und zielte auf eine Frau mittleren Alters, die aus der Tür eines Verwaltungsbüros spähte. Jack schoss der Terroristin in die linke Seite ihres Brustkorbs, bevor sie abdrücken konnte; sie fiel seitwärts auf den Boden, die Waffe wurde ihr in hohem Bogen aus den Händen geschleudert.

Jack sprang auf und rannte weiter, bahnte sich grob den Weg durch die Flüchtenden. Einige schrien, andere weinten, und ein paar schienen fast katatonisch durch den Flur zu irren.

Dom Caruso hatte ebenfalls eine AK erobert, nachdem er einem der Terroristen in den Hinterkopf geschossen hatte, als dieser rückwärts aus dem Coffeeshop gekommen war. Er hob die Waffe auf, trat kurz in das kleine Café und musste feststellen, dass er zu spät gekommen war: Fünf Menschen lagen auf dem Boden, und alle schienen tot zu sein.

Doch plötzlich knallten direkt vor dem Café Schüsse; Dom spähte vorsichtig hinaus. Eine Terroristin stürzte ein paar Schritte entfernt zu Boden, Sekunden später stürmte ein Trupp belgischer Polizisten mit schussbereit angelegten Waffen über sie hinweg.

Dom legte die AK wieder neben den toten Terroristen; er war nicht scharf darauf, von den guten Burschen erschossen zu werden, nur weil er ein Sturmgewehr in der Hand hielt.

Ding Chavez drang schneller als seine beiden Teamkollegen ins Erdgeschoss vor, als er einem einzelnen Terroristen in ein Treppenhaus nachjagte, das vom Atrium wegführte. Noch auf dem Weg nach unten hörte er weitere Schüsse und ging deshalb kurz in Deckung, aber als er den Weg fortsetzte, sah er einen Mann und eine Frau, die beide an Armen und Beinen bluteten. Er lief an ihnen vorbei, versprach ihnen aber, Hilfe zu schicken, hörte kurz darauf einen weiteren Schuss und drang noch weiter nach unten vor. Auf der Treppe entdeckte Ding einen toten Zivilisten; neben ihm lag eine Kalaschnikow. Chavez nahm sie an sich, wobei er annahm, dass sie leer geschossen war, entdeckte aber, dass das Magazin noch halb voll war.

Einen Moment lang war er verwirrt, doch dann wurde ihm klar, dass der Tote kein Namensschild um den Hals trug wie alle anderen Konferenzteilnehmer.

Chavez begriff sofort. Die Terroristen warfen ihre Waffen und Masken weg und nahmen den Erschossenen ihre Namensschilder, um sich unter die Menge der fliehenden Konferenzteilnehmer zu mischen.

Chavez ließ die Waffe wieder fallen und steckte die Pistole ins Holster zurück. Dann rannte er so schnell er konnte die Treppe hinunter.

Eine Minute später stand Chavez unten an der Rolltreppe und schaute hinauf. Dutzende Männer und Frauen kamen in heilloser Flucht die Rolltreppe herab. Von oben war immer noch Gewehrfeuer zu hören. Chavez fasste eine Frau in blauem Blazer und blauem Rock ins Auge, die mitten in dem chaotischen Gedrängel von Fliehenden die Rolltreppe herunterkam.

Zwar herrschte inzwischen recht starke Polizeipräsenz, doch ließen die Polizisten die Fliehenden an sich vorbei. In ein paar Sekunden würde die Frau verschwunden sein.

Ding sah, dass sie ein Namensschild um den Hals trug, doch hing es verkehrt herum.

Sie verließ die Rolltreppe und ging geradewegs zum Ausgang.

Ding folgte ihr auf die Straße hinaus. Etwas an ihrem Verhalten hatte seine Aufmerksamkeit erregt; sie war einfach ein bisschen zu gelassen im Vergleich zu den anderen, die aus dem Gebäude flohen. Er hätte nicht mit Bestimmtheit sagen können, dass er sie an ihrer Kleidung als eine der Terroristinnen wiedererkannt hätte, die in der Hotelsuite gestanden hatten, aber er konnte es auch nicht völlig ausschließen.

Ihm fiel auf, dass sie an den Gruppen von Konferenzteilnehmern vorbeiging, die in einiger Entfernung vom Gebäude aufgeregt stehen blieben und zurückblickten. Vielmehr ging sie auf dem Bürgersteig am Eingang des

Sofitel vorbei und bis zur Ecke der Place Jourdan, wo sie stehen blieb und zurückblickte.

Ding starrte sie an, aus 25 Metern Entfernung.

Rasch wandte sie sich wieder um, und ihm wurde klar, dass sie ihn wiedererkannt hatte.

Jetzt hatte er keinen Zweifel mehr, dass sie zu den Terroristen gehörte.

Er lief ihr nach; am anderen Ende des Platzes bog sie nach links um eine Ecke.

Kaum war sie außer Sicht, als Ding auch schon zur Ecke sprintete; er befürchtete, sie könnte in ein Auto steigen und entkommen. Aber als er um die Ecke bog, prallte er fast gegen sie. Sie stieß sofort mit einem kurzen Messer zu, versuchte, ihm die Kehle durchzuschneiden, doch er konnte ihr knapp ausweichen, bekam ihr schmales Handgelenk zu fassen, drehte ihr den Arm auf den Rücken und riss ihn nach oben. Sie schrie auf und rief auf französisch um Hilfe. Ding rammte ihr die Schulter in den Rücken und stieß sie mit der Stirn gegen die Ziegelsteinwand eines Bistros.

Sie stürzte benommen zu Boden; er hob sie hoch und warf sie sich über die Schulter.

75

Seit zwei Tagen lag die *Spinnaker II* in einer abgelegenen kleinen Bucht vor Salt Island vor Anker. Das sechsköpfige Sicherheitsteam, das Kate und Noah Walker bewachte, hatte nichts bemerkt, das eine Gefahr für die Operation hätte darstellen können, und das berichteten sie denn auch ihrem Auftraggeber, dem Russen, der sich Popow nannte.

Trotzdem wurden sie von Popow ermahnt, in ihrer Wachsamkeit nicht nachzulassen, weshalb ständig einer der Männer von Steel Securitas mit einem Feldstecher auf der Flybridge positioniert war. Von dieser Außensteueranlage auf dem Dach des Aufbaus konnte er fast den gesamten Katamaran im Auge behalten. Ein zweiter Ausguck saß am Ufer auf einem Hügel, von dem aus er die ganze Bucht überblicken konnte.

Hätte man sie nach ihrer Meinung gefragt, hätten die Männer geantwortet, dass sie diese Sicherheitsvorkehrungen für total übertrieben hielten. Ja, natürlich, sie hatten den alten Mann töten müssen, der ihnen überall auf den Inseln gefolgt war, aber seither hatten sie nichts anderes zu tun gehabt, als ihre Sonnenbräune zu perfektionieren.

Wie auch immer, Popow hatte sie am Abend zuvor informiert, dass heute das holländische Paar wieder zurückkehren würde, das schon bei der Entführung mitgewirkt hatte, um die Sicherheit weiter zu verbessern.

Der Südafrikaner, der die Operation vor Ort leitete, hatte Popow darauf hingewiesen, dass es auf dem Boot keine Schlafplätze für zwei weitere Personen gebe, aber der Russe hatte geantwortet, die Holländer würden auf ihrem eigenen Boot schlafen, das in der Nähe, aber außer Sichtweite, ankern würde, und dass sie nur zum Einsatz kämen, falls irgendwelche neuen Bedrohungen auftauchten.

Jetzt war es sechs Uhr morgens, aber bisher kündigte sich der neue Tag nur durch einen schmalen rosa Streifen über den Hügeln von Salt Island an. Der Südafrikaner lag in seiner Koje, genau wie der Deutsche, der Chilene und der Rumäne.

Der Amerikaner hielt auf der Flybridge Wache, und der Kubaner saß auf seinem Hügel am Ufer. Beide Wächter waren wach, aber nicht wirklich wachsam.

Dafür gab es ja schließlich auch gar keinen Grund.

John Clark stieg langsam durch die letzten zwei Meter zur Oberfläche und hob den Kopf aus dem dunklen Wasser. Er legte die Hand auf die unterste Sprosse der kurzen Leiter, die zur untersten Plattform der Hecktreppe führte, und lauschte einen Moment lang regungslos auf die Geräusche, die von der *Spinnaker II* kamen, vor allem auf Stimmen.

Als Adara am gestrigen Nachmittag den kobaltgrauen Katamaran in der Bucht entdeckt hatte, war ihr auch der Mann aufgefallen, der einsam auf einem Hügel oberhalb der Bucht saß. Sie hatte die ganze Szene fotografiert, und diese Fotos hatten Clarks Auffassung bestätigt, dass der Mann auf dem Hügel einer der Söldner und an Koslows Operation beteiligt war. Deshalb wusste er, dass er nur an der vom Hügel abgelegenen Seite des Katamarans an Bord gehen durfte.

Das bereitete ihm keine Probleme. In der Morgenflut war der Katamaran so weit herumgeschwungen, dass

Clark die Heckleiter hinaufsteigen konnte, ohne befürchten zu müssen, von dem Mann auf dem Hügel entdeckt zu werden.

Bei dem Mann oben auf der Flybridge war er sich allerdings nicht so sicher.

Bevor er die Leiter hinaufstieg, ließ er seine Tauchausrüstung auf den Meeresgrund sinken. Hier in der Bucht betrug die Tiefe nur ungefähr zehn Meter; er konnte also seine Ausrüstung leicht wieder heraufholen, wenn es sein musste, aber im Moment kam es ihm darauf an, keinerlei Spuren oder Hinweise zu hinterlassen, dass er an Bord gegangen war, bis er bereit war, sich offen zu zeigen.

Clark legte seinen Neoprenanzug ab; darunter trug er Cargoshorts und ein braunes T-Shirt. Ein Messer steckte in einem Fußholster, und Adara hatte ihm ihre Glock 26 mitgegeben, die er einfach nur in eine der Seitentaschen der Hose gesteckt hatte. Nachdem er vollends aus dem Wasser gestiegen war, kauerte er sich hinter einem Dingi nieder, das am Heck aufgehängt war, und blickte zur Flybridge hinauf.

Dort oben konnte er gerade noch einen Männerkopf ausmachen, aber soweit er erkennen konnte, würde der Mann Clark entdecken, sobald dieser aufstand.

Shit, dachte Clark. Er überlegte, zurück ins Wasser zu gehen und es an einer anderen Stelle des Boots noch einmal zu versuchen, aber auf den Seiten war das Dollbord viel höher, außerdem gab es dort weder Leitern noch Seile.

Mit fünfundzwanzig hätte er an fünfzig Stellen hinaufklettern können, aber diese Tage lagen weit hinter ihm.

So blieb ihm nichts anderes übrig, als in Deckung zu bleiben und abzuwarten, während der Himmel immer heller wurde, und den Mann allein durch die Kraft seiner Gedanken dazu zu bringen, den Kopf endlich in eine andere Richtung zu drehen.

Um kurz nach sechs Uhr ging sein Wunsch in Erfüllung. Der Wärter stand auf, streckte sich und winkte dem hundert Meter entfernten Mann auf dem Hügel kurz zu. Clark konnte nicht erkennen, ob der Gruß erwidert wurde, aber der Wärter auf dem Boot stieg von der Flybridge herunter und verschwand im Cockpit.

Clark konnte sein Glück kaum fassen. Er zog die Pistole, reckte sich ein wenig höher und huschte gebückt hinter dem Wärter her zum Cockpit. Die Wunden auf seinem Rücken meldeten sich schmerzhaft, die ihm vor drei Tagen zugefügt worden waren.

Im Cockpit war es dunkler als an Deck, aber Clark erkannte sofort, dass der Wärter von der Flybridge in den Salon hinuntergestiegen war. Die Waffe auf den Niedergang gerichtet, schlich er zur Steueranlage. Rasch ließ er den Blick über die Anlage gleiten. Er sah sofort, dass es ihm keine Probleme bereiten würde, das Boot zu steuern.

Ein Geräusch war von der Treppe zu hören. Clark blieb völlig ruhig im Halbdunkel stehen.

Er erkannte den Amerikaner, der sich Joe nannte. Zusammen mit dem Südafrikaner war Joe neulich auf Clarks Irwin gekommen, um ihm zu drohen. Jetzt hielt Joe einen Becher Kaffee in der Hand und bewegte sich vorsichtig, um den Kaffee nicht zu verschütten.

Er hatte die Treppe fast hinter sich und stand Clark praktisch schon gegenüber, bevor er aufblickte und den Eindringling bemerkte.

Clark sagte leise: »Stell den Kaffee auf den Tisch. Und hoch mit den Händen.«

Der Mann tat wie befohlen, hob die Hände aber nur auf Brusthöhe. »Was wollen Sie?«

Clark lächelte ein wenig. »Als Erstes vielleicht meine Pistole?«

Der Amerikaner blickte an sich hinunter und sah, was Clark meinte: Der Griff der großen SIG Sauer, die er von dem sinkenden Boot mitgenommen hatte, ragte aus seinem Gürtel. Und der Mann vor ihm musste der Typ sein, den er auf dem Boot zurückgelassen hatte, damit er mit dem Kahn absoff.

Es war ausgeschlossen, dass der Mann, der sich Joe nannte, abstreiten konnte, bei dem Angriff an Bord gewesen zu sein. Für den amerikanischen Söldner bedeutete das, dass er für die Pistole eine Gegenleistung einfordern musste.

»Schauen Sie, Sir«, begann der Amerikaner, in der Hoffnung, ein wenig Zeit zu gewinnen und eine günstige Gelegenheit abpassen zu können.

Clark schüttelte den Kopf. »Kannst du dir sparen – oder willst du mir etwa weismachen, dass du rein zufällig ein Kilo Stahl aus dem Wasser gefischt hast?«

»Nein, Sir«, sagte der Mann.

Clark sah, dass er einen Angriff plante. »Gib mir die Pistole und sag mir, wo die Walkers sind, ohne laut zu werden, dann lasse ich dich vielleicht am Leben.«

Der Mann schwieg.

»Wie du willst. Rate mal, was jetzt passiert.«

Der Amerikaner schien sich ein wenig zu entspannen. Clark sah ihn verstohlen auf den vollen Kaffeebecher blicken, der rechts neben ihm stand. »Sie werden nicht schießen. Das würde zu viel Lärm machen.«

»Oh, keine Sorge, ich werde schießen. Dann ziele ich auf den Niedergang und warte einfach ab, bis das nächste Arschloch heraufkommt.«

Der Amerikaner schüttelte den Kopf. Er wog immer noch seine Chancen ab. »Die anderen würden die Geiseln sofort töten.«

»Nein«, sagte Clark gelassen. »Nur ein Idiot würde das tun, damit würde er sein einziges Druckmittel für die Verhandlung vernichten, zumal sie wüssten, dass hier oben ein Killer wartet, der taktisch im Vorteil ist. Könnte sein, dass sie so blöd wären, aber ich vermute eher, dass du in dieser Crew der Idiot bist.«

»Wie kommen Sie darauf?« Bevor er die Frage zu Ende brachte, schoss seine Hand zum Kaffeebecher. Er packte ihn und wollte ihn auf den Mann neben dem Steuerrad schleudern.

Aber er kam nicht mehr dazu. Clark schoss ihn in die Stirn. Sein Kopf wurde zurückgeschleudert, und er brach zusammen.

»Weil der Idiot immer als Erster stirbt«, murmelte Clark.

Clark war siebenundsechzig, aber er bewegte sich schnell und geschmeidig. Er wälzte den Toten auf den Rücken, zog ihm die SIG aus dem Hosenbund und das Funkgerät aus der Tasche. Er drehte sich wieder zur Steuerungskonsole um, betätigte ein paar Tasten und Schalter und fuhr die Navigationsinstrumente hoch. Dann startete er den Motor.

Ein zweiter Mann tauchte im Niedergang auf. Clark erschoss ihn, bevor er auch nur eine Chance hatte, die Situation zu erfassen.

Jetzt kam ein wütender Ruf vom Hügel herüber. Dann knackte es im Funkgerät, und eine Männerstimme mit hispanischem Akzent verlangte einen Statusbericht.

Clark kauerte neben dem Steuerruder nieder, richtete die Waffe auf den Durchgang, der zum Salon hinunterführte, und drückte auf die Sendetaste des Funkgeräts.

»Ich will, dass ihr eure Waffen aus dem Salon hier herauf ins Cockpit werft. Eine Menge Waffen. Dann kommt ihr herauf, immer hübsch nacheinander, die Hände hoch über dem Kopf. Ich nehme an, ihr Jungs arbeitet gegen Bezahlung. Aber jetzt bin ich hier auf eurem Boot, und ich denke mal, dass ihr für diesen Scheiß hier nicht genug bezahlt bekommt, deshalb lasse ich euch laufen.«

Er bezweifelte allerdings, dass er die Antwort bekommen würde, die er sich wünschte, aber er gab ihnen einen Moment Zeit. Dann hörte er eine Frau schreien.

Braam und Martina Jaeger standen auf dem Heliport von Beef Island/Tortola und schauten zu, wie der Pilot des Robinson-Hubschraubers den für die Startvorbereitung vorgeschriebenen Inspektionsgang um den Hubschrauber durchführte. Die beiden Niederländer gähnten und streckten die Arme; sie hatten einen langen Flug in einer gemieteten Falcon von Amsterdam hierher hinter sich.

Braams Handy summte. »Hallo?«

»Popow hier! Hören Sie genau zu! Das Boot wird angegriffen!«

»Wo?«

»Ich schicke Ihnen die Koordinaten aufs Handy. Die Crew wird beschossen. Sie haben die Geiseln unter Kontrolle, können aber die Bedrohung nicht abwehren. Gehen Sie sofort los und bringen Sie die Sache in Ordnung!«

Braam beendete das Gespräch und führte Martina außer Hörweite des Piloten. Sekunden später wandten sie sich an den Piloten.

Martina fragte: »Wo können wir hier Fallschirme herbekommen?«

Der Pilot blickte die beiden überrascht an, doch dann sagte er: »Es gibt hier einen Skydiving Club. Der Schuppen ist drüben beim Terminal, aber er öffnet erst um acht Uhr.«

Martina drehte sich um und ging zum Terminal hinüber.

Fünf Minuten später kehrte sie mit zwei sprungbereit gepackten Fallschirmen zurück. Der Pilot riss verblüfft die Augen auf. »Wie zum Henker …? Sind Sie in den Schuppen eingebrochen oder wie?«

Braam zog eine Steyr-Pistole aus seinem Rucksack und richtete sie auf den Piloten. »Bringen Sie uns dorthin.« Er hielt dem Piloten sein Handy vors Gesicht. Auf dem Display war eine digitale Karte mit einem Marker in der Nähe von Salt Island zu sehen.

John Clark sah Kate Walkers Kopf im Niedergang auftauchen. Wie er erwartet hatte, wurde ihr eine Pistole seitlich an den Hals gepresst. Hinter ihr erkannte Clark den Südafrikaner, der sich große Mühe gab, möglichst gut hinter ihr in Deckung zu bleiben.

Als die beiden oben an der Treppe ankamen, sagte der Söldner: »Lass die verdammte Knarre fallen, sonst erschieße ich die Schlampe.«

Clark stand langsam hinter dem Steuerrad auf und zielte sorgfältig.

»Nein, das machst du nicht«, sagte er ruhig.

»Klar mach ich das! Ich knalle die Hexe ab!«

Tränen liefen über Kates Gesicht. Clark sagte beruhigend: »Keine Angst, Mrs. Walker. Er wird Sie nicht erschießen. Er versucht nur, in eine bessere Position zu kommen, oder was er dafür hält, dann wird er die Pistole auf mich richten und Sie als Schutzschild benutzen. Sobald er die Pistole von Ihrem Hals wegnimmt, werde ich ihn erschießen, dann ist die Sache vorbei.«

Der Südafrikaner zischte wütend: »Du bist total durchgeknallt, Mann! Ich hab noch drei Männer, die werden dafür sorgen, dass du hier nicht mehr wegkommst.«

Clark schüttelte den Kopf. »Nein, die wissen genau, dass diese Sache hier am Arsch ist, und warten nur darauf, dass du stirbst, damit sie abhauen können. Komm schon, Arschloch. Schieß auf mich.«

Clark fokussierte den Blick nicht auf die Augen des anderen, sondern behielt das kleine Stück Stirn, das er rechts neben Kate Walkers Kopf sehen konnte, genau in der Kimme-Korn-Sichtachse seiner Pistole. Er wusste, was er in den Augen des Mannes zu sehen bekommen hätte: Verwirrung, Panik, Zögern … und dann, langsam … Entschlossenheit.

Der Lauf der Pistole zuckte blitzschnell von Kate Walkers Kopf weg und auf Clark. Clark feuerte eine einzige

Kugel ab; der Mann wurde zurückgeschleudert und stürzte die Treppe in den Salon hinunter.

Kate Walker brach zusammen.

Sekunden später flogen ein paar Pistolen durch den Niedergang herauf und polterten rings um Clarks Füße auf den Boden.

Fünf Minuten später. Die beiden überlebenden Söldner hatten inzwischen die Leichen ihrer drei Kumpel über Bord geworfen, den Anker gelichtet und waren dann selbst über das Dollbord in die Bucht gesprungen. Gekonnt wendete Clark das Boot und schob den Gashebel auf volle Kraft voraus. Die starken Motoren heulten auf; die drei überlebenden Söldner blieben auf der verlassenen Insel zurück.

Kate hatte inzwischen ihren Sohn von den Fesseln befreit. Clark rief Adara Sherman an, um sie zu informieren, dass er in etwas über einer Stunde im Jachthafen von Tortola eintreffen werde. Dann rief er Gerry an und informierte ihn über den Stand der Dinge. Gerry wiederum teilte ihm mit, dass die anderen Campus-Agenten in einem Learjet der US-Regierung auf dem Rückweg von Belgien seien, nachdem sie einen Terroristen gefangen hätten, der mit russischen Geheimdiensten in Verbindung gebracht werde.

Clark antwortete: »Und ich dachte, ich sei der Einzige, der hier ein bisschen Spaß hat.«

Gerry lachte und legte auf.

Kate kam an Deck und stellte sich neben Clark. »Noah kommt gleich nach oben, aber zuerst habe ich noch ein paar Fragen.«

»Kann ich mir denken.«

»Wie soll ich Sie anreden?«

»Nennen Sie mich einfach John.«

»Wer sind Sie?«

»Ein Freund Ihres Mannes.«

»Mein Mann hat keine Freunde wie Sie«, stellte sie nüchtern fest. Er wusste, dass sie ihn damit herausfordern wollte.

Und er wusste auch, dass sie wahrscheinlich recht hatte, aber er ging nicht darauf ein. »Es ist noch nicht zu spät, das zu ändern. Er hat sich schon seit Langem auf sehr gefährliche Leute eingelassen, aber die Leute, die Sie als Geiseln genommen haben, taten das nur, weil er nicht tun wollte, was sie von ihm verlangten. Da Sie jetzt in Sicherheit sind, kann er uns weiterhelfen, und das hat er auch versprochen. Zuerst muss ich Sie von hier wegschaffen, dann machen wir uns daran, Terry zu befreien.«

Sie schaute ihn lange an. Clark glaubte zu wissen, was sie dachte, und ihre nächsten Worte bestätigten seine Vermutung.

»Sie – ganz allein?«

Clark blickte auf das offene Meer hinaus, das vor ihnen lag, und korrigierte den Kurs ein wenig. »Mein Gott, ich hoffe nicht.«

Zwanzig Minuten später brachte Kate John einen Becher Kaffee, dann zog sie sich mit Noah unter Deck zurück. Clark nippte langsam am Kaffee, während er sich darauf konzentrierte, das Äußerste aus den Motoren herauszuholen. Der Geschwindigkeitsmesser auf dem Display zeigte 30 Knoten, zweieinhalbmal schneller als die Höchstgeschwindigkeit der Irwin. Der Katamaran war ein beeindruckendes Boot, dachte Clark, wenn da nicht die Blutflecken auf dem Deck und der lästige Gestank von einem halben Dutzend ungepflegter Söldnerkörper gewesen wären, der unter Deck noch in der Luft hing.

Er hatte gerade einen weiteren Schluck Kaffee getrunken, als er vom Achterdeck des Katamarans einen eigenartigen dumpfen Aufschlag hörte. Eher neugierig als besorgt, schaltete er auf Autopilot, ließ den Blick noch kurz über die Wasserfläche vor sich gleiten und ging nach achtern, um der Sache nachzugehen.

Er trat gerade durch die hintere Cockpittür aufs Deck, als ihn irgendetwas von oben packte. Ein Tau von einem der Segel war um seinen Hals geworfen worden, und nun wurde die Schlinge zugezogen. Wer immer es war, zog ihn mit solcher Kraft nach oben, dass er den Boden unter den Füßen verlor.

Direkt vor sich, am Heck eines der Schwimmkörper des Katamarans, sah er eine Frau mit rotbraunem Haar, die soeben aus dem Fallschirmgurtzeug stieg. Sie hielt bereits eine Pistole in der Hand, die sie nun auf Clark richtete.

Clark kämpfte gegen das Tau um seinen Hals, und als er den Kopf zurückriss und vergeblich versuchte, die Schlinge zu lockern, sah er einen Mann, der flach auf der Flybridge direkt über ihm lag und mit aller Macht an dem Seil zog.

Die Frau fragte: »Wer ist sonst noch an Bord?«

Clark hätte ihr nicht antworten können, selbst wenn er gewollt hätte, er hatte es nur geschafft, die Fingerspitzen unter die Schlinge zu schieben, und versuchte verzweifelt, seine Luftröhre frei zu bekommen. Einen kurzen Moment zuckte seine Hand nach unten, als er versuchte, an die Glock zu kommen, aber die Frau merkte sofort, was er plante, trat zwei Schritte vor und zog ihm die Pistole aus dem Gürtel, bevor er den Griff zu fassen bekam. Sie zog den Schlitten zurück, vergewisserte sich, dass eine Patrone in der Kammer war, und richtete die Glock direkt auf Clarks Gesicht. »Wie viele von euch sind an Bord?«

Clarks Hände zerrten nun beide wieder an der Schlinge und bohrten sich tief in die Haut, um seiner Luftröhre ein wenig Erleichterung zu verschaffen. Nur noch Sekunden trennten ihn von der Bewusstlosigkeit. Die SIG hatte er im Cockpit liegen gelassen, und an das Messer im Wadenholster kam er nicht heran.

Wie aus dem Nichts erschien plötzlich Noah Walker im Cockpit direkt hinter Clark, die Augen vor Entsetzen weit aufgerissen, als er die Frau sah, die ihn vor ein paar Tagen gekidnappt hatte.

Martina Jaeger sah den Jungen und verdrehte sofort die Augen. Sie trat einen Schritt zur Seite und richtete die Glock an Clark vorbei auf den Jungen. Es war ihr scheißegal, dass die Russen den Knaben immer noch lebend haben wollten, denn es war klar, dass die Russen nicht einen einzigen Teil der ganzen beschissenen Operation im Griff hatten.

Ihr Waffenarm befand sich damit direkt neben Clark, keine 30 Zentimeter von seiner linken Schulter entfernt, und als er das sah, kickte er mit beiden Füßen aus, schwang sie so hart er konnte nach links. Er nahm die Hände von der Schlinge, die ihn in wenigen Sekunden zu Tode würgen würde, und griff mit beiden Händen nach der Glock, womit er die Frau überrumpelte.

Clark packte ihre Handgelenke, riss sie nach hinten, verdrehte sie zugleich nach oben und stieß ihre Hände samt der Pistole gegen den Dachüberhang der Flybridge über ihm. Er rammte die Mündung hart gegen die Decke des Cockpits, direkt unter dem großen Mann, der flach darauf lag und immer noch das Tau mit der Schlinge um Clarks Hals festhielt.

Der Aufprall der Mündung auf dem metallverkleideten Dachüberhang war derart heftig, dass der Zeigefinger der Frau unwillkürlich auf dem Abzug zuckte. Der Schuss löste sich, und das Geschoss drang geradewegs durch die Decke. Es durchschlug die Metallverkleidung und das Holz und drang direkt in die Brust des Mannes, der über ihnen lag und das Segeltau, Clarks Galgenstrick, festhielt.

Der große Mann ließ das Seil los; Clark fiel zu Boden. Er ließ die Handgelenke der Frau nicht los, schaffte es aber mit äußerster Not, die Waffe unter Kontrolle und ihre todbringende Mündung von sich und dem Jungen wegzudrehen.

Noah verschwand im Niedergang.

Clark und Martina kämpften auf dem Achterdeck miteinander, aber nur, bis der Mann über ihnen heiser schrie: »Ik ben neergeschoten!« *Ich bin getroffen!*

Martina Jaeger ließ die Pistole abrupt los, sprang auf, stieg schnell die Leiter zur Flybridge hinauf und kniete neben ihrem Bruder nieder.

Clark brauchte fast eine halbe Minute, bis er wieder auf die Füße kam; er konnte kaum atmen. Als er endlich stand und die Glock hob, sah er das Blut, das durch das Schussloch in der Cockpitdecke tropfte.

Über ihm auf dem Dach kniete die Frau neben dem verwundeten Mann, schluchzte hysterisch und brüllte dann plötzlich in rasender Wut auf.

Was zum Teufel …? Waren die beiden Attentäter ein Paar?

Clark konnte sie nicht sehen, aber er konnte sie hören. Allerdings hatte er keine Ahnung, ob dort oben eine Waffe war, deshalb zog er sich ins Cockpit zurück, direkt unter sie.

Kate erschien auf der Treppe, offenbar wollte sie an Deck kommen, aber Clark gestikulierte, sie solle sich mit Noah in die Salonkabine zurückziehen und die Tür verriegeln.

Die Sache war noch nicht vorbei.

Clark war klar, dass er noch einmal durch die Decke feuern konnte. Möglich, dass er die Frau treffen würde, aber wenn er sie verfehlte, was sehr viel wahrscheinlicher war, würde er seine genaue Position preisgeben. Deshalb schlich er an der Backbordseite aus dem Cockpit und spähte vorsichtig über die Dachkante. In diesem Augenblick sah er die Frau: Sie war aufgestanden und schwenkte suchend eine silberne Automatik herum. Clark konnte gerade noch zurück ins Cockpit tauchen, als der Schuss auch schon losging. Er zielte mit der Glock gegen die Decke, wagte aber nicht, auf die Flybridge über ihm zu feuern, denn dann könnte sie sofort das Feuer erwidern und ihn töten. Hier, direkt unter ihr, war er ein leicht zu treffendes Ziel.

Gerade als er überlegte, ob er sich in den Salon retten konnte, feuerte die Frau durch das Cockpitdach nach unten. Die Geschosse schlugen in eines der Sitzpolster ein.

Clark zielte ungefähr auf die Stelle, an der er die Schützin vermutete, und feuerte eine Kugel nach der anderen durch die Decke.

Nach dem neunten Schuss hörte er die Pistole der Frau auf die Flybridge poltern. Er stellte das Feuer ein und lauschte, so gut es mit seinem von den Schüssen klingelnden Gehör möglich war. Sekunden danach stürzte die Frau von der Flybridge herab und schlug hart auf dem Vordeck auf. Clark richtete die Pistole auf sie, während er sich näherte, ließ sie aber schon bald wieder sinken. Sie war unbewaffnet und war auf den Rücken gerollt, eine Schusswunde mitten auf dem Bauch und zwei weitere in den Beinen. Tränen strömten ihr aus den Augen; Blut quoll aus dem Mund.

Clark kniete neben ihr nieder, legte die Glock außerhalb ihrer Reichweite auf das Deck hinter sich und hob ihren Kopf an.

Sie blickte zu Clark auf, blinzelte die Tränen aus den Augen. »Helfen Sie mir, Sir. Bitte.«

Clark wusste nicht, ob er viel für sie tun konnte, aber er ließ ihren Kopf wieder auf das Deck gleiten und holte seinen Notfallpack heraus. Irgendwo auf dem Boot mochte es noch einen besser ausgestatteten Erste-Hilfe-Kasten geben, aber er durfte nicht das Risiko eingehen, danach zu suchen. Er nahm einen dicken Mullverband heraus und drückte ihn auf die Bauchwunde, dann schaute er die Frau an, die ihn durch tränenverschleierte Augen beobachtete. Offensichtlich war ihr bewusst, dass ihr der Mann half, den sie gerade eben zu töten versucht hatte, was sie irgendwie zu überraschen schien, aber sie lächelte.

»Danke, Sir. Ich danke Ihnen so …«

Ihr Blick zuckte von Clarks Gesicht weg, fokussierte sich auf etwas hinter seiner Schulter.

Ihre Augen weiteten sich entsetzt. »Nein!«

Clark fuhr auf den Knien herum. Hinter ihm ragte Kate Walker wie ein Racheengel in die Höhe, die Glock in der Hand, die Mündung auf die verwundete Frau auf dem Deck der *Spinnaker II* gerichtet.

»Niemand bedroht mein Kind und bleibt am Leben. Niemand.«

Sie feuerte einmal. Die Waffe zuckte hoch und versprühte Rauch und Feuer. Clark duckte sich und warf sich gleichzeitig von der verwundeten Frau weg. Als er wieder hinschaute, sah er, dass Kate die Frau hoch in die Brust geschossen hatte. Die Augen der Frau waren geöffnet, fest und unbeirrbar auf die australische Mutter gerichtet, die über ihr aufragte. Ein tiefes, gutturales Gurgeln kam aus ihrer Kehle.

Ihre Augen verdrehten sich, bis beinah nur noch das Augenweiß zu sehen war, dann hörte sie auf zu atmen.

»Geben Sie mir die Pistole, Kate«, sagte Clark ruhig und streckte die Hand aus.

Sie ließ die Waffe in seine Hand fallen, ging zum Cockpit zurück und ließ sich erschöpft auf die Polster fallen.

76

Rich Belanger stand auf dem Balkon im ersten Stock des kleinen Bauernhauses, das er als seinen Kommandoposten auserkoren hatte. Der nasskalte Wind blies über Gesicht und Hände. Rechts neben ihm stand sein Sergeant Major; beide Männer blickten angestrengt durch ihre Feldstecher in die Dunkelheit, in die Richtung, aus der laut EARLY SENTINEL die russischen Panzer zu erwarten waren.

Es gab nicht viel zu sehen. Obwohl der Mond immer wieder durch die aufbrechende Wolkendecke schien, lag die Landschaft unter einer dichten Nebelbank, die aus der Flussniederung und von den regengetränkten Äckern aufstieg.

»Was meinen Sie, Sir?«, brach Sergeant Major Garcia schließlich mit gedämpfter Stimme das Schweigen.

Belanger zuckte die Schultern. »Das ist nicht unbedingt die Örtlichkeit, die ich ausgesucht hätte. Wir haben ein großes Areal zu beschützen, aber unsere Sicht auf das Dorf auf der anderen Flussseite ist beschissen, selbst dann, wenn sich der Nebel lichtet.«

»Bisschen spät, um noch an eine andere Stelle zu gehen«, sagte der Sergeant Major. Die letzten vier Stunden hatten sie damit verbracht, in Position zu gehen und sich einzugraben.

Belanger blickte immer noch durch das Fernglas. »Könnte ich nicht, selbst wenn ich wollte. Dieses EARLY

SENTINEL-Voodoo sagt, wir sollen uns hier festsetzen und uns eingraben, und mein Befehl lautet, EARLY SENTINEL zu folgen, selbst wenn das bedeutet, dass wir uns wie Lemminge von der Klippe stürzen.«

»Keine Sorge, Sir. Selbst wenn EARLY SENTINEL hier einen Riesenscheiß baut und wir von den Iwans durch den Fleischwolf gedreht werden, spuckt dieser Computer doch bestimmt noch einen netten Brief an unsere Lieben zu Hause aus, jede Wette.«

»Wenn ich Sie so reden höre, geht's mir immer gleich wieder besser, Garcia.«

Sergeant Major Garcia gehörte dem Marine Corps schon länger als Belanger an; tatsächlich war er der älteste Mann im Bataillon. In seiner langen Dienstzeit hatte er schon viele Kommandanten erlebt und sah es als seine Pflicht an, seine Vorgesetzten immer daran zu erinnern, wie hoch der Preis für schlechte taktische Entscheidungen war. Der Sergeant Major diente auch schon lange genug unter Belanger, um mit ihm in leichtem Ton über alles Mögliche scherzen zu können, von den üblichen Einsparungen bei der Ausrüstung des Marine Corps bis hin zu den persönlichen Schrullen der Soldaten. Aber als nun der Sergeant Major den Feldstecher absetzte, sah er, dass irgendetwas seinem Vorgesetzten wirklich Kummer bereitete.

»Was wurmt Sie, Sir?«

»Gestern sind wir an der Grenze auf die Russen gestoßen und wurden von ihren Raketen zurückgetrieben, bevor wir uns auch nur richtig in Stellung bringen konnten. Dann sind uns unsere Harriers und F-18 beigesprungen. Wir glauben, dass sie dem Feind so ordentlich eingeheizt haben, dass er seine Fähigkeit teilweise eingebüßt hat, uns aus größerer Entfernung schwer zu treffen. Im Süden werden die Russen größtenteils durch amerikanische und polnische Luftschläge aufgehalten. Aber wir kriegen hier mindestens für die nächste Stunde keine Luftunterstützung. Wenn das die Russen spitzkriegen, rücken sie auf uns vor, und zwar hart.«

»Die Brücke ist ein echter Flaschenhals«, sagte Garcia. »Sie werden sie nur zu überqueren versuchen, wenn sie fest davon überzeugt sind, dass sie nicht mit irgendwelcher Gegenwehr rechnen müssen.«

Belanger nickte. »Genau das denke ich auch.«

EARLY SENTINEL hatte ihnen befohlen, ihr Feuer auf ein Waldstück im Norden und auf die zweispurig befahrbare Brücke im Nordosten zu konzentrieren. Das bedeutete, dass sie hier, in der Nähe der litauischen Ortschaft Punžonys, in Stellung gehen mussten. Auf der anderen, östlichen Uferseite der Neris lag das Schwesterdorf Punžionys. Schwere Sümpfe sorgten für aufgeweichten Boden, und die dichten Kiefernwälder verschafften der Infanterie einen großen Vorteil. Belanger war so weit durch den Wald gegangen, wie er an einem Tag schaffen konnte, und hatte vier Stunden lang zusammen mit seinem Einsatzoffizier sämtliche Kampfpositionen der beiden Kompanien am Waldrand hinter ihnen inspiziert.

Belanger traute dem Computerprogramm eigentlich nicht zu, dass es sie an den richtigen Platz gewiesen hatte, aber falls doch, glaubte er, dass sie bereit waren.

Irgendjemand vom vorgeschobenen Darkhorse-Operationszentrum hatte auf dem alten Ofen des Bauernhauses frischen Kaffee gekocht und in eine alte Kaffeekanne gefüllt, die sie in der Küche aufgetrieben hatten. Sämtliche Einheimischen waren geflohen, hatten aber alles zurückgelassen, darunter auch eine halbe Packung gemahlenen Kaffee. Ein Lance Corporal brachte Belanger und Garcia je einen Becher auf den Balkon. Belanger nahm einen Schluck des schwachen, ziemlich faden Gebräus, und als der Lance Corporal wieder zur Küche zurückgehen wollte, rief er ihm nach: »Für dieses Gesöff sollte ich Sie vor ein Kriegsgericht stellen.«

Der 19-Jährige bemerkte das halbe Grinsen im Gesicht seines Lieutenant Colonel und verließ den Balkon mit dem Bewusstsein, dass sein Leben doch noch nicht ganz vorbei war.

Belanger trat wieder in den Raum und betrachtete nachdenklich die Informationen, die das Blue-Force-Tracking-System auf dem Computer anzeigte. Das Terrain schien gut geeignet zu sein. Die Brücke zwischen Punžonys und Punžionys schien tragfähig genug für gepanzerte Fahrzeuge zu sein, aber die beiden Dörfer lagen an keinen größeren Kreuzungen. Trotzdem, wenn die Aufklärung stimmte, würden dort schon sehr bald eine Menge Panzer und Kampffahrzeuge auftauchen, alle unterwegs zu Belangers Linien.

Belangers Job erforderte das Jonglieren mit tausend Puzzleteilchen und wirkte nach außen hin ziemlich kompliziert. Aber im Grunde war seine Aufgabe ausgesprochen einfach. Er sollte Panzer abschießen.

Und er war sich sicher: Genau *das* würde er auch tun.

Das Javelin-System konnte von einem Marine bedient werden und wog etwas mehr als 25 Kilo. Javelin funktionierte nach dem Prinzip »fire and forget«, im Gegensatz zum TOW-System. Die volle Bezeichnung des TOW-Systems lautete Tube Launched Optically Tracked Wire Command-link Guided Missile, also rohrgestarteter, optisch verfolgter, drahtgelenkter Flugkörper, eine wichtige amerikanische Panzerabwehrlenkwaffe, die es erforderlich machte, dass der Operator sie über die ganze Strecke ins Ziel lenkte. Dadurch wurden die TOW-Schützen angreifbar, sobald sie den Kampf gegen einen feindlichen Panzer aufnahmen.

Belanger hatte die Lima-Kompanie, Code-Name »Havoc«, an zwei potenziellen Kampfzonen an der Brücke östlich von Punžonys postiert, die eine auf der östlichen, die andere auf der westlichen Brückenseite. India-Kompanie, Code-Name »Diesel«, positionierte er auf den gegenüberliegenden Seiten einer Eisenbahnbrücke weiter südlich der Dörfer an der Neris.

Die Waffen-Kompanie, Rufzeichen »Vandal«, hatte ihre kombinierten Anti-Panzer-Teams, CAAT-1 und CAAT-2, zwischen den verschiedenen Positionen breit in Stellung gebracht, und die Vandal-Mörser standen weit genug hinten, um Granaten sowohl in beide Dörfer als auch auf das östlich vom Fluss liegende Gebiet zu werfen.

Belanger hatte seine Pioniere Minen legen lassen, und seine beiden Schützenkompanien rasten im Moment wie durchgeknallte Hells Angels zu ihren verschiedenen Hinterhaltstellungen, aber für Belanger selbst gab es jetzt nichts weiter zu tun, als zu warten.

Er zwang sich, den ganzen Becher Kaffee leer zu trinken, während er über der Karte brütete. Gerade als er die leere Tasse auf den Tisch setzte, rief ihm sein Funker zu: »Sir, Diesel Six im Netz.«

»Okay, danke.« Belanger ging zum Funkraum und nahm das Handset. »Six« war jeweils die Rufkennziffer der Kommandanten einer Einheit, in diesem Fall der Captain, der die India-Kompanie führte, die Einheit, die Belanger ein Stück weit südlich der Dörfer postiert hatte, in der Nähe der Eisenbahnbrücke.

»Diesel Six, hier Darkhorse Six, bitten sprechen Sie.«

»Copy, Sir. Wir beobachten Bewegungen entlang unserer Phasenlinie Jenna.«

Belanger streckte das Handsetkabel bis hin zur Karte des Aufklärungsoffiziers. Der Offizier deutete bereits auf das Gebiet, das Diesel Six meinte.

»Copy, Diesel, ich sehe es. Ich habe keine eigenen Kräfte in dieser Lokation positioniert. Havoc, stimmen Sie zu?«

Eine neue Stimme kam aus dem Funkgerät. »Roger, Sir, hier ist Havoc Six, wir sind immer noch dabei, unser Gerät auf der Ostseite der Brücke zu installieren.«

Darauf folgte weiterer Funkverkehr.

»Darkhorse Six, Diesel Six. Mein führender Zug informiert mich, dass sie den Lärm von Panzern hören können, er kommt aus der Nähe von Punžonys ... oder Punžionys ... was auch immer, jedenfalls das Dorf mit dem i, in der Nähe von Havocs Sektor.«

»Shit«, sagte Belanger. Er richtete seine Antwort an Havoc Six. »Havoc, mir ist egal, wie gut Sie Ihre Positionen an der Ostseite schon eingerichtet haben. Gehen Sie zur abgelegenen Seite der Brücke, und bereiten Sie einen Hinterhalt vor. Der Feind ist im Anmarsch.« Er winkte dem Einsatzoffizier und dem Waffenoffizier zu, sich bereitzuhalten und den Gefechtsverlauf genauestens zu verfolgen.

Der feindliche Angriff hatte begonnen.

Nur ein paar Minuten später meldete sich das Team, das auf der Ostseite des Flusses den Hinterhalt vorbereitete. »Havoc Six, hier ist Havoc Two. Ich habe einen SPOTREP: Ich identifiziere ein Aufklärungselement von mehreren BTR-90 und einen Trupp von ungefähr vierzig, wiederhole: vier-null, Mann, die durch das östliche Dorf vorrücken, sie nähern sich meiner Zone von Phasenlinie Jenna zur Phasenlinie Hanna.«

BTR-90 waren Schützenpanzerwägen, die auch als Truppentransporter dienten. Die Tatsache, dass 40 Soldaten die Transporter zu Fuß begleiteten, sagte Belanger, dass sie abgestiegen waren, um durch das kleine Dorf und über die Brücke zu patrouillieren und nach feindlichen Positionen und Sprengfallen Ausschau zu halten. Er blickte durch das Fenster in die frühe Morgendämmerung, während er weiter in das Funkgerät sprach. »Havoc Six. Ich möchte, dass Sie diesen Trupp zwischen Ihren Stellungen durchmarschieren lassen.«

»Sir?«

»Ihre Deckung im Wald neben der Brücke reicht aus, der Feind wird Ihre Stellungen nicht entdecken. Er wird die Brücke erkunden, dann wieder in die Transporter steigen und weiter nach Westen vorstoßen. Ich will die Panzer herankommen lassen. Ich will, dass die Russen ihrem Kommandanten berichten, dass alles sauber ist. Sie sollen ihm erzählen, sie hätten gerade die Punžonys-Brücke eingenommen.«

»Copy. Und danach, wie sind meine Anweisungen?«

»Nun … Wenn ich recht behalte, werden Sie der erste Marine auf diesem Kontinent sein, der eine Handvoll russischer Panzer eliminiert hat.«

»Verstanden, Sir«, sagte Havoc Six, klang aber von seiner zweiten Aufgabe deutlich weniger begeistert als von seiner ersten.

Ein weiterer Anruf kam. Belanger wusste, dass Rückfragen und Befehle an diesem Morgen hin und her fliegen würden. »Darkhorse Six, hier ist Reckless Six.« Das war der Codename des Kommandanten der Stabs- und Unterstützungskompanie. Der Captain war zwar Infanterist, musste aber an diesem Tag mit allen möglichen seltsamen Jobs fertigwerden.

»Ich höre, Reckless.«

»Copy, Sir. Ich und die Pioniere sind gerade mit dem Minenlegen fertig geworden. Ich denke, bei hellem Tageslicht werden die Minen deutlich zu erkennen sein, aber für den Augenblick sind sie genau dort, wo Sie sie haben wollten.«

»Okay, gute Arbeit. Ziehen Sie sich hinter die eigenen Linien zurück. Bemannen Sie die Kaliber Fünfzig, und machen Sie sich für den Kampf mit dem abgestiegenen Soldatentrupp bereit.«

»Copy. Reckless Six out.«

Ein paar Minuten später meldete sich der Chef der führenden Schützenkompanie erneut über das Funknetz. »Darkhorse, hier Havoc Six. Ich teile mit, der feindliche Erkundungstrupp hat unsere Stellungen passiert und ist über die Brücke. Der Trupp hat wieder die BTR-90 bestiegen und rückt in Ihre Richtung vor. Außerdem hören wir jetzt die Panzer. Sie sind im Moment in der Nähe des Friedhofs auf der Ostseite des Flusses. Nordöstlich der Brücke.«

Natürlich hatte Belanger den kleinen Friedhof auf der abgelegenen Seite der Neris nicht berücksichtigen können. Es gab so viele andere Örtlichkeiten in dem Gebiet, die besser für den Vorstoß der russischen Panzer geeignet schienen. Aber er sah ein: Wenn das tatsächlich der erste Sichtkontakt mit den feindlichen Panzern war, hatte EARLY SENTINEL hiermit seinen Wert im Feld bereits bewiesen.

In diesem Moment kam dieselbe Stimme erneut über das taktische Funknetz des Bataillons. »Break, Break! Funkverkehr unterbrechen. Blitzmeldung, hier ist Havoc Six. Bestätigt. Positive Identifizierung feindlicher Panzer … und es sind keine T-90. Es sind verdammte T-14! Wiederhole: Russische T-14!«

Niemand hatte bisher einem T-14-Panzer im Kampf gegenübergestanden. Es handelte sich um einen brandneuen Panzer, dessen Fähigkeiten den Nato-Streitkräften noch nicht völlig bekannt waren. Der Panzer war dem Rest der Welt bislang nur damit aufgefallen, dass eine seiner Bordwaffen bei der Maiparade auf dem Roten Platz nicht funktioniert hatte, aber Belanger wusste natürlich, dass er nicht darauf hoffen konnte, dass Russlands neuester Panzer der fünften Generation beim ersten Feindkontakt einfach den Geist aufgeben würde.

»Copy, Havoc. Wie viele?«

»Drei … negativ. Vier. Ich glaube, hinter ihnen kommen auch noch ein paar T-90. Im Moment rollen sie noch durch das Dorf Punžionys, und ich kann keine genauen Zahlen melden.«

Belanger rief seinen India-Kompaniechef an. »Diesel Six, sind auch in Ihrer Zone Panzer aufgetaucht?«

»Negativ, Sir. Bin nicht sicher, ob die Eisenbahnbrücke die T-14 tragen kann, aber wir beobachten weiter, und unsere Hinterhaltstellungen sind bereit.«

Belanger rief sich das Bild des gesamten Kampffelds vor Augen. »Okay, Havoc. Hören Sie genau zu. Ich will, dass Sie diese T-14 mit Salvenfeuer ausschalten. Ihr CAAT-Team soll ihre TOWs zusammen mit den Javelins einsetzen. Wenn diese Arschlöcher aus ihrem Funkverkehr verschwinden, wird der russische Kommandant vielleicht erst mal anhalten und seine Situation überdenken. Sobald das passiert, will ich, dass Sie Ihre sämtlichen Kräfte auf unsere Seite des Flusses zurückverlegen und Ihre endgültigen Kampfpositionen einnehmen. Bestätigen Sie.«

»Roger, Darkhorse. Alles verstanden.«

Belanger stellte sein zweites Funkgerät auf die Frequenz von Havocs Kompanie ein. Er hatte seine Befehle erteilt; nun konnte er nichts weiter tun, als sich in den Funkverkehr einzukoppeln und dem großen Spiel zuzuhören, während der Lima-Kompaniechef und seine Männer den Job erledigten.

Havocs vorgeschobene Schützen waren mit M27-Maschinengewehren ausgerüstet. Das war eine furchtbare Waffe, wenn sie im offenen Feld gegen Soldaten eingesetzt wurde, aber einem großen russischen Kampfpanzer würden ihre Geschosse wohl kaum mehr als ein paar Kratzer zufügen.

»Havoc One, wie groß ist Ihre Entfernung vom führenden T-14?«, fragte der Kompaniechef den Offizier der Schützeneinheit, Lieutenant Munyon.

»Havoc Six, hört sich wie acht-null-null Entfernung an. Aber, Sir, ich hab hier draußen eine Menge Nebel.«

»Haben Sie denn Leuchtspur in Ihren M27?«, fragte der Captain.

»Ja, Sir.«

»Dann nageln Sie diesen beschissenen Panzer fest, Devil Dog. Leuchten Sie den Jungs von der Panzerabwehr den Weg. ATs, ihr habt alle mitgehört?«

Der Panzerabwehrkommandant meldete sich. »Sir, hier ist Shitty-Kitty. Alles verstanden. In diesem Nebel kann ich auch mit dem Wärmesichtgerät nicht viel sehen, aber wenn sie mit den Leuchtspurgeschossen das Ziel markieren, können wir es trotzdem versuchen.«

Belanger ging auf den Balkon hinaus. Sein Sergeant Major stand bereits dort und deutete nach Osten. Von ihrer erhöhten Position auf dem Balkon des Bauernhauses aus hätten die beiden Männer bei guter Sicht die nördliche Brücke wahrscheinlich sehen können, aber Dunkelheit und Nebel sorgten dafür, dass sie auf diese Entfernung rein gar nichts erkennen konnten.

Doch innerhalb weniger Sekunden sah Belanger in der Ferne einen hell leuchtenden roten Lichtstreifen in die Höhe schießen, der auf das Dorf auf der anderen Waldseite zuraste. Für ihn sah es so aus, als würde der Tracer in der Nähe des Friedhofs auf der anderen Seite der Neris niedergehen. Kurz darauf folgte ein zweiter Lichtstreifen. Dann rollte das Donnern des Maschinengewehrs über die Landschaft und kam wie ein lauter Rülpser zu ihnen zurück.

»Havoc Six an Shitty-Kitty. Sie können die Örtlichkeit sehen?«

»Copy. Wir sehen Fahrzeugbewegungen im Nebel am Einschlagort der beiden Tracer.«

»Ich will, dass Sie eine Salve von TOWs auf die beiden führenden Panzer abfeuern. Warten Sie auf meinen Befehl. Havoc Two, sind Ihre Javelins abschussbereit?«

»Schussbereit, Sir.«

»Auf meinen Befehl feuern.« Eine kurze Pause trat ein, dann bellte der Commander: »Feuer!«

Das Bauernhaus lag zwei Kilometer vom Fluss entfernt; aus dieser Distanz blitzte es am östlichen Himmel so oft auf, dass Belanger mit dem Zählen nicht mehr nachkam. Aber er sah die Feuerschweife zahlreicher Javelins; weil jedoch die drahtgelenkten TOWs dicht über dem Boden dahinrasten, konnte er sie über die leicht gewellte Landschaft hinweg nicht sehen, die sich zwischen seinem Standort und der Brücke erstreckte.

In der Nähe des Friedhofs erhellte ein einzelner, grellroter Blitz den Nebel. Der Lieutenant Colonel wusste, dass viele Ziele mehrmals getroffen wurden, aber von seinem Standort aus sah das Ganze wie eine einzige, anhaltende Detonation aus.

Dann rollten auch die tiefen Donnerschläge Dutzender Explosionen über den Darkhorse-Kommandoposten hinweg.

Sein Funkgerät knisterte. »Darkhorse Six, hier Havoc im taktischen Bataillonnetz. Sieht so aus, dass die reaktive Panzerung aktiviert worden ist. Nur die beiden Panzer, die von den Javelins getroffen wurden, wurden zerstört. Keine der TOWs traf ihr Ziel – alle wurden im Flug von den russischen Raketenabwehrsystemen zerstört. Zwei T-14 sind immer noch aktiv. Sie rücken vor, offenbar wollen sie angreifen.«

Nun sah Belanger Leuchtspurgeschosse aus dem Dorf auf der anderen Seite der Neris aufsteigen, die über den Wald rasten und auf Havocs Position niedergingen.

»Hier ist Havoc Two. Wir stehen unter Beschuss!«

Belanger drückte auf die Sendetaste und befahl Havoc Six, seine Leute zurückzuziehen. »Rückzug auf Ihre sekundären Verteidigungspositionen auf unserer Flussseite.«

Im selben Moment hörte Belanger das Rattern schwerer Maschinengewehre, 200 Meter von seinem Kommandoposten im Bauernhaus entfernt. Das feindliche Kundschafterelement hatte Belangers sekundäre Maschinengewehre entdeckt, die von seiner Stabs- und Unterstützungskompanie bemannt wurden.

Er hörte, dass der Kompaniechef nun 81-Millimeter-Mörserfeuer auf den russischen Kundschaftertrupp anordnete. Die Russen waren gerade wieder von ihren Truppentransportern abgestiegen; die Vandal-Kompanie meldete, dass schon bald mit hochexplosiven Geschossen zu rechnen sei.

Weitere Javelins wurden auf die russischen Panzer beim Friedhof abgefeuert, aber die Panzer überstanden auch diesen Beschuss und reagierten mit Flugabwehrraketen und ihrer Reaktivpanzerung, bei der die auf die Stahlpanzerung aufgelegten Reaktivkacheln beim Auftreffen einer Granate explodieren und damit ihre Wirkung zumindest teilweise aufheben.

Nun kam über Funk die Meldung, dass auch T-90-Panzer beim Friedhof gesichtet worden seien, weiter entfernt als die T-14. Der Schlachtlärm, sowohl aus der Nähe als auch aus der Ferne, sorgte bei Belanger für einen Adrenalinschub, aber er musste cool bleiben und seine Truppen nüchtern dirigieren.

»Sir, hier ist Havoc, ich berichte: Die Panzer stoßen über die Brücke vor; wir sind noch nicht in Stellung. Bitte um Erlaubnis, eine Scheißladung Rauch abzuwerfen.«

»Verstanden. Ich hole Vandal auf Funk, er soll Ihren Feuerbefehl übernehmen.«

Belanger konnte es sich nicht leisten, die Brücke zu verlieren. EARLY SENTINEL hatte vorhergesagt, der Vorstoß würde über die Brücke kommen, und das Programm hatte recht behalten. Jetzt lag es an ihm, seinen Job richtig zu machen und die Brücke zu halten.

Er hörte drei laute WUMMS schnell hintereinander, gefolgt von fünf scharfen KNACK.

Das sind die 125-Millimeter-Glattrohrkanonen der Feindpanzer, dachte Belanger. *Scheiße.*

Die Schlacht tobte noch volle zwölf Minuten lang weiter, bis Belanger den Anruf erhielt, den er schon seit mehr als fünf Minuten erwartet hatte.

»Darkhorse Six, hier Havoc Six. Wir haben keine Javelins mehr. Der Feind schickt weitere Panzer vor. Ich habe erste Verluste. Ihre 120-Millimeter-Kanonen bestreichen meine Stellungen. Sir, ich habe nur noch ein paar AT-4 und SMAWs übrig und glaube nicht, dass sie gegen die T-90 etwas ausrichten können.«

»Roger. Warten Sie.« Belanger wusste, dass die Panzerabwehrhandwaffe AT-4 und die SMAW, eine schultergestützte Mehrzwecksturmwaffe, zwar gegen viele der dort draußen operierenden gepanzerten Feindfahrzeuge hochgradig potente Waffen waren, aber die russischen Panzer waren einfach zu groß und zu sehr mit Hightech vollgestopft, um von Waffensystemen dieser Größe ernsthaft bedroht werden zu können. Auf seine Rückfrage bestätigte der Kompaniechef, dass seine Männer 120-Millimeter-Rauchgranaten und hochexplosive Geschosse auf das andere Nerisufer feuerten, was jedoch die übrig gebliebenen T-90 höchstens verlangsamen, aber ihren Vorstoß nicht aufhalten könne.

Belanger wurde klar, dass er seine Reserven als Unterstützung für Lima in Position bringen musste.

Er hob das Handset wieder an den Mund. »Sledgehammer Six, Sledgehammer Six, hier ist Darkhorse.«

»Sir, Sledge Six, ich kann Ihre Gedanken lesen. Wir sind bereits Oskar Mike«, antwortete der Kilo-Kompaniechef, den es offenbar förmlich juckte, endlich in den Kampf eingreifen zu dürfen. »Sobald Sie den Befehl geben, können wir es mit den Panzern in fünf Minuten zur Brücke schaffen und die Hauptkanonen einsetzen.«

»Gehen Sie!«

»Roger, sind schon unterwegs. Hurra!«, sagte der Kompaniechef. Trotz des Ernsts der Lage musste Belanger grinsen: Nur ein US-Marine in einem Humvee würde derart begeistert auf den Befehl reagieren, sich geradewegs in die Löwengrube zu stürzen. Zumindest wusste Belanger, dass der Mann seine M1A1-Panzer in eine gute Position bringen würde.

Havoc meldete sich auf der Bataillonsfrequenz. »Darkhorse Four, ich ziehe mich jetzt aus dem Wald zurück. Wir haben viele Verwundete, ich brauche dringend MedEvac für meine Männer. Ich kann sie nur bis zum Übergabeplatz bringen, aber nicht weiter. Sie müssen sie dann dort übernehmen. Die feindlichen Panzer rücken immer näher.«

Fünf Minuten danach meldete sich die Kilo-Kompanie wieder über Funk. »Havoc Six, hier Sledge Six. Wir übernehmen den Kampf. Ihr Jungs macht, dass ihr wegkommt. Wenn die T-90 Blut riechen, werden sie sich an unsere Fersen heften, dann werden wir sie auseinandernehmen!«

Belanger beugte sich über die Karte und suchte mit seinem Waffenoffizier nach einer endgültigen Schussposition für die 81- und 120-Millimeter-Mörser. Er wusste, dass sie eine riesige Menge Rauch brauchten, um Havoc herauszuholen und gleichzeitig Sledgehammers Panzer lange genug zu verschleiern, bis sich diese in ihre Position westlich der Brücke manövriert hatten.

Wenn es ihnen gelang, wenigstens einen Zug feindlicher Panzer ordentlich zu vermöbeln, würde das den Vorstoß der Russen vielleicht zum Stillstand zwingen. Niemand, nicht einmal die Russen, würde es hinnehmen können, einen ganzen Panzerzug auf einen Schlag zu verlieren. Das würde dafür sorgen, dass sich der Feind aus dem Gebiet zurückzog, um sich neu zu formieren, was wiederum Belanger hoffentlich genug Zeit verschaffen würde, seine Kräfte neu zu positionieren und ihre Waffen und Munitionsbestände aufzustocken.

»Sir, hier ist Sledge. Wir sichten T-90 dicht auf Havocs Fersen. Sie sind ausgeschwärmt und lassen den Friedhof hinter sich, kommen in unsere Richtung, aber meine Panzer sind bereit.«

»Okay – Sie haben Feuer frei.«

»Copy. Erste Salve kommt.«

Belanger horchte. Es gab eine bange Pause, und er befürchtete bereits, dass sie ihre Ziele im Nebel verloren hätten oder dass vielleicht der Rauch woanders hingetrieben war.

Dann hörte er ein KRACK, gefolgt von einem Krack-krack-krack.

In der Ferne wogte die Panzerschlacht eine volle Minute hin und her, bis der Befehlshaber der Stabskompanie berichtete, dass alle russischen BTR-90-Kundschafterfahrzeuge außer Gefecht gesetzt worden seien, zusammen mit den 40 Mann. Er selbst sei dabei, zahlreiche eigene Verwundete zum Truppenverbandsplatz zu schaffen.

Schließlich meldete sich auch Sledgehammer Six erneut. »Darkhorse Six, hier ist Sledge Six. Ich habe hier drei brennende russische Panzer, ein vierter steht still und zeigt keine Bewegung. Wiederhole: vier T-90 sind außer Gefecht. Trennung … Der Rest zieht sich aus dem Friedhof zurück! Ihre explosive reaktive Panzerung nützt ihnen nichts gegen den Beschuss durch unsere Panzer-Hauptkanonen. Sir: Bitte um Erlaubnis zum Vorrücken und Gegenangriff.«

»Roger, rücken Sie vor. Aber nicht weiter als bis zu unserer Seite der Brücke. Feuern Sie weiter, bis Sie sie nicht mehr sehen können.«

»Verstanden, Sir.«

Belanger schaute sich noch einmal im Kommandoposten um. Im roten Tarnlicht und mit der Erschöpfung, die sich auf ihren Gesichtern abzeichnete, sahen seine Männer wie Zombies aus – aber sie hatten es geschafft. Und was noch wichtiger war: Sie waren bereit für mehr.

Minuten später verließ Belanger zusammen mit Sergeant Major Garcia das Bauernhaus. Sie stiegen in den Humvee und fuhren zum Bataillonslazarett. Er wusste, dass die »Docs«, wie ihre Kameraden von der Navy liebevoll genannt wurden, hektisch an der Arbeit sein würden, um die vielen Verwundeten der Kilo- und Lima-Kompanien zu versorgen, hoffte aber, dass sein anderes Navy-Personal, vor allem die Priester, keine Letzten Ölungen durchführen mussten.

Es war eine vergebliche Hoffnung, wie er nur zu gut wusste. Man kann nicht gegen Panzer kämpfen, ohne Verluste hinzunehmen.

77

Terry Walker hatte keine Ahnung, dass seine Familie ihren Kidnappern entkommen war, aber er sah die Panik in Limonows und Koslows Gesichtern und wusste, dass etwas geschehen sein musste. Er saß vor seinem Computer, führte seine Trades durch und verschob Millionen Dollar auf unsichtbare Konten, womöglich für den russischen Präsidenten. Aber während er arbeitete, behielt er die Russen im Auge und versuchte herauszufinden, was los war.

Schon bald nahm Koslow die vier Sicherheitsleute beiseite; sie verließen den Raum und traten in den Flur hinaus. Terry wusste nicht, was sie dort draußen taten, aber als er verlangte, zur Toilette gehen zu dürfen, zog Koslow persönlich die Pistole aus dem Holster und führte Walker den Flur entlang, an den vier Männern vorbei, die alle mit gezogenen Waffen den Lift und das Treppenhaus bewachten.

Er hatte Limonow gefragt, was los war, aber dieser russische Erbsenzähler wollte überhaupt nicht mehr mit ihm reden. Er schien irgendwie völlig von der Rolle zu sein, kaute ständig an den Fingernägeln, und wenn er nicht gerade seine Trades durchführte, stritt er sich mit Koslow auf russisch und sah im Übrigen so aus, als bekäme er jeden Augenblick einen Herzanfall.

Als der Feierabend kam, gingen die sieben Männer in Formation die Treppe hinunter und zu den Fahrzeugen hinaus. Walker musste in der Mitte der Gruppe gehen; er war der Einzige ohne Pistole.

Gerade als einer der Sicherheitsleute den Schlüssel in das Türschloss eines der Land Rover steckte, leuchteten plötzlich dünne Laserzielstrahlen aus mehreren Richtungen auf. Die Sicherheitsleute wirbelten herum, hoben die Pistolen in die Höhe; dann wurde einer nach dem anderen herumgeschleudert und fiel zu Boden.

Nach weniger als zwei Sekunden waren alle vier tot; grelle Lichtblitze von verschiedenen Stellen am Rand des Parkplatzes waren die einzigen Hinweise, woher die Schüsse gekommen waren, aber Walker hatte keinen einzigen Schuss gehört. Er warf sich auf den Boden. Über ihm feuerte Koslow noch einen Schuss ab, dann stürzte er mit dem Gesicht nach unten auf den Parkplatz.

Koslows Kopf schlug keine Armlänge entfernt neben Walker auf dem Asphalt auf; ihre Blicke bohrten sich ineinander – aber Koslows Augen waren bereits ausdruckslos und leer.

Limonow versuchte zu fliehen, aber als direkt vor seinen Füßen kleine Splitter des Belags hochsprühten, blieb er stehen und hob die Hände. Seine Brust war von einer Menge roter Laserzielpunkte übersät.

Walker schloss die Augen und betete, dass die das Ende des Albtraums waren.

Bald nachdem er es gewagt hatte, die Augen wieder zu öffnen, saß er neben seiner Frau und seinem Sohn auf einem Ledersofa. Das Sofa wiederum gehörte zur luxuriösen Innenausstattung eines Gulfstream-Jets. Die drei konnten sich nicht eng genug aneinanderklammern, und Walker sicherte den sehr ernsten Männern, die sich ebenfalls im Flugzeug befanden, seine volle Kooperation zu – dass er ihnen jede Frage beantworten und alles tun werde, was sie von ihm verlangten, und dass er bereit sei, vor aller Welt jedes einzelne Detail zu enthüllen. Er werde aus den Britischen Jungferninseln abreisen und nie mehr zurückkehren, und mit dem Mann, der vorne in der Kabine gefesselt in einem Sessel saß, wolle er nichts mehr zu tun haben.

Jack Ryan junior saß Andrej Limonow gegenüber. Limonow hätte den Sohn des Präsidenten vielleicht erkannt, schließlich passierte das immer wieder einmal, deshalb hatten sie ihm die Augen verbunden.

Limonow war kreideweiß vor Entsetzen und Schock, weshalb Jack beschloss, seine Angst voll auszunutzen.

»Limonow, Sie haben keine Wahl«, sagte Jack kalt. »Sie sind erledigt.«

Limonow leckte sich die trockenen Lippen. »Eigentlich habe ich doch eine Wahl. Sie fällt mir sogar ausgesprochen leicht. Ich habe unendlich größere Angst vor Walerij Wolodin als vor Jack Ryan.«

Das verschlug Jack erst einmal die Sprache. Dann wurde ihm klar, dass der Russe nicht ihn, sondern seinen Vater meinte.

Er erholte sich rasch wieder. »Ich glaube, Sie haben da etwas falsch verstanden. Wir bringen Sie nicht in die USA. Sie gehen auch nicht nach Guantanamo. Wir fliegen Sie direkt nach Hause – nach Moskau.«

Limonow hob den Kopf ruckartig, und Jack sah, dass seine Lippen bebten. »Ich … ich verstehe nicht …«

»Wirklich nicht? Na, ich wette, Sie werden es bald herausfinden. Wir werden Ihren Arsch mitten auf den Roten Platz plumpsen lassen, und zwar am selben Morgen, an dem die Nachricht an die Öffentlichkeit kommt, dass ein russischer Finanzjongleur mit engen Verbindungen zum Kreml auf den Britischen Jungferninseln versucht hat, acht Milliarden zu verschieben, und dass Sie den amerikanischen Finanzbehörden die Kontonummern verraten haben.«

»Was? Warten Sie, so war es doch gar nicht! Ich habe Ihnen doch gar nichts gegeben!«

Jack beugte sich vor. »Ihr Boss hat vielleicht die russischen Medien im Griff, aber auf die Medien des ganzen Rests der Welt hat er keinen Einfluss. Wolodin wird nicht lange brauchen, bis er herausfindet, was hier geschehen ist, oder vielleicht sollte ich sagen, *unsere Version* von dem, was geschehen ist. Mal ganz unabhängig von den Umständen: Was, glauben Sie, wird er dann wohl mit Ihnen tun?«

Clark hatte von der anderen Seite des Mittelgangs zugehört, aber jetzt kam er herüber, beugte sich zu Limonow hinab, direkt hinter dessen linkem Ohr. »Nein, Limonow, sparen Sie sich die Mühe, darüber nachzudenken. Was er mit Ihnen machen wird, können Sie sich nicht mal in Ihren schlimmsten Träumen vorstellen. Wolodin hat Jahrzehnte damit verbracht, sich Methoden auszudenken, wie er es den Leuten heimzahlen kann, die ihn im Stich gelassen haben. Ich bin mir ziemlich sicher, dass er so sauer sein wird wie noch nie in seinem Leben, wenn er entdeckt, dass die Vereinigten Staaten jetzt den vollen Zugriff auf sein Geld haben.«

Clark lachte leise. »Ihr Ende, Kumpel, wird ein einziger Horrorfilm. Am Schluss werden Sie glauben, dass der Tod das Beste ist, was Ihnen in Ihrem ganzen Leben zugestoßen ist.«

»Nein!«

»Aber wenn Sie mit uns zusammenarbeiten, wenn Sie uns alle Konten und sämtliche Details Ihres Netzwerks geben, werden wir Sie schützen. Wenn Sie das nicht tun … na ja, dann, wie gesagt, bringen wir Sie nach Moskau zurück. Nächste Woche um diese Zeit wird Ihnen jemand das Auge mit einer spitzen Zange herauspulen.«

Limonow nickte langsam. »Bringen Sie mich nach Amerika. Ich erzähle Ihnen alles über Wolodins Geld.«

Ryan schaute nach hinten, wo die anderen saßen, und zeigte Ihnen den erhobenen Daumen. Niemand würde nach Moskau gebracht werden, aber die Drohung hatte ihren Zweck erfüllt.

Die USS *James Greer* pflügte mit 22 Knoten nach Süden. Das Schiff war so konstruiert, dass es so leise wie möglich unterwegs sein konnte, aber bei dieser relativ hohen Geschwindigkeit war die harte Arbeit der Ingenieure zur Geräuschunterdrückung praktisch verlorene Liebesmüh. Die Zwillingsschrauben des Arleigh-Class-Zerstörers waren eigens dafür entwickelt worden, die Lärmentwicklung zu reduzieren, selbst wenn das Schiff mit voller Kraft voraus fuhr, aber bei über 20 Knoten konnte jeder, der irgendwo weit vor dem Schiff seine elektronischen Ohren in den Ozean streckte, eindeutig erkennen, dass sich da etwas Großes näherte.

Commander Scott Hagen ging daher mit seiner Taktik ein kalkuliertes Risiko ein, aber es schien ihm die Sache wert zu sein. Die *Greer* hatte seit Tagen litauische Hoheitsgewässer patrouilliert. Sie hatte praktisch die Aufgaben der litauischen Marine übernommen, die zu einem beträchtlichen Teil früher in der Woche innerhalb von gerade einmal zweieinhalb Stunden von den Russen versenkt worden war. Jetzt hatte Hagen endlich die Erlaubnis erhalten, seine Patrouille weiter hinaus auf das offene Meer auszuweiten. Kaum hatte er den Befehl vom Kommandanten der 6. Flotte erhalten, als er auch schon seine beiden MH-60 Romeo-Sea-Hawk-Hubschrauber weit voraus schickte, die erkunden sollten, ob der Weg frei war. Außerdem hatte er dem Maschinenraum den Befehl gegeben, die Geschwindigkeit gerade so weit zu erhöhen, dass das Schleppsonar noch funktionsfähig blieb. Dem Lehrbuch zufolge hätte er sehr viel langsamer und vorsichtiger fahren sollen – so, wie er jetzt fuhr, reduzierte sich die Reichweite des rumpfmontierten

Sonars SQS-53 um zwei Drittel –, aber heute Abend ging es Hagen nicht so sehr um die typische U-Boot-Jagd, sondern um einen Wettlauf gegen die Zeit.

Davon abgesehen glaubte er zu wissen, wo in der Ostsee die Gefahren lauerten – nämlich direkt voraus, aber immer noch außerhalb der Reichweite seines Schiffs, wenigstens noch für eine kleine Weile.

Dreißig Seemeilen südlich der *James Greer* war die polnische Marine zu genau diesem Zeitpunkt in ein Gefecht verwickelt, und obwohl die Polen anscheinend glaubten, sie hätten die Oberhand, war Hagen der Meinung, dass sie eher einen Tiger am Schwanz gepackt hielten.

Während der ersten paar Tage des Konflikts waren die Polen in ihren Hoheitsgewässern geblieben, aber die polnische Ostseeküste lebte und starb nun einmal mit ihren Handelshäfen. Seit der U-Boot-Krieg mit der Versenkung des maltesischen Frachters *Granite* losgetreten worden war, hatten sich nur noch wenige Schiffe, egal welchen Typs, in den südöstlichen Sektor der Ostsee gewagt. Der polnischen Regierung war vollkommen klar, dass sie die Ostseeküste so bald wie möglich sichern musste, damit der zivile kommerzielle Schiffsverkehr wieder in Gang kam, und hatte daher ihre Marine hinausgeschickt, die für die Sicherheit des Schiffsverkehrs sorgen sollte.

Sie hatten eine Such- und Angriffseinheit hinausgeschickt – eine Ansammlung von Überwasserschiffen und Flugzeugen, die über die Fähigkeit zur U-Boot-Bekämpfung verfügten –, mit dem Auftrag, die Gewässer westlich von Kaliningrad systematisch nach russischen U-Booten zu durchkämmen. Ein Schnellboot der Orkan-Klasse war östlich von der Gruppe positioniert worden. In der Nähe hatten polnische Mi-14-Hubschrauber mit Anti-U-Boot-Sonarausrüstung einen Unterseekontakt ausgemacht, hatten ihn aber nicht zuverlässig als Bedrohung einstufen können, weshalb nun das Schnellboot näher heranfuhr, um den Hubschrauber bei der U-Boot-Jagd zu unterstützen.

Ohne jede Vorwarnung wurden aus der Position des vermuteten Kontakts zwei Torpedos abgefeuert, und obwohl es dem Kapitän des Schnellboots gelang, durch rasche Manöver einem der Torpedos auszuweichen, war der zweite Torpedo ein Volltreffer: Er blies das Schnellboot buchstäblich aus dem Wasser, wobei die gesamte Besatzung von 32 Mann ums Leben kam.

Die Polen hatten noch einen weiteren Hubschrauber in diesem Gebiet, eine SH-2G Super Seasprite. Der Hubschrauber empfing den Unterwasserkontakt, erkannte ihn als feindlich und ließ zwei Mk-46-U-Jagd-Torpedos ins schwarze Wasser fallen.

Eine polnische Korvette empfing die Daten, die vom integrierten Zielfindungssystem des Seasprite-Hubschraubers stammten, und schoss zwei seiner eigenen Torpedos auf das Ziel ab. Mit vier Torpedos, die gleichzeitig aus zwei verschiedenen Richtungen auf ein Ziel zuschossen, hatte das Kilo keine Chance.

Die Sonartechniker auf der *James Greer* hörten den Tod des russischen U-Boots aus ihren Headsets, und obwohl sie zu diesem Zeitpunkt noch ungefähr 26 Seemeilen vom Schauplatz entfernt waren, kam es ihnen so vor, als befänden sie sich zusammen mit der todgeweihten Crew im U-Boot.

Zwar liegt es in der menschlichen Natur, Empathie für Sterbende zu empfinden, aber in diesem Fall empfanden die Sonartechniker die furchtbaren Laute, die sie zu hören bekamen, als eine Art ausgleichende Gerechtigkeit. Schließlich hatten die Russen mit diesem ganzen Scheißkrieg angefangen und schon jetzt eine Menge unschuldiger Leute getötet.

Commander Hagen allerdings beteiligte sich nicht am Jubel. Er stand still in seiner Kommandozentrale und blickte auf den Koppelnavigationstisch. Seine Gedanken waren bereits auf eine weitere Unterwassergefahr gerichtet: das zweite Kilo. Bei ihren bisherigen Angriffen hatten die beiden U-Boote im Tandem gearbeitet, weshalb Hagen sich ziemlich sicher war, dass es nur eine Frage von Minuten sein konnte, bis eine der beiden Oliver-Hazard-Perry-Fregatten im polnischen Suchverband die bittere Erkenntnis machen musste, dass da draußen im Meer nördlich von Danzig noch ein zweites russisches U-Boot lauerte.

Und Hagen kannte auch den einzigen Grund, warum der polnische Hubschrauber das erste Kilo überhaupt erst hatte entdecken können: Als sich das U-Boot auf den Abschuss seiner Torpedos vorbereitete, hatte es sich in eine günstige Position manövrieren müssen. Deshalb beeilte sich Hagen, denn er wollte nah genug herankommen, um den Angriff des zweiten Kilos rechtzeitig erkennen zu können.

Mit Befriedigung stellte Hagen fest, dass sich sein USWE – der diensthabende Undersea Warfare Evaluator war kein anderer als sein Waffenoffizier Lieutenant Damon Hart – ebenfalls nicht am Jubel der Mannschaft beteiligte. Vielmehr stand Hart über den Dead-Reckoning-Tracer-Tisch gebeugt. Er ließ den Blick über die Kontakte und die Tracks gleiten, nahm die Peilungen, Geschwindigkeiten und Kursangaben auf und prägte sich sogar den Verlauf der Küstenlinie ein.

Der Commander sah, dass sich sein Waffenoffizier genau wie er selbst darauf konzentrierte, das russische U-Boot aufzuspüren, zu fixieren und es zu eliminieren.

Hagen stellte sich neben den Jüngeren und studierte nun selbst die Daten auf dem Display. Als Nato-Mitglied und enger Verbündeter der Vereinigten Staaten gehörten die Polen demselben taktischen Datenaustausch-Netzwerk an wie die Navy, was die Koordination zwischen den Flotten und Flugzeugen der beiden Länder so nahtlos machte, wie es sich Hagen nur wünschen konnte. Das Northrop-Grumman-Link-16-Netzwerk ermöglichte es, jeden festgestellten Track eines Überwasser- oder Unterwasserkontakts – ob Freund, Feind, zivil oder unbekannt – sofort mit jedem anderen der an der Jagd beteiligten alliierten Systeme zu teilen. Die Hubschrauber und Schiffe der Polen wie auch die der Amerikaner hatten alle dieselbe echtzeitnahe visuelle Übersicht des Kampfgebiets, und sie waren alle auf der digitalen Karte auf dem großen Koppelnavigationstisch dargestellt.

Lieutenant Hart warf seinem Captain einen schnellen Seitenblick zu. »Das andere Kilo ist noch da draußen, Sir.«

»Ich weiß, Weps. Die Frage ist aber, wird er es wagen, die ganze Sucheinheit anzugreifen, solange er allein ist?«

Hart sagte: »Ich würde mich hüten!«, und hängte noch ein »Sir« an.

»Ich auch, sofern ich nicht einen kleinen blauen Kommunikationsordner aus Neapel bekäme, der es mir befiehlt. Denken Sie dran, Weps: Hier geht es nicht nur um die Psychologie eines russischen Kapitäns und auch nicht um die konventionellen Lehrsätze der U-Boot-Kriegsführung. Hier geht es um Befehle. Bei diesem Kampf ist die Politik der treibende Faktor. Nicht der militärische Sachverstand eines einzelnen Mannes unter Wasser.«

Hart nickte. »Wenn er immer noch allein ist, wäre es für ihn der richtige Zug, auf Sicherheit zu gehen. Wenn er nicht auf Sicherheit geht, sondern angreift, bedeutet das zwangsläufig, dass es da draußen in diesem Kampf noch ein weiteres Element gibt, das ich noch nicht entdeckt habe.«

Die Stimme des TAC, des Fliegerleitoffiziers, tönte plötzlich aus den Lautsprechern. »An alle Stationen. Casino One-Two berichtet passiven Breitbandkontakt, Kurs null-null-acht. Vorläufige Klassifizierung des Kontakts ist mögliches U-Boot, hohes Sicherheitsniveau.«

Hart sagte: »Melde Kontakt feindliches U-Boot, benannt One-One.« Einen Augenblick später erschien ein roter, V-förmiger Marker auf seinem digitalen Dead-Reckoning-Tracer-Display, östlich des polnischen Schiffsverbands und acht Grad über Steuerbordbug der *Greer*. Die Information ging sofort an alle im Link-16-System, was wiederum bedeutete, dass sämtliche polnischen Schiffe den Kontakt der MH-60 Romeo ebenfalls sahen. Die alliierten Schiffe verfügten alle nur über eine Peilung, was nicht ausreichte, um den Track des U-Boots zu identifizieren.

Sekunden später empfing Hart über sein Headset eine weitere Meldung. »USWE, Sonar. Polnischer Kontakt benannt befreundetes Überseeschiff Zero-Five sendet aktiven Sonar.«

»USWE, *aye*.« Hart blickte zu seinem Commander auf. »Das ist eine der polnischen Fregatten, die *General Kościuszko*. Sie exponiert sich gegenüber diesem Kilo.«

Wieder Sekunden später dieselbe Stimme: »USWE, Sonar. Befreundetes Überseeschiff Zero-Five hat zwei Torpedos abgeschossen. Kurs eins, acht, acht.«

»USWE, *aye*. Haben sie ihr Ziel schon angepeilt?«

»Sonar, negativ. Noch nicht.«

Hart und Hagen standen nur da und hofften inständig, dass die polnische Fregatte mit ihren Torpedos das Kilo ausschalten würde, bevor dieses zurückfeuern konnte. Da die Fregatte jetzt mit ihren aktiven Echosignalen das Wasser durchsuchte, würde das Kilo keine Probleme haben, seine Typ 53-65-Torpedos direkt auf das Schiff abzufeuern.

»Die Fregatte feuerte ihre Fische ab, um das Kilo in der Defensive zu halten«, sagte Hart. »Wir sollten in drei Minuten in der Lage sein, eine ASROC auf denselben Kontakt abzufeuern, aber im Moment sind wir noch außerhalb der effektiven Reichweite.«

Hagen nickte nur.

Ein Funker, nur ein paar Schritte entfernt im Kommandozentrum, sagte laut in sein Mikrofon: »An alle Stationen: Ich habe einen … ich korrigiere, ich habe *zwei* Unterwasser-Raketenabschüsse. Stoßen durch die Oberfläche. Ich wiederhole: zwei Vampire in der Luft!«

Im Kommandozentrum herrschte Stille, während alle diese Information verarbeiteten. Bisher war nicht bekannt, dass das russische Kilo die Fähigkeit zum Unterwasserabschuss von Raketen hatte. Soweit man wusste, hatte es nur Torpedos und Minen.

Der Commander fragte ruhig über Harts Schulter: »Die Peilung?«

Hart wiederholte die Frage ins Mikrofon.

»Peilung null, drei, eins.«

Hagen und Hart blickten auf das Display hinunter. Der Raketenabschuss kam aus einer völlig anderen Richtung als der bereits identifizierte Kontakt.

Das konnte nur eines bedeuten: Es war ein anderes U-Boot.

Hart stieß hervor: »Verdammt! Was zum Teufel ist denn noch da draußen?«

»Immer mit der Ruhe, Weps«, sagte Hagen, dann sagte er über das 1-MC-Netz: »Alle Stationen. Hauptquartier. Bereitschaftszustand Zebra. Raketen im Anflug über Steuerbordbug. Aegis auf Automatic-Stand-by. CWIS Goalkeeper auf Auto-Aktivierung. Alle Mann: auf Einschlag gefasst sein.«

Die Bestätigung der Befehle kam einen Moment später über das Netz.

Hagen blickte zu den beiden großen Aegis-Displays an der Wand auf. Zwei Raketen waren in der Luft, rund 40 Seemeilen von der *Greer* entfernt, aber nur 13 Seemeilen von der polnischen Fregatte, die jetzt aktiven Sonar sandte. Hagen sagte über sein Headset: »EW, hier ist der Kapitän. Können Sie diese Vampire identifizieren?«

Der Techniker für elektronische Kampfführung meldete sich einen Augenblick später. »Captain, hier ist EW. Die Raketen scheinen P-800 zu sein. Sie kommen nicht in unsere Richtung. Scheint so, als hätten sie das befreundete Überwasserschiff Zero Five zum Ziel.«

Hart und Hagen blickten sich verwundert an. Hart sagte kopfschüttelnd: »Das muss ein Irrtum sein. Die P-800 ist die Oniks. Das einzige U-Boot, das diese Raketen trägt, ist die Sewerodwinsk-Klasse, aber die russische Ostseeflotte hat keine …«

Hagen unterbrach ihn. »Wir sollten jetzt den Daten vertrauen, die wir direkt hereinbekommen, Weps. Nicht den Berichten der Aufklärung.«

»USWE, Sonar. Passiver Sonar von befreundetem Luftfahrzeug Zero-Nine meldet Kontakt Peilung null, drei, eins. Vorläufige Klassifizierung, mögliches U-Boot, hohes Sicherheitsniveau. Keine Kreuzpeilungsinformation. Evaluiere jetzt akustische Signale.«

»USWE, *aye*«, sagte Hart, aber seiner Stimme war anzuhören, dass er nicht ganz bei der Sache war. »Wir müssen näher heran, um eine Kreuzpeilung von diesem Kontakt zu bekommen.«

»USWE, Sonar. Beide Torpedos, die das befreundete Überwasserschiff Zero-Five abgeschossen hat, haben ihr Ziel verfehlt. Trennung. Wir haben einen soliden Track für das Kilo.«

»Distanz zum feindlichen U-Boot Zero-One?«

»Distanz: 22 000 Meter.«

Hart murmelte so leise, dass es eher wie ein Selbstgespräch klang und nicht wie ein Hinweis für den Commander: »Das ist ganz knapp innerhalb unserer Reichweite.« Er holte ein paarmal tief Atem, um sich zu beruhigen, dann sagte er: »Feuerleitstelle, USWE. Abschuss von zwei ASROC auf Kontakt Feindliches U-Boot Zero-One.«

Dieses Mal meldete sich sofort eine weibliche Stimme.

»USWE, Feuerleitstelle. Abschuss von zwei ASROC auf Kontakt Feindliches U-Boot Zero-One, *aye*!«

Auf dem Deck der *James Greer* sprang eine Luke auf, und eine weiße Rauchwolke quoll heraus. Und aus dem Rauch schoss eine dreieinhalb Meter lange Anti-U-Boot-Rakete, eine RUM-139 VL-ASROC, in den kalten Nachthimmel, getrieben von einer Flammensäule.

Zwei Sekunden danach sprang ein weiterer Raketensilo auf, und eine zweite Rakete schoss ihrem Teamkollegen hinterher.

Im Gehäuse der Raketen befand sich je ein MK-54-Torpedo, aber er fiel nicht sofort ins Wasser, um dort seine Suche zu beginnen. Stattdessen stieg die Rakete hoch in die Luft, richtete ihren Kurs direkt vor den Bug des Kilo-U-Boots und stieg auf eine Höhe von 3000 Metern. Auf dem Scheitelpunkt ihrer Flugbahn brach die Rakete auseinander, und die Mark-54 fiel im freien Fall auf das Wasser, direkt über dem U-Boot-Kontakt. Kurz bevor die beiden Mark-54 auf der Wasseroberfläche aufschlugen, öffneten sich an beiden Torpedos Fallschirme, aber die Waffen trafen trotzdem noch mit genügend Wucht auf das Wasser auf, um allein durch die Schwerkraft weit ins Meer hinunterzutauchen.

Sobald sie im Wasser waren, zündeten die beiden Torpedos, führten eine Diagnose ihrer Systeme durch, schickten ihren Statusbericht an die *James Greer* und machten sich daran, nach genau dem Kontakt zu suchen, auf den sie abgeschossen worden waren, und ihn anzupeilen.

Hart musste es mit zwei U-Booten gleichzeitig aufnehmen. Kaum hatte er den gelungenen Start seiner Waffen beobachtet, die nun zum Kilo-U-Boot unterwegs waren, als er auch schon wieder auf das Aegis-Display an der Wand blickte, in genau dem Moment, wo die polnische Fregatte *General Tadeusz Kościuszko* mittschiffs von einem Oniks getroffen wurde. Der 250 Kilogramm schwere hochexplosivpanzerbrechende Gefechtskopf krachte direkt in den Rumpf des 110 Meter langen Schiffs und erzeugte einen Feuerball, der den Himmel über 30 Kilometer von der *James Greer* entfernt gleißend erhellte.

Die Kamera oben am Mast der *James Greer* übertrug die Explosion für die Männer und Frauen im Kommandozentrum, und alle hielten einen Moment lang inne und fragten sich, was sie hier eigentlich taten.

Aber das währte nur kurz. Kaum hatte die Rakete ihr Ziel getroffen, als sich der Funker erneut über das Netz meldete. »Alle Stationen, ich habe drei Raketenabschüsse, Kurs null, vier, zwo! Weitere Vampire in der Luft! Ich glaube, sie haben es auf uns abgesehen!«

»Großer Gott«, sagte Hart leise.

78

Rich Belanger wischte sich den Schweiß aus den Augen, obwohl es hier auf dem Rücksitz des LAV-C2-Radpanzers, seiner mobilen Kommandostation, sicherlich keine zwei Grad Celsius haben konnte. Er öffnete eine der Klappen, um ein wenig Frischluft hereinzulassen, aber natürlich war ihm klar, dass sein Schweiß nicht der Temperatur zuzuschreiben war, sondern der Enge im Fahrzeug und dem unglaublichen Stress.

In den vergangenen zweieinhalb Tagen hatte er viele Männer verloren, aber sein Bataillon hatte seinen Job gemacht. Nein, sie hatten nicht eine bestimmte Linie gehalten und verteidigt – dazu waren die russischen Panzereinheiten zu stark und ihre mobilen Raketenbatterien zu zielgenau gewesen, als dass Belangers Bataillon länger als ein paar Stunden eine bestimmte Stellung hätte halten können. Aber indem sie ständig ihre Stellungen verlegt und überall im östlichen Litauen von einem Positionspunkt, den EARLY SENTINEL konfiguriert hatte, zum nächsten gezogen waren, hatten seine Waffen-Einheit und seine drei Schützenkompanien bei den russischen Invasoren eine unverhältnismäßig hohe Zerstörung bewirkt.

Natürlich hatten sie das nicht alleine geschafft. Dem Bataillonskommandanten war klar, dass sich bei diesem Unterfangen zwei Faktoren zu seinen Gunsten ausgewirkt hatten. Erstens hatte das EARLY-SENTINEL-Programm es in den Augen der Russen so aussehen lassen, als würde

RUSSISCHE ANGRIFFSSPITZEN

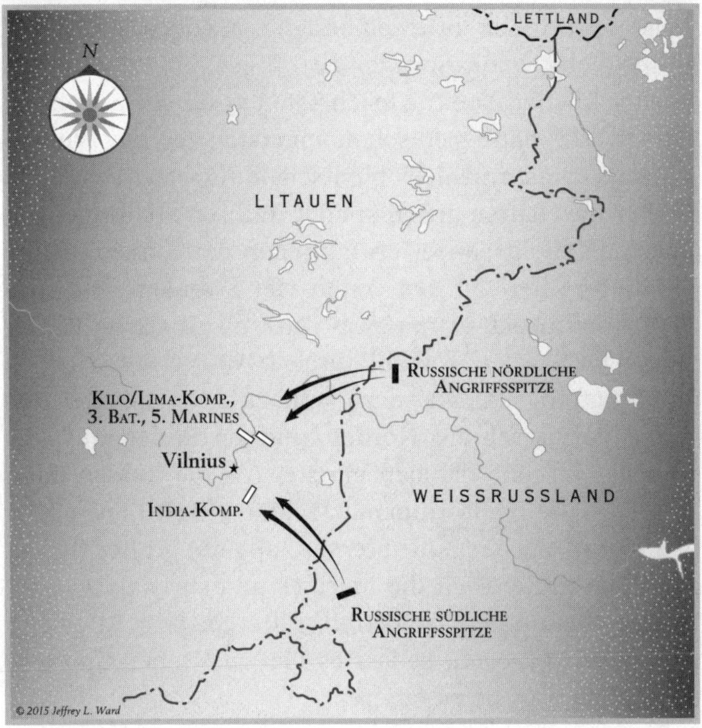

die ursprüngliche Durchbruchstelle der Grenze kaum noch verteidigt. So sicher waren sich die Russen in dieser Annahme gewesen, dass sie nur sehr wenige Raketen und wenig Artillerie eingesetzt hatten, um ihren Vormarsch im Voraus abzusichern. Offenbar hatten sie gehofft, auf diese Weise den Straßen, Brücken und der sonstigen Infrastruktur möglichst wenig Schaden zuzufügen, um sie selbst für einen schnellen Vorstoß nach Litauen hinein nutzen zu können. Das hatte sich schon am ersten Tag des Einmarsches als katastrophale Fehlentscheidung erwiesen, denn die Marines hatten angriffsbereit in ihren Stellungen gelauert, als die gepanzerten Einheiten der Russen in ihre Sektoren rollten. In den ersten vier Stunden nach dem Grenzdurchbruch waren zwei Dutzend russische Panzer vernichtet worden, sowohl durch TOW-Raketen als auch durch Luftangriffe, was dazu geführt hatte, dass der russische Vormarsch im Norden und im Süden auf viel schmalerer Front erfolgen musste. Als die Russen dann das litauische Territorium mit MLRVs, 155-Millimeter-Artillerie und eigener Luftunterstützung mit großer Gewalt angriffen, hatten sich die Marines und sogar der größte Teil der litauischen Landstreitkräfte ein paar Kilometer weit zurückgezogen, sodass es den russischen Spottern unmöglich war, sie zu fixieren.

Die vielen zerstörten Panzer und sonstigen Fahrzeuge blockierten die Überlandstraßen direkt hinter der Grenze und stellten für die Russen ernsthafte Hindernisse dar. Die daraus resultierenden Staus wurden von den amerikanischen Harriers und F-18 wie auch von den Kampfhubschraubern gnadenlos ausgenutzt, die aus einem genau berechneten Abstand auf die russischen Streitkräfte feuerten.

Nach den ersten beiden Tagen hatten die Russen schon auf der weißrussischen Seite größere Materialverluste hinnehmen müssen als in Litauen.

Die andere Komponente der Schlacht, die sich zugunsten von Belanger und seiner Leute ausgewirkt hatte, war die ungestüme Wildheit, mit der die litauischen und polnischen Kräfte kämpften. Er selbst hatte zwar kein einziges polnisches Flugzeug zu sehen bekommen, aber das Netz glühte förmlich vor Funksprüchen, die von polnischen F-16-Luftschlägen hinter der anderen Front, weit nach Kaliningrad hinein, berichteten, sodass der russische Vorstoß von dieser Seite aus empfindlich gestört wurde, was die Russen eine Menge Luftschlagkapazität kostete und ihre Gefährlichkeit für Belangers Front verringerte.

Und obwohl die Litauer keine nennenswerte eigene Luftwaffe besaßen, hatten ihre Bodentruppen mit ihrem begrenzten Waffenarsenal heroisch gekämpft. Sie hatten unsagbare Verluste erlitten, vor allem im Süden in der Nähe der E28, aber auch sie hatten dabei eine Menge russisches Material vernichtet, und indem sie den Vormarsch direkt angriffen, hatten sie den Marines nicht nur Zeit, sondern auch ein besseres taktisches Bild vom russischen Schlachtplan verschafft.

Aber die Glückssträhne der Marines hatte gegen Ende des zweiten Tags dann doch ihr Ende gefunden, als ein Sturm zwar nicht viel Regen, aber dichte, tief hängende Wolken in das Kampfgebiet getrieben hatte, wodurch die Fähigkeit der amerikanischen und polnischen Luftstreitkräfte zu Gegenangriffen ernsthaft beeinträchtigt wurde.

In den zurückliegenden zwölf Stunden waren die russischen Panzereinheiten immer schneller vorgerückt. Ihre T-90-Panzer hatten erbarmungslos auf die Schwarzmeer-Rotationstruppe eingeprügelt. Das 3. Bataillon, 5. Marines, hatte sich in neue Stellungen zurückziehen müssen; danach hatten sie ihre Gegenangriffe in Blitzoperationen durchgeführt, bei denen sie sogar die Stabseinheit zur Unterstützung anforderten, die die aus den Trucks gestiegenen russischen Truppen mit Mörsern und M4-Feuer angriffen, aber an diesem Nachmittag mit seinen vielen großen Rückschlägen waren das nur kleine Schritte in die andere Richtung gewesen.

Und so saß nun Belanger auf dem Rücksitz seiner mobilen Kommandostation, studierte auf dem Blue-Force-Tracker-Display die Disposition seiner Einheiten und genoss den würzigen Geruch der Fichtenwälder, der durch die offene Klappe hereinströmte. So dicht säumte der Wald die Straße, dass er draußen im Widerschein des rötlichen Lichts, das im Fahrzeuginnern herrschte, die Umrisse von Ästen und Zweigen erkennen konnte, die am Fahrzeug entlangstrichen.

Er befand sich in einem sehr dichten Wald in der Nähe eines Dorfes namens Blasiskes, aber er wusste, dass er sich hier nicht lange aufhalten durfte. Die russischen Panzer rückten auf der Landstraße 5227 vor, nur ein paar Kilometer entfernt, und schon in der Morgendämmerung würden sie seine Stellungen erreichen, wenn er sich nicht wieder ein Stück weit zurückzog.

Aber er wollte nicht noch mehr Boden preisgeben. Während er auf seine digitale Karte blickte, wurde ihm klar, dass er nur noch zwei weitere Rückzugspositionen hatte, bevor er an den Außenbezirken von Vilnius selbst stand, und an diesem Punkt würde der russische Vorstoß unter Dutzenden Routen auswählen können, um seine letzte Stellung zu umgehen, ihm dabei auch jeden Fluchtweg abzuschneiden und seine Kräfte in einem so kleinen Gebiet einzukesseln, dass sie ihn leicht vollends aufreiben konnten.

Er hatte bereits seine Feldlazarette in die Vororte von Vilnius zurückverlegt, aber es widerstrebte ihm zutiefst, nun auch seine kämpfenden Truppen in die Stadt zurückziehen zu müssen. Nein, er wollte hier draußen bleiben, hier war er mobil und konnte dem Feind immer wieder durch kurze Vorstöße lästig werden.

Plötzlich brach ein gewaltiger Lärm los. Blitze zuckten über den Himmel und im Wald ringsum und zwangen Belanger, zur geöffneten Klappe des Command Vehicle zu springen. Explosionen im Wald ringsum zerrissen ihm fast die Trommelfelle; er erkannte den Lärm von russischen 300-Millimeter-Raketen, die ringsum herabregneten und in den Wald und das Dorf in der Nähe niedergingen.

Er zählte acht Explosionen innerhalb von nicht einmal zehn Sekunden; das sagte ihm, dass entweder ein mobiler 9A52-4-Mehrfachraketenwerfer spezifisch seine Position im Visier hatte oder dass es einen allgemeinen Befehl gegeben hatte, das Dorf zur Vorbereitung der Ankunft der T-90 plattzumachen.

Wie auch immer, es spielte keine große Rolle. Er musste seine Männer hier herausholen.

Er packte den Griff der Luke und wollte sie gerade schließen, als er noch einen Blick in den rot glimmenden Innenraum des Fahrzeugs warf. Er sah nur drei der vier Marines, die mit ihm fuhren; der Funker war draußen, um sein Wasser abzuschlagen.

»Flak!«, brüllte Belanger. Der junge Marine tauchte aus der Dunkelheit auf, sprang mit einem Satz in das Befehlsfahrzeug, und schon drehten die Räder im aufgeweichten Boden schier durch. Belanger rammte die Luke zu und befahl dem Fahrer, nach Süden zu fahren. Dann befahl er sämtlichen Einheiten im Netz, sich erneut zurückzuziehen.

Das war nicht mehr die Art von Kampfführung, die er kannte. Belanger wurde im Grunde von Raketen und Panzern gejagt. Er musste auf die Straßen, um der unerbittlichen Verfolgung entkommen zu können, aber auch die Russen konnten schließlich Landkarten lesen. Sie mussten nur die Straßen pulverisieren, die nach Vilnius führten, dann konnten sie auch die sich zurückziehenden Marines aufreiben.

Belanger war sich bewusst, dass seine Truppen seit zweieinhalb Tagen gegen einen Gegner gekämpft hatten, der mindestens zwei Gewichtsklassen mehr auf die Waage brachte, aber jetzt vermutete er, dass sie nicht mehr bis zur Morgendämmerung durchhalten würden – wenn nicht irgendetwas diese verdammten T-90 aufhielt.

Wenig später zerriss ein neuer, unbekannter Lärm buchstäblich den Nachthimmel, so laut, so nahe, so tief über ihren Köpfen, dass sich Belanger und alle anderen unwillkürlich duckten. Belanger drehte sich um, schaltete seine Kamera auf dem Fahrzeugdach auf Infrarot und schwenkte sie hin und her, um die Quelle des Lärms zu suchen.

Im Tiefflug, knapp über den Baumwipfeln, rasten zwei seltsam aussehende Kampfflugzeuge über sie hinweg. Sie flogen in West-Ost-Richtung.

»Was zum Teufel …, Sir?«, überbrüllte einer seiner Captains den Lärm der Jets.

Und schon donnerten Explosionen aus Nordost herüber, genau dort, wo sich die Speerspitze der russischen Panzer befinden musste.

Belanger schaute sich die Umrisse der Flugzeuge an, die jedoch schon relativ weit entfernt waren. Doch im selben Moment röhrten zwei weitere Jets über ihn hinweg, dieses Mal mit einem leicht abweichenden Kurs. Jetzt konnte er sich die Flugzeuge genauer anschauen. Auch diese beiden Kampfjets warfen Bomben über der russischen Speerspitze ab, bevor sie scharf nach Norden abbogen.

Belanger sagte: »Das sind Saab Gripens.«

Sein Captain fragte verblüfft: »Diese Vögel sehen wirklich komisch aus. Wer fliegt denn so was?«

»Schweden. Und nur Schweden.«

Weitere Explosionen donnerten aus Richtung des russischen Vormarschs herüber.

»Ist denn Schweden in diesem Krieg dabei?«, fragte der Funker verblüfft.

»Scheint so«, antwortete der Lieutenant Colonel.

»Aber auf welcher Seite stehen sie, Sir?«

»Na, sie blasen den Russen gerade die Scheiße aus dem Gedärm. Was sagt Ihnen das, Sie Schlaumeier?«

Der Funker schaute seinen Commander grinsend an. »Heil Schweden, Sir?«

Belanger unterdrückte ein Grinsen, dann befahl er seinem Bataillon den sofortigen Stopp. Er konnte die Wirkung des Luftangriffs nutzen, um eine neue Verteidigungslinie einzurichten, wobei er sich auf die Positionsdaten des EARLY-SENTINEL-Programms für diese Kampfzone stützen konnte. Mit ein bisschen Glück und noch viel mehr Gripens in der Luft hatte er tatsächlich eine Chance, die Russen von Vilnius fernzuhalten, bis das Wetter wieder aufklarte.

79

Lieutenant Damon Hart hatte sich immer gefragt, wie er sich wohl fühlen würde, nachdem er tatsächlich ein U-Boot zerstört hatte. Seit er zur Navy gegangen war, hatte man ihn darauf vorbereitet und ihn trainiert; er hatte auf Kreuzern und Lenkraketenzerstörern und auch auf Schiffen für die Küstennahe Gefechtsführung gedient, immer mit genau dieser Zielsetzung im Kopf, aber bisher war dieser Augenblick noch nie eingetreten, sodass er keine Ahnung hatte, wie er reagieren würde, wenn es tatsächlich geschah.

Und jetzt war er gekommen, dieser Augenblick – und sofort wieder verflogen. Der Sonar-Controller hatte gerade übers Netz gemeldet, dass die zweite ASROC, deren Abschuss auf das russische Kilo-U-Boot Hart befohlen hatte, ihr Ziel genau getroffen habe. Der Lärm der Explosionen, die Kavitation und das Geräusch des sich unter gewaltigem Druck verbiegenden Metalls, das die Sonartechniker meldeten, hatte keinerlei Zweifel gelassen, dass Hart gerade seine Pflicht für sein Vaterland erfüllt hatte.

Aber in diesem hehren Augenblick fand Lieutenant Hart keine Sekunde Zeit, um über seinen Volltreffer nachzudenken.

Stattdessen konzentrierte er sich vollständig, mit jeder Synapse seiner Hirnfunktionen, auf ein ganz anderes Problem. Er blickte zu dem Aegis-Monitor auf und fokussierte den Blick auf die Tracks der Raketen in der Luft. Gleich-

SCHLACHT IN DER OSTSEE

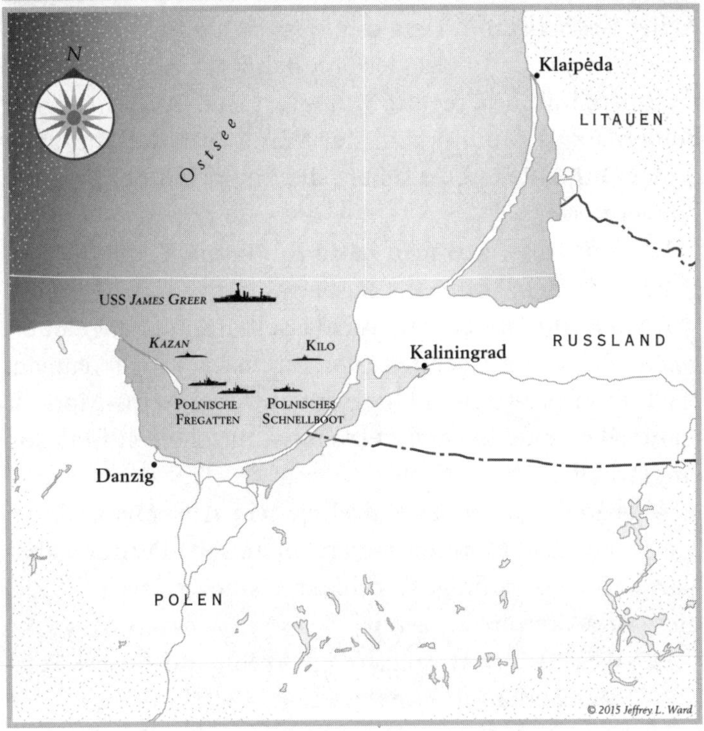

zeitig drückte er auf die Sprechtaste des Mikrofons. »EW, USWE. Was haben Sie mir über die Vampire zu sagen?«

Es befanden sich fünf Raketen in der Luft, alle waren von dem U-Boot auf Peilung 031 abgefeuert worden, das sich jetzt in rund 23 Kilometern Entfernung von der *James Greer* befand. Hart sah, dass sich eine der Raketen bereits in der Endphase der Flugbahn befand und auf die zweite polnische Fregatte hinunterraste. Auf einem der beiden Aegis-Monitore an der Wand war die Flugbahn dieser Oniks-Rakete zu sehen, die direkt mit der Fregatte konvergierte.

Es gab nichts, was man hätte tun können, um die Fregatte vor einem Volltreffer zu bewahren.

Die zweite Oniks, die auf dasselbe Schiff abgefeuert worden war, war irgendwie von ihrem Kurs abgekommen. Nach ihrer erratischen Flugbahn auf dem Aegis-Monitor zu urteilen, musste bei ihr eine mechanische Fehlfunktion eingetreten sein.

Allerdings gab es noch drei weitere Abschüsse, deren Tracks auf dem Monitor noch nicht zu sehen waren. Aber Hart hatte das mulmige Gefühl zu wissen, auf welches Ziel diese drei Vampire zurasten.

»USWE, EW. Drei Vampire im Anflug auf unsere Position, Tracks erkannt, Konvergenz in 42 Sekunden.«

Links neben Hart gab Commander Hagen über das 1-MC-Netzwerk die Warnung an die Besatzung. Seine Stimme dröhnte durch fast alle Bereiche und Abteile des Schiffs.

»Alle Mann, Vampire im Anflug. Das ist *keine* Übung! Bereitmachen für Ausweichmanöver und Einschlag.«

Danach rief Hagen die Waffenkontrolle an.

»WC, Captain. Chaff auf Stand-by. Breitband-Störsender aktivieren!«

»Captain, WC. Chaff auf Stand-by. Breitband-Jammer ist aktiviert, *aye!*«

Als Nächstes befahl der Commander seinem Ersten Offizier auf der Brücke, das Schiff gegen die Anflugrichtung der Raketen zu wenden, wodurch sein Radarquerschnitt verringert wurde; auch dieser Befehl wurde sofort bestätigt.

Kurz danach meldete sich der Fliegerleitoffizier, der die beiden MH-60 Romeos überwachte, über Funk. Die Hubschrauber hatten Sonarbojen nördlich des zweiten Kontakts, der als Feindlicher Kontakt U-Boot Zero-Three bezeichnet wurde, abgeworfen.

»USWE, TAC. Casino One-Two meldet gute Kreuzpeilung und gute Feuerleitung auf feindlichen Kontakt U-Boot Zero-Three. Erbitte Feuerfreigabe. One-Two meldet, er führt zwei Mark-54-Torpedos mit.«

Hart konnte nicht schnell genug auf den Sendeknopf drücken. »TAC, USWE. Casino One-Two hat Freigabe für den Abschuss. Greifen Sie mit zwei Mark-54 an.«

Der TAC bestätigte den Befehl.

Hart stützte sich am Rand des Monitortischs ab, als die *James Greer* hart nach steuerbord krängte. Oben auf der Brücke dirigierte der Erste Offizier das Kriegsschiff in die bestmögliche Verteidigungsposition gegenüber den heranfliegenden Flugkörpern.

Wieder meldete sich der TAC. »Casino One-Two meldet zwei ferne Abschüsse.«

Der Steuerbord-Ausguck berichtete, zwei winzige Leuchtpunkte über dem Wasser gesichtet zu haben. Allen in der Kommandozentrale war klar, dass es sich dabei um zwei der drei heranfliegenden Oniks handeln musste, und alle Blicke richteten sich nun auf die Aegis-Monitore, die das Bild der auf der Mastspitze der *Greer* montierten Kameras übertrugen. Aber statt der heranfliegenden Raketen sahen sie dort nur einen gewaltigen Feuerball in der fernen Dunkelheit, als die zweite polnische Fregatte von einer Rakete getroffen wurde.

Sekunden später vibrierte die *Greer* heftig, und Hart packte den Display-Tisch noch fester. Er wusste, dass das Aegis-System, das auf Automatikfeuer eingestellt war, vom achtern positionierten Raketendeck aus eine RIM-174 abgefeuert hatte. Diese Weiterentwicklung der SM-2-Rakete besaß eine erhöhte Reichweite; sie war außerdem mit bordeigenem Radar ausgestattet und konnte somit auch Ziele bekämpfen, die sich außerhalb der regulären Reichweite der Startplattform, in diesem Fall der *Greer*, befanden. Die RIM-174-Raketen waren die wichtigste Abwehrwaffe gegen Antischiffsraketen, über die die *James Greer* verfügte. Trotzdem war es ungefähr so, als wollte man eine Pistolenkugel mit einer Gegenkugel abschießen. Hart wusste, dass bisher noch keine RIM-174 gegen eine russische P-800 Oniks eingesetzt worden war; es war also sozusagen eine Welturaufführung.

Hoffentlich mit Applaus am Ende.

Das Aegis-System schoss schnell hintereinander insgesamt sechs Raketen vom Achtern-Raketendeck ab, und nur Sekunden nach den Abschüssen kam der Bericht über das Netz, dass alle Abschüsse erfolgreich verlaufen seien und dass dabei kein Besatzungsmitglied zu Schaden gekommen sei – eine Standardmeldung nach jedem Raketenstart.

Hart war sich bewusst, dass drei hochentwickelte Raketen mit 2,5-facher Schallgeschwindigkeit auf ihn zuflogen, aber er musste sich voll und ganz auf seinen Job konzentrieren, also auf den Angriff auf das U-Boot der Sewerodwinsk-Klasse im Südosten. Er kommandierte Casino One-One in diesen Bereich, wo auch der Hubschrauber seine beiden Torpedos abfeuern sollte, und traf dann die Vorbereitungen für den Abschuss weiterer ASROCs auf dieses neue Ziel. Er hatte vor, sämtliche Waffen in Richtung dieses Ziels abzufeuern, einschließlich der 27-Millimeter-Geschütze auf dem Vordeck der *Greer*, wenn es sein musste.

Der Taktische Einsatzoffizier unterbrach Harts Konzentration mit einer Meldung. »USWE, TAO. Der zweite heranfliegende Vampir verliert Höhe, ist noch 12 000 Meter entfernt. Scheint sich um ein technisches Versagen zu handeln.«

»USWE, *aye*.«

Hart schaute einen Moment lang auf die Aegis-Monitore. Er sah die Tracks der sechs von der *Greer* abgeschossenen RIM-174, die mit den Flugbahnen der heranfliegenden Oniks-Raketen konvergierten. Aber die Oniks rasten unerbittlich auf die *James Greer* zu.

Über das Headset meldete sich nun wieder der Fliegerleitoffizier. »USWE, TAC. Casino One-One meldet eine gute Feuerposition auf Feindlichen Kontakt U-Boot Zero-Three und erbittet Batteriefreigabe.«

Das war der andere Hubschrauber. »Sie haben Batteriefreigabe«, sagte Hart. »Starten Sie zwei Mark-54.«

Jetzt meldete sich der TAO erneut. »Ein anfliegender Vampir zerstört. Der letzte Vampir ist zwischen den ERAMs durch und im Anflug. Einschlag in zwölf Sekunden!«

»Chaff starten!«, bellte Hagen über das Netz die Waffenkontrolle und die Brücke an, gefolgt von »Auf Flank Speed gehen!«. Dieser ungewöhnliche Befehl, der nur in der US Navy und auch dort nur in Extremsituationen gegeben wurde und etwa »Höchstgeschwindigkeit« bedeutete, machte klar, wie ernst die Lage war, noch bevor Hagen über I-MC verkündete: »Alle Mann! Ein Vampir im terminalen Angriff! Bereitmachen für Einschlag!«

Hart beugte die Knie ein wenig, lockerte die Kiefermuskeln und packte den Tisch noch fester, hielt aber den Blick fest auf das digitale Display des Dead-Reckoning Tracers gerichtet. Er sah die vier aktiven Torpedos und sah auch, dass das Sewerodwinsk-U-Boot Ausweichmanöver einleitete, um seiner eigenen Zerstörung zu entgehen.

Und gleichzeitig versuchte auch die *James Greer* genau dasselbe.

Hart wurde plötzlich klar, dass bei diesem Kampf beide Gegner einander zu vernichten versuchten und dass am Ende alle sterben würden.

Über sich hörte er ein tiefes Heulen, so laut, dass er sich im ersten Moment instinktiv duckte, als wollte er in Deckung gehen. Doch dann erkannte er, was er da hörte. Das Phalanx CIWS – die Abkürzung stand für »Close-in Weapon System«, es wurde auch einfach »C-whiz« genannt – diente der Nahbereichsverteidigung und bestand aus einem automatischen Vulcan-20-Millimeter-Gatlinggeschütz, das mit dem Aegis-Radarsystem gekoppelt war. Es konnte anfliegende Antischiffsraketen mit 4500 Schüssen pro Minute bestreichen. Es war die letzte Abwehrmaßnahme, die dem Zerstörer zur Verfügung stand, und wenn das Geschütz ausgelöst wurde, bedeutete das, dass die Antischiffsrakete, in diesem Fall eine, die mit zweieinhalbfacher Schallgeschwindigkeit heranraste, nur noch Sekunden vom Einschlag entfernt war.

Die C-whiz klang in Harts Ohren wie der weltweit größte Rasenmäher, und sie röhrte über ihm in vier jeweils zwei Sekunden dauernden Feuerstößen. Nach dem letzten Feuerstoß hörte Hart Trümmerteile überall auf dem Deck aufschlagen. Er verspürte einen derart heftigen Stoß, dass er den Halt verlor und zu Boden stürzte.

Commander Hagen kniete direkt neben Hart, rief bereits die Brücke und verlangte einen Statusbericht. Als keine Antwort kam, ließ er sein Headset fallen und rannte aus der Kommandozentrale.

Hart stand langsam auf. Er war sich nicht sicher, was zum Teufel geschehen war, aber eines schien ihm ziemlich klar zu sein: Die *James Greer* war soeben *nicht* von einer Antischiffsrakete getroffen worden.

Der Lärm war ungeheuer laut und schockierend gewesen, aber hätte die Oniks das Schiff voll getroffen, hätte Hart jetzt vermutlich überhaupt nichts mehr hören können: Die *Greer* wäre in Stücke gerissen worden.

Er blickte wieder auf das Tischdisplay, aber im selben Moment hörte er einen weiteren Funkspruch. »USWE, Sonar. Ich habe Kavitation auf Null-null-zwo. Feindlicher Kontakt U-Boot Zero-Three. Torpedotreffer!«

Überall in der Kommandozentrale begannen die Männer und Frauen zu jubeln. Das Sewerodwinsk-U-Boot hatte es geschafft, drei der vier Mark-54 auszuweichen, die die *Greer* abgefeuert hatte, aber der letzte war direkt unter seinem Rumpf detoniert und hatte das U-Boot in einer Tiefe von 200 Metern in zwei Teile zerrissen.

Auf dem Display sah Hart, dass eine polnische Korvette ihren Kurs auf den Explosionsort richtete und näher heranfuhr, um die Zerstörung zu inspizieren. Sie war nur dreieinhalb Seemeilen entfernt und würde in ein paar Minuten dort eintreffen.

Der Jubel dauerte nicht lange; in der Kommandozentrale kehrte absolute Stille ein, als ein paar Augenblicke später die beiden Aegis-Monitore schwarz wurden. Und schon waren auch Rufe über I-MC zu hören, die die bordeigenen Feuerwehrleute und die Sanitäterteams herbeiriefen.

Hart stieg ein paar Minuten später aufs Hauptdeck hinauf; zu diesem Zeitpunkt hatte er die Nachricht bereits erhalten. Die letzte der drei Oniks-Raketen, die auf die *James Greer* abgefeuert worden waren, war vom C-whiz äußerst knapp, nämlich 480 Meter vor dem Einschlag, zerstört worden, aber die kinetische Energie des heranrasenden Flugkörpers war so stark gewesen, dass große Trümmerteile der Hunderte Kilogramm schweren Rakete in die *Greer* eingeschlagen waren und das Radarsystem zerfetzt und die Kommunikationsanlagen zerstört hatten. Mehrere Trümmerteile waren direkt in die Brücke eingeschlagen und hatten drei Besatzungsmitglieder auf der Stelle getötet und weitere elf verwundet.

Hart sah kleine Feuer und verbogenes Metall, Blut auf dem Deck, Verwundete, die in den Durchgängen an ihm vorbeigetragen wurden.

Seiner Schätzung nach hatten sie nur ungefähr den hundertsten Teil der Wirkung abbekommen, welche die Oniks bei einem Volltreffer in den Rumpf angerichtet hätte, aber selbst so war es schlimm genug. Sein Schiff war so stark angeschlagen, dass es für weitere Operationen nur noch sehr eingeschränkt einsatzbereit war. Und mehrere Männer und Frauen waren tot oder verwundet.

Hart eilte in die Kommandozentrale zurück; er musste nun zuerst einmal den Status der Kampfbereitschaft des Kriegsschiffs evaluieren. Er hatte keine Ahnung, ob nicht noch weitere Gefahren in den Gewässern unter ihnen oder ringsum lauerten, und es war ihm auch klar, dass die Polen gerade zwei ihrer größten Kriegsschiffe verloren hatten.

Erschöpft und entmutigt angesichts des Sterbens ringsum wurde ihm klar, dass seine Arbeit nicht enden würde, bevor er wieder zu Hause war oder bevor die Politiker in Moskau und Washington irgendeinen Weg fanden, diesen Krieg zu beenden.

Der Präsident der Vereinigten Staaten, Jack Ryan, beendete das Telefongespräch mit dem polnischen Präsidenten. Er blickte Scott Adler an, der auf seinem gewohnten Platz auf der anderen Seite des Schreibtisches saß. »Es ist vereinbart. Sie haben zugestimmt.«

Adler stieß einen langen Seufzer der Erleichterung aus. »Gut.«

Dann wandte sich Adler an Verteidigungsminister Burgess und an Mary Pat Foley, die ein paar Schritte weiter entfernt auf einem der Sofas im Sitzbereich des Oval Office saßen. »Jetzt muss es nur noch funktionieren.«

Mary Pat nickte. »Es ist unser bestes Spiel. Der direkteste Weg, um die Sache dort drüben zu beeinflussen.«

Burgess nickte. »Während Sie telefonierten, habe ich mit Admiralstabschef Hazelton gesprochen. Die Seeschlacht ist zu Ende. Wir haben starke Schäden an unserem Zerstörer, und die Polen haben zwei Fregatten und ein Schnellboot verloren.«

Ryan seufzte. »Und was hat uns das gebracht?«

Burgess ließ die Andeutung eines Lächelns sehen. »Drei U-Boote. Soweit wir wissen, alles, was sie noch im Wasser hatten und was dort drüben eine Gefahr für die Landungsschiffe unserer Marines darstellte.«

»Gott sei Dank.«

Der Verteidigungsminister fügte hinzu: »Der Zerstörer, der die *Kazan* versenkte, ihr modernstes Angriffs-U-Boot …«

»Was ist mit ihm?«

»Das war die *James Greer.*«

Admiral Jim Greer war Ryans Mentor beim CIA gewesen.

Ein leichtes, listiges Lächeln spielte um den Mund des Präsidenten. »Verdammt komisch, unsere kleine Welt, stimmt's, Bob?«

»Stimmt genau, Mr. President. Ich glaube, Admiral Greer hätte seine Freude daran gehabt.«

Ryan nickte. »Wir geben es den Polen.«

»Äh – wie bitte?«

»Die *Kazan*. Wir geben den Polen das Verdienst, sie versenkt zu haben.«

Burgess widersprach. »Auf der *James Greer* haben eine Menge guter Männer und Frauen alles gegeben, um dieses U-Boot zu besiegen. Wenn wir diese Ehre jetzt den Polen schenken, mindern wir das Verdienst der Navy in diesem Krieg.«

»Sie machen diese Arbeit aber nicht, um berühmt zu werden.«

»Trotzdem, Mr. President. Das ist der größte Erfolg unserer Navy in dieser Generation. Die Polen verdienen eine Menge Anerkennung, aber die *James Greer* ihres Anteils an dem Erfolg zu berauben kommt mir falsch vor.«

»Ich raube niemandem etwas, Bob. Ich bin mir nur bewusst, wie wichtig so ein diplomatischer Coup wäre, wenn die Welt, und vor allem auch die Russen selbst, glauben, dass die Polen das ganz allein geschafft hätten.«

Burgess war überhaupt nicht glücklich über diesen Vorschlag, was Ryan völlig klar war. »Bob, ich weiß, Sie sind sauer, und das weiß ich zu schätzen. Aber das ist der richtige Schachzug. Wenn sich der Rauch wieder legt und die *James Greer* nach Hause kommt, werde ich sie besuchen und großes Aufheben über ihre Arbeit in der Ostsee machen, ohne ganz genau zu sagen, was ich damit meine. Ich werde über die Versenkung des Kilo sprechen. Mit dieser Sache werde ich mich bei der Navy nicht beliebt machen, das ist mir klar, aber ich will damit nur Russland von weiteren Angriffen auf seine Nachbarn abbringen.«

Burgess stieß einen langen Seufzer aus. »Bei der Navy werden Sie trotzdem beliebt bleiben, Mr. President.« Er lachte leise. »Vielleicht erlauben Sie mir, hinter Ihnen zu stehen, wenn die *Greer* in den Hafen einläuft, damit ich den Matrosen zuwinkern kann – sie sollen sehen, dass wir genau wissen, was sie geleistet haben.«

Ryan war damit einverstanden, dann stand er auf und blickte auf die Uhr. »Es ist bald so weit für mein Statement im Fernsehen. Ich will, dass sie in Moskau mein Statement rechtzeitig vor ihren Hauptnachrichten hören. Ich brauche eine Stunde mit den Redeschreibern, dann gehe ich auf Sendung.«

80

Präsident Jack Ryan saß an seinem Schreibtisch im Oval Office; er trug einen blauen Anzug mit roter Seidenkrawatte und blickte in die Kamera. Seine Rede wurde live auf der ganzen Welt ausgestrahlt, und ganz bestimmt auch in Russland, obwohl ihn dort wahrscheinlich nicht alle sehen würden.

Nach einem ernsten Gruß und ein paar Bemerkungen zum Hintergrund des kurzen Landkriegs in Litauen fuhr der Präsident fort: »Von jetzt an werde ich die Aktionen des russischen Militärs im Baltikum als Wolodins Invasion bezeichnen. Ich weiß, dass immer noch eine Mehrheit des russischen Volkes Wolodins Plan unterstützt, Litauen und die baltischen Staaten für Russland zurückzuerobern. Aber ich weiß auch, dass diese Unterstützung auf Informationen beruht, die vom Kreml sehr sorgfältig manipuliert wurden.« Ryan legte die Hände flach auf den Tisch und blickte auf sie hinunter. Einen Augenblick schien es, als hätte er seine Zeile im Teleprompter verloren und damit auch den roten Faden seiner Rede.

Doch dann blickte er wieder auf und sagte: »Nein. Nicht heute Abend. Heute Abend werde ich ganz anders zu Ihnen sprechen, als ich es sonst normalerweise tun würde. Ich entschuldige mich im Voraus dafür, dass ich sehr offen reden werde, und entschuldige mich auch dafür, dass ich mich an keine der üblichen diplomatischen Feinheiten halte. Aber es hängen Millionen Menschenleben davon ab, dass Sie alle verstehen und wirklich begreifen, was hier vor sich geht.

Ich wende mich direkt an das russische Volk: Sie sind belogen, manipuliert, betrogen und ausgenutzt worden. Walerij Wolodin ist ein Geschöpf der sowjetischen Geheimdienste; er ist seit seiner Jugend an Lüge, Täuschung und Betrug gewöhnt, und er ist darin bestens ausgebildet. Und er ist sehr gut … nein, er ist besser als gut. Er ist der beste Manipulator, mit dem ich jemals zu tun hatte.

Aber man mag eine Lüge noch so gut erzählen, sie wird dadurch nicht wahr.

Wolodins Invasion ist fehlgeschlagen. Seine Panzer stecken östlich von Vilnius fest. Seine drei gefährlichsten U-Boote in der Ostsee liegen alle auf dem Meeresgrund. Eine große und wachsende Koalition von Nationen stellt sich diesem illegalen Angriff entgegen. Armeen rücken in Polen und jetzt auch in Litauen vor, um die dortigen nationalen Streitkräfte und das Marinecorps der Vereinigten Staaten in ihren Verteidigungsanstrengungen zu unterstützen.

Walerij Wolodin hat diesen Krieg in dem Glauben vom Zaun gebrochen, dass ihm die Nato die drei baltischen Nationen kampflos überlassen würde, als Gegenleistung für das Versprechen, dass er Polen und den Rest der Ukraine in Ruhe lassen würde. Dieser Plan ist nun nur noch Schall und Rauch. Wolodin verliert nicht nur diesen Krieg, den er selbst vom Zaun brach, sondern er ist im Begriff, noch viel mehr zu verlieren.

Was ich jetzt sagen werde, wird vielleicht viele von Ihnen wütend machen. Ich bitte Sie nur darum, mir offen und unvoreingenommen zuzuhören. Während ich hier rede, bereiten polnische bewaffnete Verbände einen Angriff auf Kaliningrad vor. Auf russisches Territorium. Die russische Verteidigungskraft ist im Moment geschwächt, weil sie voll auf den Krieg in Litauen konzentriert ist.

Ferner hat die Nato heute in einer Sondersitzung beschlossen, ihre sogenannte »Speerspitze«, ihre Eingreiftruppe mit sehr hoher Einsatzbereitschaft, in die Region zu entsenden, um Polen im Falle einer russischen Aggression beizustehen. Und in der Ostsee vor Kaliningrad, wo Wolodins Ostseeflotte noch immer brennt oder schwelt, bewegen sich in diesem Moment zahlreiche amphibische Angriffsschiffe mit Tausenden Marines der Vereinigten Staaten zu ihren Landungspositionen.« Ryan blickte direkt in die Kamera. »Ich dachte zuerst, ich würde sie nur einsetzen müssen, um Litauen zu verteidigen. Aber jetzt? Jetzt denke ich ernsthaft darüber nach, ob ich sie nicht in die Oblast Kaliningrad schicken soll.«

Er starrte jetzt mit größter Entschlossenheit in die Kamera. »Dies sind schwierige Zeiten. Sie müssen sich die Lage vorstellen: Zehntausende von bewaffneten Männern und Frauen, all diese Flugzeuge und Schiffe und speziellen Operationseinheiten und Raketen und Panzer, diese gesamten Truppen der Nato und ihrer Verbündeten, werden in der Sekunde umkehren und sich auf ihre Stützpunkte zurückziehen, in der Walerij Wolodin seinen Streitkräften den Befehl gibt, sich aus Litauen und aus Weißrussland zurückzuziehen, und somit auch die Drohung beseitigt, in Polen einzumarschieren. Bestimmt werden die sogenannten Fernsehexperten in dem Moment, wo dem ich hier zu reden aufhöre, alles zerreden und widerlegen, was ich sage. Doch trotz allem, was Sie in den russischen Medien in letzter Zeit gehört und gesehen haben, versichere ich Ihnen: Wir wollen keinen einzigen Zentimeter des russischen Territoriums. Nicht jetzt, niemals. Ihr Land gehört Ihnen, dem russischen Volk. Aber wir werden nicht dulden, dass ein Verrückter wie Walerij Wolodin weiterhin seine Nachbarn bedroht!

Wir werden in Kaliningrad einmarschieren, um den Krieg im Baltikum zu beenden. Aber wir werden Kaliningrad an Russland zurückgeben, sobald wir unsere Ziele erreicht haben.

Meine Botschaft an Walerij Wolodin ist ganz einfach: Sie haben, wieder einmal, zu hoch gepokert. Ziehen Sie Ihre Streitkräfte aus Litauen zurück, sonst verlieren Sie ein Stück Territorium, das seit über siebzig Jahren zu Russland gehört.

Und sollten Sie es wagen, Massenvernichtungswaffen einzusetzen, seien es nukleare, chemische oder biologische Waffen, werden wir mit genau denselben Waffen antworten. Sollten Sie eine Atomwaffe auf uns abfeuern, auf irgendeinen unserer Verbündeten, egal wo, wird Moskau selbst entsetzliche, katastrophale Vergeltungsschläge erleiden. Dies sage ich klar und unmissverständlich: Ich werde nicht zuerst feuern, Mr. Wolodin. Aber ich werde als Letzter feuern.«

Ryan trank einen Schluck Wasser.

»Eine letzte Botschaft an das gute Volk Russlands: Wie ich schon sagte: In dem Moment, wo ich zu reden aufhöre, werden sich zahlreiche gut ausgebildete Spezialisten der Desinformation vom Kreml an Sie wenden und Sie belehren – attraktive Männer und Frauen mit dem besonderen Talent, alles zu verkaufen, was Wolodin anzubieten hat. Aber schon unmittelbar nach meiner Ansprache wird Ihnen an diesen Leuten etwas auffallen: ein bisschen Verwirrung, ein bisschen mehr Vorsicht bei dem, was sie sagen.

Und warum ist das so?

Weil jetzt gerade, während ich zu Ihnen spreche, sämtliche russischen Medien eine Erklärung von einem Moskauer Banker erhalten haben, der für den Kreml arbeitete. Dieser Mann war Wolodins persönlicher Kassenwart, und für alles, was er Ihnen zu erklären hat, kann er Beweise vorlegen. Diese Beweise zeigen eindeutig, dass er in den vergangenen Monaten damit beschäftigt war, einen riesigen Geldbetrag auf eine Reihe von Offshore-Konten zu verschieben. Dabei handelt es sich um Wolodins persönliches Vermögen, das er dem Zugriff der russischen Finanzbehörden entziehen wollte. Der Banker wurde auf den Britischen Jungferninseln gefangen genommen, zusammen mit einem Sicherheitsbeamten des Kremls, und er hat ein umfassendes Geständnis abgelegt. Er legt nun sämtliche Informationen über Wolodins Verbrechen an seiner eigenen Nation offen.

Der russische Präsident hat sein eigenes Volk, sein eigenes Land bestohlen. Er hat dieses Geld auf Konten in Überseebanken versteckt. Wir reden hier nicht von ein paar Millionen, meine Damen und Herren: Wir reden von vielen Milliarden Dollar! Diesen riesigen Betrug hat er auch vor seiner eigenen Regierung geheim gehalten. Wolodin wollte sich mit diesem Geld einen Fluchtweg offenhalten für den Fall, dass der Krieg in Litauen nicht so ausgeht, wie er ihn geplant hatte. Schon lange, bevor im Baltikum der erste Schuss fiel, hat Walerij Wolodin seine Vorkehrungen getroffen, sich aus Russland abzusetzen, falls es nötig werden sollte.

Natürlich werden Ihre Medien trotz aller Beweise versuchen, alles zu widerlegen, was ich sage. Man kann diese Papageien nicht in so kurzer Zeit umerziehen, damit sie etwas anderes plappern. Aber machen Sie sich darauf gefasst, in den Gesichtern der Meinungsverdreher und Manipulanten des Kremls nichts als reine Verwirrung zu sehen, wenn sie sich als angeblich unabhängige Journalisten in ungefähr dreißig Sekunden zu dem äußern, was ich Ihnen gesagt habe.«

Ein paar Augenblicke später beendete Ryan seine Ansprache.

Das Bild des Präsidenten Ryan an seinem Schreibtisch im Weißen Haus verschwand von den Bildschirmen. Stattdessen kam nun eine Diskussionsrunde russischer

Journalisten ins Bild. Und wie Ryan vorhergesagt hatte, wirkten sie durch die Anschuldigungen leicht verwirrt, taten aber ihr Bestes, um auch weiterhin als Wasserträger für ihren Führer tätig zu sein.

Jedenfalls bis auf Weiteres.

Fünf Minuten nachdem die Fernsehleute mit ihren Kameras aus dem Oval Office verschwunden waren, versammelte sich darin Ryans Nationaler Sicherheitsrat.

Mary Pat Foley ergriff als Erste das Wort. »Mr. President. Ihre Ansprache setzt Wolodin unter gewaltigen Druck. Wenn Sie das zu der Ankündigung hinzuzählen, die Sie jetzt gleich machen werden … Ich meine, Sie sollten genau überlegen, was Wolodin nun tun könnte.«

»Sie meinen die Borei, die irgendwo vor unserer Küste liegt. Und im Grunde sagen Sie, dass Wolodin einen Nuklearschlag befehlen könnte.«

»Der Kommandant der *Knjas Oleg* ist Wolodin-Anhänger, und zwar ein fanatischer. Er wird tun, was immer der Präsident ihm befiehlt.«

Burgess nickte und fügte hinzu: »Er ist definitiv der schlimmste Mensch, den wir als Kommandanten eines Atom-U-Boots vor der Küste Washingtons sehen wollen.«

Ryan fragte: »Und immer noch kein Hinweis, wo es sich befindet?«

»Ein U-Boot draußen im Atlantik zu finden ist ungefähr so, als wollte man einen ganz bestimmten Kieselstein in einem See finden«, sagte Burgess. »Solange es still dort liegt und keine Aufmerksamkeit auf sich zieht, werden wir es nicht aufspüren können, Mr. President.«

Mary Pat fügte hinzu: »Ich denke, Sie sollten darüber nachdenken, Washington zu verlassen, bis diese Krise vorüber ist.«

Ryan schüttelte sofort entschieden den Kopf. »Nein,

ich bleibe hier. Ich werde nicht losfliegen und mich in einem Bunker in Colorado verstecken.«

Arnie Van Damm hatte still hinter der Gesprächsgruppe gesessen. Jetzt mischte er sich ein. »Ich hatte eher an einen kleinen Urlaub in South Dakota gedacht. Oder vielleicht in Mikronesien. Und in Tierra del Fuego soll man in dieser Jahreszeit bis zur Südspitze Südamerikas wandern können. Ich würde mir nämlich ganz gerne mal eine längere Auszeit gönnen.«

Jack lachte. »Gesuch abgelehnt. Verdammt, ich beschütze dich doch! Du bist sowieso nicht in der Verfassung, irgendwohin zu wandern, ob in Südamerika oder sonst wo. Selbst bei einer heranfliegenden Atomrakete hättest du eine bessere Überlebenschance.«

»Sehr witzig, Jack.«

Das Café in der Kriwokolenny-Gasse in Moskau hatte schon Dutzende solcher Treffen beherbergt, aber niemals hatte eines im Herbst stattgefunden. Gewöhnlich fanden sie im Frühling statt, jedes Jahr am selben Tag und zur selben Uhrzeit.

Wolodin wäre es lieber gewesen, wenn diese Tradition fortgeführt worden wäre. Bis zum nächsten planmäßigen Treffen war es noch ein halbes Jahr hin, und in einem halben Jahr, da war sich Wolodin sicher, würde er an einem besseren Ort sein als jetzt.

Aber er musste heute Abend hingehen. Diburow war mächtig, und er hatte das Treffen einberufen. Wolodin wusste, dass alle Silowiki, und nicht nur Diburow, unruhig waren, und sie waren sogar richtig verärgert. Die Ereignisse der letzten paar Wochen verstärkten ihre Wut noch weiter.

Es stimmte, die *Kazan* war versenkt worden, und der Vormarsch in Litauen war zum Stillstand gekommen. Aber die Nordflotte hatte jetzt mehr U-Boote, und Verstärkungstruppen waren unterwegs nach Weißrussland. Die Fehlschläge hielt Wolodin nur für leichte Verzögerungen bei der Umsetzung seines Plans.

Belastender war da schon eher die Tatsache, dass die westlichen Medien eine spanische Terroristin vorführten, die behauptete, Russland habe den Anschlag auf die Europäische Öl- und Gas-Konferenz in Brüssel organisiert und sei auch für den Bombenanschlag auf den Flüssiggastanker bei Klaipėda verantwortlich. Wolodin wusste natürlich, dass das stimmte, und es passte auch zu dem, was er beim letzten Silowiki-Treffen behauptet hatte – dass er eine Kampagne starten würde, um die Energiepreise in die Höhe zu treiben und so Russlands wirtschaftliche und politische Position in der Welt zu verbessern. Aber Grankin hatte Wolodin versichert, dass der russische Kontakt zu dieser Earth-Movement-Gruppe auf keinen Fall bis zum Kreml zurückgeführt werden könne.

Gegenüber den Silowiki konnte Wolodin das natürlich abstreiten, und genau das hatte er auch vor, sobald er im Café ankam. Gut möglich, dass sie ihm nicht glauben würden, aber er musste es jedenfalls versuchen.

Nein, Wolodin wollte heute Abend nicht dabei sein. Er wusste, dass die Dinge für ihn in politischer Hinsicht gefährlich waren, und in dem Café würde sich die Wut der mächtigsten Männer Russlands auf ihn richten.

Aber er musste hingehen. Er musste, weil dieser verdammte Limonow mit seinem, Wolodins, ganzen Geld abgehauen war.

Im Frühjahr, bei den regulären Treffen im Café F, herrschten immer strengste Sicherheitsvorkehrungen. Aber heute Abend schien alles ein wenig anders zu sein. Wolodin nahm an, dass die späte Einberufung der Sitzung der Grund dafür war, dass die Gasse nicht gesperrt war und dass er ein paar Passanten vorbeischlendern sah, als wäre es ein ganz gewöhnlicher Abend.

Um seine Sicherheit machte sich Wolodin keine großen Sorgen. Seine Leibwache begleitete ihn und würde ihn, ihren Präsidenten, gut schützen. Und wenn es nach ihm ging, konnten die anderen Männer zum Teufel gehen, sie waren ihm egal.

Aber seine Sicherheitsleute waren außer sich, als sie sahen, dass der Zugang zur Gasse nicht kontrolliert wurde. Sie telefonierten herum und verlangten zu wissen, wann die Straße gesperrt werden würde.

Als der Autokorso des Präsidenten vor dem Alkoven über dem Caféeingang anhielt, blickte Wolodin aus dem Fenster hinaus. Er sah Grankin an der Bar, neben ihm saß Diburow.

Wolodins Sicherheitsmänner sagten ihm, er müsse warten. Er befolgte die Anweisung, saß still auf dem Rücksitz und dachte an das, was er drinnen sagen würde, während seine Sicherheitsleute immer noch wütend herumtelefonierten.

Schließlich kam Grankin an eines der Fenster, sah seinen Präsidenten im Auto sitzen und winkte ihn ins Café. Wolodin nickte als Antwort, dann wandte er sich an seine Sicherheitsleute, die im Fahrzeug saßen.

»Was zum Teufel ist das Problem?«

Sein Leitender Sicherheitsoffizier drehte sich zu ihm um. »Herr Präsident, ich will nicht, dass Sie den Autokorso verlassen, solange die Straße nicht gesperrt wurde. Ich weiß nicht, was hier vor sich geht, aber das hier entspricht nicht dem Protokoll.«

Wolodin seufzte. Die Sache entwickelte sich allmählich zu einer Katastrophe.

Nun kam auch Diburow ans Fenster und schaute Wolodin an, der im Auto saß, und Wolodin schaute zurück. Er wusste, wie er jetzt wirkte: Schwach, ängstlich, sogar so verängstigt, dass er es nicht wagte, den anderen vor die Augen zu treten.

Wolodin brüllte seine Leibwache an: »Verdammt noch mal! Ich gehe jetzt rein! Niemand soll behaupten, Walerij Wolodin hätte Angst, sich mit seinen eigenen Partnern zu treffen!«

»Es ist nicht sicher, Herr Präsident.«

»Sie werden mich schon nicht erschießen, Pascha. Wollen tun sie es vielleicht, aber damit kämen sie nicht durch. Das wissen sie auch. Außerdem sind das schwache Männer. Sie würden es niemals wagen.«

Pascha sagte: »Ich gehe mit Ihnen.«

»In Ordnung, aber nur Sie. Sicherheitsleute haben nur zum Vorraum der Bar Zutritt. Und diese Hunde sollen nicht denken, ich hätte Angst vor ihnen.«

»Jawohl, Herr Präsident.«

Pascha öffnete Wolodins Tür. Zusammen überquerten die beiden Männer den Gehweg und traten unter den Alkoven vor dem Café F. Normalerweise würde hier einer der Sicherheitsleute des Cafés dem Präsidenten die Tür öffnen, aber als sie nicht aufging, trat Pascha vor und öffnete sie selbst.

Offensichtlich war sie verschlossen.

Pascha riss heftig daran, rot vor Verlegenheit. Wolodin blickte durch die Glasscheiben und schaute Diburow und Grankin an. Die beiden saßen an der Bar und starrten ausdruckslos zurück. Wolodins Blick glitt weiter nach rechts, in den Hauptraum des Cafés. In diesen Raum hatte er vom Auto aus nicht blicken können.

Er war völlig leer. Keine Sicherheitsleute, keine Silowiki, keine Kellner.

»Was zum Henker ist hier los?«

Pascha drehte sich zum Präsidenten um, packte ihn an der Schulter und drehte ihn in Richtung Auto. »Wir gehen.«

Ein Schuss knallte in der Nähe des Alkovens; Wolodin taumelte rückwärts gegen die verschlossene Tür. Der große

Bodyguard zu seiner Rechten wurde ebenfalls zurückgeschleudert; Blut spritzte über das Glas hinter seinem Kopf, er glitt an der Tür herunter und fiel auf das Pflaster.

Im Halbdunkel auf einer Seite des Alkovens stand eine Gestalt mit einer Waffe, nur ein paar Schritte von Paschas verkrümmtem Körper entfernt. Wolodin erstarrte vor Angst, aber nur für einen kurzen Moment. Dann rannte er los, zur Limousine, 15 Meter entfernt. Er sah, wie die Türen überall im Autokorso aufgestoßen wurden und seine Sicherheitsleute herausstürmten. In ein paar Sekunden würden sie einen Schutzring um ihn bilden.

Er hatte sich so sehr auf den Mann mit der Waffe konzentriert, der vor ihm gestanden hatte, und auf seine Sicherheitsleute auf der Straße, dass er die andere Gestalt gar nicht bemerkt hatte, die im Halbdunkel auf der anderen Seite des Alkovens stand. Dieser Mann trat nun vor, als wollte er ihn umarmen, und der russische Präsident schreckte zurück, als er die plötzliche Annäherung spürte.

Der zweite Mann trat blitzschnell aus dem Schatten des Alkovens heraus und rammte Walerij Wolodin ein Messer in den Leib.

Der russische Präsident riss die Augen auf, dann wurde sein Blick glasig; seine Beine gaben nach, er fiel erst auf die Knie, dann kippte er nach vorn, wodurch das Messer noch tiefer in seinen Körper drang.

Die beiden Männer im Alkoven schauten sich kurz an; der Pistolenschütze schrie »Allah'u akbar!« und jagte seinem Landsmann, Walerij Wolodins Attentäter, eine Kugel in die Stirn. Danach wendete er die Waffe gegen sich selbst und wollte den Ruf wiederholen, doch bevor er ihn zu Ende bringen konnte, wurde er durch einen Kugelhagel von Wolodins Schutzgarde buchstäblich niedergemäht.

Ein paar Augenblicke später verließen Arkadij Diburow und Michail Grankin das Café F durch die Hintertür. Sie stiegen in zwei verschiedene Mercedes-Limousinen und fuhren in verschiedenen Richtungen in die Nacht hinaus.

Eine Stunde später erschien Tatjana Molchanowa, die Anchorwoman von Kanal sieben, in den Wohnungen der Russen, die eine halbe Stunde vor Mitternacht noch vor ihren Fernsehern saßen. Ihre Augen waren gerötet, als hätte sie geweint.

»Meine Damen und Herren. Aus aktuellem Anlass unterbrechen wir das Programm für eine Sondermeldung aus Moskau. Präsident Walerij Wolodin ist heute Abend einem Attentat durch tschetschenische Terroristen zum Opfer gefallen, nur wenige Straßenzüge von der Lubjanka entfernt, dem Gebäude, in dem er als junger Mann arbeitete, um ein besseres, größeres Russland aufzubauen. Offensichtlich war der Präsident kurz von seinem Sicherheitsdienst getrennt worden und wurde mitten auf der Straße angegriffen. Er erhielt eine Stichwunde in den Bauch, und obwohl seine Leibwache die brutalen Terroristen sofort erschoss und ihren Präsidenten ins Krankenhaus brachte, konnte sein Leben nicht mehr gerettet werden.«

Und Tatjana Molchanowa brach vor laufender Kamera in Tränen aus.

81

Der Präsident der Vereinigten Staaten saß an seinem Schreibtisch. Offen vor ihm lag ein vollständiges Dossier über Arkadij Diburow. Der neue Präsident Russlands war erst seit vier Stunden im Amt, wollte aber bereits ein erstes Telefonat mit dem amerikanischen Präsidenten führen.

Ryan kam es ein bisschen eigenartig vor, dass dieser Mann von den Wirtschaftssanktionen betroffen war, die das amerikanische Justizministerium verhängt hatte, aber im Dossier wurden die Gründe durchaus plausibel dargelegt. Als Direktor des Energiekonzerns Gazprom hatte er Hunderte Millionen Dollar in Empfang genommen; ursprünglich waren es Einnahmen aus russischen Erdölverkäufen gewesen, die dann aber abgezweigt und in Tarnfirmen und auf Offshore-Konten auf der ganzen Welt verschoben worden waren.

Dieser Bursche war korrupt und ein Verbrecher, genau wie sein Vorgänger. Aber noch wusste Ryan nicht, ob der Ganove auch so viel Verstand hatte, dass man mit ihm einen Deal machen konnte.

Er ist ein Silowiki, ein Milliardär, undurchsichtig und verschlagen, aber vielleicht nicht so sehr wie Walerij Wolodin. Damit kann ich leben, sagte sich Ryan.

Allerdings wusste Ryan auch nicht, ob er den Mann täuschen konnte – konnte er ihn dazu bringen zu glauben, dass die Navy das russische strategische Raketen-

U-Boot vor der amerikanischen Küste im Visier hatte? Die Wahrheit sah nämlich ganz anders aus: Ryan hatte keine Ahnung, wo sich das U-Boot befand. Deshalb hielt er es für das Beste, dem neuen russischen Präsidenten mehr Selbstbewusstsein und Überlegenheit vorzutäuschen, als er in Wirklichkeit besaß, um Amerikas Rückzug vom Rande eines Atomkriegs auszuhandeln.

Aus dem Telefonhörer kamen jetzt Geräusche. Dann meldete sich ein Mann auf russisch. Der Dolmetscher übersetzte ein paar einleitende Worte. Diburow drückte seine Hoffnung aus, dass es gelingen möge, zwischen ihren beiden Nationen, Russland und den Vereinigten Staaten, wieder bessere Beziehungen herzustellen.

Ryan antwortete, er teile diese Hoffnung, aber die Lage würde sich nur dann verbessern, wenn Russland die internationalen Vereinbarungen und Normen wieder befolge.

Nach kurzer Pause sagte Diburow: »Präsident Ryan, ich bin doch sehr enttäuscht, dass Sie zu glauben scheinen, Sie könnten mich schon bei unserem ersten Gespräch unter Druck setzen.«

»Ich habe nichts anderes im Sinn, als zunächst einmal die Tatsachen festzustellen«, antwortete Ryan. »Denn erst, wenn wir uns beide über die Fakten verständigt haben, werden sich die Beziehungen zwischen unseren Ländern verbessern lassen. Fakt eins … wir wissen, wo sich die *Knjas Oleg* befindet. Wir könnten sie auf der Stelle zerstören, wenn wir das wollten.«

Diburow sagte: »Sie behaupten, es sei jetzt an der Zeit, die Fakten auf den Tisch zu legen. Aber das ist kein Fakt. Das ist eine Drohung, Mr. President.«

»Da Sie sich nicht mit Drohungen befassen wollen, Präsident Diburow, muss ich Sie doch fragen: Was hat dann dieses U-Boot vor unserer Küste zu suchen? Ist das denn keine Drohung? Warum ist es nicht längst nach Russland zurückgekehrt?«

Der russische Präsident ging nicht darauf ein.

Nach kurzer Pause fuhr Ryan fort: »Es könnte ein enorm wichtiger erster Schritt zur Aussöhnung sein.«

»Ich glaube nicht, dass wir uns aussöhnen müssen. Meine Regierung ist nun mal nicht die Regierung von Walerij Wolodin.«

»Nein, das ist sicherlich richtig. Aber Ihre Regierung ist diejenige, die ein U-Boot mit Interkontinentalraketen vor der Küste der Vereinigten Staaten parkt, und deshalb tragen Sie die Verantwortung für jede Aktion, die wir möglicherweise unternehmen könnten. Die Dinge liefen von dem Moment an schlecht für Wolodin, in dem die *Kazan* versenkt wurde. Sie werden sich nicht hinter der Ausrede verschanzen können, dass Ihr Vorgänger daran schuld ist, wenn Sie ein weiteres Ihrer hochentwickelten Kriegsschiffe verlieren.«

Nach langer Pause sagte Diburow: »Ich werde signifikante Zugeständnisse von Ihnen brauchen, wenn das geschehen soll. *Sehr* weitreichende.«

Ryan dachte, dass dieser Clown sicherlich noch nicht weit genug war, um in der ersten Liga mitspielen zu können. Aber der Bursche besaß den Zugriff auf die Nuklearcodes und konnte jederzeit die russischen Atomraketen abfeuern. Schon deshalb verdiente er ein wenig Respekt. »Präsident Diburow, stellen Sie Ihre Angriffe an allen Fronten ein, erst dann werden wir über einen Deal verhandeln.«

»Tut mir leid, Mr. President, aber ich weigere mich, von Amerika herumkommandiert zu werden.«

Die Verbindung brach ab.

Vierundzwanzig Stunden nach dem feindseligen Telefonat bat der russische Botschafter um ein Gespräch mit dem Präsidenten der Vereinigten Staaten.

Dass es einen ganzen Tag gedauert hatte, bis das geschah, hatte Präsident Ryan und seinem Außenminister größte Sorge bereitet. War Diburow vielleicht doch schlauer, als sie vermutet hatten? Beim Telefongespräch mit dem amerikanischen Präsidenten war er nicht eingeknickt wie ein Strohhalm, und auch während der folgenden vierundzwanzig Stunden hatte er nicht gewankt, obwohl er angesichts der Drohung, dass eine amerikanische Invasion in Kaliningrad unmittelbar bevorstehen könne, unter gewaltigem Druck gestanden haben musste. Ryan und Adler fingen allmählich an zu glauben, dass sie den Mut des Mannes völlig unterschätzt hatten, weshalb sie bereits hart daran arbeiteten, die nächste Phase auf der Suche nach einer diplomatischen Lösung einzuleiten: den politischen Druck so weit zu erhöhen, dass ein Krieg fast unausweichlich erscheinen musste.

Das Letzte, was Ryan wollte, war, das Baltikum zu verlieren. Aber das Zweitletzte, was er tun wollte, war, in das souveräne Territorium der Russischen Föderation einzumarschieren. Er würde zwar Truppen über die Grenze schicken, aber nur wenn ihm keine andere Wahl mehr blieb, denn er war sich absolut im Klaren darüber, welche Konsequenzen das hätte.

Der russische Botschafter kam sehr schnell zur Sache. »Ich bin überzeugt, Mr. President, dass wir zu einer Verständigung kommen können.«

Ryan wusste, wohin das führen würde, aber er stellte sich dumm. »Ich bin sehr froh, dass Sie das sagen, Herr Botschafter. Ich frage mich, ob Sie an etwas Bestimmtes denken, etwas, was Russland nutzen würde, ohne die Sicherheit anderer Nationen zu gefährden.«

Der Botschafter antwortete, als wäre ihm der Gedanke jetzt gerade spontan gekommen, obwohl Ryan klar war, dass der Mann nur einem sorgfältig einstudierten Drehbuch folgte. »Ohne ins Detail gehen zu wollen – es geht um die jüngere wirtschaftliche Entwicklung Russlands.«

Jetzt kommt es, sagte sich Ryan.

»Die ökonomischen Sanktionen gegen führende russische Geschäftsleute schaden dem Wirtschaftswachstum unseres Landes. Wir halten diese Sanktionen für illegal; sie widersprechen den Normen der Diplomatie. Der Präsident ist der Meinung, dass es ein Zeichen der Verbrüderung zwischen Ost und West wäre, wenn die Kontensperrungen wieder aufgehoben würden, die gegen führende russische Geschäftsleute verhängt wurden.« Der beleibte Mann lächelte ein wenig. »Wir müssen nicht gegeneinander kämpfen.«

Ja!, dachte Ryan. Kaum hat Diburow im Kreml die Zügel der Macht ergriffen, schon schickt er seinen Botschafter, um Amerika mitzuteilen, dass er den Krieg beendet, sobald ihm Amerika sein ganzes Geld zurückgibt.

Die Menschen waren doch im Grunde sehr einfach gestrickte Kreaturen, trotz aller Finessen, mit denen sie sich gern zierten.

Ryan spielte seine Rolle in dem kleinen Spiel. Genau wie der Botschafter so tat, als wäre ihm dieser Gedanke eben erst gekommen, tat nun Ryan so, als müsste er erst einmal gründlich über die Konsequenzen dieser Bitte nachdenken. Er ließ sich volle dreißig Sekunden Zeit mit der Antwort.

»Herr Botschafter, verstehe ich das richtig: Sie sagen, die Aufhebung der internationalen Sanktionen gegen Russland würde dazu führen, dass Russland seine Streitkräfte aus Litauen in ihre Kasernen in Kaliningrad zurückverlegt und die in Weißrussland stehenden Streitkräfte in das souveräne russische Territorium zurückbeordert?«

Der Botschafter nickte. »Um es ganz einfach auszudrücken, Mr. President: Wir müssen dringend unsere Wirtschaft wieder in Schwung bringen. Das ist uns jetzt wichtiger als die Verbrechen, die der Westen gegen Russland begangen hat.«

Nein, dachte Ryan. Diburow will nur wieder vollen Zugriff auf sein persönliches Vermögen bekommen. Er und die anderen Männer, die von den Sanktionen betroffen waren, hatten allesamt ihre Vermögen in Offshore-Konten gebunkert. Jeden Cent dieser enormen Gelder wieder frei verfügbar zu machen würde den Volkswirtschaften von Ländern wie Luxemburg, Zypern, Monaco oder Singapur mehr nutzen als der russischen Wirtschaft.

Aber im Moment ging es Ryan nicht um die innere oder wirtschaftliche Entwicklung Russlands, sondern darum, dem russischen internationalen Expansionsdrang einen Riegel vorzuschieben. Und es sah so aus, als gäbe es einen Weg aus dieser Sackgasse.

Nein, dachte Ryan weiter. Er und Adler hatten Diburows Charakter nicht falsch eingeschätzt. Der Mann war genau so, wie sie vermutet hatten. Die 24-stündige Verzögerung hatte nichts damit zu tun, dass Diburow ernsthaft über die Fortsetzung des militärischen Konflikts mit dem Westen nachgedacht hätte. Wahrscheinlich hatte der neue russische Führer nur so lange gebraucht, um sich zu überlegen, wie er um das bitten konnte, was er *wirklich* haben wollte, nämlich den Zugang zu seinem Sparschwein, ohne zeigen zu müssen, was er wirklich war.

Ein Kleptokrat, genau wie sein Vorgänger.

Epilog

Jack Ryan junior saß, die Hände im Schoß gefaltet, in Gerry Hendleys Büro. Gerry saß hinter seinem Schreibtisch, die Ellbogen auf den Rand der Tischplatte gestützt. Ihr Gespräch dauerte nun schon zwanzig Minuten, dabei war es hauptsächlich um Brüssel gegangen, aber jetzt wurde das Gespräch zäher. Auf Gerrys Gesicht zeigte sich eine neue Entschlossenheit. Jack bekam den Eindruck, dass er gleich etwas Entscheidendes sagen würde.

Etwas, was Jack nicht gefallen würde.

Eigentlich wollte er überhaupt nicht hier sein. Ysabel war gestern Abend in den Vereinigten Staaten eingetroffen, aber Jack hatte noch keine Gelegenheit gehabt, sie im Krankenhaus zu besuchen. Er hatte fast die ganze Nacht durchgearbeitet, und es war ihm auch klar, dass er diesem Vier-Augen-Gespräch mit Gerry nicht hatte ausweichen können.

Und deshalb saß er nun hier und wurde sich plötzlich klar darüber, dass der Augenblick der Wahrheit gekommen war.

Gerry blickte ihn direkt an. »Wir unterhalten uns jetzt seit zwanzig Minuten über das, was sich in Brüssel abgespielt hat. Sie haben hervorragende Arbeit geleistet, wieder einmal, und das weiß ich zu schätzen.«

»Aber?«

»Aber ich bin mir nicht sicher, ob Ihnen klar ist, wie sehr Sie den Campus in den letzten Wochen in Gefahr gebracht haben. Das begann schon beim ersten Kontakt mit dem italienischen Paparazzo, den Sie uns verschwiegen haben. Bei Ihrer analytischen Arbeit in Luxemburg haben Sie Ihre Kompetenzen weit überschritten. Und Sie haben einseitig entschieden, allein nach Europa zurückzukehren, und haben sich damit dem Befehl widersetzt, sich aus der Sache zurückzuziehen.«

»Ich habe getan, was ich für richtig hielt, Gerry.«

»Ganz genau, Jack. Aber Sie sind nun mal keine Ein-Mann-Show. Sie sind Agent und Analyst, aber Sie sind keine Führungskraft. Sie legen die Regeln nicht fest, Sie müssen in der Lage sein, Befehle zu befolgen, und ich muss in der Lage sein, mich auf Sie verlassen zu können. Ihre persönliche Sicherheit draußen im Feld hat Auswirkungen auf alle anderen hier im Campus, und das Wohlergehen unserer Organisation hat Auswirkungen auf die Sicherheit der Vereinigten Staaten von Amerika.«

Jack nickte. Er begriff, theoretisch jedenfalls, worum es ging, aber er war auch überzeugt, dass seine Entscheidungen immer vernünftig gewesen waren, wenn man alle Umstände berücksichtigte. »Das weiß ich, Gerry. Ich hätte nicht gegen die Anweisungen handeln dürfen, aber ich will hier nicht wie der Sohn des Präsidenten behandelt werden.«

»Na gut, aber das sind Sie nun mal. Und daran kann niemand etwas ändern.« Gerry trommelte mit den Fingern auf die Schreibtischplatte, dann sagte er: »Ich suspendiere Sie, Jack. Für sechs Monate. Nehmen Sie eine Auszeit, denken Sie darüber nach, was Sie tun wollen, ob Sie weiterhin diesem Team angehören wollen oder nicht.«

»Sechs Monate?«, echote Jack ungläubig. Er hatte gehofft, mit zwei Wochen davonzukommen.

»Ja. Und ich hoffe, dass Sie danach zurückkommen, aber mit einer neuen Einstellung. Sie müssen eines ganz klar einsehen, Jack: Sämtliche Risiken, die Sie eingehen, müssen letztlich der Einheit als Ganzem nützen. Ich hoffe sehr, dass der Mann, der in einem halben Jahr vor mir sitzt, seine Rolle im Team begriffen hat.«

Jack sagte tonlos: »Weiß Clark Bescheid?«

»Ich leite den Campus, nicht John Clark«, antwortete Gerry. »Aber die Antwort auf Ihre Frage ist … ja, er weiß es. Clark und Chavez sind Ex-Militärs, sie verstehen, dass Befehle und Befehlshierarchien dem Ganzen dienen. Und sie begreifen auch, dass Übertretungen ernst genommen werden müssen.«

Jack nickte. Er war wütend und völlig überzeugt, dass Gerry ihn zu hart behandelte, aber er begriff auch, dass Gerry irgendwo eine Grenze ziehen musste.

Jack stand auf und reichte Gerry über den Tisch hinweg die Hand. »Es tut mir leid, Sie in diese Situation gebracht zu haben. Ich bin mir nicht sicher, ob ich in sechs Monaten hierher zurückkommen werde, aber ich danke Ihnen für die Möglichkeiten, die Sie mir hier geboten haben.«

Gerry war ebenfalls aufgestanden und schüttelte ihm die Hand. »Auch in sechs Monaten wird die Welt einen Mann wie Sie in einer Organisation wie dem Campus brauchen. Vergessen Sie das nicht.«

»Ich merke es mir.« Jack ging hinaus und zurück zu seinem Arbeitsplatz, um seine Sachen zu packen.

Ysabel Kashani saß vor dem Tisch in ihrem Krankenzimmer und blickte mit gerunzelter Stirn auf die Suppe in dem Styroporteller hinunter, der vor ihr stand.

Christine von Langer saß auf der anderen Seite des Krankenhausbetts und bemerkte Ysabels verwirrte Miene. »Stimmt was nicht? Ich dachte, du hättest Buchstabensuppe bestellt?«

»Nein, nicht Buchstabensuppe, sondern Alphabetsuppe«, antwortete die Iranerin. »Zutaten für möglichst viele Buchstaben im Alphabet – A wie Artischocke, B wie Bete,

C wie Chinakohl ... – aber das hier?« Sie seufzte und starrte die Suppe frustriert an. »Das ist nur eine wässrige Tomatensuppe mit Buchstaben aus Teig drin. So etwas gibt es in meiner Heimat nicht.«

Christine lachte. »Ja, so ist es hier halt.«

Ysabel probierte einen Löffel Suppe. »Wenigstens ist sie heiß. Das Essen in Luxemburg war besser.«

»Aber jetzt bist du hier in Baltimore, USA, Ysabel. Ich kann dir ein paar Crab Cakes besorgen, aber nicht die aus der Cafeteria hier im Krankenhaus.«

Ysabel wollte Christine nicht zur Last fallen. Die Frau half ihr auf vielfache Weise, kümmerte sich sogar besser als die Krankenschwestern um ihre Wundverbände, stützte sie auf dem Weg ins Badezimmer, leistete ihr an den langen Tagen und Abenden Gesellschaft, die Ysabel sonst ganz allein hätte verbringen müssen.

Von Crab Cakes hatte sie zwar ebenfalls noch nie gehört, und als sie jetzt ihre sogenannte Buchstabensuppe löffelte, von der sie ebenfalls noch nie gehört hatte, schien ihr selbst dieser seltsame Name appetitlicher als diese Brühe hier.

Jack Ryan junior öffnete die Tür, das Gesicht hinter einem Strauß von zwei Dutzend Rosen versteckt. Er sah Christine zuerst und zwinkerte ihr zu, dann senkte er den Blumenstrauß und schaute Ysabel an.

»Na – wer kommt denn da«, sagte sie. Ihr Ton ließ keinen Zweifel daran, dass er sich für den Besuch lange genug Zeit genommen hatte.

Er ging rasch zu ihr und küsste sie innig, aber behutsam. Sie trug immer noch einen Verband um den Hals, und die Ärzte beobachteten auch genau, ob die Gehirnerschütterung irgendwelche dauerhaften Schäden verursacht hatte.

»Tut mir leid, aber ich musste zuerst noch kurz ins Büro. Ich wusste, dass du in besten Händen bist.«

Ysabel lächelte. »Ja, Christine hat mir bei jedem Schritt geholfen. Ich glaube, ich habe eine Freundin fürs Leben gefunden.«

Christine stand auf und ging zur Tür. »Und die Freundin fürs Leben weiß, wann es Zeit ist, für ein paar Minuten zu verschwinden. Ich mache mich mal auf die Jagd nach Crab Cakes.«

Jack kniete neben seiner Freundin nieder und strich ihr durch das Haar. Sie lächelte ihn an. Aber als er sie fragte, wie es ihr gehe, traten ihr Tränen in die Augen.

Sie gab keine Antwort.

Jack drückte sie an sich. »Das war alles meine Schuld. Es tut mir so unendlich leid, dich in die Sache hineingezogen zu haben, solange ich selbst noch keine Ahnung hatte, worum es ging.«

Sie schüttelte den Kopf. »Ich habe mich freiwillig hineinziehen lassen, Jack. Du darfst dir keine Vorwürfe machen. Du und ich, wir fühlten uns unbesiegbar, nach allem, was wir in Dagestan erlebt und durchgemacht haben.« Mit einem traurigen Lächeln fügte sie hinzu: »Aber wir sind nicht unbesiegbar. Überhaupt nicht.«

Jack nickte und küsste sie erneut.

»Danke, dass du mich hierhergebracht hast«, sagte sie. »Ich war ziemlich überrascht, als du das vorgeschlagen hast.«

»Johns Hopkins hat die besten Ärzte der Welt. Ich sollte es wissen, meine Mutter ist eine von ihnen.«

»Ja, ich weiß. Sie hat heute Morgen hereingeschaut.«

Jack riss die Augen auf. »Was? Aber woher hat sie …?«

»Woher sie von mir wusste? Hat wohl etwas damit zu tun, dass du deinen Dad um Hilfe bei meinem Visumantrag gebeten hast, damit ich hier eine gute Behandlung bekomme. Er muss wohl eine Bemerkung gemacht haben, und so hat sie mich gefunden. Das war irgendwie süß. Sie benehmen sich wie Verschworene, weil sie endlich deine sehr exotische, aber leicht ramponierte Freundin kennenlernen dürfen.«

Tatsächlich hatte Jack seinen Vater um Hilfe gebeten, um Ysabel hier in den Staaten behandeln lassen zu können, aber er hatte ihre Beziehung nicht erwähnt. Er vermutete, dass seine Mutter nur zufällig hereingeschaut hatte, um zu sehen, wie es Ysabel ging. Aber wenn seine Mom und Ysabel eine Zeit lang allein miteinander geredet hatten, hatte Jack nicht den geringsten Zweifel, dass seine Eltern jetzt alles wussten.

Ryan stöhnte innerlich auf, ließ sich aber nichts anmerken.

»Du bist nicht ramponiert. Du bist nur in der Werkstatt für ein paar kleinere Reparaturen.«

Er küsste sie, und sie lachte.

Jack war sich nicht sicher, wie es mit ihm und Ysabel weitergehen würde, aber eines wusste er: Er würde alles in seiner Macht Stehende tun, damit sie so schnell und so vollständig wie möglich geheilt würde. Und danach … nun, er konnte immer noch Clark und Gerry fragen, ob sie an einer vielsprachigen Mitarbeiterin interessiert wären, die schon gewisse Erfahrungen im Spionagegeschäft besaß und dafür sogar schon im Feld den Beweis geliefert hatte.

Und wie auf ein Stichwort hin klopfte es flüchtig, und John Clark trat ein, ohne auf das »Herein« zu warten. Jack starrte ihn an. »Gibt es *überhaupt* noch jemanden, der nichts davon weiß?«

Clark lachte. »War sowieso hier. Check-up für meinen Rücken. Traf Cathy, und sie hat mir von Ysabel erzählt. Hi, Ysabel, ich bin John.«

Die beiden schüttelten sich die Hände. Jack musste ein wenig grinsen und blickte zur Tür – irgendwie erwartete er fast, dass jetzt gleich noch ein halbes Dutzend Männer in dunklen Anzügen und Sonnenbrillen hereinmarschiert kamen – das übliche Vorausteam, wenn sein Dad zu Besuch kam.

Ysabel sagte: »Oh, Jack, übrigens: Deine Mum hat uns zum Abendessen eingeladen. Sobald ich hier entlassen werde. Christine kommt auch. Ich hoffe, das ist in Ordnung?«

Jack lachte nur: »Klar. Klingt großartig.«